Tobias O. Meißner

Die Sold

Tobias O. Meißner

Die Soldaten

Roman

Piper München Zürich

Entdecke die Welt der Piper Fantasy:

Piper-Fantasy.de

Von Tobias O. Meißner liegen bei Piper vor:
Die Soldaten

Die Dämonen
Die Dämonen. Freiheit oder Finsternis

Die dunkle Quelle. Im Zeichen des Mammuts 1
Die letzten Worte des Wolfs. Im Zeichen des Mammuts 2
Das vergessene Zepter. Im Zeichen des Mammuts 3
Brücke der brennenden Blumen. Im Zeichen des Mammuts 4
Der Mann, der nicht geboren wurde. Im Zeichen des Mammuts 5
Die Vergangenheit des Regens. Im Zeichen des Mammuts 6

ISBN 978-3-492-70185-3

Karte: Erhard Ringer
Satz: Satz für Satz. Barbara Reischmann, Leutkirch
Druck und Bindung: CPI – Clausen & Bosse, Leck
Printed in Germany

Inhalt

Der Kontinent

Erster Teil

Ausbildung

1

Die Sonne zappelte am Himmel.

Der Sattel bot kaum noch Halt.

Dass die Hitze so weit nördlich dermaßen quälend sein würde, hatte der Leutnant nicht ahnen können. Noch nie zuvor hatte er die Felsenwüste mit eigenen Augen gesehen. Auf ihren Gipfeln hatte er sogar Schnee erwartet, aber da war nichts, was Kühlung versprach. Die Luft flimmerte und ließ das graubraune Gebirge tanzen. Hammerköpfige Echsen huschten züngelnd umher. Zikaden sirrten in Wellen. Der Himmel war wolkenlos und dennoch bewegt wie ein Gewässer voller goldener Strömungen. Die Sonne – die Sonne war die Königin des Himmels: Sie herrschte unumschränkt, und das Firmament kannte keine Farben mehr außer ihrer. Aber dem Leutnant kam es so vor, als würde hinter den steilen Abweisungen der Felsenwüste noch zusätzlich ein Feuer lodern, dessen warmer Hauch immer wieder zu ihm herabwehte, seine Armhärchen bestrich wie mit summender Glut und ihm den Schweiß aus den Poren zog.

Der Leutnant war kein blutjunger Mann mehr – im letzten Winter hatte er das 32. Lebensjahr erreicht. Seit vierzehn Jahren bereits trug er die Uniform der Königin des Kontinents. Aber nun schien ihm der kühlende Winter genau so weit entfernt wie die Jugend, in der solche Hitze ihm noch nichts ausgemacht hatte.

Je weiter er ritt – von Ferbst aus landeinwärts, das spröde und ausgebleichte Gebirge der Felsenwüste unablässig zur Rechten –, desto mehr seiner Kleidungsstücke verschwanden in den Satteltaschen. So war er als einigermaßen stattlicher Leutnant der königlichen Stadtgarde von Chlayst von Bord eines Schiffes gegangen, und nun, sechs Tage später, strauchelte er auf einem armeeeigenen Pferd unter der Sonne dahin, unrasiert, bloßarmig, die Hosen bis hoch zu den Knien aufgekrempelt, die Lippen brüchig, das harte Gesicht zu einer steten Grimasse verzogen. Das Wasser in seinen Feldschläuchen war lauwarm wie eine Körperausscheidung und schmeckte mit jedem Schluck bitterer. Das Pferd gebärdete sich bockig, ging oft eher seitlich als gerade, verkantete sich, nickte nervös mit dem Kopf, scheute bei jedem Geräusch. Der Leutnant war kein guter Reiter – das Pferd misstraute ihm ebenso wie er dem Pferd, und der Sattel war unbequem und schweißig. Eigentlich hatte er darauf gehofft, von Ferbst aus in einer Kutsche weiterreisen zu können, doch in der Garnison dort hatte man ihm die Zügel eines Pferdes in die Hand gedrückt und ihm gesagt, es wäre nett, wenn er das Tier bis Carlyr einreiten könnte.

Bis Carlyr. Zur Festung Carlyr.

Der Leutnant verfluchte seinen Befehl.

Er hasste es, reiten zu müssen.

Er hasste die Hitze des inneren Landes.

Er hasste es, so weit entfernt zu sein von Chlayst.

Chlayst war aufgegeben worden im letzten Jahr, als die Luft plötzlich giftig wurde und es tote Vögel regnete. Die Stadtgarde war mitsamt der Bevölkerung an die Küste geflohen, dorthin, wo man noch atmen konnte. Seitdem verwaltete sie das Chaos. Gute Leute wurden gebraucht, denn neuerdings waren zu Not und Elend, Pestilenz und Entsetzen sogar noch bewaffnete Aufstände hinzugekommen. Vor Chlayst war der Leutnant nützlich gewesen unter gleichsam Nützlichen, die Stadtgarde eine schmale Barriere, die das Gute vom Unzurechnungsfähigen zu trennen vermochte. Aber was machte er hier, einsam auf einer staubigen Straße, die nach verbrannten Kräutern und Kuhdung roch und sich als Kruste auf die Zunge legte, wenn man unachtsam genug war, den trockenen Mund eine Weile offen zu lassen?

Er verfluchte seinen Befehl.

»Gönne dir die paar Monde, ein halbes Jahr vielleicht, dann hole ich dich wieder zurück«, hatte sein alter Hauptmann ihm gesagt. »In der Festung Carlyr haben sie den großen Feldzug gegen die Affenmenschen verloren, dort ist noch mehr Not am Mann als bei uns.«

»Aber hier kenne ich mich wenigstens aus, ich habe mein ganzes Leben in Chlayst verbracht!«, hatte der Leutnant versucht aufzubegehren.

Doch der alte Stadtgardehauptmann hatte nur gelächelt, dieses müde, väterliche Lächeln. »Das Chlayst, in dem du gelebt hast, gibt es nicht mehr. Mach dich nützlich, wo man dich braucht! Und atme, mein Junge! Atme!«

Der Leutnant sah den Scheiterhaufen vor sich mit den Kindern. Nur kurz. Er sah dieses Bild immer nur ganz kurz, als hätte sein Unterbewusstsein begriffen, dass es länger nicht zu ertragen war.

Die Seeluft der Überfahrt nach Ferbst hatte ihn zu erfrischen versucht, doch der Leutnant hatte dies nicht zugelassen. Er trug Chlayst in seinem Herzen, das gefallene, verseuchte alte Mädchen, Perle der Sturmsee. Zum Scheiterhaufen verwelkt. Kindergrab.

Seit dem letzten Hochsommer war jeder Atemzug in

Chlayst ungesund gewesen. Ein Sumpf in unmittelbarer Nähe der Stadt hatte begonnen, giftiges Gas auszudünsten. Panik hatte die Menschen erfasst. Das sorgsam in ihnen verschlossene Böse hatte begonnen, sich offen zu brüsten. Männer hatten sich um Brot erschlagen. Frauen sich gegenseitig die Kinder entrissen, weil ihre eigenen krepiert waren. Selbst bei der Garde hatte es einige gegeben, die sich am Zusammenbruch der Stadt zu bereichern trachteten. Händler aus anderen Städten verscherbelten minderwertige Hilfsgüter und strichen hohnlachend Gewinne ein. Der Leutnant hatte versucht, diesen Stall ausmisteten, den Sumpf trockenzulegen, die Stadt zurückzugewinnen, die Verantwortlichen zur Rechenschaft zu ziehen. Die Toten zu Haufen zusammenzukehren. Er hatte sich übernommen. Seinen 32. Geburtstag hatte er im Lazarett verbracht, umringt von anderen, die noch viel schwerer vergiftet waren als er und starben, während er von den Kindern albträumte.

Jetzt ging es ihm schon wieder besser, und als das Gesuch von der Festung Carlyr eingetroffen war, einen mit der Ausbildung neuer Rekruten vertrauten Unteroffizier zu überstellen, hatte der alte Hauptmann ihm diesen Auftrag zugeschanzt. Als Urlaub sozusagen. »Atme, mein Junge, atme.«

»Aber die *Heugabelmänner*!«

Denn nun gab es auch noch die *Heugabelmänner*. Eine stets größer werdende Bande von Gesetzlosen, die sich im Gebiet von Chlayst und Furbus breitmachten und sich in Furbus bereits mit königlichen Truppen angelegt hatten. Der Leutnant hatte das deutliche Gefühl, dass der Königin der Kontinent langsam, aber sicher aus den Händen glitt. Eine kostbare Kristallschale in freiem Fall. Denn auch im fernen Westen, in Skerb, widersetzten sich die Freibeuter den Dekreten aus der Hauptstadt. Und der große Feldzug gegen die Affenmenschen war im Norden, in der Gegend der Festung Carlyr, verloren gegangen.

»Die *Heugabelmänner*«, hatte der alte Hauptmann gelächelt, »sind kein Problem einer Stadtgarde, mein Junge. Die Königin wird Truppen schicken, und dann wird das erledigt.«

Aber welche Truppen? Wenn die Festung Carlyr schon bis nach Chlayst schicken musste, um einen geeigneten Offizier zu finden? Welche Truppen gab es denn überhaupt noch? Wenn es *seine* Aufgabe war, eine neue zu gründen?

Der Leutnant verfluchte seinen Befehl.

In den Nächten schlief er buchstäblich auf seinem Säbel. Man hatte ihm eingeschärft, dass sich die Affenmenschen und anderes Ungetier seit dem Fehlschlagen des großen Feldzuges vermehrt in den Außenbereichen der Felsenwüste herumtrieben. Er wollte keine unliebsamen Überraschungen erleben. Also nutzte er die Klinge seines Säbels, um sich selbst einen leichten Schlaf zu verschaffen. Seine Erschöpfung hätte ihn sonst vielleicht in Träume sinken lassen, und aus Träumen war schon so mancher nicht mehr erwacht.

Auch lauerten in den Träumen die Kinder.

Der Magen des Pferdes rumorte in den Nächten. Das Tier scharrte mit den Hufen, sodass der Leutnant mehrmals aufschreckte und dachte, jetzt würden gleich Affenmenschen über ihn herfallen.

An jedem frühen Morgen schimmerte alles Gestein feucht. Aber auch dieser Tau war wie ein Trugbild. Er löste sich schon im Laufe des Vormittags zu scharfkantiger Trockenheit auf.

An den Mittagen schien die Königin des Himmels wie festgenagelt über ihm zu schweben und ihn zu verhöhnen. Das Pferd warf nur einen winzigen Schatten, tief unter seinem äderigen Bauch. Einmal fragte sich der Leutnant, ob er nicht lieber *unter* seinem Pferd reiten sollte, in diesem winzigen, wohligen Schatten, aber das war natürlich Unsinn, das war die Hitze, die seinen Helm zum Glühen brachte und sein Gehirn darunter zum Sieden. Aber ohne den Helm war es noch schlimmer. Ohne den Helm schienen seine dunklen Haare im Licht Feuer zu fangen.

Sein Bart kratzte. Seine Arme und Beine juckten. Seine breitschultrige Gestalt flimmerte wie Wasser. Das Pferd stieß ihm hart ins Kreuz bei jedem Hufschritt. Er hasste es, reiten zu müssen. Es war zu heiß für diese Jahreszeit.

Denn es war noch nicht einmal Feuermond. Man hatte den 4. Sonnenmond geschrieben, als er von Ferbst aus losgeritten war. Nun musste ungefähr der 10. sein. Spätestens zu Mittelsonne sollte er die Festung erreichen, so lautete seine Order. Aber vielleicht war das ja gar nicht mehr möglich. Vielleicht war die Festung zerschmolzen wie Wachs und nun nur noch eine weitere unförmige Felsformation unter vielen.

Der Leutnant schüttelte den Kopf. Sein Helm fühlte sich an wie etwas, das frisch aus dem Ofen eines Schmiedes gekommen war. Es war alles so absurd. Linkerhand leuchtete das Grün der fruchtbaren Ebenen von Hessely. Der Sonnenmond war eigentlich eine wunderschöne Jahreszeit. Eine der liebsten des Leutnants während seiner vielen Jahre im milden Chlayst. Wenn die Sturmsee frische Brisen über die Stadt schickte, die nach Tang und Rogen dufteten. Sommers wie winters war die Sturmsee gut befahrbar gewesen. Nur im Frühjahr und im Herbst fuhr sie ihre Krallen aus und machte den Seeleuten das Leben schwer. Wie die *Heugabelmänner*. Wie die Freibeuter von Skerb.

Der Leutnant riss sich zusammen. Seine Gedanken schweiften schon wieder zum Meer ab und zu Chlayst. Aber hier gab es nirgendwo ein Meer oder eine Stadt. Hier gab es Staub und Felsen und jenseits der Felsen weitere Felsen und weiteren Staub. Und irgendwo dort drinnen schien ein Feuer zu lodern, das einem das Mark bei lebendigem Leib aus den Knochen kochte. Selbst in Chlayst gab es keine frischen Brisen mehr, sondern nur noch den Gestank von Gift und Auswurf.

Die Welt war im langsamen Untergehen begriffen. Die Anzeichen waren so eindeutig wie die Hufabdrücke hinter ihm im Staub.

Als der Leutnant die Festung erreichte, ritt er beinahe an ihr vorüber, ohne sie zu bemerken, so jäh und senkrecht fügte sie sich in jene zerklüftete Gebirgswand, die ihn nun schon seit sieben Tagen rechterhand leitete. Es war sein Pferd, das stehen blieb. Es witterte Artgenossen und kühles Brunnenwasser hinter dem Festungstor.

Der Leutnant hob den Blick und sah zum ersten Mal in seinem Leben die Festung Carlyr.

Sie bestand aus Stein, war aber nicht in den Stein gehauen worden, sondern mühsam aufgeschichtet und zusammengefügt. Sie verschloss einen Pass durch die Felsenwüste, den einzigen offenen Durchgang in das Land der Affenmenschen – den *Hohlweg*, wie er allgemein genannt wurde. König Rinwe hatte den Bau dieser Festung in Auftrag gegeben, nachdem er im Süden den Geisterfürsten niedergeworfen und das übrige Land mit eiserner Faust zur Einigkeit umgeformt hatte. Aus einem Grund, der in den beinahe siebenhundert seitdem vergangenen Jahren in Vergessenheit geraten war, hatte Rinwe das Land der Affenmenschen nicht erobern wollen, sondern sich stattdessen damit begnügt, die einzige Öffnung im Gebirge der Felsenwüste wie mit einem Korken zu verschließen: durch die Festung Carlyr.

Mittlerweile sah das trutzige Gemäuer heruntergekommen aus. Die Jahrhunderte hatten an ihm genagt wie Ratten. Weiter westlich, in Galliko, wo keine Gebirgskette das Affenmenschenland vom übrigen Kontinent abgrenzte, wurde immer wieder gekämpft, wurde die Stadt erneuert, aufrechterhalten, verstärkt, versorgt, besichtigt, gehegt und wie ein Heiligtum oder ein Kleinod des Trotzes verehrt. Aber in der Festung war es ruhig gewesen in den letzten Jahrzehnten. Erst der fehlgeschlagene Feldzug der Königin hatte Carlyr wieder auf den Landkarten erscheinen lassen. Das mit Magiern verstärkte Heer war stolz hier hindurch in das Affenmenschenland marschiert. Einige Wochen später waren die geschlagenen Überlebenden, an Körper und Seele krank wie die Einwohner Chlaysts, durch ebendiese Festung wieder zurückgekrochen.

Die den zivilisierten Landen des Kontinents zugewandte Vorderfront der Festung wurde von einem hohen, zweiflügeligen Tor aus schwarzem Holz beherrscht. Oben lief die Mauer in spitzen Zinnen aus, linkerhand sah man einen viereckigen Torturm, rechts nur zwei Banner: das blau-goldene der Krone und das verschnörkelte »C«, welches das Wappen der Festung Carlyr bildete.

Vom Torturm aus wurde der Leutnant erblickt. Dass er die Festung zuerst nicht bemerkt hatte, hatte ihn der Möglichkeit beraubt, seine Uniform wieder in Ordnung zu bringen. »Heda, was lungert Ihr dort herum?«, rief ein Soldat vom Turm herunter. Seine Stimme klang jedoch gar nicht so unfreundlich, sondern eher scherzend.

Der Leutnant förderte mit langsamen, müden Bewegungen aus seinen Satteltaschen ein zusammengerolltes Pergament zutage. Er hielt es hoch gegen die Sonne und rief heiser: »Leutnant Eremith Fenna von der Stadtgarde Chlayst. Ich habe Befehl, mich bei Oberst Ibras Jenko zu melden. Und ich habe ein Pferd aus der Garnison Ferbst mitgebracht.«

»Ahh«, entgegnete der Wachtposten lachend. »Der Leutnant für die Grünhörner! Wird aber auch Zeit! Wir erwarten Euch schon seit vorgestern. Zieht Euch ein bisschen mehr an, dann könnt Ihr gern reinkommen.«

Grummelnd stieg der Leutnant vom tänzelnden Pferd und brachte seine Uniform, so gut es ging, in einen zumindest halbwegs präsentablen Zustand. Alles war durchgeschwitzt und stank, aber das konnte einem bei dieser Gluthitze wohl kaum zum Vorwurf gemacht werden. Es war quälend, die Ärmel und Hosenbeine wieder herabrollen zu müssen und dadurch noch mehr in Schweiß zu geraten.

Ein Schatten fiel über ihn. Er hob den Blick. Dort oben unter der Sonne flog etwas. Kein Wüstengeier. Eher ein Reptil mit langen, schmalen Schwingen. Ein Wesen aus dem unbekannten Land hinter den Bergen, das sich zu weit nach Süden vorgewagt hatte. Nach ein, zwei Kreisbewegungen über der Festung drehte es ab und flog über das Gebirge davon.

Ein Riegelbalken wurde verschoben. Das große schwarze Tor öffnete sich. Es knarrte nicht. Es war frisch geölt worden, als der Feldzug der Königin sich angekündigt hatte. Aber die Bewegung der beiden von je zwei Soldaten aufgestemmten Torflügel wirbelte Staub auf, der gegen Leutnant Fenna brandete. Durch den Schweiß haftete der Staub an ihm wie Mehl. Die Torsoldaten lachten. »Willkommen in der Festung Carlyr, Leutnant.«

Der Leutnant durchquerte das Tor, das störrische Pferd am Zügel führend.

Der Haupthof war kühler als die Straße, wahrscheinlich, weil die Festung zwischen zwei schroffen Klippen eingepasst und deshalb nur zur Mittagszeit der Sonne voll ausgesetzt war. Die Uniformen der hier Dienst tuenden Soldaten wirkten verhältnismäßig gepflegt. In Chlayst hatte der Leutnant – der allgemeinen Ausnahmesituation geschuldet – mehr unrasierte und nachlässig gekleidete Soldaten gesehen als hier. Die einzelnen Gebäude – Stallungen, Lazarett, die Messen für Gemeine und Offiziere, die Unterkünfte, das Verwaltungsgebäude, eine achteckige Kapelle, das Waffen-, das Ausrüstungs- und das Vorratslager, die Latrinen, ein kleines Gefängnis zur Bestrafung von Soldaten, zwei überdachte Brunnen – waren gut in Schuss und adrett entlang der Außenmauern angeordnet. Alle Bauten waren grau, wenngleich in verschiedenen Abstufungen. Nach hinten, nach Norden, dem Feind zugewandt, gab es ein zweites Tor und einen zweiten Torturm, der noch höher war als der südliche und dadurch bereits Eigenschaften eines Bergfrieds aufwies. Auf dem Innenhof exerzierte gerade eine Kompanie aus 29 Infanteristen, die von zwei Leutnants angeleitet wurde. Der eine der beiden Leutnants war klein, dicklich und hatte feuerrote Haare, der andere war hochgewachsen und schlaksig mit einem länglichen Gesicht.

Auf den ersten Blick konnte Leutnant Fenna erkennen, dass die Festung Carlyr unterbesetzt war. Abgesehen von den Exerzierenden ging kaum jemand umher. Die Zinnen- und Torbesatzungen entsprachen dem regulativen Minimum. Der Feldzug der Königin hatte also auch hier seine Spuren hinterlassen.

Eine Ordonnanz trat an ihn heran, ein ältlicher Mann mit furchtsamen blassblauen Augen. »Willkommen in der Festung Carlyr, Herr Leutnant«, sagte auch dieser noch einmal, während die Torsoldaten hinter ihnen beiden grinsend die schwarzen Flügel zuschoben und verriegelten. »Um das Pferd wird man sich kümmern. Darf ich um Eure Papiere ersuchen?«

Leutnant Fenna nahm dem Pferd sein persönliches Gepäck ab und sah ihm hinterher, als ein Stallbursche es hinwegführte. Das Pferd wirkte plötzlich ganz pflegeleicht und handzahm. Dann kramte Fenna seine Überstellungsorder hervor und hielt sie der Ordonnanz hin, während er weiterhin die Festungsanlage mit zusammengekniffenen Augen musterte. Es schien ihm, als seien sowohl die hintere, nördliche Mauer als auch das dortige Tor dicker und stabiler als ihre südlichen Entsprechungen, was sicherlich einen Zweck erfüllte. Nach hinten heraus wehten keine Banner, was ungewöhnlich war, aber vielleicht auch irgendeinen Sinn ergab. Besorgt blickte sich der Leutnant nach oben hin um. Da die Festung von hohen Felsen eingekeilt war, konnte sie von oben herab attackiert werden, was eigenartig war. Normalerweise errichtete man Festungen eher auf Berggipfeln oder an sonst wie herausragenden Punkten und nicht zwischen den Schenkeln eines Gebirgszuges. Er versuchte Treppen oder sonstige Aufstiege auszumachen, die darauf hindeuteten, dass die Klippen links und rechts der Festung ebenfalls dazugehörten und oben von Fernwaffenspähern oder dergleichen bewacht wurden. Aber nichts dergleichen war zu erkennen.

»Die Papiere sind in Ordnung«, unterbrach die Ordonnanz sein Abschweifen. »Ich denke, der Oberst wird sogleich Zeit für Euch haben, Herr Leutnant. Wenn Ihr mir bitte zu folgen geruhtet …« Die Ordonnanz ging vorneweg, auf das zweistöckige, ausgebleichte Gebäude zu, an dem ein Schild mit der Aufschrift »Führung und Leitung« angebracht war.

Der kleine, rothaarige Leutnant stauchte gerade einen seiner Infanteristen zusammen, mit dessen Schuhwerk wohl etwas nicht in Ordnung war. Der längliche Leutnant stand ungerührt daneben und bohrte sich im Ohr.

Bevor Leutnant Fenna in die Schatten des Gebäudes eintrat, fielen ihm noch zwei Gesichter auf, die ihn aus der Entfernung zu betrachten schienen. Das eine gehörte zu einem städtisch in Zivil gekleideten Spitzbartträger, der lässig im Türrahmen eines Unterkunftsgebäudes lehnte und mit geringschätzigem Lächeln das Treiben auf dem Festungshof zu begutachten schien. Das zweite war das einer jungen Frau. Sie schaute aus dem Lazarettgebäude kurz zu

Fenna hinüber und wandte den Blick gleich wieder ab. Dennoch hatte er ihr flüchtiges Gesicht noch in der Dunkelheit des ihn nun umfangenden Flures vor Augen.

Oberst Ibras Jenko empfing Leutnant Fenna in seiner Schreibstube mit Hofblick im oberen Stockwerk. Die Schreibstube enthielt Regale, Ablagen, einen wuchtigen Schreibtisch und als einzigen Wandschmuck eine Karte des Affenmenschenlandes, auf der die meisten Flächen weiß und unbeschriftet waren.

Der Oberst war ein ausgesprochen massiger Mensch. Dabei war er aber nicht im eigentlichen Sinne fett. Seine Körpermasse schien überwiegend aus Muskeln und Unverrückbarkeit zu bestehen. Sein Bauchumfang war keinen Deut breiter als seine Brust. Die Haare waren grau und kurz und wirkten dermaßen borstig, als könnte der Oberst mit ihnen Wunden reißen wie mit einem Morgenstern.

Jenko hatte sich erhoben und zerdrückte Fenna nach dem knappen militärischen Gruß herzlich die Hand. »Freue mich sehr, dass Ihr den Weg hier herauf gefunden habt, Leutnant. Freue mich wirklich sehr. Nehmt doch Platz, ja, dort. Rückt Euch den Stuhl näher ran. Na, wie gefällt Euch unsere kleine Schatztruhe? Kann sich doch sehen lassen, nicht wahr? Ahhh, der verdammte Feldzug. Dieser verdammte, verdammte Feldzug.«

»Gibt es noch Verwundete hier im Lazarett?«

»Vom Feldzug? Nein. Sind alle verreckt. Warum? Was erzählt man sich denn so?«

»Dass es Krankheiten gegeben hat.«

»Krankheiten? Ja. Der ganze Feldzug war eine Krankheit. Eine Pest, ah. Ich habe ein gesamtes Bataillon verloren. Hauptmann Veels. Drei Kompanien. Ein tadelloser Kerl, der Veels. Tadelloser Kerl, ja. Die Hälfte meiner gesamten Besatzung: futsch. Hä? Einfach so. Kein Einziger von meinen hat's mehr zurückgeschafft. Ein Teufelskerl, dieser Gayo. Hat die anderen zurückgeführt aus den sengenden Flammen der Hölle. Kennt Ihr den Mann? Hauptmann Gayo?«

»Nein.«

»Ah! Tut nichts zur Sache. Tut gar nichts. Ein Teufelskerl. Ist jetzt in Aldava, bei der Königin. Wird wahrscheinlich bald Kommandant einer Stadtgarde oder General oder so was. Kriegt man nicht mehr, solche Leute.« Der Oberst fasste nun den ihm gegenübersitzenden Leutnant scharf ins Auge. »Chlayst, häh? Auch so ein Pestloch. Müsstet Euch eigentlich hier schnell heimisch fühlen können, Leutnant. Ha!«

Leutnant Fenna räusperte sich. »Mit Verlaub, Oberst Jenko: Mir ist noch nicht ganz klar, was ich eigentlich hier tun soll. In Chlayst wird wirklich jeder einzelne Soldat gebraucht. Eine Gruppierung, die sich *Die Heugabelmänner* nennt, zieht dort Unruhestifter zusammen, die gegen die Belange der Königin zu verstoßen beginnen.«

»Mit Verlaub, ja. Das ist hübsch: mit Verlaub. Habt Euch nicht freiwillig gemeldet, das ist mir schon klar. Euer Hauptmann schuldete mir noch was. Brauche einen tadellosen Mann, der belastbar ist. Was ist das eigentlich für ein komischer Vorname: Eremith? Wollten Eure Eltern nicht, dass Ihr jemals eine Frau abkriegt? Ha!«

»Sie haben es mit *th* geschrieben. Also ist es nur ein Name, keine Berufung.«

Oberst Jenko sah den Leutnant wieder prüfend an. Dann lachte er auf, dass sein ganzer Leib erbebte. »Gefällt mir. Gefällt mir, der Mann. Euer Hauptmann hat mir Euch geschildert als jemanden, der in der Lage ist, Jungspunden Respekt einzuflößen. Nicht zu alt, um nicht mehr mithalten zu können, aber auch nicht mehr grün hinter den Ohren. Das ist recht so. Tadellos. Genau das kann ich jetzt brauchen. Darum geht es nämlich: Grünhörner. Wisst Ihr, Leutnant, was ein Grünhorn ist?«

»Ein … Rekrut?«

»Richtig. Begriff aus Galliko. Hübsches Wort. Trifft die Sache genau. Wollen sich die Hörner abstoßen. Sind aber noch ganz weich. Ich brauche neue Männer. Die Königin hat niemanden mehr. Alle futsch. Affenmenschenfeldzug. Köstliche Sache. Ganz große Idee. Haben ein paar Intellektuelle in Schreibstuben ausgebrütet. Hat mich meinen Hauptmann Veels gekostet. Jetzt habe ich den Hobock losgeschickt. Ah, kommt mal her, Leutnant, hier, ans Fenster! Seht Ihr die beiden Leutnants dort unten? Der Rothaarige, das ist Teny Sells. Der andere, der wie ein mageres Pferd aussieht: Marig Hobock. Die beiden teilen sich das Kommando über die Zweite Kompanie des Zweiten Bataillons. Klappt ganz anständig so weit.«

»Die waren nicht beim Feldzug.«

»Nein. Der Schnitt ging mitten hindurch durch meine Festung. Erstes Bataillon mit allen drei Kompanien: futsch. Zweites Bataillon hat bisher erst zwei Kompanien. Die sind beide hiergeblieben. Und da kommt Ihr ins Spiel. Wir wollen schon lange eine dritte Kompanie hochziehen, kriegen aber jetzt keine erfahrenen Leute mehr. Der Kontinent ist wie leer gefegt von guten Soldaten. Haben die sich doch toll ausgedacht in ihren Schreibstuben in Aldava, die Intellektuellen, findet Ihr nicht auch? Wir müssen jetzt klarkommen mit dem, was sich uns bietet. Hauptsächlich Haderlumpen und Wonneproppen. Aber immer noch besser, als wenn die sich den *Mistgabelmännern* anschließen, oder, Leutnant?«

»*Heugabelmänner.*«

»Ah ja! Hübsch. Hübscher. Jedenfalls: Das ist der Plan. Hobock hat siebzehn Gestalten aus der Umgegend zusammengesammelt. Die meisten aus Hessely. Sind aber auch ein paar aus Richtung Ferbst und Galliko dabei. Überwiegend Dorfjugend. Wollen halt bespaßt werden. Siebzehn ist aber eine blöde Zahl. Zu wenig für eine echte Kompanie. Zu viel für einen Zug. Also machen wir Folgendes: Ihr schmeißt die Unfähigsten drei von denen wieder raus, dann haben wir vierzehn plus einen Leutnant, macht eine gute halbe Kompanie. Die nennen wir dann die Dritte. Vielleicht kriegen wir ja irgendwann noch die zweite Hälfte voll.«

»Und was soll diese halbe Kompanie dann machen?«

»Na, ihren Dienst natürlich. Alles, was so anfällt. Wenn ein zweiter Feldzug beschlossen wird, dann: den zweiten Feldzug.« Das Gesicht des Obersts war jetzt lauernd. Er schien darauf zu warten, dass der neue Leutnant Anzeichen von Schwäche und Überforderung erkennen ließ.

Leutnant Fenna jedoch ließ sich auf dieses Spielchen nicht ein. Er lächelte zum ersten Mal. »Wenn diese halbe Kompanie nichts taugt: Kann ich sie dann nach Chlayst mitnehmen?«

Jetzt musste der Oberst wieder lachen. Er klopfte dem Leutnant sogar seitlich gegen die Schulter, sodass dieser beinahe aus dem Fenster gestoßen wurde. Dann führte er ihn zum Stuhl zurück. »Das ist gut, das ist wirklich gut, ja. Jedenfalls sollte die Arbeit jetzt endlich in Angriff genommen werden. Die siebzehn Halunken sind schon eine Woche hier und schlagen sich auf Kosten der Königin die Bäuche voll. Ist ein schönes Weib, unsere Königin, oder? Schon mal gesehen?«

»Noch nie. Schaut sie ab und zu hier vorbei?«

»Ach, bewahre! Das Höchste, was sich hier im Schatten der Wüste jemals blicken lässt, ist der klapprige General Feudenstich. Ist eigentlich schon längst im Ruhestand, der gute Junge, aber lässt es sich nicht nehmen, für die Königin immer noch sämtliche Garnisonen zu inspizieren. Immer auf Achse. Altes Eisen will nicht rosten. Na, jedenfalls: Für

Anfang Rauchmond ist der alte Junge bei uns angemeldet. Da will ich dann ein anständiges Manöver abhalten, um ihn von der Funktionstüchtigkeit unserer Festung zu überzeugen. Das gibt Euch also lediglich anderthalb Monde, um Eure Dritte in eine vorzeigbare Form zu bringen. Das ist aber doch ausreichend, findet Ihr nicht? Es gibt eben keinen Urlaub und keine freien Tage. Ich erwarte ja nichts weiter, als dass Ihr Euch gegen Gollbergs Erste einigermaßen achtbar schlagt.«

»Mit Verlaub: Ich komme mit den ganzen Namen und Zuständigkeiten noch nicht ganz klar.«

»Ah, das ist nur menschlich, Leutnant, nur menschlich. Dabei ist doch alles ganz einfach geworden, seitdem die Hälfte unseres Regimentes futsch ist. Jetzt gibt es nur noch ein Bataillon, das Zweite. Angeführt wird es von Hauptmann Sigden Gollberg, ein ganz tadelloser Junge. Spitzenmaterial, wie man so schön sagt. Gollberg führt die Erste Kompanie höchstpersönlich an. Das sind alles Reiter, Kavalleristen. Teufelskerle und -kerlinnen. Dann gibt es noch die Zweite Kompanie, das sind die da draußen, Hobock & Sells. Und dann Euch und vierzehn handverlesene Grünhörner: die dritte Kompanie des Zweiten Bataillons. Alles ganz einfach.«

»Also ist Hauptmann Gollberg mein unmittelbarer Vorgesetzter?«

»So ist es, Leutnant, so ist es. Ihr werdet ihn noch früh genug kennenlernen. Am Anfang wird er Euch nicht dreinreden. Ihr macht Euch erst mal mit Euren Grünhörnern vertraut. Drei müssen weg. Ich gebe Euch einen Schreiber zur Seite, Lement, ein ganz tadelloser Junge. Der kann Euch helfen mit den ganzen Namen und dem Verwaltungskram. Und zu allererst solltet Ihr Euch mit Leutnant Hobock zusammensetzen, der hat die ganzen Gauner ja herbeigetrommelt und kennt sie inzwischen schon seit zwei, drei Wochen. Der kann Euch einiges über sie erzählen.«

»Gut. Dann würde ich Leutnant Hobock und den Schreiber gerne in einer Stunde in meinem Quartier treffen.«

»Ah, ja fein, fein! Gleich ans Werk, was? Guter Mann! Kurz waschen wäre ratsam, man kann Euch unter all dem Staub ja kaum ausmachen, ha! Ich gebe Euch für heute meine Ordonnanz mit, Sowis, ein ganz tadelloser Bursche. Der zeigt Euch Eure Unterkunft und führt Euch rum, was man so wissen muss, ja? Noch Fragen, Leutnant ... ähhh: Fenna?«

»Wenn ich welche habe: Soll ich mich dann an Hauptmann Gollberg wenden oder direkt an Euch?«

»Ah, kommt am besten erst mal direkt zu mir, im Moment ist ja nicht allzu viel los. Gollberg ist meistens draußen und reitet Patrouillen, um die Gegend nach Norden abzusichern. Da brauchen wir ihn ja nicht mit jedem Krümel zu behelligen, was?«

»Sehr wohl, Oberst!« Leutnant Fenna erhob sich und grüßte militärisch. Gollberg war draußen, *im Norden*? Im Feindesland?

Bevor er sich abwenden und den Raum verlassen konnte, fragte Oberst Jenko noch: »Schon mal 'nen Affenmenschen zu Gesicht bekommen?«

»Nein, Oberst. Noch nie.«

»Hm. Na schön, na schön. Fragt bei den Grünhörnern nach, ob einer von denen schon mal in Galliko war. Ist immer gut, was zu lernen.«

»Sehr wohl, Oberst.«

»Und – Leutnant?«

»Ja?«

»Denkt daran: Allzu scharf macht schartig.«

»Allzu scharf macht schartig?«

»Ja. Nicht zu hart rannehmen, die Jungs. Zumindest nicht am Anfang. Ich brauche eine Dritte Kompanie für das Manöver. Will ja nicht, dass die alle schlappmachen, nachdem sie uns hier die Vorratskammern weggefressen haben. Wir verstehen uns.«

»Jawohl, Oberst. Die Soldfrage ist mit den Rekruten geklärt?«

»Darum kümmert sich der Schreiber Lement.«

»Sehr wohl.« Leutnant Fenna grüßte abermals und verließ dann die Schreibstube. Sowis, die Ordonnanz, erwartete ihn vor der Tür.

Jetzt erhielt der Leutnant eine kleine Führung durch die Anlagen der Festung. Wo die Latrinen für Offiziere sich befanden und man sich waschen und sogar in einem Holzzuber baden konnte. Wo die Wäscherei und die Ausbesserei für die Uniformen sich befand. Wo die Offiziersmesse war, und zu welchen Tageszeiten man dort etwas zu essen oder zu trinken bekommen konnte. Fenna dachte kurz darüber nach, auch das Lazarett besichtigen zu wollen, um sich dem hübschen Mädchen vorstellen zu können, kam dann aber zu dem Schluss, dass er dazu erst ordentlich gewaschen sein sollte.

Zuletzt führte Sowis ihn in das flache Gebäude mit den Offiziersunterkünften. »Ihr habt Glück, Leutnant«, sagte Sowis und blickte mit seinen wässrigen Augen dabei so besorgt drein, als würde er eher etwas Unerfreuliches verkünden. »Unteroffiziere bis hin zum Leutnantsrang teilen sich in der Regel zu zweit eine Kammer, Hobock und Sells machen das so. Aber momentan gibt es in der Festung keine weiteren Leutnants mehr, sodass Ihr ein Zimmer für Euch allein habt.«

»Wie viele Leutnants sind denn im Ersten Bataillon gefallen?«

»Drei. Espran, Ressell und Wainhold. Mit Espran hättet Ihr Euch das Zimmer geteilt. Hier ist es. Das ist der Schlüssel dazu.«

Fenna nahm den Schlüssel in die Hand. »Und wo wohnen die höheren Offiziere?«

»Hauptmann Gollberg wohnt auch hier, auf der anderen Gangseite. Hauptmann Veels ist gefallen. Und der Oberst schläft in der *F & L*.«

»*Führung und Leitung*«, brummte der Leutnant.

»Richtig«, bestätigte Sowis besorgt.

»Ich nehme an, eine eigene Ordonnanz oder so etwas wie ein Adjutant steht mir nicht zu?«, erkundigte sich Fenna.

»Na ja, wenn ich richtig informiert bin, wird Euch ein Schreiber zugeteilt. Das ist dann ja schon so etwas in der Art.«

»Richtig. Dann danke ich Euch erst mal sehr, Sowis. Ich muss mich jetzt noch etwas frisch machen. Könnt Ihr bitte dafür sorgen, dass Leutnant Hobock und der Schreiber mich in etwa einer halben Stunde in meinem Zimmer aufsuchen?«

»Wird veranlasst, Leutnant.«

»Und die dreckigen Uniformen bringt man in die Wäscherei?«

»Legt die einfach vor die Tür. Ich lasse sie später einsammeln.«

»Danke schön noch mal.«

Sowis huschte davon, der Leutnant schloss sein neues Zimmer auf.

Es enthielt tatsächlich zwei Betten, zwei schlanke Schränke, ein wackelig anmutendes Schreibpult, eine Kommode mit Waschschüssel, ein kleines, einfach gerahmtes Gemälde, das eine blühende Wiese zeigte, einen Schemel, eine leere Vase auf einem Beistelltischchen und einen Garderobenständer, bei dem zwei von vier Holzhaken abgebrochen waren. Ein Fenster ließ Licht herein. Fenna spähte hinaus. Das Fenster führte nicht auf den Exerzierhof, sondern gegenüber auf die graue Wand des nächsten Gebäudes. Die Mannschaftsunterkünfte, wenn er sich richtig erinnerte.

Er nahm seine Ersatzuniform aus dem Gepäcksack und ging sich waschen und rasieren. Vom Waschraum aus konnte er durch eine Lüftungsscharte einen Blick auf die Zweite Kompanie des Zweiten Bataillons werfen, die immer noch draußen exerzierte und sich nun im Stechschritt übte. Danach kehrte er umgezogen in sein Zimmer zurück.

Ein paar Sandstriche Ruhe wollte er sich noch gönnen, bevor die Arbeit an der Dritten Kompanie begann.

Die hohen Felswände links und rechts der Festung beschäftigten ihn. Waren Affenmenschen denn nicht ausgezeichnete Kletterer?

Ein Klopfen weckte ihn. Er konnte nicht länger als einen einzigen Sandstrich lang eingenickt sein.

»Herein!«

Der längliche Leutnant und ein alter Mann mit Stirnglatze und dafür um so längeren Seitenhaaren traten ein. »Leutnant Marig Hobock und der Schreiber Lement melden sich zur Stelle«, sagte der Längliche grinsend.

Fenna eilte ihm – noch etwas benommen vom Schlaf – entgegen und drückte ihm die Hand. »Leutnant Eremith Fenna aus Chlayst. Freut mich sehr.«

»*Eremit?* Zieht es dich deshalb hier herauf in die Berge?«

Fenna seufzte. »Meine Eltern wollten, dass aus mir etwas Besonderes wird.«

»Das war aber sehr umsichtig von ihnen. Und dann noch Chlayst?« Der Längliche verzog das Gesicht. »Außer Skerb wohl so ziemlich der unangenehmste Posten, den es zurzeit gibt. Im Vergleich dazu schieben wir hier oben eine ruhige Kugel – wenn nicht gerade ein gigantischer Feldzug angesagt ist.«

»Mal sehen. Eine neue Kompanie aufzubauen ist mit Sicherheit eine Menge Arbeit.«

»Ja, dann kommen wir mal gleich zur Sache. Lement und ich haben etwas für dich vorbereitet. Gib ihm die Liste.« Der Schreiber händigte Leutnant Fenna hastig ein Pergament aus. Hobock zog unterdessen hörbar die Nase hoch. »Ich habe mir die Freiheit genommen, die Burschen, die ich nördlich des Larnus zusammengesammelt habe, in drei Gruppen einzuteilen. *Die Pflichtbewussten* sind die, die auf mich schon jetzt und eigentlich von Anfang an einen sehr guten Eindruck gemacht haben. Ausgezeichnetes Soldatenmaterial, würde ich schätzen. Leider natürlich die kleinste der drei Gruppen. Was soll man machen? Es ist nach dem Feldzug wirklich schwer geworden, Nachschub aufzutreiben. *Die Bequemen*, das sind die, bei denen man davon ausgehen kann, dass sie sich das Leben als Soldaten möglichst einfach und angenehm vorstellen. Täglich was zu futtern, ein Dach über dem Kopf, im Winter beheizt, Kameradschaft und Liederchen und dazu noch eineindrittel Kupferstücke pro Tag als Sold. Und dann gibt es noch *die Unbequemen*. Das sind die Querulanten und Stänkerer, mit denen du noch deine helle Freude haben wirst, das kann ich dir jetzt schon versprechen. Einige der übelsten Burschen habe ich gar nicht erst mitgebracht. Eigentlich hatte ich die Order, dreißig Mann zusammenzutrommeln, aber ich habe kaum mehr als die Hälfte geschafft, so schwierig ist es, gute Leute zu finden.«

»Verstehe.« Fenna besah sich das Pergament mit den Namen.

Die Pflichtbewussten:	*Nilocas Deleven*
	Jamu Scapedo
	Breff Adirony Teppel

Die Bequemen:	*Alman Behnk* *Ellister Gilker Kindem* *Jovid Jonis* *»Scheusal« Jeo Kertz* *Mails Emara* *Sensa MerDilli* *Bertus Plankett* *Tadao Nelat* *Bujo Stodaert*
Die Unbequemen:	*Gerris Resea* *Yinn Hanitz* *Ildeon Ekhanner* *Fergran von den Holtzenauen* *Garsid*

Leutnant Hobock fuhr fort zu erläutern: »Ich könnte die Leute alle in den Hof rufen, dann kannst du dir schon mal aus dem Fenster einen ersten Eindruck verschaffen. Wenn sie ihrem neuen Leutnant gegenüberstehen, werden sie natürlich alle Haltung annehmen und sich Mühe geben. Es könnte also aufschlussreicher für dich sein, dir anzuschauen, wie sie sich *mir* gegenüber verhalten, denn bei mir haben sie schon längst mitgekriegt, dass ich hinterher nicht für sie zuständig sein werde, und nehmen sich die eine oder andere Frechheit heraus.«

»Hm. Was bedeutet »Scheusal« Jeo Kertz?«

Hobock lachte auf. »Das ist sein Spitzname. So nennen ihn alle. Er ist richtig stolz darauf. Er trägt ein Gestell mit dicken Schleifgläsern auf der Nase und sieht auch ansonsten ziemlich unmöglich aus. Riecht auch streng, der Mann, egal, wie oft man ihn zum Waschen schickt. Ist aber ansonsten harmlos. Einer von den Bequemen halt.«

»Und dieser Fergran von den Holtzenauen ist ein echter Adeliger?«

»Verarmter Landadel, wenn du mich fragst. Von irgendwo aus dem Larnwald. Bildet sich viel ein auf seine Kenntnisse der Schmetterlingsmenschen. Schwierig zu handhaben. Einer von den Unbequemen.«

»Und Garsid? Hat der keinen Vor- oder Nachnamen?«

»Nicht dass ich wüsste. Das ist ein knallharter Bursche, der war schon mehrere Jahre in Galliko. Der lässt selbst mich deutlich spüren, dass ich weniger Erfahrung im Kampf mit den Affenmenschen habe als er. So jemand kann natürlich von großem Nutzen für die ganze Truppe sein, aber man muss ihn erst mal in ein disziplinarisches Geschirr zwingen, wenn du verstehst, was ich meine.«

»Ja.« Fenna dachte nach. »Ich soll drei von denen aussortieren. Ihr würdet mir natürlich zu den Unbequemen raten?«

Hobock verzog wieder das Gesicht. »Ach, das kann ich gar nicht so mit Sicherheit sagen. Wie schon erwähnt: Die Unbequemen sind schwer zu satteln, aber womöglich sind einige von ihnen die besten Pferde im Stall. Die Bequemen sind sicherlich … austauschbarer. Leichter zu ersetzen. Solche findet man in jedem Dorf. Vielleicht nicht gerade jetzt, aber in einem Jahr wahrscheinlich schon wieder. Nur die Pflichtbewussten würde ich natürlich auf jeden Fall behalten. Die machen einem als Offizier das Leben leicht.«

»Sie müssen aber auch was draufhaben. Pflichtbewusstsein alleine genügt nicht. Was stehen mir denn für Kapazitäten zur Verfügung, um einen ordentlichen Übungsparcours im Hof aufzubauen?«

»Ein Übungsparcours? Na ja, wir haben ein paar Geräte im Zeughaus. Hindernisse. Ein paar Holzkästen, Seile, Netze und so'n Kram.«

»Und stumpfe Waffen?«

»Auch das.«

»Gut. Lement, kannst du dir so etwas wie ein Punktesystem ausdenken, bei dem man die Leute in – sagen wir – drei Disziplinen gegeneinander antreten lassen kann? Wettrennen in der Gruppe, Hindernislauf alleine und Zweikämpfe?«

Der Schreiber, der bislang noch gar nicht zu Wort gekommen war, versteifte sich militärisch. »Es sind siebzehn Mann. Man könnte ein 16er-Zweikampfsystem benutzen mit einem Mann Überhang. Wollen wir genaue Regeln festsetzen, was erlaubt ist und was nicht?«

Fenna dachte wieder kurz nach. »So wenig Regeln wie möglich. Ich will sehen, was die Kerle für Tricks draufhaben.«

»Das ist kein Problem, Leutnant«, sagte Lement und nickte bekräftigend. »Ich kann auch während des Wettbewerbs Notizen machen und die Euch dann kontinuierlich vorlegen.«

»Sehr gut. Es gibt nur eine Sache, die ich nicht so richtig begreife«, sagte Fenna, jetzt wieder an Leutnant Hobock gewandt. »Wenn es eigentlich dreißig Mann hätten werden sollen und Ihr nur siebzehn zusammenbekommen habt – warum soll ich dann drei rausschmeißen? Wäre es nicht schlauer, alle siebzehn zusammenzuhalten und im Laufe der Zeit noch dreizehn dazuzurekrutieren?«

»Kommt das direkt vom Oberst mit dem Rausschmeißen?«

»So sah es für mich zumindest aus.«

Hobock grinste. »Das hat so sein System bei dem Alten. Dadurch sollen die Grünhörner merken, dass sie sich hier nicht auf einem bequemen Posten ausruhen können, sondern dass man auch jederzeit wegen Unfähigkeit unehrenhaft entlassen werden kann. Oder sterben. Deshalb sind wir auch immer noch das Zweite Bataillon, obwohl es das Erste gar nicht mehr gibt. Das Erste steht beständig als leuchtendes Beispiel vor uns, und wir anderen sind irgendwie alle nur die Zweitbesetzung.«

»Sieht Hauptmann Gollberg das genauso?«

»O Mann, der natürlich nicht! Dem scheint sogar beim Reiten die Sonne aus dem Arsch. Vielleicht ist das auch Quatsch, die Durchnummerierung mit Erstem und Zweitem war ja vorher auch schon so. Das hat nichts mit Leistung zu tun. Aber jedenfalls, wenn der Alte sagt, drei rausschmeißen, dann schmeiß drei raus. Ist besser so in deinen ersten Tagen.«

»Ja, das denke ich auch. Kann ich ein paar von Ihren Männern ausleihen, um den Parcours aufzubauen?«

»Dürfen unsere Jungs denn zuschauen?«

»Na klar, warum denn nicht?«

»Dann helfen wir alle mit.«

Beim Hinausgehen legte Fenna noch seine verschwitzte Uniform vor die Tür, wie Sowis ihm dies geraten hatte.

Auf dem Hof war es immer noch sehr warm, obwohl die beidseitig aufragenden Klippen mit ihren Schatten eine allzu quälende Glut verhinderten. Fenna schaute unwillkürlich wieder zu dem Lazarett hinüber, doch dort ließ sich niemand blicken. Auch der spöttische Zivilist in der Mannschaftstür fehlte jetzt.

Die Soldaten der Zweiten Kompanie des Zweiten Bataillons waren trotz der im Inneren der Festung erträglichen Temperaturen bereits ziemlich in Schweiß geraten, weil der rothaarige Leutnant Sells sie ordentlich herumscheuchte. Das Aufbauen eines Hindernisparcours für »die Neuen« erschien ihnen allen als willkommene Abwechslung.

Leutnant Fenna betrachtete diese Soldaten, während er Hand in Hand mit ihnen arbeitete. Sie waren anders als die in Chlayst, sahen gesünder aus, was sicherlich der unverdorbenen Luft geschuldet war, aber auch jünger und frischer. Sie hatten alle dieselbe kurz geschorene Frisur, die auch Sells und Hobock trugen, deutlich kürzer als in Chlayst. Auf eine schwer zu beschreibende Weise sahen sie sich alle – auch die vier oder fünf Frauen unter ihnen – ähnlich, als wären sie ein und derselben annähernd idealen soldatischen Gussform entsprungen. Vielleicht täuschte dieser Eindruck aber auch nur, weil sie so gut koordiniert zusammenarbeiteten. Auf jeden Fall war Fenna sich ziemlich sicher, dass noch keiner von denen gravierende Kampferfahrungen aufwies. Sein eigener kurzfristig zusammengewürfelter Trupp versprach, in dieser Hinsicht eventuell spannender zu werden.

In einem großen Oval bauten Fenna und die Zweit-Zweiten mithilfe etlicher Pflöcke und Nägel einen Kurs, dessen Hindernisse aus zwei hohen Bretterwänden, fünf hintereinanderliegenden Fässern zum Drüberspringen und zwei weiteren zum Hindurchkrauchen, drei tiefen Hürden zum Drunterdurchrobben, einem aufgespannten Netz zum Durch-die-Maschen-Waten sowie sechs quer gespannten Seilen bestand.

»Der ist doch gar nicht übel«, sagte Leutnant Sells hinterher stolz. »Den werden wir noch bis morgen stehen lassen, dann können unsere Jungs und Mädels ihn auch mal benutzen.«

Der Schreiber Lement hatte inzwischen einen Punktwertungsplan entwickelt. Seine langen Seitenhaare waren vor Fleiß ganz gesträubt. »Für den Hinderniskurs ist die Wertung ziemlich einfach: null Punkte, wenn einer unterwegs aufgibt oder gar nicht mehr weiterkommt; einen Punkt, wenn er den Kurs absolviert; zwei Punkte, wenn er den Kurs zügig absolviert; drei Punkte bei herausragender Geschicklichkeit und Schnelligkeit. Beim Kämpfen gibt es bei siebzehn Mann vier Runden. Wer verliert, scheidet aus, wer gewinnt, kommt eine Runde weiter. Ein Mann ist zu viel, den müsst Ihr entweder von Anfang an herausnehmen, oder Ihr könnt einem der bereits Ausgeschiedenen vielleicht eine zweite Chance geben. Bei Erreichen jeder Runde gibt es einen Punkt. Was den Wettlauf angeht, würde ich vorschlagen, dass wir drei Gruppen bilden, zwei zu sechs und eine zu fünf Mann. Da gäbe es dann null Punkte für den Letzten und vier oder fünf für den Ersten. So bekommen wir am Ende eine recht differenzierte Punkteskala zusammen mit dem Höchstwert zwölf und dem denkbar schlechtesten Wert null. Da sind dann Abstufungen erkennbar, die Aussagekraft besitzen.«

»Sehr gut, Lement. Wer am Ende null Punkte hat, ist wohl nichts für uns«, brummte Fenna.

Leutnant Hobock stellte sich neben die beiden. »Wo soll denn der Wettlauf langführen?«

Fenna schaute sich kurz um. »Einfach einmal von der Westmauer zur Ostmauer, dort anschlagen und wieder zurück. Nichts Ausgefallenes.«

»Dann lassen wir sie mal antreten, oder?« Hobock grinste.

»Ja. Macht Ihr das am besten, Hobock. Euch kennen sie ja schon. Und dann stellt Ihr mich vor, und ich übernehme.«

»Äh – unter uns Gleichrangigen können wir ruhig *Du* zueinander sagen.«

»Später, Leutnant. Wenn wir etwas zusammen erlebt oder getrunken haben.«

Achselzuckend schlenderte Hobock hinüber zu den Mannschaftsunterkünften.

Fenna wandte sich an Lement: »Und du führst Buch und notierst die Punkte.«

»Selbstverständlich. Ich habe schon Tabellen vorskizziert.«

Aus den Mannschaftsunterkünften war Leutnant Hobocks Stimme zu hören: »Grrrrrrrünhörrrrrrnerrrrr! Auf dem Hof an-ge-trrreee-tennn zum Appell! Euer neuer Leutnant wartet! In Zweierreihen hopp, hopp, hopp! Nicht so lahmarschig da hinten. Hopp, hopp, hopp! Auf den Hof. Nicht in das Netz laufen. Rechtsherum. Dem Vordermann hinterheeeer und Augen auf, ihr lahmen Gesellen!«

Die Buntheit des Haufens, der sich aus der Tür auf den Hof ergoss, überstieg Fennas Befürchtungen deutlich. Keines der Grünhörner trug Uniform. Das ergab immerhin Sinn. Drei sollten entlassen werden, denn noch war keiner von ihnen vereidigt.

Leutnant Hobock hatte mit diesem Häuflein offensichtlich schon ein paar Grundbedingungen eingeübt – wahrscheinlich hatte er sie auf der Reise zur Festung in Formation marschieren lassen. Nun bereitete es ihm eine diebische Freude, die siebzehn Noch-Zivilisten mit militärischen Kommandos zu drangsalieren. »Nicht haltmachen da vorne! Euer neuer Leutnant ist der, der dieselbe Uniform trägt wie ich und keine roten Haare hat. Bekommt ihr das hin, dieses Rätsel zu lösen? Na wunderbar! Aufschließen! Ist denn noch einer nicht draußen? Hanitz, komm mal in die Gänge, Mensch! Hopp, hopp, hopp heißt Galopp und nicht Stopp! Rechtsherum, wo die anderen stehen. In langer Reihe aufstellen! Stillgestanden da vorne, aufrücken hinten. Und Ach-tung! Hallll-tung! Das heißt: Bauch einziehen, Behnk! Mütze runter, Jonis! Aufhören zu zittern und aufhören zu schnattern! Leutnant Fenna hat das Wort, eigens für euch Hundejungen angereist aus dem gefährlichen Chlayst, um euch etwas Achtung einzuflößen vor dem Wappen der Königin! Augen rechts, auf das Wappen! Augen geradeaus, auf euren Leutnant! Geradeaus ist da, wo deine Zehen hinzeigen, Behnk, nicht oben im Himmel!«

Fenna wippte unwillkürlich auf den Fußballen. »Danke, Leutnant Hobock.« In einer langen Reihe standen sie nun vor ihm. Siebzehn Rekruten in Zivil. Einer war nicht nur dick, sondern sogar fett. Einer sah jung aus wie ein Dreizehnjähriger. Einer war alt. Einer war einen Kopf größer als die anderen. Einer trug eine traditionelle hesselische Trachtenkleidung. Der mit den Augengläsern war hässlich wie ein Affenmensch. Einer sah aus wie ein Mädchen, war aber keins. Einer hatte vor Aufregung rote Flecken im Gesicht. Der Schnösel mit dem Spitzbart war natürlich auch dabei. Sicherlich der Adelige.

»Warum sind keine Frauen dabei, Leutnant Hobock?«, fragte Fenna.

Hobock zuckte wieder die Achseln. »Hat sich nur eine Einzige freiwillig gemeldet. Nach dem Feldzug sind die Frauen wohl vorsichtiger geworden. Und als die eine dann mitgekriegt hat, dass sie die Einzige wäre, hat sie einen Rückzieher gemacht.«

Fenna knurrte. In Chlayst hatte er sehr gute Ergebnisse mit weiblichen Untergebenen erzielt. Sie neigten nicht so sehr dazu, sich selbst zu überschätzen und Dummheiten zu machen wie die Kerle. Außerdem waren sie reinlicher und gaben auch auf ihre Ausrüstung besser acht. »Eine Kompanie aus Jungs. Na gut, das soll wohl so sein. Wir machen jetzt Folgendes, Männer. Jeder tritt einzeln vor und gibt seinen Namen, sein Alter und seinen Herkunftsort an. Anschließend läuft er so schnell wie möglich eine Runde auf diesem Hinderniskurs. Abschließend stellt er sich vor die anderen hin und nennt seinen Grund, weshalb er Soldat werden möchte. Ich mache das jetzt einmal vor, und ich erwarte, dass ihr euch alles merken könnt. Leutnant Eremith Fenna, 32 Jahre, aus Chlayst!«

Fenna lief los. Ein kurzer Blick hinauf in das obere Stockwerk der *Führung & Leitung* bestätigte ihm, dass Oberst

Jenko dort am Fenster stand und mit unbewegter Miene zu ihnen hinabschaute. Auch die Wächter auf den Tortürmen waren jetzt Publikum. Hobock & Sells. Die Zweite Kompanie. Die Grünhörner. Das wieder aufgetauchte hübsche Gesicht hinter dem Lazarettfenster.

Ihm war klar, dass er ein Risiko einging, indem er sich selbst dem Parcours aussetzte. Wenn er von den Kletterwänden stürzte oder sich sonst wie ungeschickt anstellte, würde das sein Ansehen bei den Grünhörnern und auch in der gesamten Festung von Anfang an gehörig untergraben. Aber er hatte es sich schon in Chlayst zum Prinzip gemacht, von seinen Leuten nichts zu verlangen, was er sich nicht auch selbst zutraute. Und darüber hinaus hatte er das Gefühl, dass er seinen eigenen Status als Neuer, als Grünhorn innerhalb des etablierten Systems Carlyr, am ehesten dadurch verlieren konnte, dass er jegliche Hänselei von Anfang an im Keim erstickte.

Er nahm die erste Bretterwand mit Wildheit. Sprang, zog sich hoch, riss sich selbst hinüber, landete gut. Die Wand zitterte, hielt aber. Danach die querliegenden Fässer: Er sprang schnell und hoch genug, um mit jedem Schritt ein Fass zu überwinden. Jetzt glitt er durch ein liegendes Fass, etwas zu heftig, das Fass wurde schier aus seinen Befestigungspflöcken gerissen. Ruhig. Ruhiger. Jetzt das Netz. Fenna beschloss, Tempo herauszunehmen, um nicht peinlich ins Straucheln zu geraten. Er durchquerte die Maschen mit Umsicht. Jetzt Anlauf. Die zweite, noch höhere Hinderniswand. Die Wand ächzte und barst beinahe, aber Fenna mühte sich hinüber. Dann wieder runter, unter den tiefen Hürden hindurch und durch das zweite offene Fass. Diesmal vorsichtiger, nicht so schürfend. Zuletzt ein kurzer Spurt und die sechs quer gespannten Seile wie ein Hürdenläufer.

Er kam wieder bei den Grünhörnern an. Sein Atem ging

schwer, er merkte, wie ihm die Strapazen der Reise noch in den Knochen steckten und die kurze Ruhe auf dem Bett ihn eher noch ermüdet als gestärkt hatte. Aber er nahm militärische Haltung an und sagte: »Ich bin Soldat, weil ich der Krone und der Königin, die sie trägt, mit all meiner Kraft und all meinen Fähigkeiten dienen möchte. So, dieser Grund ist somit genannt worden. Ich erwarte von euch, dass ihr mir weitere Gründe nennt, siebzehn an der Zahl. Also los jetzt, in der Reihenfolge, wie ihr hier steht.« Den letzten Satz bekam er kaum noch heraus, jetzt musste er viermal atmen, um wieder Luft aufzuholen. Er schaute lieber nicht zu Oberst Jenko hoch, das hätte als Zeichen der Unsicherheit ausgelegt werden können.

Das erste Grünhorn trat vor. Ein Klippenwälder, der für einen Klippenwälder verhältnismäßig schmal und geschmeidig wirkte. Er war älter als Fenna, seine Haare waren halblang und zu vielen kleinen Zöpfen geflochten, sein Gesicht wangenknochig und ernst. »Nilocas Deleven, 37 Jahre, aus Bangannisan in den Klippenwäldern.« Deleven bewältigte den Parcours mit Leichtigkeit. Keine Wand ächzte. Kein Fass rüttelte. Er war schneller als Fenna. Er war auch nicht so außer Atem, als er sich hinterher aufstellte und sagte: »Ich möchte Soldat in der Festung Carlyr werden, weil ich davon ausgehe, dass dieser Stützpunkt nach dem unglücklichen Verlauf des großen Feldzuges von wichtiger taktischer Bedeutung für den gesamten Kontinent werden könnte.«

Fenna staunte und blickte zu Hobock hinüber. Hobock nickte und deutete auf das Pergament mit den Grünhörnern, wo Deleven ganz oben stand bei den Pflichtbewussten. »Der beste Mann!«, formte Hobock lautlos mit den Lippen, sodass nur Fenna es mitbekam. Das war natürlich Pech, dass ausgerechnet der Beste von allen direkt hinter Fenna antrat und dessen Leistung etwas schmälerte. Aber andererseits war es sicherlich kein Zufall, dass Deleven als Erster aus den Unterkünften gerannt gekommen war und nun vorne in der Reihe stand. »Der Nächste!«, sagte Fenna nur knapp. Lement notierte drei Punkte für Deleven.

Das zweite Grünhorn trat vor. Das war der in der bunten Trachtenkleidung. Rosige Wangen konturierten sein stupsnasiges Gesicht. »Mails Emara, 18, aus Westkald in der Gegend von Hessely. Ein kleiner Ort, der auf den meisten Karten leider überhaupt nicht verzeichnet ist, obwohl wir für unseren Honig und unsere Schnapsbrennereien gerühmt werden.«

Emara hatte schon deutlich mehr Mühe als Fenna und Deleven, brauchte vier Anläufe für die zweite, hohe Bretterwand und verhedderte sich im Netz. Aber er schaffte es. »Ich will Soldat werden«, keuchte er, »weil Westkald und Hessely als Erstes überrannt werden, wenn Carlyr fällt, und ich meine Familie – meine Eltern und meine Geschwister – und meine schöne Heimat schützen möchte. Danke sehr.«

Lement schwankte zwischen einem und zwei Punkten. Fenna entschied, nicht allzu streng zu sein, und ließ den Schreiber zwei notieren.

Das dritte Grünhorn war der Fette. Er schwabbelte förmlich beim Vortreten. »Alman Behnk, 22, direkt aus Hessely. Ich möchte Soldat werden, weil … ach nein, das kommt ja erst hinterher.« Er wetzte los, überwand strampelnd und fiepend die erste Bretterwand, kroch mehr, als dass er sprang, über die liegenden Fässer und blieb dann im ersten liegenden Fass stecken. Es ging nicht mehr vor und nicht mehr zurück. Lachend mussten mehrere Soldaten der Zweiten Kompanie ihm da heraushelfen. Auch von den Türmen war Gelächter und Gejohle zu hören. Dennoch gab Behnk nicht auf. Das Netz überwand er langsam und mit Umsicht. Aber an der zweiten Wand war dann Schluss.

Dennoch stellte Behnk sich neben der Wand auf und sagte weinerlich: »Ich möchte Soldat werden, weil ich besser werden will, Leutnant!«

Fenna nickte und winkte Behnk zurück in die Reihe. Lement notierte eine »0«, aber Fenna vermerkte im Hinterkopf, dass Behnk es immerhin versucht hatte.

Der Vierte war der Älteste unter den Grünhörnern. Sein Vollbart war bereits silbergrau, sein Haupthaar deutlich gelichtet. »Breff Adirony Teppel, 54 Jahre, aus Paischen bei Uderun«, brüllte er laut und zackig. Den Parcours bewältigte er quälend langsam, aber vollständig. »Ich will Soldat werden, weil meine beiden Söhne auch Soldaten waren und auf dem Feldzug gegen die verfluchten Affenmenschen gefallen sind!« Eckig trat er zurück ins Glied. Lement vermerkte einen Punkt.

Der Fünfte hatte Sommersprossen und beinahe so rote Haare wie Leutnant Sells. »Ildeon Ekhanner, 38, ebenfalls aus Paischen bei Uderun.« Ekhanner riss beim Robben unter den drei tiefen Hürden sämtliche Hürden mit sich und schlug beim Endspurt über die Seile so schwer hin, dass Fenna schon befürchtete, er habe sich ernstlich verletzt, aber er rappelte sich wieder auf und hinkte zurück ins Glied. Beinahe vergaß er seinen Schlusssatz, doch der neben ihm stehende Teppel stupste ihn zweimal an. »Ach ja: Ich will Soldat werden, weil mein Kumpel Breff ebenfalls Soldat wird. Und weil ich Gutes tun will und Nützliches, für den Kontinent und alle Leute und so!« Lement notierte einen Punkt.

Der Sechste: ein schmallippiger Glatzkopf mit stechenden Augen. Sein linkes Ohr war von drei Ringen durchbohrt, allerdings nicht im Läppchen, sondern oben im Knorpel der Ohrmuschel. »Garsid, 30, von Galliko.« Garsid zeigte die bislang beste Leistung auf dem Parcours, noch schneller als Deleven. Er flankte geradezu über die Bretterwände und war der Erste, der beim Netz nicht in die Maschen trat, sondern oben auf dem gespannten Netz selbst balancierte. Lement notierte eine »3«, als Garsid sagte: »Ich will Soldat werden, weil ich mich auch schon für den Feldzug freiwillig gemeldet hatte, mir dann aber etwas dazwischenkam, sodass ich nicht teilnehmen konnte.« Fenna trat zu Lement und wies ihn an, aus der »3« eine »4« zu machen, weil Garsid einen neuen Weg über das Netz erfunden hatte.

Der Siebte war der Riese. Über zwei Schritt groß, mit den für Klippenwälder typischen Hunderten von kleinen Zöpfen, die wiederum zu einem großen Zopf zusammengebunden waren. Sein Gesicht war langwimprig und wirkte sanft und etwas dümmlich. »Ellister Gilker Kindem. Schwertmann Erster Rang, Sohn von Gilgris Kindem, Schwertmann Dritter Rang. 23 Jahre. Das Dorf, aus dem ich komme, heißt Sipbyckten.« Kindems Stimme war dermaßen tief, dass sie innen drin im Kopf ein Dröhnen verursachte.

Wie bei einem Klippenwälder nicht anders zu erwarten, bereitete der Parcours ihm keine große Mühe, aber er war deutlich langsamer und schwerfälliger als Deleven und Garsid. Lement notierte eine »2«. »Ich will Soldat werden, weil ich die Königin verehre. Sie ist die schönste Frau, die ich je gesehen habe. Ich habe sie nämlich einmal gesehen, in der Hauptstadt, beim Arispfest vor zwei Jahren. So ist das.« Fenna konnte ein Lächeln nicht unterdrücken.

Der Achte war der Junge, der wie ein Dreizehnjähriger aussah. Braune Locken umrahmten sein unschuldiges Gesicht. »Jovid Jonis, 17 Jahre alt, aus der Provinz Hessely.« Der Junge hatte Mühe mit den Bretterwänden, quälte sich aber umständlich und langgliederig hinüber. Er war völlig erschöpft, als er wieder bei der Reihe ankam. »Ich … ich … will … Soldat werden, … Soldat werden … weil mein … Vater … sagt, dass das eine … gute … und anständige Anstellung ist … Herr Leutnant.« Jonis erhielt einen Punkt.

»Darf ich dich fragen, ob du tatsächlich schon siebzehn bist, mein Junge?«, fragte Fenna in ungewollt väterlichem Tonfall.

»Jawohl, Herr Leutnant, sieb… siebzehn, Herr Leutnant. Ich weiß, dass ich … jünger aussehe. Aber ich bin siebzehn und habe sogar schon ein Mädchen, Nara Wesener, die dritte Tochter des Galanteriehändlers.«

Einige lachten, Fenna nickte nur.

Der Neunte war der hässliche Bursche mit dem fettigen Topfhaarschnitt, den eitrigen Pickeln, den dicken Augengläsern und dem senfartig-säuerlichen Körpergeruch: »›Scheusal‹ Jeo Kertz aus Kimk, 21 Jahre«, sagte er munter. Anschließend zerstörte er den Parcours. Er riss erst eine der Kriechtonnen aus ihrer Verankerung, zerrte das Netz zu Boden, als er versuchte, wie Garsid darüberzubalancieren, und sprang gegen Ende dermaßen heftig gegen die höhere Wand, dass diese auseinanderbrach. Die Soldaten der Zweiten Kompanie mussten den Kurs erst einmal wiederherstellen. Kertz lachte über das ganze Gesicht. »Ich will trotzdem Soldat werden. Stellt Euch mal vor, Leutnant, was ich bei den Feinden alles kaputt machen kann!« Jetzt lachten auch die anderen nicht mehr nur über, sondern auch mit Jeo Kertz, und selbst Leutnant Fenna musste grinsen. Dennoch bekam Kertz null Punkte gutgeschrieben.

Der Zehnte war der gutaussehende Spöttische mit dem Spitzbart und der geschmackvollen Kleidung, den Fenna für den Adeligen gehalten hatte. Aber er wurde überrascht: »Gerris Resea, 25, aus Ferbst.« Mit nur halb geöffneten Augen absolvierte Resea den neu aufgebauten Parcours so zügig, dass es zwar zu zwei Punkten reichte, Fenna aber das Gefühl nicht loswurde, dass auch drei Punkte leicht im Bereich des Möglichen gewesen wären. Ein kurzer Blick auf Hobocks Liste bestätigte ihm, dass Resea ganz oben auf der Liste der Unbequemen stand. Nicht durch Faulheit, sondern durch Überheblichkeit würde dieser Mann zum Problem werden. »Ich werde Soldat, weil die Armee jetzt mehr denn je gute Leute dringend brauchen kann.« Fenna unterdrückte ein höhnisches Schnauben. Borniertheit hatte er noch nie ausstehen können.

Der Elfte war Fenna vorher in der Reihe nicht aufgefallen, aber als er nun vortrat, war deutlich zu sehen, dass er sogar kräftiger und athletischer gebaut war als sämtliche Soldaten der Zweiten Kompanie. Seine Haut war dunkler als die der anderen, seine Augen glühten wie schwarze Edelsteine. »Sensa MerDilli aus Diamandan.« MerDilli übersprang zwei Fässer auf einmal, stürzte im Netz, flankte geradezu übermenschlich über die höhere der beiden Bretterwände und stürzte ein zweites Mal beim Versuch, zwei der gespannten Seile auf einmal zu überspringen. Ihm zuzuschauen war ein Erlebnis, aber er war noch zu ungebändigt, um wirklich effektiv zu sein. Fenna sah unglaublich viel Arbeit auf sich zukommen. »Ich will Soldat werden, weil ich auch schon zum Feldzug wollte wie der Glatzkopf«, sagte MerDilli, ohne groß aus der Puste zu sein. »Leider ist Diamandan so weit weg. Bis ich endlich in Endailon ankam, war das Heer schon abgerückt. Ich bin hinterher, konnte es aber nicht mehr einholen. Seitdem drücke ich mich im Norden herum und warte auf eine Gelegenheit. Als Leutnant Hobock mich dann ansprach, wusste ich: Das ist es!« Lement sprach sich kurz mit Fenna ab und vermerkte dann drei Punkte.

Der Zwölfte war das genaue Gegenteil des Elften. Während MerDilli männlich wirkte wie ein Krieger, der sich auch alleine durchzusetzen verstand, war der Zwölfte zwar ein Junge, sah aber hübsch und zart aus wie ein Mädchen. Er trug die dunklen Haare kurz, aber seltsamerweise betonte dies sein weibliches Gesicht nur noch mehr. »Tadao Nelat, 19, aus Ferbst«, hauchte er mit zarter Stimme. Und dann machte er sich an den Hinderniskurs. Er schlängelte sich sehr geschmeidig durch die Fässer, tänzelte eleganter als alle anderen durch die Netzmaschen, glitt unter den Hürden hindurch wie ein Tänzer oder eine Tänzerin – aber für beide Hinderniswände brauchte er jeweils mehr als fünf Sandstriche. Lement konnte ihm nur einen Punkt gutschreiben, aber immerhin. »Ich möchte Soldat werden«, flötete Nelat abschließend, »weil meine Eltern sagen, dass das einen Mann aus mir machen wird.« Niemand lachte, denn alle hatten gesehen, dass Nelat auf dem Parcours Potenzial bewiesen hatte.

Das Gesicht des Dreizehnten glich dem einer Krähe: Wie bei einem Schnabel schienen sämtliche Züge sich in der Nase zuzuspitzen. Selbst seine Haare sahen ein wenig wie Federn aus. »Jamu Scapedo, 24, aus Galliko.« Auch Scapedo balancierte über das Netz. Im Sprinten schien er der bislang Schnellste von allen zu sein. Lement verzeichnete volle drei Punkte. Scapedo grinste zufrieden. »Ich will Soldat werden, weil ich so viele Affenmenschen wie möglich töten möchte. In Galliko ist man viel zu zaghaft, man hat dauernd Schiss vor irgendwelchen Gegenangriffen. Aber hier in Carlyr ist man anders drauf. Hier hat man gesehen, zu was die Affen in der Lage sind. Von hier aus könnte man einen Vorstoß machen, der sich wirklich gewaschen hat.«

Der Vierzehnte war wieder ein Gegensatz zum Dreizehnten: Während Scapedo aggressiv und schneidig wirkte, machte der Dreizehnte einen ausgesprochen harmlosen und freundlichen Eindruck. Er trug den flaumigen Schnauzbart eines Heranwachsenden und hatte ein weiches, kinnloses Gesicht. »Bertus Plankett aus dem hübschen Dörflein Jeckist, mitten in der Ebene zwischen Hessely und Ferbst. Stets zu Diensten. 22 Jahre bin ich jung.« Beinahe gemütlich trabte Plankett über den Parcours, mühte sich unvorteilhaft über die Wände, schaffte aber alles mit schneckenhafter Gelassenheit. Er lächelte sogar, als er abschließend erklärte: »Ich will Soldat werden, weil man da tolle Erfahrungen machen kann. Man lernt neue Leute und Gegenden kennen. Man lernt etwas. Und das Essen soll auch gar nicht schlecht sein, habe ich mir sagen lassen.« Lement gab ihm einen Punkt.

Jetzt waren nur noch drei übrig. Der Fünfzehnte schien immerhin das militärische Grüßen schon ordentlich verinnerlicht zu haben. Er war bleich und dünn wie ein Geschöpf, das in Kellern lebt. »Bujo Stodaert, 22 Jahre, aus Hessely, meldet sich zur Dritten Kompanie, Zweites Bataillon Festung Carlyr, Leutnant Fenna. Ich beginne.« Mit Elan und vorbildlicher Haltung absolvierte Stodaert den Kurs mit zwei Punkten. Er hätte auch drei Punkte sammeln können, wenn er sich nicht vor und nach jedem einzelnen Hindernis wie ein Turner aufgerichtet und das Kinn und die Arme heischend in die Höhe gereckt hätte. Sein Hohlkreuz beim Springen imponierte allen.

»Melde den Kurs als gemeistert«, sagte er anschließend steif. »Bewerbe mich um eine Anstellung als königlicher Soldat, weil jeder junge Mann, der die Annehmlichkeiten eines Lebens auf dem Kontinent in Anspruch nimmt, die gleichzeitige Verpflichtung besitzt, dem Land zurückzuzahlen, was es ihm an Möglichkeiten bereitstellt. Bitte deshalb auch gehorsamst auf jegliche Soldzuteilung verzichten zu dürfen. Der Dienst für die Krone soll mir des Lohnes genug sein, Leutnant Fenna.« Fenna nickte so ernst, wie es ihm möglich war.

Der Sechzehnte hatte ein Gesicht, das Leutnant Fenna auf Anhieb gut gefiel. Einnehmend, aber nicht anbiedernd. Gut aussehend, aber uneitel. Er war unrasiert und hatte störrische dunkelblonde Haare. »Fergran von den Holtzenauen aus Schlehen im Larnwald. 25 Jahre.« Das also war der Adelige. Er gab sich redlich Mühe und überwand seine offensichtliche Abneigung, unter den Hürden oder durch die Fässer auf dem Boden herumzukriechen und sich schmutzig zu machen. Zerzaust stellte er sich wieder auf und bekam von Lement zwei Punkte. »Ich will zur Armee, weil ich glaube, dass meine medizinischen Kenntnisse hier von Nutzen sein könnten.«

Leutnant Fenna zog die Augenbrauen hoch. »Du willst nicht Soldat werden, sondern Stabsheiler?«

Von den Holtzenauen lächelte. »Beides. Ich kann kein guter Stabsheiler werden, wenn ich die Soldaten und ihre Lebensbedingungen nicht kenne.«

Fenna nickte und fragte sich, was dieser Mann auf der Liste der Unbequemen zu suchen hatte. Hobocks Einschätzungen schienen ihm ohnehin nicht immer ganz nachvollziehbar zu sein. Vielleicht verhielten sich die Männer ihm gegenüber aber auch anders.

Der Letzte in der Reihe war der mit den roten Hektikflecken im Gesicht. Er stotterte vor Zackigkeit. »Yinn Hanitz aus Kikikikimk. Aus Kimk natürlich. Verzeihung! 26 Jahre alt.« Auffällig an Hanitz war, dass sein Gesicht bereits durch mehrere Narben nicht verunstaltet, aber doch deutlich geprägt wurde. Er hatte Augen, die tief in schattigen Höhlen zu liegen schienen, und stürzte sich mit Feuereifer in den Parcours. Die hohe Wand ging beinahe ein zweites Mal zu Bruch. Das letzte quer gespannte Seil riss von den Pflöcken. Aber drei Punkte waren der Lohn für die dadurch erreichte hohe Geschwindigkeit. »Ich will Soldat in der Festung Carlyr werden, weil ich schon oft als Zivilist hier gewesen bin. Ich habe früher als Händlergeselle Holz nach Carlyr liefern geholfen, und die Festung hat immer einen großen Eindruck auf mich gemacht. Auch jetzt fühle ich die Erhabenheit dieses Ortes und seine einzigartige Lage – wie ein Damm, der die Felsenwüste vor dem brandenden Meer aus Affenmenschenleibern abschließt.«

Fenna nickte und stellte sich vor der Reihe auf. »So weit, so gut, Männer!« Er ließ sich von Lement die Punkteliste aushändigen. »Wir haben nur zwei Nuller, fünf Einser, fünf Zweier, vier Dreier und einmal sogar einen Vierer: Garsid, der einen neuen Weg über das Netz erfunden hat. Das ist doch schon recht vielversprechend. Was ich euch vorher nicht gesagt habe, und zwar *absichtlich* nicht gesagt habe, ist, dass ich drei von euch heute nach Hause schicken muss. Wer also den Parcours zu lässig angegangen ist, hat sich das selbst zuzuschreiben. In der Armee ist Lässigkeit immer ein Fehler, immer! Aber keine Sorge, noch ist alles offen. Wir werden noch zwei weitere kleine Übungen durchführen, sodass auch diejenigen, die bislang schlecht abgeschnitten haben, zwei weitere Chancen erhalten. Wir werden jetzt kämpfen, so, wie ihr hier steht, immer zwei gegeneinander. Es gibt keine Regeln, außer dass keine Waffen benützt werden dürfen und der Kampf sofort beendet ist, sobald einer der beiden Kontrahenten mit einer Hand oder einem Knie den Boden berührt. Alles verstanden? Dann dürfen Nilocas Deleven und Mails Emara jetzt vortreten, zu mir.« Ursprünglich hatte Fenna vorgehabt, stumpfe Waffen aus dem Zeughaus zu holen. Aber nachdem ihm die Unterschiedlichkeit der Männer deutlich vor Augen geführt worden war, hatte er beschlossen, die Verletzungsgefahr zu reduzieren.

Deleven und Emara traten vor, und ihr Kampf begann. Emara sah kein Tageslicht gegen Deleven, der ihm blitzschnell die Füße unter dem Leib wegtrat, ihn auffing und ihn beinahe sanft auf den Boden ablegte, vielleicht, damit die hübsche Tracht nicht schmutzig wurde.

»Null Punkte für Emara, einen Punkt und eine Runde weiter für Deleven«, sagte Fenna, während Lement alles notierte. »Weiter geht's.«

Der Kampf des dicken Behnk gegen Breff Adirony Teppel endete mit einer Überraschung: Teppel lag gekrümmt am Boden, und Behnk griente selig. Kaum dass Fenna den Kampf freigegeben hatte, war Behnk dem deutlich älteren Teppel mit dem Kopf voran in den Bauch gestürmt. Und so verdiente sich Alman Behnk seinen ersten Punkt und war eine Runde weiter.

Der dritte Kampf wurde wie auch schon die Parcoursübung von Garsid dominiert. Ildeon Ekhanner hinkte noch etwas von seinem Sturz auf dem Hinderniskurs, und Garsid nutzte das gnadenlos aus, trat Ekhanner gegen das schmerzende Bein und zwang ihn so auf beide Knie. Ekhanner war anschließend richtig wütend auf Garsid und musste von seinem Freund Breff Teppel, der ja ebenfalls ausgeschieden war, beruhigt werden.

Kampf Nummer vier zog sich in die Länge. Der junge Jovid Jonis wich dem Riesen Kindem lange aus. Kindem wurde immer wütender. Es war ihm anzusehen, dass er Jonis zerreißen würde, wenn er ihn nur zu packen bekäme. Aber nach einem besonders heftigen Vorstoß stellte Jonis ihm ein Bein, und Kindem schlitterte auf ein Knie. Er sprang auf und wollte Jonis packen, doch Leutnant Fenna ging dazwischen. Der Kampf war vorüber.

Der fünfte Kampf ging schnell. »Scheusal« Kertz gegen den Spötter Resea. Kertz griff an, Resea packte ihn, hebelte ihn aus, und Kertz landete auf dem Hosenboden. »Die Kampfpaarungen sind zufällig und ungerecht«, sagte Resea hinterher in Richtung Fenna. »Gegen einen anderen hätte der Stinker vielleicht eine Chance gehabt.«

»Vieles im Leben ist ungerecht«, entgegnete Fenna knapp. »Die Nächsten!«

Kampf sechs. Der kräftige MerDilli gegen den mädchenhaften Nelat. Aber auch hier gab es wieder eine Überraschung. Nelat wich aus und ohrfeigte MerDilli. Das brachte diesen dermaßen auf, dass er die Übersicht verlor.

Er wurde ein zweites Mal geohrfeigt, dann rutschte er bei einem Wendemanöver aus, musste sich mit einer Hand am Boden abstützen und war ausgeschieden. »Das gibt es doch gar nicht!«, sagte er fassungslos. Nachdem Tadao Nelat sich dann noch in aller Form bei ihm für die Ohrfeigen entschuldigt hatte, war er noch fassungsloser, aber immerhin kein bisschen wütend.

Viele der Zuschauer, sowohl aus Fennas zukünftiger Kompanie als auch aus der Zweiten, lachten. Fenna verzeichnete, dass seine Maßnahmen in der Festung ordentlich für Stimmung sorgten. Der Oberst war jedoch nicht mehr hinter seinem Fenster zu sehen. Das Lazarettmädchen auch nicht.

Der nächste Kampf wurde ungewöhnlich brutal. Jamu Scapedo drosch dem vollkommen harmlos wirkenden Bertus Plankett in einer blitzschnellen Links-rechts-Kombination beide Fäuste ins Gesicht. Plankett fiel um wie vom Blitz getroffen und war tatsächlich ein paar Momente weggetreten. Fergran von den Holtzenauen löste sich aus der Reihe und half dem benommenen Plankett wieder auf. Einige der Grünhörner murrten. Leutnant Fenna sagte nichts, denn er hatte keine Regeln für die Kämpfe festgelegt, um die Männer besser kennenlernen zu können.

Anschließend war von den Holtzenauen selbst an der Reihe, gegen den steifen Bujo Stodaert, der auch sofort eine vorbildliche Faustfechthaltung einnahm. Lächelnd parodierte der Adelige diese Haltung, und so umkreisten sie einander mit hochaufgerichteten Oberkörpern, kreisenden Fäusten und angewinkelten Beinen, was wieder für allgemeines Gelächter sorgte. Schließlich griff Stodaert an und deckte von den Holtzenauen mit Hieben ein. Der packte sich jedoch den Gegner und brachte ihn mit einer Beinschere zu Fall. Noch in der Niederlage bewahrte Stodaert jedoch die Fassung und gratulierte dem Sieger mit einer Verbeugung.

»In Ordnung«, sagte Fenna. »Hanitz hat keinen Gegner, weil wir eine ungerade Zahl an Bewerbern haben. Er wird also das Vergnügen haben, gegen mich persönlich anzutreten. Kleine Strafe dafür, als Letzter aus den Unterkünften gekommen zu sein, wenn ein Leutnant zum Appell ruft. Also an die Arbeit, Hanitz. Du hast ausdrückliche Erlaubnis, einen Vorgesetzten zu verprügeln. Das würde ich mir an deiner Stelle nicht entgehen lassen.«

Die roten Flecken in Hanitz' Gesicht verstärkten sich zu Purpur. Fenna griff schreiend an, fintierte jedoch nur. Als Hanitz ebenfalls kreischend ausweichen wollte, wurde er von Fenna mit einem Fußfeger erwischt. Er wäre unweigerlich gestürzt, doch Fenna hielt ihn fest und aufrecht. »Ich will nicht ungerecht sein. Du musst als Einziger gegen einen Offizier kämpfen. Also bekommst du noch eine Chance. Aber nur eine einzige. Nutze sie!«

»Jajajawohl, Leutnant.«

Hanitz agierte jetzt etwas umsichtiger. Die übrigen Männer schauten gespannt zu. Leutnant Fenna demonstrierte ein paar Tricks, die er sich während vierzehn Jahren Militärdienst in Chlayst angeeignet hatte. Er tänzelte vor und zurück. Täuschte mit rechts an und knuffte Hanitz mit links. Wehrte unentschlossen vorgetragene Schläge wie Patschehändchen ab und ging so nahe heran an den Mann, dass er Hanitz mit der Brust nach hinten stoßen konnte. Schließlich versuchte Hanitz es mit einem Sturmangriff, der auf Fennas Beine zielte. Fenna sprang hoch und landete auf Hanitz' gekrümmtem Rücken. Hanitz ging zu Boden. Jetzt durfte nur noch Fenna bei der Landung nicht ebenfalls mit Knie oder Hand den Boden berühren, und er schaffte es, zwar strauchelnd, aber halbwegs aufrecht.

»Gut«, sagte er, wieder mehr außer Atem, als ihm lieb

sein konnte. »Dann haben wir jetzt noch acht Mann – die Liste geht also auf, bis ein Sieger feststeht. Deleven und Behnk zur zweiten Runde.«

Weiter ging es. Eine ausgesprochen ungleiche Paarung. Aber wieder gelang dem Dicken das Unwahrscheinliche: Er stürmte los wie ein Ochse und schob den überrumpelten Deleven so lange rückwärts vor sich her, bis dieser über einem der quer gespannten Parcoursseile zu Fall kam. Allgemeine Heiterkeit brandete auf. Selbst Nilocas Deleven musste nach ein paar Augenblicken der Verdutztheit lachen. Der kleine, dicke Alman Behnk ließ sich mit hochgereckten Armen feiern wie ein großer Held.

Im zweiten Kampf der zweiten Runde ließ Garsid dem jungen Jonis keine Chance. Garsid vollendete das, was Yinn Hanitz in der ersten Runde bei Leutnant Fenna versucht hatte: einen Angriff mit Oberkörper und Armen auf die Beine des Gegners. So tauchte er unter der Deckung des Jungen durch und hob ihn an den Knien in die Luft. Er schmetterte ihn allerdings nicht zu Boden, sondern ließ ihn langsam umkippen, bis Jonis mit den Händen den Boden berührte. Einige auch aus der Zweiten Kompanie applaudierten für dieses ansehnliche Manöver.

Der dritte Kampf: Gerris Resea gegen Tadao Nelat. Diesmal kam Nelat mit seinen Meidbewegungen und Ohrfeigen nicht weiter. Resea packte einfach eine von Nelats Händen und drückte sie auf den Boden. Auch eine Idee, auf die bislang noch niemand gekommen war.

Der letzte Kampf der zweiten Runde: Jamu Scapedo gegen Fergran von den Holtzenauen. Erneut ging Scapedo mit unbarmherziger Härte vor. Er schlug und trat nach dem Adeligen, dass diesem nichts anderes übrig blieb, als zurückzuweichen. Schließlich gelang es dem Mann aus Galliko, den Adeligen zu stellen. Dieser wich geschickt zwei wilden Schwingern aus, wurde aber von Scapedos Ellenbogen an der Schläfe getroffen. Scapedo setzte nach und stieß von den Holtzenauen mit beiden Händen hart gegen die Brust. Der Adelige strauchelte rudernd nach hinten – da sprang Scapedo hinterher und trat ihm mit dem Fuß ins Gesicht. Von den Holtzenauen stürzte, blieb kurz liegen, mühte sich dann aber wieder hoch.

»Meine Güte, Scapedo, das sollen Übungskämpfe sein, keine Gemetzel!«, ermahnte Fenna den Gallikoner.

Der blieb uneinsichtig. »Ihr habt gesagt: *Keine Regeln!*, Leutnant. Ich mache nur das, was mir befohlen wurde.«

»Dann sollte ich vielleicht einschränkend hinzufügen: keine Regeln, aber auch keine schwerwiegenden Verletzungen. Alles in Ordnung mit dir, von den Holtzenauen?«

Der Adelige schüttelte sich. »Mein Gesicht muss hier noch irgendwo herumliegen. Aber sobald ich es gefunden habe, bin ich wieder einsatzbereit, danke der Nachfrage, Leutnant.«

»Also schön.« Fenna brachte wieder Ordnung in die durcheinandergeratene Reihe. »Die dritte Runde beginnt. Alman Behnk gegen Garsid.«

Der kleine, dicke Behnk war immer noch im Rennen. Jetzt stand ihm der in jeder Hinsicht überlegen scheinende Glatzkopf Garsid aus Galliko gegenüber. Die beiden musterten sich, Garsid finster, Behnk grinsend wie ein Honigkuchenpferd. Plötzlich stürmte Behnk los und schmiss sich mit voller Wucht gegen Garsid. Der wollte noch ausweichen, konnte dem massigen Leib aber nicht mehr entkommen. Beide purzelten übereinander zu Boden. Aber Behnk lag oben.

»Er hat den Boden zuerst berührt! Er hat den Boden zuerst berührt!«, plapperte Behnk aufgeregt. »Auch mit der einen Hand! Ich hab's genau gesehen, ich war ja ganz nahe dran.«

»Aber deine Knie, Behnk …«, wandte Fenna ein, der

sich, genau wie die meisten anderen, das Lachen nicht mehr verkneifen konnte.

»Neinneinnein, seine eine Hand, die linke, war mit dem Handrücken auf dem Boden, bevor meine Knie ebenfalls …«

»Er hat recht«, sagte Garsid. »Meine Linke war vor seinen Knien am Boden. Es ist zwar nicht zu fassen, aber er hat wohl gewonnen.« Selbst der sonst so grimmig wirkende Garsid zeigte beinahe so etwas wie Belustigung.

»Damit steht also der erste Finalist fest: Alman Behnk«, vermerkte Fenna. Selbst der Schreiber Lement – eifrig mit Notieren und Übertragen von Punkten beschäftigt – gluckste vor Vergnügen. »Fehlt noch einer: Gerris Resea gegen Jamu Scapedo.«

Jetzt hielten alle den Atem an. Würde Scapedo wieder übertrieben hart vorgehen? Anfangs sah es so aus. Wilde Fausthiebe verfolgten Resea, der tänzelnd auswich und leise zu lächeln schien. Dann schlug Resea plötzlich zurück. Beinahe ansatzlos. Scapedos Kopf wurde dreimal nach hinten getrümmert, aber er blieb auf den Beinen. Es folgte ein echter Faustkampf ohne Handumwicklungen. Bloße Finger gegen harte Schädel. Fenna hatte sich als junger Rekrut bei so etwas einmal die Hand gebrochen, und er wusste, wie gefährlich das war. Er wollte gerade dazwischengehen, als der Kampf plötzlich endete. Resea drehte sich unvermittelt in die Deckung des Gegners hinein, bis er Rücken an Bauch stand – und dann hebelte er Scapedo über sich hinweg. Scapedos Beine beschrieben einen weiten Bogen durch die Sonne. Alle Zuschauer blinzelten geblendet. Dann krachte Scapedo schmerzhaft auf den sandigen Hofboden.

»Ich hätte dir den Arm brechen oder auskugeln können«, sagte Resea freundlich. »Ich hätte dich auch auf dem Rückgrat landen lassen können oder es dir während des

Überschlages mit dem Knie brechen. Aber ich wollte nur, dass du das weißt.«

Scapedo war viel zu verwirrt, um wütend zu werden. Er schien die Orientierung verloren zu haben und eierte etwas herum, bis Fenna ihn einfing und wieder ins Glied zurückstellte.

»Somit steht das Finale fest: Alman Behnk gegen Gerris Resea. Feuert sie ruhig an, Männer!«

Behnk hatte als klarer Außenseiter mehr Anfeuerer auf seiner Seite als der stutzerhafte Resea. Der kleine, dicke Mann aus Hessely schien diese Momente auszukosten wie selten zuvor etwas im Leben. Er stand im Finale eines Kampfturniers im Hof der Festung Carlyr unter lauter angehenden Soldaten der Königin. Die Leute riefen seinen Namen. »Behnk! Behnk! Behnk! Behnk! Behnk!«

Resea schaute sich das Spektakel eine Weile lang an, dann sagte er: »Das ist doch lächerlich«, beugte sich hinunter und berührte mit einer Hand den Boden. Stille setzte ein.

»Du gibst auf, Resea?«, fragte Fenna scharf.

»Ja. Ich habe keine Lust, den armen Klops zu vermöbeln.«

»Die Frage ist: Bist du überhaupt in der Lage, den ›armen Klops‹ zu vermöbeln? Garsid hat es auch nicht geschafft.«

»Jederzeit«, lächelte Resea kalt. »Und ohne die Hände zu benutzen.«

»Das gibt es doch nicht!«, begehrte jetzt Alman Behnk auf. »Ich akzeptiere das nicht! Ich will einen ordentlichen Kampf! Wenn ich verliere, ist doch in Ordnung. Aber ich will nicht aus Mitleid gewinnen.«

»Behnk akzeptiert dein Aufgeben nicht«, sagte Fenna zu Resea. »Also kämpft!«

Resea wandte sich wieder Behnk zu. Der stürmte mit hochrotem Gesicht auf ihn los. Resea wich aus, mit der eleganten Bewegung eines Tänzers – und stellte Behnk nicht nur ein Bein, sondern riss diesem mit seinem eigenen Fuß dermaßen heftig ein Schienbein weg, dass Behnk mit Gesicht und Armen zuerst aufschlug.

Niemand rührte sich. Dann stemmte Behnk sich hoch und lachte über das ganze Gesicht. »So ist es doch gut«, sagte er und spuckte Staub aus. »Ich bin Zweiter geworden! Ehrlicher Zweiter von siebzehn Teilnehmern!«

Die Grünhörner feierten ihn und klopften ihm auf die Schultern. Einzig Resea sagte in Fennas Richtung: »Lächerlich. Dieses ganze Turniersystem war lächerlich. Hätte ich gleich in der ersten Runde gegen Garsid antreten müssen, hätte ich wahrscheinlich verloren und null Punkte bekommen.«

»Du bist halt ein Glückspilz, Resea«, entgegnete Fenna. »So jemand kann es im Krieg und in der Armee weit bringen.«

Resea und Fenna maßen sich kurz mit Blicken. Dann gab Resea lächelnd klein bei und stellte sich dorthin, wo vorher die Reihe gewesen war. Nicht, weil er sich unterordnete, sondern weil er – das spürte Fenna genau – es jetzt noch nicht der Mühe wert befand, es auf eine echte Kraftprobe ankommen zu lassen.

Fenna musste brüllen, um sich in der allgemeinen Unordnung Gehör zu verschaffen. »Ruhe, Leute, und zurück in die Reihe! Genug gefeiert, noch gibt es ja gar nichts zu bejubeln. Ich habe noch eine dritte Übung für euch. Das bisherige Zwischenergebnis lautet« – Fenna ließ sich von dem flinkfingrigen Lement den entsprechenden Zettel aushändigen – »am besten schneiden bislang Garsid und Gerris Resea ab mit jeweils sechs Punkten, gefolgt von Jamu Scapedo mit fünf und Nilocas Deleven mit vier. Jeo Kertz hat bislang als Einziger null Punkte, aber auch Teppel, Ekhanner und Plankett haben nur einen und Emara, Kindem, Jonis, Nelat und Stodaert lediglich zwei. Diese neun müssen sich noch deutlich mehr anstrengen, denn wie gesagt:

Die schlechtesten drei müssen die Festung heute auf Nimmerwiedersehen verlassen. Ich gehe also davon aus, dass jeder jetzt sein Bestes gibt.«

»Bekommt derjenige, der am Ende die allermeisten Punkte hat, eine Vergünstigung?«, fragte Jamu Scapedo.

»Mal sehen«, antwortete Fenna. »Wer heute insgesamt sehr gut abschneidet, macht natürlich von Anfang an einen herausragenden Eindruck. Alles Weitere behalte ich mir in Absprache mit meinen Vorgesetzten vor. Also los jetzt! Wir machen ein simples Wettrennen in drei Gruppen, zweimal sechs und einmal fünf Mann. Ihr lauft hier an der Westmauer los, rüber zur Ostmauer, schlagt dort an – Leutnant Hobock wird so freundlich sein, das zu überprüfen – und lauft zur Westmauer zurück. In der Reihenfolge, in der ihr an der Westmauer anschlagt, bekommt ihr Punkte, der Letzte bekommt null, der Erste fünf oder vier. Danach haben wir ein Endergebnis, und die drei, die keine Soldaten werden können, stehen fest. Noch Fragen?«

»Darf man unterwegs rempeln?«, fragte »Scheusal« Jeo Kertz.

»Nur im Rahmen des Nötigen, um sich durchzusetzen. Aber es soll kein Gerangel werden. Wer einem anderen ein Bein stellt oder sonst wie grob wird, bekommt null Punkte, verstanden? Die erste Sechsergruppe Aufstellung! Deleven, Emara, Behnk, Teppel, Ekhanner und Garsid. Alles bereit? Achtung, fertig, LOS!«

Nilocas Deleven gewann diesen Lauf mit Leichtigkeit. Er war schon an der Ostwand der Erste, der anschlug, und bereits auf dem Rückweg, als die anderen sich noch entfernten. Mails Emara gelang es im Endspurt mit weit ausgreifenden Schritten, Garsid auf den dritten Platz zu verdrängen. Danach rutschte Emara allerdings erst mal vollkommen ausgepumpt die Mauer herab. Vierter wurde unbedrängt Ildeon Ekhanner. Als die beiden Letzten lieferten sich deutlich abgeschlagen Breff Teppel und Alman Behnk einen Zweikampf der Schlusslichter, den Behnk auf den letzten Schritten verlor. Auch diese beiden gingen mit hochroten, verzerrten Gesichtern zu Boden.

Fenna schüttelte den Kopf. Die gelaufene Distanz hatte kaum hundert Schritt betragen. Beim Militär musste man lernen, meilenweit zu rennen.

Lement war schon wieder damit beschäftigt, Punkte zu verteilen, zu verrechnen und einzutragen.

Die zweite Gruppe trat an: Kindem, Jonis, Kertz, Resea, MerDilli und Nelat. Auch hier gab es einen überlegenen Sieger: Tadao Nelat, der in der Laufhaltung eines Mädchens, mit in Schulterhöhe erhobenen Händen, leichtfüßig wie auf der Flucht allen anderen davonrannte. Resea folgte als Zweiter, wirkte jedoch, als hätte er sich nicht richtig angestrengt. »Scheusal« Kertz war nach Nelat die zweite große Überraschung dieses Durchgangs: Er profitierte davon, dass er sich beim Rennen sehr sperrig gebärdete, keiner so richtig an ihm vorbeikam – und auch niemand ihn mehr als nötig berühren wollte. Kindem, Jonis und MerDilli ballten sich so in seinem Rücken, behinderten sich gegenseitig und kamen alle drei so gut wie gleichzeitig hinter Kertz an, mit leichtem Vorteil für MerDilli. Fenna entschied in Absprache mit Lement, dass der Hüne Ellister Gilker Kindem haarscharf Letzter gewesen war.

Jetzt fehlten nur noch fünf: Scapedo, Plankett, Stodaert, von den Holtzenauen und Hanitz.

Dieser letzte Lauf wurde zum Desaster.

Scapedo setzte sich von Anfang an ab, schlug an der Ostmauer an und begann gerade zurückzulaufen, als Yinn Hanitz als Zweiter dort ankam. Scapedo rannte in ihn hinein. Hanitz wurde regelrecht ausgehebelt, verlor den Boden unter den Füßen und knallte mit dem Kopf gegen die Mauer. Eine blutige Spur schmierend, rutschte er an ihr herunter.

Leutnant Hobock winkte den Lauf sofort ab, Stodaert und Plankett stoppten, von den Holtzenauen kümmerte sich um Hanitz. Scapedo jedoch rannte weiter, bis er von Fenna abgefangen wurde. »Was soll denn das, verflucht noch mal? Bist du krank im Kopf oder was?«

Scapedo versuchte sich loszureißen. »Er muss mir halt ausweichen, wenn er schon der Langsamere ist.«

Fenna spürte, wie ihm der Geduldsfaden riss. »Unsinn! Du kannst ausweichen, weil du den Sieg bereits in der Tasche hast. Du hast doch Punkte genug, da brauchst du nicht über Leichen zu gehen. Du bist eine Gefahr für alle anderen, ist dir das eigentlich bewusst?«

»Was interessieren mich denn die anderen? Wenn ich nicht in der kleinsten Gruppe hätte mitrennen müssen, hätte ich fünf Punkte holen können. Mit fünf Punkten wäre ich gleichauf mit Resea Punktbester von allen geworden! Aber ich durfte ja nicht, ich musste in der Versagertruppe mitlaufen.«

»Weil du am Anfang nicht rechtzeitig aus der Unterkunft gekommen bist – deshalb bist du bei den letzten fünf. Du hast dir alles ganz alleine zuzuschreiben – und jetzt werde ich dich rausschmeißen, weil du zu dämlich bist, das zu begreifen!«

Scapedo breitete fassungslos die Arme aus. »Rausschmeißen? Das kann doch nicht Euer Ernst sein! Ich habe nach den ersten beiden Übungen fünf Punkte gehabt! Ich bin mit Sicherheit der schnellste Läufer von allen! Ich bin einer der Besten überhaupt!«

»Du bist untragbar. Jemand wie du gehört in eine *Haarjäger*bande im Wildbart, aber auf keinen Fall in die Armee.«

»Ist das wirklich Euer Ernst, Leutnant? Guckt Euch doch mal die anderen Versager an. Wollt Ihr mit … Kindern und Fettsäcken und stinkenden Halbblinden gegen die Affenmenschen losschlagen?«

»Hier schlägt niemand los. Hier wird eine Festung bemannt, mit Disziplin und Kameradschaft. Und keiner versucht andauernd, seine Kameraden zu verletzen. Das ist mein voller Ernst. Pack deine Sachen und verschwinde!«

Scapedos Lippen bewegten sich zitternd. Er machte ein paar Schritte Richtung Mannschaftsunterkunft, dann drehte er sich um und sagte mit ausgestrecktem Zeigefinger. »Das wird Ihnen noch leidtun! Das schwöre ich Ihnen, dass Ihnen das noch leidtun wird, Leutnant Fenna aus Chlayst!«

»Das interessiert mich keinen Deut, was du mir schwörst, du Spinner. Nun halte hier nicht unnötig den Betrieb auf und mach, dass du fortkommst!«

Zornbebend ging Scapedo seine Sachen holen. Fenna musterte seine Männer. Resea lächelte spöttisch. Die meisten anderen waren bleich und erschrocken.

Fenna ärgerte sich. Es war niemals gut, wenn ein Vorgesetzter sich auf Wortgefechte einlassen musste. Aber die Sachlage war kompliziert gewesen: Scapedo war noch kein vereidigter Soldat, dem man mit Disziplinierungsmaßnahmen drohen konnte. Es war besser, diesen ständigen Unruheherd aus dem Korps zu entfernen.

Die Frage war nun, wie es um Hanitz stand. Fenna ging zur Ostmauer hinüber. Leutnant Hobock, von den Holtzenauen, Plankett und Stodaert standen um den liegenden Hanitz herum. »Wie sieht's aus?«

»Nicht gut«, sagte von den Holtzenauen. »Er hat das Bewusstsein verloren. Wir sollten ihn zum Lazarett hinübertragen.«

»Dann machen wir das. Was ist mit *dir* los, Plankett?«

Das Gesicht von Bertus Plankett war tränenüberströmt. »Ich hab's genau mit angesehen. Sein Schädel hat … richtig geknirscht. Er wird doch nicht sterben, oder, Leutnant?«

»Hier stirbt niemand. Fasst mit an!« Zu viert trugen sie

Hanitz hinüber ins Lazarett. Leutnant Hobock ging ihnen voraus. Die Stirn von Yinn Hanitz war eine einzige blutende Platzwunde. Das Blut lief ihm über Schläfen und Ohren und tropfte aus den Haaren auf den Hof.

Im Lazarett war es schattig und still. Es roch nach Äther, Schafgarbe und Melisse. Nur ein einziger Soldat aus der Zweiten Kompanie belegte ein Bett. Eine Sommererkältung hatte ihn niedergestreckt.

Die Frau, deren Gesicht sich Leutnant Fenna heute schon mehrmals eingeprägt hatte, kam sofort auf die Träger zugelaufen und wies dem Verwundeten ein Bett zu. Sie legten Hanitz so sanft wie möglich darauf.

»Ihr führt Euch ja gleich bei jedermann ein«, sagte sie zu Fenna, ohne ihn anzublicken. »Wie ist das passiert?«

»Er ist beim Rennen gestürzt und mit dem Kopf gegen eine Mauer gestoßen.«

Sie betastete Hanitz' Schädel. »Das sieht nicht gut aus. Könnte gebrochen sein. Die kommenden Stunden werden den Weg weisen.«

Fenna hatte Gelegenheit, die Frau eingehender zu betrachten. Sie war weder Soldatin noch – wie es in Lazaretten gang und gäbe war – eine Schwester der Göttin Helele. Sie war jung und ausgesprochen schön. Ihr langes kastanienbraunes Haar wallte in Hunderten von welligen Kaskaden abwärts. Auch ihr Körper war sehr weiblich und zeichnete sich unter dem einfachen, bodenlangen Stoffkleid vielleicht sogar ein wenig mehr ab, als schicklich war. Fenna schätzte sie auf 24, vielleicht 25 Jahre. Ihre Augen waren ebenso kastanienbraun wie ihr Haar und von melancholischem Zuschnitt. In Chlayst hätte eine solche Frau wahrscheinlich als Liebesdienerin oder Tänzerin gearbeitet, vielleicht als Schauspielerin in einem der beiden Hafentheater – aber auf keinen Fall in einem Lazarett.

Fenna räusperte sich. »Ich möchte, dass er mit allen Ehren behandelt wird, obwohl er noch kein vereidigter Soldat ist. Falls die Festung für seine Behandlung nicht aufkommen möchte, werde ich sie von meinem eigenen Sold bezahlen.«

Jetzt sah die Frau ihn zum ersten Mal an. »Ich mache keinen Unterschied zwischen Soldaten und Zivilisten. Macht Euch darüber keine Sorgen. Ich werde Euch wissen lassen, wie es um ihn steht.«

Fenna nickte. Das war eine deutliche Aufforderung zu gehen. Nach einem letzten Blick auf den bleich und blutig daliegenden Hanitz wandte er sich ab.

Von den Holtzenauen sprach die Frau noch einmal an. »Falls Ihr einen Assistenten benötigt – ich habe im Larnwald bei Schmetterlingsmenschen Heilkunde studiert.«

Die Frau sah auch ihn kurz an. »Das ist ungewöhnlich. Aber wie Ihr seht, ist zurzeit ausnahmsweise nicht viel los. Ich werde mich alleine kümmern können.«

Die fünf Männer verließen das Lazarett. Die Sonne draußen wirkte übertrieben hell nach der Schattenumfangenheit des Krankenzimmers.

»Ihr Name ist Ilintu«, raunte Leutnant Hobock Fenna zu, als sie wieder auf die Grünhörner zugingen, die gerade von Leutnant Sells daran gehindert wurden, sich zu schwatzenden Grüppchen zusammenzurotten. »Sie ist eine voll ausgebildete Heilerin. Als die Überlebenden des Feldzuges hier durchkamen, hat sie den Kranken das Sterben erleichtert. Aber sie hat nicht viel ausrichten können.«

»Die Überlebenden waren … vergiftet?«

»Ja. An Körper und Seele, hat Oberst Jenko mal gesagt.«

»Wie in Chlayst.« Der Kontinent war im Untergang begriffen. Das bestätigte sich immer wieder.

Fenna bedankte sich bei Leutnant Sells und übernahm wieder. »Es geht ihm den Umständen entsprechend gut, aber es ist noch nicht klar, wann er wieder auf den Beinen sein wird. Ist Scapedo schon aus der Festung raus?«

»Noch nicht, Leutnant«, machte Nilocas Deleven Meldung.

»Egal.« Fenna überflog die Notizen und Punktierungen des Schreibers. »Wir müssen leider den letzten Lauf noch einmal wiederholen, weil wir keine eindeutigen Punkte vergeben konnten. Plankett, Stodaert, von den Holtzenauen – darf ich noch einmal bitten? Achtung, fertig, LOS!«

Die drei rannten noch einmal, und diesmal kam niemand jemandem in die Quere. Stodaert gewann, hochaufgerichtet und mit beim Rennen schneidend schwingenden Handkanten. Von den Holtzenauen, der nicht ganz bei der Sache zu sein schien, wurde Zweiter. Bertus Plankett kam schnaufend als Letzter an der Mauer an und vergaß sogar noch, diese mit der Hand zu berühren.

Lement händigte Fenna die Tabellen aus. »Somit haben wir ein Endergebnis. Gerris Resea hat als Einziger zehn Punkte erreicht, gefolgt von Nilocas Deleven und Garsid mit jeweils neun. Tadao Nelat ist mit sieben Punkten Viertbester.« Der mädchenhafte Nelat glühte auf vor Stolz. Mehrere Grünhörner brummten anerkennend. »Sechs Punkte hat Mails Emara. Fünf Punkte Sensa MerDilli. Vier Punkte haben Bujo Stodaert und Fergran von den Holtzenauen. Bis dorthin würde ich sagen, dass ich für einen ersten Tag mit den Leistungen zufrieden bin. Aber ab hier beginnen die Wackelkandidaten: Alman Behnk, Ildeon Ekhanner, Jovid Jonis und Jeo Kertz haben jeweils nur drei Punkte in drei Übungen erzielt. Das ist nicht gerade begeisternd, meine Herren. Breff Teppel und Ellister Kindem haben sogar nur zwei Punkte. Und Bertus Plankett hat nur einen einzigen. Immerhin, ist man beinahe versucht zu sagen. Bewerber Plankett – würdest du bitte vortreten?«

Plankett machte einen Schritt aus der Reihe. Er zitterte

und war wieder kurz vorm Weinen. Er ahnte, was es bedeutete, wenn ein Leutnant »bitte« zu ihm sagte.

Fenna stellte sich vor ihm auf. »Die Punktierung ist eindeutig. Das Rennen am Schluss war deine letzte Chance, du hättest dich noch auf drei Punkte hinaufretten können, aber nichts dergleichen ist geschehen. Meiner Meinung nach bist du ein netter und gutherziger Mensch, Bertus Plankett. Aber in der Armee der Königin, noch dazu stationiert im Angesicht des Affenmenschenlandes, hast du nichts verloren.«

Planketts Kopf sank auf die Brust, aber er heulte nicht. »Ich wollte es … immerhin versucht haben«, sagte er heiser.

»Und das ist aller Ehren wert. Im Gegensatz zu Jamu Scapedo wirst du von mir nicht hinausgeworfen, sondern du hast lediglich die Aufnahmeprüfung nicht bestanden. Dafür braucht man sich nicht zu schämen. Wie heißt nochmal das Dorf, aus dem du stammst?«

»Jeckist.«

»Geh nach Jeckist zurück und wähle dir einen Beruf, bei dem kein Blut von Mauern rinnt.«

Plankett nickte. Er gab Fenna die Hand, winkte den anderen zu, die ihm teilweise auf die Schultern klopften, und ging dann zu den Mannschaftsquartieren, um sein Gepäck zu holen. Er wirkte unbeschreiblich einsam, so aus der Menge der anderen Grünhörner herausgelöst.

»Männer!«, forderte Fenna die Aufmerksamkeit der Bewerber ein. »Da Yinn Hanitz bedauerlicherweise, obwohl sein Ergebnis mit drei Punkten nach zwei Übungen recht vielversprechend war, auf unbestimmte Zeit ausfallen wird und deshalb mindestens die Grundausbildung versäumt, ist die Auswahl hiermit abgeschlossen. Hanitz kann sich bei der nächsten anstehenden Rekrutierung wieder melden, für diesmal wird er allerdings wohl nicht mit dabei sein können. Ich begrüße euch also hiermit alle bei der königlichen Armee!«

Die Männer zögerten noch kurz, dann brach allgemeiner Jubel aus. Alman Behnk, »Scheusal« Kertz und Mails Emara jubelten am lautesten. Die beiden Freunde Teppel und Ekhanner fielen sich in die Arme und hoben sich gegenseitig hoch.

Fenna wartete einen Sandstrich, bis der Lärm abgeklungen war. Oberst Jenko tauchte jetzt wieder oben im Fenster auf. »Ich gehe davon aus, dass ihr in den nächsten Tagen eure Uniformen erhalten und vereidigt werdet. Bis dahin werde ich euch weiterhin in die Mangel nehmen. Wir lassen es für heute damit bewenden, der Tag war aufregend genug, aber morgen früh bei Sonnenaufgang steht ihr alle in Reih und Glied hier, und dann nutzen wir den Hinderniskurs richtig. Jeder wird zwanzig Runden absolvieren, und ich erzähle ihm dann, was ich von ihm halte. Also keine langen Feiern heute, kein Alkohol, kein Unfug. Ihr seid angehende Soldaten der Krone. Ich erwarte von euch, dass ihr morgen früh in blendender Verfassung seid. Wer es nicht ist, wird das zu bereuen lernen. Wegtreten!«

Die Männer salutierten und gingen nach links ab. Das hatte Leutnant Hobock ihnen beigebracht.

Fenna bedankte sich noch einmal bei Hobock und Sells. »Ohne eure Hilfe hätte ich ziemlich im Regen gestanden. Von mir aus können wir uns jetzt duzen.«

»Das geht ja schnell«, grinste Hobock. »Warte erst mal ab, bis ihr im Manöver genauso von Gollbergs Leuten fertiggemacht werdet wie wir sonst immer. *Das* wird uns zusammenschweißen.«

»Sind die so gut?«

»Die sind *so* gut«, sagte Leutnant Sells, »dass das Gerücht umgeht, Jenko hätte sie deshalb nicht zum Feldzug gelassen. Er wollte seine Vorzeigetruppe nicht verlieren.«

»Und Gollberg? Wollte der teilnehmen?«

»Aber selbstverständlich. Der hält sich fast nur in der Felsenwüste und dahinter auf. Kunststück allerdings: Sie haben ja Pferde und können allen Angriffen jederzeit davonpreschen.«

Aus dem Zeughaus besorgte sich Leutnant Fenna einen Schwamm und einen Eimer Wasser. Damit ging er zur östlichen Mauer hinüber und wusch Hanitz' Blut ab. Doch sosehr er sich auch anstrengte – er hatte das Gefühl, dass ein rostiger Schatten zurückblieb. Ein Nachbild des Blutes.

Unterdessen kamen Bertus Plankett und Jamu Scapedo unabhängig voneinander mit ihren Siebensachen aus den Unterkünften. Bertus Plankett ging mit gesenktem Kopf zum Südtor, wurde hindurchgelassen und verschwand in Richtung der grünen Ebenen Hesselys. Scapedo jedoch blieb eine Weile auf dem Exerzierplatz stehen und betrachtete abwechselnd den schrubbenden Leutnant Fenna und den Hindernisparcours.

»Ich werde mich von Euch nicht abhalten lassen, Leutnant!«, rief er dann mit schneidender Stimme zu Fenna hinüber. »Ihr könnt ja hier in der sicheren Festung versauern. Ich jedoch gehe los und knöpfe mir die Dreckschweine vor. Ihr werdet meine Zeugnisse dort überall vorfinden: *Jamu Scapedo war vor euch da!*« Er schlenderte zum Nordtor und begehrte, hindurchgelassen zu werden. Das war jedoch nicht so einfach. Die Torwächter hatten Befehl, niemand ohne triftigen Grund ins Affenmenschenland passieren zu lassen. Es entstand ein Tumult. Scapedo war offensichtlich nicht gewillt, sich abweisen zu lassen.

Fenna seufzte. Er dachte kurz darüber nach, dem Grünhorn die Passage ins Affenmenschenland zu ermöglichen. Aber Hauptmann Gollberg und seine Reiter trieben sich dort herum, und Scapedos vorherrschende Eigenschaft schien es zu sein, seinen eigenen Leuten Schaden zuzufügen. Mit dem Eimer in der Hand und dem Schwamm im Eimer ging Leutnant Fenna zum Nordtor hinüber.

»Verschwinde durchs Südtor, Scapedo, wie alle anderen Abgewiesenen auch«, sagte Fenna schon von Weitem.

Scapedo wandte sich ihm wieder zu. »Das gibt es doch wohl nicht! Was ist denn die Aufgabe dieser Festung? Schaden von den Affenmenschen *abzuwenden*? Wird die Fellbrut hier *beschützt*, oder was soll das alles?«

»So, wie ich es verstehe, muss man sich den Durchgang nach Norden verdienen. Du aber hast dir nichts verdient.«

»Aber klar doch! Ich hab mich durchgesetzt! Nur Euch ist plötzlich eingefallen, dass wir hier wohl doch lieber Streichelfreunde sein wollen anstatt anständige Soldaten!«

»Pack dich jetzt endlich vom Hof, oder ich schmeiße dich eigenhändig raus.«

»Ohh, der Herr Leutnant will sich selbst die Finger schmutzig machen?«

»Ich habe ja noch keine vereidigten Soldaten unter mir.« Fenna bleckte beim Grinsen die Zähne. Diese Drohgebärde verfehlte ihre Wirkung nicht. Scapedo wirkte nun unsicherer. Dennoch dauerte das alles viel zu lange. Fenna spürte schon wieder Blicke auf sich gerichtet. Vom Südturm. Aus den Mannschaftsunterkünften. Aus der *F & L*. Dieser erste Tag führte ihn viel mehr in den Mittelpunkt allgemeiner Aufmerksamkeit, als dies normalerweise in Chlayst seine Art gewesen war. Fenna schrieb das den Strapazen der Reise zu. Sie steckten ihm tief in den Knochen und brachten ihn dazu, alles so schnell und drastisch wie möglich zu einem Abschluss bringen zu wollen, damit er sich hinterher endlich ausruhen konnte.

Jamu Scapedo gab nun nach und machte sich, undeutliche Verwünschungen ausstoßend, Richtung Südtor davon. Fenna atmete auf. Die Sonne über ihm war im Begriff, über dem westlichen Felsen zu verschwinden. Bald würde in der Festung der Abend dämmern.

In der Eingangstür zum Mannschaftsquartier lehnte nun wieder Gerris Resea und lächelte hämisch. Resea hatte heute zehn Punkte geholt, ohne sich zu verausgaben. Er war allen anderen Grünhörnern überlegen. An ihm würde sich entscheiden, ob Fenna es schaffen würde, eine Kompanie aus den Männern zu formen oder nicht.

»Noch Fragen, Resea?«, rief er zu ihm hinüber.

Reseas Lächeln wurde breiter. »Ihr habt die ganze Zeit den Eimer in der Hand behalten. Den hättet Ihr ihm übergezogen, wenn er weiterhin frech geblieben wäre, nicht wahr?«

»Das war der Plan.«

»Lernt man das beim Militär?«

»Man lernt zu siegen. Wenn du Schönheit sehen willst, bewirb dich beim Theater. Wenn du ein Vorbild sein willst, diene in einem Tempel. Aber wir sind hier in der Armee. Geh jetzt rein und ruh dich aus, Resea. Morgen wird ein weitaus härterer Tag als heute. Und an jedem weiteren Tag wird es noch ein kleines bisschen schlimmer.«

Resea nickte, grüßte andeutungsweise militärisch und zog sich in das Gebäude zurück. Fenna brachte Eimer und Schwamm ins Zeughaus zurück. Als er anschließend hinüberging zum Offiziersquartier, rief ihn von oben aus dem Fenster der Oberst an. Er lehnte im Fensterrahmen wie eine alte Frau, die neugierig auf die Straße hinausblickt. »Ich sehe, Ihr habt schon Spuren an der Mauer hinterlassen, Leutnant Fenna?«

»Ja. Tut mir leid. War ein dummer Übungsunfall.«

»Und Ihr habt drei aussortiert?«

»Ja. Einer hat sich verletzt. Einer war zu skrupellos. Einer war zu harmlos.«

»Gute Arbeit. Aber denkt immer daran: Allzu scharf macht schartig.«

»Ich werde es nicht vergessen.«

»Jetzt legt Euch erst mal aufs Ohr. Ihr seht ziemlich erledigt aus.«

Nichts anderes hatte Fenna heute noch vor.

Die Sonne versank hinter den angrenzenden Felsen. Die Festung wurde dunkler.

Mitten in der Nacht weckte ihn Lärm.

Zuerst konnte er sich selbst nicht zuordnen. Das Bett war ihm fremd. Das Zimmer.

Von draußen strömte Pferdeschnauben und Hufgeklapper herein. Eine Männerstimme schrie: »Welcher verfluchte Idiot hat denn hier mitten auf dem Hof Seile gespannt?«

Eremith Fenna war schlagartig hellwach. Er hatte aufgrund der drückenden Hitze nackt geschlafen; jetzt schlüpfte er schnell in seine Uniform und eilte aus dem Quartier. Das Getrappel, Wiehern und Stimmengewirr dauerte an.

Fackeln erleuchteten den Hof. Eine Kompanie aus dreißig berittenen Soldaten war angekommen und gerade im Begriff, ihre Pferde unterzustellen. Die Tiere waren schaumig vor Schweiß. Die Soldaten selbst sahen abgekämpft, aber auch robust aus. Sie schienen alle etwas älter zu sein als die Kompanie von Hobock & Sells oder die meisten von Fennas Rekruten. Fenna zählte fünfzehn Frauen in Gollbergs Erster Kompanie und fünfzehn Männer. Vorbildliche königinnentreue Gleichberechtigung.

»Hauptmann Gollberg?«, fragte Fenna in das Gewimmel aus Menschen und Tieren hinein.

»Ja?« Hinter einem der Pferde kam ein verhältnismäßig kleiner Mann hervor, dessen Gesicht wie aus Granit gemeißelt aussah. Sein Kinn war nach vorne geballt wie eine Faust und wies nicht ein, sondern drei Grübchen auf. Gollberg war ein oder zwei Jahre jünger als Fenna, aber bereits seit zwei Jahren Hauptmann.

»Ich muss mich entschuldigen, Hauptmann: Ich bin derjenige, der für diese Hindernisse verantwortlich ist. Leutnant Eremith Fenna aus Chlayst. Ich habe heute die Aufgabe übernommen, die Dritte Kompanie auszubilden, und habe zu diesem Zweck einen Übungskurs aufstellen lassen.«

»Ah, so ist das.« Gollberg zog sich seine ledernen Reithandschuhe aus. »Ich hatte Euch erst zu Mittelsonne erwartet. Bei so was brechen sich die Pferde ja in der Nacht die Beine. Habt Ihr eine Ahnung, wie viel ein gutes Armeepferd kostet, Leutnant?«

»Ich kann es mir vorstellen.«

»So, das kann er sich vorstellen. Dann wollt Ihr wohl morgen in aller Götterfrühe Eure siebzehn Haufen Unrat auf fünfzehn oder so eindicken, oder?«

»Das ist bereits geschehen. Auf Oberst Jenkos Geheiß habe ich heute drei Mann aussortiert.«

»Wie bitte? Was seid Ihr denn für ein übereifriger Geselle? Hättet Ihr damit nicht warten können, bis ich wieder zurück bin? Ich *leite* dieses Bataillon, nur zu Eurer Information.«

»Ich weiß, Hauptmann. Aber erstens hatte ich keinerlei Kenntnis darüber, wann Ihr wieder zurück sein werdet, und zweitens sagte mir der Oberst, ich sollte Euch nicht mit jeder Kleinigkeit behelligen. Ich versuche lediglich, die mir gestellten Aufgaben zu erfüllen.«

Gollberg musterte den Neuen. In seinem Kinn mahlte es. »Na schön, na schön, Leutnant, ich will Euch nicht gleich an Eurem ersten Tag allzu sehr ins Gebet nehmen. Wir haben in Carlyr einen etwas anderen Rhythmus als anderswo auf dem Kontinent. Bei uns geht es nicht so sehr darum, *schnell, schnell!* und *zack, zack!* zu sein. Bei uns geht es eher darum, dass wir uns im Klaren darüber sind, dass jede einzelne Aktion, die wir einleiten, von gewaltiger Tragweite für den gesamten Kontinent sein kann. Nirgendwo sonst gibt es eine Festung, die ein riesiges, unbekanntes Feindesland überwacht. Nirgendwo sonst gibt es diese Verantwortung. Nirgendwo sonst kann ein einziger Fehler derartig tiefreichende Konsequenzen nach sich ziehen. Deshalb machen wir hier oben einfach keine Fehler. Habt Ihr mich in dieser Hinsicht verstanden, Leutnant, äh …?«

»Fenna. Natürlich.«

»Gut. Leutnant Fenna. Ich denke, wir werden schon miteinander auskommen. Ich werde morgen Eure Truppe noch mal inspizieren und schauen, ob Ihr die richtige Wahl getroffen habt.«

Unwillkürlich runzelte Fenna die Stirn. Was sollte das denn? Wollte der Hauptmann seine Entscheidungen etwa wieder rückgängig machen und dadurch seine Autorität vor den Männern untergraben? »Jawohl, Hauptmann«, sagte er zögernd. »Wir beginnen bei Sonnenaufgang mit der Ausbildung.«

»Na, ich werde etwas später dazustoßen. Schließlich muss ich noch Oberst Jenko Meldung machen. Wir haben wieder Herausragendes entdeckt dort oben.«

»Darf ich neugierig sein, Hauptmann Gollberg?«

Das immerhin war die richtige Taktik. Der Hauptmann begann vor Selbstgefälligkeit im Fackellicht zu glühen. »Es gibt noch Überlebende. Wir finden immer wieder Anzeichen dafür. Stellt Euch vor: Im Regenmond bereits sind die kläglichen Überreste des Feldzuges durch Carlyr durchgekommen, und seitdem wird dieser Feldzug als gewaltige Niederlage verzeichnet. Aber auch heute noch – drei Monde später – können wir Anzeichen dafür finden, dass sich noch einige von uns da oben herumtreiben. Vielleicht muss die Geschichte des Feldzuges neu geschrieben werden. Vielleicht haben wir tatsächlich einen Teil des Affenmenschenlandes erobert.«

»Aber warum kommen die Überlebenden nicht zurück? Der Feldzug ist doch offiziell beendet.«

»Vielleicht wissen sie das nicht. Vielleicht halten sie eine Stellung, treu bis in den Tod. Sechshundert Mann sind zurückgekommen, getürmt, unter der Führung des Schwächlings Gayo. Aber 1400 Mann sollen gefallen sein? Das habe ich nie auch nur einen einzigen Augenblick lang geglaubt. Das ist nichts als Propaganda derjenigen, die von Anfang an gegen diesen Feldzug votiert haben. Ich sage Euch, Leutnant Fenna, da oben sind noch zweihundert, dreihundert unserer Jungs und Mädchen und machen den Affen den Sieg streitig.«

»Und was sind das für Anzeichen, die Ihr dort findet?«

»Tote Affenmenschen. Lagerfeuer mit frischem Menschenkot. Eine Schrift, in den Boden gekratzt: *Den Toten keine Ruhe.* Wir haben auch schon einen Menschen gesehen, aber er ist vor uns geflohen. Der Ärmste hat womöglich die Orientierung verloren oder den Verstand. Oder unsere Pferde haben ihn erschreckt.«

»Das ist ja alles kaum zu glauben. In Chlayst weiß man davon gar nichts.«

»Weil wir bisher keine Beweise vorlegen konnten. Obwohl ich den vornehmen Herren in Aldava liebend gerne frischen Menschenkot auf den Tisch schmeißen würde. Aber wir werden unseren Beweis bald haben. Deshalb setze ich meine Leute Tag und Nacht den Gefahren dieses Landes aus. Wir werden die Überlebenden aufspüren und die Geschichte dieses Feldzuges neu schreiben. Und jetzt entschuldigt mich bitte, Leutnant. Ich bin drei Tage und drei

Nächte durch gelbes Gas geritten. Jemand aus Chlayst müsste eigentlich nachempfinden können, wie ermüdend das ist.«

»Selbstverständlich, Hauptmann.« Fenna salutierte, und Gollberg erwiderte den Gruß mit der Lässigkeit des Vorgesetzten. Dann kehrte Fenna in seine Unterkunft zurück. Die Unruhe im Hof dauerte noch an. Irgendwann kam Hauptmann Gollberg dann ins Offiziersquartier gestapft und bezog sein Zimmer auf der anderen Seite des Ganges.

Stille. Endlich Stille.

Über der Festung schrien Käuzchen.

Fennas Gedanken rasten noch und gingen in unruhige Träume über.

Er sah die Überlebenden vor sich, langhaarig, fransig und bärtig wie Affenmenschen. Verbarrikadiert in den Trümmern einer gescheiterten Eroberung hielten sie durch gegen schemenhafte Gegner. Die Luft war giftig wie in Chlayst.

Einer der Überlebenden sah aus wie »Scheusal« Jeo Kertz. Ein anderer war Gerris Resea.

Nirgendwo gab es mehr Kinder.

Fenna hatte sich so zeitig schlafen gelegt, dass er vor der Morgendämmerung wach wurde. War die nächtliche Begegnung mit Gollberg ein Traum gewesen? Nein. Nachdem er sich gewaschen hatte, wusste Fenna, dass sich alles genau so abgespielt hatte.

Draußen auf dem Hof sah er auch den Stall voller Pferde. Und zwei der Parcoursseile waren abgerissen. Fenna brachte sie wieder in Ordnung.

Die Türme waren mit Wachtposten besetzt. Diese Wachtposten gehörten weder zu Hobock & Sells noch zu Gollberg. Sie waren also offensichtlich eine eigene Einheit. Wahrscheinlich lediglich zehn bis zwölf Mann, die nie aus der Festung herauskamen. Sicherlich war diesen Männern eingeschärft worden, die Felsen links und rechts der Festung stets im Auge zu behalten. Aber was war, wenn die Affenmenschen Fernwaffen besaßen – Bögen oder Steinschleudern oder Wurfspeere – und mit gezielten Angriffen von oben herab zuerst die Turmwachen ausschalteten?

Fenna ging zum Lazarett hinüber, um zu sehen, ob die Heilerin Ilintu schon wach war. Er sah sie anmutig auf einem Stuhl kauern und dösen, aber als er durchs Fenster hineinlugte, schreckte sie auf und winkte ihn herein.

»Guten Morgen«, sagte Fenna. »Wie geht es ihm?«

»Er ist immerhin nicht mehr bewusstlos, sondern schläft. Das ist schon mal ein gutes Zeichen. Aber ich kann immer noch nicht sagen, ob ein Schaden bleiben wird. Soll ich Euch auf dem Laufenden halten, Leutnant?«

»Ich möchte Euch keine unnötigen Umstände bereiten. Ich werde mich selbst darum kümmern, auf dem Laufenden zu bleiben. Warum legt Ihr Euch nicht richtig hin? Jeder braucht mal Ruhe.«

Sie nickte und schüttelte gleichzeitig den Kopf, ein wenig zornig darüber, dass er sie beim Dösen erwischt hatte. »Ihr macht doch jetzt sicher wieder Übungen. Also muss ich auf der Hut sein. Falls Ihr mir wieder jemanden anliefert.«

Fenna lächelte. »Ich werde heute niemanden mehr auf Mauern zurennen lassen, das verspreche ich Euch. Übrigens würde ich mich gerne einmal in einer ruhigen Stunde mit Euch unterhalten. In so einer Festung ist es aber ziemlich sinnlos und albern, jemanden zum Essen einzuladen, oder?«

Ilintus schönes Gesicht bekam einen verächtlichen Zug. »Ihr wollt Euch mit mir unterhalten? Worüber denn? Wie man Verwundete möglichst schnell wieder einsatzfähig bekommt?«

»Nein. Eigentlich eher über die Rückkehrer vom Feldzug. Ich möchte verstehen lernen, was hier los war. Woran sie litten. Woran sie gestorben sind.«

Sie wandte den Blick ab. »Ihr wollt wissen, worauf Ihr Euch hier eingelassen habt.«

»Unter anderem.«

»Na ja. Vielleicht ist es Euch als Offizier ja möglich, einen Krug Rotwein aus dem Vorratslager zu requirieren. Den könnten wir uns dann teilen. In einer ruhigen Stunde.«

»Bekommt Ihr als Heilerin keine bevorzugten Vorratszuteilungen? Vielleicht sollte ich mich unverzüglich bei Oberst Jenko dafür verwenden.« Fenna zwinkerte ihr zu und verließ dann das Lazarett.

Er genoss diese Sandstriche der Morgendämmerung. Die Luft war hier tatsächlich bedeutend besser als in Chlayst. Am Morgen roch es auch noch nicht so nach verbrannten Kräutern und der Hitze eines unsichtbaren Feuers, obwohl ihn das Gefühl nicht losließ, dass dieses Feuer immer noch vorhanden war. Als ob das ganze Land der Affenmenschen in fernen Flammen stünde.

Aber endlich befolgte Fenna den Rat seines Chlayster Hauptmanns und atmete.

Anschließend holte er seine Grünhörner aus den Betten.

Sie waren – da ursprünglich zu siebzehnt – in vier Vierbettzimmern untergebracht plus einem kleineren Einbettzimmer, eigentlich eher einer Kammer. In dieser Kammer hauste »Scheusal« Jeo Kertz. Niemand wollte mit ihm zusammenwohnen, weil er, wie er selbst fröhlich zugab, »gerne furzte«.

Nur drei der Grünhörner waren bei Sonnenaufgang bereits wach gewesen: Nilocas Deleven, Mails Emara und Jovid Jonis. Leutnant Hobocks Einteilung in *Pflichtbewusste* und *Bequeme* erwies sich immer wieder aufs Neue als ungenau oder voreilig. Lediglich in Bezug auf Nilocas Deleven schien alles zu stimmen – der Mann kam Fenna wirklich wie ein Ausbund an Zuverlässigkeit vor. Die anderen jedoch schienen sich Hobock gegenüber anders verhalten zu haben als angesichts ihres eigentlichen Leutnants. Aber Hobock hatte es ja nur gut gemeint.

Der Schreiber Lement fand sich ebenfalls ein. Ihm klebte noch krustiger Schlaf in den Augen. Fenna bat ihn, die Zimmerzuteilungen zu notieren. Männer, die sich miteinander ein Zimmer teilten, waren einander vertrauter als solche in verschiedenen Räumen. Fenna beabsichtigte, solche unwillkürlichen Gruppendynamiken bei der Ausbildung mitzuberücksichtigen.

Der Zimmerbelegungsplan sah bislang folgendermaßen aus:

Raum F:	*Hochbett 1:*	*Kindem (unten)*
		Resea (oben)
	Hochbett 2:	*leer, vormals Scapedo (unten)*
		Stodaert (oben)
Raum G:	*Hochbett 1:*	*Teppel (unten)*
		Ekhanner (oben)
	Hochbett 2:	*Emara (unten)*
		Deleven (oben)
Raum H:	*Hochbett 1:*	*leer, vormals Hanitz (unten)*
		MerDilli (oben)
	Hochbett 2:	*Jonis (unten)*
		v. d. Holtzenauen (oben)
Raum I:	*Hochbett 1:*	*Behnk (unten)*
		leer, vormals Plankett (oben)
	Hochbett 2:	*Nelat (unten)*
		Garsid (oben)
Kammer 2	*Einzelbett:*	*Kertz*

Fenna fand es überraschend, dass der finstere Gallikoner Garsid sich ausgerechnet ein Zimmer mit den weichlichen Kandidaten Behnk, Nelat und Plankett geteilt hatte. Dagegen war klar, dass die guten Freunde Teppel und Ekhanner in einem Bett schliefen. Das mit dem Einzelraum für Kertz war natürlich unhaltbar, zumal jetzt ja in drei Zimmern jeweils ein Bett frei geworden war. Fenna behielt sich noch vor, wem er das »Scheusal« unter die Nase setzen würde.

Draußen auf dem Hof war es immer noch angenehm kühl, als die versammelte Mannschaft antrat. Die grauen Gebäude der Festung sahen im Licht des Sonnenaufgangs beinahe rosig aus.

»Männer!« Fenna wippte bei der Ansprache wieder unwillkürlich auf den Fußballen. »Unser Ziel für heute ist es, der Sonne ein Schnippchen zu schlagen. Jeder von euch absolviert zwanzig Runden auf dem Hinderniskurs. Jeder kann sich dabei seine eigene Geschwindigkeit wählen. Wer sich also Mühe gibt, kann vor der größten Hitze fertig sein und den Mittag über in der Messe und im Quartier ausruhen. Wer allzu langsam ist, dem steht ein intensives Stelldichein mit der Mittagshitze bevor. Lement macht ein Häkchen für jede geschaffte Runde. Am Nachmittag werden wir womöglich schon die feierliche Vereidigung vornehmen können. Und für den Abend behalte ich mir noch eine weitere Übung vor. Aber darüber solltet ihr euch jetzt noch nicht den Kopf zerbrechen. Ihr habt den Hinderniskurs gestern flüchtig kennengelernt. Heute geht es darum, seine Feinheiten zu verinnerlichen. Ach ja: Ihr müsst nicht nacheinander antreten, ihr könnt auch alle zusammen loslegen. Aber wer einen Teil des Kurses beschädigt, muss anschließend fünf Extrarunden absolvieren. Ist das alles verstanden worden? Behnk?«

Alman Behnk hatte mehr Richtung Himmel geschaut als

auf seinen Leutnant. »Alles verstanden, Leutnant«, sagte er aber.

»Dann mal los! Und behaltet die Sonne im Auge. Sie ist heute euer gefährlichster Gegner.«

Die Männer setzten sich in Grüppchen in Bewegung. Deleven, Garsid, MerDilli und Stodaert zuerst, danach plätscherte das Hauptfeld einer nach dem anderen in das ausgefranste Oval des Hinderniskurses, und am wenigsten beeilten sich Resea, Behnk und Teppel. Mails Emara trug immer noch seine Heimattracht. Fenna dachte darüber nach, ihm diesen Unfug zu untersagen, beschloss aber, sich heute lieber darum zu kümmern, dass die Grünhörner anständige Uniformen bekamen.

Zwanzig Runden waren eine anstrengende Angelegenheit. Selbst den Begabtesten wie Garsid, Resea und Deleven wurden nach fünf Runden bereits die Knochen müde, und vor allem die Hinderniswände schienen beständig höher zu werden.

Behnk kam einfach nicht durch die Fässer hindurch. Fenna musste das einsehen und ihm das Umgehen dieser Hindernisse gestatten. Stattdessen musste der Dicke eben seitlich über diese Fässer springen. Auch das schaffte er nicht, er rutschte quietschend auf seinem Bauch über die Rundung. Die Hinderniswände schienen ihm ebenfalls unüberwindlich. In dieser Beziehung allerdings blieb Fenna hart. »Wenn Behnk nicht rüberkommt, müsst ihr anderen ihm rüberhelfen. Es ist wichtig, dass ihr lernt, füreinander einzustehen. Jeder kann im Feld verwundet werden und ist dann auf Hilfe angewiesen. Und lasst euch nicht einfallen, auf Behnk sauer zu werden, nur weil er euch als zusätzliche Belastung erscheint. Sein Problem ist lediglich sein Körpergewicht. Gewicht kann man verlieren, und man verliert es schnell, wenn man täglich Übungen absolviert. Eines Tages kann euch Behnk vielleicht das Leben retten. Vergesst das nie!« Niemand schien zu murren. Der riesenhafte Kindem, von den Holtzenauen und Deleven taten sich besonders dabei hervor, den ächzenden Behnk über die Wände zu hieven.

»Scheusal« Jeo Kertz wurde seinem Ruf erneut gerecht und riss das Netz herunter, nachdem er sich darin verheddert hatte. Fünf Strafrunden waren sein Lohn.

Bujo Stodaert gab seine Turnerhaltung niemals auf. Auch als ihm der Schweiß bereits in Strömen lief, begann er jedes Hindernis in Habtachtstellung und schloss es mit hohlkreuzigem Schlussstand ab.

Kindem fragte nach acht Runden an, ob er sich sein Hemd ausziehen und mit nacktem Oberkörper weitermachen dürfe. Fenna untersagte dies.

Resea wurde von Runde zu Runde übellauniger und brummelte etwas vor sich hin, das wie »kindische Schinderei im Kreis« und wie »Gäule, die bewegt werden müssen« klang.

Zwei der Männer jedoch blühten regelrecht auf. Sensa MerDilli aus Diamandan und der junge Jovid Jonis erarbeiteten sich einen gemeinsamen Rhythmus. Obwohl MerDilli viel muskulöser war als Jonis, bewältigten die beiden nach ein paar Runden alle Hindernisse gemeinsam und im Gleichtakt. Dabei glich Jonis MerDillis Kraft durch größere Leichtigkeit und Gewandtheit aus. Die beiden spielten sich aufeinander ein und schienen an der ganzen Sache richtig Spaß zu haben. Der Zimmerplan gab Fenna Aufschluss darüber, dass die beiden im selben Raum untergebracht waren und wahrscheinlich also auch in der Freizeit gut miteinander auskamen.

So vergingen die Sandstriche. Zwanzig Runden waren eine langwierige Angelegenheit. Der Kurs war ein Kreislauf aus stockenden, ächzenden Klümpchen.

Nach etwas über einer Stunde wurde es auf dem ohnehin

schon bewegten Hof noch unübersichtlicher: die Zweite Kompanie kam hinzu.

»Wie viele Runden macht ihr?«, fragten Hobock und Sells.

»Zwanzig«, antwortete Fenna. »Wer etwas kaputt macht, fünf extra.«

»Ihr habt es gehört, Leute!«, brüllte Leutnant Sells. »Zwanzig Runden! Und dass mir keiner schlapp macht unterwegs! Und dass mir keiner später fertig ist als die Grünhörner! Wir haben ja immerhin schon zwei Jahre mehr Erfahrung in den Knochen, nicht wahr?«

Nun kam neue Farbe ins Spiel. Die uniformierten Zweit-Zweiten unterschieden sich schon alleine optisch deutlich von den bunt und wild gekleideten Zweit-Dritten. Des Weiteren entbrannte nun ein kleiner, inoffizieller Wettkampf, weil keiner als Letzter fertig werden wollte und die Grünhörner bereits mehrere Runden Vorsprung hatten. Darüber hinaus waren fünf Frauen unter den Uniformierten. Das wiederum stachelte den Ehrgeiz und das Imponiergehabe der Klippenwälder Kindem und Deleven, aber auch von »Scheusal« Jeo Kertz, Breff Adirony Teppel und Ildeon Ekhanner deutlich an. »Scheusal« Jeo Kertz war in dieser Hinsicht ein tragischer Fall. Er schwitzte und stank erbärmlich, und es war unübersehbar, dass besonders die Soldatinnen einen weiten Bogen um ihn machten. Sie verhedderten sich absichtlich in anderen Hindernissen, um nicht gleichzeitig mit ihm über eine Wand zu müssen, und zogen bevorzugt am Netz flink an ihm vorbei.

Der dicke Behnk wiederum erwies sich als Anhänger der Ritterlichkeit. Mehrmals ließ er »den Damen« an Hindernissen den Vortritt, was diese leicht befremdete, denn als Soldatinnen waren sie es nicht gewöhnt, bevorzugt behandelt zu werden. Behnks ehrliches, abgekämpftes Gesicht verhinderte jedoch, dass sie sich veralbert fühlten.

Es verging noch einmal eine halbe Stunde der allgemeinen, kreisenden Belastung, bis Hauptmann Gollberg auf den Plan trat.

»Das ist ja ein Krach hier auf dem Hof, dass selbst ein Offizier nicht zu seinem wohlverdienten Schlaf finden kann«, bemerkte er scharf.

Fenna lag auf der Zunge zu entgegnen, dass tatsächlich fast so ein Lärm herrsche wie heute Nacht bei Rückkehr der Ersten Kompanie, aber er entschied sich dafür, seinem direkten Vorgesetzten gegenüber besser keinen Konfrontationskurs einzuschlagen. Er sagte gar nichts, auch nicht so etwas wie »Die Männer geben sich eben Mühe«.

Gollberg besah sich das Springen, Waten und Robben eine Weile. Dann sagte er: »Und das sind die, die Ihr ausgewählt habt? Das soll doch wohl ein Witz sein, Leutnant Fenna?!«

Jetzt überlegte sich Fenna, ob er etwas Entschuldigendes sagen sollte wie »Das sind die Besten, die ich aus den Männern, die Leutnant Hobock mir überstellt hat, herauslesen konnte, Hauptmann«. Aber er hatte keine Lust, dem freundlichen Hobock die Schuld zuzuschieben. Der kleine Hauptmann mit seiner Hochnäsigkeit begann ihn zu ärgern. »Das ist kein Witz«, sagte er nur.

»Untragbar!«, kicherte Gollberg humorlos auf. »Das fette Schwein soll in eine Uniform gepresst werden wie eine Wurst in einen Darm? Da lacht sich General Feudenstich ja zu Tode! Und der lange Kerl da – der bringt ja jede geordnete Reihe in Unruhe, das sieht ja aus, als würde da einer auf den Schultern eines anderen sitzen. Und er hier – was soll das sein? Ein Mädchen? Ein Junge? Ein Soldat etwa, Leutnant Fenna? Als Küchenhilfe könnte ich mir so jemanden vorstellen, aber doch nicht in der Uniform der Königin. Dann der mit den Augengläsern. Das gibt es doch gar nicht! Wenn er die im Kampf verliert, was macht er dann?

Blind wie ein Maulwurf herumkriechen? Glaubt Ihr, dass ihr damit Eindruck machen könnt auf die Affenmenschen, Leutnant Fenna? Und der hier könnte ja der Vater der anderen sein. Was soll das denn? Geben wir jetzt Greisen das Gnadenbrot? Habt Ihr etwa die guten Leute aussortiert und präsentiert mir hier den Ausschuss?«

Fenna presste die Kiefer aufeinander. Gollbergs Stimme war so laut und durchdringend, dass einige der Grünhörner ins Straucheln gerieten. Fenna konnte Furcht in ihren Gesichtern lesen.

»Diese Männer sind am Leben, Hauptmann.«

»Ja, das sehe ich auch. Und was soll mir diese bedauerliche Tatsache mitteilen?«

»Dass jeder Einzelne von ihnen in diesem Augenblick mehr wert ist als das gesamte Erste Bataillon der Festung Carlyr, denn das gesamte Erste Bataillon der Festung Carlyr ist jetzt tot.«

Hauptmann Gollberg wurde erst bleich, dann rot. »Wa-a-aas? Wisst Ihr eigentlich, was Ihr da redet, Ihr impertinenter Bursche? Wisst Ihr eigentlich, wessen Andenken Ihr in den Dreck zu ziehen trachtet? Ihr wollt diese ... Ansammlung von ... erbärmlichen ... Außenseitern vergleichen mit dem ruhmreichen Bataillon des Hauptmanns Lüdrich Veels? Ihr wärt es nicht wert, die Sohlen seiner Stiefel zu lecken – ihr alle nicht!«

»Mit Verlaub, Herr Hauptmann: Diese Männer befinden sich in der Ausbildung, und diese Ausbildung hat vor zwei Stunden erst begonnen. Selbstverständlich handelt es sich bei ihnen noch nicht um vollständig ausgeformte Soldaten. Genau dies soll ja meine Aufgabe sein: sie aus- und umzuformen. Und ich wäre Euch sehr verbunden, wenn Ihr mir meine Aufgabe nicht unnötig erschweren würdet, indem Ihr meine Männer grundlos beleidigt. Ihr beschwert Euch, dass einer dieser Männer zu groß ist? Ich sage: Man kann gar nicht groß genug sein als Soldat. Vielleicht werden wir eines Tages gegen Riesen kämpfen müssen. Dann werden wir froh sein, so jemanden in unserer Truppe zu haben. Ihr beschwert Euch, dass einer meiner Männer zu dick ist? Ich sage Euch: Dieser Mann hat allein mit seiner Massigkeit bei den Übungskämpfen drei andere Männer überrumpelt und bezwungen. Wenn er das mit Affenmenschen genauso macht, bin ich mehr als zufrieden mit ihm. Ihr beschwert Euch, dass einer meiner Männer zu alt ist? Ich setze darauf, dass Alter auch Lebenserfahrung bedeutet, Lebenserfahrung, die man vor allem im Feindesland und beim Zusammenhalten einer Kompanie gut wird brauchen können. Ihr beschwert Euch über Äußerlichkeiten. Meine Aufgabe jedoch besteht darin, eine funktionierende Kompanie zu erschaffen. Für Äußerlichkeiten habe ich keine Zeit.«

Gollberg schnaubte. »Ihr hört Euch gerne reden, wie?«

»Überhaupt nicht. Aber wenn Ihr mir keine andere Wahl lasst, werde ich meine Männer zu verteidigen wissen. Gegen den Feind oder gegen Euch – das ist mir gleich.«

»Ihr seid arrogant, Leutnant Fenna, und das gefällt mir ganz und gar nicht. Ich kann mir auch überhaupt nicht erklären, woher Ihr diese Arroganz nehmt. Wart Ihr nicht vorher in Chlayst stationiert? Und ist in Chlayst nicht alles in Scherben gegangen?«

Für einen Moment sah Fenna ihn wieder vor sich: den Scheiterhaufen mit den Kindern obenauf. Die vergifteten Gesichter greisenhaft verzerrt. Die Ärmchen totenstarr ausgestreckt. Die trockenen Augen ihm zugewandt. Vorwurfsvoll.

Der Leutnant beschloss, diesen Eindruck gegen Gollberg zu verwenden. »In Chlayst kam die Bedrohung zu den Menschen. Das Gift fiel über Familien her, während diese ahnungslos und friedlich am Mittagstisch saßen. Aber hier im Norden, bei diesem Feldzug, gab es gar keine Bedrohung. Man hat nichts weiter getan, als schlafende Hunde zu wecken. Und in der lediglich noch zur Hälfte bemannten Festung Carlyr ist nur deshalb nicht alles in Scherben gegangen, weil die Affenmenschen gar kein Interesse daran haben – und niemals Interesse *hatten* –, diese Festung einzunehmen.«

»Ahh, das habt Ihr alles ganz überlegen durchschaut, was? Aus Eurem zentral positionierten Chlayst heraus habt ihr die Pläne der Königin bis ins letzte Detail begriffen. Die Prophezeiungen. Die Notwendigkeiten. Die Verantwortung einem gesamten Kontinent gegenüber. Ihr wisst *nichts*, Leutnant Fenna! Von den Affenmenschen geht eine Bedrohung aus, die das legendäre Reich des Geisterfürsten in den Sonnenfeldern bei Weitem in den Schatten stellen könnte! Die Königin und Oberst Jenko und Hauptmann Veels und ich – wir alle haben unser Möglichstes getan, um Schaden abzuwenden. Von Hessely. Von Aldava, Warchaim, Uderun. Selbst von Chlayst. Dieser winzigen Warze im Furbuser Meerbusen. Das könnt Ihr alles überhaupt nicht erfassen. Worum es hier geht. Warum dies hier bedeutender ist als alles andere. Also kann ich Euch nur raten – und ich meine es wirklich gut: Haltet Euren Mund und hört zu, wenn erfahrene Offiziere Euch etwas zu sagen haben! Haltet Euren Mund, hört zu und *lernt!*«

»Dazu bin ich hier, Hauptmann.«

»Na bitte. Es geht ja. Vielleicht kommen wir doch noch auf einen gemeinsamen Nenner. Und Ihr seid also tatsächlich der Meinung, ich sollte jetzt nicht zu Oberst Jenko gehen und dafür sorgen, dass mindestens die fünf peinlichsten Mitglieder aus Eurer Rumpfmannschaft so schnell wie möglich entfernt werden?«

»Der Meinung bin ich, Hauptmann. Und mehr noch. Ich möchte Euch eine Wette anbieten.«

»Eine Wette?«

»Ja. In anderthalb Monden soll doch dieses Manöver stattfinden. Wenn der General die Festung inspiziert.«

»General Feudenstich, ja.«

»An diesem Tag werden meine vierzehn Mann Eure besten vierzehn Mann unter den Augen des Generals schlagen.«

Gollberg stieß ein hohes, kieksendes Gelächter aus. »Das ist ja allerliebst! Was für eine putzige Idee! Und wenn Ihr verliert?«

»Könnt Ihr mit meinen Männern machen, was Ihr wollt. Alle entlassen oder als Küchenhilfen einstellen – das ist mir gleich. Denn Ihr werdet mich los sein. Ich gehe dann nach Chlayst zurück. Degradiert, wenn es sein muss.«

»Ihr werft Euren Offiziersrang in die Waagschale für eine Wette?«

»Jawohl.«

»Allerliebst. Weil Ihr ohnehin nicht gerne hier oben Dienst schiebt. Ihr seid schlau, Leutnant Fenna. Schlau und unverschämt. Und sollte ich verlieren?«

»Nichts. Außer dass Ihr mich in Ruhe weiter meiner Aufgabe nachgehen lasst.«

»Hm.« Gollberg kniff die Augen zusammen. »Das scheint mir ein zu kleiner Einsatz für eine Wette unter Offizieren zu sein. Nein. Sollten meine Leute gegen Eure Spaßmacher verlieren, werden meine Leute Euren Spaßmachern das Reiten beibringen. Wir haben zwar nicht genügend Pferde in der Festung für zwei berittene Kompanien, aber man weiß ja nie, wozu es gut ist, reiten zu können, im Notfall, in einer Schlacht.«

»Das ist eine gute Idee, Hauptmann.« Fenna hielt Gollberg die Hand hin. Gollberg schlug ein. »Aber dass Ihr Euch nichts einbildet«, sagte der Hauptmann gleich. »Ein Vorgesetzter gibt einem einfachen Leutnant nicht die Hand. Das ist nur wegen der Wette.«

»Das ist mir schon klar, Hauptmann.«

»Gut.« Gollberg stapfte davon, zur *Führung & Leitung.*

Mehrere der Grünhörner waren stehen geblieben, um der Unterredung der Offiziere folgen zu können. Auf ihren Gesichtern zeichnete sich Sorge ab.

»Weitermachen, Leute!«, winkte Fenna ungeduldig. »Es ist nichts passiert, es hat sich nichts geändert. Wir werden hart üben, und in anderthalb Monden könnt ihr zeigen, was ihr alles gelernt habt.«

Kurze Zeit später hatten die ersten drei Grünhörner ihre zwanzig Runden absolviert: Garsid, Bujo Stodaert und Nilocas Deleven. Fenna schickte sie in die wohlverdiente Pause. Er schaute bei Lement auf den Zettel, in welcher Runde sich Gerris Resea inzwischen befand: in der vierzehnten. »Scheusal« Jeo Kertz hatte inzwischen schon fünfzehn Strafrunden aufgebrummt bekommen. Als Kertz bemerkte, dass sein Leutnant ihn mit Sorgen betrachtete, winkte er und lachte mit bräunlichen, lückenhaften Zähnen.

Fenna unterdrückte ein Schaudern.

Selbstverständlich triumphierten Hobock & Sells.

Obwohl ihre Soldaten deutlich später in den Parcours gegangen waren, vollendeten sie ihn schneller als die vier langsamsten aus Fennas Truppe: Breff Adirony Teppel, Fergran von den Holtzenauen, Alman Behnk und »Scheusal« Jeo Kertz. Bei Kertz schien das Problem zu sein, dass er mindestens in jeder dritten Runde, die er schaffte, fünf Strafrunden für Beschädigungen dazubekam, sodass er rechnerisch niemals fertig werden würde.

»Was ist los, von den Holtzenauen?«, fragte Fenna den schlaksigen Adeligen. »Du warst doch gestern bei den Übungen ganz gut mit dabei?«

»Ich weiß auch nicht, Leutnant«, schnaufte von den

Holtzenauen. »Ich hab von Anfang an Seitenstechen und krieg das nicht mehr weg.«

»Gibt es da nichts Medizinisches dagegen?«

»He! Hinlegen und ausruhen, würde ich verordnen.«

Fenna schmunzelte. Die Sonne stieg höher und höher und begann die Kopfhaut zu schmirgeln.

»Kertz?«

»Jawohl, Leutnant?«

»Das geht so nicht. Ich will dich nicht zu Tode schinden, sondern ich will einen Lerneffekt bei dir erzielen. Wenn du fünf Runden hintereinander schaffst, ohne etwas um- oder einzureißen, dann darfst du ins Quartier.«

»Wirklich, Leutnant?«

»Wirklich.«

»Ab jetzt?«

»Ab jetzt.«

»Das schaffe ich!«

»Das hoffe ich.«

Er schaffte es tatsächlich. Seine Augengläser waren von dem Schweiß, der ihm über die Brauen tropfte, beinahe undurchsichtig, aber Kertz ging jetzt mit großer Vorsicht zu Werke. Fenna staunte, dass er nach mehr als fünfunddreißig Runden in den Knochen überhaupt noch über die Hinderniswände hinwegkam. Aber er schaffte es, als Letzter von allen, und er jubelte anschließend, als hätte er gewonnen.

Gemeinsam mit den gut gelaunten Soldaten der Zweiten Kompanie baute Fenna anschließend den Parcours ab, damit der Hof wieder normal genutzt werden konnte.

»Habe ich das richtig mitbekommen: Du hast gegen Gollberg gewettet?«, erkundigte Leutnant Hobock sich besorgt.

»So ist es.«

»O Mann! Das kannst du nicht gewinnen. Er hat die besten Leute des ganzen Regiments. Sogar Hauptmann Veels war immer sauer und neidisch auf ihn.«

»Ich weiß.«

»Also, was hast du vor? Hast du etwas in der Hinterhand? Rekrutierst du noch Leute aus Chlayst dazu und lässt dann die antreten? Das ist es, oder? Ein Trick? Du legst Gollberg aufs Kreuz?«

»Das wäre nicht besonders ritterlich.«

»O Mann! Du willst es ernsthaft versuchen? Mit diesen Gestalten?«

»Hobock, was war das Erste, was du gedacht hast, als du den von dir zusammengesammelten Haufen zum ersten Mal in seiner Gesamtheit überblickt hast?«

»Ich dachte: O Mann, was für ein Haufen!«

»Richtig. Was für ein Haufen. Gollbergs Leute sind alle präzise, adrett und langweilig. Meine Leute sind alles Mögliche. Aber nicht langweilig.«

Fenna wartete, bis Gollberg beim Oberst Bericht erstattet hatte. Danach hatte Oberst Jenko Zeit für ihn.

»Seid noch gar nicht in der Offiziersmesse gewesen, hat mir der Mundschenk erzählt«, begann der Oberst das Gespräch. »Müsst Euch schon auch mal Zeit nehmen für einen kleinen Umtrunk. Oder?«

»Kommt noch, Oberst, kommt noch. Heute würde ich übrigens gerne mit meinen Männern speisen, wenn das kein Verstoß gegen die Festungsregularien ist.«

»Ach was! Jedem sein eigener Führungsstil, sage ich immer. Ha! Gollberg hat mir von der Wette erzählt. Ihr habt es eilig, wieder nach Chlayst zurückzukehren, oder, Leutnant Fenna? Ist doch so?«

»Mitnichten, Oberst. Ich habe die Absicht, diese Wette zu gewinnen. Übrigens glaube ich, dass beide Kompanien von diesem kleinen Wettstreit nur profitieren können. Der General wird ein hoch motiviertes Manöver zu sehen bekommen. Aber deshalb wollte ich nicht mit Ihnen sprechen. Ich wollte die formelle Vereidigung meiner Männer beantragen und das Anpassen der Uniformen auf den Weg bringen.«

»Du liebe Güte, Ihr habt es ja wirklich eilig! Seid Ihr denn sicher, dass Ihr schon ausreichend ausgesiebt habt? Wir könnten auch mit zehn Mann anfangen, wisst Ihr? Zehn Mann für den Anfang …«

»Das wird schon.«

»Ich habe mit – ja: einiger Besorgnis gesehen, dass Ihr … drei junge und schlanke Soldaten gestern aussortiert habt, den Dicken und den Alten jedoch in der Truppe hieltet?«

»Wisst Ihr, dass der *Alte* zwei Söhne hatte, die beide beim Affenmenschenfeldzug gefallen sind?«

»Nein! Das ist ja eine Tragödie!«

»Finde ich auch. Aber deswegen ist er nicht weiterhin dabei. Er ist weiterhin dabei, weil er gestern bei den Übungen zwei Punkte errungen hat. Und weil es andere gab, die sich weitaus ungeschickter angestellt haben.«

»Ich verstehe, Leutnant Fenna.« Der Oberst schaute mit hinter dem Rücken verschränkten Händen aus dem Fenster auf den Hof hinunter. »Wir werden sehen, ob das alles gut geht oder nicht.«

»Jawohl. Ich halte eine baldige Vereidigung und Einkleidung für sinnvoll.«

»Ja, ich auch«, sagte der Oberst seufzend. »Was die Uniformrüstungen angeht, wendet Euch an die Schneidermeisterin Klejahn. Das ist ein tadelloses Frauenzimmer, die wird alles Nötige in die Wege leiten. Wir werden ein paar Uniformen deutlich umarbeiten lassen müssen, damit sie passen, denke ich. Ha! Was die Vereidigung angeht: Zur Mittagsstunde ist es zu heiß. In dieser Jahreszeit wird so etwas zur Tortur. Völlig überflüssig, so eine Tortur. Wie wäre es stattdessen mit Mitternacht? Das macht immer etwas her! Die

Festung von Fackeln beleuchtet! Ich sage immer: Geben wir den Affen da draußen ruhig etwas zu gaffen! Aber nicht heute Mitternacht, bis dahin sind doch die Uniformrüstungen noch gar nicht fertig. Wie klingt morgen? Morgen klingt nicht übel, gar nicht übel. Das gibt der Schneidermeisterin etwas Spielraum.«

»Also heute und morgen noch Übungen und dann die Vereidigung?«

»Passt doch großartig!«

»Jawohl, Oberst. Kann ich Übungen außerhalb der Festung unternehmen? Einen Gepäckmarsch würde ich gerne machen.«

»Tadellos. Aber bitte *südlich* außerhalb. Für das Feindesland sind die Hörner noch zu grün.«

»Selbstverständlich. Wie steht es eigentlich mit Waffen für die Männer?«

»Nun, sie sollen das Übliche erhalten: Säbel und Dolch. Einen Schild mit dem Wappen der Festung, wer das möchte. Bedeutet zusätzliches Gewicht beim Marschieren, sollte sich halt jeder klarmachen, ha! Aber ich denke, Leutnant Fenna, wir sind uns beide einig, dass die Männer erst noch eine gute Woche – besser: zwei Wochen – Waffenkunde brauchen, bevor wir ihnen scharfkantiges Zeug in die Hände drücken sollten, nicht wahr?«

»Das sehe ich genauso. Allerdings für die Vereidigung wäre es ganz schön, wenn sie ihre Waffen dort wenigstens zur Präsentation schon einmal tragen könnten.«

»Gar kein Problem, Leutnant Fenna, gar kein Problem. In unserer Festung herrscht kein Mangel an Ausrüstung. Es ist eher ein Mangel an Soldaten, den wir zu beklagen haben.«

»Ich verstehe. Gibt es eigentlich ein offizielles Ergebnis von Hauptmann Gollbergs neuestem Erkundungsritt?«

»Anhaltspunkte für ein Bestätigen seiner Überlebendentheorie, ja.«

»Und was wird in dieser Hinsicht unternommen?«

»Die Erste Kompanie reitet weiter aus.«

»Aha.«

»Ja, so ist das. Wisst Ihr übrigens, Leutnant Fenna, was Hauptmann Gollberg bei mir beantragt hat?«

»Nein, Oberst?«

»Einen zweiten leitenden Leutnant für Eure halbe Kompanie.«

»Wie bitte?«

»Ja. So ist das. Und er hat mehrere triftige Gründe angeführt. Zum einen: Die Zweite Kompanie wird ebenfalls von zwei Leutnants angeführt. Hobock & Sells. Funktioniert. Hat sich bewährt. Wenn die Dritte Kompanie im Laufe der Zeit auf dreißig Mann aufgestockt werden soll, ist das für einen einzelnen Leutnant zu unübersichtlich. Zwei Leutnants sind besser. Zweitens: Ein weiterer Offizier sollte so schnell wie möglich in die Kompanie eingebunden werden, nicht erst nach einem halben Jahr oder so, wenn sich alle an eine einzige Führungsspitze gewöhnt haben. So früh wie möglich, so langfristig wie möglich. Und drittens: Wenn Ihr die Wette verliert, werdet Ihr *was* sein? Futsch! Wer soll dann die Dritte führen, wenn nicht ein anderer, neuer Leutnant? Auch wenn Ihr sonst wie ausfallt, krank werdet, Euch verwundet, Euch krankhaft verliebt, die Götter mögen es verhüten – es ist in jedem Fall von Vorteil, noch einen zweiten Kommandeur in der Kompanie zu haben.«

»Und wen wollt Ihr da rekrutieren? Jemanden von noch weiter südlich als Chlayst?«

»Nein. Wir werden jemanden aus Uderun holen. Direkt von der Akademie.«

»Einen *akademischen Offizier*? Einen zwanzigjährigen Sohn reicher Eltern ohne jegliche Erfahrung im Umgang mit Menschen und Realitäten? Das wird nie und nimmer funktionieren!«

»Das *wird* funktionieren, Leutnant Fenna. Ich habe dem bereits zugestimmt. Die Order nach Uderun geht in dieser Stunde mit dem Postreiter raus. Und über einen verwöhnten *Sohn* braucht Ihr Euch keine Sorgen zu machen. Ich habe nämlich ausdrücklich … eine *Frau* angefordert.«

»Für eine Kompanie, die ausschließlich aus Kerlen besteht? Die werden sie zerfetzen!«

»Nein, das werden sie nicht, Leutnant Fenna. Das werden sie nicht. Denn *Ihr* seid ja auch noch da. Ihr werdet dafür Sorge tragen, dass alles reibungslos funktioniert. Und ich bin verhältnismäßig zuversichtlich, dass Ihr das hinbekommt. Und jetzt würde ich gerne einmal keinen Einwand hören, sondern ein einfaches: *Jawohl, Oberst Jenko!*«

»Jawohl, Oberst Jenko«, sagte Fenna zähneknirschend.

»Tadellos! Geht doch. Und noch etwas, Leutnant. Ich habe es Euch nun schon zweimal gesagt, und Ihr scheint es jedes Mal nur für eine freundliche Floskel zu halten, aber ich sage es Euch gerne noch ein drittes Mal: Allzu scharf macht schartig. Übertreibt es nicht. Weder muss genau genommen Eure Dritte Kompanie nach nur anderthalb Monden schon besser sein als Gollbergs seit Jahren eingespielte Erste, noch müsst Ihr Euch mit Eurem Hauptmann einen Hahnenkampf liefern. Die Sache mit der Wette ist nun nicht mehr aus der Welt zu schaffen, und vielleicht habt Ihr recht, dass ein Wettbewerb beiden Kompanien zugutekommen kann. Aber ich möchte nicht miterleben, dass Ihr Eure Leute in Eurem Ehrgeiz verschleißt. Ich glaube, wir verstehen uns da so langsam mal, oder immer noch nicht?«

»Es ist nicht meine Absicht, den Männern zu schaden, Oberst. Ich bin lediglich der Meinung, dass das Leben in der Armee kein Zuckerschlecken ist. Je eher sie dies begreifen und verinnerlichen, umso besser für sie.«

»Nicht von der Hand zu weisen, nicht von der Hand zu weisen. Ich gebe Euch den Spielraum, den Ihr braucht. Aber ich habe im Hinterkopf, dass Euer Vorgesetzter in Chlayst mir mitteilte, dass Ihr vier Monde lang in einem Lazarett gelegen habt. Weil Ihr Euch zu viel zugemutet hattet.«

»Chlayst ist giftig geworden, Oberst. Jeder landete dort früher oder später in einem Lazarett. Jeder.«

»Aber *vier Monde*? Das scheint mir doch ein schwererer Fall gewesen zu sein.«

»Es war keine Vergiftung. Die Heiler nannten es einen Zusammenbruch. Mehr geistig als körperlich.«

»Seht Ihr, Leutnant Fenna? Ich weiß das. Ich weiß zu schätzen, dass Ihr mir reinen Wein einschenkt, aber ich wusste dies schon vorher. Ich habe mich über Euch gut erkundigt, bevor ich Euch auf Kosten der Königin hierher reisen ließ. Ihr habt in Chlayst gegen Eure eigenen Leute ermittelt, weil es Anzeichen für Korruption gab. Ihr habt den Preis dafür bezahlt. Jetzt seid Ihr hier. Hier oben gibt es keine Korruption, denn es gibt hier oben nichts zu holen. Hier gibt es keine Hausstände zu verscherbeln. Keine Sklavinnen aus Diamandan. Keinen herrenlosen Schmuck. Hier gibt es uns und die Affen. Und die Affen sind uns zahlenmäßig tausendfach, zehntausendfach, hunderttausendfach überlegen. Deshalb ziehen wir hier an *einem* Strang. Und halten diesen Damm, solange die Königin das von uns erwartet.«

»Jawohl, Oberst Jenko!«

Der Oberst sah seinem Leutnant noch ein paar Momente lang eindringlich in die Augen, dann nickte er. »Wenn sonst nichts mehr ist?«

»Für heute nicht. Danke für die Unterredung, Oberst.«

Fenna grüßte militärisch und verließ den Raum. Auf der Treppe nach unten strauchelte er über ein loses Brett, fing sich aber wieder.

Draußen bohrte sich ihm die Sonne so heiß und unerbittlich wie ein Nagel in den Kopf.

5

Die vierzehn Mann seiner Kompanie waren bereits beim Essenfassen in der Mannschaftsmesse. Es gab weich gekochtes, fettes Schweinefleisch, Erbsen und Kartoffelbrei. Fenna ließ sich von den Küchenjungen auftun und gesellte sich zu den anderen. Er nahm Details in sich auf.

Behnk futterte wie ein Scheunendrescher. Er benutzte dazu einen eigenen, hölzernen Löffel, seinen »Glückslöffel«, wie er ihn nannte. Kertz war zu erschöpft zum Essen. Er trank lediglich. Jonis, Ekhanner, Teppel, Emara, Nelat und MerDilli schwatzten angeregt miteinander. Garsid saß etwas abseits, als wollte er seine Ruhe haben. Resea schien ganz zu fehlen, aber Fenna entdeckte ihn an einem anderen Tisch: Er saß mit zwei Soldatinnen aus Gollbergs Erster Kompanie zusammen und schäkerte. Von den Holtzenauen schien das schlapp gewürzte Essen gut zu munden. Deleven verstummte in dem Moment, als sich Fenna dazusetzte, und nahm selbst im Sitzen die lässigere Variante einer militärischen Haltung an.

Fenna wollte zu Resea hinüberlauschen, aber das dortige Gespräch war zu leise. Stattdessen schnappte er Fetzen der hiesigen Tischplauderei auf.

»Es war schon ziemlich beeindruckend, wie die von der Zweiten alle über die Wände rübergekommen sind«, sagte Jovid Jonis. »Es scheint da eine gewisse Bewegungsabfolge zu geben, mit der man von unten Schwung mitnehmen kann, ohne vom Hindernis allzu sehr gebremst zu werden.«

»Ist mir auch aufgefallen«, bestätigte Teppel mit vollem Mund. »Die haben alle dieselben Bewegungen gemacht. Nicht so wie wir.«

»Das lernen wir auch noch«, sagte Tadao Nelat munter mit seiner mädchenhaften Stimme. »Nicht wahr, Leutnant Fenna? Solche Tricks bringt Ihr uns ebenfalls bei?«

»Alle, die ich kenne«, antwortete Fenna ausweichend. Das Fleisch schmeckte, als bestünde es nur aus Schwarte, die Erbsen waren zerkocht, der Kartoffelbrei ungewürzt. Nirgendwo stand Salz auf den Tischen. In der Garnison von Chlayst war das Essen deutlich besser gewesen.

»Mich würde mal interessieren«, begann Fenna, und das Tischgespräch kam unverzüglich zum Erliegen, »wer von euch bereits Erfahrungen mit Affenmenschen gemacht hat. Garsid bestimmt, oder?«

»Klar«, nickte der glatzköpfige Gallikoner. »Von klein auf.«

»Was sind das für Wesen? Ich habe noch nie einen von denen zu Gesicht bekommen.«

»Das ist auch gar nicht so einfach. Meistens sieht man nicht viel von ihnen, bekommt aber das zu spüren, womit sie einen beschießen oder bewerfen. Einmal haben sie sogar eine unserer Mauern mit einem Katapult gesprengt, aus dem grünes Feuer sprudelte. Sie sind unglaublich schwer einzuschätzen.«

»Aber wie sehen sie aus?«, hakte Fenna nach.

Garsid wand sich unbehaglich. »Es gibt verschiedene Sorten. Einige sind schwarz und zottig, mit Lederhaut, wie Affen, aber viel größer. Dann gibt es ganz seltsame, längliche, mit Armen, die dreimal so lang sind wie die Arme eines Menschen. Die Köpfe sind ganz klein und gedrungen. Und dann gibt es noch welche, die sehen fast wie Menschen aus. Wie Menschen in Rüstungen aus Holz und Häuten, mit langen schwarzen Haaren. Und wenn sie den Mund aufmachen, haben sie Zähne, so lang wie Finger.«

Sogar Behnk hatte unter dieser Schilderung aufgehört zu löffeln. Eine beunruhigte Stille breitete sich aus.

»Und?«, fragte Fenna weiter. »Kann man sie töten? Oder sind sie durch irgendwelche Zauber geschützt?«

»Manchmal.« Garsid schien nicht weitersprechen zu wollen.

Fenna änderte das Thema. »Kanntest du eigentlich Scapedo aus Galliko?«

Garsid schüttelte den Kopf. »Galliko ist sehr ... unübersichtlich. Vielleicht war er dort, vielleicht aber auch nicht. Er war noch sehr jung. Ich bin ihm zum ersten Mal begegnet, als Leutnant Hobock uns alle einsammelte.«

»Hm. Und sonst? Wer von euch hat Kampferfahrung? Egal gegen wen. Wer kann mit einer Waffe umgehen?«

Jetzt meldeten sich einige: Kindem, Deleven, Teppel und MerDilli.

Kindem klopfte sich stolz auf die Brust. »Ich bin Schwertmann Erster Rang. Ich habe schon vier Menschen getötet, drei fette Klippenspinnen, etliche Wölfe, zwei Säbelzahnluchse und viele, viele Mooskrebse. Bei uns gibt es sehr viele von diesen Mooskrebsen. Einmal sind zweihundert gleichzeitig über das Dorf hergefallen. Da war vielleicht was los!«

MerDilli lachte. »Ich kann mit verschiedenen Waffen umgehen. Schwerter, Keulen, Äxte, Dreistab. Ich habe viel gekämpft, habe sogar eine Zeit lang Geld mit Kämpfen verdient. Ich komme immer noch nicht darüber hinweg, dass er« – er deutete auf Nelat – »mich gestern aufs Kreuz gelegt hat. Aber das war ja auch kein echter Kampf. In einem echten Kampf geht es weiter, auch wenn man mal kurz mit der Hand den Boden berührt hat. Da gibt es keine solchen komischen Regeln. Da geht es ums Ganze.«

Jetzt war Teppel an der Reihe. »Ich habe mit meinen Söhnen viel geübt. Getötet habe ich natürlich noch nie jemanden. Aber ich habe ihnen das Kämpfen beigebracht. Ein paar Finten. Hat alles nichts genutzt, wenn das ganze Land in Flammen aufgeht. Hat man doch zu hören bekommen. Alles soll ganz weiß gebrannt haben am *Skorpionshügel.*«

Wieder bildete sich Schweigen aus. Unter Fennas Mitwirkung hatten die Gespräche eine Tendenz zum Trübsinnigen entwickelt. Der Leutnant räusperte sich. »Und du, Deleven? Mir ist aufgefallen, dass du dich nicht als *Schwertmann soundsovielter Rang* oder *Lanzenmann soundsovielter Rang* vorgestellt hast. Eigentlich machen Klippenwälder das ja so.«

»Ja, eigentlich machen Klippenwälder das so.« Nilocas Deleven atmete tief durch, wie um Anlauf zu nehmen. »Aber ich bin aus den Klippenwäldern weggegangen, weil ich mit diesem gesamten Schwertmann-Quatsch nichts mehr anfangen kann. Die Zeiten ändern sich. Wir haben eine Königin. Das Land ist vereinigt. Überall bilden sich Fabrikationen zum Wohle der Menschheit. Die königliche Armee wacht mit ihren Garnisonen und Festungen über das Volk. Nur in den Klippenwäldern will man immer noch leben wie vor eintausend Jahren, als der Kontinent noch wild und uneins war. In den Klippenwäldern ist man weiterhin entweder ein Mann, oder man ist ein Nichts. Man vergießt Blut oder hat Wasser in den Adern. Ich finde das kurzsichtig.«

»Aber hast du nun Erfahrung oder nicht?«, ließ Fenna nicht locker.

Deleven hob weiterhin nicht den Blick. »Ich habe gekämpft, früher, als ich jünger war. Ich bin ein wenig eingerostet, aber für eine Ausbildungskompanie dürfte es noch reichen.«

»Für mich hat's nicht gereicht!«, lachte Behnk in gutmütigem Spott.

»Lass uns mal mit Schwertern kämpfen, Alman, dann geht die Sache wohl anders aus.« Deleven lächelte.

»Also schön«, fasste Fenna zusammen. »Das heißt also, dass wir nicht bei null anfangen müssen, und dass einige von euch mir bei der Kampfausbildung zur Hand gehen können. Wie sieht es mit Fernwaffen aus? Hat da jemand Erfahrung?«

Diesmal hoben nur zwei die Hände: Nilocas Deleven und Fergran von den Holtzenauen.

»Ich kann ganz gut mit einem Kurzbogen umgehen, selbst vom Rücken eines reitenden Pferdes herab«, erläuterte Deleven.

»Dann gehörst du ja in Gollbergs Truppe«, bemerkte Jonis.

Deleven winkte ab. »Ich bin bestimmt nicht der Einzige von uns, der reiten kann.«

»Das wird dann meine nächste Frage«, sagte Fenna. »Zuerst noch zu den Bögen. Von den Holtzenauen?«

»Tja, ich … ähm … das ist jetzt natürlich ein wenig peinlich, weil ich da sicher nicht mit Nilo mithalten kann, aber … im Larnwald haben wir oft zum Spaß auf Zielscheiben geschossen. Nichts Kriegerisches. Aber ich war nicht übel.«

Fenna verzeichnete, dass einige der Männer sich bereits mit Vornamen und Kurzformen der Vornamen anredeten. Er durfte nicht vergessen, dass sie sich schon seit zwei bis drei Wochen kannten und bereits seit über einer Woche zusammenwohnten. »Das ist egal, ob kriegerisch oder nicht. Es ist auf jeden Fall gut, Übung mit der Waffe zu haben. Nächste Frage also: Reiten? Außer Deleven?«

Wieder von den Holtzenauen, aber auch Jonis, Emara und Stodaert.

»Nicht schlecht«, verzeichnete Fenna. »Hauptmann Gollberg will uns das Reiten beibringen, wenn wir seine Leute im Manöver besiegen, aber wie ich sehe, haben wir schon fünf Reiter.«

»Wie ist das mit Euch, Leutnant? Wenn die Frage erlaubt ist?«, erkundigte sich Jovid Jonis vorsichtig.

»Mit mir? Ich bin vierzehn Jahre bei der Armee. Ich kann mit fast allen Waffen umgehen und mich auch ohne Waffen ausreichend bemerkbar machen. Mit Pferden stehe ich allerdings ein wenig auf Kriegsfuß. Man sagt mir immer, sie fühlen sich unwohl bei mir, weil sie spüren, dass ich mich unwohl bei ihnen fühle. Ich mag es einfach nicht besonders, mein Leben einem Wesen anzuvertrauen, das größer ist als ich und unter Umständen einen eigenen Willen entwickelt. Deshalb finde ich das Angebot des Hauptmanns sehr erfreulich. Ich bin nämlich gerne bereit dazuzulernen. Letzte Frage, auch wenn wir das in der Felsenwüste wahrscheinlich nie brauchen können, aber ich will mich taktisch darauf einstellen können: Ist einer von euch Nichtschwimmer?«

Keiner meldete sich. Behnk lachte: »Ich kann gar nicht untergehen!« Schließlich hob sich dann aber doch zögerlich ein Finger: der von Mails Emara.

Fenna nickte ihm zu. »Gut, das ist kein Problem. Ein einzelner Nichtschwimmer kann immer von den anderen mitgezogen werden. Peinlich würde es nur werden, wenn wir mehr Nichtschwimmer als Schwimmer haben und ich anordne, einen See oder so was zu durchqueren. Auch die Affenmenschen müssen doch irgendeine Art von Wasser haben.«

»Was ist eigentlich mit Resea?«, fragte Deleven. »Über den habt Ihr jetzt gar nichts erfahren können.«

»Richtig. He, Resea? Wäre es zu viel verlangt, dass du dich mal kurz zu deiner eigenen Kompanie setzt?«

Resea sagte leise etwas zu den beiden Soldatinnen, was sie zum Lachen brachte. Dann kam er herübergeschlendert. »Was gibt's denn, Leutnant? Ich dachte, es wäre Mittagspause.«

»Mittagspause ja, aber du gehörst auch beim Essenfassen, auf der Latrine und nachts im Bett weiterhin zur Dritten. Das ist nun einmal so in der Armee. Wie sieht es bei dir aus mit Kampferfahrung, Affenmenschenerfahrung, Fernwaffen, Reiten und Schwimmen?«

Resea setzte sich auf einen freien Stuhl neben seinen Zimmergenossen Bujo Stodaert. »Kampferfahrung ja. Ich habe jetzt zwei Jahre hintereinander am großen Ritterturnier von Endailon teilgenommen. Beim ersten Mal bin ich Achtundzwanzigster geworden von 250 Teilnehmern. Letztes Jahr wurde ich Zwölfter. Dieses Jahr wollte ich gewinnen, aber dann ging der Affenmenschenfeldzug verloren, und das Turnier wurde abgesagt. Stattdessen bin ich nun hier. Affenmenschenerfahrung? Keine, aber das wird ja noch zur Genüge kommen. Fernwaffen ja, das ist eine der Prüfungen in Endailon. Reiten ist klar. Ohne gutes Reiten kommt man beim Turnier nicht weit. Und Schwimmen ist auch klar. Ich stamme aus Ferbst. Die Jungen und Mädchen aus Ferbst verbringen ihre halbe Jugend im klaren Wasser des Larnus-Sunds.«

»Ausgezeichnet«, sagte Fenna. »Dann weiß ich jetzt im Großen und Ganzen, woran ich bin. Was mich aber noch interessieren würde, ist, ob der eine oder andere von euch über Spezialkenntnisse verfügt. Wie von den Holtzenauen, der bei den Schmetterlingsmenschen Heilkunde gelernt hat. So jemanden kann ich gut verwenden, wenn ich mit euch im Einsatz bin. Gibt es da vielleicht noch etwas, nach dem zu fragen mir gar nicht in den Sinn kommen würde?«

»Ich kann kochen«, sagte Alman Behnk sofort. Gelächter brandete auf. »Nein, nein, im Ernst – ich kann wirklich ziemlich gut kochen!«

»Wenn du diesen Fraß hier lecker fandest, kann es mit deinem Geschmack ja nicht allzu weit her sein«, spottete Mails Emara.

»Nein, nein, das hier kann man natürlich nur essen, wenn man Hunger hat und es nichts anderes gibt. Ich würde noch viel mehr Knoblauch dranmachen und Kräuter und das Fleisch ganz anders zubereiten, aber …« Die anderen Grünhörner lachten immer noch. Behnks Begeisterung wandelte sich in Enttäuschung. »Ich meine das ernst.«

»Ich finde das gut«, sagte Fenna zur allgemeinen Überraschung. »Man sollte das nicht unterschätzen. Wenn wir einen Auftrag bekommen, der uns mehrere Tage in die Ferne führt, ist es gut, wenn wir jemanden dabeihaben, der sich mit dem schmackhaften Zubereiten von Essen auskennt. Ich habe mal gehört, man soll keinem dünnen Koch trauen. Ich denke, Behnk ist also voll und ganz vertrauenswürdig.«

Die Männer lachten jetzt wieder, aber anerkennend. Auch Behnk lachte mit.

»Das ist jetzt wahrscheinlich noch alberner«, meldete Jovid Jonis sich schüchtern zu Wort, »aber ich kann gut zeichnen. Porträts und Landschaften. Ich habe ein Porträt von meinem Mädchen, selbst gezeichnet, hier in diesem Amulett. Schaut, Leutnant.« Er fingerte aus einem golden aussehenden Halskettchenanhänger einen Zettel heraus und entfaltete ihn. Eine träumerische Schönheit mit dunklen Augen und wallendem Haar war darauf zu sehen, mit einem feinen Kohlestift gezeichnet und plastisch akzentuiert. Menschen sahen nicht so schön aus wie auf dieser Zeichnung. Sie mochte nur ein Phantasiegeschöpf darstellen. Aber die Zeichnung war zweifelsohne gut gemacht.

»Nicht schlecht«, sagte Fenna und wollte das Bild zurückgeben, doch Tadao Nelat wollte es auch sehen. Besorgt verfolgte Jonis, wie das Bildnis nun von Hand zu Hand ging. Die meisten machten anerkennend pfeifende Lippen oder verzogen nickend den Mund zu einem »Alle Achtung«-Ausdruck.

»Das ist … wie hieß sie noch mal?«, fragte von den Holtzenauen.

»Nara Wesener«, gab Jonis Auskunft.

»Die dritte Tochter des Galanteriehändlers.«

»Ja.«

»Was ist das eigentlich: ein Galanteriehändler?«, fragte »Scheusal« Kertz schmatzend.

»Knöpfe, Kämme, Spiegel, Nadeln, Schnallen und Schmuckwaren«, gab Jovid Jonis Auskunft.

»Jedenfalls finde ich so ein Talent überhaupt nicht albern«, brachte Fenna wieder Ordnung in den Tisch. »Falls wir Karten zeichnen müssen oder Skizzen anfertigen von bestimmten Landschaftsformationen, damit man sie wiederfinden kann. Das kann ziemlich hilfreich sein. Noch jemand?«

»Nun, das ist jetzt noch peinlicher, aber ich kann gut singen«, sagte Mails Emara. »Ich habe sozusagen eine ausgebildete Stimme, um von einer Bühne herunter den ganzen Saal auszufüllen.«

»Damit kann man bestimmt Affenmenschen in die Flucht schlagen!«, prustete Breff Adirony Teppel.

»Oder Gollbergs Pferde scheu machen, wenn sie uns beim Manöver zu sehr auf die Pelle rücken«, fügte Ildeon Ekhanner hinzu und entblößte beim Lachen sein Zahnfleisch wie ein Pferd. Alle lachten, auch Emara.

Nur der Leutnant blieb wieder ernst. »Singen ist auch nicht zu unterschätzen. Vielleicht kann ein Lied zur richtigen Zeit die Lebensgeister wecken oder auf einen Kampf einstimmen. Wir sind eine Kompanie. Jedes Talent, egal welches, kann auf die eine oder andere Weise der gesamten Einheit von Nutzen sein.«

»Vielleicht sollten wir dann alle lernen zu singen und zu tanzen, statt uns mit scharfkantigen Waffen abzumühen, an denen wir uns allenfalls noch verletzen können«, höhnte Resea.

Fenna ließ sich nicht provozieren. »Nicht weit weg von Chlayst, im Nekeru-Gebirge, gibt es einen Stamm, für den Kämpfen und Tanzen tatsächlich das Gleiche ist. Ich habe einmal eine Abordnung von denen bei einer Aufführung auf dem Chlayster Marktplatz gesehen. Das war ziemlich beeindruckend. Aber ich denke nicht, dass wir das so hinbekommen würden. Dafür müssten wir jahrelang üben. Also versuchen wir es wohl besser auf die herkömmliche Art. So, ich werde jetzt zur Schneidermeisterin gehen, um die Uniformen in Auftrag zu geben. Wahrscheinlich müsst ihr dann alle zum Maßnehmen antreten. Und, ach ja, eine Sache will ich nicht vergessen: Dass Kertz in einem eigenen Zimmer untergebracht ist, widerspricht dem Geist einer Kompanie. In Raum F bei Kindem, Resea und Stodaert ist Scapedos Bett frei geworden. Da wirst du jetzt einziehen, Kertz.«

»Jawohl, Leutnant«, bestätigte »Scheusal« Jeo Kertz.

»Kann ich dann in ein anderes Zimmer umziehen?«, erkundigte sich Gerris Resea.

»Nein, kommt nicht infrage. Bis ich euch abhole, habt ihr Zeit zur freien Verfügung. Aber ich bestehe darauf, dass jeder von euch innerhalb eines Sandstriches in der Lage ist, auf dem Hof anzutreten. Wir verstehen uns.« Er erhob sich und verließ die Messe. Das Letzte, was er hörte, war, wie das Tischgespräch weiterging mit Jovid Jonis' Frage: »Kommt das Wort *Kompanie* eigentlich von dem Wort *Kumpanei*?«

Auf dem Hof wollte Fenna gerade zu den Mannschaftsquartieren hinübergehen, als die Heilerin Ilintu ihn durch das Lazarettfenster rief. »Leutnant? Yinn Hanitz ist jetzt wach und ansprechbar.«

Fenna änderte sofort die Richtung und ging zu ihr hinüber. »Ist er gerade zum ersten Mal wieder zu sich gekommen?«

»Nein, vorhin schon, aber da wart Ihr, glaube ich, gerade beim Oberst oben, und ich wollte Euch nicht stören.«

»Wie geht es ihm?«

»Besser. Ihr könnt ihn selbst fragen.«

Yinn Hanitz' Kopf war bandagiert, seine ohnehin bereits tief eingesunkenen Augen sahen blutunterlaufen und trübe aus. »Leutnant«, knarzte er. »Das tut mir so leid.«

»Was denn, machst du dir etwa Vorwürfe? Kannst doch nichts dafür, wenn so ein Arschloch dich aushebelt. Ich habe Scapedo unverzüglich rausgeschmissen.«

»Und … ich … bibibin auch raus, oder?«

»Fürs Erste ja. Das hat ja keinen Sinn, dich jetzt zu schinden. Die Ausbildung ist kein Zuckerschlecken. Aber du hattest nach zwei Übungen schon drei Punkte. Wenn du im Wettlauf Zweiter geworden wärst, wie es sich ja abzeichnete, wärst du im Endergebnis einer der Besten geworden. Da unsere Kompanie gewiss nicht für immer auf halber Stärke bleiben soll, kann ich dir einen Platz reservieren für unsere nächste Bewerberrunde.«

»Das ist … gut, Leutnant. Ich weiß … nämlich ehrlich gesagt … nicht mehr, wo ich mimimich nützlich machen soll, wenn ich nicht … zum Mimimilitär kann. Der Kontinent muss doch geschützt werden. Die Festung ist ein Damm. Ein Damm.«

»Jetzt immer mit der Ruhe, Hanitz! Du bist hier in guten Händen, und die Festung kommt für deine Heilung auf. Deine Aufgabe besteht im Augenblick lediglich darin, viel zu schlafen und auf die Anweisungen der Heilerin zu hören. Kriegst du das hin?«

»Ja … jawohl.«

»Gut.« Fenna drückte ihm die schlaffe Hand. Beim Hinausgehen musste er sich an Ilintu vorbeidrücken und roch dabei ihren betörend weiblichen Duft. »Heute Abend habe ich schon etwas vor«, sagte er. »Ich will meine Jungs außerhalb der Festung ein wenig ans Felsenland gewöhnen. Morgen geht es auch nicht, da soll mitten in der Nacht die Vereidigung stattfinden. Aber für übermorgen Abend könnte ich sicher einen Krug Rotwein organisieren.«

»Und Ihr geht davon aus, dass ich übermorgen Abend nichts Besseres vorhabe?«

»Ich frage ja.«

Sie seufzte. »Was soll ich denn auch vorhaben in dieser Festung im Niemandsland? Wir haben also eine Verabredung, Leutnant.«

»Zum Sonnenuntergang?«

»Das ist mir schon zu spät. Ich stehe morgens noch früher auf als Ihr. Wie wäre es mit zwei Stunden vor Sonnenuntergang?«

»Gut.«

Fenna verließ das Lazarett und ging hinüber zu den Mannschaftsquartieren. Dort erkundigte er sich, wo der Schreiber Lement untergebracht war. Es stellte sich heraus, dass das Festungsgesinde, die Wachtposten, Wäscherinnen, Köche, Ordonnanzen und Schreiber in einem eigenen Gebäude wohnten. »Neben dem Friedhof«, bedeutete man Fenna.

In der nordöstlichen Ecke der Festung, dem Feindesland zugewandt, gab es einen Bereich, der in ewig währendem Schatten lag. Hier waren etwa zwanzig schlichte Grabstellen angeordnet. Jeweils ein Name, ein Rang, ein Todestag und als Emblem der Festung Carlyr das verschnörkelte »C«.

Fenna hatte mehr als zwanzig Gräber erwartet nach dem gescheiterten Feldzug. War nicht das gesamte Erste Bataillon umgekommen? Drei Kompanien zu jeweils dreißig Mann?

Er betrat die Unterkunft der zivilen Armeehelfer und fragte sich bis zu Lements Kämmerchen durch. Der Schreiber war gerade am Mittagessen, bat den Leutnant aber freundlich herein.

»Dürfen die Zivilisten nicht in die Mannschaftsmesse?«, erkundigte sich Fenna.

»Doch, natürlich. Es ist mir nur zu laut dort. Ich lese beim Essen gerne ein Buch. Das Witzereißen und das Grölen … Ihr versteht sicher.«

»Klar.« Fenna warf einen Blick auf den Bucheinband. *Im Spiegelkabinett der Handwerkskunst Fairais* stand dort geschrieben. Ein wissenschaftlicher Druck, von dem wahrscheinlich nur zwanzig verhältnismäßig kostbare Exemplare hergestellt worden waren. Lements Zimmer war voller solcher Schriftstücke. »Warst du im Regenmond schon hier in der Festung?«

»Ja, ich bin bereits seit fünf Jahren hier.«

»Ich habe mich gerade darüber gewundert, dass es nur zwanzig Grabmale auf dem Friedhof gibt. Sind nicht Hunderte von Rückkehrern des Feldzuges hier gestorben?«

»Na ja, nicht Hunderte. Aber mehr als hundert. Es war schrecklich, auch für uns Schreiber. Wir mussten Identifikationen vornehmen. Die Königin hatte angeordnet, dass die Toten zu ihren Heimatregimentern überstellt werden. Deshalb wurde keiner von denen hier bestattet, sondern es gingen Leichenkarren raus ins regenschwere Land. Die Karren kamen leer in die Festung und wurden dann von uns befüllt. Alle haben mit angefasst. Die Festung wird diesen Gestank nie wieder loswerden.«

»Ich kann eigentlich nichts riechen. Im Vergleich zu Chlayst riecht es hier richtig gut und frisch.«

»Na ja, das ist jetzt drei Monde her. Vielleicht habe ich den Gestank auch einfach nur noch in der Nase, als Erinnerung, und werde ihn deshalb niemals mehr los.«

»Und das Erste Bataillon? Neunzig Mann? Wo sind die bestattet?«

»Die sind, wie man so schön sagt, *im Feld geblieben.*« Lement lächelte. Falten der Magerkeit bildeten sich dabei um seinen Mund. »Die haben keine Gräber. Wenn man an Geister glaubt, muss man davon ausgehen, dass sie nun umgehen. In und jenseits der Felsenwüste.«

»Jetzt verstehe ich«, sagte Fenna leise. »Deshalb ist Hauptmann Gollberg so besessen davon, Überlebende zu suchen. Die Toten wurden nie gefunden.«

»Genau. Für tot erklärt aufgrund der Umstände. Aber womöglich noch gar nicht richtig tot. Die offizielle Lesart lautet: 2000 Soldaten gingen hinein ins Affenland. 211 starben unterwegs, bei Scharmützeln, durch Ungeheuer, durch Felslawinen. 428 wurden krank durch den gelben Qualm, der überall wabert. 570 starben, als an einem Ort namens *Skorpionshügel* ein zerstörerisches Feuer entzündet wurde, weil die Magie der Menschen auf die Magie der Affen krachte. 1219 traten den Rückzug an unter Führung des Hauptmanns Serian Gayo aus Schreer. Beinahe die Hälfte von denen war krank. Von den Kranken starben auf dem Rückweg weitere 289. Von den Gesunden 106 durch vereinzelte Angriffe der Affenmenschen. Und hier gibt es eine kleine Diskrepanz. Wenn 1219 vom *Skorpionshügel* aus aufgebrochen sind und 395 unterwegs fielen, hätten rechnerisch 824 die Festung Carlyr erreichen müssen. Es waren aber nur 602 Soldaten, die hier ankamen. 222 sind unterwegs verschollen. Verschwunden. Verschleppt, verirrt, eingebrochen in den Boden – niemand weiß es. Von den 602, die die Festung erreichten, sind weitere 114 hier ihren Verletzungen oder Erkrankungen erlegen. 488 konnten zu ihren Regimentern zurückkehren, und mehr als 170 von denen sind seither dienstunfähig. Krank oder seelisch erschöpft. Man kann also sagen, dass lediglich 300 Männer und Frauen den Feldzug überstanden haben. Und von den annähernd fünfzig Magiern sogar nur ein einziger, ein Bienenmagier, den sie inzwischen in Uderun eingesperrt haben, weil seine krankhaft verzerrte Magie nun eine Gefahr für ihn und andere darstellt. Ich mochte diesen Mann. Er war sehr ruhig und sanft. Ich habe mich lange mit ihm über Bienen unterhalten, als sein Regiment auf dem Hinmarsch hier durchkam. Sogar ein Buch über die Sprache der Bienen habe ich mir seitdem besorgt, seht Ihr? Das hier. Aber als er zurückkam, war er ein anderer. Er wusste nichts mehr über sich. Er hatte sich in etwas Gefährliches verwandelt.« Lement versank in Schweigen.

»Und diese Zahlen hast du alle im Kopf?«

Der Kopf des Schreibers ruckte hoch, als sei er eingeschlafen. »Ja. Ich habe sie wieder und wieder studiert. Ich war auch an den ursprünglichen Zahlenerhebungen beteiligt. Zwei weitere Schreiber und ich haben den offiziellen Abschlussbericht an die Königin verfasst. Wisst Ihr, Leutnant, man neigt immer dazu, diese Menschen nur als Zahlen zu sehen. Hundert Tote hier, hundert Tote da. Aber ich lebe in einer Festung. Ich weiß, dass dies alles Menschen sind mit Schicksalen, Familien, Freunden, Geschichten, Gesichtern. Ich kannte Hauptmann Veels' gesamtes Erstes Bataillon. 56 Infanteristen. 28 Kavalleristen. Sechs Korporale. Zwei Leutnants. Ein Hauptmann. Gesichter und Geschichten. Alles verloren.«

»*Futsch*, wie der Oberst sagt«, nickte Fenna düster.

»Ja. *Futsch*. Man fragt sich wirklich, was eigentlich der Sinn dieses Feldzugs war. Wer davon profitiert, dass so viele gute Männer und Frauen gestorben oder krank geworden sind. Es muss doch einen Sinn haben, oder? Kann es sein, dass so etwas überhaupt keinen Sinn ergibt?« Lement straffte sich, als wäre die Last auf seinen Schultern plötzlich schmerzhaft geworden. »Also, was kann ich für Euch tun, Leutnant?«

»Ähh, zweierlei.« Auch Fenna musste sich in die Gegenwart zurückzwingen. »Zum Ersten eine kleine Änderung im Zimmerbelegungsplan. Ich habe Kertz zu Resea in die Stube gepackt. Mal sehen, wie sich das entwickelt.«

»Ich werde es eintragen.«

»Und zweitens wollte ich dich bitten, mir eine wertfreie, alphabetisch sortierte Liste der Männer anzufertigen. Ich kann mit Leutnant Hobocks Einteilung in Bequeme und Unbequeme nicht arbeiten.«

»Das mache ich sofort, Leutnant. Wenn Ihr so lange warten möchtet …«

Fenna wartete und besah sich die Buchrücken, während Lement mit Feder, Tinte und Pergament zu Werke ging. *Die Stimmen der Bienenvölker. Der magische Leib. Menschenbild und Götterbild. Reise nach Galliko. Von den Dreyen Anfangen der Metalle.* Nach wenigen Sandstrichen war die Liste in schönster Schreibschrift fertig.

DRITTE KOMPANIE, ZWEITES BATAILLON
FESTUNG CARLYR

Leutnant: Fenna, Eremith

Behnk, Alman

Deleven, Nilocas

Ekhanner, Ildeon

Emara, Mails

Garsid

Jonis, Jovid

Kertz, »Scheusal« Jeo

Kindem, Ellister Gilker

MerDilli, Sensa

Nelat, Tadao

Resea, Gerris

Stodaert, Bujo

Teppel, Breff Adirony

von den Holtzenauen, Fergran

Schreiber: Lement

»Ich danke«, sagte Fenna. »Für heute Abend bereite ich noch einen Marsch außerhalb der Festung vor. Traust du dir zu, da mitzukommen? Notizen über das Einzelverhalten könnten hilfreich sein.«

»Nun, ich bin kein Soldat mit der entsprechenden körperlichen Leistungsfähigkeit. Aber ich könnte mir ein Pferd ausleihen und nebenherreiten.«

»So machen wir's.«

»Und Ihr wollt mitmarschieren?«

»Ja. Ich bin froh über jeden Tag, an dem ich kein Pferd unterm Hintern haben muss.«

Als Nächstes führte ihn sein Weg zu Jianna Klejahn, der Schneidermeisterin der Festung. Sie war eine korpulente, aber nicht unattraktive Frau Anfang vierzig. Von dem neuen Leutnant war sie ganz entzückt. »Das finde ich ja großartig, dass man endlich wieder etwas zu tun bekommen wird! Die letzten Monde waren so *öde*! Als es das Erste Bataillon noch gab, ihr Götter! Pausenlos musste etwas geflickt und ausgebessert werden. Aber Golli achtet viel zu sehr darauf, dass alles heil bleibt. Und die armen Hobock & Sells bekommen gar keine Gelegenheit, sich mal so richtig auszutoben.«

»In der Hinsicht darf ich Euch beruhigen, Schneidermeisterin. In meiner Kompanie wird so einiges kaputtgehen, davon kann ich jetzt schon ausgehen.«

»Vorzüglich, vorzüglich, vorzüglich!«

Sie ließ es sich nicht nehmen, Fenna mit Maßband und Notizenkladde in die Mannschaftsmesse zu begleiten. Die Männer saßen dort immer noch beieinander und ließen sich ein Dünnbier schmecken. Jetzt begann das große Vermessen. Unter allgemeinem Gelächter mussten sich alle nacheinander aufstellen, die Arme ausbreiten und stillhalten. Jovid Jonis und Alman Behnk wurden richtig rot, als eine Frau an ihnen herumfingerte. Tadao Nelat war übertrieben kitzelig. Die Klejahn jedoch ließ sich auch durch die Schwitzflecken an den Achseln von »Scheusal« Kertz nicht von ihrer Arbeit ablenken. »So viele stattliche Männer«, gluckste sie nur. »Und zwei Übergrößen – eine in der Länge und eine in der Breite. Das ist doch endlich mal wieder eine Herausforderung, das macht Freude! Bis wann sollen die Rüstungen denn fertig sein?«

»Morgen Abend wäre ideal«, antwortete Fenna, »denn morgen Nacht sollen die Männer vereidigt werden.«

»Bis morgen Abend schon? Das bedeutet: die Nacht durcharbeiten, Leutnant! Aber vorzüglich! Endlich gibt es wieder richtig was zu schaffen!« Sie rauschte ab. Einige der Männer kicherten noch immer.

Leutnant Fenna klatschte in die Hände. »So, ich gebe euch jetzt noch ein paar Stunden freie Zeit. Haut euch aufs Ohr oder kuriert eure Knochen, ihr werdet sie heute Abend noch brauchen. Dann machen wir einen kleinen Eilmarsch raus ins Feld.«

»Ins Feld? Zu den Affenmenschen, Leutnant?«, fragte Emara bang.

»Nein, nach Süden raus. Aber wir werden schnell sein und Gepäck tragen und auch ein wenig klettern, wenn das Gelände es erlaubt. Wir befinden uns gerade in einem interessanten Niemandsland der gesetzlichen Regulierung. Ihr seid noch nicht vereidigt und könnt deshalb noch nicht ins Festungsgefängnis gesteckt werden. Andererseits will ich auch keinen mehr rausschmeißen müssen, das habe ich ja gestern schon zur Genüge getan. Ich erwarte also Leistungen, ohne bei einer Verweigerung derselben Strafen verhängen zu können. Ich bin mal sehr gespannt, was sich da heute abspielen wird.«

»Wir werden Euch nicht enttäuschen, Leutnant«, ergriff Nilocas Deleven für alle das Wort. Die meisten nickten bekräftigend.

Fenna bleckte die Zähne. »Davon gehe ich auch aus. Der Schreiber Lement wird mitkommen und marschbegleitende Notizen über die Einzelleistungen machen. Im Grunde genommen ist also alles wie immer: Leistung wird sich auszahlen, ein Ausbleiben von Leistung führt dazu, dass man in der Armee einen schweren Stand hat. So weit alles begriffen?«

Wieder nickten die meisten.

»So weit alles begriffen?«, fragte Fenna noch mal im selben Tonfall.

»Jawohl, Herr Leutnant!«, riefen die Männer im Chor.

Auch Fenna legte sich noch für zwei Stunden hin. Er wollte nicht träumen, nicht so tief, dass die Kinder kamen, aber sie lauerten wieder, sie waren nie weit entfernt. Sie griffen nach ihm mit eiskalten Händen, vom Scheiterhaufen herab, als sei alles seine Schuld, dass sie so liegen mussten und brennen.

Er erwachte verschwitzt und ärgerte sich. Schlafen erquickte noch weniger als Wachbleiben. Also stürzte er sich wieder in die Arbeit.

Aus dem Ausrüstungshaus organisierte er fünfzehn Leinenrucksäcke. Er selbst wollte auch einen. Dann holte er die Männer.

Begleitet von dem auf einem mageren Gaul reitenden Lement ging es anschließend nach Süden aus der Festung hinaus. Die Dritte Kompanie als ungeordneter Haufen ohne feste Marschordnung.

An einem Geröllfeld hieß Fenna die Männer, die Rucksäcke mit Steinen und Kieseln zu füllen. Er überwachte dabei, dass das Gepäck zwar beträchtlich, aber auch nicht übertrieben schwer wurde. »Ihr müsst euch das als Proviantgepäck vorstellen. Außerdem tragt ihr im Einsatz Uniformrüstungen aus Hartleder, einen Säbel, einen Dolch und einen Wappenschild, wer das möchte. Seit Königin Thada den Thron innehat, sind Schilde in der Armee freiwillig, weil sie eine Belastung darstellen, wenn man damit nicht umgehen kann. Ich beabsichtige jedoch, jedem von euch den Umgang mit einem Schild zu lehren. Im Ernstfall kann er euch das Leben retten. Jedenfalls: Begreift den Rucksack nicht als sinnlose Schikane, sondern als Ersatz dessen, was ihr später tatsächlich mit euch herumzutragen habt. Ja, Kindem?«

»Wann bekommen wir denn unsere Waffen, Leutnant?«

»Zur Vereidigung kurz, aber zur Benutzung erst nach ausführlichen Übungen. Wir werden anfangs mit Stumpfwaffen hantieren. So, jetzt mir nach im Laufschritt. Keiner bleibt zurück.«

Fenna lief los. Die Männer anfangs hinterher. Aber schon nach wenigen Sandstrichen zog sich die Kompanie in die Länge. Behnk, Teppel und Emara fielen zurück. »Scheusal« Kertz hielt erstaunlich gut mit.

Fenna gab den anderen eine Richtung vor und ließ sie passieren. »Was ist los, Emara? Gestern ging das Rennen doch noch!«

»Ich weiß, Leutnant. Tut mir leid. Ich habe wohl das Essen nicht vertragen. Mir geht's gar nicht gut.«

»Keiner bleibt zurück! Wenn wir deinetwegen verlangsamen müssen, rennen wir eben die ganze Nacht durch und müssen im Dunkeln klettern.«

Emara biss die Zähne zusammen, Behnk und Teppel ebenfalls.

Fenna führte die Männer in die Felsen, sobald das Gebirge ihm Gelegenheit dazu bot. Er kannte das Gelände selbst nicht, wollte die Männer aber auch über Unwegsamkeiten hinwegtreiben. Bald war auch er schweißgebadet, aber das gefiel ihm besser als das sinnlose Träumen im Quartier. Er hetzte die Männer einen Abhang hinauf und eine Schutthalde auf dem Hosenboden hinab. Über einen glatten Felsbrocken mussten sie sich gegenseitig an den Händen hinaufziehen. Ildeon Ekhanner kullerte seitlich von dem Felsen, verletzte sich aber glücklicherweise nicht dabei. »Scheusal« Kertz fluchte wie ein Kloakenkehrer. Garsid eiferte, einen wilden Ausdruck im Gesicht, mit Fenna um die Wette. Gerris Resea bedachte Fenna mit giftigen Blicken, weil seine maßgeschneiderte Stadtkleidung bei der Kraxelei Schaden nahm. Jovid Jonis verwandelte sich in ein Äffchen, das auf allen vieren über alle Hindernisse hinwegturnte. Lement ritt nebenher und notierte.

Vier Stunden später kehrte die Kompanie zur Festung zurück. Alle – auch Fenna – waren ausgepumpt, zerschrammt und schmutzig. Nur Lement trabte grinsend vorneweg. Die Torwächter lachten, machten aber auch aufmunternde Sprüche. Fenna schickte seine Männer in die Waschkammern und anschließend ins Bett und gönnte sich auch selbst einen halb vollen Zuber kalten Wassers und ein Stück Chlayster Meeresalgenseife.

In dieser Nacht schlief er endlich traumlos, und auch Hauptmann Gollbergs neuerliches nächtliches Ausreiten weckte ihn nur kurz.

6

Der 13. Sonnenmond verging rascher als die beiden vorherigen Tage. Abläufe spielten sich ein. Fenna musste nicht mehr so viele Fragen an die Festung stellen. Die Klippen links und rechts beunruhigten ihn weiterhin, aber er gewöhnte sich langsam an den Schatten, den sie wohlmeinend spendeten.

Den Vormittag über hielt er seine Männer mit einfachen Leibesertüchtigungen auf Trab. Obwohl den meisten von ihnen der gestrige Eilmarsch noch in den Muskeln steckte, verlangte Fenna ihnen Liegestützen, Kniebeugen, Sprünge, Klappscheren und Rumpfbeugen in beachtlicher Anzahl ab. »Ziel des Spieles ist es«, sagte er gut gelaunt, »dass Behnk so schlank wird wie Nelat.«

»Aber, Leutnant«, ächzte »Scheusal« Kertz, »das kann doch niemals klappen! Bis Behnk so aussieht wie Tadao, sieht Tadao schon wieder ganz anders aus, nämlich so kräftig wie Sensa!«

»Dann ist das Ziel des Spieles eben, dass alle am Ende aussehen wie Sensa MerDilli«, sagte Fenna schmunzelnd. MerDilli gefiel diese Vorstellung sichtlich, er ließ extra seine Muskeln spielen. Die anderen lachten. Fenna hatte nichts dagegen einzuwenden, dass in seiner Kompanie gelacht wurde. Das Leben in Gestalt der Affenmenschen würde schon noch früh genug für Ernsthaftigkeit sorgen.

Als die anderen zum Essenfassen gingen, passte Fenna Nilocas Deleven ab. »Auf ein Wort unter vier Augen in meinem Quartier, Deleven.« Der Klippenwälder folgte ihm, ohne zu murren. Als sie in dem kleinen, muffigen Raum angekommen waren, bot Fenna Deleven den Schemel zum Hinsetzen an. Deleven nahm wohl nur deswegen Platz, weil er dieses Angebot als Befehl auffasste.

»Heute um Mitternacht werdet ihr alle vereidigt«, begann der Leutnant. »Mir ist klar, dass ich eigentlich kein Recht dazu habe, in der Vergangenheit meiner Untergebenen herumzuwühlen. Wenn es keine triftigen Gründe gibt, die einen Dienst in der Armee der Königin unmöglich machen, ist die Vergangenheit jedes Einzelnen ohne jegliche Relevanz. Aber irgendwie liegt dieser Fall hier anders. Man hat mich damit beauftragt, eine Kompanie aus Männern zu formen, die nicht unbedingt ideales soldatisches Material darstellen. Der Grund dafür liegt auf der Hand: Seit dem fehlgeschlagenen Affenmenschenfeldzug herrscht Knappheit an verfügbaren jungen Frauen und Männern. Also bin ich gezwungen, ein bis anderthalb Augen zuzudrücken. Aber ich wüsste gerne, woran ich bin. *Vor* der Vereidigung. *Bevor* es zu spät ist. Kannst du das verstehen, Deleven?«

»Ja, kann ich, Leutnant.«

»Ich glaube, dass du mir bei diesem Kommando keine Schwierigkeiten bereiten wirst. Du scheinst mir bislang sogar der Zuverlässigste und Verlässlichste von allen zu sein. Aber wenn ich dich und deine Fähigkeiten richtig einsetzen soll, muss ich wissen, womit ich es zu tun habe.«

»Also was wollt Ihr wissen, Leutnant?«

»Deinen Klippenwälder-Rang als Schwertmann.«

Nilocas Deleven zögerte jetzt nur noch kurz. Es schien Fenna, als würde es den Klippenwälder erleichtern, endlich auspacken zu können. »Ich bin Schwertmann Vierter Rang. Aber ich bin nicht stolz darauf.«

»*Vierter* Rang?«, schnappte Fenna. »Aber … dann musst du ja schon mehr als hundert Menschen getötet haben!«

»Das kommt hin. Ich bin mit Malk Falanko geritten.«

»Mit *Malk Falanko*? Das ist doch schon mehr als zwanzig Jahre her!«

»Ziemlich genau zwanzig Jahre. Ich war siebzehn, als ich zur Bande stieß. Als ich neunzehn war, haben sie ihn dann geschnappt, und es war vorbei.«

»Hundert Menschen? In nur zwei Jahren?«

Deleven hielt den Blick gesenkt. »Wenn man … jeden Tag einen Menschen tötet, kommt man in zwei Jahren auf über siebenhundert. Es gab einige Tage, an denen wir niemanden umbrachten. Aber dann wiederum gab es Tage, an denen waren es … zehn? Zwanzig? Ich habe irgendwann zu zählen aufgehört. Ein anderer Klippenwälder aus der Bande hat mir den Vierten Rang zugesprochen und dabei schallend gelacht.«

»Und wie kommt es, dass du noch am Leben bist?«, erkundigte sich der Leutnant.

»Ich habe Glück gehabt. Oder Pech, wie man's nimmt. Viele Jahre lang habe ich mich in den Klippenwäldern verborgen gehalten. Dann, im Jahre 678 n. K., kam unsere jetzige Königin Thada an die Macht und hat eine Generalabsolution ausgesprochen für alle Verbrechen, die länger her sind als zehn Jahre. Die Nachricht davon erreichte uns in unserem Versteck. Falankos Tochter war bei mir, eine sehr schöne junge Frau. Wir hatten eine … Beziehung. Sie war noch ein Kind gewesen, als ihr Vater mit Feuer und Schwert über die Dörfer kam. Aber sie schäumte vor Wut über diese

Absolution. *Sie wollen das Andenken meines Vaters ausradieren*, sagte sie. *Indem sie seine Taten für null und nichtig erklären, tun sie so, als wäre das alles nie geschehen. Als wäre mein Vater niemals der König der Kjeerklippen gewesen!* Ich war anderer Meinung. Ich war jetzt Mitte dreißig und hatte einen Großteil meines Lebens als Geächteter in einer Erdhütte verbracht. *Dies ist unsere letzte Chance*, sagte ich. *Wir können rausgehen und die Welt sehen.* Aber sie lachte nur. Einen Mond später verließ sie mich, sammelte sich eine kleine Bande zusammen, ließ sich eine besonders hübsche Ritterrüstung schmieden und macht seitdem als *Ritterin* den Norden unsicher. Ich dagegen bereiste den Kontinent.«

»Ihr besaßt offensichtlich noch Reste von Falankos Beute.«

»Ja. Er hat vieles in den Klippenwäldern vergraben von dem, was er erbeutet hat. Ich war ja nur die letzten beiden Jahre bei ihm, kannte also nur die Verstecke aus diesen siebenhundert Tagen. Aber das genügte, um uns jahrelang leben zu lassen.«

»Und dann? Was führt dich jetzt in die Armee?«

»Das kann ich mir selbst nicht so ohne Weiteres erklären. Ich bin in Skerb gewesen, wo die Menschen einfach tun und lassen, wonach ihnen der Sinn steht, und sich schlimmer betragen als das mörderischste Tier. Skerb ist die Stadt, die den Traum des Malk Falanko auslebt. Und es ist scheußlich. Mir wurde klar, dass die Absolution der Königin mir das Recht einräumte, die Seiten zu wechseln. Gutes zu tun, anstatt Schrecken zu verbreiten. Ich wollte mich bei der Skerber Stadtgarde bewerben, aber es gab gar keine mehr. Die Garde war ein munterer Bestandteil des allgemeinen Mordens und Hurens geworden. Dann wurde überall im Land der Affenmenschenfeldzug zusammengetrommelt. Ich wollte mich melden, aber es nahmen mehr als fünfzig

Magier an diesem Feldzug teil, und ich kann mir nicht helfen: Ich misstraue und fürchte Magie. Ich hatte ein ausgesprochen schlechtes Gefühl bei diesem Feldzug, und es sieht fast so aus, als hätte mein Gefühl mich nicht getrogen. Stattdessen suchte ich eine Garnison, in der es keine Magier gibt. Die Festung Carlyr ist so eine Garnison.«

»Chlayst auch. In Aldava dagegen gibt es Magier und Sonderermittler an jeder Straßenecke.«

»Ja, ich war auch in der Hauptstadt, aber nur kurz. So etwas ist nichts für mich. Magier verformen die Luft, das Licht, das Leben selbst. Es ist nicht natürlich, und ich denke auch, es ist nicht richtig. Die Festung Carlyr jedoch gefällt mir. Unsere Dritte Kompanie gefällt mir, Leutnant. Die Jungs haben das Herz am richtigen Fleck.«

»Das scheint mir auch so. Und ich gehe davon aus, dass es ratsamer ist, wenn niemand von deiner Vergangenheit weiß.«

»Ja. Selbst wenn keiner von ihnen aus den Kjeerklippen stammt – der eine oder andere mag doch Angehörige dort gehabt und vor zwanzig Jahren während Malk Falankos Schreckensherrschaft verloren haben. Böses Blut ist keine gute Grundlage für eine Kompanie.«

»Sicher nicht. Ich danke dir jedenfalls für deine Offenheit. Ich weiß jetzt, woran ich bin. Und nun geh essen.«

»Jawohl, Leutnant.« Deleven erhob sich, grüßte und verließ das Zimmer.

Fenna betrachtete noch kurz das Gemälde mit der Wiese. Es zeigte einen Sommer ohne Schatten und Trockenkeit. Es war vollkommen.

Diesmal ging er nicht in der Mannschaftsmesse essen, sondern besuchte zum ersten Mal die Offiziersmesse. Dort herrschte gähnende Leere. Platz war für zehn Offiziere, aber lediglich Hobock & Sells waren anwesend. Oberst Jenko nahm sein Essen wohl am liebsten im Büro zu sich, Hauptmann Gollberg war erneut im Einsatz, und das Erste Bataillon war *futsch*.

Fenna setzte sich zu Hobock & Sells. Das Essen war deutlich besser als das der einfachen Soldaten, das Fleisch enthielt weniger Fett, als Gemüse gab es erlesene Bohnen und abschließend als Dessert sogar eine quarkhaltige Süßspeise.

Viel zu besprechen gab es nicht zwischen den Leutnants. Alle löffelten ihren Quark.

»Heute Nacht wird vereidigt, oder?«, fragte Leutnant Hobock beiläufig.

»Ja. Meine Jungs sind schon ganz aufgeregt.«

»Unsere Jungs und Mädchen werden in Formation anwesend sein. Das verleiht dem Ganzen noch mehr Offizialität, falls ein solches Wort überhaupt existiert«, sagte Sells lächelnd.

Fenna erwiderte das Lächeln. »Das ist sehr nett von euch. Bei Gelegenheit werden wir uns mal revanchieren.«

Fenna stattete dem im Lazarett liegenden Yinn Hanitz seinen obligatorischen Besuch ab. Hanitz schlief jedoch, und auch Ilintu tat sehr geschäftig. Fenna verdrückte sich also wieder.

Den Nachmittag über ging er mit seiner Kompanie »spazieren«, wie er das nannte. Ein zügiger Marsch mit Gepäck, aber ohne Klettereinlagen. Niemand sollte sich verletzen, niemand – wie Ekhanner gestern – unkontrolliert durch die Gegend rollen. Es war wichtig, dass zur Vereidigung alle vollzählig waren und auch körperlich in einem Zustand, der sie nicht vor Erschöpfung und Müdigkeit umkippen ließ. Fenna marschierte mit ihnen, ohne sie dabei durch Lement beurteilen zu lassen. Er ließ sie in sieben Zweierreihen marschieren, in zwei Siebenerreihen, in vier Dreier- und einer

Zweierreihe, in drei Vierer- und einer Zweierreihe. Er beobachtete, wie sie sich zueinander verhielten. Die drei offensichtlichen Problemfälle Behnk, Kertz und Teppel waren erstaunlich gut in die Gruppe integriert, Behnk aufgrund seiner ansteckend fröhlichen Art, Kertz wegen seiner rotzfrechen und sich gerne selbst auf die Schippe nehmenden Haltung, und Teppel war einfach viel zu ruhig und bescheiden, um irgendjemanden eine Angriffsfläche zu bieten. Auch Tadao Nelat und Jovid Jonis wurden nicht gehänselt und drangsaliert, wie das in härteren, männerbündischeren Soldatenkorps mit Sicherheit der Fall gewesen wäre. Fennas Grünhörner hänselten nicht – weil jeder von ihnen insgeheim froh darüber war, nicht selbst Zielscheibe von Spott und Häme zu sein.

Dafür standen allerdings zwei der Leistungsfähigsten heraus wie zwei nicht eingeschlagene Nägel: Gerris Resea und Garsid. Beide gaben sich überhaupt keine Mühe, Teile des Ganzen zu werden. Resea schien alle anderen Grünhörner für unter seiner Würde zu halten. Garsid dagegen hatte keine Probleme mit den anderen Menschen, dafür aber echte Schwierigkeiten mit dem Empfangen und Ausführen von Befehlen. »Das wird noch heiter werden«, dachte Fenna besorgt, »wenn es erst mal richtig uniformiert und soldatisch zugeht.« Er sah Resea und Garsid als potenzielle Dauerinsassen des Festungsgefängnisses, und das war schade. Das wäre reine Vergeudung. Das galt es zu verhindern.

Sie kehrten zur Festung zurück. Der Abend senkte sich mildernd über die schwelende Wüstenei.

Da die Schneidermeisterin noch nicht fertig war mit den Uniformen, ging Fenna mit seinen Männern zum Zeugmeister, um Waffen auszusuchen und in Empfang zu nehmen. Der Zeugmeister war ein bärtiger, brummiger Hüne mit erstaunlich behaarten Schultern. Er sah aus, als würde in seinen Adern Affenmenschenblut fließen. Die Männer bekamen Säbel und Dolche und mussten alles quittieren. Fenna suchte die Waffen aus, unterstützt durch den Kennerblick von Deleven.

Garsid trat zu ihnen. »Ich möchte lieber mein Schwert behalten. Ich kann damit viel stärker austeilen als mit einem Matronensäbel.«

»Das kann schon sein«, sagte Fenna, »aber in einer Armee haben nun mal alle dieselbe Ausrüstung.«

»Und wozu soll das gut sein? Wenn man dann schwächer ist als vorher?«

»Du wirst nicht schwächer sein als vorher. Denn du wirst dreizehn Flügelmänner und einen Leutnant haben, die dich unterstützen. Du wirst im Kampf Dinge tun können, zu denen du alleine niemals fähig wärst.«

Garsid schnaubte nur und wollte sich abwenden, doch Fenna hielt ihn an der Schulter zurück. Garsid betrachtete die Hand, die ihn festhielt, mit großem Interesse. »Was war es eigentlich, das dir dazwischenkam?«

»Hä?«

»Vorgestern, bei der Vorstellung, hast du gesagt, du wolltest zum Feldzug, aber dann ist dir etwas dazwischengekommen.«

»Ach so. Meine Frau.«

»Du bist verheiratet?«

»War ich. Meine Frau hat ein Kind bekommen. Von einem anderen. Ich habe ihr bei der Geburt geholfen, deshalb konnte ich nicht weg. Ich war ihr das schuldig, wegen des Eheversprechens und so. Mehr muss ich aber nicht für die Hure und den Bastard tun. Jetzt kann sie sehen, wie sie alleine klarkommt.«

»Und der andere?«, fragte Deleven beiläufig. »Hast du ihn umgebracht?«

»Aber das wäre doch … ungesetzlich, oder?«, fragte Garsid mit gespielter Empörung, riss sich dann los und verzog sich mit seinem Säbel in einen anderen Bereich der Rüstkammer.

Fenna wechselte einen raschen Blick mit Deleven, doch der hatte schließlich auch schon mehr Männer auf dem Gewissen als die gesamte Chlayster Stadtgarde. Der Leutnant verfluchte seinen Befehl. Ihm fiel jedoch auf, dass es mindestens zwei Tage her war, dass er seinen Befehl das letzte Mal verflucht hatte.

Mehrere der Männer hatten noch niemals zuvor eine anständige Klinge in Händen gehalten und schwenkten diese nun gefährlich hin und her. Fenna musste dazwischengehen, sonst hätte es bei munteren Scheingefechten noch Tote gegeben. »Ich will, dass ihr eure Waffen in den Scheiden lasst. Die ganze Zeit über, bis heute um Mitternacht. Auch während der Vereidigung werden keine Faxen gemacht. Danach konfisziere ich das Zeug wieder, so lange, bis jeder von euch mir bewiesen hat, dass er in der Lage ist, mit einem Säbel umzugehen.«

»Was ist mit den Schilden, Leutnant?«, fragte Fergran von den Holtzenauen.

»Die haben nämlich das Wappen der Festung Carlyr!«, vervollständigte Ellister Gilker Kindem begeistert.

»Ihr sollt alle Schilde bekommen«, erläuterte Fenna. »Aber auch nur für heute Nacht zur Vereidigung. Danach muss auch der Umgang mit einem Schild geübt werden, sonst bricht man sich nur den Arm mit einem solchen Ding.«

Irgendwann waren alle Männer ausgerüstet. Fenna fühlte sich schweißgebadet.

Er ging mit ihnen auf den Hof und übte mit ihnen das Strammstehen mit Schild und Bewaffnung. Die Dunkelheit wurde immer tintiger und ballte sämtliche Gesichter zu Fäusten zusammen.

Irgendwann rief dann Schneidermeisterin Klejahn die

Kompanie zu sich. Der Trubel begann von Neuem, diesmal mit lauter halb nackten Gestalten.

»Meine passt mir bestimmt nicht, ich habe seit gestern doch bestimmt schon wieder abgenommen!«, johlte Alman Behnk lachend.

»Die ist aber nicht so schön wie meine Trachtenjoppe«, maulte Mails Emara.

»Spröde wie Papier, dieses Leder«, bemängelte Sensa MerDilli.

»Uah, darin kann man sich ja kaum bewegen«, ächzte auch Tadao Nelat.

»Schwachköpfe«, haderte Gerris Resea.

Fenna verfluchte seinen Befehl.

Aber immerhin hatte die Schneidermeisterin ganze Arbeit geleistet. Mit hochrotem Gesicht nestelte und zurrte sie auch jetzt noch an den Männern herum, bis die letzte Uniformrüstung saß. Auch Fenna wurde derart neu eingekleidet, aber die Uniformen der königlichen Armee waren überall auf dem Kontinent identisch. Das vertraute hellblaue Armeehemd, das vertraute wattierte, ebenfalls hellblaue Wams mit den golden getönten Schließen. Die goldbraunen Hosen – aus dem Material, das man *Barchent* nannte –, welche in knöchelhohem Schuhwerk steckten. Der dunkelbraune Hartlederkürass mit seinem Kronenornament und dem Leutnantsemblem. Das neue, verschnörkelte »C« neben diesem Emblem. Ein neuer Helm aus mattgoldenem Metall – das in der Sonne nicht so hell und weithin glänzte –, ebenfalls mit einem klein an der Seite verstecktem »C«. Der Helm bedeckte lediglich Schädelplatte und Stirn und wurde mit einem ledernen Gurt unterm Kinn festgezurrt. Alles fühlte sich noch rau und steif an, aber auch stabil. Als Waffen behielt Leutnant Fenna seine alten aus Chlayst, aber die Scheiden – aus Holz mit Lederüberzug – trugen das Chlayster Perlenwappen anstelle des Carlyr-»C«s und mussten deshalb ausgetauscht werden. Auch der Schild – rund, aus mit Leder vernageltem Regenwaldhartholz und mit zwei Armschlaufen an den Innenseiten – zeigte das »C« an der Innenseite. Fenna war nun äußerlich ein Carlyrer.

»Puh, ist das heiß in dieser Rüstung«, jammerte Behnk. »Für den Sommer ist das ja gar nichts!«

»Das ist eine *Sommer*rüstung«, erläuterte Fenna geduldig. »Im Winter bestehen die Hosen aus dicker Wolle, die Schuhe werden zu Stiefeln, unter das Wams kommt noch ein langärmeliges Leinenhemd, in den Helm wird eine Zwischenmütze eingenäht und über der ganzen Rüstung trägt man einen blauen, an den Schultern befestigten Mantelumhang. Das ist also noch gar nichts.«

Die Männer machten Knie- und Rumpfbeugen, um sich an das neue Material zu gewöhnen. Nur fünf von ihnen sahen restlos zufrieden aus: Bujo Stodaert, Breff Adirony Teppel, Ildeon Ekhanner, »Scheusal« Kertz und Ellister Gilker Kindem. Alle anderen waren mäkelig. Der Leutnant war wieder kurz davor, seinen Befehl zu verfluchen, aber erneut fiel ihm etwas auf: Die Kinder aus seinen Träumen waren verdrängt worden durch Behnk und Jonis und das »Scheusal«. Behnk und Jonis und das »Scheusal« zeterten, spotteten, patzten, mühten sich und lachten auch einmal. Die Kinder hatten nicht mehr lachen können.

Abermals führte Fenna seine Männer auf den Hof, damit sie dort das Strammstehen in voller Rüstung üben konnten. Sie lernten die Waffen zu präsentieren, ohne sich zu schneiden. Sie lernten, einen geraden Rücken zu machen und den Schildarm so durch die Schlaufen zu führen, dass der Schild nicht polternd herabfallen konnte. Sie lernten, Geduld und Ruhe zu bewahren und auch einmal ohne zu schnattern oder zu plappern stillzustehen.

Um sie her herrschte Dunkelheit. Der Hof war nur auf das Nötigste beleuchtet.

Aber als es dann auf die Mitternacht zuging, erschien die Zweite Kompanie von Hobock & Sells und schmückte den gesamten Innenraum der Festung Carlyr mit lodernden Fackeln. Eine feierliche Atmosphäre begann sich aufzubauen. Die Grünhörner fingen vor Spannung an zu beben.

Die Zweite Kompanie nahm Aufstellung. Leutnant Hobock instruierte Leutnant Fenna, wo die zu Vereidigenden sich aufstellen sollten. Fenna dirigierte seine Männer vor die *Führung & Leitung*. Dann erschien Oberst Ibras Jenko im vollen Ornat seiner Orden und Verdienstplaketten. Die Grünhörner präsentierten auf Fennas Wink hin ihre Waffen, ohne sich zu schneiden.

»Männer!«, rief der Oberst, sodass es vom Hauptturm der Festung widerhallte. »Im Namen der Königin und im Namen der Festung Carlyr möchte ich euch in der Armee willkommen heißen. Die Vereidigung ist, nun ja, keine große Sache, aber dennoch wird euer Leben nachher ein anderes sein. Werdet nicht mehr nur an euer eigenes Wohl oder das eurer unmittelbaren Familie zu denken haben – der ganze Kontinent wird euch zum Schutze übergeben! Also sprecht mir nach, den feierlichen Eid der königlich kontinentalen Armee. *Ich gelobe*« – mit rauen Stimmen deklamierten die Grünhörner den Eid in wohldosierten Abschnitten – »*der Königin Treue zu wahren und mich ihrer Gunst, ihrer Farben und ihres behütenden Kronenwappens wert zu erweisen. Ich gelobe, für die Belange des Kontinents einzustehen mit meinem Blut, meinem Verstand und meinem Willen, und den Befehlen meiner Vorgesetzten stets und in jedem Falle Folge zu leisten. Ich gelobe, nicht hochmütig zu sein gegenüber jenen, die keine Uniform tragen oder die Zeichen eines abweichenden Glaubens. Ich gelobe, solange ich diese Uniform trage, den Feinden des Kontinents entgegenzustehen bis zu meinem letzten Atemzuge, aber auch all jenen die Hand zum Frieden zu reichen, die einer solchen Geste sich würdig zeigen. Ich gelobe, der Festung Carlyr Treue zu wahren und mich ihrer Gunst, ihrer besonderen Lage als letzter Stützpunkt vor dem Land der Affenmenschen und ihres Wappens wert zu erweisen. Mit diesem Gelöbnis unterstelle ich das Schicksal meines Leibes wie meiner Seele dem Gut und Erbe der Krone, der Einigkeit des Kontinents, wie von König Rinwe begründet, wie von Königin Thada hochgehalten und täglich erneuert, im Jahr 682 nach der Königskrone, in der Mitternacht vom 13. auf den 14. Sonnenmond.*«

Leutnant Fenna sprach den Eid mit. Er war zwar schon vor annähernd vierzehn Jahren in Chlayst vereidigt worden, musste nun aber den Treueeid auf die Festung Carlyr ablegen. So lautete sein Befehl.

Der Oberst räusperte sich. »Leider kann ich euch nicht mit einem zünftigen militärischen Tusch dienen. In Hauptmann Veels' Bataillon gab es ein paar Hornisten, die … na ja. Waren tadellose Kerle, das. Sind zurzeit halt unterbesetzt, das wird sich mit eurer Unterstützung ja bald ändern. Um den Eid dennoch zu besiegeln, rufen wir jetzt gemeinsam ein dreifaches soldatisches *Huah*. Also, Männer: *HUAH! HUAH! HUAH!*« Die Frischvereidigten brüllten dreimal *Huah*, dass der Hof nur so dröhnte. Fenna fielen Behnks lachendes Gesicht, Kindems weit aufgerissener Mund und Stodaerts angespannte Hüpfer bei jedem *Huah* auf. »Na bitte«, sagte Oberst Jenko väterlich lächelnd, »klappt doch schon ganz tadellos. Ich bin sicher, euer Leutnant Fenna, ein Vorgesetzter, wie man ihn sich nur wünschen kann, wird schon einen Plan haben, wie es jetzt unmittelbar für euch weitergeht. Gute Nacht, Männer!«

»Gute Nacht, Oberst Jenko!«, schallte es ebenso laut wie die *Huah*s über den Hof, ein Gruß, der Leutnant Fenna belustigend unkonventionell vorkam. Er gab seinen Männern die Erlaubnis, sich zu rühren und die Waffen wieder wegzustecken.

»Wo waren denn die Götter, Leutnant?«, fragte ihn Ildeon Ekhanner.

»Die Götter, Soldat Ekhanner?«

»Beim Eid. Wir haben nur auf die Königin, nicht jedoch auf die Götter geschworen.«

Das stimmte. Vor annähernd vierzehn Jahren, unter einem anderen König, in Chlayst, war der Eid auch noch auf die zehn Gottheiten abgelegt worden. »Die Zeiten ändern sich, Soldat Ekhanner. Die Götter sind angesichts der unmittelbaren Schwierigkeiten, denen der Kontinent sich gegenübersieht, in etwas weitere Ferne gerückt. Aber du hast gerne die Erlaubnis, die Kapelle aufzusuchen, um deinen eigenen Eid auf die Götter zu leisten – sofern er nicht in Widerspruch steht zu dem, was du eben geschworen hast.«

»Kein Widerspruch, Leutnant. Nur eine zusätzliche Bindung und ein Segen für unsere neue Kompanie«, strahlte Ekhanner und nahm seinen alten Freund Teppel mit zur Kapelle.

Damit kein Unglück mehr passierte, ließ Fenna sich von Fergran von den Holtzenauen, Nilocas Deleven und Bujo Stodaert beim Einsammeln der Waffen helfen und trug diese mit den drei frischgebackenen Soldaten ins Zeughaus zurück.

Anschließend wollte er seine Männer noch auf einen kurzen Umtrunk in der Mannschaftsmesse einladen, aber diese hatte zu dieser späten Stunde bereits geschlossen.

»Vielleicht ist das gar nicht so schlecht. Wir sollten den Eid mit dem ihm gebührenden Ernst würdigen«, sagte der Leutnant. »Geht jetzt zu Bett, Leute. Morgen früh beginnen wir mit der Waffenausbildung.«

Einige jubelten, einer – MerDilli – witzelte: »Da kann das Lazarett ja schon mal Betten freihalten.«

Fenna blickte zum Lazarett hinüber, aber dort war alles dunkel. Dem Geschrei der Vereidigung zum Trotz schien die schöne Heilerin zu schlafen.

Fackel für Fackel verlosch die Festung Carlyr und wurde wieder zum Spiegelbild des Sternenzeltes.

7

Am nächsten Morgen wachte Fenna auf und war zornig.

Er konnte sich das selbst nicht ganz erklären. Eigentlich war er recht guter Dinge zu Bett gegangen. Die Vereidigung war überstanden, keiner seiner Leute hatte im letzten Augenblick noch gekniffen oder war während des Strammstehens umgekippt. Auch dass ein anschließendes Festbesäufnis nicht möglich gewesen war, hatte vielleicht die eine oder andere Peinlichkeit oder belastende Geldschuld verhindert.

Aber etwas stimmte nicht. Seine Männer hatten keinen Tusch bekommen. Ihr unmittelbarer Vorgesetzter, Hauptmann Gollberg, hatte es nicht für nötig gehalten, ihre Vereidigung mit seiner Anwesenheit zu beehren. Oberst Jenko hatte zwar eine hübsche Ansprache gehalten, es aber nicht einmal für nötig erachtet, sich vorher eine Namensliste der zu Vereidigenden aushändigen zu lassen. Selbst der Schreiber Lement ließ sich immer nur dann blicken, wenn Fenna ihn ausdrücklich anforderte. Einzig Hobock & Sells und ihre Kompanie hatten den Grünhörnern die Ehre erwiesen. Das war zu wenig in einer Festung, die nur halb besetzt war und in der es kaum etwas zu tun gab.

Dazu kam noch, dass man ihm in den kommenden Tagen eine Akademieoffizierin aus Uderun als gleichberechtigte Befehlshaberin an die Seite stellen würde – um ihn zusätzlich zu behindern, bei Fuß zu behalten, am eigenmächtigen Handeln zu hindern. Aber wie konnte man überhaupt einem ausschließlich akademischen Absolventen lebendige Menschen als Untergebene anvertrauen? Holzklötzchen auf einer strategischen Karte: ja. Mit Stroh gefüllte Übungspuppen auf dem Kasernenhof: warum nicht? Aber Menschen, die selbst unerfahren waren und die sterben konnten, wenn man ihnen einen Befehl erteilte, der sich zwar in der Theorie recht schön anhörte, der aber überhaupt nicht mit der Realität abgeglichen war? Auf keinen Fall!

Überall wurden ihm Bremsklötze in den Weg gelegt. *Allzu scharf macht schartig* – was für ein Witz!

Fenna begriff, dass seine Dritte Kompanie aus Opferlämmern bestand. Frischfleisch, das in eine Bresche gestopft und verheizt werden konnte, weil eben nichts Besseres verfügbar war. Gollberg wollte die Dritte benutzen, um auf dem Manöver vor dem General zu glänzen. Jenko benötigte irgendeine Zahl an Soldaten, damit er der Königin gegenüber eine Mindestbesetzung zu vermelden imstande war. Irgendwann würde die Königin die Dritte Kompanie losschicken, um wieder irgendeinen vollkommen schwachsinnigen Vorstoß gegen die Affenmenschen durchführen zu können. Allen waren die Behnks und die »Scheusale« und die Teppels, selbst die Reseas und Delevens und Garsids vollkommen egal.

Eremith Fenna beschloss, jeden zu überraschen.

Genau genommen hatte er das schon beschlossen, als er Gollberg die Wette angeboten hatte, aber damals hatte er es wirklich noch für eine gute Idee gehalten, seinen eigenen Posten aufs Spiel zu setzen und beim Verlieren der Wette nach Chlayst zurückgeschickt zu werden. Aber das änderte sich jetzt. Sie hatten keinen Tusch bekommen. Keinen Hauptmann. Keinen Wein hinterher. Keine persönliche Ansprache durch den Oberst. Er selbst, Fenna, galt ebenfalls als »beschädigte Ware«. In einem Alter, in dem ein Gollberg schon längst Hauptmann war, lag Fenna als Leutnant vier volle Monde lang in einem Lazarett. Ilintu hätte ihn wohl nie vier volle Monde in einem ihrer Betten geduldet, was für Schwächlinge mussten das also sein in Chlayst?

Leutnant Fenna nahm sich vor, seinen vierzehn Schützlingen alles beizubringen, was er selbst sich in vierzehn Jahren Armeedienst angeeignet hatte.

Er begann an diesem Tag mit Fallübungen.

Wenn die Männer imstande waren, ohne sich zu verletzen hinzufallen, waren alle denkbaren Kampfbegegnungen und auch Klettermissgeschicke bereits in ihrer Gefährlichkeit entschärft. Fenna brachte ihnen bei, die Arme zu verwenden, um den Rumpf abzufedern. »Es ist besser, sich einen Arm zu brechen als mehrere Rippen oder sogar das Kreuz.« Er zeigte ihnen, wie man sich aus dem Fallen heraus abrollen und ohne große Verzögerung wieder hochkommen konnte. »Man muss den Schwung nutzen und in Geschwindigkeit verwandeln. Dadurch kann man wenigstens schon einmal nicht durch nachsetzende Attacken getroffen werden.« Er machte ihnen vor, wie man von unten herauf attackieren und einen bereits siegesgewissen Gegner somit empfindlichst überraschen konnte. »Schlagt nach seinen Beinen, an die kommt man im aufrecht stehenden Kampf ziemlich schwer heran. Ihr werdet sehen, was das ausmacht, wenn ein Gegner nicht mehr stehen kann.« Er ließ sie sich gegenseitig über die Schultern werfen, damit sie ein Gefühl füreinander bekamen. »Jeder von euch ist in der Lage, Behnk oder Kindem oder MerDilli zu werfen. Ihr müsst einen schwereren Kontrahenten nämlich nicht tragen und halten, ihr sollt ihn nur über euch hinwegrollen lassen.« Er zeigte ihnen, wie wichtig es war, sich von einem Auf- oder Zusammenprall nicht aus dem Konzept bringen zu lassen. »Je schneller ihr euch wieder zusammenreißen und aufrappeln könnt, desto geringer ist der Vorteil, den euer Gegner aus dem Sturz ziehen kann.« Er vermittelte ihnen, dass selbst der härteste Boden nichts war, das man fürchten musste. »Der Boden kommt nicht auf euch zugerast wie eine Keule oder ein Schwert. Der Boden bleibt immer gleich, ist verlässlich. Falls ihr ihn unter den Füßen verliert, ist das nicht seine Schuld, sondern ganz allein eure.«

Natürlich schimpfte Resea wieder, dass er sie zwang, hundertmal »hinzufallen wie Vollidioten«. Natürlich ging »Scheusal« Kertz wieder zu grob vor, und es gab Prellungen, blaue Flecken und Schürfwunden. Natürlich stießen zwei der Männer – Stodaert und Ekhanner – so empfindlich mit den Köpfen zusammen, dass sie beide ganz benommen waren, Sterne sahen und eine halbe Stunde sitzen bleiben mussten. Aber im Großen und Ganzen war dieser Tag ein Erfolg. Gegen Abend schickte Fenna seine erschöpften, staubigen, aber zuversichtlichen Soldaten nach einem abschließenden Lob zum Waschen und Ausruhen.

Er selbst wusch sich ebenfalls und brachte Kleidung und Haare in Ordnung. Aus der Offiziersmesse organisierte er einen frisch befüllten Krug Rotwein und zwei tönerne Trinkgefäße. Etwas Feineres, Gläserneres aus Fairai war in der gesamten Festung einzig dem Oberst und seinen generalischen Gästen vorbehalten.

Yinn Hanitz schlief wieder, als Eremith Fenna im Lazarett auftauchte. Fenna stellte den Wein und die Krüge auf einen Tisch.

»Wie geht es ihm?«

»Das ist gar nicht so leicht zu bestimmen. Meistens ist er ganz klar, wenn er wach ist. Manchmal jedoch kann er sich gar nicht mehr erinnern, wie er hierhergekommen ist. Nicht nur ins Lazarett, sondern auch in die Festung. Verletzungen des Kopfes haben es an sich, dass der Schaden oft weitreichend und seltsam ist.«

»Weitreichend und seltsam.« Ilintu bot ihm einen Sitzplatz an, und Fenna setzte sich. »Ich möchte gerne mehr erfahren über die Auswirkungen des Affenmenschenfeldzuges auf die Soldaten, die es bis hierhin zurückschafften.«

»Das sagtet Ihr mir bereits. Ist dies der einzige Grund, weshalb Ihr Euch mit mir verabreden wolltet und mir Wein kredenzt, Leutnant? Weil Ihr mich ausfragen möchtet?«

»Seid Ihr beleidigt, wenn ich *Ja* sage?«

»Nein. Nein, keineswegs. In gewissem Sinne bin ich sogar … beruhigt. Zu viele Soldaten tauchen bei mir auf und säuseln mir ins Ohr, dass ich die einzige schöne Frau der ganzen Festung bin.«

»Was nicht von der Hand zu weisen ist. Ich meine, ich habe mir noch nicht alle Wäscherinnen genau angeschaut, aber bislang scheint Ihr wirklich die Schönste weit und breit zu sein.«

Sie sah ihn prüfend an, und da er so unschuldig ernst blieb, musste sie lachen. »Ihr seid unmöglich, Leutnant. Ich dachte, es ist mein Fachwissen, das Euch interessiert.«

»Ja, natürlich. Unter anderem. Warum fangen wir nicht erst mal damit an, dass wir uns duzen? Mein Name ist Eremith.« Er hob seinen Krug, um mit ihr anzustoßen, doch sie zögerte.

»*Eremith*? Hättest du dann nicht eher … so eine Art Priester werden müssen anstatt ein Soldat?«

»Ich bin Offizier geworden. Das macht schon sehr einsam. Prost! Ich möchte darauf anstoßen, dass ich dir in Zukunft so wenig Arbeit wie möglich bereiten werde.«

»Darauf stoße ich gerne an, Eremith.« Sie trank mit wildem Gesichtsausdruck. »Aber immer, wenn ich heute auf den Hof blickte, sah ich die durch die Luft fliegenden Leiber deiner Männer, und ich denke, du wirst mir vielleicht noch mehr Arbeit bereiten als zum Beispiel Hobock & Sells.«

»Ich lege es nicht darauf an, glaub mir. Wie ist das mit Hauptmann Gollbergs Leuten? Müssen von denen oft welche behandelt werden?«

»Ich glaube, Gollberg verhängt Strafen, falls einer aus seiner Kompanie erkranken oder sich verletzen sollte. Gollberg möchte, dass alle Männer und Frauen aus Stahl bestehen. Ich kann ihn nicht leiden.«

»Ich weiß nicht, was ich von ihm halten soll. Möglicherweise ist er ein hervorragender Soldat.«

»Ein hervorragender Soldat – dass ich nicht lache! Was soll das sein: ein hervorragender Soldat? Soldaten sind Narren! Sie lassen sich missbrauchen und töten im Namen irgendeiner Sache, irgendeines Landes oder Interesses. Sie schreien *Huah* und anderen Unfug, rennen blöde in ihr Verderben und bluten mir anschließend die Laken voll. Es macht mich wütend, wenn ich über Soldaten nachdenke.«

Fenna rückte unwillkürlich ein wenig von der Heilerin ab. »Dann … ist eine Festung für dich aber ein ungeschickter Ort zum Arbeiten, oder? Wenn man für Soldaten gar nichts übrig hat?«

»Ich arbeite dort, wo ich gebraucht werde, Eremith, nicht dort, wo es für mich persönlich am erbaulichsten ist. Denkst du, jemand, der bei der Brandwehr arbeitet, liebt das Feuer und hält sich gerne in ihm auf? Nein. Er macht es, weil das Feuer alle bedroht. Und ich flicke Soldaten wieder zusammen, weil sie zu dumm sind, selbst auf sich achtzugeben und einen anständigen Beruf zu ergreifen. Was hast du für Männer in deiner Kompanie? Meinst du nicht auch, sie könnten … tischlern oder … Schuhe herstellen oder … Brot backen oder musizieren oder irgendetwas anderes? Stattdessen bringst du ihnen bei, wie man auf die Fresse fällt und einem anderen von unten das Schwert in den Bauch rammen kann.« Ilintu leerte ihren Weinkrug und füllte sich nach. Fenna hatte noch kaum zwei Schlucke zu sich genommen.

»Aber bei der Armee zu sein, ist genau wie bei der Brandwehr zu sein. Ich komme nicht aus einem Kriegsheer. Der letzte große Krieg auf diesem Kontinent ist siebzehn Jahre her, das schreckliche Morden zwischen Südjazat und Nordjazat. Ich bin ein Stadtgardist. Wer heutzutage einer Stadtgarde beitritt, tut dies, um die Bevölkerung vor Freibeutern, Plünderbanden, Ungeheuern oder sich selbst zu schützen. Oder eben vor Katastrophen, wie sich in Chlayst letztes Jahr tatsächlich eine ereignet hat. Und die Männer in meiner neuen Kompanie hier in der Festung Carlyr sind zur Armee gegangen, weil der Feldzug der Königin so nachhaltig in die Hose gegangen ist, dass man mittlerweile um die Sicherheit des Landes fürchten muss, falls die Affenmenschen eine Vergeltung erwägen sollten.«

»Die Affenmenschen! Dass ich nicht lache! Die haben noch nie irgendjemandem etwas getan! Gut, in Galliko balgen sie sich dauernd mit den Gallikonern, aber doch auch nur, weil die Gallikoner dauernd berittene Trupps zum Brandschatzen und Beutemachen in das Affenmenschenland hineinschicken. Diese Festung, Carlyr, steht seit Ewigkeiten, und die Affenmenschen haben sie niemals überrannt oder auch nur angegriffen. Weil sie gar kein Interesse daran haben. Weil sic harmlos sind.«

»Aber wenn sie wirklich so harmlos sind – warum hatte der Feldzug dann so wenige Überlebende? Der Winter, in Ordnung. Giftiges Gas, ich habe davon gehört. Bestien, Felsspalten, Erdrutsche – geschenkt. Aber es hat 570 Tote alleine am *Skorpionshügel* gegeben! Unter *harmlos* verstehe ich etwas anderes.«

»Weißt du, was ich glaube? Die Katastrophe am *Skorpionshügel* wurde durch unsere Magier ausgelöst, nicht durch die Affenmenschen.«

»Das mag ja sein, aber das ändert nichts an der Tatsache, dass sich da oben nun etwas *verändert* hat. Ihr Götter, manchmal ist mir, als könnte ich das Feuer, das dort lodert, riechen! Und wer soll zwischen dem stehen, was auch immer von dort kommt, und unserem Land? Deine Tischler etwa? Deine Schuster? Deine Musikanten? Nein, Ilintu. Das ist Wunschdenken. Die Wirklichkeit ist unbarmherziger und unwägbarer.«

Die Heilerin betrachtete den Leutnant eine Weile. Dann fragte sie: »So unbarmherzig und unwägbar wie die Wirklichkeit in Chlayst?«

»Genau so«, nickte Fenna. »Du lebst dein Leben. Du dilettierst an deinem Glück herum. Und auf einmal ist oben unten und unten oben. Kinder und Tiere verrecken als Erstes. Die Alten kommen nicht mehr raus. Deine Heimat ist ein Tollhaus, eine Schlachthalle, ein Gräberfeld.«

»Wie hast du das alles überstehen können?«

»Gar nicht. Ich lag vier Monde in einem Lazarett, und die Heleleschwestern waren nicht halb so hübsch wie du.«

Beide tranken. Zeit verging. Draußen verkleckerte der Mond sein Licht.

»Also«, begann Ilintu nach einer Weile. »Willst du wissen, wie das war mit den Überlebenden des Feldzuges?«

»Ja.«

»Sie konnten nicht mehr sprechen, sich nicht mehr erinnern, nichts mehr erfassen. Sie lallten herum wie Kleinkinder oder Greise. Wenn sie sich kratzten, riss ihnen die Haut auf wie etwas Sprödes. Ihr Blut und ihre Ausscheidungen sahen aus wie Milch, stanken jedoch nach verfaulten Eiern. Irgendwann hörte ich auf, ihnen das Leben zu verlängern. Sie zerfielen ja nur immer mehr, lebendigen Leibes, und plärrten herum wie Getier. Sie litten. Ihre Gesichter verformten sich, als bestünde ihr Schädelknochen aus weichem Wachs. Ich handelte meiner Ehre als Heilerin zuwider und ließ sie einfach sterben.« Für einen Moment schien Ilintu mit den Tränen zu kämpfen, doch dann stürzte sie hastig einen weiteren Krug Wein hinunter. »Es waren 114, die hier krepierten. Mit all meinem Wissen, all meiner Erfahrung, all meiner … Zuneigung zu den mir anvertrauten Menschen … Männern und Frauen … habe ich nicht einen Einzigen von ihnen retten können.«

Fenna räusperte sich und versuchte, das Thema ein kleines bisschen in eine andere Richtung zu lenken. »Ein Magier soll überlebt haben.«

»Ja. Der Bienenmann, der zum Hornissenmann wurde. Man brachte ihn schnell weg von hier, in Sicherheitsverwahrung.«

»Hast du ihn … untersucht?«

»Nur flüchtig. Er schien gar nicht verwundet zu sein. Aber dann tötete er einen der Wachtposten, der ihn am Verlassen der Festung hindern wollte. Er streckte wohl nur die Hand nach ihm aus, und der Wachtposten wurde von Insekten, von denen jedes einzelne zehn bis zwanzig Stacheln trug, totgestochen.«

»Und wie konnte man so jemanden dann überwältigen?«

»Er ließ es geschehen. Er war sich keiner Schuld bewusst.«

Schweigen. Dann Fennas Frage: »In welcher Richtung wollte er die Festung verlassen? Nach Norden oder nach Süden?«

»Nach Norden. Zurück ins Affenmenschenland.«

Jetzt schwiegen sie lange. Ilintu entzündete ein Lämpchen, dessen Öl mit Duftstoffen aus einer königlichen

Fabrikation versetzt war. Schließlich fragte sie: »Und du glaubst wirklich, dass das richtig ist?«

»Was?«

»Dass man sein Leben in den Dienst stellt. Einer Uniform. Einer Majestät. Was, wenn diese Majestät Entscheidungen trifft, die falsch sind? Dann gehst du hin als Soldat und Offizier und stirbst für diese falsche Entscheidung?«

»Ich finde, das ist nicht der ausschlaggebende Punkt.«

»Oh doch, der Tod ist ein ausschlaggebender Punkt!«

»Das meine ich nicht. Der ausschlaggebende Punkt ist: Was ist eine Königin? Selbstverständlich kann auch sie Fehler machen. Selbstverständlich ist auch sie keine Einzelperson, die aus dem Stegreif und nach Lust und Laune Entscheidungen trifft. Auch sie ist von einem Beraterstab umgeben, kann Einflüsterungen erliegen oder muss auf Befindlichkeiten und Sachzwänge Rücksicht nehmen. Aber sie existiert, Ilintu. Die Königin existiert. Existieren die Götter? Ich weiß es nicht. Existiert das Gute im Menschen? Manchmal denke ich: ja; dann wieder bin ich mir sicher: nein. Existiert der Kontinent, wie wir ihn kennen, noch in einhundert Jahren? Wer kann das wissen? Aber die Königin existiert. Sie ist Wirklichkeit. Und ob ich mich dem nun entziehe oder nicht: Ich habe mit ihren Entscheidungen zu leben. Ob ich Schuster bin, Tischler oder Musikant. Die Königin existiert. Also habe ich schon in jungen Jahren beschlossen, dieser Tatsache Rechnung zu tragen. Damals war es noch ein König. Er existierte. Jetzt existiert er nicht mehr. Aber damals schon. Ich schulterte meinen Teil der Wirklichkeit und wurde Bestandteil der … weiteren Umgebung eines existierenden Königs. Denn ich bin ohnehin mitgefangen und mitgehangen in diesen Entscheidungen. Also kann ich auch gleich versuchen, meinen Teil in der mir richtig erscheinenden Weise abzuleisten. War das jetzt nachvollziehbar? Ich fürchte, ich bin betrunken. Von zwei Krügen Wein. Ich vertrage nicht mehr viel, seitdem in Chlayst das Atmen … nicht mehr möglich war.«

Die Heilerin sah ihn forschend an und murmelte dann seinen Vornamen. Dreimal. »Eremith, Eremith, Eremith.« Dann raffte sie sich auf. »Es wird spät. Ich möchte früh schlafen. Falls Gollberg heute Nacht zurückkehrt, gibt es vielleicht Arbeit für mich.«

»Du hast recht. Aber wir sollten … das hier … bei Gelegenheit wiederholen.«

»Hast du keinen anderen Freund hier in der Festung?«, fragte sie sehr leise.

»Hm?«

»Nichts. Bei Gelegenheit, ja.«

In dieser Nacht kehrten die Kinder zurück.

Fenna ärgerte sich, nachdem er sich verschwitzt aus den Träumen hochgekämpft hatte. Er hatte die Kinder erwähnt. Er hatte Alkohol getrunken. Es war kein Wunder, dass sie zurückkamen und brennend nach ihm griffen.

Er versuchte an Behnk zu denken, an den Glückslöffel, an Reseas beißenden Spott, an Resea, wie er von MerDilli bei den Fallübungen durch die Luft geschleudert wurde und dabei entgegen seinem sonstigen Hochmut ziemlich erbärmlich aussah, an Hauptmann Gollberg und seine Pferde. Alles, um die Kinder nicht mehr sehen zu müssen.

Der folgende Tag war der 15. Sonnenmond, auf dem Kontinent feierte man das Lunfest. In der Festung Carlyr gab es jedoch nur ein kurzes Danksagungsgebet am Morgen und einen Humpen Fruchtbier zum Mittag für jeden.

Für die Dritte Kompanie stand auch dieser Tag ganz im Zeichen der Kampfausbildung.

Fenna variierte das Erlernte des Vortages und übte seine Kompanie nun im waffenlosen Kampf. Aus den Würfen zum Hinfallen wurden nun geplante Aktionen, einen Gegner auszuhebeln, ihn zu Fall zu bringen, seinen eigenen Angriffsschwung wider ihn zu kehren, ihm auszuweichen und in den Rücken zu gelangen. Die Männer verausgabten sich bis zur völligen Erschöpfung. Das Mittagessen wurde beinahe schweigend eingenommen, so ausgepumpt waren alle. Am Nachmittag ging es nahtlos weiter. Die Grünhörner wetzten ebenjene. Fenna beaufsichtigte und korrigierte. Er bremste das »Scheusal« und Sensa MerDilli, der sich im Eifer sein neues Uniformhemd kaputt riss und sofort zur Schneidermeisterin geschickt wurde. Er tröstete Tadao Nelat, der zu weinen anfing, weil Breff Teppel ihn aus Versehen mit dem Hinterkopf ins Gesicht getroffen hatte.

Zwischendrin rief Ilintu Fenna ins Lazarett. Mit Yinn Hanitz stimmte etwas nicht. Fergran von den Holtzenauen begleitete seinen Leutnant.

Der am Kopf Verletzte lag schweißnass im Bett und wälzte sich hin und her. Seine Augenlider waren geschlossen, aber unter diesen rasten die Pupillen hin und her. »Die Hand, die sich erhebt«, nuschelte er immer wieder, »die Hand, die sich erhebt, die Hand, die sich erhebt – muss herunterkommen. Muss … herunterkommen!« Es schien nicht möglich, ihn zu wecken, wobei Ilintu jegliches Rütteln oder auch nur sanfte Ohrfeigen strikt untersagte. Schließlich beruhigte sich Hanitz wieder und schien einzuschlafen. Der Anfall hatte etwa zwei Sandstriche gedauert.

»Bekommt er das öfters?«, erkundigte sich Fenna.

»Er murmelt manchmal Dinge im Halbschlaf, aber jetzt gerade war es das erste Mal, dass er sich dabei so aufgeregt und so stark geschwitzt hat. Deshalb habe ich dich ja gleich gerufen.«

»Er ist nicht durch eine sich erhebende Hand verletzt worden, sondern durch einen Sturz gegen eine Mauer«, sagte Fergran von den Holtzenauen nachdenklich.

»Also?«, fragte Ilintu forschend.

»Also träumt er«, vollendete Fenna. »Oder erinnert sich an etwas Früheres.« *Wie ich in beinahe jeder Nacht.* »Ruf mich, wenn es wieder passiert.«

Ilintu nickte nur und blickte besorgt auf den Liegenden hinunter.

Gegen Abend hatte Fenna seine Männer immer noch nicht aus seiner Ausbildung entlassen, als Gollbergs Erste Kompanie zurückkehrte. Sandige Soldaten auf schaumigen Pferden. Der Hof wurde erfüllt von aufsteigenden Staubwolken. Und diesmal war es eine Sensation. Sie hatten jemanden mitgebracht aus dem Land der Affenmenschen.

Im Nu strömten auch Hobock & Sells' Soldaten der Zweiten Kompanie auf den Hof. Selbst Oberst Jenko ließ sich am Fenster blicken. Die Neuigkeit schwirrte umher wie ein Bienenschwarm. Doch Hauptmann Gollbergs Gesicht zeigte keinerlei Triumph. Erst als Fenna sah, wen Gollbergs Männer im Feindesland aufgegriffen hatten, verstand er auch, weshalb: Es war Jamu Scapedo. Trotzig, aber verhältnismäßig unversehrt, stieg das ehemalige Grünhorn hinter einem Soldaten vom Pferd.

»Ist das nicht einer von Euren Kerlen, Leutnant Fenna?«, schnauzte Hauptmann Gollberg.

Fenna beschloss abermals, sich zu nichts hinreißen zu lassen. »Nicht mehr. Ich habe ihn entlassen.«

»Dennoch treibt er sich alleine im Sperrgebiet herum. Scheint mir, als hättet Ihr ihm nicht deutlich genug gemacht, in welcher Richtung sein militärisches Intermezzo zu enden hat, was?«

»Ich wollte nach Galliko!«, beschwerte sich Scapedo. »Galliko liegt nördlich von hier, also warum soll ich nicht mitten durch das Affengebiet gehen? Gehört nicht der ganze Kontinent den Menschen? Kann ich als freier Mensch nicht gehen, wohin es mir p…« Er kam nicht dazu, den Satz zu beenden, denn der deutlich kleinere Hauptmann Gollberg hatte sich zu ihm umgewandt und ihm plötzlich die Hand quer über den Mund gelegt. Mit eisernem Griff umfasste Gollberg Scapedos Wangen und drückte zu.

»Du kannst von Glück sagen, du Sohn einer galikonischen Natter, dass ich meinen Auftrag als Offizier der Königin dermaßen ernst nehme, dass ich *jedes* menschliche Leben aus Not errette, auch deins! Selbst wenn du uns mit deinen Fußspuren auf der Suche nach wirklichen Überlebenden zwei Tage lang an der Nase herumgeführt hast! Selbst wenn dies wiederum bedeutet, dass die Überlebenden heute Nacht verrecken müssen, weil wir sie deinetwegen nicht finden konnten! Leutnant Fenna? Ich erwarte, dass Ihr diesen Mann bestraft!«

»Er … ist nicht vereidigt, Hauptmann. Streng genommen kann ich ihn nicht bestrafen.«

»Seit wann können wir Zivilisten nicht bestrafen, die unsere militärischen Unternehmungen sabotieren? Ihr scherzt wohl, Leutnant Fenna! Zwanzig Peitschenhiebe für diesen Frechling, und zwar unverzüglich, wenn ich bitten darf!«

»Das werde ich ganz bestimmt nicht tun.«

»Verweigert Ihr etwa einen direkten Befehl?«

Fenna nahm unwillkürlich Haltung an. »Wenn Ihr mir befehlt, den Mann zu bestrafen, muss ich die militärische Abfolge einhalten, ein Militärgericht beantragen und seinen Fall vorbringen. Erst nach einer ordentlichen Aburteilung kann der Delinquent …«

Gollberg ließ Scapedo los und näherte sich Fenna, bis sie beide sich beinahe berührten. »Ich habe Euch einen direkten, verhältnismäßig einfach zu verstehenden Befehl gegeben, Leutnant Fenna.«

»Ich habe den Befehl verstanden, Hauptmann Gollberg. Ich kann ihn nicht in der gewünschten Unverzüglichkeit ausführen, werde mich jedoch bemühen, so schnell wie möglich ein Militärgericht zusammenzurufen und …«

Gollberg schlug Fenna ansatzlos die lederbehandschuhte Faust ins Gesicht. Fenna taumelte nach hinten, versuchte sich abzufangen, doch für einen winzigen Moment wurde ihm schwarz vor Augen und er stürzte. Seine Männer sahen, wie ihr Leutnant sämtliche gestrigen Regeln des koordinierten Fallens missachtete.

Die Festung drehte sich, kippte kurzzeitig sogar hochkant, doch Fenna rappelte sich wieder auf. Er ärgerte sich. Hätte er den Schlag kommen sehen oder auch nur im Mindesten erwartet, hätte der Hauptmann ihn niemals so hart treffen können. Gollberg schlüpfte näher, und Fenna wollte schon beide Fäuste hochnehmen, um einen zweiten Angriff abzublocken, aber zu seiner erneuten Überraschung hielt der Hauptmann ihm diesmal nur die Hand hin. »Tut mir leid, Leutnant, ich habe mich wohl gehen lassen. Ich bin angespannt von den Strapazen des gefährlichen Rittes. Alles in Ordnung mit Euch?«

»Ja, Hauptmann. Alles in Ordnung.« Ohne Gollbergs Hand zu ergreifen, richtete Fenna sich wieder vollständig auf. Die Hand des Hauptmanns verschwand hinter dessen Rücken.

»Na fein. Dann bereinigen wir jetzt die Sache. Eure unverschämte Insubordination ist durch meinen gleichfalls unentschuldbaren Ausbruch egalisiert worden. Und lassen wir diesen mühseligen Unfug mit dem Militärgericht. Entfernt das gallikonische Subjekt einfach ein für alle Mal aus unserer Festung, und die Angelegenheit ist erledigt. Verstanden?«

»Verstanden. Bis auf eine Kleinigkeit, Herr Hauptmann.«

Gollberg ächzte. »Was denn noch, bei den Göttern?«

Fenna bemühte sich, so deutlich wie möglich zu sprechen. Seine gesamte untere Gesichtshälfte schmerzte, fühlte sich gleichzeitig aber auch taub und fremd an. Der kleine Hauptmann hatte einen ganz beachtlichen Bums in den Fäusten. »Ich muss leider auf Satisfaktion bestehen, Hauptmann Gollberg.«

»Wie bitte?«

»Ihr könnt mich nicht einfach vor meinen Männern zu Boden schlagen und dadurch meine Glaubwürdigkeit als Ausbilder und Offizier untergraben. Ich *durfte* mich nicht wehren, das wisst Ihr ganz genau. Ich verlange Satisfaktion vermittels eines regelkonformen Faustkampfes.«

Gollberg begann plötzlich maliziös zu lächeln. Seine drei Kinngrübchen bewegten sich dabei gegeneinander. »Ich gewähre Euch Satisfaktion vermittels eines regelkonformen Duells auf Leben und Tod, wenn Ihr darauf besteht.«

»Das ist nicht nötig, denn auch das würde ja nur der Festung Carlyr Schaden zufügen.«

»Nicht, wenn ich Euch töte.«

»Schluss jetzt, meine Herren, Schluss!«, dröhnte es von oben. »Hauptmann Gollberg, Leutnant Fenna sofort in mein Büro, und wenn ich *Sofort* sage, meine ich nicht in einem halben Sandstrich oder so!« Oberst Jenko hatte sich schon wieder aus dem Fenster zurückgezogen, bevor man ihn richtig hatte ansehen können. Gollberg und Fenna bewegten sich gleichzeitig, bahnten sich eine Gasse durch die im Überfluss herumstehenden Soldaten und gingen nacheinander die Stiege zu Jenkos Büro hinauf; Fenna ließ Gollberg dabei ranggemäß den Vortritt.

In Jenkos Büro roch es nach kaltem Tabakrauch. Der massige Oberst stand hinter seinem Schreibtisch und erwartete sie schon. Fenna fühlte sich an Ereignisse aus seiner turbulenten Schulzeit erinnert.

»Meine Herren Offiziere, das ist ja tadellos, mit welcher Ernsthaftigkeit Ihr Eure Dienstauffassungen vertretet, aber alles muss doch in einem Rahmen bleiben! Seht Euch doch mal um auf dem Hof! Die Festung ist ein Rahmen! Ihre Mauern ummanteln unser Dasein. Also gemach mit dem jungen Blut! Wir werden zum Hauen und Stechen noch genügend Gelegenheit bekommen, ha, da habe ich wohl recht? Leutnant Fenna, Ihr wisst genau, dass Duelle – selbst waffenlos geführte – beim Militär zwar zweifelsohne und bedauerlicherweise durchaus üblich, jedoch nicht gestattet sind. Dass Ihr ein solches verlangt habt, muss ich Euch leider ahnden. Ich denke, 24 Stunden Stubenarrest zum Nachdenken dürfte dazu ausreichen, wir werden das Gefängnis für so einen … einmaligen Vorfall nicht in Erwägung ziehen, und ein Quartiersarrest macht sich auch besser in der Personalakte als eine Kerkersache. Hauptmann Gollberg, auch Ihr seid zu tadeln für eine Tätlichkeit gegenüber einem untergebenen Offizier. Ich werde Euch Euren nächsten Ausritt nicht bewilligen, habt Ihr Euch selbst zuzuschreiben!«

»Aber Oberst, es geht bei meinen Ausritten nicht um mich, sondern um das Überleben von Menschen, die im Feindesland umherirren und ohne unsere Unterstützung …!«

»Werden eben warten müssen, diese Menschen, werden eben warten müssen! Habt Ihr Euch selbst zuzuschreiben, ich wiederhole das gerne noch zwei weitere Male, wenn Ihr darauf besteht. Können sich die Menschen, um die es Euch geht, ja bei Euch dafür bedanken, dass sie haben warten müssen. Wir prügeln uns nicht in der Armee der Königin. Ihr erwartet von Euren Soldaten ja ebenfalls, dass sie sich nicht raufen, also werdet Ihr wohl mit gutem Beispiel vorangehen müssen, Ihr Offiziere. Und jetzt gebt Euch die Hand!«

Gollberg schien kurz mit sich zu ringen, aber dann zog er sich sogar die Reithandschuhe aus, um Fenna die bloße Hand hinstrecken zu können. Fenna nahm die Hand und schüttelte sie. Der Hauptmann hatte tatsächlich einen bemerkenswert festen Griff.

»Tadellos!«, vermerkte der Oberst zufrieden. »Und jetzt weitermachen mit … was auch immer … da unten gerade gesittet vor sich ging, bevor der ganze Blödsinn losging. Weitermachen, meine Herrschaften, in 24 Stunden haben wir die ganze Sache vergessen.«

Fenna und Gollberg wechselten einen langen Blick, salutierten dann aber, verließen das Büro und gingen auf dem Hof in zwei auseinanderstrebende Richtungen. Fennas Blick fiel jetzt auf Jamu Scapedo, der hämisch grinste. »Soldat MerDilli, Soldat Garsid, Soldat Kindem, Soldat Kertz – ihr eskortiert Scapedo zum Südtor und sorgt dafür, dass er die Festung verlässt. Ich erwarte, dass es keine weiteren Zwischenfälle mehr gibt. Soldat Deleven, du übernimmst für heute noch zwei Stunden und morgen den Tag über bis zum Abend die Kampfausbildung und vertiefst einfach noch einmal die Lektionen der letzten beiden Tage. Ich kann morgen leider nicht bei euch sein, aber Soldat Deleven wird mich sicherlich angemessen vertreten.« Die Angesprochenen salutierten, auch die übrigen nahmen Haltung an, bis auf Resea.

»Warum Deleven?«, fragte Resea. »Warum nicht ich?«

Fenna dachte kurz darüber nach, eine Antwort zu geben, aber dann war es ihm einfach zu dumm. Er salutierte seinen Männern und wollte zu seinem Quartier gehen, aber noch jemand hielt ihn auf. Diesmal war es Jamu Scapedo. »Stubenarrest, was?«, höhnte der Gallikoner mit schneidender Stimme. »Wie ein kleiner, unartiger Junge ohne Abendessen aufs Zimmer geschickt! Am Ende hat sie sich ja doch noch gelohnt, meine kleine Abkürzung durchs Affenland!«

Fenna spürte den Impuls, Scapedo zu Boden zu schlagen. Aber das würde ihn selbst in einen Gollberg verwandeln. Er wollte aber kein Gollberg werden. Er wollte Chlayst vertreten, das alte, perlmuttglänzende Chlayst, nicht die neue Pestilenz.

Er ging auf sein Zimmer und kickte den Schemel durch den Raum.

Draußen absolvierten seine Männer rufend und hallend weiter Übungen, bis die Abenddämmerung hereinbrach. Nilocas Deleven, der ehemalige Bandit, schien seine Sache gut zu machen.

Eremith Fenna fühlte sich eingeschlossen in seiner Wut. Solange er draußen herumtoben und Befehle erteilen konnte, spürte er diese Wut nicht so deutlich, hier drinnen jedoch beherrschte sie jeden Winkel.

Nachdem es auf dem Hof stiller geworden war, hörte er Delevens Stimme. »Leutnant Fenna? Ist eines dieser Fenster Eures?«

»Ja, hier. Was gibt es?«

»Ich wollte nur Meldung machen. Scapedo hat die Festung verlassen. Ich habe die Männer für heute zur Ruhe geschickt. Wir werden den morgigen Tag über klarkommen, es wird keine Probleme geben.«

»Da mache ich mir auch keine Sorgen. Nicht ihr habt Dummheiten gemacht, sondern ich.«

»Und … Leutnant? Noch eine Sache.«

»Ja?«

»Auch ich wäre nach diesem Fausthieb umgefallen. Der Hauptmann ist kräftiger und vor allem schneller, als man zuerst denken würde. Auch ich habe den Schlag nicht kommen sehen.«

»Danke, Deleven. Das beweist aber nur, dass wir beide noch tüchtig üben müssen. Spätestens bei dem großen Generalsmanöver Anfang Rauchmond müssen wir dem Hauptmann und seiner Kompanie gewachsen sein.«

8

Der 16. Sonnenmond verging quälend langsam für Fenna. Er nahm seinen Stubenarrest dermaßen genau, dass er das Zimmer auch nicht verließ, um sich zu waschen oder austreten zu gehen.

Frühstück und Mittagessen brachte ihm Leutnant Hobock. »Nicht unterkriegen lassen, alter Junge«, sagte Hobock munter. »Im Ersten Bataillon hat es einen Leutnant gegeben, der vier- oder fünfmal eine Nacht im Gefängnis verbringen musste. Ist dennoch ein guter Offizier gewesen. So was gehört zu einer rauen Gegend wie Carlyr einfach fast dazu.«

»Und? Selbst schon mal so bestraft worden?«

»Ich? Nie. Sells auch nicht. Wir sind vorsichtig. Dienst nach Vorschrift, sage ich immer, dann kann dir niemand etwas anhängen.«

Fenna dachte ernsthaft darüber nach, Lement zu sich zu bitten, damit dieser ihm eines seiner Bücher ausleihen konnte, doch Bücher machten Fenna immer nervös. Die vielen Buchstaben neigten dazu, sich vor den Augen zu Mustern anzuordnen und einfach keinen Sinn mehr zu ergeben.

Deleven übte draußen mit den Männern weiterhin Fallen, Werfen, Blocken, Ausweichen und Grundlagen des Ringkampfes. Ab und zu konnte Fenna Behnk lachen, Resea maulen und Stodaert Kampfschreie ausstoßen hören, die wie »Huah!« klangen.

Am Abend waren die 24 Stunden um. Fenna stattete zuerst dem Lazarett einen Besuch ab, um nach Yinn Hanitz und Ilintu zu sehen. Die Heilerin ließ nicht durchblicken, ob sie von Fennas Arrest überhaupt etwas mitbekommen hatte. Yinn Hanitz war zwar wach, wirkte jedoch teilnahmslos und erschöpft.

»Irgendwelche weiteren Auffälligkeiten?«, erkundigte sich Fenna.

»Es geht hin und her. Mal erkennt er mich, dann wieder nicht. Einmal hat er noch über diese *Hand* gesprochen. Er sagte, sie *fülle den Himmel aus.*«

»Eine Hand, die den Himmel ausfüllt? Was kann das bedeuten?«

»Sein Gehirn erzeugt wilde Bilder. Das ist nicht ungewöhnlich bei Kopfverletzungen.«

Fenna ging nach draußen zu seinen Männern und übernahm wieder das Kommando von Deleven. Dieser berichtete ihm von den Übungsinhalten des heutigen Tages, doch Fenna hatte ohnehin so gut wie alles mitbekommen. Er scheuchte seine Männer noch zwei Stunden weiter, dann sagte er: »Genug für heute. Morgen machen wir Faustkampf mit umwickelten Fäusten, und wenn das gut läuft, können wir uns übermorgen schon Übungswaffen vornehmen.«

Am nächsten Morgen wurde Fenna früh durch die Ordonnanz Sowis zu Oberst Jenko gebeten.

Der Oberst war um diese Zeit genauso aufgeräumt und unverrückbar wie zur späten Mitternacht. »Na, Leutnant Fenna? Alles gut überstanden im eigenen Zimmer?«

»Es war ein bisschen langweilig, aber ich konnte nachdenken und meinen Fehler einsehen, Oberst.«

»Sehr löblich, der Mann, sehr löblich! Das ist die richtige Einstellung. Ich bestrafe niemanden gerne, das kann man mir glauben. Wir haben ein winziges Problem, Leutnant Fenna, bei dessen Lösung Ihr mir vielleicht helfen könntet. Die Festung Carlyr kommt nun schon seit einigen Tagen für die medizinische Versorgung eines gewissen Yinn Hanitz auf, der jedoch, genau genommen, gar kein Soldat ist.«

»Ich weiß, Oberst. Ich bin davon ausgegangen, dass die Kosten für seine Behandlung von meinem Sold abgezogen werden, da seine Verletzung sich unter meiner Aufsicht ereignete.«

»So seht Ihr das! Abermals löblich. Nun, ich denke, wir werden da einfach mal ein Auge zudrücken, weil unsere Heilerin momentan ja ohnehin nicht viel zu tun hat. Wäre aber schön, wenn Zivilist Hanitz kein Bett belegt, falls unsere Soldaten sie brauchen sollten.«

»Das wird nicht passieren, Oberst. Darum kümmere ich mich.«

»Sehr schön. Wir haben übrigens Rückmeldung aus Uderun erhalten. Von der Akademie. Ein frischgebackener weiblicher Leutnant namens Loa Gyffs wird nicht in einer herkömmlichen Kutsche, sondern so schnell wie möglich auf Postreiterpferden hierher aufbrechen, sodass wir sie schon in zwei bis drei Tagen erwarten können. Euer Gesicht zeigt wenig Freude, Leutnant Fenna. Sollte es aber! Leutnant Gyffs' einzige Aufgabe hier bei uns wird es sein, Euch Eure Arbeitslast zu halbieren und … Euch vertreten zu können, falls Ihr wieder einmal Euer Quartier hüten müsst, ha!«

»Sehr wohl, Oberst!«

»Sehr wohl, so ist es! Selbstverständlich werdet Ihr beide

Euch ein Zimmer teilen, das sind Zweibettzimmer für zwei Leutnants. Aus Gründen der Schicklichkeit können wir mit Wolldecken eine Art Trennwand zwischen den Raumhälften einziehen, dann dürfte es keine Probleme geben.«

»Sehr wohl, Oberst.«

»Es wird keine Probleme geben?«

»Es wird keine Probleme geben, Oberst.«

»Tadellos. Dann: Weitermachen mit der Ausbildung, Leutnant. Das Manöver rückt stündlich näher. Nur noch 43 Tage plus die fünf Sternentage zwischen den Monden, um aus Euren Männern eine vorzeigbare Kompanie zu schmieden.«

»Sehr wohl, Oberst!«

Faustfechtübungen mit zum Schutz umwickelten Fäusten an diesem Tag.

Hauptmann Gollberg – durch Jenkos Strafe am Ausreiten gehindert – drillte seine Kompanie ebenfalls im Hof. Übellaunig. Mit blanken Säbeln. In voller Montur. Ein Musterbild soldatischer Aufeinandereingespieltheit. Der Kontrast zwischen Erster und Dritter war so unübersehbar wie der zwischen Sonnenlicht und Schlagschatten.

Fenna legte Wert darauf, dass seine Männer sich nicht einfach nur prügelten. Wichtiger war ihm, ihnen Standfestigkeit und Ausweichvermögen zu vermitteln. »Der Boden ist euer Freund«, wiederholte er wie in den Tagen der Fallübungen. »Er gibt euch Festigkeit. Wenn ihr euren Gegner dazu bringen könnt, sich auf euch zuzubewegen, dann gibt er einen Teil seiner Festigkeit auf. Er erhält dafür etwas anderes: Angriffsschwung. Angriffsschwung ist gefährlich. Aber wenn dieser Angriffsschwung ins Leere läuft, hat der Gegner seine Festigkeit verloren, ohne etwas dafür bekommen zu haben. Dies ist der Augenblick, in dem ihr gewinnen könnt. Eure Aufgabe besteht darin, ein Gefecht so zu lesen, dass ihr die entscheidenden Augenblicke erkennen könnt.«

Die meisten seiner Männer kratzten sich ratlos die Köpfe. Selbst Deleven, der vom Kämpfen einiges verstand, tat sich mit Fennas theoretischen Ansätzen schwer. Aber Fenna merkte, wie die Männer langsam begriffen, dass etwas hinter den Dingen lag. Dass militärische Ausbildung nicht einfach nur körperliche Schinderei war, sondern auch ein Vermitteln von Erfahrungen, die man später im Leben für alles Mögliche nutzen konnte.

Ein weiterer Morgen dämmerte.

Fenna besorgte harthölzerne Übungssäbel vom Waffenmeister. Die Grünhörner hantierten erstmals mit Waffen, wenngleich ohne scharfe Klingen. Es wurde gefährlicher. Kleinere Unglücksfälle ereigneten sich. Jovid Jonis erhielt eine heftig blutende Platzwunde an der Augenbraue. Er musste von Ilintu genäht werden, wollte sich aber nicht krankmelden. »Scheusal« Kertz zerbrach einen Holzsäbel. Die beiden guten, alten Freunde Teppel und Ekhanner gerieten über irgendein Versehen in Streit und droschen mit den Holzsäbeln aufeinander ein, bis sie voneinander getrennt werden mussten. Ilintu wurde wütend auf Fenna, weil er seine Männer »übler zurichtete, als die Affenmenschen das wahrscheinlich jemals zu tun in der Lage sein werden«. Eine von Gollbergs Soldatinnen sagte etwas Abwertendes über die »kleinen Jungs mit ihren Holzschwerterchen«, woraufhin Sensa MerDilli die Beherrschung verlor und die Soldatin angriff. Deleven und von den Holtzenauen gingen dazwischen und verhinderten eine Eskalation zur Massenschlägerei, was schwierig war, denn einen vollen Sandstrich lang wurde geschubst, gedrängelt und Rudel gebildet, was das Zeug hielt.

Fenna knöpfte sich nicht nur MerDilli, sondern seine gesamte Kompanie vor: »Solange ihr euch mit den Angehörigen anderer Kompanien balgt, hat Gollbergs Soldatin recht: Solange seid ihr nichts weiter als kleine Jungs mit Holzspielzeug!«

»Ach, ich verstehe«, fiel Gerris Resea ihm ins Wort. »Und wenn wir jetzt das Argument bringen, dass unser Leutnant sich auch schon mit Hauptmann Gollberg prügeln wollte, werdet Ihr sagen: Wenn wir Erwachsene das untereinander machen, ist das etwas vollkommen anderes.«

»Nein, das ist nicht etwas vollkommen anderes, das ist derselbe Scheiß«, räumte Fenna ein. »Aber wenn ich eines Tages von einem Affenmenschen von hinten erschlagen werde, sagt ihr dann: In Ordnung, jetzt lassen wir uns ebenfalls erschlagen, denn unser Leutnant war auch nicht besser? Ich muss euch in dieser Hinsicht leider eine unangenehme Neuigkeit unterbreiten: Wenn ihr hier oben in der Festung Carlyr und jenseits der Felsenwüste bestehen wollt, müsst ihr besser werden. Besser auch als ich. Und ihr müsst vor allem lernen, zwischen Freunden und Feinden zu unterscheiden. Gollbergs Erste Kompanie sind nicht unsere Feinde, sondern sie sind genau die Männer und Frauen, die uns, wenn es ernst wird, das Leben retten werden. Weil wir Seite an Seite mit ihnen gegen die Affenmenschen stehen. Dennoch werden wir beim Manöver mit ihnen den Boden aufwischen. Dennoch werde ich nicht einfach so hinnehmen können, wenn Hauptmann Gollberg mich ins Gesicht schlägt. Dennoch werden wir uns bei unseren Übungen nicht mehr provozieren lassen. Aber nichtsdestotrotz sind das unsere Kameraden, die dieselbe Uniform tragen wie wir und für dieselbe Sache streiten.«

»Vielleicht könnten wir sie zurückprovozieren, indem wir einfach nur unerhört freundlich zu ihnen sind«, schlug Fergran von den Holtzenauen vor.

Fenna deutete auf ihn. »Zum Beispiel. Sagt ihnen doch

einfach: *Ihr werdet schon sehen. Beim Manöver erweist sich, wer wirklich etwas auf dem Kasten hat.*«

»Leutnant, was hat es mit diesem Manöver auf sich?«, fragte Mails Emara.

»Ganz einfach: Wir treten in einer simulierten Kampfsituation gegen die vierzehn besten Leute aus Hauptmann Gollbergs Kompanie an und werden dabei von einem leibhaftigen General begutachtet. Wir blamieren uns entweder bis auf die Knochen, oder wir feiern unsere Feuertaufe als Kompanie.«

»Wir werden unsere Feuertaufe als Kompanie feiern, Leutnant«, sagte Ellister Gilker Kindem zuversichtlich.

»Aber ein Manöver ist normalerweise mehr als ein Kampfspiel«, bemerkte Garsid. »Werden wir zu Musik in Formation am General vorbeimarschieren müssen oder andere Kunststücke aufführen?«

Fenna musste zugeben, dass er sich über den genauen Ablauf noch gar nicht schlaugemacht hatte.

Er ging heute in der Offiziersmesse speisen, um sich bei Hobock & Sells nach dem Manöver zu erkundigen.

Sells plauderte mit vollem Mund. »Das wird eine lustige Sache. Unsere Leute bilden das Rahmenprogramm. Wir machen zuerst eine Schwertkampfdemonstration zehn gegen zehn, und abschließend spielen wir noch einen hübschen Marsch. Du kannst dir gar nicht vorstellen, wie oft unsere Leute die Festung verlassen haben, um zu üben, auf den Hörnern, die das Bataillon von Hauptmann Veels uns … na ja, sozusagen vererbt hat. Dazwischen, also zwischen den Schwertern und der Musik, werdet ihr aber das eigentliche Hauptprogramm sein. Die Dritte Zweite gegen vierzehn Ausgesuchte aus Gollbergs Erster Zweite. Das Spiel heißt *Die Flagge erobern* und wird auf zwei Punkte gespielt, wer also zuerst zweimal gewonnen hat, ist Sieger.«

»Ich kenne das Spiel«, nickte Fenna. »Hat man alle Freiheiten beim Einteilen seiner Männer?«

»Alle Freiheiten.«

»Und gespielt wird im Inneren der Festung?«

»Ja, auf dem Hof.«

»Das begrenzt das Feld, gut. Und der General und Oberst Jenko schauen zu von wo?«

»Äh, bei Regen aus dem Büro des Obersts heraus, bei schönem Wetter kann jedoch das Dach der *F & L* mit einer Balustrade gesichert und wie eine hohe Terrasse genutzt werden.«

»Das ist gut«, sagte Fenna lächelnd. »Dann kann niemand verletzt werden, falls es unten wild zugeht.«

»Ihr werdet alles geben, oder?«, fragte Leutnant Hobock.

»Selbstverständlich. Ich habe Gollberg gegenüber noch eine Ehrenschuld zu begleichen.«

Am nächsten Tag vertiefte Fenna die Lektionen des Vortages. Die Männer lernten weiterhin, sich mit ihren Holzwaffen zu bewegen. Sie bekamen zusätzlich die Schilde zum Üben. Sie lernten, die Schilde nicht nur zum Blocken gegnerischer Angriffe, sondern auch zum Wegschieben gegnerischer Leiber zu benutzen.

An diesem Tag musste Fenna erstmals drastische Strafen verhängen.

Da »Scheusal« Kertz nun bereits zum zweiten Mal ein Holzschwert zerbrach, verdonnerte Fenna ihn dazu, zwanzig Runden entlang der Innenmauer der Festung zu laufen und anschließend ohne Abendbrot ins Bett zu gehen.

Und da Gerris Resea sich lauthals über diese »peinlich kindische Bestrafung« lustig machte, stellte Fenna sich vor ihn hin und sagte: »Soldat Resea, mir geht die Art und Weise, mit der du dich erdreistest, jede meine Äußerungen ungefragt zu kommentieren, schon seit geraumer Zeit auf die Nerven. Wird das irgendwann mal besser, oder soll das so weitergehen?«

»Das könnte besser werden, wenn Eure Anordnungen besser würden, Leutnant Fenna«, entgegnete Resea frech.

»Soldat Resea?«

»Was denn?«

»24 Stunden Gefängnis.«

»Was? Das ist doch wohl ein Witz! Ich werde ins Gefängnis gesteckt? Wofür denn? Ihr habt einem Offizier Prügel angedroht und auch nur Stubenarrest erhalten!«

»Soldat Resea?«

»Was denn noch?«

»48 Stunden Gefängnis. Und bevor du erneut die Schnauze aufreißt, solltest du dir darüber im Klaren sein, dass ich in der Lage bin, die Zahl 24 bis hoch zur 1000 aufzuaddieren, ohne in allzu große Schwierigkeiten zu geraten.«

Resea schnappte wie ein Fisch auf dem Trockenen. Sein Gesicht wechselte die Farbe und wurde bleicher und bleicher. Dann ging er wortlos ab Richtung Festungskerker.

»Na bitte, geht doch«, rief Fenna ihm hinterher. »Bei guter, das heißt: wortloser Führung lasse ich dich vielleicht schon nach 24 Stunden wieder raus. Es liegt ganz allein bei dir, Soldat Resea.«

Auch die übrigen Männer waren bleich geworden. Nur »Scheusal« Kertz nicht, der prustete mit hochrotem Gesicht die Mauern entlang.

Als Fenna in die bangen Gesichter von Jonis, Nelat, Stodaert, Emara und Behnk blickte, fühlte er sich doch noch bemüßigt zu sagen: »Mit mir kann man ein leichtes Leben haben, wenn man sich anstrengt und seine Pflicht tut. Aber Unverschämtheiten werde ich jetzt und in Zukunft nicht dulden, ist das verstanden worden?«

»Jawohl, Herr Leutnant!« Ein vieldeutiges Brummen.

In der Abenddämmerung machte Fenna mit seinen Leuten – inklusive »Scheusal« Kertz, der inzwischen auf dem letzten Loch pfiff – einen Dauerlauf durch die südliche Umgegend der Festung. Der Himmel war bewölkt und zeichnete sich über den Umrissen der rennenden Soldaten in zartestem Orange.

Hinterher waren alle zu Tode erschöpft, auch Fenna. Er überzeugte sich noch davon, dass Gerris Resea sicher in einer Zelle saß und dass Yinn Hanitz sich auf dem Weg der Besserung befand. Dann ging Fenna sich waschen und abschrubben und warf sich anschließend auf sein Bett.

Der immer noch am Ausreiten gehinderte Hauptmann Gollberg sorgte im Hof für Unruhe, weil er mit seinen Reitern Pferdedressuren einstudierte.

Fenna dachte nach über seine Männer. Resea war neben Deleven und Garsid einer von nur dreien in seiner Kompanie, denen ein oder zwei Tage Übungsrückstand nicht schaden würden, weil sie ohnehin immer zu den Besten und Fähigsten gehörten.

Vier der Grünhörner jedoch waren inzwischen an ihren Grenzen angelangt. Bei Alman Behnk, Ildeon Ekhanner, »Scheusal« Kertz und Mails Emara mochte es sich nur noch um Tage oder sogar nur Stunden handeln, bis sie zusammenklappten. Behnk verlor schon deutlich an Gewicht, was gut für ihn war, aber dass dies auf Verdauungsprobleme zurückzuführen war, die durch eine andauernde Furcht ausgelöst wurden, war weniger gut. Ildeon Ekhanner verbrachte den größten Teil seiner freien Zeit inzwischen in der Kapelle mit Beten. »Scheusal« Kertz schien von Tag zu Tag ungeschickter zu werden, was sicherlich in einer großen körperlichen und seelischen Erschöpfung begründet lag. Mails Emara schließlich wurde zusehends weinerlicher. Dem einstmals trachtentragenden Bürschlein schien erst jetzt so langsam zu dämmern, dass die Armee ein Leben war, in dem einem andauernd etwas weh-tat.

Dagegen bewährten sich vier der anderen ursprünglich von Fenna als eher problematisch bewerteten Rekruten. Teppel schien sowohl sein Alter als auch seine aufreizende Langsamkeit allmählich in den Griff zu bekommen und sich körperlich in die gestellten Aufgaben hineinzufinden. Jovid Jonis und Tadao Nelat waren beide deutlich belastbarer, als Fenna zu Anfang gedacht hätte. Tapfer hielten sie durch und waren besonders in den Laufübungen immer unter den Behändesten. Auch der junge Adelige, Fergran von den Holtzenauen, gab sich redlich Mühe, seine womöglich anerzogene körperliche Schwächlichkeit zu überwinden.

Blieben noch drei im Gesamtüberblick: MerDilli, Kindem und Stodaert. MerDilli war körperlich ein Phänomen aus Kraft und Wucht, allerdings dabei ungezügelt bis zur Fahrlässigkeit. Kindem war guter Durchschnitt, aber es gelang ihm nicht, aus seiner außergewöhnlichen Körpergröße Vorteile zu schöpfen. Und Stodaert war ein so unglaublicher Streber, dass er alles, was man ihm befahl, zwar langsam und mit einer kuriosen Steifheit, aber tadellos ausführte. Wahrscheinlich würde er auch eine senkrechte Wand hochgehen und dabei mit fünf Fackeln jonglieren.

Nach Fennas bisherigen Erfahrungen in Chlayst waren Teppel, Jonis, Nelat, von den Holtzenauen, MerDilli, Kindem und Stodaert ganz durchschnittliche Jungsoldaten. Behnk, Ekhanner, Kertz und Emara waren unterdurchschnittlich, Resea, Deleven und Garsid überdurchschnittlich. Das ergab insgesamt eine vollkommen durchschnittliche Kompanie.

Hauptmann Sigden Gollberg jedoch hatte keine durchschnittliche Kompanie.

Fenna beobachtete die Mitglieder der Ersten, wann immer sich ihm dazu eine Gelegenheit bot. Gollberg schien aus Rekrutenhaufen wie den von Hobock versammelten Grünhörnern immer nur die Reseas, Delevens und Garsids herausgepickt und den Rest wieder nach Hause geschickt zu haben. Anders war der beinahe unheimliche Standard seiner dreißig Kavalleristen nicht zu erklären.

Wie konnte man mit elf Normalsterblichen und nur dreien von diesem Format gegen vierzehn Gollbergzöglinge antreten und siegreich sein?

Fennas Einstellung dem Manöver gegenüber veränderte sich immer weiter. Durch seine Wette hatte er Gollberg seinen Posten zur Disposition gestellt. Dann war Fenna zornig geworden und hatte beschlossen, diese Wette zu gewinnen. Inzwischen hatte er das Gefühl, diese Wette und damit das Manöver gewinnen zu *müssen*, weil er anders seine Ehre als Soldat der Königin und Stadtgardist Chlaysts Hauptmann Gollberg gegenüber nicht mehr wiederherstellen konnte.

Immerhin hatten die Kinder in seinen Träumen jetzt keine Gelegenheit mehr zum Schreien. Es war nicht mehr genügend Platz dafür vorhanden.

9

Der 20. Sonnenmond brachte die Ankunft von Leutnant Loa Gyffs.

Leutnant Fenna übte gerade mit seinen Männern, wie man einen Gegner am Schild packen und dadurch vollkommen aus dem Gleichgewicht reißen kann, als die Südtore geöffnet wurden und eine staubige Offizierin auf einem schweißnassen Postreiterpferd hindurchgesprescht kam. Sie ließ das Pferd in der Mitte des Hofes steigen, sprang dann gelenkig aus dem Sattel und betrat, ohne sich vorher umzusehen, das Gebäude der *F & L.*

Fenna vermerkte dreierlei. Die Neue konnte reiten. Sie schien sich in der Festung Carlyr besser auszukennen als er zu Anfang. Und sie war dermaßen auf ihr nächstgelegenes Ziel fokussiert, dass sie die Ereignisse links und rechts keines Blickes würdigte, was ein typischer Fehler von unerfahrenen Akademieabsolventen war. Und selbstverständlich war sie zehn Jahre jünger als er. Sechs Jahre Akademie, mit sechzehn als Kadett begonnen, dann Korporal, mit 22 das Leutnantspatent. Sie war zierlich wie Hauptmann Gollberg, aber höchstwahrscheinlich ebenso schwer zu zerbrechen.

Es entging seinen Männern nicht, dass Fenna in der folgenden halben Stunde mindestens zehnmal zu Oberst Jenkos Büro hinaufschaute, als ließe sich an der Form der Fensterläden ablesen, was sich im Inneren des Zimmers abspielte. Für einen Sandstrich tauchte der weibliche Leutnant oben am Fenster auf und schaute auf Fenna und seine Truppe hinunter.

Eine halbe Stunde war eine lange Zeit, um ein paar Formalitäten zu klären. Nach Ablauf der halben Stunde holte die Ordonnanz Sowis noch den Schreiber Lement aus seiner Stube. Ein rascher Blick zum Gefängnis hinüber bestätigte Fenna, dass Gerris Resea den Braten ebenfalls roch, denn der stand am Zellenfenster und hatte die Arme kunstvoll in den Gitterstäben verschränkt.

Es dauerte noch mal zehn Sandstriche, dann holte Sowis auch Leutnant Fenna ins Büro des Obersts. Fenna überlegte kurz, zum Spaß das Kommando über seine Kompanie diesmal nicht Deleven, sondern Garsid zu übertragen, aber wenn ausgerechnet jetzt etwas schieflief und Tumult entstand, würde das den ersten Eindruck verderben. Deleven war der Verlässlichere.

Fenna folgte Sowis. Er war bereits verschwitzt und verdreckt von den Schild- und Schleuderübungen. Der weibliche Leutnant allerdings ebenfalls vom Ritt.

Im Büro lächelten Oberst Jenko und Lement ihn an. Leutnant Loa Gyffs wandte ihm den Rücken zu, weil sie in Habtachtstellung vor dem Oberst stand.

Oberst Jenko übernahm die Vorstellung. »Leutnant Fenna, darf ich Ihnen bekanntmachen: Leutnant Loa Gyffs aus Uderun. Leutnant Gyffs, das ist Leutnant Eremith Fenna aus Chlayst, der bislang ganz tadellose Arbeit an der Dritten geleistet hat.«

Gyffs wandte sich Fenna zu, lächelte schmallippig und reichte ihm die Hand. Fenna ergriff und schüttelte sie. »Freut mich sehr, Leutnant Fenna.« Fenna staunte über ihre Frisur: Jetzt, wo sie keinen Helm mehr trug, sah es immer noch aus, als trüge sie einen. Ihre Haare waren dunkelblond und glatt und lagen wie modelliert am Gesicht an. Ihr Gesicht war streng und ungewöhnlich, aber nicht reizlos.

»Leutnant Gyffs macht sich gerade mit Lements Namenslisten vertraut und hat noch ein paar Fragen.« Oberst Jenko gluckste vor Vergnügen.

»Nur zu«, sagte Fenna knapp.

»Einer unserer Leute ist im Gefängnis?«, fragte Gyffs.

»Ja. Gerris Resea. Wegen andauernder Unverschämtheiten. Ich lasse ihn heute oder morgen wieder raus.«

»Ihr selbst wart auch bereits in Stubenarrest?«

»Für 24 Stunden, ja.«

»Innerhalb von nicht einmal *zehn* Tagen? Dazu noch ein Rekrut mit Kopfverletzungen auf der Verwundetenstation? Ein weiterer Soldat, der genäht werden musste? Mehrere Reibereien mit dem unmittelbaren Vorgesetzten?«

»Das ist das Negative, ja«, sagte Fenna lächelnd.

»Und was gibt es an Positivem vorzuweisen?«, fragte Leutnant Gyffs scharf.

»Nun – dass es noch keinen Toten gegeben hat. Und dass *Ihr* jetzt da seid, Leutnant Gyffs«, antwortete Fenna immer noch lächelnd. »Darf ich auch eine Frage stellen?«

»Aber selbstverständlich«, antwortete Gyffs, während Oberst Jenko eifrig »Aber klar doch!« sagte.

»Wie viele Soldaten habt Ihr schon ausgebildet?«

»Sicherlich nicht so viele wie Ihr, aber ich war auf der Akademie Mitglied eines Rekrutenbegleitungskurses und habe in dieser Funktion die Ausbildung dreier Rekruten getutort.«

»Drei? Na immerhin! Ich mache das seit fünf Jahren und habe etwa fünf pro Jahr ausgebildet. Das gibt mir auch keine Erfahrung mit größeren Gruppen, aber es gibt mir dennoch Erfahrung. Und ich kann Euch versichern, Leutnant Gyffs: Verletzungen und Maßregelungen gehören so sicher dazu wie das Glockengeläut zu einer Tempelandacht.«

»Verletzungen, Maßregelungen und Morgenappelle«, entgegnete Gyffs mit hochgezogenen Augenbrauen. Oberst Jenko gluckste wieder.

»Morgenappelle?«

»Ja, Morgenappelle. Ich habe mich sowohl beim Oberst als auch beim Schreiber Lement erkundigt: Ihr habt mit Eurer Kompanie noch nicht einen einzigen anständigen Morgenappell abgehalten.«

»Und wozu soll das gut sein?«

»Wozu das gut sein soll? So beginnt der Tag eines Soldaten! Ohne Morgenappell ist man kein Armeeangehöriger, sondern nur ein verkleideter Privatier, der zum Vergnügen eine kostenlose Kampfausbildung verabreicht bekommt. Ich bin ja beruhigt, dass Ihr wenigstens das Vereidigen nicht für sinnlos erachtet.«

»Nun, angesichts der angespannten Situation mit den Affenmenschen hielt ich es für klüger, meinen Männern zuerst das Kämpfen beizubringen. Ich glaube nämlich nicht, dass die Affenmenschen sich von einem Morgenappell werden beeindrucken lassen.«

»Womit wir beim Thema wären: Ihr übt mit unseren Männern Schildentwendungstechniken. Aber ich frage mich: Tragen die Affenmenschen überhaupt Schilde?«

»Wahrscheinlich nicht. Aber das hindert sie ja nicht daran, sich an unseren Schilden festzukrallen und daran herumzuzerren. Darauf bereite ich die Männer vor. Dass sie wissen, wie sich alles anfühlt, sowohl, wenn man es macht, als auch, wenn es mit einem gemacht wird.«

»Na ja, ich denke, eine zweckdienlichere Ausbildung wäre besser. Die Männer brauchen keine Schilde, die sie bei diesen Temperaturen ohnehin nur belasten und behindern.

Sie brauchen Fernwaffen, denn so etwas haben die Affenmenschen mit Sicherheit nicht.«

»Doch, haben sie, da muss ich den armen Leutnant Fenna nun in Schutz nehmen«, mischte Oberst Jenko sich jovial ein. »Die Affenmenschen haben Steinschleudern und Speere. Und gegen beides kann ein Schild ausgesprochen zweckdienlich sein.«

Der junge Leutnant Gyffs sah sich plötzlich zwischen zwei Fronten. Jetzt musste sie ihren Mann stehen. Sie ließ sich nicht einschüchtern. »Steinschleudern und Speere sind *Wurf*waffen, keine *Schuss*waffen, mit Verlaub, Herr Oberst. Selbstverständlich können die Affenmenschen auch Felsbrocken oder Knochen oder Kacke werfen. Aber davon spreche ich nicht. Ich spreche von echten Fernwaffen – Langbögen oder Armbrusten –, mit denen man jeden eine Steinschleuder hebenden Affenmenschen ausknipsen kann, noch bevor jener die zweite Umdrehung vollendet hat.«

»Armbrüste sind ausgesprochen kostspielig«, grinste Oberst Jenko. Fenna fragte sich, ob der Oberst zum Spaß die Wortform »Arm*brüste*« benutzte. »Wir haben leider nur vier davon, für die Bemannung der Wehrtürme.«

»Dann also Langbögen«, ließ Leutnant Gyffs nicht locker.

»Nur zwei Mann aus der Kompanie können bislang mit Bögen umgehen«, gab Fenna Auskunft. »Aber die Tatsache, dass ich mich danach bereits erkundigt habe, beweist, dass ich eine Fernwaffenausbildung ebenfalls im Sinn hatte.«

»Nachdem Ihr die Männer zu Meistern des Schildabreißens gemacht habt. Ich denke, Leutnant Fenna, wenn wir einfach die Prioritäten ein wenig verschieben, werden wir ganz ausgezeichnet zusammenarbeiten können.«

»Tadellos!«, rief Oberst Jenko begeistert. »Was für eine versöhnliche Volte! Ich sehe, meine Kinder, Ihr habt begriffen, worauf es mir ankommt. Ich will keine Nickligkeiten, weil der eine ein Mann ist und die andere eine Frau. So etwas ist in der königlichen Armee schon seit vier Jahren kein Thema mehr. Und ich will auch keine Reibereien aufgrund des Altersunterschieds, der Herkunft, der Erfahrung, der Hautfarbe, der Haarfarbe, unglücklicher Kindheiten und ähnlichem Krempel. Jeder bekommt seinen eigenen Fressnapf. Für alles ist gesorgt. Aber das Zimmer und die Kompanie teilt Ihr Euch gefälligst wie Brüderchen und Schwesterchen, dass das klar ist.«

»Jawohl, Herr Oberst!«, sagte Leutnant Gyffs, und Leutnant Fenna – etwas davon abweichend – gleichzeitig: »Jawohl, Oberst Jenko!« Gyffs warf ihm anschließend einen strafenden Blick zu.

»Ansonsten, meine Leutnants: weitermachen, weitermachen! Die Sache mit dem Manöver habe ich Leutnant Gyffs noch nicht erläutert, das bekommt Ihr schon hin, Leutnant Fenna. Weitermachen!«

Fenna und Gyffs salutierten. Fenna ging schlendernd ab, Gyffs drehte sich auf den Absätzen herum und verließ den Raum beinahe im Stechschritt.

»Wollt Ihr Euch erst ausruhen und frisch machen oder sofort zu den Männern?«, fragte Fenna auf der Treppe nach unten.

»Ich denke, ich bin nicht weniger frisch als Ihr. Sofort zu den Männern.«

»Das sollte keine Anspielung sein. Ich wollte Euch lediglich Gelegenheit geben …«

»Ihr wolltet galant sein. Das ist aber nicht nötig. Hattet Ihr schon einmal einen gleichrangigen weiblichen Offizier oder sogar eine weibliche Vorgesetzte?«

»In Chlayst gab es zwei weibliche Leutnants. Aber die waren für andere Bereiche zuständig als ich.«

»Also gab es kein Gerangel. Ich verstehe. Wir werden das schon hinbekommen, Leutnant Fenna. Übrigens: Eremit –

ein ungewöhnlicher Vorname. So, als wenn man seinen Sohn *Priester* nennen würde.«

»Mein Vorname schreibt sich mit *th* hinten, genau wie *Labyrinth.*«

»Beeindruckend.«

Sie überquerten den Hof. Gyffs ging jetzt nicht mehr im Stechschritt, aber sie schaffte es dennoch, mit Fenna annähernd Gleichschritt zu halten, obwohl sie beinahe einen ganzen Kopf kleiner war.

Fenna stellte die Offizierin seiner Truppe vor. »Soldaten! Ach-tung! Augen zu mir. Und still-ge-standen! Dies ist Leutnant Loa Gyffs. Sie wird sich von jetzt an das Kommando über unsere Kompanie mit mir teilen. Mit zwei Leutnants, einer Spitze, die sich auch bei der Zweiten Kompanie bereits bewährt hat, soll sichergestellt werden, dass ihr alle so schnell wie möglich zu einsatzfähigen Soldaten werdet.«

»Zu Soldaten der Königin«, ergänzte Leutnant Gyffs. »Soldaten, die nicht nur auf irgendeinem Grenzposten ihren Dienst schieben, sondern die Farben der Königin vertreten angesichts des brodelnden Chaos, das jenseits des Nordtores lauert. Leutnant … äh … Fenna, hat, denke ich, bislang seine Sache recht ordentlich gemacht. Aber von jetzt an wollen wir nicht nur ans Raufen und Prügeln denken, sondern auch an Anstand, Sauberkeit und Disziplin. Ich sehe in diesem Moment zwölf von dreizehn Soldaten, die nachlässig gekleidet sind. Dieser Mann hier trägt als Einziger die Uniform vorschriftsmäßig geknöpft und geschnürt. Name, Soldat?«

»Bujo Stodaert, Leutnant«, warf sich Stodaert in die Brust.

»Bravo, Soldat Stodaert. Weiter so. Ihr anderen könnt euch an ihm als praktischem Beispiel schulen, wie man es richtig macht. Des Weiteren sehe ich Haarschnitte, die für die königliche Armee einfach eine Schande sind. Wir sind hier doch nicht in den Klippenwäldern! Name, Soldat?«

»Garsid, Leutnant«, knurrte dieser.

»Glatze ist lustig, wenngleich ein wenig übereifrig. Wächst bei dir nichts mehr?«

»Doch. Ich rasiere mir die Glatze, Leutnant.«

»Dann ist jetzt Schluss damit. Die vorschriftsmäßige Frisur für einen einfachen Rekruten ist kurz, nicht kahl. Morgen früh zum Morgenappell erwarte ich vierzehnmal kurz. Kurz ist ein dehnbarer Begriff, meine Herren. Ich erwarte also nicht von unseren werten Klippenwäldern, sich die als Zeichen der Herkunftsehre wohl unabdingbaren Zöpfchen ganz abzunehmen. Aber bis auf die Länge eines kleinen Fingers bitte schön doch. Habt ihr das verstanden, meine Herren?«

Deleven sagte: »Jawohl, Leutnant!«, Kindem nickte finster.

»Nicken gibt es nicht in der Armee, Soldat. Name?«

»Ellister Gilker Kindem.«

»Ellister Gilker Kindem *was*?«

»Ellister Gilker Kindem, Klippenwälder.«

»Bei den Göttern, Leutnant Fenna, da sind ja noch nicht einmal die Grundlagen vorhanden! Ein Offizier wird mit seinem Rang angesprochen oder gar nicht, Soldat Kindem! Also wie lautet die Meldung?«

Kindem warf Fenna einen Hilfe suchenden Blick zu. Der soufflierte stumm, aber mit überdeutlichen Lippenbewegungen: »*Ellister Gilker Kindem, Leutnant.*«

»Ähh, Ellister Gilker Kindem, Lanzenmann. Aber ich bin eigentlich Schwertmann!«

Gyffs ließ kurz die Schultern sinken. »Bekommt Ihr das bis morgen früh in den Griff, Leutnant Fenna?«

»Das wird kein Problem, Leutnant Gyffs.«

»Also schön«, seufzte sie. »Da fehlt übrigens einer. Könnt Ihr den bitte aus dem Gefängnis holen?«

»Seine 24 Stunden sind noch nicht um.«

»Macht nichts. Betrachtet es als Amnestie angesichts seines neuen Vorgesetzten. Jeder soll bei mir unter denselben Bedingungen anfangen dürfen.«

Es widerstrebte Fenna, seinen eigenen Anordnungen zuwiderzuhandeln, aber was sollte es? Das Argument mit der Amnestie war ziemlich gut. Er ging Resea freilassen. Leutnant Gyffs knöpfte sich unterdessen jedes Grünhorn einzeln vor. Um sie kennenzulernen. Und um dafür zu sorgen, dass sie *sie* kennenlernten.

Fenna betrat das Gefängnis zum ersten Mal. Es hatte nur drei kleine Zellen und wirkte so mürbe wie aus Zwieback zusammengefügt. Fenna fragte sich, ob dieses Gebäude jemanden festhalten konnte, der aus anderen Gründen als einer lediglich disziplinarisch-symbolischen Strafe hier untergebracht war.

Resea kam vom Fenster, von dem aus er alles, was auf dem Hof vor sich ging, beobachten konnte, zur Gittertür vor. »Wer ist diese zarte Person?«

»Leutnant Loa Gyffs aus Uderun. Bei ihr kannst du dich dafür bedanken, dass du jetzt schon freikommst.«

Resea verzog das Gesicht, während Fenna den Schlüssel vom Haken nahm und ihm aufschloss. Es gab überhaupt keinen Wachtposten hier drinnen, aber jemand stellte den Gefangenen wohl Wasser, Brot und sogar ein paar Weintrauben hin. »Die Gerüchteküche arbeitet ziemlich zäh in Carlyr, aber ist es wahr, dass Ihr Gollberg ein Duell angeboten habt?«

»Ja.«

»Und was ist dabei herausgekommen?«

»Duelle unter Soldaten sind in Carlyr verboten.«

»Das finde ich ausgesprochen bedauerlich.«

»Ach? Du möchtest dich gerne mit mir duellieren, Resea, nur weil ich dich aufgrund deiner pausenlosen Unverschämtheiten eine Nacht ins Gefängnis gesteckt habe?«

»Nicht nur. Ich würde mich gerne mit Euch duellieren, um Euch ein paar Dinge beizubringen. Ich finde es nämlich nicht nur falsch, sondern geradezu unerträglich, dass Ihr ein Leutnant seid und ich gehorchen muss und nicht umgekehrt.«

Fenna musste grinsen. »Um ein Offizier zu werden, muss man sich auch in Demut üben. Dafür fehlt dir, scheint mir, jegliches Talent. Also wirst du wahrscheinlich *niemals* ein Leutnant werden, finde dich schon mal damit ab. Aber weißt du was? Die Idee mit dem Duell finde ich gar nicht so schlecht. Auch ich finde vieles in Carlyr ausgesprochen gewöhnungsbedürftig, wenn nicht sogar ärgerlich, und das schlägt mir auf den Magen, und das ist ja nicht gesund. Also warum sollst du nicht derjenige sein, an dem ich mich abreagieren kann? Wie wäre es mit morgen in der Dunkelheit, eine Stunde vor Mitternacht, im Waschbottichhaus? Ohne Waffen. Wir wollen keinen Toten. Wir wollen nur eine Frage klären, unter Männern.«

»Klingt gut.«

»Und wenn du verlierst, akzeptierst du endlich meine Führung.«

»Das kann nicht passieren. Ich kann nicht verlieren.« Resea ging an Fenna vorbei nach draußen, während Fenna noch die Tür wieder abschließen und den Schlüssel zurückhängen musste.

Draußen war immer noch Leutnant Gyffs damit beschäftigt, sich die einzelnen Grünhörner vorzuknöpfen. Sie war jetzt bei »Scheusal« Kertz angekommen und der Tatsache, dass seine Sehgläser dermaßen schmutzig, verschmiert und fettig waren, dass man kaum was dadurch erkennen konnte.

Als sich Resea bei den Männern eingliederte, ließ sie von Kertz ab und wandte sich gleich dem Neuankömmling zu: »Und du bist ein Unruhestifter, ja? Du atmest vorzugsweise durch Gitter in Scheiben geschnittene Luft?«

»Nein, Leutnant.«

»Nein, Leutnant? Weshalb warst du dann im Gefängnis?«

»Auf diese Frage möchte ich nicht antworten, Leutnant, weil ihre wahrheitsgemäße Beantwortung mich nur wieder ins Gefängnis bringt.«

»Aber nicht doch. Für die Wahrheit wird hier doch niemand bestraft. Also, weshalb warst du im Gefängnis?«

»Weil Leutnant Fenna ein Schlappschwanz ist, der seine Befehlsgewalt ausspielen muss, um sich Respekt zu verschaffen.«

»Leutnant Fenna, hat der Soldat Resea recht?«

»Aber nicht im Mindesten.«

»Nicht im Mindesten. Dann steht hier ja wohl Aussage gegen Aussage. Und bei derartigen Konfrontationen zwischen Verschiedenrangigen hat der Höherrangige recht. So ist das, anders kann die Armee nicht funktionieren. Siehst du das ein, Soldat Resea?«

Resea blinzelte irritiert. »Ich … denke schon, Leutnant.«

»Er denkt. Na, dann gibt es doch noch Hoffnung. Bei mir beginnen alle von jetzt an noch einmal mit einem unbeschriebenen Blatt. Wir erlernen heute die Grundlagen der militärischen Etikette, und ab morgen beginnen wir mit der neuesten Entwicklung uderunischer Armeeausbildungskunst: Körperertüchtigungsübungen, die von Tag zu Tag merklich die Leistungsfähigkeit steigern. Darüber hinaus wird Leutnant Fenna seine Waffenausbildung wie gehabt fortsetzen. Und Soldat Resea: Auch du findest dich morgen beim Festungsbarbier ein und lässt dir die Matte abnehmen. Wir sind hier nicht auf einem Geckenball mit Tanz und Sahnetorte. Dies ist die Armee, und wichtiger noch: Dies ist die Festung Carlyr. Und jetzt: Augen rechts! Rechtsum! Marrrrrrsch! Im Gleichschritt! Gleichschritt bedeutet: mit Taktgefühl, verflucht noch eins. Links-zwo-drei-vier. Nein: *Links*-zwo-drei-vier-*links*-zwo-drei-vier. Geht denn hier gar nichts, Leutnant Fenna, was habt Ihr in den vergangenen zehn Tagen denn bloß getrieben?«

Der Rest dieses Tages verging mit Exerzieren.

Unter dem Gelächter etlicher Schaulustiger der Ersten und Zweiten Kompanien scheuchte Leutnant Gyffs die Dritte kreuz und quer über den Innenhof. Es hagelte »Rechtsums« und »Linksums«, es wurde marschiert mit Händen an der Hosennaht und mit schwingenden Armen, sodass die vierzehn Mann wie eine Gruppe seltsamer Weizenschnitter daherkamen. Sie übten Grüßen und Waffepräsentieren. Waffereinigen und Waffenscheide in Ordnung halten. Sie liefen im Gleichschritt in Reihe, in Zweierreihen, als 14er-Front, auf der Stelle, versetzt durcheinander und wieder zurück. Sie stießen dabei immer wieder gegeneinander, brachten alles in Unordnung und wirkten wie Komödianten in geborgten Uniformen.

Fenna ärgerte sich darüber, dass dieser Blödsinn seine Truppe lächerlicher aussehen ließ als an sämtlichen Tagen zuvor. Durch seine teilweise spektakulären Wurf- und Kampfübungen hatte es Fenna immer geschafft, den Spott der erfahreneren Kompanien im Keim zu ersticken. Aber nun, als die Grünhörner mit ihren unterschiedlichen Körperumrissen wie Hampelmänner herumwackelten und dabei immer wieder aus dem Takt kamen, würden sie noch tage-, wenn nicht wochenlang als Material für Mannschaftsmessenwitze herhalten müssen.

»Die Truppe ist grauenvoll, einfach grauenvoll«, sagte Leutnant Gyffs einmal seitlich zu Leutnant Fenna.

»Sie sind grauenvoll in der Dressur, mag sein«, brummte dieser zurück. »Aber ich beabsichtige, sie glänzen zu lassen im Manöver und im Feld.«

Am Abend waren alle erledigt, und Gyffs schickte die wackligen Gestalten im Gleichschritt zum Waschen und dann zum Festungsbarbier. Wie sich herausstellte, wurde auch diese Aufgabe von Jianna Klejahn erledigt. Sie war nicht nur Schneider- sondern auch Schnittmeisterin und besaß alle möglichen Arten von Scheren.

Fenna und Gyffs nahmen noch eine wortkarge Mahlzeit in der Offiziersmesse ein, und dann bezogen sie beide ihr Zimmer. Sie spannten ein hohes Seil und hängten mehrere bereitgelegte Decken darüber, sodass der Raum in der Mitte blickdicht in zwei Hälften getrennt war. Leutnant Gyffs hatte nur unwesentlich mehr Gepäck mitgebracht als Fenna: eine zweite, saubere Uniform, ein wenig Unterwäsche und Strümpfe, vier Bücher, Schreibzeug und ein paar persönliche Requisiten wie Kamm und Seife. Da er ihr beim Einräumen behilflich war, konnte Fenna einen Blick auf die Buchrücken erhaschen. *General Urcharin Zoydenak – Soldat und Mann*, *Zerfetzte Flaggen*, *Betrachtung der Soldatenseele*. Und *Am Hofe einer jungen Dame – Intime Anmerkungen zum ersten Jahr der Königin Thada*. Als Loa Gyffs bemerkte, dass er in letzterem Buch zu blättern begann, nahm sie ihm alle Bücher mit gerunzelter Stirn aus den Händen und verstaute sie unten in ihrem Schrank.

Anschließend verteilten sie die Gegenstände, die nur einmal vorhanden waren. Das Schreibpult bekam Gyffs, da sie angab, oftmals Briefe zu verfassen. Die Kommode mit der Waschschüssel behielt Fenna, wenngleich Gyffs sich eine eigene Waschschüssel besorgte. Das Gemälde bekam Gyffs in ihre Hälfte. Den Schemel bekam Fenna. Die Vase auf dem Beistelltischchen wollte Fenna unbedingt an Gyffs abtreten, aber sie sagte, er könne das gerne behalten. Dafür griff sie sich den Garderobenständer zum Aufhängen ihrer Wäsche. Gütlich in der Mitte geteilt wurden sowohl das Fenster als auch die Tür. »Und das Fenster bleibt bitte immer offen«, stellte Gyffs klar. »Und zwar nicht nur im Sommer!«

Völlig unbegreiflich fand es Gyffs, dass »keinerlei Kerzen und Zündmittel« vorhanden waren, damit man abends noch ein wenig »lesen und sich fortbilden« konnte. »Habt Ihr das denn gar nicht vermisst, Leutnant Fenna?« Unverzüglich stiefelte sie los und besorgte zwei Kerzen samt zwei Kerzenständern und zwei Zündkästchen vom Zeugmeister. »Diese Zündkästchen, so praktisch sie auch erscheinen mögen«, erläuterte sie, während sie die zwei Kerzen in den zwei Hälften des Raumes verteilte, »sind inzwischen schon überholt. In Uderun benutzt man beim Militär jetzt Zünd*hölzchen.* Brandneue Entwicklung, von einer königlichen Fabrikation namens *Batis.* Die sind viel kleiner, nehmen weniger Platz weg im Marschgepäck und funktionieren ausgezeichnet.« Mit einem Seufzen streckte sie sich auf ihrem Bett aus. Fenna tat es, durch die Decken abgetrennt, ihr nach.

»Wart Ihr schon einmal in der Festung Carlyr?«, fragte er liegend.

»Ja. Vor zwei Jahren, auf Garnisonsbesichtigungsrundreise. Wir haben sämtliche königlichen Befestigungen der nördlichen Kontinenthälfte besucht.«

»Dann fiel Chlayst knapp nicht darunter.«

»Nein. Zu weit südlich. Und stimmt es wirklich, Leutnant Fenna, dass in Chlayst alle Soldaten Frisuren tragen können, wie es ihnen passt?«

»Nun ja. Wir hatten in Chlayst in letzter Zeit andere Probleme, als uns um unsere Haare zu sorgen.«

»Das sehe ich ein. Chlayst ist ein offizielles Notstandsgebiet. Aber *Ihr* seht sicherlich ein, dass die Festung Carlyr keines ist. Noch nicht. Trotz des Feldzuges. Und deshalb können wir hier sehr wohl auf die Formalien der königlichen Armee Wert legen.«

»Wenn es dem Endergebnis nicht schadet.«

»Welchem Endergebnis?«

»Dass wir lebendig sind und unsere Feinde tot.«

Es entstand eine kurze Pause. Dann fragte Gyffs: »Wann hattet Ihr eigentlich vor, mir von dem Manöver zu erzählen, das der Oberst so verschwörerisch andeutete?«

»Wenn es sich anbietet. Zum Beispiel jetzt. Unsere Kompanie soll am 1. Rauchmond gegen die Hälfte von Hauptmann Gollbergs Erster in zwei bis drei Runden *Die Flagge erobern* antreten. Ein General wird zusehen. Ich habe seinen Namen vergessen.«

»Klaak?«

»Nein. Länger.«

»Feudenstich?«

»Ja, der.«

»Ah ja. Der war auch oft in Uderun zu Gast. Netter alter Mann, etwas exzentrisch vielleicht. Das wird ein Spaß. Hauptmann Gollbergs Leute sind natürlich haushoch überlegen, oder?«

»Haushoch. Aber genau hier liegt der Hund begraben. Sie *wissen*, dass sie haushoch überlegen sind. Dieses Wissen wird sie schwächen.«

»Habt Ihr schon einen Plan?«

»Noch keinen konkreten. Es sind noch mehr als 40 Tage Zeit. Ich weiß nur eines. Wenn wir Gollbergs stromlinienförmige Leute schlagen wollen, müssen wir die Unterschiedlichkeit unserer Männer zu unserem Vorteil nutzen. Wir sind eben kein Einheitsbrei. Wir sind Individuen. Deshalb fand ich die Idee mit den Einheitsfrisuren auch, ehrlich gesagt, eher unglücklich.«

»Warum habt Ihr dann kein Veto eingelegt?«

»Ich halte nichts davon, dass die beiden kommandierenden Offiziere sich vor ihrer Mannschaft im wahrsten Sinne des Wortes in die Haare geraten.«

»Da habt Ihr recht, Leutnant Fenna. Wir sollten darauf achten, dass wir uns bei Meinungsverschiedenheiten irgendwohin zurückziehen, um die Sache zu klären, und dann wieder einig vor die Mannschaft treten.«

»Ja. Das wäre tatsächlich sinnvoll.«

»Na gut. Dann ist das geklärt. Schnarcht Ihr?«

»Nicht mehr als andere Menschen auch.«

»Na schön. Ich möchte jetzt noch ein wenig lesen. Gute Nacht.«

»Gute Nacht.«

Das Gespräch wurde ersetzt vom Rascheln der Papierseiten. Hinter der Decke glomm dunkelgolden Gyffs' kleiner Kerzenschein.

Nach beinahe einer vollen Stunde fragte Fenna noch: »Schreibt sich *Gyffs* eigentlich wie *Gift*, nur mit *S* hinten?«

»Nein. Mit einem *Y* in der Mitte, genau wie *Labyrinth*.«

10

Am nächsten Morgen trat die Dritte Kompanie mit ihren neuen Frisuren zum ordnungsgemäßen Appell an. Garsid war der Einzige, der sich überhaupt nicht verändert hatte. Behnk, Emara, Teppel, Nelat und Stodaert sahen sich immerhin noch ähnlich. Ekhanner, von den Holtzenauen, Kertz, MerDilli, Resea und Jonis hatten sich deutlich verändert, und Deleven und Kindem sahen mit ihren nun leicht abstehenden Kurzflechtzöpfchen regelrecht kurios aus.

Fenna fand, dass nur einer der Männer sich zum Positiven verändert hatte: »Scheusal« Jeo Kertz, dessen notorisch fettige Haare nun nicht mehr ganz so sehr an schwarze Nudeln erinnernd in seinem Gesicht klebten. Ansonsten war es ein trauriger Anblick. Die beiden Klippenwälder waren wirklich zu bedauern.

Leutnant Gyffs schien sich jedoch an dem, was sie angerichtet hatte, nicht im Mindesten zu stören. Mit blecherner Stimme zog sie das Programm des Tages durch und quälte die Männer mit uderunischen Konditionsübungen, in deren Verlauf sie Bänke stemmen, Fässer wuchten, Seilspringen, Kniebeugen mit einem Stuhl in jeder Hand,

Hochspringen und Abducken im Wechsel sowie kurze Hochgeschwindigkeitsläufe absolvieren und hart auf einen Mehlsack eindreschen mussten, bis die Hände aufgeschürft waren. Die Männer vermissten ihre Waffen, aber Gyffs enthielt sie ihnen vor wie unartigen Hunden ihre Lieblingsknochen.

Schon vor dem Mittag klappten Behnk, Teppel und Emara zusammen. Gyffs sagte ihnen in ruhigem Tonfall, sie müssten ihr Pensum eben nachholen, während die anderen sich ausruhen durften.

Am Nachmittag, unter glühender Sonne, knickten auch Ekhanner, Jonis, von den Holtzenauen, Kertz, Nelat, Resea und Kindem nacheinander ein. Zuletzt blieben nur noch Garsid, MerDilli, Deleven und Stodaert übrig.

»Von Tag zu Tag werden es mehr, die bis zum Ende durchhalten, ihr werdet schon sehen«, sagte Leutnant Gyffs. Die Männer waren zu Tode erschöpft. Gyffs und Fenna schickten sie schon weit vor dem Abend in die Freizeit. Das Nachholen des versäumten Pensums konnte Fenna Gyffs für diesen Tag ausreden, weil »es ja schließlich das erste Mal war. Ab morgen können wir dann ernst machen«.

In der Stunde vor Mitternacht verließ Fenna das Leutnantszimmer. Er bemühte sich nicht, unbemerkt hinauszuschleichen. Schließlich konnte man jederzeit die Latrine aufsuchen.

Der Mond schien milchig. Alle Konturen wirkten abgerundet. Fenna begab sich zum Waschhaus, in dem zu dieser Stunde niemand war. Kein Licht brannte. Die überall herumstehenden Bottiche wirkten wie geduckte Raubtiere.

»Ich dachte schon, Ihr würdet kneifen«, kam Reseas Stimme aus der Finsternis.

»Ich wollte dir Gelegenheit geben, es dir noch mal zu überlegen. Schließlich musstest du heute hundert Übungen machen und bist erschöpft, während ich nur zugeschaut habe.«

»So ist das halt. Die Ungerechtigkeit mit dem Kommandieren. Wollt Ihr nur quatschen oder Euch endlich stellen?«

Der Kampf begann in vollkommenem Dunkel, und schon nach wenigen Sandstrichbruchteilen wurde Fenna klar, dass er einen großen Fehler begangen hatte. Was nun folgte, war nämlich kein männlich-ehrenvoller Faustkampf, sondern eher ein Tasten und Grabschen und Ringen, weil keiner der beiden in der Nacht in einem Bottich landen wollte. Schon nach kurzer Zeit waren beide ineinander verkeilt und ließen sicherheitshalber nicht mehr los. Muskeln spannten sich an, Gelenke quietschten. Atem rasselte. Füße rutschten auf seifigem Untergrund. Resea begann, Fennas Hals mit der Ellenbeuge abzuschnüren. Fenna spürte, wie die Blutzufuhr in seinen Kopf abgewürgt wurde, wie eine Ohnmacht oder sogar der Tod nach ihm schnappten. Er durfte nicht aufgeben, er durfte einfach nicht. Das würde ihn zurückwerfen hinter den staubigen Ritt nach Carlyr, weit hinter seine erste Begegnung mit der zukünftigen Dritten Kompanie. Das würde ihn sogar noch hinter den Giftsturm von Chlayst zurückwerfen, hinter das Lazarett, hinter die Kinder, als wäre dies alles vollkommen wertlos gewesen, umsonst geschehen, ein Gelächter trunkener Götter. Reseas Worte von gestern hallten durch seinen blutleeren Schädel: *Das kann nicht passieren. Ich kann nicht verlieren.* Er wusste sich nicht mehr anders zu helfen: Er riss seinen linken Arm frei und drosch Resea den Handballen gegen die Schläfe, so hart es nur irgend ging. Reseas Griff lockerte sich nicht. Fenna schlug noch mal zu. Resea winselte wie ein malträtiertes Tier, ließ aber immer noch nicht los. Ein dritter Schlag, ein vierter, ein fünfter. Endlich brach Resea zusammen. Fenna wollte ihn auffangen, strauchelte aber selbst. Beide krachten hart gegen Bottiche, rissen sie um, wurden von Restwasser durchnässt und umspült.

»Ich habe ihn umgebracht«, dröhnte es in Fennas Schädel. »Ich musste ihn töten. Jetzt ist alles vorbei. Selbst nach Chlayst werde ich nicht mehr zurückkehren können.« Er fühlte sich elend, fast bereit zum Weinen.

An der Tür war Bewegung von Licht. Eine Laterne. Ein Wachtposten. »Hallo? Ist da jemand?«

Zu Fennas Überraschung war es Reseas Stimme, die antwortete: »Ja.«

»Alles in Ordnung?«

»Ja. Ich … hatte schlecht geträumt und wollte mir den Schweiß runterwaschen. Dabei bin ich im Dunkeln über einen Bottich gefallen. Tut mir leid für den Lärm.«

Der Wachtposten verkantete sich argwöhnisch in der Tür. »Bist du alleine da drinnen? Da gehen doch keine Sauereien vor sich?«

»Wo denkst du hin? Ich bin von der Dritten. Wir wurden heute so gescheucht, dass ich sogar beim Waschen schon auf die Fresse falle.«

»Ja, das habe ich mitbekommen mit dem Scheuchen. Die Neue macht euch ganz schön Feuer unterm Arsch, was? Mein Beileid, Kamerad.«

»Danke, Kamerad.«

Der Wächter und seine Fackel zogen sich zurück.

Fenna traute sich wieder zu atmen. »Ist wirklich alles in Ordnung, Resea?«

Reseas Umriss tauchte vor der Mondlichttür auf wie ein Phantom. »Ja. Meine Mutter kann härter zuschlagen als Ihr. Aber ich denke, Ihr schuldet mir nun etwas, Leutnant. Wenn der Wächter uns beide entdeckt hätte, ware das ein Skandal geworden. Schließlich sind Duelle in der Festung Carlyr ausdrücklich verboten.« Geschmeidig und lautlos, als hätte der Kampf ihn überhaupt nicht beeindruckt, huschte Resea aus dem Waschhaus.

Fenna hatte Mühe, auf die Beine zu kommen. Seine Knie zitterten. Reseas Würgegriff hatte sich angefühlt wie die Umklammerung eines Ungeheuers. Wie war es möglich, dass der stutzerhafte Städter fünf harte Schläge gegen die Schläfe so gut weggesteckt hatte? Fenna hatte mit aller Kraft zugeschlagen, die ihm zu Gebote stand.

Was spielte Gerris Resea bloß für ein eigenartiges Spiel? Wollte er Offizier werden, indem er andere Offiziere kompromittierte und dann erpresste? Das ergab doch keinen Sinn!

Fenna beschloss, nicht weiter darüber nachzudenken und sich nicht mehr auf derartige Dummheiten einzulassen. Er schlich sich aus dem Waschhaus wie ein Dieb. Auf dem Hof verspürte er eine große Lust auf die Heilerin Ilintu. Ihre nachvollziehbare Abweisung jedoch würde ihn mehr schmerzen als der erbärmliche Kampf im Waschhaus. So kreiste er ein paarmal wie ein Greifvogel um sich selbst und schlüpfte dann zu Leutnant Gyffs ins abgetrennte Zimmer. Gyffs schnarchte leise. Wenigstens von dort würden keine Fragen kommen.

Fenna konnte noch lange nicht einschlafen. Die toten, aufgeschichteten Kinder waren nun ihrer Haare beraubt. Hauptmann Gollberg ritt hinaus in eine Feuersbrunst und brachte nichts zurück außer Scapedo und Resea. Yinn Hanitz schrieb mit Blut seinen Namen an die Wand. *Die Hand, die sich erhebt, muss herunterkommen.* Die Luft zwischen den Wänden wurde stickig wie ein würgender Arm. Ein Gewitter bahnte sich an. Chlayst breitete sich aus. Die Heugabelmänner marschierten von Süden, aus einer Richtung, in der niemand Gefahren vermutet hatte. Ilintu entfernte sich wieder, weil Fenna keine Zeit und Ruhe fand, um nachzufassen. Leutnant Gyffs stellte sich zwischen sie und versperrte die Sicht auf frühere Ziele. Die hohen Klippen links und rechts der Festung hatten tagelang nur wohltuenden Schatten gespendet. Jetzt aber beengten sie die Festung wie etwas, das den Atem raubte. Der Würgearm eines einfachen Soldaten. Fenna spürte erneut, wie ihm die Sinne und das Leben schwanden, aber es war nur der Schlaf, der ihn schließlich doch übermannte.

Der restliche Sonnenmond erbebte unter Donnern und Blitzen. Sommergewitter suchten den Norden heim und gingen mit Hagelschauern und tiefe Pfützen hinterlassenden Wolkenbrüchen über der Festung Carlyr und der sie umgebenden Landschaft nieder. In den Bergen der Felsenwüste bildeten sich vergängliche Wasserfälle und Rinnsale. Der Boden spiegelte den tobenden Himmel. Alles funkelte und dampfte, wenn die Wolken der Sommersonne wieder ihr Recht einräumten.

Fenna und Resea begegneten sich täglich, als wäre zwischen ihnen nichts Bedeutsames vorgefallen. Resea schien sich sogar wieder mehr anzustrengen, bei Gyffs' uderunischem Konditionsprogramm bis zum Schluss jeder Übungseinheit durchzuhalten.

Behnk verlor weiter an Gewicht. Kertz hielt jetzt seine Augengläser sauberer.

Hauptmann Gollberg und seine Erste Kompanie ritten zweimal aus und kehrten zweimal regennass mit leeren Händen zurück.

In der Zweiten Kompanie von Hobock & Sells grassierte ein fiebriger Schnupfen, sodass die Heilerin Ilintu neben Yinn Hanitz noch sechs weitere ihrer zehn Lazarettbetten belegt hatte. Fenna erkundigte sich nach wie vor täglich nach Hanitz. Ein beständiges Auf und Ab, das für Persönlicheres keinen Raum ließ.

In der Dritten Kompanie steckte sich niemand mit Fieberschnupfen an, auch deshalb nicht, weil Fenna und Gyffs die Regentage nutzen wollten, um das Marschieren unter erschwerten Umständen zu üben. So hielt die Dritte sich nur noch zu den morgendlichen – wenngleich verkürzten – Konditionsübungen in der Festung auf. Danach ging es nach Süden hinaus, entweder zu den von Fenna geleiteten Kampfübungen oder zu ausgedehnten Märschen durch prasselnden Regen und knöcheltiefen Schlick.

Die Männer wurden graufarben und mürrisch. Selbst ihre Mahlzeiten mussten sie im Regen einnehmen, und verwässerter Kartoffelbrei schlug allen aufs Gemüt.

Garsid wollte in diesen Tagen mit Leutnant Fenna unter vier Augen sprechen.

»Also, was gibt es, Soldat Garsid?«

»Leutnant, es schmeckt mir nicht, von einer Frau herumkommandiert zu werden. In Galliko gibt es so was nicht. Da tun die Weiber ihre Arbeit hinterm Herd und bei den Kindern und mischen sich nicht ins Kriegshandwerk drein, so wie wir ihnen nicht sagen, wie sie den Kindern die Brust zu geben haben. Das ist unnatürlich.«

»Unnatürlich? Selbst unser König ist eine Frau.«

»Ja, und? Die erteilt mir doch keine Befehle. Die ist nur ein … Sinnbild, wie eine Galeonsfigur.«

»Nein, Garsid, da irrst du dich. Die Königin ist die oberste Befehlshaberin der Armee des Kontinents. Alle Generäle tun nur das, was sie anordnet. Du trägst die Uniform der Armee der Königin. Du dienst also einer Frau.«

»Aber dagegen kann man nichts machen! Was kann ich dafür, dass die Königin ein schönes Weib ist? Soll ich deshalb nicht zur Armee gehen?«

»Genau das ist die Antwort auf deine Frage: Sollst du deshalb auf irgendetwas verzichten? Warum denn? Wo liegt überhaupt der Unterschied? Wenn Leutnant Gyffs ein Mann wäre – wäre der Regen jetzt weniger nass, deine Kleidung weniger klamm, deine Haut weniger aufgescheuert vom nassen Zeug, dein Magen weniger leer, deine Füße weniger müde? Denk mal ein bisschen nach, bevor du mich mit diesem Unfug belästigst, und jetzt marsch, marsch zurück ins Glied!«

Fennas Zusammenarbeit mit Gyffs gestaltete sich kompliziert, aber nicht hoffnungslos. Meistens ließ er sie einfach machen. Mit ihrer Prinzipienreiterei und der ihr in Uderun eingebläuten Korrektheit brachte sie ihn so manches Mal zur Weißglut, aber er dachte in den Nächten viel darüber nach und kam zu dem Schluss, dass es sich nicht lohnte, dagegen aufzubegehren. Der Unterschied zwischen einer Akademieoffizierin aus Uderun und ihm selbst war kleiner, als er sich das anfangs eingeredet hatte. Sie hatte noch keine Erfahrung, das war aber auch schon alles. Die soldatischen Regeln jedenfalls beherrschte sie besser als er. Und was war Erfahrung schon wert? Außer den wenigen Überlebenden des Affenmenschenfeldzuges gab es niemanden auf dem Kontinent, der echte Erfahrung in einem Krieg gegen die Affenmenschen besaß. Und da dieser Feldzug eine Katastrophe gewesen war, konnte man dieser Erfahrung keinen besonderen Wert beimessen. Dann gab es einige Offiziere, die Erfahrungen im Kampf gegen Skerber und Wandryer Freibeuter hatten, aber auch dies war ohne Belang für die Lage in der Festung Carlyr. Dann gab es einige Offiziere, die nun gegen die *Heugabelmänner* vorrückten, aber auch dieser Kampf gegen eine bewegliche, marodierende Horde war nicht zu vergleichen mit der Ausgangssituation angesichts der Affenmenschen, die einen Landstrich von der Größe der Klippenwälder beherrschten. Betrachtete man eine Karte des Kontinents, sah man, dass das Land der Affenmenschen etwa ein Achtel der gesamten bekannten Welt ausmachte. Ein unüberschaubar riesiges

Gebiet. Auch Fennas eigene Erfahrungen in Chlayst waren zu spezifisch, um dabei behilflich zu sein.

Fenna fühlte sich nutzlos, von Tag zu Tag mehr.

Vielleicht war es die sengende Sonne, die die Festung selbst an den Regentagen in einen wasserdampfenden Backofen verwandelte und ihn erneut dankbar sein ließ für die Schatten spendenden Klippen links und rechts, die er immer wieder so beargwöhnt hatte. Oder vielleicht waren es die schleppenden Fortschritte der Grünhörner. Oder die allgemeine, stagnierende Festungsatmosphäre mit dem immer wieder sinnlos ausreitenden Gollberg und seinen Matsch aufwirbelnden Mannen. Oder die Tatsache, dass die Affenmenschen überhaupt nicht angriffen, *nie* angriffen, wenn man sich die Geschichte der Festung Carlyr betrachtete. Oder die Feststellung, dass es zwischen ihm und Ilintu überhaupt nicht vorwärtsging. Was auch immer: Fenna fühlte sich, als sei er nach Carlyr abgeschoben worden, um an den gravierenden, sich überall ereignenden Veränderungen des Kontinents keinen Anteil mehr haben zu können.

Durch Postreiter kamen Neuigkeiten in die Festung. In Furbus hatte ein königliches Bataillon gegen die *Heugabelmänner* gekämpft und war zurückgeschlagen worden. In Wandry war der Stadtkapitän bei einer geheimnisvollen Detonation ums Leben gekommen. Wandry hatte sich daraufhin ebenso von den Gesetzen der Königin losgesagt wie Skerb, und anstatt einer schwelenden Rivalität zwischen diesen beiden Städten tobte nun ein offener Krieg in der Glutsee. Ein seltsamer Prediger namens Janther Gringarioth Lessett zog durchs Land und scharte Anhänger um sich im Namen einer neuen oder vielleicht auch uralten Religion des *Einen Gottes*, die den Anspruch der rinweschen Königslinie auf den Thron nicht akzeptierte. In der Nähe des Lairon-Sees hatte eine Schwarzwachsmine der Königin geschlossen werden müssen, nachdem sie von mehreren Horden Aufständischer attackiert worden war.

Nur hier oben blieb alles ruhig.

Das magische Feuer jenseits der Felsenwüste brannte mit waberndem Hauch.

So kam der Feuermond.

11

In der Nacht auf den ersten Tag des neuen Mondes hatte Yinn Hanitz einen heftigen Anfall. Ilintu holte Fenna aus dem Bett. Nur mit einem Lendentuch bekleidet folgte der Leutnant der Heilerin in das von schnupfenden Zweiten annähernd voll belegte Lazarett. Hanitz stand aufrecht im Bett und deklamierte in der Haltung eines Irrsinnigen mit völlig verzerrtem Gesicht, während ihm Harn aus dem Glied rann: »Wo sind die Sternentage hin? Sie haben uns die Tage genommen, um daraus Landschaften zu machen! Sie brauchten die Zeit, Zeit ist Stoff, Zeit ist Stoff für Romane und Gedichte! Reimen wir uns, oder sind wir misslungen? Die Hand, die sich erhebt, muss herunterkommen. Die Hand, die den Stein wärmt, lässt mein Herz gefrieren! Wir laufen gegen Mauern, gegen Mauern, gegen Mauern, das Blut wird uns erschauern, erschauern, erschauern. Wir laufen gegen Wände, gegen Wände, gegen Wände, das sind eiskalte Hände, eiskalt, eiskalt, das Licht wird unser Ende, das Licht, das Licht! Ich vergesse, was ich esse, ich vergesse meine Fresse in der Esse in der Messe in der Blässe meiner Nässe, woran zu denken ich auf keinen Fall vergessen durfte! Das Feuer brennt, die Hand kommt herab, der Gedichtemann tut Böses an! Tut Böses an!« Es gelang Fenna, Ilintu und zwei helfenden Soldaten der Zweiten Kompanie, Hanitz in eine liegende Position zu bringen. Ilintu brachte Tücher, um den Urin aufzusaugen. Hanitz lallte nun nur noch und wiederholte immer wieder: »Die Hand ist ohne Schrift, ohne Schrift, ohne Schrift …«

»Und ich dachte, ich könnte ihn bald entlassen«, ächzte Ilintu.

»Ist das normal?«, erkundigte sich Fenna. »Es wirkt fast, als würde er Visionen empfangen oder etwas in der Art.«

»War er denn vorher magisch begabt?«, fragte ihn die Heilerin.

»Sicherlich nicht. Er erzählte etwas davon, dass er bei einem Holzhändler gearbeitet hat, als Geselle oder so was. Dann hat er sich als Rekrut zur Armee gemeldet. Das klingt mir nicht nach einem Magier.«

»Manche Magier wissen nichts von ihrem Talent. Wenn es nie gefördert wurde. Aber dann wiederum: Was ist eine Vision? Vielleicht nichts anderes als ein Gewitter im Kopf. Sein Kopf ist kaputtgegangen und heilt nun langsam. Vielleicht sieht es in seinem Inneren so aus wie draußen am Himmel in den letzten Tagen.«

Grübelnd verließ Fenna das Lazarett. Irgendetwas an dem, was Hanitz und Ilintu gesagt hatten, stieß ihm merkwürdig auf. *Die letzten Tage. Die Sternentage.* Hatten nicht eigentlich zwischen dem Sonnenmond und dem Feuermond vier Tage liegen müssen, von den Astronomen eingefügt, um den Kalender der Könige den Konstellationen des Sternenhimmels anzugleichen? Aber wahrscheinlich irrte er sich, und die Sternentage kamen erst im nächsten Mond. Niemand sonst schien etwas zu vermissen. Die Festung versah ihren Dienst und schrieb den 1. Feuermond. Also vergaß auch Fenna diesen kurzen Moment des Zweifels und wandte sich wieder den dringlichen Aufgaben seines Armeealltags zu.

In der ersten Woche des Feuermonds bekamen die Grünhörner ihren ersten Sold ausgezahlt. Es war nicht viel Geld – die einfachen Soldaten bekamen vier Rinwetaler pro Dienstmond, die Leutnants immerhin acht –, aber bis auf Garsid und von den Holtzenauen freuten sich alle darüber, zusätzlich zu Kost und Logis überhaupt noch »Spielgeld« ausgehändigt zu bekommen. Von den Holtzenauen schien über eigene Geldmittel zu verfügen, ihm bedeuteten die paar Taler nicht viel. Garsid dagegen fand den Sold eines einfachen Soldaten erbärmlich und an der Grenze zur Beleidigung. Die Männer wimmelten in ihrer Freizeit in die Mannschaftsmesse, um das Geld mit Würfel- und Kartenspielen, Leckereien, die nicht auf der Essensordnung standen, und alkoholischen Getränken wieder in den wirtschaftlichen Kreislauf der Festung zurückzuführen.

In der Dienstzeit drängte Leutnant Gyffs auf Fernwaffenübungen. Sie war immer noch davon überzeugt, dass eine schlagkräftige Fernbewaffnung im Kampf gegen Affenmenschen von entscheidender Bedeutung sein würde. Also ließ sie die Männer mit Langbögen antreten, und es kam einem mittleren Wunder gleich, dass »Scheusal« Kertz niemanden erschoss, denn einer seiner fehlgehenden Pfeile surrte nur um Fingersbreite an Ellister Gilker Kindems Kopf vorbei. Der Klippenwälder verlor daraufhin die Beherrschung und stürzte sich auf Kertz. Es kam zu einer rüden Prügelei, bei der Kertz sich aufgrund seiner todesverachtenden Wildheit erstaunlich gut gegen den einen Kopf größeren Kindem behaupten konnte. Deleven, von den Holtzenauen und Fenna trennten die beiden und bekamen dabei selbst einiges ab. Gyffs und Fenna verhängten einen

Tag Stubenarrest für Kertz und Kindem in ihrem gemeinsamen Raum F.

Daraufhin begehrte nun wieder Resea auf, der sich die ganze Woche über recht gut betragen hatte, so als hätte sein Kampf gegen Fenna die in ihm aufgestauten Frustrationen entladen. Nun jedoch beschwerte er sich, dass er aufgrund eines harmloseren Vergehens ins Gefängnis gesteckt worden war, während alle anderen offensichtlich immer nur Stubenarrest bekamen. Er erhielt daraufhin ebenfalls Stubenarrest, ebenfalls in Raum F.

Nun beschwerte sich zum ersten Mal in seinem Leben der so überaus korrekte Bujo Stodaert. »Mit Verlaub, werte Leutnants, aber wenn mein Raum, Raum F, nun zur Arrestzelle für drei Delinquenten umdefiniert worden ist, fühle ich mich, als einziger Undeliquentierter dieses Raumes, ungerecht mit eingebunden.«

Fenna, ohnehin bereits durch die Schläge, die er von Kertz und Kindem hatte einstecken müssen, gereizt, schnauzte: »Wenn ich dir *auch* einen Tag Arrest aufbrumme, bist du nicht mehr *ungerecht* mit eingebunden!«

Stodaert behielt sowohl seine tadellose Haltung als auch sein empört zurückgeschobenes Kinn bei. »Mit Verlaub, Leutnant – bedeutet dies, dass ich aufgrund meiner *Zimmerzugehörigkeit* kriminalisiert werde?«

»Aber mitnichten«, beeilte sich Leutnant Gyffs zu beschwichtigen. »Niemand wird hier ungerecht behandelt!«

»Dass ich nicht lache!«, rief Resea. »Ich bekomme dieselbe Strafe wie diejenigen, die mit Pfeilen aufeinander schießen, nur weil ich etwas *gesagt* habe!«

»Ich habe nicht mit einem Pfeil auf jemanden geschossen!«, beklagte sich nun Kindem, und der gesamte Tumult begann von Neuem, weil Kertz sich unmotiviert wieder auf Kindem hechtete, während dieser sich Resea vorknöpfte. Von den Holtzenauen und Deleven wurden nun bei den

Beschwichtigungsversuchen sogar getreten. Daraufhin rastete Nilocas Deleven aus, auf eine Art, die sogar Fenna erschreckte. Mit harten, präzisen Kinnhieben schlug er erst Kertz und dann Kindem zu Boden. Kertz rappelte sich gleich wieder auf und gebärdete sich wie ein wildes Tier, während Kindem bewusstlos liegen blieb. Die gesamte Dritte Kompanie verwandelte sich nun in ein brodelndes Knäuel, weil Teppel und Ekhanner sich auf Deleven stürzten, während Emara, Nelat und Jonis sie festzuhalten versuchten. Auch Fenna und Gyffs gerieten mitten in den Tumult. Einzig Garsid und der immer noch in Habtachtstellung dastehende Stodaert waren nicht in den Krawall involviert.

Der Tumult endete, als Hauptmann Gollbergs lautes, lederbehandschuhtes Beifallsklatschen hörbar wurde. »Großartig, großartig, meine Herren, dieser Einsatz, diese Leidenschaft!«, sagte er mit beißendem Spott. »Aber ich dachte, das Manöver beginnt erst in über zwei Wochen.«

Es gelang Leutnant Gyffs, sich aus dem Pulk zu lösen, ihren Hauptmann angemessen zu grüßen und zu sagen: »Übung in dynamischer Konfliktlösung, Hauptmann. In Uderun das Neueste vom Neuesten.«

»Eine Art … Rollenspiel, also?«

»Ja, genau, Hauptmann.«

»Na fein. Sieht vielversprechend aus. Genauso geht es bei den Affenmenschen auch zu. Davon können wir anderen dann viel lernen. Weitermachen, Leutnant Gyffs.«

Leutnant Gyffs salutierte knallend. Gollberg ging lachend ab.

Von diesem Moment an war auch Leutnant Gyffs besessen von der Idee, Hauptmann Gollberg im Manöver zu besiegen.

Am Abend auf ihrem Zimmer hielten Fenna und Gyffs Kriegsrat. Der Tag hatte einige Opfer gekostet. Der wieder aufgepäppelte Kindem, Kertz und Resea hatten einen Tag Stubenarrest in Raum F. Deleven musste sogar 24 Stunden in einer Kerkerzelle absitzen. Stodaert war lediglich nahegelegt worden, für eine Nacht in Raum I umzuziehen, was dieser auch in Anspruch genommen hatte.

»Wenn wir uns wirklich effektiv auf das Manöver vorbereiten wollen, müssen wir mit den Männern *Die Flagge erobern* üben«, begann Loa Gyffs. »Um *Die Flagge erobern* üben zu können, müssen wir die Kompanie in zwei Mannschaften aufteilen. Ich würde vorschlagen, wir teilen die Kompanie *dauerhaft* in zwei Teile. Zwei Züge à sechs Mann unter einem Korporal. Die Korporale werden Stodaert und Resea.«

Fenna kippte beinahe vom Schemel. »Stodaert?! Und Resea? Wie kommst du denn ausgerechnet auf diese beiden?« Seit ein paar Tagen duzten sie sich. Während einer hektischen Übung war es zum ersten Mal passiert, und sie machten beide keine große Sache daraus. Man rückte zwangsläufig enger zusammen, wenn man einen Haufen Grünhörner kommandierte.

»Nun, ganz einfach. Stodaert ist der Einzige, der über genügend militärische Disziplin verfügt, um sachgerecht ein Kommando zu führen. Und Resea ist einfach der Beste von allen. Jede Übung, die wir machen, absolviert er einwandfrei, und er hält sich dabei noch zurück, um die anderen nicht zu blamieren.«

»Ja, richtig: Er hält sich zurück aus Rücksicht auf die anderen«, sagte Fenna höhnisch. »Bei Gelegenheit leihe ich dir mal Kertz' Augengläser, damit du sehen kannst, was da wirklich vor sich geht. Aber von seinen Motiven mal ganz abgesehen: Resea als Korporal ist deswegen keine schlechte Idee, weil wir ihm dadurch, dass wir ihm die Verantwortung für sechs Mann übertragen, Zügel anlegen. Ansonsten bekommen wir den niemals gebändigt, niemals.«

»Also Resea.«

»Wir können es probieren. Von mir aus.«

»Und wen würdest du vorschlagen außer Stodaert? Von den Holtzenauen ist zu weich, der würde sich niemals durchsetzen können.«

»Deleven.«

»Deleven? Nach dem, was er sich heute geleistet hat?«

»Deleven ist meiner Meinung nach der beste Mann. Hobock sah das genauso. Außerdem passt es doch gut: Sowohl Resea als auch Deleven waren schon einmal im Festungsknast.«

»Hm. Ich frage mich, ob wir damit nicht ein falsches Signal setzen würden. So, als ob man im Knast gewesen sein müsste, um bei uns Korporal werden zu können.«

»Da hast du recht. Das könnte gefährlich werden.«

»Wenn jemand wie Kertz sich vornimmt, in den Knast zu kommen ...«

»Hör bloß auf.« Fenna schüttelte sich. »Also geht das mit den beiden nicht, obwohl sie die besten dafür wären?«

»Wir müssen strategisch vorgehen. Ich sage: Stodaert und ... MerDilli! Der kann sich durchsetzen, dem kommt niemand frech.«

»Aber er ist zu schwerfällig. In jeder Hinsicht. Ich möchte ihm keine Männer anvertrauen. Warum sagen wir nicht: Emara? Der würde sich vor Eifer zerreißen, wenn wir ihm Verantwortung übertragen.«

»Also gut. Stodaert und Emara.«

Fenna dachte einen halben Sandstrich nach, dann sprang er auf. »Was tun wir denn da? Sind wir irre? Wollen wir die Männer umbringen, wenn es zum Ernstfall kommt? Stodaert und Emara! Die können unsere Grünhörner vielleicht bis zum Manöver führen, aber doch keinesfalls ins Feindesland! Das sind keine Korporale. Nie und nimmer. Wir haben gar keine Wahl: Deleven und Resea. Oder niemand.«

»Oder Garsid.«

»Nein, nicht Garsid.«

»Warum nicht? Einwandfreie Leistung, selbst beim Bogenschießen.«

»Garsid gehört nicht dazu. Ich habe ihn beobachtet in den letzten Tagen. Ich bin sicher, dass er bald ein Abschiedsgesuch einreichen wird.«

»Aber warum?«

»Warte es ab. Ich erkläre es dir hinterher.«

»Und du willst ihn gehen lassen? Wir brauchen so jemanden. Schon beim Manöver. Garsid und Deleven und Resea sind die Einzigen, die es mit Gollbergs Leuten aufnehmen können.«

»Ich weiß. Ich werde tun, was ich kann, um ihn zu halten.«

Die Entscheidung mit den Korporalen wurde aufs Erste vertagt.

Fenna sollte allerdings recht behalten, was Garsid anging. Nur zwei Tage später bat der Gallikoner, der sich weiterhin entgegen Gyffs' Anordnung die Glatze rasierte, Leutnant Fenna um ein zweites Gespräch unter vier Augen. Die beiden spazierten dazu nach Süden aus der Festung hinaus.

»Es tut mir sehr leid, Leutnant Fenna«, begann Garsid, »aber ich finde dieses ganze Uniformtragen einfach … peinlich. Ich meine: Sind wir Männer, oder sind wir Ameisen, die alle gleich aussehen und dasselbe tun? Diese Morgenappelle – das ist doch völlige Kinderei! Damit kann man doch die Affenmenschen nicht beeindrucken!«

»Ich weiß. Aber das ist nun einmal militärische Prozedur. Damit möglichst viele Menschen an ein und demselben Strang ziehen können, ohne sich gegenseitig zu behindern.«

»Aber genau das ist doch der entscheidende Punkt: *Viele* Menschen? Wie viele Soldaten gibt es denn in der Festung? Dreißig plus dreißig plus unsere vierzehn plus ein paar Wachhabende? Das sind doch weniger als hundert! Und wie viele Affenmenschen gibt es? Zehntausende? Hunderttausende? Was wir brauchen, ist nicht Gleichschritt und Masse, sondern … ich weiß auch nicht! Klasse. Wir brauchen Klasse! Einzelkämpfer mit besonderen Fähigkeiten, die sich abheben können von dem ganzen lähmenden Uniformenbrei.«

»In Galliko trägt man keine Uniformen?«

»Nicht im Mindesten. Dort lacht man über Uniformen. Dort kämpft man an vorderster Front, und wenn man die Haare lang haben will oder gar keine Haare, ist das kein Streitpunkt für irgendjemanden.«

»Und keine Frau kommandiert einen dort herum.«

»Genau so ist es!«

»Also stellt sich die Frage: Weshalb bist du hier? Weshalb hast du Galliko verlassen und einen Eid auf die königliche Armee abgelegt? Denn: Hast du einen Eid abgelegt oder nicht?«

»Ja, … ich habe … den Eid angelegt, aber …«

»Aber? Was gibt es bei einem Eid denn für ein *Aber*? Haltet ihr das in Galliko so? *Ich habe zwar geschworen, meinte aber eigentlich etwas ganz anderes*?«

»Nein, ich …«

»Niemand hat dich gezwungen, nach Carlyr zu kommen und der Armee beizutreten. Und selbst wenn dich jemand gezwungen hätte, falls du eine Wette verloren hast oder etwas Ähnliches – das spielt jetzt keine Rolle mehr. Du hast einen Eid geleistet, und das ist eine bindende Sache. Also hör auf, dich jetzt dauernd zu beklagen über weibliche Offiziere oder Uniformen oder – was kommt als Nächstes? – dass die Betten zu hart sind oder das Essen nicht schmeckt oder die Mücken nachts zu laut im Zimmerchen summen? Du benimmst dich nicht wie ein Gallikoner, sondern wie ein verwöhntes Stadtmädchen auf seiner ersten Landpartie. Und ich werde das nicht dulden, ich stecke dich für eine ganze Woche in den Knast, wenn du dich nicht endlich mal zusammenreißt. Haben wir uns da verstanden, Soldat Garsid?«

Garsid schwankte zwischen Auflehnung und Unterwerfung. Er war genau auf der Kippe.

»Ich warte auf eine Antwort, Soldat Garsid«, verstärkte Fenna den Druck.

Garsid senkte den Blick als Erster. »Ich … habe verstanden, Leutnant Fenna.«

»Ausgezeichnet.« Fenna schlug jetzt schnell einen versöhnlicheren Tonfall an. »Gesuche um Entlassung aus der Armee akzeptiere ich frühestens nach einem halben Jahr Dienstzeit, alles andere widerspräche der Ernsthaftigkeit eines Eids. Bis dahin behältst du deine Meinung, was dir hier alles nicht passt, für dich. Und was deine Glatze angeht … von mir aus kannst du sie dir weiterhin rasieren. Es gibt kein Gesetz in der Armee gegen *zu kurz*.«

»Na gut. Danke, Leutnant Fenna.«

Damit war das Thema erledigt. Fenna wischte sich den Schweiß aus dem Nacken, als Garsid ihm voran Richtung Festung zurückging.

Die grauen Mauern, das schwarze Tor mit dem Turm.

Aus dem Hof drangen die Rufe der übenden Dritten und der exerzierenden Zweiten.

Unter der Sonne schlugen an diesem Tag die ledernen Flügel mehrerer vogelähnlicher Tiere aus der Felsenwüste und wischten vergängliche Schatten über Carlyrs mauerummantelte Zusammenrottung aus Gebäuden.

»Was sind das eigentlich für Viecher?«, fragte Fenna den Gallikoner.

»Echsengeier.« Garsid grinste. »Wenn man noch nicht tot genug ist, helfen sie schon mal nach.«

»Aus der Felsenwüste?«

»Ja, aus dem Inneren. Manchmal tauchen auch welche über Galliko auf.«

»Und hier warten sie darauf, sich auf jemanden im Festungshof stürzen zu können?«

»Ich glaube, sie sind eher an den Abfällen interessiert, die über die Nordmauer gekippt werden. Das hat mir einer von der Ersten erzählt, dass dort ein großer stinkender Haufen Unrat wuchert, aber mit eigenen Augen habe ich ihn noch nicht gesehen, man lässt uns ja nicht nach Norden raus.«

»Das kommt schon noch, Soldat Garsid. Das kommt schon noch früh genug.«

Die Echsengeier kreisten noch lange. Fenna bezweifelte, dass sie nur auf Abfall aus waren, denn dann hätten sie ja nicht zu kreisen brauchen.

Zweiter Teil

Manöver

Mit den zielgerichteten Übungen zum Gewinnen des Manövers begannen die beiden Leutnants Fenna und Gyffs am 14. Feuermond.

Vorausgegangen war am Abend zuvor ein Gespräch auf ihrem Zimmer.

»Ich weiß jetzt, wie wir Gollbergs Erste Kompanie fertigmachen können«, hatte Fenna zu Gyffs gesagt. Beide hatten in der Offiziersmesse noch etwas getrunken – Gyffs maßvoll, Fenna ein wenig über den Durst – und hatten sich dann auf ihr Zimmer zurückgezogen, um bei ihren strategischen Gesprächen nicht belauscht werden zu können. »Etwas, was Garsid neulich zu mir gesagt hat: *Wir brauchen nicht Masse, sondern Klasse.*«

»Wir haben beides nicht«, hatte Gyffs geseufzt.

»Ich weiß. Aber wir können aus unserer Not eine Tugend machen. Gollbergs Leute sind alle gleich. Wie hübsche Blumen, aufgereiht in einem ordentlichen Beet. Bei uns dagegen wächst alles durcheinander. Wir haben einen Kohlkopf, ein paar Veilchen, eine Rosenhecke, ein paar Beeren, sogar einen Baum. Damit werden wir sie fertigmachen.«

»Und wie?«

»Indem wir unsere Taktik maßschneidern wie die Klejahn ihre Uniformen. Behnk ist schwer und langsam – also soll er nicht schnell sein, sondern die Gegner behindern. Kertz ist grob und gefährlich – also soll er den Gegnern Angst einjagen. Zwei von uns sind richtig schnell: Nelat und Deleven.« Kurz hatte Fenna an Jamu Scapedo zurückgedacht, der beim Rennen der Schnellste von allen gewesen war, aber was nützte es, wenn diese Schnelligkeit sich gegen die Kompanie richtete? »Wir werden diese Schnellen von den Schwerfälligeren abschirmen und einen ganz eigenen, speziell auf unsere Kompanie zugeschnittenen Stil entwickeln, die Flagge zu erobern.«

»Diese Flagge«, hatte Gyffs mit nachdenklichem Blick gesagt, »wird doch gewiss nicht von diesem General mitgebracht. Das bedeutet, sie liegt irgendwo im Zeughaus herum.«

»Sicher.«

»Wenn wir sie uns ausleihen, könnten wir damit zu hantieren lernen. Ich glaube, ich habe eine Idee, wie wir den Hauptmann tatsächlich überrumpeln können.«

So gingen sie es an. Sie besorgten sich die Königskronenflagge aus dem Zeughaus und führten ihre Kompanie am 14. nach Süden aus der Festung, damit ihre speziellen Übungen nicht beobachtet werden konnten. Gyffs schärfte den Männern ein, dass die Flagge auch zu Übungszwecken nicht beschmutzt oder zerrissen werden durfte. »Die Flagge ist etwas Heiliges«, sagte sie immer wieder, »darum geht es bei *Die Flagge erobern.*«

Dann übten sie Spielzüge. Die Kompanie wurde in zwei Hälften aufgeteilt. Dabei gingen die Leutnants alphabetisch vor. Unter dem nur zu Übungszwecken so bezeichneten Korporal Mails Emara kämpften Behnk, Deleven, Ekhanner, Garsid, Jonis und Kertz. Die zweite Gruppe bestand aus Kindem, MerDilli, Nelat, Resea, Teppel und von den

Holtzenauen und wurde von »Korporal« Bujo Stodaert koordiniert.

Diese alphabetische Zweiteilung funktionierte erstaunlich gut. Die beiden schnellsten – Deleven und Nelat – waren auf beide Gruppen verteilt, ebenso die beiden schon vor Tagen abgesprochenen »Korporale auf Probe«. Behnk und Kertz in einer Gruppe verhießen zwar Chaos, wurden aber durch Deleven und Garsid wieder aufgefangen und gelenkt, während in Gruppe Zwei MerDilli und Resea als Entsprechung für Deleven und Garsid Kampferfahrung vorweisen konnten. Fenna lenkte beide Gruppen in immer neuen Situationen gegeneinander, während Gyffs den Rest des Tages nutzte, um die Fernwaffenausbildung voranzutreiben.

In der letzten Woche vor dem Manöver, den letzten zehn Tagen des stellenweise geradezu unerträglich heißen Feuermonds, übten Nelat und Deleven unter Gyffs' Kommando jenen Spielzug, der der Kompanie den Sieg bringen sollte. Zu diesem Zweck wurden beide Gruppen wieder zusammengefügt. Das, was Gyffs »die Mechanismen von *Die Flagge erobern*« nannte, war nun allen in Fleisch und Blut übergegangen. Nun kam es darauf an, jedem der vierzehn seine Rolle im Gesamtgefüge zuzuweisen, in einem simulierten und deshalb ins Unendliche verlangsamten Gefecht gegen Hauptmann Gollbergs vierzehn beste Kavalleristen.

Die Dritte Kompanie hielt sich zu diesem Zweck hauptsächlich außerhalb der Festung auf, im sonnenverdorrten südlichen Gebirgsvorland.

Fenna und Gyffs verkörperten Gollbergs Leute, indem sie von einem Grünhorn zum anderen liefen und allen Gegnern somit dieselben zwei Gesichter gaben. Behnk und Teppel bekamen ihre Rollen ebenso zugeteilt wie Deleven und Nelat und alle, deren Schnelligkeit irgendwo dazwischen lag.

Der Staub der Ebene wurde ihnen zu einer Art Kriegsbemalung, die sie abends stolz in die Festung zurücktrugen, als hätten sie in einem Feindesland Beute gemacht.

Am 22. Feuermond entließ die Heilerin Ilintu Yinn Hanitz aus ihrer Behandlung und somit aus der Obhut der Festung Carlyr.

In den letzten Wochen waren Hanitz' wirre Visionen wieder abgeklungen, er hatte viel geschlafen, ausreichend gegessen, schließlich seine Umgebung und die Grünhörner, die ihn ab und zu besuchen kamen – von den Holtzenauen, Nelat und Ekhanner – immer aufs Neue wiedererkannt. Ilintu sagte zu Fenna: »Ich kann nicht ausschließen, dass ein Schaden bleiben wird, aber wie auch immer: Den kann er bei sich zu Hause, im Kreise seiner Familie, sicherlich besser auskurieren als hier.«

Fenna verabschiedete den Rekruten, indem er ihm fest die Hand drückte und ihm die andere Hand auf die Schulter legte. »Es tut mir immer noch leid, was passiert ist, Yinn. Ich wünschte, ich könnte es ungeschehen machen.«

Yinn Hanitz lächelte ins Ungefähre. »Gebt auf Euch acht, Leutnant«, sagte er sehr, sehr leise.

»Wie bitte? Ich habe das leider nicht verstanden …«

»Gebt auf Euch acht, Leutnant. Da gibt es eine Hand …«

»Ja?«

Hanitz betrachtete die Hand des Leutnants, die immer noch auf seiner Schulter lag. »Ich weiß nicht. Worüber haben wir gesprochen? Macht es gut, Leutnant. Tut mir leid, dass ich als Soldat nicht gut genug war.«

»Du hattest drei Punkte in den Kämpfen, Yinn. Du warst nicht im Mindesten *nicht gut genug.*«

»Das wisst Ihr noch? Ich selbst habe es vergessen.«

»Und beim Laufen warst du Zweiter, als der … Unfall passierte. Du wärst am Ende einer der Punktbesten geworden. Es ist ein Jammer, aber vielleicht versuchst du es in einem oder zwei Jahren noch einmal.«

»Ja. Wenn es die Festung Carlyr dann noch gibt.«

Mit diesen Worten ging Yinn Hanitz. Fenna sah zu der Ostmauer hinüber und konnte den Blutfleck immer noch sehen, als einen Schatten über der Patina des Alters.

Zwei Tage später, am 24. Feuermond, beging die Festung den Geburtstag der Königin Thada mit einem abendlichen Besäufnis.

Fenna sprach sowohl Wein, Bier als auch diversen Kräuterschnäpsen in reichlicher Menge zu, während Gyffs sich lieber enthielt. Die Soldaten der Zweiten Kompanie ließen sich volllaufen bis zur Besinnungslosigkeit. Die Grünhörner der Dritten hatten von Gyffs jeder einen einzelnen Trunk erlaubt bekommen, mussten sich also alle zusammenreißen. Hauptmann Gollbergs Soldaten prahlten mit der Wichtigkeit ihrer Missionen jenseits der Gebirgskette. »Es gibt Überlebende da draußen, und niemandem außer uns scheint das zu kümmern!« – »Das heißt *niemanden* außer uns, du Schwachkopf!« – »Warum schickt die Königin nicht schon längst ein gut ausgerüstetes Fünfhunderterregiment in Schwarzwachsrüstungen dort rauf, holt unsere Leute raus und macht reinen Tisch?« – »Weil sie im Osten mit Furbus und Chlayst und im Westen mit Wandry und Skerb alle Hände voll zu tun hat, du Schwachkopf!« – »Ach, sind da etwa auch Soldaten abgeschnitten? Gibt es da Magier, die nicht mehr zurückfinden, ja?« – »Wer weiß, wo es überall Magier gibt, die nicht mehr zurückfinden …« – »Ich höre immer Magier, Magier, Magier! Eine schöne Scheiße haben die Magier uns genützt! Eine schöne Scheiße!« – »Das heißt: eine Schöne scheißen, du Schwachkopf!« – »Halt doch endlich mal dein Maul!« – »Ich bin ja der Meinung«, meldete Leutnant Sells sich zu Wort, mit bereits auffällig schwerer Zunge, »dass der Affenmenschenfeldzug überhaupt kein Fehlschlag war.«

»Überhaupt kein Fehlschlag?«, begehrte sofort einer aus der Ersten auf. »Wisst Ihr denn überhaupt, was Ihr da redet, Leutnant? Wir haben mehr als tausend Mann verloren, und wir finden da oben pausenlos Leichen und Spuren von armen, verwirrten Seelen!«

Leutnant Sells hob bedeutungsvoll einen Finger. »Ja, aber wissen wir denn, was das *Ziel* des Feldzugs war? Vielleicht bestand das Ziel darin, da oben am *Skorpionshügel* ein Feuer zu entzünden, das niemals verlöscht! Und, warst du schon mal am *Skorpionshügel*, mein Junge? Seid ihr schon so weit raufgeritten bei euren tollen Rettungsmissionen? Nein, seid ihr nicht! Da brennt etwas, man kann es spüren, wenn die Sonne sinkt, und das hat hingehauen, das hat ganz und gar geklappt. Und noch etwas. Noch etwas, meine Herren!« Leutnant Hobock versuchte, Leutnant Sells wieder auf den Stuhl zurückzuziehen, doch Leutnant Sells riss sich los. »Die Magier sind alle tot. Das ist gut, oder etwa nicht?«

»Was willst du damit sagen, Teny?«, fragte Fenna, ebenfalls lallend.

»Na, nu, die Königin hat fünfzig Magier zusammengetrommelt, aus allen Himmelsrichtungen und Höhenlagen. Fünfzig von denen! Was für eine Ansammlung an Macht. Und die sind jetzt alle tot. Was, wenn das der Plan war? Eine groß angelegte Magiervernichtungsaktion.«

»Aber warum denn bloß? Die Magier waren doch auf unserer Seite«, zweifelte einer der Soldaten der Ersten.

»Warum denn bloß?«, äffte Sells ihn nach. »Weil Magier eine Gefahr sind! Eine Gefahr für uns alle! Wer weiß denn, wie es bei denen im Oberstübchen aussieht? Welchen Hass oder welche Verachtung sie mit sich herumtragen für uns Normalsterbliche? Ich sage: Traue keinem Magier! Ich hab mal einen gesehen, der konnte ein Blatt Papier zusammenknüllen, ohne sich überhaupt im selben Raum aufzuhalten wie das Blatt Papier. He, wie soll man so einem trauen können, he? Wie?«

Die Diskussion ging noch lange weiter, wurde aber zunehmend zusammenhangsloser. Irgendwann stimmte man gemeinsam ein grölendes Lied an – *Unter dem Flieder sehen wir uns wieder* –, dann brach erneut Zank aus, man schubste sich sogar, dann erzählte einer einen Witz – *Kommt ein Untergrundmensch zum Oberst* –, und alles lachte wiehernd durcheinander.

Leutnant Loa Gyffs hörte sich aufmerksam alles an und machte sich in Gedanken Notizen. Hauptmann Gollberg und der Oberst waren nirgendwo zu sehen; sie tranken, wenn überhaupt, in Jenkos Büro. Von den Soldaten der Dritten Kompanie rührten nur zwei keinen Alkohol an: Gerris Resea, der düster um sich schaute und dabei auch viermal den Blick mit Gyffs kreuzte, und Ildeon Ekhanner, der von Tag zu Tag mehr in seinem Glauben aufging, bei jeder sich bietenden Gelegenheit betete und für sich selbst Fastenregeln aufstellte, die ihm wahrscheinlich auch das Trinken untersagten.

Gyffs musste Fenna stützen, damit dieser überhaupt in ihre gemeinsame Unterkunft zurückfand. Mitten auf dem Hof hatte Fenna die Idee, ein Tänzchen mit ihr wagen zu wollen, doch es gab nirgends Musik, also konnte sie ihm diesen Blödsinn ausreden. Sie brachte ihn ins Bett, zurrte die Vorhänge besonders fest zu, lauschte seinem Geschnarche, das in sich dermaßen unruhig war, dass jeder Atemzug anders klang als der vorhergehende, und lag noch die halbe Nacht wach, in Gedanken bei Uderun und dem gestrengen Reitlehrer, der nur zu ihr immer auffallend nett gewesen war.

2

Drei Tage vor dem großen Ereignis begann die Festung Carlyr sich herauszuputzen.

Die Mauern und Gebäude wurden geschrubbt, der Hof gefegt, die Fenster gewaschen, die Zweite und Dritte Kompanie zu diesen Aufgaben herangezogen. Gollbergs Erste hatte sich wohlüberlegt ins Feindesland verdrückt.

Die Arbeit war nicht allzu schwer und machte sogar Spaß – einzig das tiefschürfende Reinigen der Latrinen war grässlich, und das übernahmen unterwürfig die Soldaten von Hobock & Sells freiwillig –, aber es war doch überraschend, wie schnell alles Waschwasser schwarz wurde und um wie viel heller alle Bauten nach dem Schrubben aussahen. Es wirkte, als würde das Land der Affenmenschen kontinuierlich rußen, und sich dieser Ruß als trockene, unfettige Schicht immer wieder aufs Neue über Carlyr legen. Die Festung erstrahlte hinterher wie frisch gehäutet. Einzig Fenna war zerknirscht, weil selbst nach dieser Häutung Yinn Hanitz' Blutschatten immer noch an der Ostwand zu sehen war.

Am Tag vor dem Manöver wurden oben auf der *F & L* eine Lehnensitzbank und eine niedrige Balustrade in die dafür vorgesehenen Auslassungen montiert. An dieser Arbeit beteiligten sich Fenna und Gyffs, und beide genossen den ungewohnten Ausblick über die Festungsanlage.

»Bist du eigentlich schon einmal auf einem der Türme gewesen?«, fragte Gyffs.

»Noch nie. Seltsam eigentlich, dass ich noch gar nicht daran gedacht habe.«

»Das solltest du unbedingt mal nachholen. Ich war schon einmal auf dem Nordturm, damals, bei der Besichtigung. Man kann weit ins Affenland hineinblicken.«

Fenna wunderte sich wirklich, dass er noch nie auf diesen Gedanken gekommen war, und beschloss, dieses Versäumnis augenblicklich nachzuholen. Die Männer waren alle gut beschäftigt. Jonis, Ekhanner, Kindem und Stodaert schüttelten gerade zu viert einen Teppich aus dem Lazarett aus. Garsid war oben auf dem Mauerumlauf zu sehen und fegte. Vor wenigen Augenblicken hatten auch MerDilli und Kertz geschäftig den Haupthof überquert.

Fenna erstieg den Nordturm, den höheren der beiden. Die Wendeltreppe im Inneren war verschattet und muffig. Hier hatte niemand geschrubbt, denn General Feudenstich war viel zu alt, um noch auf Türme zu kraxeln. Nach etlichen Umrundungen kam Fenna oben an. Hier wehte tatsächlich ein Lüftchen unter dem strahlend blauen Himmel, während unten im Hof alles windstill war.

Der Ausblick war beeindruckend. Der weibliche Wachtposten, der angesichts des Leutnants Haltung angenommen hatte, lächelte stolz, als Fenna tief einatmete.

Die Festung war ein Bienenstock. Deleven und Nelat waren zu sehen, wie sie dem Zeugmeister zur Hand gingen. Resea schwatzte mit drei Wäscherinnen, die sich vor Lachen bogen. Emara half einigen von der Zweiten dabei, das *Die Flagge erobern*-Feld für den morgigen Tag abzustecken. Garsids Glatze glänzte von hier oben wie eine Krone. Die

Kompanien waren bunt durchmischt. Carlyr summte vor Heiterkeit und Fleiß.

Dann wandte sich der Leutnant um und blickte nach Norden. Das Gebirge war an dieser Stelle tatsächlich so schmal, dass keine Massive mehr den Blick verstellten. Das Feindesland war von Dürre und Kargheit gezeichnet, eine gelbgraue Karstwelt. Von giftigen Dämpfen war nichts zu sehen, auch nicht von Echsengeiern, Affenmenschen oder Gollbergs Reitern. Fenna schnupperte. Da war er wieder, dieser eigentümliche, nicht uninteressante Geruch nach verbrannten Kräutern, der unten zumeist von den Festungsgerüchen überdeckt wurde.

»Weißt du, was da so riecht?«, fragte Fenna die Wachhabende.

»Dieses … Verbrannte?«

Fenna nickte.

Die Wächterin schüttelte den Kopf. »Keine Ahnung, Leutnant, tut mir leid. Ich war noch nie da draußen. Mich erinnert der Geruch immer an die Küche meiner Mutter. Klingt seltsam, ist aber so. Gebratenes Fleisch, scharf gewürzt, leicht verbrannt. Macht mir Hunger, dieser Geruch.«

»Roch das schon immer so, oder erst seit dem Feldzug?«

»Das roch schon immer so. Zumindest seit ich hier Dienst tue, seit sieben Jahren. Was neu ist, ist dieses Flimmern in der Nacht, wie bei großer Hitze. Und manchmal, bei Wind aus dem Norden, auch ein neuer Geruch: nach einer Esse. Schmiedsfeuer. Das gibt es erst seit dem letzten Winter.«

»Schmieden die Affenmenschen sich Waffen?«

»Ich habe keine Ahnung, Leutnant. Wirklich nicht. Tut mir leid.«

Fenna nickte und ging wieder nach unten. Das Geschnatter der Stimmen umwirbelte ihn, erdete ihn und holte ihn in die Wirklichkeit zurück.

Am späten Nachmittag traf die Kutsche des Generals so pünktlich ein, dass man die Sanduhr nach ihr hätte stellen können.

Zum allgemeinen Entzücken war der greise General Alx Feudenstich nicht allein gekommen, sondern in Begleitung dreier ausnehmend appetitlicher Stadtdamen, seiner »äh, ... Großnichten«, wie allgemein gemunkelt wurde. Die drei – eine blond, eine rothaarig, eine dunkelhäutig und schwarzlockig – umschwirrten den General lachlustig und fächerflatternd. Gerris Resea war zur Stelle, um die Damen galant zu begrüßen und sich zu empfehlen. In der sich rasch bildenden Traube von Bewunderern konnte Fenna allerdings – unter einem Drittel der Zweiten Kompanie – auch Behnk und Emara ausmachen.

General Feudenstich war ein klapperiges Männlein mit weit ausgestellten, krummen Beinen. Er trug eine Schmuckuniform, deren unzählige Zierorden mit ihrem sicherlich nicht unbeträchtlichen Gewicht womöglich für seine stets eingeknickten Knie verantwortlich waren. Immerhin stützte sich der schätzungsweise Achtzigjährige auf einen Stock mit goldenem Adlerknauf.

Oberst Jenko war höchstpersönlich an die Kutsche geeilt, um den alten General zu begrüßen. Worte wie »Tadellos« und »Bestens, bestens« wurden gewechselt, dann führte der Oberst den General und seine »äh, ... Großnichten« in ihre Unterkünfte im Obergeschoss der *Führung & Leitung*, wo auch sein Büro lag. Bis in die Dunkelheit hinein konnte man von dort dann das Klirren von Fairaier Kristallgläsern und das Gelächter der Damen hören. Hobock & Sells improvisierten vor der Fassade mit ihren auf Hauptmann Veels' Blasinstrumenten spielenden Kompaniemusikanten eine Art Serenade, die erst richtig gefühlvoll wurde, als Leutnant Hobock eine Laute hervorholte und mit sanfter, aber nichtsdestotrotz eindringlicher Stimme zu singen begann:

Denk nicht, dass ich nichts Besseres zu leben wüsste,
Anstatt dorthin zu zieh'n, anstatt dorthin zu zieh'n,
Wo die Ungeheuer und die Geisterfürsten
Allenthalben nur nach meiner Seele dürsten.
Denk nicht, dass ich vom Herzen her nicht bleiben müsste,
Anstatt dorthin zu zieh'n, anstatt dorthin zu zieh'n,
Wo die Berge und die Wolken sich verschränken,
Um mich in einen viel zu frühen Tod zu lenken.
Denk nicht, dass ich nicht zu schätzen wüsste
Das Blau deiner Augen, das Blau unseres Himmels,
Doch wenn ich nicht ginge,
Würden sie dich blenden,
Würden Blau und die Dinge
Für immer beenden.

Fenna staunte. Der Text war natürlich sentimentales Zeug aus König Rinwes Ära, typisch für die Zeit des Feldzuges gegen den Geisterfürsten, aber das Arrangement der Instrumente war ungewöhnlich. Das Zusammenspiel der leise gespielten Bläser mit der Laute und dem vibrierenden Gesang war aller Ehren wert.

Gyffs jedoch schnaubte nur. »So sind sie, die Männer: Den Tag über schaben sie in der Latrine herum, und am Abend glauben sie, uns dann durch Gesang betören zu können.«

»*Uns*?«, hakte Fenna lächelnd nach. »Euch Frauen? Ich dachte, in dieser Konstellation bist du nicht die angeschmachtete Schöne auf dem Balkon, sondern eher der Soldat, der ins Feld muss.«

»Na ja. Kann schon sein. Jedenfalls werde ich nicht so schwülstig singen, wenn es so weit ist.«

Den Damen des Generals jedenfalls schien es zu gefallen. Sie zeigten sich und ihre tief ausgeschnittenen Abenddekolletés am Fenster, prosteten den Musikanten mit hohen

Gläsern zu und warfen Leutnant Hobock sogar eine Blume aus einer der Vasen des Obersts hinunter, die dieser sich zwischen die Pferdezähne klemmte, als er sich abschließend bodentief verbeugte.

Vor dem Einschlafen grübelte Fenna nach über die längst vergangenen Zeiten, als der Feind noch so eindeutig gewesen war. Der Geisterfürst hatte in den Sonnenfeldern ein Reich des Schreckens errichtet, eine lichtlose Einöde, in der graubrauner Rauch die Atemluft ersetzte. Heute musste man entweder tief in unbekanntes Land hineinmarschieren, um die Gegner überhaupt zu Gesicht zu bekommen, oder man kämpfte gegen Menschen, die vor kurzer Zeit noch königstreu gewesen waren, oder man versuchte vergebens, giftiges Gas aus der Stadt zu fuchteln. Die Zeiten waren schwieriger und komplizierter geworden. Für Heldenlegenden und -gesänge ließ sich kein neuer Stoff mehr finden.

Der Tag des großen Manövers dämmerte in wässrig wirkenden Rottönen.

Leutnant Fenna und Leutnant Gyffs hielten auf dem beinahe menschenleeren Hof Morgenappell. Beide schritten sie die Reihe ihrer vierzehn Grünhörner ab. Den frischgebackenen Soldaten war inzwischen beigebracht worden, sich in einer Reihe in alphabetischer Ordnung aufzustellen, dabei Haltung zu bewahren und Kleidung sowie Bewaffnung in einwandfreiem Zustand zu präsentieren.

Einiges hatte sich an den Männern verändert in den 47 Tagen seit der Vereidigung.

Alman Behnk war deutlich schlanker geworden. Mindestens zehn Festliter hatte er in den vergangenen anderthalb Monden eingebüßt, und das, obwohl ihm die Messenverköstigung mit ein wenig Nachwürzen immer wieder zu schmecken schien. Der Gewichtsverlust stand ihm im wahrsten Sinne des Wortes gut zu Gesicht, denn sein Gesicht schwabbelte nun nicht mehr bei jeder Bewegung, sondern gewann zusehends an Festigkeit. Auch Behnks Blick strahlte angesichts der bevorstehenden Prüfung heitere Zuversicht aus.

Nilocas Deleven war ernst und konzentriert wie immer. Mit seinen kurzen Flechtzöpfen sah er ein wenig seltsam aus, wie ein domestiziertes Wildniswesen, aber er vibrierte regelrecht vor Erwartung. Heute war der Tag, an dem die neu formierte Dritte Kompanie sich erstmals zu beweisen hatte.

Ildeon Ekhanners Lippen bewegten sich betend. Er roch nach Angstschweiß – ihm setzte die Prüfung zu.

Mails Emara dagegen erinnerte kaum noch an den rotbackigen Trachtenträger, als der er in Carlyr angekommen war. Er hatte sich von Garsid einen stählernen Blick abgeschaut, der beinahe überzeugend wirkte.

Garsid war die Ruhe selbst. Er hatte Leutnant Gyffs zu akzeptieren gelernt, wenngleich er auf Kommandos von Leutnant Fenna immer noch schneller reagierte. Heute würde ihm eine zentrale Rolle zufallen; er wusste das, und es gefiel ihm.

Jovid Jonis sah mit seinen kürzer geschnittenen Locken immerhin nicht mehr aus wie ein Dreizehnjähriger, sondern man konnte ihn jetzt durchaus schon für fünfzehn oder sechzehn halten. Das war immer noch nicht erwachsen genug, aber wenigstens ein Schritt in die richtige Richtung.

»Scheusal« Jeo Kertz hatte keine fettigen Haarfransen mehr, putzte zweimal am Tag seine dicken Augengläser und war in eine Zimmergemeinschaft integriert, ohne dass dies zu andauernden Reibereien führte. Aber er war immer noch hässlich wie die Nacht, und sein siegessicheres Grinsen, das er jetzt aufsetzte, entblößte dermaßen viele schiefe und sich gegenseitig im Wege stehende Zähne, dass die beiden Leutnants schnell weitergingen.

Ellister Gilker Kindem ragte weiterhin wie ein nicht eingeschlagener Nagel aus der Reihe der Dritten heraus, aber was seine Leistungen anging, fügte er sich harmonisch ins Gesamtbild und war das Musterbeispiel eines nicht außergewöhnlichen, aber soliden Soldaten.

Sensa MerDilli sprengte mit seinen Muskeln beinahe seine Uniform. Die täglichen Übungen schienen ihn immer kräftiger und ausladender werden zu lassen. Leutnant Gyffs gab sich besonders viel Mühe damit, diese Kraft in sinnvolle Bahnen zu lenken und bestand immer darauf, dass MerDilli sich auch im Bogenschießen übte. MerDilli grinste. Er schien den heutigen Kampf gegen Gollbergs hochnäsige Reiter kaum erwarten zu können.

Tadao Nelats Gesicht zeigte allererste Anzeichen von Mannhaftigkeit. In das zart modellierte Mädchenantlitz hatten sich zwei von den Nasenflügeln aus abwärts führende Fältchen gegraben, aufgrund derer man Nelat nun tatsächlich beinahe für einen Jungen halten konnte. Auch ein Schritt in die richtige Richtung, wie Fenna fand.

Gerris Resea war sein übliches unausstehliches Selbst. Mit Leutnant Gyffs schien er sich ein wenig leichter zu tun als mit Fenna, aber der unterschwellige Hass, der zwischen ihm und Fenna schwelte, war in den letzten Wochen wieder beständig größer und tiefer geworden und benötigte nun einen weiteren Ausbruch, um sich anschließend wieder ganz von vorne neu aufbauen zu können. Der heutige Tag des Manövers, das wussten beide, war ein willkommener Anlass für einen solchen reinigenden Ausbruch.

Bujo Stodaerts Zackigkeit hatte in den letzten Wochen schleichend nachgelassen. Dies war schlicht und einfach auf körperliche Erschöpfung zurückzuführen. Noch immer stand er strammer als alle anderen, aber inzwischen atmete er dabei und versuchte nicht mehr, sandstrichelang Bauch und Zwerchfell einzuziehen.

Breff Adirony Teppel war ebenfalls müde. Er war der Einzige von allen, bei dem sowohl Fenna als auch Gyffs das Gefühl nicht loswurden, dass die Übungen ihm zwar zuerst genutzt hatten, ihn nun aber in ihrer unaufhörlichen Menge langsam aushöhlten. 54 Jahre war ein Alter, in dem andere sich schon zur Ruhe setzten, während Teppel sich einem täglichen Drill unterzog, der für Männer, die seine Söhne hätten sein können, schon nicht einfach zu bewältigen war. Teppel war ein echter Ausmusterungskandidat. Aber Fenna hatte zu Gyffs gesagt: »Warte ab, beim Manöver zeigt Teppel vielleicht etwas, das die meisten anderen noch vermissen lassen: Übersicht, Erfahrung und das Fehlen jeglicher Selbstüberschätzung.«

Der Letzte in der Reihe war Fergran von den Holtzenauen. Auch er sah mit kurzen Haaren weniger nachlässig und reifer aus. Bei den Waffenübungen war er immer noch zu zurückhaltend und furchtsam, aber heute, beim waffenlosen *Die Flagge erobern*, würde er seinen Mann stehen, da waren Fenna und Gyffs sich einig.

»Männer der Dritten Kompanie«, begann Fenna seine Motivationsansprache, »heute ist der bislang wichtigste Tag in eurer militärischen Laufbahn. Jeder kann vereidigt werden. Jeder kann unterrichtet werden. Jeder kann beim Unterrichtetwerden Fortschritte machen. Aber nicht jeder kann gegen die Schmuckstücke der Festung Carlyr, gegen Hauptmann Gollbergs Kavalleristen der Ersten Kompanie im Manövergefecht bestehen. Heute wird sich zeigen, aus welchem Holz ihr geschnitzt seid. Seid ihr morsch? Oder fest und gleichzeitig elastisch? Wir werden es sehen. Aber ich verrate euch, was Oberst Jenko zu mir sagte, als ich hier ankam und mich ihm vorstellte. Er sagte, er bräuchte eine

Dritte Kompanie für das Manöver, und erwarte nichts weiter von uns, als dass wir uns gegen Gollbergs Erste ganz achtbar schlagen. *Ganz achtbar schlagen*, Soldaten! Er glaubt nicht daran, dass wir eine Chance haben. Ich aber glaube daran. Ich habe gegen Hauptmann Gollberg auf euch gewettet. Also, entweder bin ich verrückt, weil ich so fest an euch glaube, oder aber alle anderen in der Festung – mit Ausnahme von Leutnant Gyffs – unterschätzen euch. Entweder muss ich bestraft werden oder alle anderen. Wir werden sehen. Ihr habt es heute in der Hand.«

Leutnant Gyffs trat vor. »Es gibt nicht mehr viel zu sagen. Ihr habt alles gelernt, was ihr zum Siegen braucht. Wir haben Spielzüge einstudiert, die der Ersten die Hosen runterziehen werden. Sie dagegen haben überhaupt nicht geübt und sind andauernd nur ausgeritten. Ihr seid im Vorteil, denn ihr werdet unterschätzt. Ihr könnt es schaffen, also – *erobert die Flagge*!«

Die Männer jubelten laut. Damit begann auch für die übrige Festung der lang erwartete Tag des Manövers.

3

Der 1. Rauchmond versprach ein wolkenloser, ausgesprochen warmer Tag zu werden. Im Laufe des Feuermonds war die stellenweise unerträgliche Hitze der letzten Wochen zwar langsam abgeklungen, aber über der Sitzbank auf dem Dach der *F & L* wurde dennoch aus Stoffplanen eine Art Sonnendach konstruiert, damit die lediglich sechs Zuschauer nicht schmolzen.

Diese sechs Personen ähnelten eher einer Prüfungskommission als einem echten, zum Tosen befähigten Publikum. Aber wäre General Feudenstich nicht auf die Idee gekommen, seine »äh, … Großnichten« mitzubringen, hätten dort oben sogar nur ein verkniffener General, ein sich freundlich breitmachender Oberst und ein etwas angespannter Hauptmann Gollberg gesessen. So aber kam doch ein wenig Atmosphäre auf, denn die drei graziösen Damen aus der Hauptstadt lachten und scherzten, wählten sich ihre Favoriten und betrachteten alles und jeden mit großem Interesse. Sowis und die anderen Ordonnanzen waren fortwährend damit beschäftigt, Erfrischungen und brunnengekühlte Tücher zu reichen.

Der Tag des Carlyrer Manövers begann mit einem Aufmarsch des gesamten Regimentes auf dem frisch mit Sägemehl bestreuten Haupthof.

Vorneweg die dreißig Reiter Hauptmann Gollbergs in vollem Geschirr, in Vertretung kommandiert von seinen beiden Korporälinnen.

Dahinter, in vier Fünferreihen, die Zweite Kompanie unter den Leutnants Hobock und Sells. Oberst Jenko stellte dem ein wenig schwerhörigen General sämtliche Offiziere namentlich vor.

Zuletzt die Dritte Kompanie, die Leutnants Eremith Fenna und Loa Gyffs mit lediglich vierzehn Männern in zwei Fünfer- und einer Viererreihe. Oberst Jenko erläuterte dem General: »Das ist unsere neueste Kompanie, noch in der Ausbildung sozusagen. Den Leutnant Fenna haben wir eigens aus Chlayst, Leutnant Gyffs aus Uderun kommen lassen, von der Akademie.« General Feudenstich ließ nicht erkennen, ob er sich an Loa Gyffs noch erinnern konnte. Jenko fuhr fort: »Unsere Dritte ist, wie unschwer zu sehen, erst halb bemannt, noch im Aufbau begriffen, ein Experiment bislang, aber ein durchaus verheißungsvolles, möchte ich sagen.« Der General stellte eine Frage, bei der Fenna das Wort »Glatze« herauszuhören meinte. Oberst Jenko lachte freundlich. »Ja, das wäre doch mal eine Idee«, antwortete er nur. Dann fügte er noch hinzu: »Wie Ihr wisst, General, bestand unser Regiment bis vor Kurzem noch aus zwei Bataillonen. Dies ist das zweite. Das erste ist leider nicht vom Affenmenschenfeldzug zurückgekehrt.«

Nun lehnte sich Hauptmann Gollberg zum General und den aufmerksam zuhörenden Damen hinüber und erläuterte etwas. Fenna konnte nicht alles verstehen, aber es ging wohl um Gollbergs Theorie der Überlebenden, und dass die Suche nicht nur noch nicht aufgegeben worden war, sondern besonders von Gollberg mit Hochdruck vorangetrieben wurde. Die Damen seufzten und nickten und bekundeten dem Hauptmann seinen Heldenmut. Der General sagte wieder einen Satz mit »Glatze«, woraufhin Gollberg gezwungen lachte und sich dann säuerlich zurücklehnte.

Auf einen Wink des Obersts machten die drei Kompanien auf dem Hof rechtsum und dann noch einmal rechtsum, somit kehrt, und marschierten in ihre Ausgangsstellungen zurück. Nur in der Dritten gab es hierbei Wellen der Unordnung, weil Teppel das zweite Rechtsum nicht mitbekommen hatte und in die falsche Richtung marschierte, bevor Nelat ihn einfing und richtig herum drehte. Fennas Sorgen wurden größer. Teppel sah aus wie jemand, der bald zusammenbrach. Er stieß Gyffs mit dem Ellenbogen an. Gyffs folgte seinem Blick und nickte, machte aber weiterhin eine mäßigende Handbewegung.

Die eigentliche Manöverschau begann mit zwei Programmpunkten gleichzeitig.

Die Zweite Kompanie unter Hobock & Sells präsentierte eine Schwertkampfübung von zehn Soldaten gegen zehn. Es handelte sich dabei um einstudierte, ungefährliche Bewegungsabläufe, die zwar sehr ästhetisch und kenntnisreich aussahen, aber jegliche Dynamik vermissen ließen. Unterdessen jedoch zeigten sechzehn Angehörige von Gollbergs Erster Kompanie eine mitreißende Pferdedressur. Im Allgemeinen waren Militärpferde robuster, schwerfälliger, widerstandsfähiger, aber dadurch auch schwieriger zu handhaben als jene Vollblüter, die in den großen Städten zum Dressurreiten gezüchtet wurden. Gollbergs Kavalleristen jedoch straften dieses Vorurteil lügen. Sie zeigten Trab, Piaffen, Volten, Passagen, Halbpirouetten, Renvers und Zickzacktraversale, und alle diese Figuren waren allerliebst anzuschauen. Dabei bewegten sich die Pferde stellenweise anmutig zwischen den fechtenden Soldaten der Zweiten

Kompanie hindurch wie Weberschiffchen durch ein bunt bewegtes Muster und ließen sich auch von den blitzenden Klingen nicht aus der Ruhe bringen. Die Damen hauchten »Ohhhh!« und »Ahhhhh!«. Gyffs' Augen leuchteten, denn sie war stolz, zum selben Regiment zu gehören. Selbst Fenna, der sich überhaupt nichts aus Pferden machte, musste zugeben, dass dies eine beeindruckende Vorführung war. Gollberg brauchte nicht einmal selbst dort unten zu stehen und zu kommandieren, eine seiner Korporälinnen lenkte alles harmonisch in seinem Sinne. Das musste in der Tat ein erhebendes Gefühl sein, sich auf seine Leute so verlassen zu können.

Der Applaus von oben war groß. Auch von unten spendete die Zweite Kompanie, auf deren faden Schwertkampf niemand mehr geachtet hatte, neidlosen Beifall. Fenna und Gyffs fingen schließlich auch an zu applaudieren, die Grünhörner fielen mit ein. Und jetzt ließen sich auch weitere in diversen Fenstern postierte Zuschauer vernehmen: Wäscherinnen, Wachtposten, drei Küchenjungen, Zeughausbedienstete, der Waffenmeister, die Schneidermeisterin Klejahn, der Schreiber Lement und Ilintu.

Oberst Jenko spreizte sich geschmeichelt vor dem durch vorgehaltene Augengläser starrenden General und betonte immer wieder die Qualität seines Zweiten Bataillons und was für ein Jammer es sei, dass das Erste »futsch« war.

Ordonnanzen harkten den Hof, wo das frische Sägemehl von den Pferdehufvolten allzu verwirbelt war.

»Jetzt haben wir ein kleines Kampfspiel vorbereitet«, kündigte der Oberst seinen Gästen an. »Die Hälfte der Ersten Kompanie zu Fuß gegen die gesamte Dritte Kompanie, unsere Neuen. Meine Damen, seht Ihr die beiden Flaggen, die blaue und die goldene? Die blaue gehört in diesem Spiel der Dritten Kompanie, die goldene der Ersten. Beide Flaggen werden an den entgegengesetzten Rändern des Hofes festgesteckt. Ziel beider Mannschaften wird es sein, die Flagge der gegnerischen Mannschaft zu erobern und zur eigenen Flagge zu bringen. Sollten die Gegner inzwischen diese eigene Flagge ebenfalls entführt haben, gilt es, diese zurückzuerobern. Ja, das ist ein sehr kompliziertes Spiel, das sich bei ebenbürtigen Mannschaften ziemlich in die Länge ziehen kann. Deshalb spielen wir höchstens drei Durchgänge, falls eine Mannschaft gleich zweimal gewinnt, sogar nur zwei. Die Mannschaften müssen dabei klug mit ihren Kräften haushalten, denn Prügeln ist ausdrücklich erlaubt, und wenn ein Soldat nicht mehr aufstehen und weitermachen kann, fällt er auch für alle weiteren Runden aus. Nein, werte Dame, es wird natürlich ohne Waffen gekämpft, nur mit Fäusten und Beinarbeit. Nein, werte Dame, dies ist ein richtiges Gefecht, das Ergebnis ist nicht vorher abgesprochen worden wie bei der Schwertkampfübung vorhin. Wir wollen uns alle überraschen lassen. Wie bitte? Nein, die beiden Leutnants und der Hauptmann werden nicht selbst teilnehmen, wir wollen sehen, wozu die einfachen Soldaten in der Lage sind. Schade? Ja, vielleicht, aber nicht minder unterhaltsam, freut Euch darauf. Das wird interessant, nicht wahr, General?«

Der General war tatsächlich so nahe wie möglich an die Balustrade vorgerutscht, um sich durch seine Sichtgläser kein Detail des bevorstehenden Manövers entgehen zu lassen.

Fenna und Gyffs ließen ihre vierzehn Mann nun in zwei Siebenerreihen antreten und salutieren. Gleichzeitig betraten diejenigen vierzehn von der Ersten den abgesteckten Kampfplatz, die vorher nicht an der Pferdedressur teilgenommen hatten.

Die beiden Flaggen, die es zu erobern galt, waren bereits von Ordonnanzen festgesteckt worden. Da die Dritte Kompanie ausschließlich aus Männern bestand, während für die Erste vier Frauen teilnahmen, wurde vereinbart, dass die Dritte Kompanie mit freien Oberkörpern kämpfen sollte, um von oben ein Unterscheiden der beiden Mannschaften zu erleichtern. Fenna war beruhigt, als er sah, dass Behnks Bauch nur noch etwa eine Handbreit über den Gürtel quoll. Dieser Anblick wäre noch vor einem Mond deutlich peinlicher gewesen.

Beide Mannschaften nahmen in der Nähe ihrer Flagge Aufstellung. Fenna und Gyffs hatten ihre Kompanie folgendermaßen eingeteilt: Kertz, Behnk, Kindem und Teppel waren für das Verteidigen der eigenen Flagge zuständig. Garsid, Deleven und Resea waren die Angriffsgruppe, die die gegnerische Flagge erbeuten sollte. Nelat hielt sich in der Nähe dieser Angriffsgruppe zum Transportieren der gegnerischen Flagge bereit. Emara und Ekhanner sollten den eigenen Flaggenträger schützen, MerDilli den gegnerischen angreifen. Stodaert, Jonis und von den Holtzenauen bewegten sich selbstständig und konnten aushelfen, wo immer sie gebraucht wurden.

Gollbergs Korporälin hatte ihre Truppe ganz anders aufgestellt: Drei blieben in der Defensive, elf rückten auf breiter Front vor.

Oberst Jenko schlug als Signal einen von Sowis angereichten Zimmergong.

Garsid, Deleven und Resea rannten sofort los. Die elf Angreifer der Ersten versuchten sie aufzuhalten, aber mit beeindruckender Vehemenz brachen die drei Kampferfahrendsten der Dritten Kompanie durch. Dafür wurde allerdings Nelat abgefangen und hart zu Boden gerissen. Von vorsichtigem Taktieren keine Spur: Die elf überrumpelten Angreifer der Ersten versuchten gar nicht erst, die drei Durchgebrochenen wieder einzuholen, sondern bemühten sich nun, schneller an die Flagge der Dritten zu kommen als die drei Angreifer der Dritten an die Flagge der Ersten.

Garsid, Deleven und Resea hatten allerdings einen Geschwindigkeitsvorteil, weil sie von Anfang an gerannt waren und nicht erst auf Tempo kommen mussten. Die drei Verteidiger hatten ihnen nichts entgegenzusetzen. Garsid riss zwei von ihnen um, Deleven sprang gegen den dritten, dass dieser röhrend zu Boden krachte und Resea riss die gegnerische Flagge aus ihrer Bodenfassung.

Währenddessen stürmte »Scheusal« Kertz wie ein Wahnsinniger brüllend auf die elf ihm entgegenkommenden Angreifer zu. Es gelang ihm tatsächlich, sieben von ihnen zu verlangsamen. Die anderen vier schwärmten an Kertz vorbei und begannen sich mit Behnk, Kindem und Teppel zu balgen, und bald lagen Teppel und Behnk ächzend am Boden. »Scheusal« Kertz jedoch hatte schon drei eingeschüchterte Kavalleristen zu Boden gerissen und krallte sich soeben zähnefletschend den vierten.

Sägemehlstaub wirbelte auf. Es war ein wildes Geraufe im Gange. Die Korporälin der Ersten brüllte andauernd Kommandos. Fenna und Gyffs riefen gar nichts, denn noch lief alles nach Plan. Beide liefen auf der Grundlinie mit, um auf der Höhe ihrer Angriffsgruppe zu bleiben.

Resea mit der Flagge. Deleven und Garsid räumten ihm gerade die drei gegnerischen Verteidiger aus dem Weg, indem sie sie schon zum zweiten Mal niedertraten. Fenna konnte deutlich spüren, wie Hauptmann Gollberg sich oben auf dem Dach verkrampfte. Wieso konnten diese drei Grünhörner seine wunderbaren Ersten so einfach in den Staub trampeln?

Resea blickte sich um. Seine Augen trafen auf die von Fenna. Reseas Gesicht schien zu sagen: »Was für ein Kinderkram! Solche Sandkastenbalgereien sind doch nun wirklich unter meiner Würde.« Fenna wollte schon rufen: »Deleven, nimm Resea die Flagge ab und bring es selbst zu Ende!«, doch da schaute Resea hinauf zum Oberst und zum

Hauptmann, zum General und den drei schönen Damen, deutete eine höfische Verbeugung an – und sprintete los. Deleven und Garsid wollten ihn flankieren, denn Resea hatte noch elf Gegner zwischen sich und dem Ziel, doch Resea zog ihnen davon. Trotz der behindernen goldenen Flagge in seinen Händen war er schneller als alle anderen.

Der Rest des Kampfgeschehens schien für einen Moment festzufrieren, dann bildeten sich überall wieder hektische Bewegungen aus.

Die Gegner hatten nun auch die Flagge und traten zu viert den Rückweg an. Kindem kippte. Von den Verteidigern stand nun nur noch Kertz. Der knöpfte sich einen nach dem anderen vor. Eine von Gollbergs Soldatinnen nahm sogar Reißaus vor dem »Scheusal«.

Jetzt griffen von den Holtzenauen, Jonis und Stodaert ein. Sie brachen in die Reihe der inzwischen schon sechs sich mit der blauen Flagge zurückziehenden Kavalleristen ein und brachten diese in Unordnung. Jonis flog durch die Luft, über den Rücken einer Soldatin gehebelt. MerDilli trat den Gegnern lachend in den Weg, wurde jedoch überrannt. Seine Schmerzensschreie gingen in Fluchen über.

Resea mit der Flagge. Er rannte nicht an den Gegnern vorbei, die ihm mit seiner eigenen Flagge entgegenkamen. Er rannte direkt in sie hinein. Fenna schlug die Hände vors Gesicht. Gyffs dirigierte Deleven und Garsid, doch bitte schön doppelt so schnell zu werden. Ekhanner und Emara kamen überhaupt nicht zum Zug, sie waren einfach zu langsam.

Resea stieg hoch. Die goldene Flagge schien ihn zu umwehen wie ein Schleier aus Sonnenlicht. Dann hatte er plötzlich beide Flaggen in Händen, die goldene links und die hellblaue rechts. Der gegnerische Flaggenräuber starrte wie vom Donner gerührt auf seine leeren Hände. Resea rannte. Beide Flaggen verlangsamten ihn nun doch sehr.

Vier von der Ersten setzen mit riesigen Schritten hinter ihm her. Es war ein Meisterstreich gewesen, aber es konnte nicht gelingen.

Doch es gab noch »Scheusal« Kertz. Er warf sich auf Reseas Verfolger, als wäre sein Körper vollkommen schmerzunempfindlich. Wie durch ein Wunder verlor er bei seinen wilden Aktionen nie seine Augengläser.

Deleven und Garsid kamen zu spät, aber Garsid nutzte die Gelegenheit, einen herumwankenden Erstkompanier mit einem Faustschlag zu Boden zu strecken. Kertz wälzte sich mit drei Gegnern am Boden und weigerte sich einfach, sich durch Schläge und Tritte beeindrucken zu lassen.

Resea war der Flaggenfassung nahe, aber einer der Verfolger war noch an ihm dran. Resea stoppte und ließ den Verfolger auflaufen. Fenna konnte nicht genau erkennen, ob Resea die Flaggenstäbe als Waffe benutzte, aber der Erstkompanier knickte in sich zusammen wie von einem Schwert durchbohrt und stand nicht mehr auf. Mit aufreizender Langsamkeit steckte Resea beide Flaggen in die Bodenfassung der Dritten Kompanie. Dann verbeugte er sich erneut.

Gyffs machte mit hochgerissenen Armen einen Freudensprung. Fenna stürmte aufs Kampffeld, um »Scheusal« Kertz von seinen Gegnern zu trennen. Das Grünhorn aus Kimk spuckte und trat um sich und traf dabei auch seinen Leutnant, bis es diesem endlich gelang, Kertz zu bändigen.

Vom Dach der *F & L* und auch der zuschauenden Zweiten kamen Applaus und begeisterte Rufe. Oberst Jenko sagte zufrieden zu seinen Gästen: »Seht Ihr, das ist ein echtes Manöver. Die Soldaten schenken sich nichts.«

Zwei von Gollbergs Soldaten konnten nicht mehr weitermachen: der, den Garsid niedergeschlagen hatte, und der letzte Verfolger Reseas. Bei der Dritten waren Nelat, Behnk und Teppel ziemlich in Mitleidenschaft gezogen worden, aber Behnk war schon wieder ganz fröhlich und wollte weitermachen. Fenna und Gyffs beratschlagten darüber, Teppel draußen zu lassen. Um Nelat machten sie sich Sorgen, denn der war unabdingbar für den speziellen Spielzug, den sie außerhalb der Festung einstudiert hatten. Sie entschieden sich dafür, sowohl Teppel als auch Nelat in der kommenden Runde aussetzen zu lassen, um die beiden in der eventuellen dritten Entscheidungsrunde wieder zur Verfügung zu haben. »Zwölf gegen zwölf ergibt doch von oben ein ansprechend harmonisches Bild«, sagte Gyffs lächelnd.

Fenna ergriff die Gelegenheit, mit der gegnerischen Korporälin einen festen Händedruck auszutauschen. »Nichts für ungut«, sagte er, »ich möchte nicht, dass der Eindruck von Feindseligkeit entsteht. Wir gehören alle zu Carlyr.« »Das bezweifelt niemand«, nickte die Korporälin kühl. Sie war schon weitergegangen, als sie sich noch einmal umwandte und hinzufügte: »Ihr habt uns überrumpelt, aber das wird uns nicht noch einmal passieren. Die nächsten beiden Runden gehen an uns.«

»Das bezweifeln nur ganz wenige«, entgegnete Fenna mit einem Lächeln.

Er scheuchte seine aufgeregten, vom Erfolg noch ganz berauschten Männer zusammen. »Bis hierhin habt ihr gute Arbeit geleistet. Aber sie haben unsere drei Angreifer nur ziehen lassen, weil sie gedacht haben, ihre vier Verteidiger reichen aus, um Resea, Deleven und Garsid zu stoppen. Diesen Fehler werden sie nicht noch einmal machen. Mer-Dilli, ich möchte, dass du diesmal mit nach vorne gehst, um unsere Angreifer zu unterstützen. Ekhanner und Emara, ihr beiden auch. Wir werden mit sechs Mann angreifen anstatt mit zweien. Wer die Flagge erbeutet, wird von den anderen geschützt. Ansonsten weiter so wie bisher.«

»Unsere Verteidigung ist zu schwach«, wagte von den Holtzenauen zu bemerken. »Jetzt fehlt auch noch Teppel.«

»Das macht nichts«, half Gyffs Fenna aus. »Unsere Verteidigung ist eigentlich nur ein Hinhaltemanöver. Ihr habt ja gesehen, dass wir ihnen unsere Flagge wieder abnehmen können, wenn sie unseren Angreifern mit ihr entgegenkommen. Du brauchst also nicht auf Leben und Tod zu kämpfen, Kertz. Es gibt Schlimmeres als den vorübergehenden Verlust unserer Flagge.«

»Aber jetzt, wo Tadao nicht mehr dabei ist, können wir unseren … Trick nicht ausführen«, gab Jonis mit besorgtem Gesichtsausdruck zu bedenken.

»Vielleicht schaffen wir es auch ohne den Trick«, antwortete Fenna. »Wenn nicht, ist Nelat in der dritten Runde wieder mit dabei. Los jetzt! Aufstellung wie eben angeordnet.«

Auch Gollbergs Leute stellten sich nun anders auf. Sieben blieben hinten bei der Flagge. Drei bildeten eine Art Mittelfeld. Vier stellten sich vorne in den Angriff.

Von oben meldete sich Oberst Jenko zu Wort. »Es steht eins zu null für die Dritte Kompanie. Wer hätte das gedacht? Tadellose Arbeit, Leutnants Fenna und Gyffs! Die zweite Runde verspricht noch spannender zu werden als die erste. Also gebt euer Bestes, Soldaten Carlyrs!«

Der Gong schepperte. Er war nur ein kleiner Kläffer im Vergleich zu einem Tempelgong der Afr-Priester, aber unten auf dem Kampffeld explodierte alles. Deleven, Garsid, Resea und MerDilli stürmten vor, von Emara und Ekhanner mit einem kleinen Sicherheitsabstand flankiert. Aber diesmal gab es kein Durchkommen. Die vier Angreifer der Gegenseite stürzten sich auf Deleven, Garsid, Resea und MerDilli, und plötzlich waren nur noch Emara und Ekhanner frei. Die beiden schauten sich bang an.

»Durchbrechen, los, los, los!«, rief Fenna ihnen von der

Seitenlinie aus zu. Sie liefen an der großen Keilerei in der Mitte des Feldes vorbei, standen aber plötzlich drei weiteren Soldaten der Ersten gegenüber.

Jetzt zeigte sich, wie flexibel die Kavalleristen waren. Der gegnerische Angriff war vorerst gestoppt worden, also lösten sich vier der sieben Verteidiger von der Flagge und begannen ihrerseits einen Angriff. Emara und Ekhanner rannten noch ein wenig wie Hühner durch die Gegend, bevor auch sie von je einem Mittelfeldkavalleristen abgefangen und zu Boden gerungen wurden. Der übrige dritte Mittelfeldkavallerist stürzte sich in die zentrale Prügelei, um dort auszuhelfen.

Gyffs raufte sich die Haare. Hinten an der eigenen Flagge ballten sich Behnk, Kindem, Kertz, Jonis, von den Holtzenauen und Stodaert wie furchtsame Kinderchen zusammen, um den Angriff der Gegner abzublocken.

Fenna folgte einer plötzlichen Eingebung, als er rief: »Kertz und Kindem in den Angriff, los, macht schon!«

Das »Scheusal« stürmte freudig los. Endlich durfte er das ganze Feld als sein persönliches Schlachtfeld begreifen. Der riesige Kindem folgte ihm weniger begeistert.

Die beiden Angriffstrupps – Kertz und Kindem aufseiten der Dritten, und vier Soldaten aufseiten der Ersten – begegneten sich. Es war Kertz' Zähnefletschen und Knurren sowie Kindems Idee, das »Scheusal« von hinten festzuhalten, zu verdanken, dass es nicht zu einem Kampf kam. Man ging sich beinahe respektvoll aus dem Weg. Die Ersten konnten sich ausrechnen, dass diese zwei Angreifer gegen drei Verteidiger wohl nicht viel würden ausrichten können.

Da sich die Angrifftrupps auf der Feldhälfte der Dritten passierten, kamen Gollbergs Leute zuerst an der gegnerischen Flagge an. Und diesmal gab es kein »Scheusal«, um sie aufzuhalten. Behnk, Jonis, von den Holtzenauen und Stodaert leisteten zwar Gegenwehr, aber eher wie Schauspieler, die Gegenwehr spielten, als wie wirklich wehrhafte Verteidiger. Fenna ärgerte sich darüber, dass Gyffs vorhin erzählt hatte, man bräuchte nicht bis zum Letzten zu kämpfen, die Flagge dürfe ruhig verloren gehen. Auch Gyffs hüpfte frustriert auf der Stelle. So aus sich herausgehend hatte Fenna sie noch nie zuvor erlebt.

Die Gegner hatten die Flagge erobert. In unterschiedlich verkrümmten Körperhaltungen lagen Behnk, Jonis, von den Holtzenauen und Stodaert am Boden und stöhnten.

Aber inzwischen entschied sich die Massenschlägerei im Mittelfeld. Emara und Ekhanner waren bezwungen. MerDilli ebenfalls. Aber Deleven, Garsid und Resea setzen sich gegen ihre Gegner durch. Mit einem Mal erstand das altbewährte Angriffstrio der Dritten Kompanie in der Mitte des Feldes von Neuem auf.

»Nicht zurückgehen, um die eigene Flagge zu retten!«, rief Fenna ihnen zu. »Erst mal die gegnerische Flagge erbeuten und in Sicherheit bringen!«

Deleven und Garsid nickten und setzten sich nach vorne in Bewegung, schlossen sich somit Kertz und Kindem an. Resea jedoch lief los nach hinten. Er wollte die eigene Flagge zurückholen.

Fenna wollte ihn zurückkommandieren, doch er scheute in diesem Augenblick die Kraftprobe. Bislang verkaufte sich die Dritte gut. Aber wenn jetzt unter den Augen von General, Oberst und Hauptmann offenbar wurde, dass Fenna einen seiner Leute nicht unter Kontrolle hatte, warf das wieder ein schlechtes Bild auf die Kompanie. Ihm brach der Schweiß aus. Es war kaum zu ertragen, dass er nicht mit aufs Feld durfte, um einzugreifen!

Kertz stürmte wie ein Irrer auf die gegnerischen Verteidiger zu, Kindem, Deleven und Garsid im Schlepptau. Den drei Verteidigern der goldenen Flagge wurde nun doch mulmig.

Unterdessen teilten sich die vier Erstkompanier, die die blaue Flagge der Dritten bei sich führten. Zwei kümmerten sich um Resea, zwei liefen mit der Flagge weiter. Resea rannte den ersten seiner beiden direkten Gegner zwar über den Haufen, wurde von dem Umgeworfenen aber dennoch am Knöchel gepackt und kam zu Fall. Der zweite warf sich auf ihn. Es entstand ein heftiges Winden und Ringen, aber Resea war ausgeschaltet. Wenigstens hatte er den Flaggenräubertrupp halbiert.

Kertz lag inzwischen auf einem der gegnerischen Verteidiger. Es sah aus, als würde er ihn fressen, jedenfalls sprühte reichlich Speichel. Deleven prügelte sich mit einem zweiten. Kindem wurde vom dritten im Schwitzkasten herumgewirbelt, schwer zu begreifen, wie der Riese dort hineingeraten war. Garsid half ihm nicht, sondern griff sich lieber die herrenlose Goldflagge.

»Zurück!«, wies Fenna ihn an. »Sonst sind beide Flaggen in der gegnerischen Hälfte! Wenn sie dir deine dann abnehmen, ist es vorbei!«

Garsid überblickte das Feld. Unwichtige Raufereien in unmittelbarer Nähe. Über das Feld kamen zwei Gegner mit der erbeuteten blauen Flagge. Und in der Mitte des Feldes erhoben sich langsam drei weitere Gegner aus der ursprünglichen Hauptkeilerei und schüttelten ihre Benommenheit ab. Sie standen im Weg, waren aber noch nicht ganz bei sich. Garsid lief los. Deleven schleuderte seinen Gegner von sich und schloss sich Garsid an. Gleichzeitig sackte »Scheusal« Kertz in sich zusammen. Sein Gegner hatte ihn aus purer Todesangst hart ins Gesicht geschlagen. Die Augengläser zersplitterten. Blut floss aus einer zerschnittenen Hand. Kertz war benommen, sein Gegner kämpfte sich schnaufend frei.

Die beiden Gegner mit der Flagge taten auf ein Kommando ihrer Korporälin hin etwas Unerwartetes. Sie legten die Flagge einfach ab. Es gab ohnehin keinen Drittkompanier mehr, der noch frei umherstreifte. Anstatt die Flagge weiterzutragen, griffen sie Garsid und Deleven an. Diese waren zu überrascht, um mit reiner Schnelligkeit entkommen zu können. Abermals wurde auf sie eingedroschen. Und dann kamen noch die drei wieder zu sich Gekommenen aus dem Mittelfeld hinzu. Es war nicht zu schaffen. Die Soldaten der Ersten Kompanie waren allesamt gut ausgebildet und in körperlich ausgezeichneter Form. Garsid und Deleven wurden nach allen Regeln der Kunst zusammengeschlagen. Dann nahmen die fünf Kavalleristen ihnen die erbeutete Goldflagge ab, schlenderten zurück zur Blauflagge, sammelten sie auf und gingen zur eigenen Flaggenfassung hinüber. Kindem lag still am Boden. »Scheusal« Jeo Kertz kroch noch blutüberströmt herum, war aber zu blind, um irgendeinen sinnvollen Angriff zu starten.

Es war vorbei. Die beiden Flaggenstäbe klackerten in die Bodenfassung der Ersten Kompanie. Und nicht nur das. Die dritte Kompanie hatte richtig heftig Prügel bezogen.

»Scheiße, wir haben das ›Scheusal‹ verloren!«, fluchte Gyffs wenig damenhaft.

Von oben und den Seiten prasselte wieder Applaus, der diesmal seltsam fern und hohl klang, wie Regen an einem anderen Ort. »Eins zu eins«, konstatierte Oberst Jenko zufrieden und erhielt von General Feudenstich ein Nicken auf die Frage, ob dieser mit dem Einsatzwillen der Soldaten zufrieden war. Einer der drei Damen – der Schwarzhaarigen – war allerdings aufgrund des vielen Blutes übel geworden. Sie hatte das Dach vorübergehend verlassen.

Diesmal gestaltete sich das Wiedereinsammeln der Männer noch schwieriger: Die meisten von ihnen lagen am Boden. Garsid und Deleven waren übel zugerichtet und bekamen von Ilintu feuchte Tücher gereicht, um sich Nasen- und

Lippenblut abwischen zu können. Von den Holtzenauen gab an, nicht mehr aufstehen zu können, weil sich die ganze Festung wie ein Kreisel drehe. Behnk rappelte sich auf und versuchte ein müdes Scherzchen. Fenna kümmerte sich um Kertz. Das eine der beiden Augengläser war tatsächlich zu Bruch gegangen, die Fassung vollkommen zerbogen. »Das mit der Fassung bekommt der Waffenmeister wieder hin«, brummte Fenna. »Das mit dem Glas wird schwierig. Aber ich werde dafür Sorge tragen, dass die Festung Ersatz leistet.«

»Wenn immerhin ein Auge wieder ein Glas hat, Leutnant«, sagte »Scheusal« Kertz mit dem missglückten Versuch eines zuversichtlichen Lächelns, »kann ich mir über das andere eine Augenklappe machen und einäugig sein. Das wird schon gehen. Ich bin einsatzfähig, Leutnant!« Kertz' Augen, die ohne Sichtgläser ganz winzig und milchig in den Höhlen kauerten, flackerten verzweifelt.

Fenna legte ihm eine Hand auf die Schulter. »Schon gut. Ich lasse mir etwas einfallen.«

Fenna ging zu Kindem hinüber und half dem langen Elend auf die Beine. »Geht's wieder?«

»Muss ja. Hat mich fast erwürgt, das Schwein.«

Fenna musste an seinen eigenen schrecklichen Kampf mit Resea im nächtlichen Waschhaus denken. »Wir dürfen keinen Hass entwickeln. Unsere Gegner in diesem Manöver sind unsere Kameraden, wenn es um Leben und Tod gegen die Affenmenschen geht. Im Eifer des Gefechts übertreiben heute beide Seiten ein wenig. Auch wir haben einen von denen übel umgehauen.« Das war einer, den Garsid im Laufe der Mittelfeldprügelei bewusstlos geschlagen hatte und der gerade vom Feld getragen wurde. Garsid hatte somit heute schon zwei Erstkompanier dauerhaft ausgeschaltet.

Gyffs kam auf Fenna zu. »Von den Holtzenauen kann

nicht mehr. Und Jonis, denke ich, auch nicht. Wir gehen sonst nur ein gesundheitliches Risiko ein, das ist dieses Manöver nicht wert. Ekhanner will auch nicht mehr, er hat den Mut verloren, aber körperlich geht es bei ihm, den können wir zwingen. Was ist mit dem ›Scheusal‹?«

»Er will weitermachen.« Fenna schaute zu Gerris Resea hinüber. Der zweimalige Teilnehmer am Endailoner Ritterturnier war verhältnismäßig unbeschadet aus der zweiten Runde hervorgegangen. Im Gegensatz zu Garsid und Deleven war er nicht verprügelt, sondern lediglich zu Boden gedrückt worden. Er stolzierte über das Feld, ohne Groll, ohne Gram, als ginge ihn das Ganze überhaupt nichts an. Fenna spürte wieder diese Wut auflodern, diese Wut, die einem Untergebenen gegenüber vollkommen deplatziert war.

Um sich abzulenken, blickte er in die klaren Augen von Loa Gyffs. »Also gut, wir nehmen Jonis und von den Holtzenauen raus. Dafür kommen Nelat und Teppel wieder rein.«

»Was ist mit Garsid und Deleven? Die beiden hat's übel erwischt.«

»Willst *du* ihnen sagen, dass sie draußen bleiben sollen? Ich nicht. Komm, hilf mir, alle zu versammeln.«

Es gab eine Pause, in der alle trinken und sich die Blutergüsse und Schürfwunden versorgen konnten.

Fenna sprach zur Kompanie.

»Na, macht es Freude? Das ist ein kleiner Vorgeschmack darauf, was uns im Feindesland erwartet. Nur dass man uns dort töten will und nicht einfach nur unsere Flagge erbeuten. Also, Leute, es sieht nicht gut aus. Wir haben das Ganze wohl doch ein wenig zu sehr auf die leichte Schulter genommen. Wir dachten, wir können sie mit unserem Einsatzwillen überraschen. Aber rein körperlich können sie uns jederzeit an die Wand drücken. Wir haben jetzt nur noch eine einzige Chance. Unseren Trick. Das Deleven-Nelat-Manöver. Seid ihr bereit dazu, Deleven und Nelat?«

Die beiden nickten und sagten: »Jawohl, Leutnant.«

»Gut. Wir ändern unsere Verteidigung. Kertz, ich möchte, dass du ganz ohne Augengläser agierst. Das bekommen wir hin, indem wir zwei Verteidigungsgruppen basteln. Eine besteht aus Emara, Behnk und Teppel und steht etwa zehn Schritte vor unserer Flagge. Die zweite Gruppe bist du ganz alleine, Kertz. Du stehst ganz hinten und bewachst direkt die Flagge. Das bedeutet: Jeder, der auf dich zukommt, ist dein Gegner. Du kannst also nicht aus Versehen den Falschen angreifen.«

»Kein Problem«, grinste Kertz schief.

»Gut. Den Angriff machen wir wie gehabt mit Deleven, Resea und Garsid – aber nur, um die Gegner auf eine falsche Fährte zu locken. Kernstück unserer Taktik sind diesmal Deleven und Nelat. Nelat, du schleichst dich im Schatten der Angreifer ein Stück weit nach vorne. Mer-Dilli, du bist Nelats Leibwächter. Er darf auf keinen Fall behindert werden, auch von ihren zurückkehrenden Angreifern nicht. Tadao ist unsere Hauptfigur. Ekhanner, Kindem und Stodaert – ihr drei bildet das Mittelfeld. Ihr helft Nelat zurückzukommen, haltet seine Verfolger auf und kümmert euch auch um die gegnerischen Angreifer, falls die unsere Flagge erbeutet haben und zurückwollen. Haltet sie auf, bis Garsid, Resea und Deleven euch helfen können, ihnen die Flagge wieder abzunehmen. Alles verstanden, Leute? Dies ist die letzte und alles entscheidende Runde. Ihr braucht keine Kräfte aufzusparen für irgendetwas. Morgen machen wir, denke ich, ohnehin einen übungsfreien Tag, damit ihr eure Knochen wieder sortieren könnt. Gyffs?«

»Denkt an die Wette, die euer Leutnant mit dem Hauptmann laufen hat. Es geht um die Ehre unserer Kompanie. Wenn wir die Erste heute schlagen, wird sich auf absehbare Zeit niemand in der Festung mehr despektierlich über uns äußern können. Ich will, dass ihr alles gebt.«

»Jawohl, Leutnant!«, scholl es aus mindestens acht Kehlen.

»Ach, und noch etwas«, fügte Gyffs hinzu. »Wir haben zwei Mann eingebüßt, aber zwei wieder reingeholt, sind also immer noch zu zwölft. Die Erste Kompanie hat jetzt aber nur noch elf Mann. Wir haben einen Vorteil. Nutzt ihn!«

Nochmal »Jawohl, Leutnant!«, diesmal von allen.

Die Soldaten nahmen ihre Feldpositionen ein. Tadao Nelat war ganz käsebleiche Tapferkeit. Garsid bebte vor verhaltenem Zorn. Er wollte sich für das Verprügeltwerden rächen. Solange alles im Rahmen blieb, konnte das Fenna nur recht sein, aber der Leutnant machte sich darauf gefasst, einschreiten zu müssen, falls Garsid zu weit ging. Deleven dagegen wirkte sehr konzentriert. Er wusste, was jetzt alles von ihm abhing. Kertz blinzelte die blaue Flagge an, berührte sie, hielt sich an ihr fest, orientierte sich hilflos im Raum. Gyffs persönlich hatte sich seiner verbeulten Augengläserfassung angenommen. Resea verbeugte sich wieder in Richtung der Dachtribüne. Er vermisste die hübsche Schwarzhaarige.

Die Korporälin der Ersten Kompanie teilte ihre elf Soldaten folgendermaßen auf: Vier bewachten die Flagge, vier gingen zum Angriff an die Feldmitte vor und drei blieben dazwischen, als bewegliche Ausputzer für sowohl vorne als auch hinten.

Oberst Jenko erhob sich. »Nun beginnt die letzte und alles entscheidende Runde. Die Erste Kompanie mit elf Streitern gegen die Dritte Kompanie mit noch zwölf Mann. Möge die bessere Mannschaft den Sieg davontragen und sich eine Sonderration Prickelwein aus Hessely verdienen!«

Die Kämpfer auf dem Feld schauten verblüfft hoch und jubelten über den frisch ausgelobten Preis.

Jetzt erhob sich auch der greise General Feudenstich. »Zu meiner Zeit«, gellte seine heisere Stimme über den Hof, »hat man die Manöver noch nach dem Motto *Bis nur noch ein einziger Mann steht* betrieben. Gebt also alles, Leute! Ich will keine Weicheierei da unten sehen!«

Gyffs salutierte unwillkürlich. Fenna grinste nur kopfschüttelnd.

Der Gong.

Die vier gegnerischen Angreifer stürmten los, schneller und wilder jetzt als die Drittkompanier. Deleven wich ihnen unwillkürlich aus – seine Aufgabe war zu wichtig, um in einer Konfrontation gefährdet zu werden. Resea folgte ihm. Garsid jedoch nahm den Kampf an. Er hielt zwei der vier schon jetzt auf und rächte sich für die erhaltenen Prügel mit wilden Fausthieben und Tritten. Das alte Motto des Generals schien ihm zu gefallen.

Zwei der Angreifer kamen weiter. Ekhanner, Kindem und Stodaert waren zu furchtsam – sie ließen sie passieren. Deleven und Resea kamen nun ihrerseits am gegnerischen Mittelfeld an. Diesmal spaltete Resea sich ab und nahm es mit den drei Gegnern auf, während Deleven alleine weiterlief. In seinem Kielwasser pirschten sich auch Nelat und MerDilli weiter vor.

Fenna zerbiss sich schier die Unterlippe. Deleven hatte es nun ganz alleine mit vier Flaggenverteidigern zu tun. Das war nicht geplant gewesen. Wie sollte er so an die Flagge herankommen? Der ganze schöne Plan war für die Katz', wenn es Deleven nicht gelang, wenigstens kurz an die Flagge heranzukommen.

»MerDilli, hilf Deleven! Lauf nach vorne!«

»Aber was ist mit Tadao …?«

»Tu, was ich dir sage! Lauf!«

MerDilli setzte sich in Bewegung. Schwerfällig. Verdammt, dachte sich Fenna, es wäre besser gewesen, MerDilli keilte sich mit dem Mittelfeld und Resea unterstützte Deleven.

Mittlerweile kamen die beiden gegnerischen Angreifer auch an der vorgelagerten Verteidigungsgruppe vorbei. Einzig Behnk unternahm einen Versuch, die beiden überhaupt aufzuhalten, aber er scheiterte. Teppel fiel ganz ohne Fremdeinwirkung hin. Emara stand herum, als sei alles schon gelaufen. Für eine dritte Runde fehlte es den dreien an Kraft und Ausdauer und Nervenstärke.

Jetzt gab es nur noch Kertz. »Scheusal« Jeo Kertz. Und der hatte mit der Ersten Kompanie eine Rechnung zu begleichen. Er stürzte sich auf einen der beiden Angreifer und riss ihn zu Boden, an ihm rüttelnd wie ein Echsengeier. Der Erstkompanier schrie um Hilfe. Sein Kamerad ignorierte ihn und nahm sich die blaue Flagge.

Deleven und die vier Verteidiger belauerten sich. Da war kein Durchkommen. Er musste nur für einen Augenblick an die Flagge heran, aber die vier waren wie eine schlaue Mauer, die sich jeder seiner Bewegungen anpasste. MerDilli kam von hinten. Er war langsam, aber schwer.

Der Erstkompanier setzte sich mit der erbeuteten Flagge in Bewegung. Kertz war viel zu sehr damit beschäftigt, den anderen Angreifer für sein kaputtes Augengestell bezahlen zu lassen.

»Emara, Teppel – soll ich euch auspeitschen lassen, verflucht noch mal?«, schrie plötzlich Leutnant Loa Gyffs. »Was steht ihr da herum wie festgeleimt? Haltet ihn auf! Haltet ihn auf! Ekhanner, Kindem und Stodaert – zurück! Die blaue Flagge muss hinten festgehalten werden! *Rettet unsere Flagge!*«

Die fünf Angebrüllten setzten sich langsam in Bewegung, zu langsam. Der Flaggendieb war bereits an Emara und Teppel vorbei.

MerDilli rannte keuchend an Deleven vorüber – und schlug eine Bresche in die Verteidigungsmauer. Zwei der Verteidiger wurden von ihm umgerissen, ein dritter drehte sich zweimal um sich selbst. MerDilli stürzte ebenfalls zu Boden, geriet sogar außerhalb des abgesteckten Feldes, rollte dort hinten durch die Schatten, aber das spielte keine Rolle mehr. Nilocas Deleven sprang über die Stelle, an der die Menschenmauer niedergerissen war. Er sprang zur goldenen Flagge und griff sie sich. Wild blickte er sich um. Ihm blieben zwei bis drei Augenblicke, dann würde der letzte stehende Verteidiger ihn umreißen und der trudelnde sich wieder gefangen haben. Dahinter kamen jetzt auch die drei aus dem Mittelfeld, die Resea alleine nicht lange hatte aufhalten können.

Deleven sah Nelat. Niemand sonst beachtete Nelat. Nelat war von Deleven aus gesehen jetzt sogar hinter dem gegnerischen Mittelfeld.

Deleven rollte die Flagge zusammen, indem er sie mit einer Kreisbewegung des Handgelenkes um ihren Stab schleuderte – und dann warf er sie. Sie flog hoch und kreiselnd über das Feld. Deleven wurde von dem gegen ihn springenden Verteidiger umgerissen, aber auch das war jetzt nicht mehr wichtig. Die Flagge flog.

Die beiden Damen machten »Ooooohhhhh!«

Das gegnerische Mittelfeld bremste ab. Die Flagge pirouettierte über sie hinweg. Sie verrenkten ihre Hälse, um ihrem Flug zu folgen. Dort stand ein einzelner, mädchenhafter Soldat. Tadao Nelat. Er sprang hoch und fing die Flagge aus der Luft. Sie hatten das dreihundertundsiebenundzwanzigmal geübt.

Nelat rannte los, zur eigenen Flaggenfassung. Er war schnell. Viele Gegner waren nicht zwischen ihm und der Fassung. Zwei, die Garsid brutal zusammenschlug. Einer mit der blauen Flagge, auf den sich nun sechs Grünhörner gleichzeitig stürzten. Einer, der unter Kertz lag und weiterhin sinnlos um Hilfe schrie. Nelat rannte. Er war schnell.

Aber einer der drei gegnerischen Mittelfeldstreiter war noch schneller. Er hatte gewendet und die Verfolgung aufgenommen. Der Flug der Flagge hatte ihn nicht lange blenden können. Er holte auf. Nelat war durch die Flagge behindert und langsamer, als er ohne Flagge hätte sein können. Der Gegner erreichte ihn beinahe. Atem im Nacken von Atem. Der Verfolger im Windschatten immer im Vorteil.

Dann war da Resea. Er hatte gegen das Mittelfeld schnell klein beigegeben. Deleven hatte nur vorbeigemusst, es war nicht nötig gewesen, einen Sieg in einem schmerzhaften Faustkampf gegen drei Gegner zu erzielen. Resea hatte sich am Boden zur Kugel gekrümmt. Jetzt hatte sich die Kugel wieder entfaltet. Resea sprang von der Seite gegen Nelats Verfolger. Beide gingen zu Boden, ein Wirbelsturm aus Sägemehl und Beinen. Nelat war frei. Und Emara hatte die eigene Flagge zurückerobert. Ekhanner und Stodaert war es gelungen, den räuberischen Gegner festzuhalten, und Emara hatte ihm die Flagge aus den Fingern gepuhlt. Nelat und Emara liefen jetzt Seite an Seite. Es war vorbei. Der Sieg nur noch Formsache. Fenna blickte zu Gollberg hoch. Der hatte seine Hände weiß in die Sitzbank verkrallt.

Die beiden Damen machten »Aaaaaahhhhhhh!«

Die beiden Flaggen klapperten in die Fassung der Dritten Kompanie. Nelat und Emara jubelten gemeinsam, führten ein Freudentänzchen auf, wirbelten Sägespäne hoch, es schneite und roch nach frischem Holz.

Auch Gyffs jubelte. Sie rannte aufs Feld, zuerst zu den beiden Männern hin, die immer noch am Boden lagen, Deleven und MerDilli.

Kertz wurde von seinem Gegner heruntergezogen, Kindem und Teppel kümmerten sich um ihn. Garsid stand mit wunden Fäusten über den beiden, die er zu Boden geschlagen hatte, und bebte noch immer. Keine Freude war in seinem Gesicht. Nur Wut. Resea half dem Erstkompanier, den er umgerissen hatte, auf die Beine. Die beiden gaben sich die Hand und versöhnten sich.

Fenna stand am Rand und regte sich nicht. Er hatte seinen Posten aufs Spiel gesetzt und gewonnen. Oder er hatte Chlayst verloren. Die brennenden Kinder. Das war vielleicht eine gute Sache, vielleicht sogar eine notwendige. Die Kinder sollten ein für alle Mal ersetzt werden durch Tadao Nelat und Mails Emara, die immer noch umhertanzten, durch Alman Behnk, der mit hoch erhobenen Händen breitbeinig dastand wie ein kleiner, dicker Held und diesen Moment des Triumphes in sich einschlürfte, zum wahrscheinlich ersten Mal in seinem Leben, womöglich auch zum letzten Mal, wer konnte das wissen?

Während Fenna einfach nur still nickte und in den Beifall der Zuschauer mit einstimmte, ging Gyffs von einem Mann zum anderen, gratulierte ihnen allen persönlich mit Händedruck und Schulterklopfen. Dann gratulierte sie auch den Gegnern, vor allem der Korporälin, für den »bis zum letzten Moment spannenden und ausgeglichenen Kampf«.

Die dritte Kompanie hatte in der letzten Runde keinen einzigen Mann eingebüßt, aber drei aus der Ersten standen so schnell nicht wieder auf: Garsids zwei Opfer und das von Kertz. Fenna blickte wieder zu Gollberg hinauf. Der nickte ihm zu und applaudierte. In der Niederlage hatte er seine Ruhe wiedergewonnen und war nun ganz Offizier. Seine Hände trugen keine Handschuhe, dieses Detail fiel Fenna auf.

Oberst Jenko erhob sich: »Ich danke allen Teilnehmern für diese tadellose Demonstration soldatischen Einsatzwillens. Mir scheint, in der letzten Runde haben wir sogar eine ausgeklügelte Taktik zu sehen bekommen. Sehr gut so, sehr schön! Heute Abend gibt es in der Mannschaftsmesse Prickelwein – unsere Damen haben mich darauf hingewiesen, dass das eigentlich *Perlwein* heißt – auf meine Kosten für die Dritte Kompanie. Und zum Abschluss unseres heutigen Manövers spielt uns die Zweite Kompanie nun noch einen schmissigen Marsch!«

Leutnant Hobock und neun seiner Soldaten mit ausladenden Blasinstrumenten traten auf diese Ankündigung hin vor und begannen zu spielen. Leutnant Hobock dirigierte. Militärmusik erfüllte den Hof. Die Musikanten spielten zuerst im Stehen, dann begannen sie sogar, während des Spielens im Gleichschritt und im Kreis herumzumarschieren.

Unterdessen wurden die drei verwundeten Erstkompanier abtransportiert. Die Dritte Kompanie nahm die Glückwünsche der Kavalleristen, die nicht gekämpft hatten, und der Zweiten, die nicht Musik machten, entgegen. Behnk und Emara und MerDilli tanzten zur stampfigen Musik. Kindem und Teppel und Ekhanner wippten immerhin im Takt. Stodaert stand in Habtachtstellung mitten auf dem Platz, das Gesicht der Musik zugewandt, als spielte sie nur für ihn oder als hätte er die Pflicht, besonders aufmerksam zuzuhören. Deleven und Garsid unterhielten sich lachend. Resea war zuerst nirgendwo zu sehen, dann sah Fenna ihn abseits aller anderen. Er unterhielt sich angeregt mit der schwarzhaarigen »Großnichte« und wurde von ihr nach allen Regeln der Kunst angehimmelt.

»Ist schon ein toller Bursche, dieser Resea«, sagte auch Gyffs, die mit roten Wangen wieder zu Fenna zurückkam. »Immer das Zünglein an der Waage. Beide gewonnenen Runden haben wir eigentlich ihm zu verdanken.«

»Was für ein Arschloch!«, knurrte Fenna leise.

»Wie bitte?«

»Nichts. Schon gut. Kein Mann alleine hat dieses Spiel

gewonnen. Da hat jeder dazu beigetragen, auch von den Holtzenauen und Jonis, die über ihre Grenzen gegangen sind und deshalb am Ende nicht mehr mit dabei waren. Lass uns hochgehen zum Oberst und zum General. Ich denke, das haben wir uns verdient.«

»Du hast recht, das sollten wir wirklich tun.«

Während die Musik unablässig *Humtata* machte, durchquerten Fenna und Gyffs die *Führung & Leitung* und kamen nach zwei Treppenaufgängen oben auf dem Dach an. Mehr Ordonnanzen, als Fenna und Gyffs in ihrer Zeit in Carlyr jemals auf einem Fleck versammelt gesehen hatten, standen herum oder kümmerten sich um das Kühlhalten von Getränken und das Anrichten von Appetithäppchen. Unter dem Sonnendach standen der General, der Oberst, der Hauptmann und die zwei Damen und schwatzten angeregt miteinander. Als Oberst Jenko die beiden Neuankömmlinge bemerkte, winkte er sie jovial heran. »Ah, da sind ja unsere beiden Helden des Tages. General Feudenstich, darf ich Euch vorstellen: Leutnant Gyffs und Leutnant Fenna.«

Der greise General fasste die beiden scharf ins Auge und sagte dann: »Ich glaube, ich kenne die kleine Gyffs noch aus ihrer Zeit in Uderun. Kann das sein?«

»Allerhand, dass Ihr Euch noch an mich erinnern könnt, General Feudenstich. Wir sind uns höchstens zweimal kurz begegnet.«

»Ja, und ohne Leutnantsabzeichen saht Ihr noch deutlich jünger und käsiger um die Nase aus.« Übergangslos wandte er sich Fenna zu. »Der Oberst sagte mir gerade, Ihr kommt aus Chlayst?«

»Ja, Herr General.«

»Wie lange habt ihr da gedient?«

»Vierzehn Jahre, Herr General.«

»Hm. Ich habe die Ostküste nie inspiziert. Vielleicht ist

das mit ein Grund dafür, warum dort jetzt alles aus dem Leim geht.«

»Nun, äh, mit Verlaub, Herr General – ich denke nicht, dass man die Sache mit dem Sumpf durch regelmäßigere militärische Inspektionen hätte verhindern können.«

»Das mit dem Sumpf nicht, mein Sohn. Aber die Schande von Furbus. Dass sich ein königliches Regiment von diesen *Heugabelmännern* in die Flucht schlagen lässt, das hätte es zu meiner Zeit nicht gegeben.«

»Das glaube ich gerne, Herr General. Ich habe mich auch darüber gewundert.«

»Gab es aus Chlayst denn keinerlei Unterstützung für Furbus?«

»Chlayst ist selbst unterbesetzt, Herr General. Die giftigen Dämpfe haben auch vor Uniformen nicht haltgemacht.«

»Aber wie kommt es dann, dass man Euch entbehren konnte?«

»Mein … Gesundheitszustand dort war … angeschlagen. Mein vorgesetzter Offizier dachte, er würde mir mit einer Luftveränderung einen Gefallen tun.«

»Und schickte Euch ins Affenland, das einzige Gebiet auf dem Kontinent, wo die Luft noch schlechter ist als in Chlayst.« Der General brach in ein seltsames, keuchendes Gelächter aus, das an einen Herzanfall erinnerte, aber übergangslos fing er sich wieder, als seine beiden »äh, … Großnichten« ihn ansprachen, um ihm ein ganz bestimmtes Dessert zu empfehlen und ihn dann damit zu füttern.

Fenna stand plötzlich Hauptmann Gollberg gegenüber, während Oberst Jenko mit Leutnant Gyffs ein Scherzchen machte. Der Hauptmann hielt Fenna die jetzt wieder behandschuhte Rechte hin. »Ich gratuliere Euch zu Eurem Manöversieg und der gewonnenen Wette, Leutnant Fenna. Aber Ihr habt da eine äußert rabiate Truppe zusammengestellt. Sechs meiner Leute sind lazarettreif. Ist das Euer persönlicher Führungsstil, oder handhabt man das in Chlayst allgemein so, dass man ein wenig brutaler zur Sache geht als andernorts?«

Fenna ergriff die Hand und drückte sie. »Weder noch, Hauptmann. Ich fürchte, das ist eher der Tatsache zuzuschreiben, dass ich bislang erst anderthalb Monde Zeit hatte, die Männer gebührend zu schleifen. Es fehlt ihnen noch ein wenig an Umgangsformen.«

»Tadellos geantwortet, Leutnant Fenna, tadellos«, mischte Oberst Jenko sich ein. »Ich denke, wir brechen das hier oben jetzt ab, es ist zu heiß und ungemütlich heute. Am Abend gibt es wie versprochen Perlenwein für Eure Mannschaft, da werdet Ihr wohl mit den Männern feiern wollen – aber anschließend lade ich Euch beide noch zu einem kleinen Offiziersabend in meinen Räumen ein. Der General und seine Damen werden bis morgen Vormittag unsere Gäste sein, da findet sich heute Abend sicherlich noch Gelegenheit für das eine oder andere interessante Gespräch.«

»Wir fühlen uns sehr geehrt, Oberst«, antwortete Gyffs für sie beide. Fenna dankte nur nickend.

Dann gingen Fenna und Gyffs wieder runter auf den Hof, wo die Zweite Kompanie nun ihre musikalischen Darbietungen beendet hatte. Das Manöver war somit offiziell beendet. Den beiden Leutnants der Dritten knurrten die Mägen. Von den farbenprächtigen Köstlichkeiten der höheren Offiziere hatten sie sich nichts zu nehmen getraut.

Zuerst statteten sie jedoch dem Lazarett einen Besuch ab. Sechs Soldaten der Ersten lagen hier stöhnend und umwickelt, und mitten unter ihnen auch Fergran von den Holtzenauen und Jovid Jonis.

»Mir geht es gut, Leutnants, wirklich, ich kann schon wieder aufstehen!«, beeilte sich Jonis sofort zu versichern; offensichtlich fürchtete er hier drinnen mehr den Zorn der Erstkompanier als draußen.

»Nur bis zum Abend noch, Jonis. Nur zur Beobachtung«, beruhigte ihn Fenna, während Gyffs schon zu von den Holtzenauen weiterging.

»Wie sieht's aus?«, fragte sie diesen.

»Ach, na ja, ich sehe noch alles doppelt, aber das wird schon wieder. Ich hoffe nicht, dass es etwas mit den Augen zu tun hat.«

»Nein, es sind wohl eher die üblichen Auswirkungen einer unnötig heftig geführten Prügelei«, sagte die Heilerin Ilintu, die in diesem Moment aus ihrem durch einen Vorhang abgedeckten Hinterzimmer hervorkam. »Ist dir eigentlich bewusst, Eremith, dass du mir trotz deines gegenteiligen Versprechens mehr Arbeit verschaffst als irgendjemand anders in dieser Festung? Und das, obwohl Hauptmann Gollberg regelmäßig ins Feindesland hinausreitet. Aber nichts, keine Hirnerschütterungen, keine zu bandagierenden Kompanien. Nur du bringst das fertig.«

Fenna lächelte betreten. »Das tut mir wirklich sehr leid.«

Gyffs, die ebenfalls lächelte, und zwar darüber, dass Fenna und die Heilerin sich duzten, übernahm nun. Sie wandte sich an alle Verwundeten. »Und das erstreckt sich auf euch alle: Auch ich bitte euch aufrichtig um Entschuldigung. Aber der Tag war ein voller Erfolg. Der Generalinspizient war von unserer unbarmherzig geführten Auseinandersetzung sehr beeindruckt und wird die Festung Carlyr sicherlich wohlwollend in seinem Bericht vermerken. Und das wiederum wird sich günstig auswirken bei zukünftigen Zuteilungen von Ausrüstung, Pferden und Proviant. Wir haben also alle gemeinsam dazu beigetragen, der Festung Carlyr einen guten Stand zu verschaffen. Wir sollten stolz sein, auch stolz aufeinander, anstatt sinnlosen Groll zu hegen.«

»Wisst ihr was?«, fiel Fenna ein. »Wir sollen nachher auf Kosten des Obersts Perlenwein kredenzt bekommen. Wir werden dafür Sorge tragen, dass ein Fläschchen davon verschwindet und in diesem Lazarett wieder auftaucht. Aber nur für euch Verwundete! Eure Kameraden, die nicht hier liegen, haben sich heute offensichtlich nicht genug ins Zeug gelegt!«

Drei der Erstkompanier lachten jetzt tatsächlich, drei schauten noch grimmig, aber nicht mehr ganz so grimmig wie vorher.

»Ich weiß ja nicht, ob ich Alkohol zulassen kann …«, sagte Ilintu augenzwinkernd, und damit brach das Eis. Sie war jetzt der Buhmann, sie wurde von den Soldaten beschimpft und befleht, und man lachte jetzt miteinander, anstatt sich Vorwürfe zu machen.

Als Nächstes gingen Fenna und Gyffs in die Offiziersmesse, um einen Happen zu essen. Hobock & Sells waren schon da und stopften sich voll. Fenna und Gyffs nahmen alle Gratulationen bescheiden entgegen und beteuerten mindestens viermal, dass sowohl die Musik als auch die Schwertkampfpräsentation ebenfalls hervorragend gewesen waren.

»Stimmt eigentlich«, lachte Leutnant Sells, dessen Gesicht schon genauso rot war wie seine Haare, »die Einzigen, die sich heute wirklich nicht mit Ruhm bekleckert haben, sind die formidablen Ersten!«

»Nächstes Mal kriegt ihr die goldene Flagge und sie die blaue«, grinste Leutnant Hobock, aber mehr Häme als dies gestattete er sich nicht.

In der Mannschaftsmesse ging es schon hoch her. Obwohl es draußen noch hellichter Tag war, sprudelte bereits der Perlwein. Gyffs fragte sich, ob hier bei der Koordination mit dem Küchenpersonal etwas schiefgelaufen war, denn wenn den Tag über betrunkene Soldaten durch die Festung torkelten, würde das den guten Eindruck des Generals womöglich wieder zunichtemachen. Sie sammelte vier der Flaschen ein und sagte: »Erst bei Einbruch der Dunkelheit, meine Herren. Heute ist nicht das Lunfest oder das Bachmufest. Der geregelte Betrieb der Festung muss trotz allem aufrechterhalten werden.«

»Falls die Affenmenschen angreifen, aaaahhhhhrrghhh!«, brüllte Behnk übertrieben grässlich. Alle lachten. Man sang Lieder, hakte sich ein, schunkelte und tanzte ein wenig, aber es fehlten die echten Musikanten. Tadao Nelat kam auf die Idee, die Musiker der Zweiten dazuzuholen. »Aber dann werden wir ja den Wein teilen müssen!«, protestierte Sensa MerDilli lachend.

Fenna dachte darüber nach, einen spontanen Gewaltmarsch zu verhängen, einfach nur, um die Zeit bis zum Dunkelwerden zu überbrücken. Aber das wäre ungerecht gewesen. Die Männer hatten sich heute bereits vollkommen verausgabt. Die geschwollenen, von Blutergüssen verfärbten Gesichter von Deleven, Garsid, Stodaert und Emara legten ein beredtes Zeugnis davon ab. Und Kertz' Augengläser waren nun nur noch *ein* schiefes, erbärmliches Augenglas.

Morgen sollte ebenfalls ein übungsfreier Tag sein. Fenna und Gyffs spürten beide, wie schwer es war, eine Kompanie zu leiten, wenn dieser Kompanie ein Aussetzen des Drills versprochen worden war. Sollten die Männer sich tagsüber aufs Ohr legen, nur um anschließend umso ausdauernder in die Nacht hineinkrakeelen zu können? Auch nicht gut. Sollte man ihnen das Feiern und Trinken ganz untersagen? Aber was, wenn nicht einen vollkommen unwahrscheinlichen Sieg über Gollbergs Elitetruppe, sollte man denn dann in dieser Festung feiern und begießen?

Es war ein Dilemma, und man konnte es nur aussitzen. Fenna bedauerte beinahe, dass sie gewonnen hatten, aber nun ließ sich nichts mehr ändern.

Die Männer sangen und scherzten und spotteten noch im Nachhinein über die Kavalleristen, die ohne ihre Pferde wohl nur halbe Soldaten waren. Schließlich gesellten sich noch Teile der Zweiten hinzu, es wurden tatsächlich Musikinstrumente ausgepackt, und man sang krähend und tanzte stürmisch, bis Stühle kippten und Tische wackelten. Irgendwann wurde es draußen endlich dunkel. Der Perlwein schien kein Ende zu nehmen. Fenna wollte erst eine Ordonnanz damit beauftragen, eine Flasche ins Lazarett zu bringen, übernahm dies dann aber lieber selbst. Im Lazarett wurde er mit großem Hallo empfangen. Es gab einen sehr nahen Moment zwischen ihm und Ilintu, bis sie sich abwandte und wieder beschäftigt tat. Fenna ging zurück in die Messe. Dort waren inzwischen auch Soldaten der Ersten

Kompanie eingetroffen, die Fronten verhärteten sich, eine trunkene Schlägerei lag in der Luft, aber erneut bewies Leutnant Gyffs ihr Schlichtungstalent und führte die Streithähne an gemeinsame Tische. Man tanzte und lachte. Resea war verschwunden. Einerseits wollte Fenna gar nicht wissen, was Resea trieb, andererseits hoffte er inständig, dass die schwarzhaarige »Großnichte« nicht ebenfalls aus ihren Kreisen verschwunden war. Wenn ein einfacher Soldat der Dritten Kompanie dabei erwischt wurde, wie er mit der Mätresse eines Generals herummachte, konnte dies schwerwiegende Konsequenzen für die gesamte Festung nach sich ziehen.

Fenna konzentrierte sich auf die aufsteigenden Bläschen des Prickelweins, wie der Oberst ihn genannt hatte. »Bleib nüchtern, Eremith«, ermahnte Gyffs ihn, »wir sind noch beim Oberst mit dem General verabredet.«

Fenna versuchte sich nüchtern zu trinken.

In der Mannschaftsmesse wurde es immer lauter. Es begann nach hervorgerülpstem Alkohol zu stinken. Gyffs hielt sich in der Nähe der Tür auf und atmete nach draußen. Die Lieder der Männer wurden verzweifelter und anzüglicher.

Sie war untenrum haarig wie ein Affenmensch,
doch ich sagte mir: Sei doch mal versöhnlich, Mensch!

Fenna war wieder in Chlayst, vor dem Sumpfgas, nach getaner Arbeit, bei einem Garnisonsfest, unter Gleichgesinnten, von seinen Untergebenen geachtet, von seinen Vorgesetzten geschätzt. Etliche der von ihm Ausgebildeten waren schon nicht mehr am Leben. Kinder unter Kindern auf den Scheiterhaufen des kriechenden Sumpftodes.

Schließlich hielt Gyffs es nicht mehr aus. Sie griff sich Fenna und dirigierte ihn zur Tür hinaus. Die frische Nachtluft brachte ihn wieder ein wenig zu sich. Carlyr war um so vieles fester und unverrückbarer als Chlayst. Keine bewegliche Brandung, nirgends. Nur Felsen und Klippen und Wüste. Selbst der Mond von starren Wolken umzingelt und belagert.

Gyffs ordnete Fennas Uniform. »Jetzt reiß dich bitte zusammen, Eremith! Bislang ist heute alles glatt gegangen. Jetzt müssen wir nur noch bis zur Mitternacht durchhalten, und wir haben gewonnen.«

So hatte er das noch gar nicht gesehen. Der Sieg war noch keineswegs errungen. Was jetzt kam, gehörte zum Manöver dazu.

Er hielt sich aufrecht, und sie lenkte ihn in die *F & L*, nach oben, wo die dünnerwandigen Gläser klirrten und das Gelächter der Damen heller perlte als selbst der Prickelwein vor einer Kerzenflamme.

Hauptmann Gollberg und Oberst Jenko trugen ihre Festtagsuniformen, der greise General seine Orden und Auszeichnungen, die drei Damen – es waren alle drei anwesend, wie Fenna beruhigt vermerkte – Perlenketten und funkelndes Geschmeide. Fenna und Gyffs waren verhältnismäßig simpel gekleidet, alltäglich soldatisch, doch das machte nichts, sie waren die Helden des Tages.

Zu essen gab es kalten Fasan und Traubenschaumterrine, dazu einen weiteren Perlwein, der eine rosa Farbe hatte.

General Feudenstich nahm Leutnant Fenna gleich in Beschlag. Fenna musste ihm Chlayst beschreiben, vor und nach der Katastrophe. Fenna fand für das Vorher Worte wie »malerisch, berechenbar, salzhaltig wie gepökelt, aber auch gesittet«, und für das Hinterher »unverständlich, vielwinkelig, das Gift in allen Ritzen und Poren, wie ein Schwamm, ein mit Sterben vollgesogener Schwamm«. Er musste sich anstrengen, um beim Sprechen nicht zu lallen und um die Scheiterhaufenkinder aus seiner Nähe zu verscheuchen.

Beides gelang, indem er Gyffs' beruhigende Nähe und die verlässliche Massigkeit Oberst Jenkos als Anhaltspunkte im Raum verwendete.

Der General schien zufrieden und plauderte mit Gyffs, der dies viel leichter zu fallen schien. Zwei der Damen drängten sich an Fenna heran und verwirrten ihn wieder mit ihren lasziven Parfüms und ihren schönen, heiteren Augen.

Dann war da wieder der alte General, rascher, als es seinem Alter zuzutrauen gewesen wäre. »Sagt mal, Leutnant – Ihr seid ein junger Mann, Eure Meinung interessiert mich. Ich saß am frühen Abend mit Hauptmann Gollberg zusammen und habe mich mit ihm über den Affenmenschenfeldzug unterhalten. Der Hauptmann hat das Verhalten Hauptmann Gayos auf das Schärfste verurteilt. Was sagt man denn dazu? Im ganzen Land feiert man Gayo als Helden und Retter der Überlebenden, und hier vor Ort sagt man, es sei ein Fehler gewesen, sich zurückzuziehen?«

»Ich ... kann das nicht beurteilen, Herr General. Ich bin über die genauen Zielsetzungen des Affenmenschenfeldzuges nicht im Bilde.«

»Aber die Zielsetzungen sind doch ganz einfach gewesen: Ausrottung der Affenbrut und Zerschlagung des magischen Übels, das sich im Norden aufbaute und den gesamten Kontinent bedrohte.«

»Dann ... wenn diese Ziele noch nicht erfüllt worden sind ... mit Verlaub, Herr General ... dann war der Rückzug womöglich tatsächlich verfrüht.«

»Ihr seid da mit Hauptmann Gollberg einer Meinung?«

»Sieht so aus, Herr General.«

»Warum?«

»Weil Hauptmann Gayo immer noch« – Fenna überschlug im Kopf, was der Schreiber Lement ihm erzählt hatte – »1200 Mann zur Verfügung hatte. Die zwölffache

Besatzung der Festung Carlyr, die vierundzwanzigfache einer Stadt wie Chlayst. Mit 1200 Mann kann man immer noch eine Menge ausrichten.«

»Und was sagt Ihr dazu, Leutnant Gyffs?«

Gyffs reckte sich in Habtachtstellung. »Die meisten dieser Männer und Frauen waren erkrankt, Herr General. Und die Magier waren alle tot. Ich bin der Meinung, Hauptmann Gayo hat richtig gehandelt, im Sinne der königlichen Armee. Je länger er sich noch im Feindesland aufgehalten hätte, desto mehr seiner Soldaten wären kollabiert und hätten die nicht Kollabierten belastet. Und möglicherweise wäre dann überhaupt keiner mehr lebend herausgekommen. Und alle Informationen über das, was dort vorgefallen ist, wären verloren gegangen.«

Der alte General grinste schädelig. »Ihr betont, Leutnant Gyffs, dass die Magier alle tot waren. Aber in den meisten Garnisonen gibt es überhaupt keine Magier. Auch in der Festung Carlyr nicht. Glaubt Ihr, dass dies die Stärke einer solchen Garnison beeinträchtigt?«

»Nein, Herr General, ich denke, dass Garnisonen auch sehr gut ohne Magier auskommen können.«

»Und wie seht Ihr das, Leutnant Fenna?«

»In Chlayst konnten wir Magier gut brauchen. Es kamen zwei zu uns, nach der Katastrophe, und boten uns ihre Hilfe an. Ich glaube, sie haben vielen Einwohnern das Leben gerettet.«

»Unbezweifelbar, mein Junge. Und da fragt man sich doch manchmal: Warum eigentlich nicht? Warum rekrutiert die Königin keine Magier? Aber als es um den großen Feldzug ging, legte sie sehr viel Wert auf Magier.«

Leutnant Sells' Theorie von der geplanten Magierausrottung fiel Fenna wieder ein. Der Gedanke war unheimlich und half ihm dabei, nüchterner zu werden. »Soviel ich weiß, Herr General, rekrutiert die Armee im Allgemeinen keine Magier, weil sie als Risiko gelten. Niemand kann so richtig überwachen, was sie tun, und wenn sie in einer Drucksituation durchdrehen, können sie zu einer großen Gefahr für das eigene Heer werden.«

»So ist es. Also warum gab es so viele Magier beim Affenmenschenfeldzug?«

»Weil … das habt Ihr selbst vorhin gesagt … die Bedrohung, die von den Affenmenschen ausging, magischer Natur war?«

»So ist es, mein Junge. Und deshalb konnte der gemeine Soldat dort oben ohnehin nichts ausrichten. Und deshalb war es, nachdem alle Magier gefallen waren, auch vollkommen richtig vom jungen Hauptmann Gayo, die Überlebenden aus der Gefahrenzone herauszuführen. Ein kluges und umsichtiges militärisches Manöver, hm, ja, ja.« Der alte General kratzte sich ungeniert am Hintern. »Hauptmann Gollberg aber glaubt, dass sich noch immer versprengte Überlebende dort oben herumtreiben. Seid Ihr da auch mit ihm einer Meinung, Leutnant Fenna?«

»Ich halte es … nicht für unmöglich, Herr General.«

Der General lachte wieder rasselnd. »Na schön, hier in Carlyr scheint man sich ja einig zu sein. Jetzt interessiert mich nur noch eines: Wie fühlt man sich als Soldat, wenn man weiß, dass der gemeine Soldat gegen die Magie der Affenmenschen gar nichts auszurichten imstande ist?«

»Na, nun, Herr General«, mischte sich Oberst Jenko dazwischen, »Ihr lasst es ja aussehen, als stünden wir hier auf einem verlorenen Posten …«

»Nein, Oberst, über den Posten habe ich kein Wort verloren. Die Festung Carlyr ist sicher und fest, das bestreite ich mit keiner Silbe. Aber nördlich von hier wird es immens gefährlich, das hat der Feldzug uns allen bewiesen. Also, Leutnant Fenna, wie fühlt Ihr Euch angesichts dieser Tatsache?«

»Ich … nun, es ist nicht meine Aufgabe, die Durchführbarkeit meiner Befehle zu beurteilen oder infrage zu stellen. Meine Aufgabe besteht lediglich darin, die Befehle auszuführen. Aber ich muss auch anmerken, dass ich bislang nicht das Gefühl habe, dass die Führung dieser Festung von uns Unteroffizieren Unmögliches verlangt. Die Aufgaben sind klar umrissen, eindeutig und bewältigbar.«

»Dann hoffen wir alle, dass dies so bleibt!«, sagte General Feudenstich versöhnlich, und damit war das unangenehme Gespräch endlich ausgestanden.

Fenna fand Zeit für die süße Traubenschaumterrine und für ein kurzes Schwätzchen über Männer und Frauen als gleichberechtigte Kommandeure mit der blonden »Großnichte«.

Dann stand plötzlich Hauptmann Gollberg neben ihm.

»Mir geht die ganze Zeit über eine Frage im Kopf herum, Leutnant Fenna.«

»Hauptmann?«

»Wenn wir noch eine oder zwei weitere Runden gespielt hätten – hättet Ihr dann noch weitere Tricks auf Lager gehabt wie den mit der geworfenen Flagge?«

»Nein. Das war der einzige Überraschungseffekt, den wir vorher ausführlich geübt haben.«

»Und warum habt Ihr diesen Trick dann nicht schon in Runde zwei durchgeführt, um den Sack zuzumachen und Euren und unseren Leuten die anstrengende Runde drei zu ersparen?«

»Na ja, wir hofften, Euch durch den Gewinn der ersten Runde so verunsichern zu können, dass die zweite Runde auch so an uns geht. Wir wollten das zumindest ausprobieren, um zu sehen, wozu unsere Jungs in der Lage sind. Falls Ihr die zweite Runde dann aber doch gewinnen solltet, hatten wir ja noch die Überraschung für Runde drei in der Hinterhand.«

Gollberg sah Fenna lange in die Augen. »Ich freue mich, dass Ihr ehrlich zu mir seid und nicht behauptet, Ihr hättet noch endlos viele Überraschungen in Eurem Repertoire gehabt. Morgen soll für all unsere Soldaten ein freier Tag zur Erholung sein, aber wie wäre es, wenn wir übermorgen mit der Reitausbildung Eurer Männer beginnen? Ich möchte meine Wettschuld gerne so unverzüglich wie möglich einlösen.«

»Ich werde Euch da nicht unter Druck setzen, Hauptmann. Beginnt mit der Ausbildung, wann es Euch in Euren Zeitplan passt.«

»Also ab übermorgen für eine Woche. Allerliebst.« Sie gaben sich die Hand darauf. Fenna schlug nur zögernd ein, drückte dafür aber umso fester zu. Noch vor anderthalb Monden hatte Gollberg ihm gesagt, ein Hauptmann gebe einem Unteroffizier nicht einfach so die Hand, aber dies war heute schon das zweite Mal. Durch das Gewinnen des Manöverkampfspiels hatten Fenna und Gyffs an Respekt gewonnen, waren in Gollbergs Augen jetzt womöglich schon an den zwar freundlichen, aber ehrgeizlosen Hobock & Sells vorbeigezogen.

Diese Festungshackordnung war keine angenehme Sache, aber sicherlich war es für die Dritte Kompanie von Vorteil, nun nicht mehr am untersten Ende der Leiter zu stehen.

Dritter Teil

Auftrag

1

Der freie Tag für die Truppe verging ohne besondere Vorkommnisse. Die Heilerin Ilintu entließ alle Manöververwundeten aus ihrer Obhut. Die Grünhörner von der Dritten traten beim Essenfassen und im Waschhaus ein wenig breitbeiniger und stolzgeschwellter auf als in den Wochen zuvor, aber es kam nicht zu Reibereien, auch nicht mit der Ersten, auch nicht zwischen Resea und Fenna. Der General und seine bezaubernden Damen waren abgereist. Die Dritte Kompanie hatte ihre erste Prüfung bestanden. Weiter war nichts.

Fenna kümmerte sich an diesem Tag eigenhändig darum, dass »Scheusal« Kertz neue Augengläser erhielt. Zu diesem Zweck sollte der Postreiter, der ohnehin jede Woche in der Festung vorbeikam, Angaben nach Fairai weiterleiten, die der Waffenmeister über die benötigte Gläserstärke ausgemessen hatte. Bis aus Fairai dann das neu geschliffene Ersatzglas eintraf, musste »Scheusal« Kertz sich mit dem behelfsmäßig zurechtgebogenen Gestell, dem einen Glas und einer Augenklappe begnügen – es war einfacher, das glaslose Auge ganz abzudecken, sonst irritierte es nur durch milchige Unschärfe das andere Auge. Kertz trug die Augenklappe mit unübersehbarem Stolz wie eine Kriegsverletzung.

Ansonsten gab es als weiteres freudiges Ereignis den schon von vielen herbeigesehnten zweiten Sold – vier weitere Taler zum Verprassen –, und am 3. Rauchmond begann die Reitausbildung durch Hauptmann Gollberg, seine Korporale und ausgesuchte Angehörige der Ersten Kompanie, die ihre eigenen Pferde zur Verfügung stellten.

Es bestätigte sich, was Fenna bereits von seinen Männern erfahren hatte: Deleven, von den Holtzenauen, Resea, Jonis und Stodaert waren ausgezeichnete Reiter, Emara war nicht ausgezeichnet, aber allemal sicherer und unbefangener auf einem Pferd als Fenna. Behnk, Teppel, Ekhanner, Garsid, Kindem, Kertz, MerDilli und Nelat hatten noch niemals zuvor auf dem Rücken eines Pferdes gesessen, und auf diese acht konzentrierte sich die Ausbildung. Gyffs war hervorragend im Umgang mit Pferden – neben Resea und Stodaert war sie die Einzige, die sogar Hindernisse auf einem Pferd sicher überspringen konnte. Fenna fand meistens irgendwelche Ausreden, sich zu drücken, aber dem Hauptmann Gollberg entging das nicht, und so zwang er den Leutnant dazu, ebenfalls Reitstunden zu nehmen. Von den sechs heftigen Stürzen, die es in dieser Woche gab, verursachte Fenna einen, MerDilli zwei und Kertz drei. Die leichteren Unfälle wie langsames seitliches Herunterplumpsen vom Pferd oder Mitgeschleiftwerden beim Auf- und Absteigen wurden gar nicht erst gezählt.

Am Ende der zehntägigen Ausbildung konnten sich alle Angehörigen der Dritten Kompanie einigermaßen gewandt auf Reittieren bewegen – bis auf Leutnant Fenna und »Scheusal« Kertz. Vor Kertz hatten die Tiere Angst. Gollberg führte dies auf einen »wohl sehr spezifischen Körpergeruch« zurück. Fenna wiederum konnte weiterhin seinen übertriebenen Respekt vor den Tieren, die er als

»riesig« empfand, nicht abbauen. Wie auf dem Ritt von Ferbst zur Festung Carlyr konnte er sich zwar im Sattel halten, aber jedes Pferd verfiel unter ihm in eine unruhige Gangart und tat Fennas Steißbein alles andere als gut.

»Das könnte hoffnungslos sein«, scherzte Gollbergs Korporälin, »aber in der Armee soll man die Hoffnung ja nie aufgeben.«

Resea grinste hämisch über Fennas Unvermögen, während er selbst wie schwerelos über Balkenhindernisse hinwegsetzte und sich mehr in den Reihen der Ersten Kompanie aufzuhalten schien als in denen seiner eigenen.

In der zweiten Woche des Rauchmonds trieb Leutnant Gyffs die Fernwaffenausbildung der Dritten Kompanie voran, während Hauptmann Gollbergs Erste sich wieder ins Feindesland hineinbegab, um nach versprengten Überlebenden des Affenmenschenfeldzugs Ausschau zu halten.

Ein Plan reifte in Gyffs' Kopf. In ihrem gemeinsamen Zimmer erzählte sie eines Abends Fenna davon.

»Ich bin dafür, dass wir die Kompanie in zwei Züge aufteilen: einen Fernwaffenzug und einen Infanteriezug, beide unter der Leitung eines Korporals.«

»Über Korporäle haben wir schon einmal diskutiert. Aber wir konnten uns nicht wirklich auf Kandidaten einigen.«

»Inzwischen finde ich es ziemlich eindeutig. Resea muss Korporal des Fernwaffenzuges werden. Dieser Mann kann einfach alles: Er reitet am besten, er schießt am besten, er ist einer der effektivsten Kämpfer …«

»Er ist ein Arschloch.«

»Warum sagst du das immer wieder? Ohne ihn hätten wir das Manöver nicht gewonnen, er hat uns mehr oder weniger im Alleingang den ersten und auch den zweiten Punkt beschert!«

Fenna rieb sich mit beiden Händen das müde Gesicht.

Die beiden Leutnants hatten den das Zimmer teilenden Vorhang beseitegeschoben, um besser miteinander sprechen zu können. »Wenn wir ihn zum Korporal ernennen, wird ihn das einerseits zwar stärker in unsere Kompanie einbinden, weil er dann Verantwortung übernehmen muss und nicht die ganze Zeit nur an sich selber denken kann – aber andererseits können wir ihm doch nicht allen Ernstes das Leben anderer Menschen anvertrauen! Das ... kümmert ihn doch gar nicht, ob da jemand krepiert oder nicht! Er will ... Gollberg oder Jenko beeindrucken oder jeden Weiberrock, dessen er ansichtig wird, aber niemals wird er sich um seine Männer kümmern, so wie du und ich das tun.«

»Du favorisierst also weiterhin Deleven.«

»Auf jeden Fall. Deleven ist viel ruhiger, abgeklärter. Dem würde ich sogar mein eigenes Leben anvertrauen, wenn es hart auf hart kommt.«

»Hm. Ich weiß ja nicht.«

»Wer soll denn den Infanteristenzug führen?«

»Garsid.«

»Da bin ich mit dir einer Meinung. Er ist sperrig, aber seit dem gewonnenen Manöver gibt er sich deutlich mehr Mühe. Er hatte anfangs Schwierigkeiten, eine weibliche Vorgesetzte zu akzeptieren.«

»Das ist mir nicht entgangen, das kannst du mir glauben, Eremith. Ich kann solche rückständigen Kerle eigentlich nicht ausstehen, aber es geht hier nicht um mich, sondern um die Kompanie, und Garsid scheint mir die richtige Mischung zu sein aus Erfahrung und Fähigkeiten.«

»Also gut. Korporal Garsid.«

»Und Korporal Resea. Bei Deleven werde ich das Gefühl nicht los, dass er etwas verborgen hält. Dass etwas Dunkles um ihn ist.«

Fenna hatte ihr nie erzählt von dem *Schwertmann Vierter Rang*, der mit der Bande von Malk Falanko geritten war und einhundert Menschen auf dem Gewissen hatte. Er schämte sich dafür, dies Gyffs zu verheimlichen, aber er konnte das Gefühl nicht abschütteln, dass Nilocas Deleven ihm dies überhaupt nur unter dem Siegel der Verschwiegenheit anvertraut hatte. »Loa, ich werde mit einem Korporal namens Resea nicht klarkommen, das kann ich dir jetzt schon versichern.«

»Dann lass uns einen Kompromiss schließen: Wir teilen die Kompanie nicht in zwei gleich große Züge, sondern Reseas Zug wird kleiner als Garsids. So richtig gute Bogenschützen sind ohnehin nur Resea, Deleven und von den Holtzenauen. Dann nehmen wir noch Stodaert, Nelat und Ekhanner dazu, die sich in den letzten Tagen am deutlichsten gesteigert haben, und schon haben wir einen Sechserzug mit Bögen und einen Achterzug mit Schilden.«

Fenna ließ sich das durch den Kopf gehen. Schließlich nickte er. »Ich bin einverstanden. Aber unter zwei Bedingungen.«

»Ja?«

»Wir nennen Reseas Zug den Zweiten Zug, weil die Fernwaffenleute in Marschformation *hinter* den Infanteristen gehen.«

»*Hinter* den Infanteristen? Aber das verschenkt doch wertvolle Reichweite.«

»Kaum. Sie können über die Infanterie hinwegschießen. Aber die Infanterie kann so viel besser als Schutz für die Fernwaffenleute dienen.«

»Und du willst, dass Resea lediglich den *Zweiten* Zug bekommt.«

»So ist es.«

»Na gut. Und die zweite Bedingung?«

»*Du* bringst Oberst Jenko bei, dass wir eine Beförderungssolderhöhung für zwei unserer Männer brauchen.«

»Das wird überhaupt kein Problem.«

Gyffs kümmerte sich darum, und bereits am 22. Rauchmond wurden Garsid und Gerris Resea vor versammelter Dritter Kompanie von ihren beiden Leutnants Fenna und Gyffs feierlich zu Korporälen befördert. Der Schreiber Lement war anwesend, um die neue Struktur der Dritten Kompanie des Zweiten Bataillons schriftlich festzuhalten.

DRITTE KOMPANIE, ZWEITES BATAILLON
FESTUNG CARLYR

Leutnants:	Fenna, Eremith
	Gyffs, Loa
Erster Zug (Infanterie):	Korporal Garsid
	Behnk, Alman
	Emara, Mails
	Jonis, Jovid
	Kertz, »Scheusal« Jeo
	Kindem, Ellister Gilker
	MerDilli, Sensa
	Teppel, Breff Adirony

Zweiter Zug (Fernwaffen): Korporal Resea, Gerris

Deleven, Nilocas

Ekhanner, Ildeon

Nelat, Tadao

Stodaert, Bujo

von den Holtzenauen, Fergran

Gerris Resea nahm seine Beförderung mit unbewegter Miene entgegen. Weder schien er sich zu freuen noch sonderlich überrascht zu sein. Fenna konnte sich nicht erinnern, schon einmal jemals einer Beförderung beigewohnt zu haben, für die der Beförderte nicht einmal ein Achselzucken übrig zu haben schien. Gyffs immerhin war stolz auf ihren Lieblingssoldaten Resea.

Der frischgebackene Korporal Garsid hingegen war immerhin ordentlich aufgeregt. Er schien die Möglichkeit, beim Militär befördert zu werden, bislang noch nicht im Mindesten in Betracht gezogen zu haben. Vor einem Mond noch hatte Garsid sich despektierlich über das gesamte Uniformtragen geäußert. Fenna wäre beinahe eine Wette eingegangen, dass Garsid bald aus der Armee austreten würde. Aber dann hatten die Vorbereitungen auf das Manöver den kampferprobten Gallikoner wohl doch in ihren Bann gezogen, und seit dem Manöversieg wirkte er wie ausgewechselt: Er war mit Feuereifer bei der Sache und glaubte daran, dass seine Kompanie etwas taugte. Dafür wurde er jetzt ausgezeichnet, und er dankte sowohl Fenna als auch Gyffs, die sich in seinen Augen wohl bewährt hatte.

Auch die übrigen Grünhörner waren stolz auf die ersten beiden Unteroffiziere, die aus ihren Reihen hervorgegangen waren. Nilocas Deleven ließ nicht erkennen, ob er enttäuscht darüber war, nicht berücksichtigt worden zu sein. Einzig der ehrgeizige Bujo Stodaert wirkte ein wenig wie jemand, der ein persönliches Getroffensein zu überspielen versucht.

Alman Behnk äußerte sich besorgt über die neuerliche Einteilung der Kompanie in Züge. »Das wird ja immer komplizierter! Wenn man sich jetzt korrekt melden möchte, muss man dann sagen Regiment Festung Carlyr, Zweites Bataillon, Dritte Kompanie, Erster Zug oder Erster Zug, Dritte Kompanie, Zweites Bataillon, Regiment Festung Carlyr?«

»Das Erstere ist richtig«, antwortete Fenna nachsichtig lächelnd. »Die Information über das Regiment ist die wichtigste. Alles Weitere ordnet sich dem unter.«

Leutnant Gyffs' Steckenpferd – der Fernwaffenzug – wurde mit nagelneuen Langbögen aus Bergulmenholz von den Südhängen der Steinwüste ausgerüstet. Einzig Deleven bekam einen Kurzbogen aus hesselyscher Eibe. Das verringerte zwar seine Reichweite, aber bei den Übungen hatte sich gezeigt, dass Deleven mit einem Kurzbogen doppelt so schnell nachladen, zielen und schießen konnte als die anderen mit ihren Langbögen. Gyffs, die den Fernwaffenzug auch weiterhin unter ihre Fittiche nehmen wollte, beabsichtigte, diesen zusätzlichen Schuss im Ernstfall als Überraschungsmoment einzusetzen.

Oberst Ibras Jenko ließ sich am 24. Rauchmond die neu strukturierte Dritte Kompanie vorführen. Der Fernwaffenzug gab ein paar Übungsschüsse auf Strohziele ab, und Korporal Resea und die Soldaten Deleven und von den Holtzenauen trafen mit jedem ihrer Schüsse. Der Infanteristenzug präsentierte unter Korporal Garsids Kommando ein paar Formationen zum Schutz des Fernwaffenzuges und stürmte einmal beherzt gegen einen überhaupt nicht vorhandenen Feind vor.

Oberst Jenko war zufrieden und stimmte mittelfristig einer Aufstockung der Dritten Kompanie auf die ansonsten üblichen dreißig Mann zu.

Dann, am 25. Rauchmond, hielt zum ersten Mal, seitdem Eremith Fenna hier Dienst tat, der Tod Einzug in der Festung Carlyr.

2

Hauptmann Gollbergs Erste Kompanie kehrte vom Einsatz im Feindesland zurück und hatte zwei Soldaten und ein Pferd verloren. Gerüchte schossen rasend schnell ins Kraut, aber es klärte sich beinahe ebenso schnell auf, dass die Verluste nicht auf einen Angriff der Affenmenschen zurückzuführen waren, sondern auf ein Rudel ausgehungerter Haihunde. Die Bestien hatten zu zwanzigst – einige Soldaten erzählten später, es seien nur sieben oder acht gewesen – das hinterste Pferd attackiert, obwohl die gesamte Formation in militärisch vorbildlicher Ordnung geritten war. Pferd und Reiter waren zu Boden gegangen und in rasender Geschwindigkeit zerfleischt worden. In dem entstehenden Tumult sei ein zweiter Soldat weiter vorne von seinem Pferd abgeworfen worden. Die gellenden Schreie dieses Mannes verfolgten alle Dabeigewesenen noch Wochen später im Schlaf. Mit Mühe war es Hauptmann Gollberg gelungen, seine Mannen von sinnlosen Rettungsversuchen abzuhalten, sonst wäre es wohl noch zu weit höheren Verlusten gekommen. Hatte ein Haihund nämlich erst einmal Blut geschmeckt, verwandelte er sich in ein schnappendes, reißzahnbewehrtes Maul, dass sich wie hirnlos auch von schwersten eigenen Verletzungen nicht vom Schlingen abhalten ließ.

Gollberg tobte durch die Festung wie ein Rasender. Nichts konnte ihm mehr zusagen, die gesamte Festung schien ihm ein »marodes Furzkissen für fett gewordene Zivilisten« zu sein, während seine Leute »da draußen den Kopf hinhalten« mussten, damit der Kontinent weiterhin »ungerührt an sich selbst herumspielen« konnte. Nur langsam gelang es Oberst Jenko, Ruhe und Ordnung in seinen herausragendsten Offizier zurückzuzwingen.

Die Meldung vom Tod zweier Soldaten, von Festungskameraden, denen man noch Anfang dieses Mondes im Manöver freundschaftlich rivalisierend gegenübergestanden hatte, versetzte auch der Dritten Kompanie einen nicht zu unterschätzenden Hieb. Behnk brach sogar in Tränen aus, obwohl er die beiden Gefallenen so gut wie überhaupt nicht gekannt hatte. Die schmucken Uniformen, die sie alle trugen, schienen mit einem Mal durchlässig geworden zu sein wie feinste Seide, durchlässig für Reißzähne und Klauen aller Art.

Die Leichname der beiden Gefallenen hatten nicht geborgen werden können – Haihunde pflegten selbst Knochen zu zermalmen und zu verdauen. Dennoch wurde am 27. Rauchmond in der Kapelle ein Götterdienst für die Toten und das gesamte Regiment abgehalten, für das eigens eine Senchakpriesterin namens Secesti aus einem nahe gelegenen hesselyschem Dorf namens Bleuken angefordert worden war.

Die Grünhörner hatten noch niemals eine Frau wie Secesti gesehen. Brandversehrt, muskelknotig, narbenübersät, haarlos, den nachgerade männlich kleinen Busen kaum verhüllt, mit herben Falten im Gesicht und Tierknochenasche unter den Augen, sang sie düstere Lieder in einer alten, vergessenen Sprache und deklamierte mit tiefer, rollender Stimme den offiziell-königlich-militärischen Grablegungsritus. »*Im Glanze der Krone bist du zu den Schatten gefallen, aus den Reihen deiner Kameraden hat dich dein Geschick herausgebrochen, aus den Augen der Königin hat dich ein Sturmwind gerissen, das Alter und die Ruhe bleiben dir verwehrt. Dendo Mikerlind und Igan Seykar Ruiv, die ihr Soldaten gewesen seid der überdauernden Familie Carlyr – Senchak wird euch nicht vergessen, und wir werden euch auch nicht vergessen. Ihr seid gefallen als Soldaten, habt euren letzten Atemzug getan als Soldaten, seid dem Tod entgegengeritten als Kavalleristen und werdet in Ewigkeit weiterreiten in den Reihen der Helden, die vor euch gegangen sind und nach euch kommen werden. Senchak empfängt euren Geist, gürtet euch neu in Waffen aus silbernem Licht und erfrischendem Tau und führt euch jener Bestimmung zu, die zu erfassen allein den Göttern vorbehalten ist.*«

Diese Worte machten einen tiefen Eindruck auf die Grünhörner der Dritten Kompanie, die sich zur Zeit des Affenmenschenfeldzuges noch nicht in militärischen Diensten befunden und somit solche Bestattungsriten noch nie miterlebt hatten. Sie standen neben der Zweiten Kompanie in Reih und Glied, und zwar draußen vor der Kapelle, weil in dem kleinen Andachtsgebäude nur Platz für wenige war – die Priesterin, Hauptmann Gollberg, Oberst Jenko, Gollbergs Korporäle und die fünf engsten Freunde der Gefallenen aus der Ersten Kompanie.

Alman Behnk weinte leise, von Jovid Jonis und Ildeon Ekhanner getröstet. Garsid war bleich, hoch aufgerichtet und feierlich. Breff Adirony Teppels Lippen zitterten; wahrscheinlich dachte er an seine beiden Söhne, die ebenfalls als Soldaten der Königin den Tod gefunden hatten. Fergran von den Holtzenauens Augen schimmerten feucht. Gerris Resea gähnte nicht, wie Fenna insgeheim befürchtet hatte, sondern war ebenfalls angespannt, wie sich das für einen anständigen Korporal gehörte.

In Ermangelung echter Überreste wurden die Ausgehuniformen der beiden Toten auf dem kleinen Friedhof im ewigen Schatten der Ostklippe zur Ruhe gebettet.

Zwei Tage später erfuhr Fenna durch eine nebenbei fallen gelassene Äußerung des Schreibers Lement, dass Korporal Resea sich am Tag der Beisetzung bereits um eine Versetzung in die Erste Kompanie beworben hatte.

Unverzüglich stellte Fenna seinen Korporal zur Rede. Die beiden befanden sich beinahe zufällig von allen anderen entfernt in unmittelbarer Nähe der Stallungen, wo Resea sich in seinen freien Stunden öfters aufhielt.

»Das ist doch wohl ein schlechter Scherz, Korporal?«

»Was denn, Leutnant?«

»Wir haben dich vor fünf Tagen erst zum Korporal befördert – und jetzt willst du die Kompanie wechseln, du krummer Hund?«

Resea bewahrte die Fassung. Fenna schien es nichts auszumachen, dass sich die ersten Umstehenden schon zu dem schreienden Leutnant umblickten. »Ich habe nicht darum gebeten, befördert zu werden, Leutnant Fenna. Ich kann es nicht ändern und nicht rückgängig machen.«

»Und glaubst du im Ernst, du wirst in der Ersten als Korporal weitermachen können? Die werden dich zurückstufen, bis dir Hören und Sehen vergeht.«

»Das ist mir klar, Leutnant. Ich bin lieber einfacher Soldat unter Hauptmann Gollberg als ein Korporal unter Fenna und Gyffs.«

Fenna spürte, wie der Zorn ihn zu übermannen drohte. Er wollte sich auf Resea stürzen und ihn verprügeln, bis er winselte. Aber Resea würde nicht winseln. Er hatte zweimal gut abgeschnitten im Ritterturnier von Endailon. Mit einem Schaudern erinnerte Fenna sich an den furchtbaren Würgegriff, der im nachtfinsteren Waschhaus beinahe das Leben aus ihm herausgepresst hatte. Hilflos drohte er Resea mit dem Finger. »Das wird Konsequenzen haben! Das ist Verrat! Das lasse ich nicht mit mir machen!«

Fenna wandte sich ab und stiefelte auf die *F & L* zu. Er ärgerte sich unverzüglich über sein Verhalten. »Verrat« zu schreien passierte eigentlich nur sehr unfähigen, aufbrausenden Offizieren. Reseas glatte, geschmeidige Art brachte etwas in Fenna zum Vorschein, das er selbst verabscheute. Vielleicht war es das Beste, diesen ständigen Störenfried endlich los zu sein. Aber was würde dann aus der Kompanie werden?

Zu seiner Überraschung war Leutnant Gyffs bereits beim Oberst. Sie hatte den klügeren, offizielleren Weg gewählt, sich zu erkundigen. »Ah, da seid Ihr ja, Leutnant Fenna, tadellos, ich wollte Euch gerade rufen lassen. Also, ich erkläre es noch einmal. Hauptmann Gollberg hat darum ersucht, dass seine Verluste ausgeglichen werden. Ich habe dem zugestimmt. So ist das. Man kann eine Kompanie wie die Erste nicht mit Neurekruten befüllen, das ergibt keinen Sinn. Hobock & Sells geben freiwillig einen der Ihren her, und an die Dritte hatte ich noch gar nicht gedacht – als mir vorgestern unvermutet eine schriftliche Bewerbung Korporal Reseas auf den Schreibtisch flatterte.«

»Wieso, Herr Oberst, hat Resea von Gollbergs Verlustenausgleich erfahren können und nicht wir Leutnants?«, hakte Fenna nach.

Jenko zuckte die Achseln. »Das weiß ich auch nicht. Der Vorgang war noch nicht wirklich offiziell. Ich wollte ihn eigentlich erst nächste Woche entscheiden.«

»Gollberg hat Resea persönlich angesprochen. Er hatte schon seit dem Manöver ein Auge auf ihn geworfen.«

»Vorsicht, Leutnant, das ist nichts weiter als eine Vermutung! Und selbst wenn es so wäre: Ein Hauptmann hat jederzeit das Recht, sich die besten Leute seines Regiments in seine eigene Kompanie zu holen. Dazu ist er Hauptmann.«

»Wir päppeln sie auf, und der Hauptmann pflückt sich dann unsere erfolgversprechendsten Früchte …«

»So ist das, Leutnant Fenna. Genau, wie Ihr Euch unter den Männern, die Leutnant Hobock für Euch zusammengesucht hatte, die vierzehn Besten aussuchen durftet. Da ist nichts Ungerechtes dabei.«

»Den Leutnant ärgert«, versuchte Gyffs die Wogen zu glätten, »dass es natürlich ungeschickt ist, uns so kurz nach einer Beförderung gleich eines Korporals zu berauben. Das erschüttert das Vertrauen der Mannschaft in die Beständigkeit von Hierarchien.«

»Das verstehe ich durchaus, Leutnant Gyffs«, wandte sich der Oberst ihr zu, deutlich wohlgesonnener. »Ich verstehe auch, dass Ihr ungern den Fernwaffenzug noch weiter schrumpfen sehen möchtet. Ist nie angenehm, Leute zu verlieren. Fragt den Hauptmann. Fragt mich. Aber es ist nun einmal nicht zu umgehen. Die Erste Kompanie ist unsere Außeneinsatztruppe. Sie muss voll besetzt sein, die letzten Tage haben wohl bewiesen, wie gefährlich es dort draußen ist. Ausschließlich die Zweite Kompanie zu beleihen halte ich für … ungerecht. Und die Dritte ist natürlich ohnehin schon die kleinste, aber ich habe Euch beiden ja bereits eine Aufstockung in Aussicht gestellt. Mitte Blättermond möchte ich Leutnant Hobock zu einer weiteren Rekrutierungsmission ins Land schicken, um – sagen wir – zwanzig weitere Anwärter zu sammeln, aus denen Ihr Euch dann die vielversprechendsten siebzehn heraussuchen könnt. Klingt doch formidabel, nicht wahr? Ihr habt hinterher doppelt so viele Leute wie jetzt, und Frauen sind vielleicht diesmal auch dabei. Also weshalb die langen Gesichter?«

»Was machen wir mit unserem Fernwaffenzug?«, fragte Gyffs.

»Na, da wird sich doch noch ein weiterer Korporal finden lassen, oder etwa nicht?«

»Deleven«, seufzte Gyffs nach einem Seitenblick auf Fenna. »Also gut, die Götter scheinen es so zu wollen.«

»Sonst noch etwas, meine lieben Leutnants?«

»Nein, Herr Oberst, es ist alles im Lot«, sagte Gyffs, grüßte ordentlich, schnappte sich den immer noch schnaubend dastehenden Fenna und zog ihn einfach mit sich.

Während sie den Hof überquerten, sagte sie zu ihm: »Ich verstehe gar nicht, weshalb du dich so aufregst. Du konntest Resea doch ohnehin nicht ausstehen. Wenn jemand sauer sein müsste, dann ich.«

»Du verstehst tatsächlich nicht, Loa. Wir haben eben unseren ersten Mann verloren – und wir haben noch nicht einmal gekämpft.«

»Oh, ich finde, das war schon ein ganz hübsches Gemetzel gerade. Was will man machen? Das ist Bürokratie!«

»Scheiß auf die Bürokratie! Gollberg stellt sich dumm an, und wir müssen dafür bluten. Als Nächstes nimmt er uns Deleven, dann Garsid, und irgendwann stehen wir nur noch mit Behnk und Teppel da. Und mit denen sollen wir dann einen Krieg gewinnen!«

»Ich sehe keinen Krieg, Eremith. Ich sehe das Halten einer Stellung, die niemals angegriffen wird. Das werden wir schon hinbekommen.«

»Und dass er auch vor den Korporälen nicht zurückschreckt, ärgert mich am meisten! Dadurch untergräbt er unsere Entscheidungen!«

»Das sehe ich anders. Ich finde, er *bestätigt* unsere Entscheidungen. Wir haben Resea zum Korporal gemacht, weil zumindest ich von seinen Fähigkeiten begeistert war. Hauptmann Gollberg scheint diese Einschätzung zu teilen, sonst würde er Resea nicht in seine Wundertruppe holen. Und jetzt reg dich langsam wieder ab, du warst doch immer dafür, dass Deleven Korporal wird. Jetzt kriegst du deinen Willen.«

Fenna war noch bis zum Ende des Rauchmonds wütend und unleidlich. Er hatte dauernd Kopfschmerzen, er roch den Gestank von Verbranntem, der aus dem Norden über die Festung hinwehte, und in den Nächten schreckte er auf, weil Haihunde, brennende Kinder und Echsengeier gleichzeitig hinter ihm her waren. Das Essen schmeckte ihm nicht. Gyffs' Zuverlässigkeit ging ihm auf die Nerven. Seine Soldaten erschienen ihm alle als zu klein oder zu dick, selbst der riesige Kindem und der schmächtige Nelat. Fenna mied jegliche Begegnung mit Hauptmann Gollberg oder irgendwelchen Angehörigen der Ersten Kompanie. Lediglich mit Hobock & Sells kam er in diesen Tagen gut zurande, denn die beiden jammerten ebenfalls hinter vorgehaltener Hand darüber, eines guten Soldaten – in ihrem Falle: einer Soldatin – beraubt worden zu sein.

Reseas Weggang verlief vollkommen unspektakulär. Er räumte sein Bett in Raum F, ohne viele Worte zu machen. Die Grünhörner hatten ihn akzeptiert und respektiert, aber so richtig angefreundet hatte er sich mit niemandem. Gerris Resea zog in das Quartier der Ersten Kompanie, um dort als einfacher Soldat wieder von vorne anzufangen.

Delevens Beförderung zum Korporal war ebenso unauffällig. Und dennoch entdeckte Fenna in Delevens Augen etwas, was vorher weder bei Resea noch bei Garsid zu entdecken gewesen war: ein kurzes Aufblitzen, ein Einrasten. *Ja, ich bin der richtige Mann, Verantwortung für diesen Zug zu übernehmen. Ja, ich habe etwas wiedergutzumachen. Ich habe viele Leben genommen in einem früheren Dasein. Jetzt will ich Leben bewahren.* Fennas Wut über Reseas Weggang begann zu verrauchen.

Außerhalb der Festung, im südlichen Bergland, hetzte Gyffs den Fernwaffenzug durch immer kompliziertere Schussübungen. Fenna unternahm währenddessen Gewaltmärsche mit dem Infanteristenzug. Sie blieben auch über Nacht weg, damit Fenna seinen Leuten das Wachehalten beibringen konnte.

Gollbergs Erste Kompanie ritt aus und kehrte ohne besondere Vorkommnisse zurück. Soldat Resea hatte seine Feuertaufe in den Reihen der Kavalleristen überstanden.

Die Dritte Kompanie bekam ihren dritten königlichen Sold ausgezahlt. Die Mannschaftsmesse schwirrte an diesem Abend wieder von gelallten, wenig königlichen Reden und großspurigen Ansagen. Sensa MerDilli und Ellister Gilker Kindem prügelten sich, aber der Anlass war dermaßen nichtig und der Faustkampf für alle Beteiligten so spaßig, dass keinerlei böses Blut entstand oder zurückblieb.

»Scheusal« Jeo Kertz erhielt endlich sein Ersatzglas aus Fairai und konnte seine Augenklappe ablegen. Der Waffenmeister der Festung Carlyr schmiedete lange an einem neuen Gestell für die Gläser herum, das besonders stabil war und hinter dem Kopf mit einer Lederschnalle festgebunden werden konnte. Kertz nannte dieses Gestell »meine Kriegsaugen«.

Am 4. Blättermond wurden die Leutnants Fenna und Gyffs zu Oberst Jenko bestellt. In dessen Büro saß bereits Hauptmann Gollberg. Die Gesichter der beiden höchstrangigen Offiziere der Festung wandten sich unverzüglich den beiden Neuankömmlingen zu.

»Leutnants«, begann Gollberg ohne Umschweife, »zuerst einmal möchte ich die Gelegenheit nutzen, mich für die Übernahme eines Ihrer Männer zu entschuldigen. Es gehört zu den bedauerlicheren Gepflogenheiten in Carlyr, dass die Erste Kompanie jedes Regiments im Verlustfall aus den weiteren Kompanien aufgefüllt wird. Ich kann Euch jedoch versichern, dass Soldat Resea ein Neuzugang ist, der der Dritten Kompanie alle Ehre macht. Ich habe deshalb beschlossen, seinen Korporalsrang nur vorübergehend auszusetzen. Sobald er sich ausreichend bewährt hat – und ich hege keinen Zweifel daran, dass er dazu in der Lage sein wird –, kann er auch in meiner Kompanie zum Korporal aufsteigen, schneller, als wenn er vorher nur ein einfacher Soldat gewesen wäre. Eure Beförderungsentscheidung, Leutnants, wird also von mir durchaus respektiert. Das ist jedoch nicht die einzige erfreuliche Mitteilung, die ich Euch machen kann, Leutnants. Der Oberst und ich haben entschieden, die Dritte Kompanie schon übermorgen in der Frühe auf einen Feindeslandeinsatz zu schicken.«

Gyffs wurde kurz bleich, dann rot. Fenna wahrte die Fassung, spürte aber tief in sich so etwas wie einen Muskelriss. *Schon jetzt. Die Jungs. Dort draußen. Sind sie dem denn schon gewachsen?*

»Ihr wundert Euch vielleicht«, fuhr nun der Oberst fort, »dass wir die Dritte Kompanie ins Affenland schicken. Nicht die Zweite. Nun, ähm, genau genommen wären zehn Mann genug für diesen Auftrag, also können wir, anstatt die Zweite Kompanie auseinanderzureißen, auch gleich die gesamte Dritte schicken, nicht wahr? Ausschlaggebender scheint uns jedoch zu sein, dass die Dritte Kompanie beim Manöver einen gewissen … wie soll ich das ausdrücken? … *Biss* bewiesen hat, der der Zweiten Kompanie immer noch abgeht. Die Zweite ist tadellos, um die Festung zu bemannen. Aber dort draußen bei den Affen ist etwas anderes gefordert. Etwas, das Ihr beide mitbringt, Leutnants, und Eure Männer hoffentlich ebenso.«

Jetzt übernahm wieder der Hauptmann. »Es geht selbstverständlich um eine verhältnismäßig ungefährliche Mission, die sich ausschließlich in Gelände bewegen wird, das von meiner Kompanie regelmäßig durchritten und dabei ausgekundschaftet wird. Ihr sollt den Planwagen eines Händlers etwa drei Tagesmärsche weit nach Norden begleiten, dort den Proviant, den der Wagen geladen hat, vergraben, und wieder zurückkehren. Kampfhandlungen mit Affenmenschen sind auf dieser Mission nicht zu erwarten, aber man muss sich auf diesem Terrain selbstverständlich immer vor Bestien und Ungeheuern in Acht nehmen.«

»Es handelt sich um eine tadellose Mission, um das Feindesland und die dortigen Lebensbedingungen kennenzulernen«, ergänzte Oberst Jenko. »Ein solches Wissen ist für eine in Carlyr stationierte Kompanie natürlich Gold wert. Betrachtet es also als eine erweiterte Ausbildung, Leutnants.«

»Die Mission hat aber einen konkreten Zweck«, fügte Hauptmann Gollberg bedeutsam hinzu. »Meine Kompanie hat jetzt schon wiederholt Spuren und Lagerzeugnisse gefunden, die auf versprengte Überlebende unseres Feldzuges hindeuten. Um diesen Spuren aber wirklich Erfolg versprechend nachgehen zu können, müssen wir geschätzte fünf Tage weit in das Feindesland hineinreiten können. Dafür reicht jedoch der Proviant nicht. Speziell Trinkwasser ist in dieser Gifthölle kaum zu gewinnen. Eure Kompanie, Leutnants, hat nun also den Auftrag, ein vorgelagertes Proviantreservoir anzulegen, damit meine Kompanie anschließend den entscheidenden, Erfolg versprechenden Vorstoß unternehmen kann. Wir arbeiten Hand in Hand. Die Erste und die Dritte. Wichtig beim Anlegen dieses Proviantreservoirs ist, dass Eure Kompanie dabei nicht beobachtet wird. Von niemandem. Auch nicht von Tieren. Falls also eine Eule nahebei auf einem Baumstumpf sitzt und zuschaut, sollte sich Euer Fernwaffenzug um dieses Tier kümmern. Wir wissen nämlich nicht, inwieweit es den Affenmenschen möglich ist, Tiere zu Spähern abzurichten.«

»Bei den Händlern, die den Wagen fahren, handelt es sich um Vater und Tochter Raubiel«, erläuterte der Oberst. »Die beiden kennen sich im Feindesland recht gut aus, sie waren an den Proviantierungsvorbereitungen des großen Feldzugs unmittelbar beteiligt. Auch die vier Pferde, die den Wagen ziehen, sind mit derart ungemütlichem Terrain vertraut. Aus dieser Richtung sind also keine Schwierigkeiten zu erwarten. Dennoch wird Eure Kompanie zusätzlich Kartenmaterial erhalten sowie detaillierte Landschaftsbeschreibungen. Hauptmann Gollberg hat das alles vorbereitet. Die Orientierung an markanten Wegpunkten wird ein Kinderspiel. Fragen, Leutnants?«

»Wäre es nicht sinnvoll, uns Pferde zur Verfügung zu stellen, damit wir beritten sind, meine Herren Offiziere?«, fragte Gyffs untertänigst.

Oberst Jenko schüttelte den Kopf. »Der Planwagen wird langsam sein. Ihr sollt ihn beschützen. Es ist also nicht sinnvoll, dass Ihr schneller seid als der Planwagen.«

»Aber auf dem Rückweg ist der Planwagen entladen und deshalb nicht mehr unter allen Umständen zu halten?«, hakte Gyffs nach.

»Doch«, antwortete nun Hauptmann Gollberg. »Es gibt nicht allzu viele Zivilisten wie die Raubiels, die den Mumm haben, mit der Armee zusammenzuarbeiten, also sollten wir diese Menschen mit allem, was uns zu Gebote steht, unterstützen.«

Gyffs ließ nicht locker. »Warum nehmen wir keinen Armeewagen mit Armeepferden und Kutschern, die gleichzeitig Soldaten sind?«

Der Oberst hob begütigend die Hände. »Leutnant Gyffs, Ihr braucht Euch wirklich nicht den Kopf der Festung Carlyr zu zerbrechen. Alle Details aufzuzählen, würde zu weit führen. Ihr könnt Euch darauf verlassen, dass wir uns die Sache gut überlegt haben und keine Unsinnsmissionen vergeben.«

»Mit Verlaub, ich möchte nicht unverschämt erscheinen, aber ich frage mich, ob wir die Gefährdung zweier Zivilisten nicht dadurch umgehen könnten, dass unsere Kompanie den Wagen selbst lenkt und wir die gesamte Mission mit militäreigenem …«

Hauptmann Gollberg zeigte jetzt ein angespanntes Lächeln und fiel Gyffs mit einlenkender Geste ins Wort. »Wenn Ihr es denn unbedingt wissen wollt, Leutnant Gyffs: Wir haben einen Belieferungsvertrag mit der Familie Raubiel, der uns die Verbringung des Proviantes zur vereinbarten Ablieferungsstelle zusichert. Dadurch muss die Festung keine Kosten übernehmen, falls eine Lieferung vor Erreichen des Zieles verloren geht. Die Armee der Königin verfügt bedauerlicherweise nicht über unendliche Geldmittel, deshalb muss ein Händler, der ein lukratives Zulieferungsmonopol haben möchte, auch das eine oder andere Zugeständnis an die besonderen Gegebenheiten einer Armee machen. Selbstverständlich können wir keine Phantasieziele irgendwo im Feindesland benennen und von den Raubiels verlangen, dass sie dorthin liefern, aber ein eskortierter Transport drei Tage tief in der Felsenwüste ist durchaus vertragsgemäß. Die Armee spart dadurch Material und Pferde, falls etwas schieflaufen sollte. Was es aber nicht wird.«

Der Oberst klatschte ungeduldig in die Hände. »Der langen Rede kurzer Sinn: Ihr habt gleichzeitig vier Aufgaben, Leutnants: Erstens Geleitsicherung der beiden Raubiels, zweitens Anlegen des verdeckten Proviantlagers an angegebenem Ort, drittens Vertrautmachen mit dem Gelände bei viertens sicherer Führung Eurer Kompanie, das heißt: Ihr bringt alle Eure Jungs hübsch wohlbehalten wieder zurück.

Eine echte Rundummission mit allem Drum und Dran, würde ich sagen. Für eine frische Kompanie, die es noch zu etwas bringen möchte. Oder etwa nicht?«

»Mir fällt auf«, wandte Hauptmann Gollberg sich nun an Fenna, »dass Ihr überhaupt keine Fragen zu haben scheint, Leutnant Fenna?«

»Nein, Hauptmann. Überhaupt keine.«

»Das wundert mich. Aber umso besser. Leutnant Gyffs noch etwas?«

»Ja, Hauptmann. Mir ist die Abstufung der Prioritäten noch nicht ganz klar. Falls wir auf dem Hinweg angegriffen werden, soll die Ladung dann verloren gegeben werden, wenn die Raubiels nicht anders zu retten sind?«

Der Oberst und der Hauptmann wechselten einen längeren, beinahe verzweifelten Blick. Dann antwortete der Oberst seufzend: »Priorität eins: das Leben der beiden Händler. Dem untergeordnet, weil es eine Eskortierungsmission ist, Priorität zwei: die Dritte Kompanie. Erst an dritter Stelle folgt das Anlegen des Lagers. Ausnahmsweise. Im Krieg ist das Durchführen einer Mission oft wichtiger als das Überleben, aber diese Mission zählt noch zur Ausbildung, da soll es keine Toten geben.«

Fenna wünschte sich, Gyffs würde endlich den Schnabel halten, aber der junge weibliche Akedemieleutnant war nicht zu stoppen: »Sollte es aus irgendwelchen Gründen nicht möglich sein, das Lager genau an dem angewiesenen Ort anzulegen, haben wir dann in einem tolerierbaren Rahmen freie Hand?«

»In einem tolerierbaren Rahmen immer«, antwortete Oberst Jenko nickend.

»Und falls unterwegs der Wagen kaputtgeht oder die Pferde verunglücken – ab welchem Status soll die Mission abgebrochen werden?«

Diesmal blies der Oberst sogar die Backen auf. »Nur,

wenn es gar nicht mehr weitergeht, Leutnant Gyffs. Die Dritte Kompanie kann Kisten zur Not schultern – ich will nicht, dass die Ladung aufgegeben wird, solange noch andere Möglichkeiten bestehen.«

»Wird uns ein Schreiber begleiten, um über die Mission unabhängig Buch zu führen?«

»Wünscht Ihr das?«

»Ich würde es durchaus begrüßen, ja, Oberst.«

»Dann soll Lement auf dem Wagen mitfahren. Da kann er sich eine hübsche kleine Prämie verdienen. So, nun reicht es aber, Kinder. Diese Besprechung wird ja noch länger als die gesamte Mission. Übermorgen bei Sonnenaufgang geht es los. Die beiden Raubiels werden morgen mit dem beladenen Wagen in der Festung eintreffen. Hier ist das Kartenmaterial, zu Euren Händen, Leutnant Gyffs. Alles Gute von uns aus. Und weggetreten!«

Gyffs und Fenna salutierten zackig, machten kehrt und stampften aus dem Büro.

Unten auf dem Hof platzte es aus Gyffs heraus: »Ich verstehe dich nicht! Tagelang schimpfst du auf alles und jeden, zeterst bei jeder Kleinigkeit über Gollberg und Konsorten – und jetzt, wo man uns mitten hineinschickt in die Hölle: nicht einen einzigen Mucks?«

»Die beiden haben recht, Loa: Es ist eine großartige Mission für uns. Wir kommen ins Feindesland. In einem bewältigbaren Rahmen.«

»Langsam solltest du dich mal festlegen: Findest du Gollbergs Entscheidungen richtig oder nicht?«

»Ich fand es falsch von ihm, uns Resea wegzunehmen. Ich finde es richtig von ihm und dem Oberst, uns diese Mission zu geben. Es ist mal so und mal so.«

Diese Diskussion führten die beiden auch nachts noch in ihren Betten fort.

»Überleg doch mal, Loa«, forderte Fenna. »Wir gehen ins Affenmenschenland. Da waren Hobock & Sells noch nicht ein einziges Mal. Unsere Kompanie entwickelt sich zur zweitwichtigsten in dieser Festung.«

»Und das gefällt dir?«

»Es ist besser, als immer nur auszubilden.«

»Ohne gründliche Ausbildung steht aber alles auf tönernen Füßen.«

»Du findest, dass es zu früh ist?«

»Viel zu früh. Und was hast du plötzlich gegen Ausbildung? Das verstehe ich überhaupt nicht! Früher in Chlayst hast du doch auch nichts anderes getan, als immer nur auszubilden! Und als dann etwas passierte, war es furchtbar und gesundheitlich zu viel für dich!« Die beiden wohnten nun seit zweieinhalb Monden in einem Zimmer. Fenna hatte Gyffs beinahe alles über sich erzählt, und Gyffs Fenna das meiste von dem wenigen, was es über sie zu berichten gab.

»Chlayst ist nicht Carlyr. Chlayst war nicht dazu bestimmt, dass dort alles in Bewegung gerät. Aber Carlyr schon. Wenn nicht irgendwann etwas Bedeutsames passiert, dann werden hier alle zu Affenmenschen. Oder zu Staub. Oder zu einem brandigen Geruch, der über Steppen weht.«

In dieser Nacht stank es draußen wieder, so stark, dass Fenna das Fenster schließen musste.

Die Männer nahmen die Nachricht, dass sie ins Feindesland marschieren sollten, unterschiedlich auf. Die beiden Korporale sowie die meisten der Grünhörner blieben gefasst und ungerührt. Behnk jedoch fing augenblicklich an zu weinen und zu schlottern, Ekhanner zu beten, Jonis befingerte nervös und bleich sein Medaillon. »Scheusal« Kertz lachte und sagte mit deutlich verstärktem Speichelfluss: »Endlich geht's los!«

Den 5. Blättermond über bereitete die Dritte Kompanie des Zweiten Bataillons ihre Waffen und ihre Ausrüstung auf einen sechstägigen Marscheinsatz vor.

Fenna unterrichtete Lement. Der schien sich tatsächlich zu freuen. »Ich bin schon viermal im Affenmenschengebiet gewesen. Es ist sehr interessant dort, Pflanzen und Tiere, die es sonst nirgends gibt.«

»Und die Affenmenschen?«, erkundigte sich Fenna.

Lement lachte. »Die lassen sich doch ohnehin nie blicken.«

Fenna hatte auch das Bedürfnis, sich von Ilintu zu verabschieden. In den bald drei Monden seines Hierseins war er bei ihr nicht nennenswert weitergekommen, aber dann wiederum hatte er den Eindruck, dass sie mit keinem anderen Angehörigen der Festung einen freien Abend unter vier Augen verbracht hatte, so wie mit ihm in der Mitte des Sonnenmonds. Er hatte sie noch nie gefragt, ob sie außerhalb der Festung einen Mann hatte, aber sie wusste von ihm, dass er nie geheiratet hatte.

Kurz vor der Schwelle zum Lazarett kehrte er wieder um. Es war lächerlich. Er zog nicht in einen Krieg. Nach sechs Tagen Geleitschutz für einen Planwagen würde er wieder zurück sein.

Als er sich umwandte vorm Lazarett, fuhr tatsächlich genau jener Wagen durchs Südtor in die Festung ein. Die rundgespannte Plane war womöglich einmal weiß gewesen, jetzt sah sie aus wie fleckiger Sand. Fenna überquerte den Hof und ging auf die Händler zu, die hinter den vier Zugpferden auf dem Kutschbock saßen.

»Willkommen in der Festung Carlyr«, sagte er. »Ich bin Leutnant Fenna, einer der beiden Leutnants der Dritten Kompanie, die Euch nach Norden begleiten werden.«

»Ahhh, ja.« Der Händler grinste und spuckte Kautabak aus. »Neu hier, was?«

»Drei Monde sind's schon.«

»Ahhh, das ist doch gar nichts. Ich hab mein ganzes Leben in dieser Gegend verbracht. Angenehm, Leutnant! Ich bin Emjen Raubiel, und das ist meine Tochter Onida.« Fenna gab beiden die Hand. Emjen Raubiels Zähne waren lückenhaft und vom Kautabak dunkelbraun verfärbt. Seine faltige Haut erinnerte an geschnitztes Holz. Onida Raubiel war zwar keine Schönheit wie Ilintu, aber mit ihren klaren, hellen Augen und der schmalen Taille für Fennas Geschmack dennoch deutlich zu attraktiv und zu jung. Sie schien ein Mädchen zu sein, das eher als Junge aufgewachsen war, Jungenarbeit verrichtete und sich nur schwerlich vom bereits ziemlich betagten Vater im Zaum halten ließ. Fenna hatte gehofft, die Händlertochter wäre ein vertrockneter Besen, weil es dann weniger Probleme mit den Männern geben würde. Der schleimige Schäkerer Resea war zwar nicht mehr dabei, aber Fenna konnte ein Schaudern nicht unterdrücken, wenn er sich vorstellte, wie »Scheusal« Jeo Kertz sich vor der aparten Händlerstochter doppelt so stark ins Zeug legte wie sonst. Soldaten tendierten ohnehin dazu, alle Frauen hübsch zu finden und romantisch zu überhöhen. Das lag in der Natur der Dinge: Frauen waren ein seltenes, beschützenswertes Gut für einen Angehörigen der Armee. Es sei denn, sie trugen selbst eine Uniform oder waren sogar eine Vorgesetzte wie Loa Gyffs. Gyffs war auch nicht gerade hässlich, aber sie setzte Strenge und Autorität ein, um nicht als Frau, sondern als Offizier wahrgenommen zu werden. Für einen blutjungen Leutnant hatte sie dieses Problem hervorragend in den Griff bekommen.

»Angenehm, Leutnant Fenna«, sagte Onida Raubiel nun und lächelte dabei spöttisch. »Ich fühle mich schon gleich viel sicherer, jetzt, wo ich weiß, dass Ihr auf mich aufpassen werdet.«

»Na ja. Ihr werdet in keinerlei Hinsicht etwas zu befürchten haben«, gab Fenna zurück. »Das wird ein Spaziergang mit Planwagen, mehr nicht. Morgen bei Sonnenaufgang geht es los. Ruht Euch bis dahin in der Festung aus.«

Als Fenna in sein Quartier zurückkehrte, war Gyffs noch immer mit dem vom Hauptmann ausgehändigten Kartenmaterial beschäftigt. »Ich habe schon mit unseren Männern gesprochen, Eremith«, sagte sie, ohne aufzublicken. »Garsid traut sich zu, den Weg anhand der Karte zu finden. Er sagt, er verfügt über genügend Grenzlanderfahrung, um sich orientieren zu können.«

»Er kennt aber eher das westliche Grenzland, oder?«

»Ja, die Galliko-Region. Aber landschaftlich soll das dort ziemlich ähnlich sein. Erst weiter nördlich beginnt die Fremdartigkeit.«

»Jovid Jonis hat mir übrigens mal erzählt, dass er ganz gut zeichnen kann. Wir sind also in der Lage, eine eigene Karte anzufertigen und vor allem den Ort, an dem wir das Lager anlegen, zu skizzieren, auch wenn dieser Ort vom ursprünglichen Plan abweichen sollte.«

»Das ist gut. Sehr gut sogar. Wir sollten ihn mit ausreichend Papier und Zeichenmaterial eindecken.«

»Darum kann ich mich kümmern. Haben die Wegpunkte, an denen wir uns entlangbewegen sollen, irgendwelche Namen?«

»Zuerst halten wir auf eine bestimmte Felsformation im Norden zu, die aussieht wie zwei Säulen. Dann folgen wir diesem Flusslauf, der im Hochsommer ausgetrocknet sein soll, zu dieser Jahreszeit aber giftiges Wasser führt. Dann queren wir ein Gasfeld, da wird es wohl unangenehm, da müssen wir mit Tüchern vorm Gesicht arbeiten, und auch darum sollten wir uns heute noch kümmern, damit alle entsprechend ausgerüstet sind. Zuletzt müssen wir nur noch zwischen diesen Hügeln hindurch – die Karte zeigt, welche Pfade wir nehmen müssen. An dem Ort, wo wir den

Proviant verbuddeln, soll der Boden recht weich sein, und es liegen genügend Steine zum Abdecken herum.«

Fenna betrachtete die zerknitterten Pergamente mit den kreuz und quer laufenden Linien. »Giftfluss. Gasfeld. Das klingt, als würde ich wieder zurückkehren nach Chlayst.«

»Ja. Aber diesmal ist Chlayst nicht nur eine Stadt, sondern gleich ein ganzer Landstrich.«

3

Die Sonne setzte den frühen Morgen des 6. Blättermonds in kühlen Brand. Der Himmel war mit dünnen Wolkenherden überzogen und sah aus wie ein rötlich leuchtendes Geröllfeld.

Die gesamte Dritte Kompanie war angetreten, beinahe unsichtbar in den noch sehr langen Schatten der östlichen Klippe.

Fenna nutzte die Gelegenheit, während Emjen und Onida Raubiel ihre Zugpferde in das Wagengeschirr spannten, um noch eine kurze Ansprache an seine Truppe zu halten.

»Männer!«, rief er, nicht ganz so laut, wie er es zu einer späteren Tageszeit getan hätte. »In wenigen Augenblicken beginnt unser erster Einsatz im Feindesland. Es wird nicht der letzte sein, verlasst euch darauf. Bleibt dicht beieinander, achtet auf eure Vor-, Hinter- und Nebenmänner. Niemand unternimmt auch nur einen einzigen Schritt in einer nicht vorher genehmigten Richtung. Das Gelände ist an sich schon nicht ungefährlich, aber zusätzlich können überall noch unbekannte Bestien lauern. Der Händler Raubiel und seine Tochter, zwei beherzte Zivilisten, vertrauen sich unserem Schutz an. Enttäuschen wir sie also nicht. Leutnant Gyffs?«

»Korporal Garsid übernimmt bei dieser Mission die Kartenführung, deshalb wird der Erste Zug wie gewohnt vor dem Zweiten marschieren. Leutnant Fenna und ich werden unsere Positionen innerhalb der Marschformation variieren, um alles im Auge haben zu können. Vergesst nicht, dass diese Mission immer noch zur Ausbildung zählt. Deshalb wird der Schreiber Lement auf dem Wagen mitfahren und sich Notizen machen. Leutnant Fenna und ich verlassen uns darauf, dass ihr euch bei dieser Mission ähnlich auszeichnen werdet wie bei dem Manöver.«

Fenna nickte. »Agiert präzise, beobachtet und lernt, Männer! Das Land der Affenmenschen muss uns allen genauso vertraut werden wie die Schatten dieser Festung. Dann kann uns dort nichts überrumpeln und nichts schrecken. Soldat Jonis, du hast die Erlaubnis, während der Rastpausen Skizzen der Umgebung anzufertigen. Der Schreiber Lement wird diese Dokumente der Dritten Kompanie verantwortungsvoll verwalten.«

Jovid Jonis salutierte. Fenna hatte ihm am gestrigen Abend noch Kohlestifte und Papier ausgehändigt sowie allen ihre Schutztücher gegen das Gas.

Der Leutnant ließ noch einmal seinen Blick über die versammelte Kompanie schweifen. Zwei Züge, der eine mit Bögen, der andere mit Schilden. Garsid, der sich auch weiterhin die Glatze rasierte, was jetzt aber zu seinem neuen Rang als Korporal gut passte – ein Korporal durfte sich äußerlich ruhig ein wenig von den übrigen Soldaten abheben. Er stand vor seinen sieben Männern, als hätte dies schon immer so sein müssen. Diese sieben waren die Infanterie. Sie trugen schwere, eisenbeschlagene Schilde und waren deshalb weniger wendig als der Zweite Zug. Garsid und seine sieben sollten ein Bollwerk sein.

Alman Behnk war ein Baustein dieses Bollwerks. Inzwischen kaum noch als fett zu bezeichnen, war er höchstens noch übergewichtig. Die Monde der kontinuierlichen körperlichen Belastung hatten sein Fett geschmolzen wie Butter in einer Pfanne. Behnk würde wahrscheinlich nie vollkommen rank und schlank werden, aber inzwischen schwabbelte an ihm nichts mehr haltlos herum. Zusätzlich zu seinem neuen, sichereren Körpergefühl ließ er sich einen verwegenen Dreitagebart stehen, damit sein kinnloses Gesicht etwas männlicher wirkte. Auf seinen Glückslöffel verzichtete er allerdings weiterhin nicht: Er trug ihn deutlich sichtbar neben dem Säbel im Gurt. Behnks gute Laune ließ sich auch durch den bevorstehenden Aufbruch ins Affenmenschenland nicht schmälern.

Mails Emara, ein weiterer Baustein. Früher immer rotbackig und munter, wirkte er nun etwas bleich um die Nase. Er war nicht frei von Furcht angesichts dieses Einsatzes, aber von seinen Kameraden umgeben fühlte er sich doch einigermaßen sicher.

Jovid Jonis wuchs unter der Sonderaufgabe des offiziellen Missionszeichners. Man hätte ihn beinahe auf 17 Jahre schätzen können, so entschlossen und erwachsen schaute er heute drein.

»Scheusal« Kertz trug seine »Kriegsaugen«. Die dicken Gläser waren so geschliffen, dass Kertz' eigentliche Augen kaum noch zu sehen waren. Stattdessen zwei Spiegel, die alles Gespiegelte verzerrten, verkleinerten und auf den Kopf stellten. Sollten die Affenmenschen doch kommen und verzerrt, verkleinert und auf den Kopf gestellt werden!

Ellister Gilker Kindem hatte sich von allen Grünhörnern am wenigsten verändert. Sein Gesicht war immer noch langwimprig, sanft und dümmlich, seine Stimme immer noch tief und langsam, sein Leib immer noch zu groß für einen gewöhnlichen Menschen. Er ragte aus dem Ersten

Zug heraus wie ein schlecht eingeschlagener Zaunpfahl, und dennoch war er ein akzeptierter und bei den anderen beliebter Bestandteil des Gesamtbildes. Seine Länge spendete Schatten, sein ruhiges Gesicht minderte Aufgeregtheit. Aus ihm wurde ein ausgesprochen verlässlicher Soldat.

Sensa MerDilli. Seine Haut schien in den Sommermonden noch dunkler geworden zu sein, seine Augen sprühten schwarze Funken. Hier war jemand, der auf diesen Einsatz brannte. Ihn würden die Leutnants im Zaum halten müssen, falls Feinde auftauchten.

Breff Adirony Teppel dagegen war sicherlich das schwächste Glied des Infanteristenzuges. Sein grauer Vollbart hatte inzwischen einen militärischeren Zuschnitt als vorher, aber aus seinen Augen sprach jene tief reichende Müdigkeit, die Gyffs schon seit Wochen voller Sorgen beobachtete. Unterschiedliche Leistungen bei den entsprechenden Übungen hatten dazu geführt, dass Teppel und sein Freund Ildeon Ekhanner in zwei verschiedene Züge aufgeteilt wurden. Obwohl sich an der Belegung der Quartierszimmer nichts geändert hatte und Teppel sich weiterhin mit Ekhanner ein Doppelstockbett in Raum G teilte, war dem ältlichen Uderuner seine innere Isolation deutlich anzumerken. Seine Söhne waren tot, er selbst für den Militärdienst eigentlich schon zu alt, was jeder weitere Tag aufs Neue bewies; es war nichts als Schinderei, Körper und Geist wurden nicht mehr stärker, sondern nur noch älter. Es gab keine Wiedergutmachung, keine Entschädigung, keinen Ersatz, kein Rückgängigmachen. Es gab nur ein stumpfes Vorwärts ins Nirgendwo. Die Akte Teppel war ein Trauerspiel, dem beide Leutnants sich mit Hilflosigkeit gegenübersahen.

Das waren die sieben vom Ersten Zug. Der Zweite Zug war deutlich kleiner, nur vier Mann unter ihrem Korporal Deleven.

Nilocas Deleven hielt es mit der Frisurenordnung ähnlich wie Korporal Garsid: Er trug seine kurzen Flechtzöpfe neuerdings zu einem Pferdeschwanz gebunden und hatte bereits angekündigt, sich die Haare wieder lang wachsen zu lassen. Er war der Ruhigste von allen, gelassener sogar noch als die beiden Leutnants, die beiden Händler, die vier Kaltblutpferde. Deleven hatte schon zu viel gesehen und erlebt, um sich von kümmerlichen sechs Tagen im Feindesland aus der Fassung bringen zu lassen.

Hinter seinem Kurzbogen ordnete sich sein winziger Zug aus vier Langbogenschützen. Durch Reseas Weggang war ausgerechnet dieser kleinere der beiden Züge noch zusätzlich geschrumpft.

Ildeon Ekhanner hatte im Glauben an die zehn Götter Halt gefunden und schöpfte daraus eine tief reichende Kraft. Er war nun beinahe so ruhig wie Deleven, aber anders als dieser immer auf der Suche nach Zeichen und Wundern.

Tadao Nelat hatte es, weil er seine Mädchenhaftigkeit leid war, ebenso wie Behnk mit einem Dreitagebart versuchen wollen, aber ihm waren einfach keine Barthaare gesprossen. Der feine Flaum, der nun seine Kinnspitze zierte, ließ ihn noch zarter erscheinen, beinahe wie ein federiges Feenwesen. Immerhin war er ein recht guter Bogenschütze geworden, auch weil Fergran von den Holtzenauen sich ein wenig seiner angenommen hatte.

Bujo Stodaert hatte seinen Groll darüber, bei den Beförderungen bislang übergangen worden zu sein, schnell hinuntergeschluckt und versah seinen Dienst nun wieder mit derselben eckigen Zackigkeit, die ihn schon von Anbeginn an ein wenig lächerlich erscheinen ließ. Er war stets der Lauteste beim »Jawohl!«-Brüllen und der Erste beim Freiwilligmelden. In kritischen Situationen konnten sich die Leutnants darauf verlassen, dass Stodaert den Rest der Männer mit seiner strebsamen Bereitschaft mitreißen würde.

Fergran von den Holtzenauen schließlich war neben Deleven sicherlich der beste Schütze des Zweiten Zuges. Er schaffte es allerdings, selbst kurz geschnittenes und adrett gekämmtes Haar zerzaust aussehen und selbst eine frisch gewaschene und ordnungsgemäß angezogene Uniform irgendwie schlabberig und zerwühlt wirken zu lassen. Fenna wurde den Eindruck nicht los, dass der junge Adelige eigentlich zu intelligent und fragil war für einen einfachen Soldaten, dass er im Lazarett als Ilintus rechte Hand besser aufgehoben wäre. Aber dieser Einsatz würde zeigen, wie sich von den Holtzenauen in einer gefahrvollen Umgebung bewährte.

Das also war die Dritte Kompanie. Eine Rumpfmannschaft nur, die schon bald durch siebzehn Neuzugänge auf volle Kompaniestärke aufgestockt werden sollte. Fenna ahnte schon jetzt, dass es eine ewige Kluft geben würde zwischen den dreizehn »alteingesessenen« Grünhörnern und denen, die erst hernach dazukamen und von den »Alteingesessenen« in ihrer Ausbildung unterstützt würden. Aber das waren Sorgen für eine Zukunft, die jenseits der kommenden sechs Tage lag. Jetzt galt es erst mal, sechs Tage ohne Verluste und ohne Fehlschläge zu überstehen.

Der Planwagen der beiden Raubiels rollte nun an die versammelte Kompanie heran. Emjen Raubiel spie braune Spucke aus und griente. Mehrere der Männer – MerDilli, Kertz, Emara und Ekhanner – warfen der Händlerstochter verstohlene Blicke zu.

Fenna atmete durch. »Kom-pa-nieeee links-um! Vooooorwärts marrrsch! Torposten: das Nordtor öffnen!«

Die Torposten waren durch Leutnant Gyffs unterrichtet worden. Zum ersten Mal schwang vor Fenna, Gyffs, vor allen Soldaten der Dritten Kompanie des Zweiten Bataillons das nördliche Tor der Festung Carlyr knarrend auf. Es war, als würde ein hölzerner Vorhang den Blick auf eine dunstige, ausgemergelte Theaterbühne freigeben.

Die Kompanie marschierte durch das Tor, und das Schritttempo der Männer entsprach der langsamen Ganggeschwindigkeit der Zugpferde. Der Wagen rasselte hinter dem Ersten Zug und vor dem Zweiten über den karstigen Kies hinaus ins offene Land. Als Fenna noch einmal zurückblickte, sah er trotz der frühen Stunde oben in der *F & L* Oberst Jenko hinter einem Fenster stehen und salutieren. Fenna erwiderte den Gruß. Danach blickte er nur noch nach vorne. Die beiden Flügel des schwarzen Nordtores schlossen sich hinter der Dritten Kompanie. Staub wirbelte unruhig umher und kam erst langsam wieder zur Ruhe. Stetig blieb die steinerne Präsenz der Festung hinter der Truppe zurück.

Links und rechts ragten weiterhin Berge auf, aber geradeaus blieb das Land flach. Nur einzelne Felsformationen wuchsen wie steinerne Wäldchen in die Höhe. Es roch brandig und nach Schweiß. Die Sonne schien schon wenige Hundert Schritt jenseits des zivilisierten Kontinents eine andere, rötlichere, feindseligere Färbung anzunehmen.

Die Füße der Männer, die Hufe der Pferde und die Räder des schwer beladenen Planwagens wirbelten erstaunlich viel Staub auf. Fenna fragte sich, wie Gollbergs Mannen beim zügigen Reiten damit klarkamen und ob sie sich schon jetzt die Schutztücher vor die Gesichter binden sollten. Aber Gyffs marschierte ungerührt, also wollte auch er sich keine Blöße geben.

Der erste Streckenabschnitt war durch eine Art Weg gekennzeichnet, der von Gollbergs Erster Kompanie kontinuierlich breit geritten worden war. Bis die Sonne hoch im Zenit stand, folgte die Dritte nun diesem gerade nach

Norden führenden Weg; dann erlaubten die Leutnants den Männern die erste Rast.

Rötlicher Staub klebte an allen verschwitzten Gesichtern. Die weißen Zähne der Männer leuchteten deshalb beim Scherzen und Plaudern umso heller. Der Schreiber Lement sprang hinten vom Wagen und vertrat sich ein wenig die Beine. In der Ferne konnte Fenna mehrere Echsengeier kreisen sehen.

»Meinst du, dass die sich auf einen marschierenden Trupp stürzen?«, fragte er Garsid, dessen Glatze ganz mit feinem Staub überzogen war.

»Unwahrscheinlich, Leutnant. Ich kann nur vier Geier zählen, und wir sind zweiundzwanzig bewegliche Objekte. Vielleicht würden sie uns angreifen, wenn sie zu fünfzehnt wären. Aber was nicht ist, kann ja noch werden. Delevens Zug sollte ein Auge auf die Viecher halten.«

Fenna gab diese Informationen an Korporal Deleven weiter. Der nickte nur.

Bislang hielten alle Männer das Tempo gut durch, die Belastungsmärsche in Unwetter und mörderischer Hitze hatten Resultate erzielt. Der Blättermond war ohnehin für eine solche Aktion ein verhältnismäßig guter Mond. Es war nicht mehr quälend heiß, aber auch noch nicht klirrend kalt. Der Oberst und der Hauptmann hatten den Grünhörnern wohl nur Bewältigbares zumuten wollen.

Die Männer tranken Wasser, das der Planwagen reichlich in Fässern transportierte, und aßen zu Mittag Brot und nur mild gesalzene Brühwurst. Lement entfernte sich ein wenig weiter vom Lager, als es Fenna lieb war, aber gerade als er sich aufraffte, um den Schreiber zurückzuholen, begann dieser schon wieder Richtung Planwagen zu schlendern. Die Männer schwatzten verhältnismäßig wenig. Sie nutzten die Zeit zum Verschnaufen, Trinken und Essen.

Dann ging es weiter. Raschelnd und klappernd schnürten alle sich ihre Ausrüstung auf. Behnks hölzerner Glückslöffel wurde mit Blicken bedacht wie eine Kompaniestandarte, wie ein Symbol, das nicht verloren gehen durfte.

Sie marschierten. Der Himmel hing tief und bleifarben, von Windböen bewegt, die den Boden nie erreichten. Lebewesen waren kaum zu sehen. Die Echsengeier, die in der Ferne kreisten. Ein Lurch mit sechs Beinen. Eine ölig glänzende Schlange, die über einen Felsbrocken glitt und deren Berührung sicherlich giftig war. Ansonsten schien es hier nicht einmal Insekten zu geben – in der Luft summte oder schwirrte nichts, und es war auch kein Vogelgezwitscher zu hören. Die Füße der Soldaten und die Räder des Wagens rührten beständig Staub auf, die Kompanie erzeugte ihren eigenen Dunstschleier.

Das Land war offen in jeglicher Richtung. Selbst das, was unter dem Boden lauern mochte, war unbekannt. Nach der schützenden Ummauerung der Festung und ihrer darüber noch hinausgehenden Einfassung zwischen zwei Klippen rief die Weite des Landes ein Gefühl der Schutzlosigkeit hervor. Als ob alle Kräfte, die hier wirken mochten, ungehinderten Zugriff hatten auf die Dritte Kompanie.

Am Nachmittag stießen sie auf eine seltsame Spur. Sie kreuzte den Reitweg im rechten Winkel. Garsid erkannte Pfoten, die mit ausgeprägten, breiten Krallen besetzt waren.

»Ein Drache«, hauchte Ildeon Ekhanner.

Doch Onida Raubiel wusste es besser. »Panzerlöwen«, sagte sie. »Wahrscheinlich zwei. Eigentlich sind sie Einzelgänger, aber in Paarungslaune finden sich zwei oder sogar mehrere zusammen.«

Das Wort »Paarungslaune« verharrte eigentümlich in der Luft. »Wie groß sind diese Panzerlöwen eigentlich?«, erkundigte sich Gyffs.

»Beinahe so groß wie ein Rind«, sagte jetzt Onidas Vater.

»Ich habe mal eine Gruppe von Großwildjägern begleitet, als ich noch jünger war. Sie waren zu sechst, und sie haben alle mitgekämpft, um einen Einzigen dieser Löwen zu überwältigen.«

»Würden zwei oder drei dieser Tiere eine Kompanie angreifen?«, fragte Fenna.

»Eine halbe Kompanie wie diese? Warum nicht? Ich kann mir ehrlich gesagt kaum etwas vorstellen, was ein paar Panzerlöwen *nicht* angreifen würden.«

»Na wunderbar«, ächzte Fenna. »Ich brauche ja wohl nicht extra zu erwähnen, dass diese Spuren ziemlich frisch aussehen. Ich erwarte Wachsamkeit in alle Richtungen, Männer. Wer eine Bewegung sieht, ruft diese aus. Besser einmal wegen einer Kleinigkeit in Unruhe versetzt, als zu spät reagiert.«

In der folgenden Stunde riefen die Männer mehrere Arten von Bewegungen aus, sodass die Kompanie sich beständig selbst erschreckte. Einmal war es ein karger Gewürzbusch, der im Wind rüttelte. Einmal ein dunkler Waran, der zwischen zwei Steinen hindurchlugte und dabei wie zögernd vor- und zurückschwankte. Einmal war es ein Echsengeier in großer Entfernung. Einmal eine Wolke, die einen Schatten warf. Fenna ermahnte die Männer nun doch wieder zu mehr Ruhe, sonst würden sie – das konnte er spüren – sich bald in grundlose Panik hineinsteigern.

Am späten Nachmittag, als die Sonne bereits tief im Westen stand und die Schatten lang und länger wurden, kamen endlich die zwei Säulen in Sicht, jene Felsformation, die auch am morgigen Tag noch zur Orientierung dienen sollte. Die Säulen bestanden aus nacktem, vom Wind schmal geschliffenem Sandstein und mochten an die dreißig Schritt hoch sein. Wenn die Kompanie von hier aus zurückblickte nach Süden, konnte sie sehen, dass die nördliche Seite des Felsenwüstengebirges eine ganz andere Farbe hatte als die südliche. Nach Süden, auf die hesselysche Ebene hin war das Gebirge grau und grün, weil durchsetzt mit Bäumen, Sträuchern und Moos. Nach Norden, zu den Affenmenschen, sah es beinahe gelb aus, an einigen Stellen auch dunkelrot. Wie ein blutender Schwamm.

Mit Einbruch der Dunkelheit wurde es empfindlich kühler, ein deutlicher Unterschied zur Ummantelung Carlyrs. Nelat und Jonis begannen sogar, mit den Zähnen zu klappern. Fenna und Gyffs ließen noch weitermarschieren, bis der Himmel so finster geworden war, dass die zwei Säulen sich nicht mehr abzeichneten. Dann richtete der Trupp ein Nachtlager ein, mit dem Planwagen als Mittelpunkt. Auf Feuer verzichteten sie, da sie keine unnötige Aufmerksamkeit auf sich lenken wollten.

Die Wachen wurden nicht nach Zügen, sondern nach Quartierszugehörigkeit eingeteilt. Fenna und Gyffs gingen davon aus, dass Männer, die es gewohnt waren, sich einen Raum zu teilen, eher aufeinander eingespielt und auch über die Müdigkeitsanzeichen der anderen besser unterrichtet waren als solche, die einfach nur tagsüber zusammen ausgebildet wurden.

So gab es also vier Wachgruppen: Leutnant Gyffs, Kindem, Kertz und Stodaert übernahmen die erste Schicht. Korporal Deleven, Teppel, Ekhanner und Emara die zweite. Leutnant Fenna, MerDilli, Jonis und von den Holtzenauen die dritte, und Korporal Garsid, Nelat und Behnk die letzte. Jede dieser vier Gruppen sollte zwei Stunden lang Wache halten, sodass die Nachtruhe insgesamt acht Stunden dauern würde und jeder sechs Stunden Schlaf bekam. Die drei Zivilisten wurden nicht ins Wachehalten eingebunden, obwohl Emjen Raubiel mehrfach versicherte, dass er einen sehr leichten Schlaf habe, solange seine Ware noch nicht »in trockenen Tüchern« sei.

Die nicht an der ersten Wachschicht Beteiligten hatten

sich gerade auf dem trockenen Boden in ihre Decken gewickelt, als Leutnant Fenna seine Decke von sich schleuderte und zu Korporal Garsid hinüberhuschte. In der Finsternis sahen fast alle Soldaten gleich aus, aber Garsids Glatze schien gestreutes Sternenlicht zu spiegeln.

»Korporal, sind diese Echsengeier eigentlich auch nachts auf Beute aus?«

»Ähhh, das weiß ich nicht mit Sicherheit, Leutnant. Ich habe noch nie einen in der Nacht kreisen gesehen, aber in der Dunkelheit sieht man ja sowieso nicht viel.«

»Danke, Korporal.« Fenna ging geduckt zu Gyffs hinüber, die gerade mit Kindem, Kertz und Stodaert absprach, wo sich die einzelnen Wachtposten aufstellen sollten. »Loa? Ich bin's nur. Achtet auch auf den Himmel, auf die Echsengeier. Ich habe sie bis in die Dämmerung hinein immer noch kreisen gesehen. Nicht, dass sie versuchen, sich einen zu greifen, der im Lager ganz außen liegt.«

»Wir achten auf alles. Jetzt leg dich schlafen«, sagte Gyffs, die ein bisschen verärgert war, dass Fenna ihr solche Überlegungen nicht selbst zutraute.

»Und sag auch der zweiten Schicht Bescheid, wenn ihr sie weckt«, ließ Fenna nicht locker.

»Selbstverständlich tun wir das. Geh jetzt endlich schlafen!«

Fenna tastete sich zurück zu seiner Decke.

Er war unruhig, wie die meisten seiner Männer. Dieses Lager war nicht nur keine Festung, kein Zimmer, kein Bett. Es war Feindesland. Auch Eremith Fenna hatte noch nie zuvor eine Nacht in Feindesland verbracht. In einem Katastrophengebiet, ja. Aber nicht im Revier eines unbekannten, zu bekriegenden Volkes.

Als er endlich einschlief, war die erste Wachschicht schon vorüber. Wispernd hatte Leutnant Gyffs die zweite Schicht instruiert und im Gelände aufgestellt. Fenna war zum ersten Mal richtig tief reichend froh darüber, dass Oberst Jenko ihm einen zweiten, gleichrangigen Offizier zur Seite gestellt hatte.

In den beiden Stunden, die ihm noch blieben, bis er selbst mit Wachen an der Reihe war, träumte er etwas sehr Seltsames: Die Kinder vom Scheiterhaufen waren verschwunden. Und er streifte durch ein verwaistes Chlayst und konnte sie nirgends finden.

Jemand weckte ihn. Fenna versuchte, sofort hellwach zu sein, aber in den ersten Momenten gelang es ihm nicht einmal, denjenigen zu erkennen, der ihn wach machte. Es war Korporal Deleven. Fenna nahm einen Notfall an, tastete fahrig nach seinem Säbel. Sein Herz hämmerte bis hinauf zur Halsschlagader.

»Alles in Ordnung, Leutnant«, flüsterte Deleven. »Alles ruhig. Die meisten schlafen tief und fest. Die dritte Wachschicht versammelt sich dort drüben. Ich bringe Euch hin.«

Ich bringe Euch hin. Ein Korporal musste seinen Leutnant führen wie ein verschrecktes Kind. Aber Deleven kannte das Gefühl, sich im Feindesland zu befinden. Als er noch mit Malk Falanko geritten war, bestand der gesamte Kontinent aus Feindesland. In dieser Hinsicht war er Fenna tatsächlich weit voraus.

MerDilli, Jonis und von den Holtzenauen warteten auf ihren Leutnant am Rande des Lagers. Deleven brachte Fenna dorthin und legte sich dann schlafen. Jonis klapperte noch immer vor Kälte mit den Zähnen. Als Einziger der vier Wachtposten hatte er seine Decke über die Schultern gelegt. Fenna fand, dass das gar keine so schlechte Idee war. Die Männer waren todmüde. Die dritte Wachschicht war neben der zweiten die undankbarste. Fenna schaute zum Himmel. Es gab kein Streulicht mehr. Eine Wolkenwand hatte sich zwischen sie und das All geschoben. Eine Wolken*hand*. Fenna wusste selbst nicht, woher dieser Gedanke gekommen war.

»Wir werden uns nicht verteilen«, sagte er zu seinen drei Mitwächtern. »In dieser Pechschwärze können wir uns sonst gegenseitig nicht sehen. Wir bleiben zusammen und gehen das Lager an den Rändern ab. Aber Vorsicht, nicht stolpern! Lasst uns lieber sehr langsam sein, als die anderen mit Ungeschicklichkeit zu wecken.« Jonis schien froh zu sein, sich auf Wache bewegen zu können. Aber auch sein knabenhaftes Gesicht war verschattet, sah verdorrt aus und runzlig.

Fenna spürte, wie er, obwohl er wach war, sich in unmittelbarer Nähe eines Nachtmahrs aufhielt. Wie wenn man aus einem Albtraum hochschreckt und sich fürchtet, wieder einzuschlafen, weil man ahnt, dass der Traum dicht unter der Oberfläche des Schlafes noch lauert. Als ob Fenna sich nur auf eine ganz bestimmte Richtung seiner Gedanken einzulassen brauchte, um in Panik zu geraten. *Was, wenn die Affenmenschen gar nicht existieren, sondern wir selbst sie sind, abgeschnitten vom Licht, schwarz gebrannt und fellüberzogen von weiter nichts als Düsternis?* Fenna schüttelte sich bei diesem Gedanken. Er musste sich ablenken. Er dachte an Ilintu und dann – auch seltsam – an Gyffs, wie er sie einmal, nur mit einem lose flatternden Handtuch umwickelt, im Waschhaus gesehen hatte. Das brachte ihn immerhin wieder zum Schmunzeln.

Das Land lag still wie umgebracht. Keinerlei Nachtvögel und auch weiterhin nicht einmal Motten oder Mücken oder Fledermäuse, die schwirrend unter den Wolken jagten. Nichts.

»Die Pferde, Leutnant«, sagte von den Holtzenauen leise.

»Was ist mit ihnen?«

»Sie sind unsere Verbündeten. Wenn sich irgendetwas

nähern würde oder eine Gefahr drohte, würden sie sicherlich nicht so ruhig dastehen und dösen.«

Fenna schaute ins Dunkel zu den Pferden und der nächtlichen Leinwand des Planwagens. »Du hast recht. Das stimmt tatsächlich. Mensch, ich hätte nie gedacht, dass ich mal froh sein würde, Pferde dabeizuhaben, aber so ist es. Also, du kannst aufhören, mit den Zähnen zu klappern, Jonis. Hier ist nichts.«

»Das ist die K-k-kälte, Leutnant. Nur die K-k-kälte.«

Die Wachschicht ging vorüber. Da kein Mond zu sehen war, musste man zwei Stunden abschätzen, aber als Soldat war man es gewohnt, eine Art innerer Sanduhr zu haben. Fenna weckte Korporal Garsid, dann legten er und seine Mitwächter sich schlafen. Für unbefriedigende zwei Stunden, während Garsid und Nelat und Behnk raschelnd Positionen einnahmen und hielten.

Die Sonne ging auf, trübe, wie durch eine volle Glasschüssel betrachtet. Behnk weckte das Lager mit seiner ansteckenden Gutgelauntheit. Die siebzehn Männer und zwei Frauen schüttelten sich Kälte und Schläfrigkeit aus den Gliedmaßen. Es gab ein karges Frühstück ohne jegliches warmes Aufgussgetränk. Dann marschierten sie weiter. Der Wagen rollte neben ihnen her und wurde von Sandstrich zu Sandstrich heller im steigenden Sonnenlicht.

Sich immer weiter hineinzubewegen ins Feindesland war eine eigentümliche Sache. Jeder von ihnen – vielleicht bis auf Sensa MerDilli und »Scheusal« Kertz – spürte den Impuls zurückzukehren, es mit dem Eindringen genug sein zu lassen, aber es ging immer noch weiter. Der vom Königreich entfernteste Punkt ihrer Unternehmung kam am Ende des dritten Tages, und dies war erst der zweite.

An diesem zweiten Tag passierten sie die beiden Felssäulen und fanden den Flusslauf, in dem graues Wasser plätscherte, das stellenweise wie mit einer Haut überzogen wirkte.

»Stimmt es, dass das giftig ist?«, fragte Leutnant Gyffs die beiden Raubiels.

Emjen Raubiel spuckte etwas aus, das noch dunkler und widerwärtiger aussah als dieses Flusswasser. »Giftig? Na ja! Für Menschen und Pferde sicherlich. Aber die Panzerlöwen saufen dieses Zeug bestimmt mit Wonne.«

Um etwas über das Land, durch das sie sich bewegten, zu lernen, wollte Gyffs immerhin an dem Wasser schnuppern, also beugte sie sich am Ufer so weit wie möglich nach vorne. Fenna ging in ihre Nähe, um sie festhalten zu können, falls sie ausglitt. »Es riecht … süßlich«, sagte sie. »Auf eine schwere, klebrige Art. Wie Zuckersirup. Eigentlich müsste es hier vor Insekten nur so wimmeln. Aber es scheint einfach keine zu geben.«

Sie folgten dem Flusslauf in einiger Entfernung, sodass sie nicht all seine mäandernden Bewegungen mitmachen mussten, sondern eine verhältnismäßig gerade Richtung beibehalten konnten.

Als die Abenddämmerung bereits damit begann, die Wolken golden einzufärben, hob Korporal Garsid, der allen anderen voranging, plötzlich den Arm und bedeutete der Kompanie, stehen zu bleiben und Stille zu wahren. Fenna und Gyffs schlichen geduckt zu ihm nach vorne. »Was gibt es, Korporal?«

Wortlos deutete Garsid nach schräg vorne, auf die dem Fluss abgewandte Ebene. Dort bewegte sich etwas. Etwas, das groß aussah, selbst auf die nicht unbeträchtliche Entfernung hin. Zwischen Felsformationen wirbelte Staub auf wie ein bernsteinfarbener Nebel. Riesige Flügel schlugen.

»Ein Rudel Echsengeier?«, mutmaßte Fenna. »Ich kann nichts Genaues erkennen.«

»Ein Drache!«, hauchte Ildeon Ekhanner nun schon zum zweiten Mal auf dieser Mission.

Diesmal jedoch widersprach auch Onida Raubiel ihm nicht. »Das könnte tatsächlich ein Glutdrache sein. Ein Jungtier vielleicht.«

Ellister Gilker Kindem entfuhr ein herzhaftes »Ach du liebe Scheiße!«. Er war tatsächlich als der Größte von allen von Weitem am besten zu sehen.

Fenna überlegte fieberhaft. Das Untier, was auch immer es war, schien die Kompanie noch nicht bemerkt zu haben. War es nun ratsamer, einfach stillzustehen und sich möglichst klein zu machen, oder sollten sie sich in eine Sichtdeckung zurückziehen und dabei riskieren, Staub aufzuwirbeln? Der Wagen war einfach zu auffällig. Wie ein helles Tuch leuchtete er über die Ebene. »Wir bewegen uns ganz langsam hinter diese Felsformation dort hinten. Ich will keine Geräusche hören, auch nicht von den Pferden und den Rädern des Wagens.«

»Nein, wir bleiben genau hier«, widersprach ihm Leutnant Gyffs.

Fenna seufzte. Sie hatten oft darüber gesprochen, wie verheerend es war, wenn die beiden Kommandooffiziere vor versammelter Mannschaft unterschiedlicher Meinung waren. Bei den Übungen hatten sie für solche Fälle ein System entwickelt: Immer abwechselnd ordneten sie sich bei strittigen Punkten einander unter. Aber dies war keine Übung. Dies war ein Ernstfall. Das Leben aller konnte von einer Entscheidung abhängen. Und im Moment konnte Fenna sich nicht einmal darauf besinnen, wer von ihnen beiden mit dem Unterordnen dran war.

»Der Wagen ist einfach zu auffällig«, argumentierte er. »Die sinkende Sonne scheint genau dagegen und lässt ihn leuchten.«

»Der Wagen leuchtet doch schon seit mehreren Sandstrichen«, hielt Gyffs dagegen. »Es gibt auch helle Felsen hier, die genauso leuchten. Aber viele Tiere reagieren auf Bewegung. Noch hat er uns nicht gesehen. Aber wenn wir uns jetzt bewegen, nimmt er uns womöglich wahr.«

Er. Der Drache. Die Zähne von Jovid Jonis fingen wieder an zu klappern, obwohl die Nachtkälte noch gar nicht eingesetzt hatte.

»Also gut«, gab Fenna nach. Gyffs schien sich ihrer Sache wenigstens sicher zu sein, während er selbst nur zu erraten versuchte, was für sie alle am besten war. Vielleicht konnte man so in Zukunft Entscheidungen treffen: Wer von ihnen beiden entschlossener auftrat, bekam recht.

»Sollen wir uns nicht mal hinlegen, Leutnants?«, fragte Teppel bang.

»Nein. Keiner bewegt sich. Und niemand niest, dass das klar ist!« Fenna übernahm nun voll und ganz Gyffs' Haltung. Mehrere der Männer waren bleich vor Furcht. Sie standen offen in einer Ebene, und dort hinten, in dreihundert, vierhundert Schritt Entfernung, rührte sich ein gewaltiges Ungetüm, größer als der Planwagen samt Pferdegespann. Ekhanners Lippen bewegten sich im Gebet. Einzig »Scheusal« Kertz grinste. Seine »Kriegsaugen« reflektierten die tief stehende Sonne. »Verflucht!«, entfuhr es Fenna. »Kertz, nimm deine Gläser ab und steck sie weg. Schnell, aber mit umsichtigen Bewegungen.« Das Grinsen verschwand aus Kertz' Gesicht, und er tat, wie ihm geheißen. Blind plierte er daraufhin umher.

Drei Sandstriche vergingen. Die Menschen begannen nach Schweiß zu riechen. Die vier Pferde waren unruhig, aber es gelang Onida Raubiel, sie durch Einflüstern am Nicken und Mähneschütteln zu hindern.

Das Untier schabte zwischen Felsen. Es war nicht zu erkennen, ob es etwas fraß oder was es sonst dort machte. Noch zweimal schlug es mit federlosen Flügeln, die im

Dämmerlicht rötlich schimmerten. Dann erstarben die Bewegungen, und der Staub kam zur Ruhe.

»Ist es tot?«, fragte Tadao Nelat.

»Wohl kaum«, antwortete Lement, der im Wagen stehend den höchsten Aussichtspunkt von ihnen allen innehatte. »Aber es ist gut möglich, dass es sich schlafen gelegt hat. Die Nacht bricht herein. Drachen sind Tagtiere. Glaube ich zumindest irgendwo gelesen zu haben.«

»Wir müssen dahinten aber vorbei«, sagte Korporal Garsid unzufrieden.

»Wir umgehen diese Stelle großräumig«, entschied Leutnant Gyffs. »Großräumig deshalb, weil wir gar nicht genau sehen konnten, wo er sich zur Ruhe gelegt hat. Vielleicht sind es auch mehrere. Sind Drachen Rudeltiere, Lement?«

»Nein. Eher Einzelgänger.«

»Aber auch sie müssen Paarungszeiten haben, wie die Panzerlöwen. Los jetzt, wir bewegen uns sehr langsam und lautlos. In weitem Bogen um diese Felsen herum. Wir werden den Fluss schon wiederfinden. Die Sonne hilft uns ja noch mit der Himmelsrichtung.«

So schlichen sie sich beinahe auf Zehenspitzen weiter. Das Knirschen der Wagenräder auf dem felsigen Untergrund bereitete ihnen allen eine Gänsehaut. Der Umweg wurde sehr, sehr großzügig berechnet. Sie gingen sogar ein Stück weit nach Süden zurück, um das vermeintliche Drachennest zu umgehen. Und während des gesamten Umweges gab es nicht einen Einzigen von ihnen, der nicht die ganze Zeit über seine Augen an jenen fernen Punkt geheftet hielt, wo zuletzt diese roten Flügel geschlagen hatten und sich der Staub dann beruhigte.

Es war bereits dunkel, als sie jenseits des mutmaßlichen Drachennestes den Flusslauf wiederfanden. Fenna und Gyffs waren sich einig, dass sie noch mindestens eine halbe

Stunde weitermarschieren wollten, um so viel Nacht wie möglich zwischen sich und das Unbekannte zu schaufeln.

Dann teilten sie das Lager ein. Die Wachschichten sollten rotieren, damit jeder in den Genuss der ersten oder der letzten und somit von sechs Stunden Schlaf ohne Unterbrechung kommen konnte. Korporal Deleven übernahm nun mit Teppel, Ekhanner und Emara die erste Wache, Leutnant Gyffs mit Kindem, Kertz und Stodaert die letzte. Leutnant Fenna fand sich dadurch zufälligerweise erneut in einer unbequemen Schicht wieder, diesmal in der zweiten. Es gelang ihm überhaupt nicht, während der ersten zwei Stunden zu schlafen. Dann kam seine Wachpflicht, und danach blieben ihm nur noch vier Stunden Ruhe. Und in diesen vier Stunden wurde das gesamte Lager durch die Wachhabenden der letzten Schicht geweckt, denn merkwürdige Geräusche hatten Leutnant Gyffs und ihre drei Mitwächter in Unruhe versetzt.

Es klang wie ein keifendes Raufen, Fauchen und Bellen. Aber nicht wie von Hunden. Die verschiedenen Stimmen – es mochten an die zehn sein – wirkten heiser, hohl, verzerrt, monströs.

»Haihunde«, sagte Korporal Garsid. »Ein ganzes Rudel davon.«

Das also waren die Ungeheuer, die der Ersten Kompanie zwei Soldaten und ein Pferd entrissen hatten.

»Ist das … ein Angriff?«, fragte MerDilli.

»Ein Angriff wäre lautlos, höchstens hechelnd«, vermutete Garsid. »Das klingt eher, als würden sie sich streiten. Worum auch immer.«

»Wie weit sind sie weg?«, erkundigte sich Fenna, der vor Müdigkeit ganz taumelig war.

Garsid rieb sich den Schädel. »Schwer zu schätzen. In dieser Gegend hallt alles so. So weit weg wie der Drache gestern, würde ich sagen.«

»Und wenn sie uns bemerken – greifen sie dann an?«

»Ich habe keine Ahnung, Leutnant«, antwortete der Korporal gereizt. »Immerhin haben sie die gesamte Erste Kompanie angegriffen – dreißig Mann auf Pferden, oder? Im Vergleich dazu sind wir leichte Beute.«

»O Mann, ist das alles schauerlich hier draußen!«, entfuhr es Mails Emara. »Und wo sind eigentlich die Affenmenschen? Sollte es hier nicht Affenmenschen geben und sonst gar nichts?«

»Hier gibt es alles, was es im Königreich nicht geben soll«, sagte Korporal Nilocas Deleven düster.

Die Dritte Kompanie rüstete sich für einen Kampf. Der Fernwaffenzug bezog Stellung hinter den Schilden der Infanterie. Doch nichts passierte. Das Kläffen und beinahe nach Gelächter klingende Meckern verebbte nach zehn Sandstrichen. Stille waberte umher, während es der Morgendämmerung nicht gelang, die Haut der Nacht zu durchstoßen.

»Wenn es ruhig ist, ist es noch unheimlicher«, greinte wieder Mails Emara. »Die Viecher sind noch irgendwo dort draußen, aber man weiß jetzt nicht mehr, wo!«

»Reiß dich mal ein bisschen zusammen, Soldat Emara!«, schnauzte Fenna. »Du bist hier schließlich nicht alleine unterwegs und nicht auf Frühlingsausflug. Wenn die beiden Händler nicht wehklagen, verstehe ich nicht, weshalb ein Soldat der Krone sich so gehen lassen kann.«

Emara verstummte. Selten war einer der Grünhörner so von seinem Leutnant zusammengestaucht worden. Aber es half, die Gefahr für alle ins rechte Licht zu rücken.

Endlich bezwang die Morgensonne das Rätselreich der Dunkelheit. Man konnte wieder sehen, was vor einem lag und was nicht. Und wohin man auch blickte – nirgendwo waren Haihunde, Drachen, Panzerlöwen oder Affenmenschen zu erkennen.

»Kein Wunder, dass die Festung Carlyr nicht angegriffen wird«, murmelte Fergran von den Holtzenauen beim Frühstück. »Die Affenmenschen scheinen hier tageweit überhaupt keine Behausungen zu haben.«

»Die sind weiter im Norden«, erläuterte ihm Korporal Garsid. »Und Richtung Westen. Richtung Galliko.«

»Habt Ihr schon mal Affenmenschen zu Gesicht bekommen, Meister Raubiel?«, fragte Jovid Jonis den alten Händler.

Der spuckte wieder aus, wie immer, wenn er zu sprechen anhob. »Nur die kleinen, die nackten, haarigen. Die wimmelten mal um meinen Wagen herum. Lästige, laute Wichte. Aber die in den Rüstungen, die richtig aufrecht gehen – die kenne ich auch nur vom Hörensagen.«

Wir führen Krieg gegen ein Märchen, brummte es in Fennas übermüdetem Kopf. Waren nicht auch auf dem Affenmenschenfeldzug die Affenmenschen selbst kaum in Erscheinung getreten, und das Heer der Königin vor allem an der Landschaft, der Witterung und an selbstentfesselter Magie gescheitert?

Das Gasfeld, das in Gollbergs Karten verzeichnet war, schimmerte im Licht der Mittagssonne wie eine trügerisch wehende Getreidelandschaft. Es sah beinahe schön aus, ein goldenes Gespinst, gespeist aus kleinen Kratern.

»Können wir das nicht umgehen?«, fragte Fenna Gyffs.

Die Offizierin schüttelte den Kopf. »Nicht, wenn wir im Zeitplan bleiben wollen. Die Erste reitet hier regelmäßig durch. Also werden wir das auch schaffen.«

»Aber reiten geht schneller als laufen. Man atmet nicht ganz so viel ein.«

»Weiter jetzt!« Erneut ließ Gyffs nicht mit sich reden, und erneut hatte sie wahrscheinlich recht. Einen halben Tag Umweg wollte sich auch Fenna nicht leisten. Nicht angesichts des Gekläffs von gestern Nacht.

Die Soldaten und Zivilisten banden sich Tücher vor Mund und Nase. Die Pferde bekamen einfach ihre Haferbeutel ums Maul gehängt. Dann marschierten sie alle zusammen hinein ins Gas. »Zügig«, mahnte Fenna. »Wir wollen so schnell wie möglich durch.«

Das Gas stank nach Kloake, nach verfaulten Eiern und verrottetem Leben. Einige der Männer husteten. Nelat wurde schwindelig, Stodaert stützte ihn. Ekhanner würgte, als müsse er sich übergeben. Auch Onida Raubiel schwächelte jetzt und verkroch sich nach hinten in den Wagen. Nur der alte Raubiel schien hinter seinem Tuch zu grienen.

Fenna war sich nicht sicher, ob das Gas tatsächlich giftig war oder ob es einfach nur mörderisch stank. Aber gesund war es mit Sicherheit nicht. Gyffs ließ sich nichts anmerken.

Eine Stunde lang gingen sie durchs Gas. Die Orientierung war leicht zu halten, weil der Himmel zu sehen war mit seiner fahlen Sonne, aber unten am Grund schien alles zu schweben, zu treiben, haltlos zu sein, einem den Boden zu entziehen. Teppel stürzte einmal und war mehrere Sandstrichbruchteile lang gar nicht mehr zu sehen, bevor sein Korporal Garsid ihn aus dem Gelbnebel hochzog. Die Pferde schwitzten vor Beanspruchung. Fenna dachte an Chlayst, an das Sumpfgas, das keine Farbe hatte, keinen für Menschen wahrnehmbaren Geruch. Nur Hunde und Katzen hatten Reißaus genommen. Menschen hatten gelacht, geatmet, blutigen Schaum erbrochen und den Tod gefunden. Chlayst war schlimmer gewesen als dies alles. Sogar schlimmer als ein Drachennest.

Nach einer Stunde waren sie durch. Zur Sicherheit gingen sie noch dreihundert Schritt weit aus dem Gelb hinaus, bevor sie ihre Tücher abnahmen. Da, wo die Tücher durch den Atem feucht geworden waren, hatten sie sich grünlich verfärbt.

»Widerlich, einfach widerlich«, schüttelte sich von den Holtzenauen.

Fenna wünschte sich, etwas ausspucken zu können wie der alte Raubiel. »Jetzt haben wir es bald geschafft«, sagte er mit zu einem Grinsen verzerrten Gesicht. »Unsere Karte führt uns durch das Hügellabyrinth dort hinten zu dem Punkt, wo wir das Proviantlager ausheben.«

»Diese Hügel sind ein guter Ort für Hinterhalte«, mahnte Korporal Deleven.

»Ja.« Fenna nickte. »Deshalb sind wir ja auch eine Kompanie Soldaten und keine Gesangsgruppe beim gemütlichen Herbstausflug.«

Keiner der Männer machte beim Marschieren schlapp. Der Schreiber Lement hatte nichts Personelles zu notieren außer der Tatsache, dass die Dritte Kompanie nach Plan der Vorgesetzten funktionierte. Dafür skizzierte Jovid Jonis bei jeder sich bietenden Rast die umgebende Landschaft auf sein Pergamentbündel. In den Hügeln interessierten ihn vor allem die merkwürdigen Pilze, die hier wucherten. Die meisten von ihnen hatten überhaupt keinen Stiel, aber riesige Hüte, die bis zu einem Schritt im Durchmesser maßen.

»Besser nicht anfassen!«, warnte Emjen Raubiel. »Einige von denen klappen zu und verschlingen, was sie gefangen haben.«

»Aber wovon ernähren die sich?«, fragte Jonis. »Hier gibt es keine Vögel, keine Insekten, keine Mäuse …«

»Hier gibt es allerhand. Das meiste kommt aber erst nachts raus.«

Sie folgten dem von Hauptmann Gollbergs Kompanie ausgekundschafteten und auf den Plänen verzeichneten Weg, der den Wagen vor allzu steilen Stellen bewahrte, durch die Hügel. Schon vor dem Einsetzen der Abenddämmerung erreichten sie den auf den Plänen verzeichneten Endpunkt ihrer Mission: einen ausgefransten Talkessel, markiert von mehreren schwarzrindigen Krüppelbäumen. Die Bäume schimmerten feucht, ihre Rinden sonderten eine Art Öl ab. Wären die Bäume nicht auf dem Wegplan fest verzeichnet gewesen, hätte Fenna sie für etwas gehalten, was sich schlangengleich bewegen konnte.

Er schickte den Fernwaffenzug auf die umliegenden Hügelkuppen, damit er die Umgegend ausspähte. Es war nichts Ungewöhnliches zu bemerken. Überall Hügel und trockenes Grasland, in jeder Richtung. Dann machten sich die Soldaten mit zehn auf dem Wagen mitgeführten Spaten ans Buddeln. Zweimal unterband Gyffs die Arbeit, weil sie vermeinte, von woanders ebenfalls Arbeitsgeräusche zu hören, aber es waren wohl nur Echos, die sich durch die bucklige Landschaft brachen.

Fenna erinnerte sich an das, was Jenko und Gollberg ihm eingeschärft hatten: Kein Tier durfte das Vergraben beobachten. Aber hier gab es keine Tiere. Keine Vögel, die sich irgendwo niedersetzten. Keine Schlangen. Nicht einmal Ameisen. Nur die flachen Pilze, ölige Bäume und an den windgeschützten Hängen verdorrt wirkendes Gras. Als ob selbst der Wind hier gefährlich wäre.

Die schaufelnden Soldaten allerdings förderten allerhand Leben zutage. Das Erdreich war einen Schritt tief staubtrocken und mürbe, aber darunter plötzlich durchsetzt mit wimmelnden Würmern und Larven von weißlicher Farbe. Bei jedem Spaten voll Aushub rieselten dutzendweise Wurmwesen hervor. Die Dicksten und Längsten von ihnen wären andernorts schon als Schlangen bezeichnet worden.

»Gibt einem zu denken, oder, Leutnant?« Onida Raubiel war plötzlich neben Fenna aufgetaucht. Vertieft in die Geräusche der schuftenden Männer hatte er sie gar nicht nahen hören. »Was für eine Gegend das hier ist. Wie man beschaffen sein muss, um ein Land mit giftigen Flüssen und Gasfeldern, mit Haihunden, aber ohne Singvögel seine Heimat zu nennen. König Rinwe hat niemals versucht, diese Landschaft seinem Königreich einzugliedern. Weil es in ihr nichts zu holen gibt. Weil man in ihr ohnehin nicht siedeln könnte.«

»Wir lassen die Affenmenschen in Ruhe, solange sie uns in Ruhe lassen.«

»Der Feldzug sprach eine andere Sprache.«

»Der Feldzug war eine Idee der Königin und ihrer Berater, nach reiflichem Nachdenken in die Tat umgesetzt. Er war nicht einfach eine Laune, sondern ein militärisch-strategisches Vorhaben, dessen Hintergrund allen verborgen bleiben muss, die nicht unmittelbar beteiligt waren.« Fenna stellte fest, dass seine eigene Stimme den Echos ähnelte, die von den Arbeitsgeräuschen widerhallten.

Die Händlerstochter lächelte nur. »Ich *war* unmittelbar beteiligt. Mein Vater und ich haben das unglückliche Heer mit Proviant versorgt. Aber glaubt mir, Leutnant: Der Sinn der ganzen Sache ist mir nichtsdestotrotz verborgen geblieben.«

Sie ließ ihn stehen. Er betrachtete weiter das Ausheben der Grube. Dabei fragte er sich, wie die Würmer wohl mit dem Proviant umspringen würden da unten. Aber das war nicht sein Problem. Sein Auftrag war es nur, den Proviant hier zu vergraben.

Die Soldaten ächzten und mühten sich. Sie schleppten Fässer und Kisten und wachstuchumwickelte Bündel aus dem Planwagen ins frische Erdloch. Die Dunkelheit schwappte über die Hügel wie Brühe. Überall im Talkessel krümmten sich jetzt ausgegrabene Würmer, die offenbar durch die trockene obere Erdschicht nicht hindurchkamen.

Gyffs mischte sich unter die verschwitzten, dreckverschmierten Grünhörner. »Auf dem Rückweg ist der Planwagen leer«, sagte sie aufmunternd. »Das bedeutet, es können Männer auf dem Wagen mitfahren – ich würde vorschlagen, beide Züge abwechselnd für jeweils drei Stunden. So kann jeder sich alle drei Stunden ausruhen und muss nur noch den halben Weg zurückmarschieren.«

Die Männer freuten sich tatsächlich über diese Eröffnung. Emjen Raubiel spuckte aus, sagte aber nichts.

Die Arbeit ging im Dunkeln weiter, bis das Loch wieder aufgefüllt und die überschüssige Erde weiträumig verteilt war.

»Jeder wird auf den ersten Blick erkennen, dass hier gegraben wurde«, sagte Korporal Deleven unzufrieden.

»Glücklicherweise ist dieser Talkessel nicht weithin einsehbar«, entgegnete Fenna. »Wir beziehen unser Nachtlager dort oben auf dem Hügelkamm. Da wimmelt es nicht so von diesen Würmern. Morgen nach Tagesanbruch sehen wir uns unser Werk noch einmal an und tarnen, was zu tarnen ist. Dann geht es zurück, wie Leutnant Gyffs gesagt hat.«

In dieser Nacht war Leutnant Fenna aufgrund der Schichtrotation gleich mit der ersten Wache dran. Obwohl ihm vor Übermüdung mehrmals die Augen zufielen, hielt er eisern durch. In seinem Zustand kamen ihm verworrene Gedanken in den Sinn: Die Kinder von Chlayst, die er in seinem letzten Traum vergeblich gesucht hatte – hier lagen sie und schliefen. Schmutzig und erschöpft, wie nach einem Spiel im Sand. Die Soldaten waren seine Kinder, seine Schutzbefohlenen. Er und Gyffs waren Eltern.

Aber auch in den drei Schichten, während derer Fenna eigentlich hätte schlafen können, war ihm keine tief reichende Ruhe vergönnt. In der dritten Schicht ließ Leutnant Gyffs das gesamte Lager wecken, weil Kindem und Stodaert etwas gesehen hatten: »Huschende Schatten, wie Köpfe, die sich hinter Hügelkuppen verbergen.«

»Das könnten aber auch Nagetiere oder Echsen gewesen sein, die sich oben auf den Kuppen bewegen?«, fragte Fenna übellaunig nach.

»Was auch immer, es sind viele, und vielleicht geht von ihnen Gefahr aus, Leutnant!«, meldete Stodaert akkurat.

Fenna fragte sich, ob nicht eher durch die ganze Unruhe und das Geplappere etwas Feindseliges auf die Kompanie aufmerksam wurde, als wenn sie alle einfach nur geschlafen hätten. Die Pferde jedoch knabberten ganz ungerührt am dürren Gras.

Wäre Fenna jetzt alleine gewesen oder ohne verantwortungsvolle Befehlsgewalt, wäre er womöglich in die Nacht hineingestapft und hätte so etwas gerufen wie »Warum zeigt ihr euch nicht einfach? Ihr seid doch irgendwo da draußen und tuschelt über uns. Kommt und greift uns endlich an!«. Einfach nur, um die unbefriedigende Spannung abzubauen. Aber das ging nicht, das konnte er nicht machen. Er war doch jetzt Vater.

Nach einer Viertelstunde der Ereignislosigkeit legten sich alle, die nicht mit Wachehalten dran waren, wieder hin.

In der vierten Schicht wurde die Kompanie noch einmal geweckt. Diesmal war es Korporal Deleven selbst, der im Norden ein Flackern am Himmel wahrgenommen hatte. »Ich wollte, dass Ihr Euch das ansehen könnt, Leutnants. Es sah nicht wie Wetterleuchten aus.« Sie starrten sandstrichelang ins kühle Dunkel, bis ihnen allen die Augen tränten. Je länger man starrte, desto eher schien man Unregelmäßigkeiten wahrzunehmen. Die Hügel schienen zu wabern. Das ganze Land war in Bewegung. Doch es war nur grundlose Furcht, die nach ihnen allen griff. Nichts bewegte sich dort, überhaupt nichts. Und dennoch fragte Fenna sich, ob das unstete Licht, das Deleven gesehen haben wollte, jenes geheimnisvolle Feuer war, jenes Endergebnis des großen Feldzuges, das im Norden loderte und das gesamte Land mit dem Geruch eines Schwelbrandes erfüllte.

Der dauernde Schlafentzug zerrte an Fennas Nervenkostüm. Er wollte jeden sich ihm bietenden Sandstrich zum Schlafen nutzen und träumte dabei so wildes Zeug, dass er ganz erregt und verschwitzt wieder zu sich kam, als die Morgendämmerung den Himmel bleich und kränklich machte. Er fragte sich, welches Datum heute war, und kam nach längerem Abzählen an zitternden Fingern zu dem Schluss, dass heute der 9. Blättermond sein musste. In sechs Tagen würde man das Bachmufest feiern, das Fest des Herbstes und des Goldes.

Sie inspizierten den Talkessel mit dem Proviantlager. Die meisten Würmer waren verendet. Der Boden sah aufgewühlt und zertreten aus, aber das waren nur ihre eigenen Fußspuren von gestern Nacht. Sie widmeten sich noch einmal eine Stunde lang der Aufgabe, das kleine Tal zumindest einigermaßen so herzurichten, dass nicht jeder zufällige Betrachter sofort durchschaute, dass dort etwas versteckt worden war.

»Regnet es hier eigentlich jemals?«, fragte Fenna sowohl den Korporal Garsid als auch die beiden Raubiels. »Ein Regen könnte hier nämlich alles wieder normal aussehen lassen.«

»Überall auf dem Kontinent regnet es ab und zu, selbst in den Sonnenfeldern«, antwortete Emjen Raubiel.

Endlich brachen sie auf. Nach Gyffs' Plan durften sieben Mann im Wagen mitfahren, der nun nur noch zwei Trinkwasserfässer und eine große Proviantkiste für die Dritte Kompanie geladen hatte. Viele der Männer waren ebenso übermüdet wie Leutnant Fenna, und Korporal Delevens Fernwaffenzug, der nun als Erster die Vergünstigung erhielt, freute sich sehr darüber. Leutnant Gyffs wollte auf ihr Recht mitzufahren verzichten, und als sie sah, wie gerädert Fenna aussah, nötigte sie ihn dazu, ihren Platz einzunehmen. Er wehrte sich nur, um der militärischen Etikette zu entsprechen, und schlief dann erschöpft drei Stunden lang, während der Wagen aus dem Hügellabyrinth hinausrumpelte.

Nirgendwo gab es Affenmenschen. Nur ein paar Echsengeier tauchten nun wieder auf und kreisten in respektvoll anmutendem Abstand über dem Wagen und dem marschierenden Infanteriezug.

4

Nachdem Fenna und der Fernwaffenzug ihre behaglichen Wagenplätze mit dem Infanteriezug hatten tauschen müssen, durchquerten sie abermals das Gasfeld. Das Gas schien nun anders zu stinken als noch beim ersten Mal. Beißender und saurer. Das Gelb trieb um sie herum wie werbende Tänzerinnen. Tadao Nelat, Ildeon Ekhanner und auch Onida Raubiel mussten sich diesmal wirklich übergeben. Der Geruch ihres Erbrochenen schien zusätzlich verstärkt über die übrige Kompanie herzufallen. Beinahe allen wurde schlecht, nur MerDilli, der einen eisernen Magen hatte, Gyffs, die sich keinerlei Schwachheiten gestattete, und Kertz, der sich in dem Brodem eher wohlzufühlen schien, wirkten unbeeindruckt. Fenna dagegen musste sich am Wagen festhalten, um sein Straucheln zu kaschieren.

Nach einer Stunde waren sie immer noch nicht aus dem widerwärtigen Gelb heraus. Hatte das Gasfeld sich vergrößert? Oder hatten sie die Richtung verloren? Dem Sonnenstand nach zu urteilen keinesfalls. Wahrscheinlich waren sie einfach bedeutend langsamer als auf dem Hinweg.

Zehn Sandstriche nach Verstreichen der Stunde vermeinte der vorausgehende Korporal Garsid das Ende des

Gasfeldes zu sehen. Keuchend rief er etwas durch sein grünlich triefendes Tuch. Alle beschleunigten ihre Schritte. Aber das vermeintliche Ende erwies sich als eine Fata Morgana innerhalb des Gases, eine Verwehung von weniger eindeutiger Farbe. Tadao Nelat verlor nun die Besinnung. Glücklicherweise saß er bereits im Wagen und stürzte gar nicht erst. Er kippte einfach zur Seite. Der neben ihm sitzende Fergran von den Holtzenauen machte sich dennoch Sorgen um Nelats Gesundheitszustand.

Es dauerte noch eine weitere Drittelstunde, bis das Gasfeld tatsächlich durchquert war. Die meisten Infanteristen sanken in respektvoller Entfernung von den äußersten Schwaden auf die Knie und atmeten sich erst einmal die Brustkörbe frei. Alle husteten. Es fühlte sich an, als hätte man Wasser in der Lunge oder gar Blut. Fenna keuchte nur noch und versuchte dabei, ein Japsen zu unterdrücken. Gyffs war deutlich unbeschadeter durchs Gas gegangen als er.

»Wir liegen im Zeitrahmen etwas zurück«, trieb sie ihre Männer an. »Wenn wir weiter so herumtrödeln, müssen wir die Nachtruhen verkürzen, damit wir übermorgen nicht erst mitten in der Dunkelheit die Festung erreichen.«

Für eine Stunde zeigte diese Mahnung Wirkung. Während Tadao Nelat wieder zu sich kam, bemühte sich der Infanteristenzug um ein erhöhtes Marschtempo. Aber nach einer Stunde wurden sie umso langsamer. Die Zungen hingen ihnen aus den Mündern wie Hunden. Es war Zeit für den nächsten Wechsel: Die Infanteristen durften auf den Wagen, der Fernwaffenzug musste wieder wandern. Auch Fenna ging mit hoch unter die Plane und legte sich sofort erschöpft aufs Ohr.

Lement notierte in seiner Kladde, dass die Dritte Kompanie die Grenze ihrer Leistungsfähigkeit erreicht hatte. Noch niemals zuvor waren diese Männer vier Tage am

Stück marschiert. Jetzt war es einzig und allein dem mitgeführten leeren Wagen zu verdanken, dass die Kompanie nicht alle halbe Stunde eine halbe Stunde Rast einlegen musste.

Sie fanden den süßen Fluss wieder. Auch dessen Wasser schien nun – womöglich war es eine Auswirkung des vermehrt eingeatmeten Gases – deutlich penetranter zu stinken als noch gestern früh. Tadao Nelat taumelte mehr, als dass er geradeaus ging. Ekhanner und von den Holtzenauen wirkten ebenfalls sehr angeschlagen. Vom ganzen Fernwaffenzug hielten sich nur noch Stodaert und Korporal Deleven gerade.

Gyffs sah ein, dass es keinen Sinn mehr hatte, Geschwindigkeit einzufordern. Sie ließ zwei längere Rasten zu. Darüber hinaus kündigte sie an, die Nachtruhe schon in die Dämmerung vorzuverlegen, damit die Männer wieder nachhaltig zu Kräften kommen konnten. Es gab noch einen letzten Wechsel der Wagenpassagiere, dann senkte sich die Sonne schnell, wie ebenfalls zu Tode ermattet von diesem Tag.

In dieser Nacht schlief die gesamte erste Wachschicht – Korporal Garsid, Nelat und Behnk – während der Wachpflicht ein. Die zweite Schicht – Gyffs, Kindem, Kertz und Stodaert – wurde also überhaupt nicht geweckt und schlief durch. Emjen Raubiel – der sich nun des Nachts zwar nicht mehr um seine Ladung, aber immer noch um sein Gespann, seinen Wagen und seine Tochter sorgen musste – wachte während der dritten Schicht auf und stellte entsetzt fest, dass das gesamte Lager vollkommen unbewacht in der Nacht lag. Er weckte die Leutnants, und nun gab es ein großes Geschrei. Leutnant Gyffs war außer sich. Da sie selbst in der zweiten Schicht eingeteilt gewesen war, aber nicht geweckt wurde, durchschaute sie sofort, wo der Fehler gelegen haben musste. »Was fällt euch denn ein?«, herrschte sie Garsid, Nelat und Behnk an. »Ist euch eigentlich klar, was ihr da angerichtet habt? Wir sind im Affenmenschenland! Die hätten sich leicht anschleichen und jedem von uns im Schlaf die Kehle durchschneiden können!«

»Die drei sind die einzige Wachgruppe, die nur zu dritt ist«, nahm Leutnant Fenna die Sünder in Schutz. »Das war von Anfang an ein Schwachpunkt in unserer Einteilung. Vielleicht hätten wir doch Lement oder die Raubiels mit einbinden sollen, der Sicherheit zuliebe.«

»Ach, du! Du hast Verständnis, weil du wahrscheinlich selber eingeschlafen wärst!«

»Das hätte mir passieren können, ja. Und dann hätten von den Holtzenauen, Jonis und MerDilli mich wohl wach gerüttelt. Es ist großes Pech, wenn alle gleichzeitig einnicken. Aber es ist großes Glück, dass uns nichts passiert ist.«

»Das wollen wir doch erst mal sehen! Alle überprüfen ihre Waffen und Ausrüstungen, ob uns auch nichts geklaut wurde!«

Die Kompanie tat, wie ihr geheißen. Es fehlte nichts. Gyffs war dennoch weiterhin aufgebracht. »So etwas darf einfach nicht vorkommen! Ein einziger solcher Fehler, und wir können alle tot sein!«

»Jeder hat das begriffen«, sagte Fenna müde. »Lement wird eine Aktennotiz machen. Die drei Wachverschläfer werden in der Festung bestraft werden. Aber hier jetzt weiter in die Nacht hineinzuschreien erhöht nur wieder die Wahrscheinlichkeit, dass jemand oder etwas auf uns aufmerksam wird.«

Das saß. Leutnant Gyffs verstummte. Lement konnte in der Dunkelheit nichts aufschreiben, machte sich aber im Kopf einen Vermerk, dass er am folgenden Morgen notieren müsse: »Uneinigkeit der Leutnants unter dem Druck einer glimpflich überstandenen Gefahrensituation.«

Gyffs bestand darauf, mit Kindem, Kertz und Stodaert

den Rest der Nacht Wache zu halten. Sie war ohnehin zu zornig zum Schlafen. Ihr großes militärisches Vorbild, der General Urcharin Zoydenak aus den fernen Zeiten der Piratenkriege, hatte vor nichts eindringlicher gewarnt als vor der »Verführungskunst, welche die Nacht selbst besitzt«. Gyffs beschloss, nach Abschluss dieser Mission mit der Kompanie Strategien zum erfolgreichen Wachehalten zu erarbeiten.

Der Morgen kam schwächlich, die Nacht schien mit jedem Mal stärker und zäher zu werden. Man konnte die dunkelste Jahreszeit nahen spüren.

Die Felsformation, die wie zwei Säulen aussah, geriet wieder in Sicht, aber kein Leben regte sich in Blickweite der vorüberziehenden Planwageneskorte. Keine Echsengeier, keine Drachen und erst recht keine Affenmenschen. Aus Langeweile begann Korporal Garsid nach Spuren zu suchen, wie auch Hauptmann Gollbergs Kompanie das immer machte: Spuren von Überlebenden, Verstreuten. Aber der große Feldzug gegen die Affenmenschen war bald ein ganzes Jahr her.

Fenna, der Garsids Bemühungen bemerkte, suchte ein Gespräch mit der immer noch schmallippigen Gyffs. »So seltsam es klingt, aber ich fange, glaube ich, langsam an, Hauptmann Gollbergs Überlegungen zu verstehen.«

»Überlegungen in welcher Hinsicht?«

»In Bezug auf mögliche Überlebende. Zuerst dachte ich, dass es mit jedem verstreichenden Mond doch unwahrscheinlicher wird, dass noch jemand von den Versprengten am Leben ist. Doch jetzt, wo ich mir das Land so ansehe, bekomme ich den Eindruck, dass das eigentliche Problem gar nicht die Affenmenschen sind, sondern eher das Durchqueren des Landes. Nehmen wir also an, eine Kompanie, so wie unsere, hat überlebt.«

»Unser Spiegelbild.«

»Unser Spiegelbild, mit zwei Leutnants. Sie haben irgendwo dort oben in der Einöde einen Ort gefunden, wo sie Trinkwasser haben. Zu diesem Trinkwasser kommt auch immer wieder Wild, also können sie überdauern. Sie wissen jedoch: Zwischen ihrer Position und der nächstgelegenen Stellung der Menschen – Carlyr – gibt es nichts außer Gasfeldern, giftigen Flüssen, Haihundrudeln und anderen Bestien. Sie können nicht genug Trinkwasser mitschleppen, um den Rückweg zu bewältigen. Also was machen sie? Sie harren aus. Und hoffen, dass wir sie finden und heimholen.«

»Das Problem bei dieser Theorie ist nur: Sie ist erst dann bewiesen oder widerlegt, wenn man entweder Überlebende gefunden oder aber das gesamte Affenmenschenland durchkämmt hat. Beides ist extrem gefährlich.«

»Das ist richtig. Aber mit dem Proviantlager, das wir jetzt angelegt haben, wird Gollbergs Reitern ein deutlich größerer Aktionsradius gegeben. Ich denke, wir haben eine wirklich sinnvolle Mission bewältigt.«

»Wenn das Lager nicht schon längst wieder geplündert wurde.«

»Aber von wem? Wir sehen nichts und niemanden. Nicht einmal Bauwerke oder Behausungen irgendeiner Art. Endete der Feldzug nicht mit einer furchtbaren magischen Katastrophe, einer Entladung von gleißendem, verheerendem Licht? Wer sagt uns denn, dass nicht alle Affenmenschen an diesem Licht zugrunde gegangen sind?«

»Das ist ja einmal eine Theorie, die unsere Vorgesetzten erheitern dürfte. *Die Affenmenschen sind bereits alle tot, der Krieg ist gewonnen.* Aber ich glaube das nicht. Garsid hat es doch gesagt: Die Siedlungen kommen erst weiter nördlich oder weiter westlich. Sicher gibt es da auch mehr Wasser und Leben, denn sonst könnte man dort ja nicht siedeln.

Nein, ich glaube nicht an Überlebende. Aber ich glaube daran, dass es die Affenmenschen noch gibt, in großer Zahl, und dass das Halten unserer Stellung Carlyr eine sinnvolle und wichtige Aufgabe ist.«

Sie passierten die Gegend, in der sie auf dem Hinweg den Drachen gesehen und ein Drachennest vermutet hatten. Alles war nun still, aber das bedeutete nicht, dass dort nichts auf der Lauer lag. Also umgingen sie dieses Gebiet abermals in respektvollem Abstand und achteten dabei darauf, nicht zu niesen und auch sonst keine überflüssigen Geräusche zu machen.

Im Laufe des Nachmittages tauchte wieder ein halbes Dutzend Echsengeier auf, flatterte mit ledernen, an die zwei Schritt langen Flügeln in der Nähe der Kompanie herum und zerstreute sich nach einer Stunde wieder. Fenna gefiel das alles nicht. Was wollten diese Geier? Sie griffen nicht an, kreisten aber auch nicht über einer anderen Beute, sondern schienen sich immer wieder – verhältnismäßig schüchtern – für den Planwagen und die ihn begleitenden Menschen zu interessieren. Waren die Echsengeier Späher für die Affenmenschen? Drehte er selbst allmählich durch, weil er einen taktischen Sinn in solche Naturvorgänge hineinzudichten begann?

Einmal bemerkten sie den Kopf eines Wesens, das offensichtlich in dem giftigen Fluss leben konnte. Es sah nicht aus wie ein Fisch, sondern eher wie ein mit kristallinen Wucherungen besetzter Otter.

Der allgemeine körperliche Zustand der Kompanie war besorgniserregend. Allen schmerzten auf dem harten, trockenen Untergrund die Füße. Viele hatten trotz vorschriftsmäßigen Schuhwerks Blasen. Alle waren unausgeruht, unrasiert, staubverkrustet, durchgeschwitzt, froren dann aber auch immer wieder im plötzlich kühl auffrischenden Wind.

Es gab nicht genügend Wasser zum Waschen. Alle juckten sich, als hätten sie Flöhe, dabei gab es hier gar keine Insekten. Alle sehnten sich nach einem weichen Bett, nach warmem Essen oder einem Getränk, das entweder heißer oder kühler war als ein abgestandenes Lau. Kertz fluchte viel, weil er seine Augengläser dauernd putzen musste. Der wirbelnde Windstaub blieb immer wieder auf ihnen haften. Ekhanner betete zu Afr, Tinsalt, Kjeer, Senchak und Bachmu – allen Gottheiten, die etwas mit dieser Gegend zu tun haben mochten. MerDilli bekam vom vielen Laufen Probleme mit seinen Knien und Fußknöcheln. Seine Beine waren im Verhältnis zu seinem außerordentlich muskulösen Oberkörper vielleicht ein wenig zu schwach. Teppels Atem ging schleppend und rasselnd, er selbst schien mit jedem Tag grauer zu werden. Stodaerts Zackigkeit bekam etwas Puppenhaftes, wie eine hohle Struktur, deren innerer Zerfall nur noch durch ein strenges Korsett aufrechterhalten wurde. Auch von den Holtzenauen war viel am Jammern und Stöhnen. Seine eher lässige Dienstauffassung kollidierte nun mit der schon seit Tagen andauernden Beanspruchung. Wenigstens ging es Tadao Nelat wieder besser – es war nur das Gas gewesen, das ihm so arg zugesetzt hatte. Der mädchenzarte Soldat mit dem Kinnflaum folgte seinem Korporal Deleven auf Schritt und Tritt und äußerte sich dankbar darüber, dass die Luft wieder frisch und durchsichtig war.

Die Kompanie verließ den nach irgendwo abzweigenden Flusslauf, passierte die beiden Felssäulen und marschierte noch so weit wie möglich in die Dunkelheit hinein. Gyffs wollte die Zeit, die durch das frühe gestrige Lager eingebüßt worden war, wieder gutmachen. Sie wollte unbedingt am morgigen Abend die Festung erreichen ohne ein zusätzliches Lager oder eine mühselige lichtlose Nachtwanderung durch felsiges Geläuf.

Der Mond schien durch Wolkenfetzen, also konnten sie auch im Dunkeln noch ein wenig sehen. Genügsam folgten die Pferde dem Anschein eines Weges, der Richtung Felsenwüstengebirge führte; der Wagen folgte den Pferden, die Soldaten wiederum dem Wagen. Teppel stürzte und kämpfte sich wieder hoch. Kindem strauchelte, dann Jonis. Teppel schlug abermals hin und blieb diesmal liegen. Es ging nicht mehr weiter. Es war einfach zu finster, der Mondschein zu sehr nur eine Vortäuschung von Licht.

»Dies ist unser letztes Lager, Männer!«, sagte Gyffs, während die Soldaten ihre Vorkehrungen für Nachtruhe und Wachehalten trafen. Onida Raubiel rieb mit trockenem Gras die Pferde ab. »Morgen Abend schon sind wir in der Festung, da gibt es dann ein leckeres Essen, einen Krug roten Wein, ein bequemes Bett und mindestens zwei Tage dienstfrei, würde ich sagen.« Die Soldaten waren zu müde zum Jubeln, aber sie nickten lächelnd vor sich hin.

Von Fenna war nicht mehr viel zu sehen oder zu hören. Entweder schlief er auf dem Wagen oder marschierte stumm als Nachhut hinterher, argwöhnisch das zurückliegende Land betrachtend, einen Hinterhalt erwartend, einen Sturmangriff von Riesenaffen, eine Armee zottelfelliger Weiber, Paviane mit Menschengesichtern, kreischende Äffchen mit grünen Feuerkatapulten, irgendetwas.

In dieser Nacht schien Leutnant Gyffs' strengster Gesichtsausdruck in den Wolken über dem Lager zu schweben – niemand wagte es, auf seiner Wache länger als einen Lidschlag die Augen zu schließen.

Während der Schicht von Korporal Deleven ging weit entfernt im Felsenwüstengebirge eine Steinlawine ab. Das Rumpeln rollte wie Donner über das ebene Land. Was auch immer diese Lawine ausgelöst haben mochte, musste etwas Großes sein, aber beruhigend weit entfernt.

Während der Schicht von Leutnant Fenna wagte sich

eine vorwitzige Echse mitten durch das Lager. Sie war nicht sehr groß, etwa einen Drittelschritt von Kopf zu Schwanzspitze, aber sie war dunkel mit hellen Perlen, genau wie ein Nachthimmel voller Sterne. Ihre Augen rotierten in alle denkbaren Richtungen. Fenna beobachtete sie, sie beobachtete ihn. Dann watschelte sie breitbeinig davon.

Während der Schicht von Korporal Garsid hatte Jovid Jonis einen Albtraum, der ihn im Schlaf ächzen und unverständliche Worte murmeln ließ. Nachdem Garsid ihn geweckt hatte, konnte sich Jonis aber an nichts erinnern.

Als es dämmerte, weckte Garsid das ganze Lager. Die Männer machten einen besseren Eindruck als am vorherigen Tag. Jetzt stand ihnen nur noch ein einziger, letzter Marsch bevor, der zusätzlich durch die Annehmlichkeit des Wagenfahrens alle drei Stunden in eine beinahe gemütliche Kutschreise überging. Sie spürten, dass der weitaus größte Teil der Mission – fünf Tage von sechs – bereits hinter ihnen lag, dass bislang alles Wesentliche nach Plan verlaufen war, dass die Affenmenschen sich nicht gezeigt hatten und sich jetzt so nahe der Festung auch nicht mehr zeigen würden und dass es nur noch einer letzten kleinen Mobilisierung von Kräften bedurfte, um Essen, Wein, Bett und mindestens zwei Tage dienstfrei genießen zu können.

Dieser Tag wurde heller, weil wolkenloser als die Tage zuvor.

Und trotz der guten Sicht kam der Angriff am frühen Nachmittag vollkommen unerwartet.

Der Infanteristenzug war gerade mit Marschieren dran. Fenna teilte sich die Wagenfläche stets mit dem kleineren Fernwaffenzug und schlief, während Gyffs sich inmitten der Infanteristen aufhielt, sie fuhr nie auf dem Wagen mit.

Der Schreiber Lement war der Erste, der etwas bemerkte, denn er saß hinten im Wagen, ohne zu schlafen, und schaute oft hinaus. »Leutnant Gyffs, da kommt eine Art Staubwolke von schräg hinten rechts!«

»Wo?«

»Da drüben! Von hier oben kann man es vielleicht besser sehen.«

»Nein, jetzt sehe ich es auch. Was ist das? Es ist schnell. Sind das … Reiter?«

»Vielleicht sind welche von Gollbergs Kompanie im Einsatz«, mutmaßte Alman Behnk.

»Das sind keine Reiter«, sagte Korporal Garsid. »Viel zu schnell, viel zu niedrig.«

»Ihr Götter!«, entfuhr es Leutnant Gyffs. »Fernwaffenzug! Aufwachen und schussbereit machen, los, los, los, los, los! Wir werden angegriffen!«

Diese Worte und Gyffs' aufgeregte Stimme wirkten wie ein Schlag ins Gesicht, wie Eiswasser in den Knochen, ein Blitz aus heiterem Himmel. Korporal Delevens Männer schnellten aus ihrer Ruhephase hoch und purzelten ungelenk im Wagen übereinander. Mittendrin ein fluchender, keuchender Leutnant Fenna.

Emjen Raubiel wollte die Pferde mit Peitschenknallen antreiben, doch das war schon gar nicht mehr möglich. Die beiden Gäule gingen von alleine durch, witterten die schreckliche Gefahr. Der Ruck, der deshalb durch den Wagen lief, ließ den Schreiber Lement und den Soldaten von den Holtzenauen beinahe hinten von der Ladefläche stürzen.

Der Wagen entfernte sich. Mit ihm der Fernwaffenzug.

Die Angreifer kamen näher, gehüllt in ein Banner aus aufgewirbeltem Staub.

Es waren Tiere.

Panzerlöwen.

Drei.

Loa Gyffs spürte zum ersten Mal in ihrem Leben Todesangst. Todesangst machte nackt und kalt und heiß und klein und schutzlos. Sie verwandelte den Leib in etwas Weiches, das selbst der Routine jahrelanger Übungseinheiten nicht mehr gehorchen wollte.

Korporal Garsid stellte sich zum Kampf. Hinter ihm formierten sich Emara, Jonis, Kindem und MerDilli. Kertz stand etwas abseits und schrie etwas. Er sah begeistert aus. Behnk und Teppel jedoch funktionierten nicht. Die Todesangst ihres Leutnants sprang auf sie über wie eine ansteckende Krankheit. Behnk weinte schon wieder. Teppels Hosenbeine wurden nass.

»Angriff!« war das Wort, das »Scheusal« Kertz widersinnigerweise schrie.

Korporal Garsid nahm es auf. *»Angriff!«*

Loa Gyffs wandte sich nach hinten um. Dort sprang Korporal Deleven vom davonrasenden Wagen, rollte sich ab, kam völlig außer Balance hoch, fing sich im Rennen, zückte seinen Kurzbogen. Ihm folgte Leutnant Fenna, der weitaus ungeschickter als Deleven auf den Boden prallte, sich mehrmals überschlug und erst mal benommen liegen blieb. Der Rest des Fernwaffenzuges war ein Tumult unentschlossener Leiber in der hinteren Öffnung der Wagenplane. Einer gab aus lauter Hilflosigkeit einen Schuss ab. Der Pfeil trudelte ziemlich genau auf Leutnant Gyffs zu und zog dann hoch über ihren Kopf. Sie folgte der Flugbahn mit den Augen in die Wüste, bis sie die Panzerlöwen wieder im Blick hatte.

Es waren riesige Raubkatzen mit gefletschten Zähnen, ihre Schultern auf gleicher Höhe mit Behnks Gesicht. Allein von ihrer Masse her konnten sie auch einzeln eine ganze Gruppe von Menschen umreißen, und sie befanden sich im gestreckten Jagdsprint. Es waren Weibchen; ihnen fehlten die charakteristischen Hornkronenkragen der Männchen. Gyffs hatte einmal gelesen, dass bei den meisten Raubkatzen die Weibchen für das Jagen im Rudel zuständig waren. Sie hetzten ihre Beute oder sprangen sie einfach an. So wie jetzt.

Gyffs schrie und zog endlich ihren Armeesäbel.

Die vorderste Löwin stieg hoch und warf sich von schräg oben auf Garsid, Emara und Jonis. Garsid schien ihr entgegenzusteigen, rammte ihr seinen Säbel in den weichen Unterleib. Ihre Krallentatzen dröhnten auf die Schilde. Alles ging zu Boden. Alles brüllte und fauchte.

Die zweite Löwin sprang ganz gezielt Ellister Gilker Kindem an. Er war der Größte von allen, vielleicht die größte Gefahr oder die ertragreichste Beute. Kindem plärrte unter dem Ansturm wie ein Neugeborenes. Sensa Merdilli eilte ihm zur Seite und hieb wie ein Irrer auf das abgebremste Tier ein.

Die dritte Löwin schlenzte an den Kämpfen vorüber, wollte weiter, vielleicht dem Wagen und den köstlichen Pferden hinterher, doch »Scheusal« Kertz stellte sich ihr in den Weg. Er war ein toter Mann – Loa Gyffs sah ihn zerfetzt im Grab, immer noch grinsend, während seine Augengläser Löcher in die Welt brannten. Sie musste ihm beistehen. Sie musste Kindem und MerDilli beistehen. Sie musste Garsid, Emara und Jonis beistehen.

Die Bestien hatten sandfarbenes Fell. Ihr Rücken und ihre Flanken waren bedeckt mit fischschuppenartig angeordneten Hornplatten, die ihnen den Namen Panzerlöwen eingebracht hatten. MerDillis Hiebe klangen, als würde jemand auf Dachschindeln eindreschen. Die Muskeln der Katzen ließen ihr Fell in immer neuen Konturen schimmern. Kertz und die Löwin standen sich jetzt gegenüber. Vielleicht irritierten sie seine gläsernen Augen. Loa Gyffs rannte dorthin, wobei ihr die Distanz unglaublich weit vorkam und ihre Beine absurd kurz. Sie rempelte gegen Breff Adirony Teppel, der einfach umkippte. Vielleicht war er vor

Angst gestorben. Dafür war aber plötzlich Alman Behnk neben ihr. Flennend rannte er in einer Art übertriebenem Gleichschritt an ihrer Seite.

Die Löwin, die Garsid, Emara und Jonis umgerissen hatte, richtete sich wieder auf. Ihr Maul und ihre Zähne trieften von Blut. Emara und Jonis versuchten, unter ihren Tatzen wegzukommen. Beide schrien sie vor Entsetzen. Ein Pfeil sirrte herbei und traf die Löwin an der gepanzerten Schulter. Klackend wurde der Pfeil abgelenkt in den zerwühlten Sand. Deleven schoss abermals. Die Einöde um ihn herum bockte wie ein ungezähmtes Pferd, denn er schoss im Rennen. Der zweite Pfeil ging knapp daneben.

Kindem lag plärrend am Boden, während die Löwin seinen Schildarm mitsamt dem Schild zerkaute. MerDilli rackerte sich an ihrer Panzerung ab wie ein Diamandaner Sklave in einem Bergwerk der Silbernen Krone. Seine Hiebe schienen aber erste Wirkungen zu entfalten, denn Hornsplitter sirrten um ihn herum wie aufgebrachte Wespen.

Kertz griff seine Löwin an. Der Säbelschwung ging ins Leere, die Löwin hob die Tatze nach der Waffe, spielerisch. Kertz knurrte etwas, das klang wie »Komm schon, meine Süße, zier dich nicht so!«. Er schlug abermals ins Nichts und verlor beinahe das Gleichgewicht. Gyffs und Behnk waren jetzt beinahe heran.

Mit vereinten Kräften gelang es Emjen und Onida Raubiel unterdessen, die Pferde wieder zu beruhigen, da die Raubtiere hinter ihnen ebenfalls angehalten hatten. Der Abstand zu den Infanteristen betrug allerdings schon mehr als eine halbe Meile. Endlich konnte der Rest des Fernwaffenzuges – Ekhanner, Nelat, Stodaert und von den Holtzenauen – hinten vom Wagen klettern und seinen Kameraden zu Hilfe eilen. Stodaert blutete aus einer Platzwunde an der Augenbraue; er war beim Anrucken des durchgehenden Gespanns mit dem Gesicht unglücklich auf die Kante der Proviantkiste geschlagen, klagte aber nicht darüber.

Leutnant Fenna spürte, dass etwas mit seinem rechten Knie nicht in Ordnung war. Das Aufstehen schmerzte, das Losgehen schmerzte, das Rennen noch mehr. Die Fernwaffenleute waren viel zu weit hinten, um noch irgendeine Rolle spielen zu können. Vor ihm war Deleven und schoss im Laufen, was sein Bogen hergab. Noch weiter vorne wurde gegen Bestien gekämpft. Gyffs. Wo war Gyffs? Fenna konnte niemanden erkennen. Alle Menschen sahen genau gleich aus im Angesicht der riesenhaften Löwinnen.

Die Löwin über Garsid spürte Delevens dritten Pfeil am Ohr und zuckte zusammen. Sie senkte den Kopf und verbiss sich in Garsid, um wenigstens diese Beute mit sich zu zerren. Einen Schritt weit zerrte sie. Dann traf sie ein weiterer Pfeil. Irritiert hielt sie inne. Von den Innenseiten ihrer Hinterbeine tropfte ihr Blut.

Auch Kertz' Löwin schaute an dem fuchtelnden Soldaten vorbei. Gyffs und Behnk waren jetzt da, schwenkten Säbel. Weiter hinten kamen noch mehr Menschen. Die Lefzen der Raubkatze hingen weich herab. Die Zähne waren nur zu einem Viertel entblößt. Dann ging ein Ruck durch sie, wie ein Erschrecken. Sie wandte sich um und setzte auf weichen Tatzen ein Stück weit zurück, bevor sie abermals innehielt. Kertz rannte ihr hinterher, sodass er erneut Abstand zwischen sich und die abstoppenden Gyffs und Behnk brachte. »Anhalten, Soldat Kertz, sofort zurückkommen, das ist ein Befehl, verflucht noch mal!«, musste Gyffs brüllen, bis Kertz endlich stehen blieb.

Dann wandte sich Gyffs MerDilli und Kindem zu. Behnk folgte ihr, fiepend wie ein frierendes Hündchen.

Die Löwin über Garsid fauchte. Sie schnappte nach links unten, doch von dort erwiderte ihr Mails Emara mit einem verzweifelt geführten Abwehrhieb. Die Löwin zuckte zusammen. Sie fauchte erneut. Der nächste Pfeil traf sie ins Gesicht, seitlich der Nase. Sie schnaubte und bäumte sich auf. Dabei glitten ihr die Hinterpfoten weg. Blutmatsch klatschte. Die Löwin kam auf Jovid Jonis zu liegen, der wie abgehackt zu schreien aufhörte. Deleven ließ jetzt das Rennen sein, um besser zielen zu können, aber Kameraden und Löwin waren dennoch zu dicht beieinander. Alle badeten in Blut. Von der Seite hieb weiterhin Emara nach der Raubkatze – sein Entsetzen schien sich ohne Reibungsverluste in Zorn und Hass umgewandelt zu haben.

Leutnant Gyffs führte ihren ersten Schlag. Den ersten Schlag ihres Lebens überhaupt gegen ein wildes Tier, gegen einen todbringenden Gegner, gegen eine Inkarnation des Feindeslandes. Dieser Schlag unterschied sich kaum von Tausenden von Übungsschlägen. Und dennoch war alles ganz anders. Die Welt veränderte sich mit jeder Bewegung. Kindems Arm war längst kein Arm mehr. Das Tier hatte Augen und Rachen. Den Rachen wandte es jetzt Gyffs zu. Sie konnte den Atem der Bestie riechen. Der Atem roch sauer und salzig, nach faulendem Fleisch und eingelegtem Fisch. Die Löwin hatte ein schönes, ruhiges, erhabenes Gesicht mit bernsteinfarbenen Augen. Genau so sah etwas aus, das den eigenen Tod bedeuten durfte. Ein Angreifer mit dem ruhigen Gewissen eines Gewohnheitsmörder. Niemals ein Opfer.

Gyffs schlug wieder zu. Es war sinnlos. Dies war eine Panzerlöwin. Behnk tat es ihr gleich. Sie waren beide sinnlos, ohne Bedeutung, schon nicht mehr wirklich vorhanden.

Die erste Löwin starb auf Jovid Jonis, doch Emara hörte nicht auf zu schlagen. Seine Klinge durchtrennte Jonis beinahe das linke Ohr. Jonis versuchte sich zu wehren, gegen den Tod, der ihn von oben mit seinem Gewicht erdrückte, und gegen den eigenen Kameraden. Deleven kam näher und näher. Als er sah, wie die dritte Löwin vor Kertz immer noch zögerte, schoss er quer über den Kampfschauplatz auf sie. Abermals wandte sie sich um und rannte nun endgültig davon.

MerDilli hatte inzwischen eine Bresche in den Panzer der zweiten Löwin getrümmert. Mit einem Gesicht, das fast nur noch aus Zähnen bestand, rammte er ihr seinen Säbel in den Leib. Sie spürte das. Warf sich herum, mit beiden Tatzen gegen ihn. MerDilli hielt kurz stand, dann gaben seine Beine – der Schwachpunkt seines Körpers – nach. Er lag wehrlos. Doch die Löwin tötete ihn nicht. Sie warf sich abermals herum und schlug mit der Tatze nach Gyffs. Für Gyffs leuchtete alles für den Bruchteil eines Augenblicks gleißend weiß auf. Etwas erschütterte sie, durch und durch. Sie verlor den Boden, fand ihn nicht mehr wieder, stürzte haltlos durch das Weltall. Behnk wollte ihr beistehen, doch die Löwin riss ihr furchtbares Maul auf und brüllte ihn an, ihr Gesicht unmittelbar vor seinem. Behnk fiepte nur ein einziges Mal und rührte sich dann überhaupt nicht mehr.

Deleven schoss. Die Katze, die eben Leutnant Gyffs weggeschlagen hatte, wandte sich ihm zu.

Gyffs riss sich zusammen. Unten waren die Beine, was da oben schlackerte, mussten also ihre Arme sein. Alles andere war Schmerz und somit bedeutungslos für eine Offizierin der königlichen Armee. Sie schob das alles beiseite wie einen Schrank, der zwischen ihr und dem Feind stand. Gyffs sah wieder klar. Sie stand nun woanders, weiter hinten am Leib der Löwin, aber immer noch mitten im Geschehen.

Die Löwin betrachtete Deleven, während dieser nachlud. Der Einzige vom Fernwaffenzug, der es überhaupt bis hierher geschafft hatte. Von weit hinten humpelte Leutnant Fenna heran. Wo hatte der sich eigentlich verletzen können? Gyffs hieb nach dem Schwanz der Katze. Kein Hornplattenschutz hier hinten. Der Schwanz mit dem buschigen Ende flog gekappt durch die Luft. Die Löwin winselte. Abermals wandte sie sich um. Sie konnte sehr behände auf ein und demselben Fleck alle möglichen Richtungen abdecken, viel zu behände für ein dermaßen großes Tier. Gyffs sah Pranke und Maul. Sie hatte ihren Schild nicht zur Hand, parierte mit dem Säbel. Wieder dieses Aufleuchten. Wieder die Erschütterung des Leibes.

Deleven schoss. Der Pfeil knallte vom Panzer weg, traf beinahe MerDilli, der wieder aufrecht stand und brüllend zuschlug. Wieder drehte sich die Löwin. Dann sprang sie MerDilli an, mit beiden Pfoten voraus. Dieser Aufprall dröhnte sogar für alle anderen hörbar. MerDilli wurde waagerecht nach hinten getrieben, er landete auf seinem Rücken, die Löwin über ihm, sie biss und fauchte, er wehrte sich lautlos, boxte ihr gegen das Kinn. Deleven verhedderte sich beim Nachladen, seine Finger zitterten, weil MerDilli und die Bestie nun eins waren. Die Löwin zerrte an MerDilli, wie um ihn mitzunehmen, doch dieser wehrte sich heftig und mit kräftigen Armen. Dann ließ die Löwin ab von ihrer Beute und setzte mit weiten Sprüngen ihrer bereits geflüchteten Schwester hinterher. Deleven schoss, traf jedoch nichts mehr.

Gyffs stand, wo sie vorher gestanden hatte. Diesmal hatte das Weltall seine Koordinaten beibehalten. Mit ihrem Säbel hatte sie den Prankenhieb einer Panzerlöwin abgewehrt. In ihr Gehirn rauschte Blut zurück. »Holt Jonis unter der Löwin hervor, beeilt euch, Leute! Und jemand muss sich um Kindem kümmern! MerDilli, alles in Ordnung?«

»Geht … schon, … Leut…nant, … ich … muss … nur … at…men …« MerDillis Worte kamen in Schüben hervorgepresst; er war hart auf den Rücken gekracht, mit dem Gewicht einer Panzerlöwin auf dem Brustkorb.

Erst jetzt konnte Fenna das Schlachtfeld richtig überblicken. Deleven eilte zu Jonis, der unter einer toten Löwin lag. Emara schlug dort immer noch auf den Kadaver ein. Teppel lag am Boden, allem Anschein nach unverletzt. Mer-Dilli desgleichen. Kindem kniete und hielt sich die Überreste eines Arms. Und Garsid. Korporal Garsid.

Von hinten kamen die Fernwaffenleute. Fenna gab Befehle. »Ekhanner, Nelat und Stodaert: Helft Jonis da raus und beruhigt Emara! Von den Holtzenauen: Du musst Kindem den Arm abbinden. Tu, was in deiner Macht liegt!«

»Was ist mit Eurem Bein, Leutnant?«, erkundigte sich von den Holtzenauen im Vorüberlaufen.

»Das ist nichts. Das ist nichts.« Fenna hinkte zu Gyffs. Ihre klaren Augen brannten und vibrierten in ihren Rändern. »Es tut mir so leid. Ich war nicht da.«

»Was für eine Scheiße, Eremith. Die Hälfte unserer Kompanie war nicht zur Stelle.«

»Ich weiß. Komm jetzt! Was ist mit Behnk?«

»Nur ein Schock.«

»Und Teppel?«

»Keine Ahnung. Ist von ganz alleine umgefallen.«

»Verfluchter Mist!«

»Eremith, wenn ...« – Gyffs musste schlucken – »... wenn Lement das alles ordnungsgemäß meldet, sind wir als Offiziere erledigt.«

»Wir werden nichts vertuschen. Das sind wir Garsid schuldig.«

»Ist er wirklich ...?«

»Sieh ihn dir doch an. Ihr Götter! Warum konnte es nicht *mich* erwischen – ich bin so eine verfluchte Schlafmütze, ich hasse mich selbst!« Die beiden Leutnants gingen zu dem vielen Blut hinüber. Das der Raubkatze war mit Garsids ineinandergeflossen. Garsids Leib war eine Ruine, der Brustkasten eingedrückt, das halbe Gesicht von Zähnen weggerissen. Der rechte Arm war glattweg durchgebissen, da hatte sich der Korporal wohl schon nicht mehr wehren können.

Jovid Jonis ging es verhältnismäßig gut. Der Leib der Löwin, gut dreimal so schwer wie Jonis' eigener, hatte ihn zwar gehörig gestaucht, ihm aber immerhin nichts gebrochen. Mails Emara schluchzte haltlos und ließ sich einfach nicht beruhigen. Er hatte seinen Korporal aus nächster Nähe sterben sehen.

Alle kümmerten sich nun um Kindem. Von den Holtzenauen hatte den Arm schon versorgt, aber Kindem schlotterte mit kreideweißem Gesicht vor sich hin. »Der Unterarm ist nicht zu retten, Leutnants«, raunte von den Holtzenauen den beiden Offizieren zu. »Aber das kann ich hier in diesem Staubdreck nicht machen. Wir müssen zur Festung, so schnell wie möglich, die Heilerin hat alles da, was man braucht.«

»Wir legen ihn auf den Wagen«, schlug Gyffs vor. »Zwei Mann noch dazu, dann soll Raubiel den Pferden die Peitsche geben, und in ein paar Stunden sind sie in der Festung.«

»Das geht nicht«, widersprach Fenna. »Unser Auftrag lautet, die Raubiels und ihren Wagen zu eskortieren. Wir haben schon genug Scheiße gebaut, wir können jetzt nicht auch noch unseren Auftrag außer Acht lassen.«

»Es geht um Kindems Leben!«

»Im Sinne des Auftrags ist Kindems Leben vernachlässigbar, das weißt du selbst, so ist die Armee. Es geht nicht anders. Wenn wir alle auf den Wagen steigen, ist das für die Pferde eine zu große Belastung, dann ist der Wagen einfach zu langsam. Wir legen also Kindem rauf, den Leichnam von Garsid sowie MerDilli und Jonis, die beiden haben unter Umständen innere Verletzungen, das wird erst Ilintu richtig feststellen können. Für uns andere heißt es: Eilmarsch, bis gar nichts mehr geht. Wir brauchen uns ja nichts mehr aufzusparen. In der Festung ist die Mission zu Ende.«

»Sehr witzig. Was ist mit dir? Du kannst doch kaum laufen!«

Der Schmerz ist meine Strafe für dieses ganze Desaster, dachte Fenna. Laut sagte er: »Das ist nichts. Mir geht es gut. Was zur Hölle ist eigentlich mit Teppel los?«

»Ich habe keine Ahnung«, erwiderte von den Holtzenauen. »Ich bekomme ihn einfach nicht wach. Aber zu fehlen scheint ihm nichts. Eine tiefe Ohnmacht oder so was.«

»Mann, das kann man ja kaum glauben! Lement, dass du mir alles mitschreibst, jede Einzelheit, verstanden?«

»Leutnant Fenna, ich möchte, dass Ihr wisst, dass es mir schwerfällt ...«, versuchte der Schreiber sich zu erklären, doch Fenna ließ ihn gar nicht ausreden.

»Du hast deine Aufgabe. Erfülle sie!«

»Sehr wohl, Leutnant!«

»Teppel kommt also auch auf den Wagen. Nelat, lauf los und hol die Raubiels und ihr Gespann her! Sie scheinen dem Frieden immer noch nicht recht zu trauen. Sag ihnen, wir müssen uns jetzt alle sehr beeilen. Deleven, du bist vorübergehend der einzige Korporal der Kompanie. Du bist weiterhin für deinen Zug verantwortlich, Leutnant Gyffs und ich übernehmen so lange den Infanteriezug. Was gibt es, Behnk?«

Alman Behnk stand mit Tränen in den Augen hinter Fenna und Gyffs. »Leutnants, ich möchte mich formell entschuldigen. Es gab da vorhin ... einen Moment der Schwäche ... ich war nicht gleich auf meinem Posten ...«

»Behnk, was soll der Unfug?«, fragte Fenna streng. »Ich habe dich neben Leutnants Gyffs stehen und kämpfen sehen. Wenn hier jemand einen Moment der Schwäche hatte, dann bin *ich* das, denn ich war *überhaupt nicht* auf meinem Posten. Weitermachen, Soldat!«

Rührung trieb Behnk dicke Tränen über die Wangen. »Ich danke Euch, Leutnant! Danke, vielen Dank.«

Fenna fühlte sich eigenartig isoliert. Bei vielem, worüber gesprochen wurde, wusste er gar nicht, worum es eigentlich ging.

Der Wagen kam. Zögerlich, obwohl von Nelat angetrieben. Die Raubiels näherten sich dem Kampfschauplatz wie zwei Menschen, die kein Blut sehen können.

Garsids zerstörter Leichnam wurde in eine Ersatzplane gewickelt und auf die Ladefläche verbracht. Jovid Jonis wurde auf eine weitere Plane gebettet und so ebenfalls hinaufgewuchtet. Ellister Gilker Kindem konnte auf eigenen Beinen gehen, wenngleich stockend und erschreckend blass. Er hatte keinerlei Kräuter erhalten gegen den Schmerz, niemand hatte etwas Entsprechendes bei sich. Es war erstaunlich, dass er nicht umkippte.

Sensa MerDilli wehrte sich dagegen, auf den Wagen zu kommen. »Es geht schon wieder, Leutnants. Ich hatte vorübergehend Atemaussetzer, aber das ist jetzt vorbei. Ich kann laufen. Ich *will* laufen.« Stattdessen musste Breff Adirony Teppel genau wie Jonis auf einer Plane auf die Ladefläche gehievt werden. »Simulant!«, zischte einer der Männer dabei; Fenna glaubte, die Stimme von Kertz erkannt zu haben.

Während Emjen Raubiel den Wagen steuerte, erbot sich seine Tochter Onida, sich um Kindem, Teppel und Jonis zu kümmern. Jonis lächelte tapfer, hustete aber manchmal, als wäre mit seinen Rippen nicht alles in Ordnung.

»Fahrt zügig, Meister Raubiel«, wies Gyffs den Händler an. »Nehmt keine Rücksicht auf uns. Wir müssen mithalten, das wird schon klappen. Wichtig ist auf jeden Fall, dass wir Kindem so schnell wie möglich zur Festung schaffen.«

»Ich verstehe, Leutnant. Wenn die Festung nur noch eine Stunde oder so entfernt ist, können wir mit dem Wagen vorausfahren. Von da ab brauchen wir wirklich keine Eskorte mehr.«

»Ich würde dem gerne zustimmen. Affenmenschen sind so nahe am Gebirge gewiss keine anzutreffen, aber was ist mit weiteren Panzerlöwen? Wir können kein Risiko mehr eingehen. Schauen wir erst mal, was der Tag bringt. Wir haben durch den Kampf viel Zeit verloren. Ich hoffe, wir erreichen die Festung heute überhaupt.«

»Das schaffen wir locker, vorausgesetzt, ihr Fußgänger kommt mit unserer Geschwindigkeit klar.«

Die nun folgenden sechs Stunden bis zur Abenddämmerung wurden zur Tortur. Die zu Fuß Gehenden mühten sich, mit dem leicht dahinrollenden Wagen Schritt zu halten, aber es war kaum zu schaffen. Fennas Bein fühlte sich an, als würde es mit jedem Schritt mehr auseinanderfransen. Behnk und von den Holtzenauen waren für solche Gewaltmärsche überhaupt nicht geschaffen. Die beiden japsten mit rasselnden Lungen dahin, bis Gyffs ihnen erlaubte, sich für jeweils eine halbe Stunde auf dem Wagen auszuruhen. Das war natürlich ungerecht gegenüber denen, die durchhielten: sie selbst, Fenna, Emara, der immer noch ab und zu aufschluchzte, Kertz, der sich zum Antreiber der Fußgängertruppe entwickelte, MerDilli, der seine Prellungen einfach ignorierte, Deleven, Ekhanner, Nelat und Stodaert, die die Zähne zusammenbissen und keinen Laut der Klage hören ließen.

Erneut tauchten Echsengeier auf und ließen sich dort nieder, wo das Blut versickert war und das frische Aas einer Panzerlöwin lag.

Nach zwei Stunden kam Teppel wieder zu sich. Er war nicht ganz im Bilde darüber, wo oder weshalb er sich auf dem Wagen befand, aber nachdem Onida Raubiel ihm alles erklärt hatte, bestand er darauf, zu den Fußgängern abzusteigen. Der Wagen wurde dadurch leichter, und Teppel wurde in den schnaufenden Kreis seiner Kompanie integriert, ohne dass jemand ihm Vorwürfe machte.

Lement schrieb ohnehin alles mit, was sich ereignete.

Kindem verlor irgendwann das Bewusstsein. »Jemandem den Arm abzubinden, geht nicht lange gut. Der gesamte Blutkreislauf gerät dabei durcheinander«, erläuterte von den Holtzenauen.

»Schädigt das das Herz?«, fragte Nelat naiv.

»Natürlich schädigt das das Herz, wenn man einen Arm verliert. Das schädigt den gesamten Körper, würde ich sagen!« Von den Holtzenauen war nicht nur körperlich, sondern auch nervlich am Ende. Er fühlte sich als unzulänglicher Bestandteil eines überflüssigen Zuges – als jemand, der auch in medizinischer Hinsicht niemandem von Nutzen sein konnte.

Die Sonne sank, als bestünde sie aus glühendem Blei. Das Gebirge wucherte zwar immer höher, aber noch nicht einmal der Reitweg zur Festung war auszumachen.

»Wir sind noch Stunden entfernt«, ächzte Gyffs.

»Wie viele Stunden?«, fragte Fenna den Händler.

Der spie zur anderen Wagenseite hin aus. »Vier oder fünf zu Fuß, würde ich schätzen, wobei im Dunkeln zu marschieren natürlich noch langsamer geht.«

»Wir können jetzt Fackeln anmachen. Der geheime Teil unserer Mission ist vorüber.«

»Dann trotzdem vier bis fünf Stunden. Ich biete Euch noch einmal an, Leutnant: Wenn ich die Pferdchen jetzt antreibe, kann ich mit dem Wagen in einer Stunde da sein.«

»So machen wir es, Eremith«, schlug Leutnant Gyffs vor. »Du fährst mit, du kannst doch kaum noch einen Schritt tun. Wir anderen kommen nach.«

»Auf keinen Fall lasse ich euch hier fünf Stunden von der Festung entfernt bei einbrechender Dunkelheit im Stich!«

»Aber bei uns befindet sich kein dringlicher Fall mehr.

Wir können, wenn es gar nicht mehr weitergeht, sogar ein Nachtlager aufschlagen und erst am Morgen weitergehen. Bis dahin ist Kindem schon längst versorgt. Oder du kannst uns von der Festung aus eine Eskorte entgegenschicken. Hobock & Sells. Oder ein paar Reiter von Hauptmann Gollberg, die uns Pferde mitbringen. Wir haben doch alle reiten gelernt.«

Fenna wurde schwindelig, so viele Argumente drehten sich in seinem Kopf. Gyffs' Worte klangen schlüssig. Aber diese Worte bedeuteten, dass Fenna ohne seine Kompanie zurückkehren würde zur Festung, ein Offizier ohne sein Kommando, mit einem Leichnam, einem Schwer- und einem Leichtverwundeten als vorzeigbarem Resultat. Und die junge Gyffs mit nur zehn zu Tode erschöpften Mann mitten in der Nacht, wo das Land doch schon am helllichten Tag drei Panzerlöwen ausgespien hatte.

»Das ist nicht akzeptabel, Loa. Selbst wenn ich nach einer Stunde wieder hier ankomme, könnt ihr in den zwei Stunden inzwischen schon aufgerieben worden sein.«

Gyffs machte ein unerwartet geringschätziges Gesicht. »Und du denkst, wenn du und der Wagen bei uns seid, sind wir sicherer? Als es heute Nachmittag Ernst wurde, warst du auch nicht da, der Wagen nicht und der gesamte Fernwaffenzug nicht. Und wir haben dennoch irgendwie durchgehalten.«

Das stimmte. Dieser Riss, dieser Unterschied zwischen ihnen würde sich nie wieder kitten lassen. Fenna war nicht da gewesen. Gyffs schon.

»Mit Verlaub, liebe Leutnants, ich habe noch eine andere Idee«, ließ sich nun Emjen Raubiel vernehmen. »Ihr bleibt alle zusammen, ich mache Tempo zur Festung, lade die Verletzten und meine Tochter dort ab, wechsele die Pferde und presche mit leerem Wagen, frischen Pferden und ausreichend Laternen wieder zurück. Dann kann ich euch alle aufladen, und wir können ganz gemütlich mitten in der Nacht mit dem Wagen zur Festung zuckeln.«

»Das geht auch nicht«, sperrte sich Fenna. »Unser Auftrag lautet, Euch und den Wagen zu eskortieren, und nicht, Euch alleine loszuschicken, damit ihr uns später abholen könnt.«

Loa Gyffs verlor jetzt die Geduld. »Eremith, verflucht nochmal, wir müssen jetzt eine Entscheidung treffen! Es gibt kein Vorgehen, das sowohl unseren Auftrag erfüllt als auch unser Überleben garantiert! Wir müssen flexibel sein. Das ist das, was jedes militärische Handbuch in einer solchen Situation von uns verlangt!«

»Also gut. Wir haben den Proviant vergraben. Wenn wir jetzt noch bis zuletzt den Wagen eskortieren, kann uns niemand vorwerfen, dass wir unterwegs Männer verloren haben. Wir haben dann wenigstens unseren Auftrag zu hundert Prozent erfüllt.«

»Richtig. Aber wie wollen wir das anstellen?«

»Wir marschieren weiter. Mit Fackeln und Laternen. In der Nähe des Gebirges kann man uns ruhig sehen, hier reiten ja auch Gollbergs Leute ständig herum. Aber wichtig ist, dass wir zusammen und beim Wagen bleiben. Kindem wird, so leid es mir tut, eben durchhalten müssen.«

»Wenn er uns jetzt wegstirbt, übernimmst du die Verantwortung?«

»Ich übernehme die volle Verantwortung. Für alles, was schiefgelaufen ist.«

Fenna und Gyffs maßen sich einen Moment lang mit Blicken. Dann lenkte Gyffs ein. »Also gut. Es schmeckt mir nicht, aber ich werde jetzt keine Spaltung der Kompanie erzwingen. Lass uns zusammenbleiben. Los, Männer, macht eure Fackeln an, wir marschieren weiter.«

Sie verwandelten sich in einen golden glosenden Fackelzug. Schon bald kamen Fenna wieder Zweifel. Wäre er auf dem Wagen mitgefahren, der Wagen schnell, die Festung unterrichtet, dann hätten Gollbergs Reiter schon nach zwei Stunden mit Pferden hier sein können. So jedoch mussten sie noch fünf Stunden durchhalten. Aber andererseits: Sie *durften* auf ihrer ersten Mission Gollbergs Hilfe nicht in Anspruch nehmen. Das würde sie zum Gespött der Festung machen.

5

Vom Nordturm der Festung Carlyr aus war der Fackelzug schon von Weitem zu sehen: als gelblicher Geisterschein mitten in der Ödnis des Feindeslandes.

Hauptmann Gollberg und Oberst Jenko wurden informiert. Die Dritte Kompanie war für diesen Abend zurückerwartet worden und nicht fristgemäß eingetroffen. Man konnte sich also denken, wer sich dort näherte, und noch wurden Scherze gemacht über die Unfähigkeit von Grünhörnern, sich an Zeitpläne zu halten, über Nachtblindheit und die Furcht von Unerfahrenen.

Die Scherze verstummten, als die Torflügel sich öffneten und der Raubiel-Planwagen mit der verdreckten und zerschrammten Dritten Kompanie in die Festung hereinrasselte.

Im Lazarett brach hektische Geschäftigkeit aus. Die Heilerin Ilintu badete das Blatt ihrer Knochensäge in hochprozentigem Alkohol. Der schubweise wieder zu sich gekommene Ellister Gilker Kindem wurde ins Lazarett geleitet wie ein zum Tode Verurteilter zu seiner Hinrichtung.

Der Leichnam von Korporal Garsid wurde fürs Erste in die Kapelle verbracht. Schaulustige fanden sich ein, Bedienstete wie Uniformierte. Man munkelte von Panzerlöwen und Drachen.

Die Soldaten der Dritten Kompanie torkelten ins Waschhaus und von dort aus in ihre Quartiere. Aus diesen Männern war kaum mehr ein verständliches Wort herauszubekommen. In den Räumen F, H und I blieb in dieser Nacht jeweils ein Bett ungewohnt leer.

Die beiden Leutnants wurden unverzüglich zum Rapport gebeten. Beide gaben sich Mühe, dem Oberst eine vollständige chronologische Abfolge aller relevanten Geschehnisse wiederzugeben, unter Verweis auf Lements Bericht, der wohl erst morgen fertig werden würde.

Oberst Jenko schwieg lange, nachdem er sich das alles angehört hatte. Dann räusperte er sich. »Also, ich nehme zur Kenntnis, dass der Auftrag als solcher wohl ausgeführt wurde, meinen Glückwunsch hierfür! Dass allerdings die Entscheidung, Teile der Mannschaft aus Bequemlichkeit auf dem Wagen mitfahren zu lassen, dazu geführt hat, dass im Angriffsfall nur die halbe Kompanie zur Verfügung stand – nun, ich werde dazu besser den Bericht abwarten und mich mit Hauptmann Gollberg beraten. Jetzt könnt Ihr erst mal wegtreten, Euch waschen und ausschlafen. Ihr werdet unterrichtet werden. Und – Leutnants?« Die beiden waren schon wieder an der Tür und stolperten übereinander, als der Oberst sie noch einmal zurückrief. »Mein Beileid für den ersten im Feindesland erlittenen Verlust. Es wird, fürchte ich, nicht der letzte bleiben.«

Wie geprügelte Hunde schlichen Fenna und Gyffs aus der *F & L* über den Hof und ins Waschhaus. Sie waren dermaßen erschöpft, dass sie keinerlei Vorkehrung mehr trafen, ihre zerschundenen, nackten Leiber voreinander zu verbergen. Danach ging Gyffs schlafen; Fenna musste zu Ilintu, nicht nur wegen Kindem und Jonis, sondern auch wegen seinem bläulich angeschwollenen Knie.

Auf dem nächtlichen Hof meinte er Hauptmann Gollberg mit Lement sprechen zu sehen, aber Fenna war sich nicht sicher. Es waren zu wenig Fackeln entzündet, und Fenna kam sich wie nachtblind vor.

Ilintu empfing ihn mit verschwitztem Gesicht und ebenfalls nass glänzendem Dekolleté. »So etwas gehört zu den Dingen, die du mir besser nicht mehrmals antun solltest, Eremith«, sagte sie.

»Es tut mir leid, Ilintu. Es tut mir wirklich leid.«

»Es ist mir gelungen, seinen Ellenbogen zu retten. Das hört sich nicht nach viel an, aber es ist ein ziemlicher Unterschied, ob einem der ganze Arm fehlt oder nur die Hand und der Unterarm und man noch ein Gelenk hat, um das herum man eine Prothese bewegen kann.«

»Ja, das ist ein großer Unterschied. Ich danke dir wirklich.«

»Der andere, der Junge, hat ein paar geprellte Rippen, Blutergüsse am ganzen Körper, aber nichts Ernstes, denke ich. Ich habe dennoch beide erst mal schlafen gelegt.«

»Mit Kräutern?«

»Ja. Mit einem äußerst wirksamen Schlaftee.«

»Wir hatten nichts dabei, um Kindems Qualen zu verringern. Von den Holtzenauen sollte sich von dir etwas zubereiten lassen, das man auf einen Feldeinsatz mitnehmen kann, findest du nicht auch? Ich möchte das lieber nicht noch einmal erleben.«

»Das lässt sich arrangieren. Und was ist mit deinem Knie?«

»Ich weiß es nicht. Ich weiß gar nichts mehr.«

Sie untersuchte ihn. Er achtete nicht auf die Schmerzen, die sie ihm dabei notwendigerweise zufügte. Ihm kam erst jetzt so richtig zu Bewusstsein, dass Garsid tot war. Zum ersten Mal hatte ein Mensch unter Fennas Kommando sein Leben verloren. Selbst im chaotischen Chlayst war das nie passiert. Die Menschen waren verreckt, die Flammen hatten die Kinder verzehrt. Aber das war nicht Fennas Schuld gewesen. Ein Sumpf war wahnsinnig geworden.

»Kindem und seine Hand, das ist gar nicht so schlimm. Er kann das alles noch zum Guten wenden. Er hat einen Unterarm verloren in den Diensten der Königin. Nicht bei irgendeinem kleinen Mist, sondern gegen einen ausgewachsenen Panzerlöwen. Den Angriff eines solchen Ungeheuers überhaupt überlebt zu haben ist schon aller Ehren wert. Er hat den stinkenden Atem des Todes gespürt und überstanden. Das war sogar richtig geschickt von ihm, seinen Schildarm zu opfern, um seinen Waffenarm, seinen Kopf, sein Leben zu schützen. Aber Garsid kann gar nichts mehr sagen. Für ihn ist alles vorüber. Jegliche Schuld, die er noch zu begleichen hatte: unbegleichbar. Jeglicher Dank, den ihm noch jemand abzustatten hatte, kann nie vergolten werden. Wie vielen Menschen fügt man einen Verlust zu durch einen einzigen Tod? Wahrscheinlich allen, die den Toten je gekannt haben.« Fenna bemerkte erst jetzt, dass er laut nachgedacht hatte. Ilintu tat besonders beschäftigt, um ihn nicht in Verlegenheit zu bringen. Also redete er einfach weiter, als sei er mit sich selbst alleine. »Was ich auch seltsam finde, ist, dass ich erst jetzt so richtig begreife, dass es Garsid nicht mehr gibt. Was war in den fünf Stunden, die wir in der Nacht hierher geruckelt sind, mit der Leiche an Bord und dem bibbernden Kindem? Woran habe ich in diesen fünf Stunden gedacht? An nichts. An die grausame Dunkelheit jenseits unseres Fackelscheins. An die vielen Tausend Augen des Feindeslandes, die uns beobachten, mit Staunen, mit Unverständnis und mit Gier.«

»Jetzt glaubst du also auch daran«, wagte Ilintu ein Nachhaken.

»Woran?«

»An das Feindesland. An diesen Mythos, der nur darauf

aus ist, uns zu fressen. Dabei tut er uns nichts, wenn wir ihm nichts tun.«

»Garsid hatte dem Land nichts getan.«

»Aber er war dort, wo er nichts zu suchen hatte. Dafür musste er einen Preis entrichten. Und als Soldat in der königlichen Uniform war er sogar bereit dazu.«

Fenna starrte die Heilerin an, dann glitt sein Blick wieder ins Leere. Sie schien mit seinem Knie fertig zu sein. »Eine hässliche Verdrehung der Bänder. Eigentlich nichts Weltbewegendes, aber da du unbedingt fünf Stunden mit diesem Bein durch die Gegend humpeln musstest, sollte ich dich auch besser zwei bis drei Tage hierbehalten. Du kannst gleich den leckeren Tee kosten, den auch Kindem und der Junge schon genossen haben.«

»Nicht, wenn sich's irgendwie vermeiden lässt. Sei mir nicht böse, Ilintu, aber ich habe den gesamten letzten Winter in einem Lazarett verbracht. Das reicht mir für dieses und die nächsten vier Jahre. Ich will in meinem eigenen Bett schlafen.«

Sie zuckte die Schultern. »Was immer der Offizier für das Beste hält. Ich bin ja nur eine einfache Heilerin, was weiß ich schon von der Welt?«

Fenna berührte sie zärtlich an der Schulter, dann stemmte er sich hoch und hinkte über den stetig dunkler werdenden Hof zu den Offiziersquartieren.

Die Geräusche, die er im Flur vernahm, ließen ihn zuerst denken, ein Pärchen gäbe sich heimlich dem Liebesspiel hin, aber als er die Tür zu seinem und Gyffs' Zimmer erreichte, begriff er, was los war. Leutnant Loa Gyffs schluchzte, allein im dunklen Raum. Sie mochte eine gute Weile dagegen angekämpft haben. Aber dann hatte sie ihn nicht mehr zurückhalten können, den Schmerz, den das Feindesland ihnen allen zugefügt hatte.

Fenna verstand sie vollkommen. Hätte er sich nicht so

schwach und ausgelaugt gefühlt, hätte er sich vielleicht auch seinen Tränen überantwortet. Er beneidete Gyffs beinahe um die Unmittelbarkeit ihrer Jugend.

Aber sie würde es hassen, wenn er Zeuge ihrer Schwäche würde.

Also machte er kehrt, hinkte ins Lazarett zurück, ließ sich von Ilintu den Kräutertee reichen und schlief in einem der leeren Krankenbetten – ohne Träume, ohne Kinder, ohne Soldaten und ohne Hoffnung.

Vierter Teil

Magie

1

Die Dritte Kompanie verbrachte den ersten Tag nach der Rückkehr mit Nichtstun. Niemand bewegte sich mehr, als es unbedingt notwendig war, aus seinem Quartier heraus. Die Männer sprachen leise über das Vorgefallene, und sie staunten darüber, dass jeder von ihnen etwas anderes zu sehen geglaubt hatte. Andere Heldentaten, andere Peinlichkeiten, andere Missverständnisse, unterschiedliche Versionen von Korporal Garsids Tod. Der Riss, der noch unterwegs den Infanterie- vom Fernwaffenzug getrennt hatte, wuchs langsam wieder zu. Alle Infanteristen hatten mitbekommen, wie immerhin der Fernwaffenkorporal Deleven mit seinen Pfeilen zur Stelle gewesen war und ganze Arbeit geleistet hatte.

Leutnant Fenna ließ sich nicht blicken, den ganzen 12. Blättermond über. Er wurde wohl wegen seines Beines behandelt. Leutnant Gyffs tauchte ebenfalls nicht auf. Also tat man nichts, schlief viel, kurierte die vom Marschieren strapazierten Füße und genoss die Verpflegung, die das Leben in der Armee einem bot.

Am 13. Blättermond wurde Fenna im Lazarett von Hauptmann Gollberg aufgesucht. Unwillkürlich versuchte der Leutnant, im Bett Haltung anzunehmen, woraufhin Gollberg ihm ein »Liegt bequem« gestattete. Er wollte Fenna lediglich darüber in Kenntnis setzen, dass die Erste Kompanie nun aufbrach, um das neu angelegte Proviantlager zu nutzen.

»Und das Donnerwetter?«, hakte Fenna nach.

»Welches Donnerwetter?«

»Unsere Mission. Das Missgeschick, das uns unterlaufen ist. Wann bekommen wir dafür den Kopf gewaschen?«

»Es gibt Wichtigeres, Leutnant. Eure Mission war kein Misserfolg. Der Proviant wurde vergraben, die Raubiels und ihr Wagen beschützt. Dass Ihr Verluste hattet – wer könnte darüber weniger verwundert sein als ich? Ich habe bei einem meiner letzten Vorstöße sogar *zwei* Männer eingebüßt. Immerhin kennt Ihr jetzt das Land dort draußen. Und, was haltet Ihr davon?«

»Es ist … gefährlicher, als ich mit Worten auszudrücken vermag.«

Der Hauptmann nickte, brach in schallendes Gelächter aus und verließ das Lazarett lachend, bevor Ilintu schimpfen konnte. Die Heilerin mochte es gar nicht, wenn jemand, der nicht behandelt wurde, im Krankenbereich Krach machte.

Am Nachmittag besuchte Leutnant Gyffs das Lazarett. Sie sah schmal aus, eingefallen. Elender als Fenna.

Sie unterhielt sich mit Kindem und Jonis. Jonis wollte aus dem Lazarett entlassen werden, fühlte sich schon längst wieder dienstfähig. Und auch Kindem war verhältnismäßig guter Dinge. »Ich bin als Soldat nicht erledigt«, beteuerte er dreimal. »So, wie Ihr uns das Kämpfen beigebracht habt, Leutnant, ist der linke Arm sowieso nur zum Halten des Schildes da. Man könnte mir den Schild fest an den Oberarm binden. Dann kann ich mit rechts weiterhin ganz normal den Säbel führen.«

»Kindem, willst du den anderen Arm auch noch verlieren?«

»N – nein!«

»Aber genau das wirst du dich nun bei jedem Kampf fragen müssen. *Werde ich den anderen Arm auch noch verlieren?*«

»Aber … aber was soll ich denn sonst machen? In der Armee habe ich wenigstens Kameraden, die um mich herum sind. Welchen … normalen Beruf kann ich ausüben … mit nur noch einem Arm?«

Er erhielt keine Antwort. Leutnant Gyffs war überfragt. Mit dem Versuch eines aufmunternden Vorgesetztenlächelns eiste sie sich von dem Versehrten los und kam hinüber zu Fennas Bett. Dort musste sie sich am Gestell regelrecht festhalten.

»Und? Wie lange sollst du noch hier liegen?«, erkundigte sie sich schwer atmend.

»Genau genommen kann ich jederzeit aufstehen«, gab Fenna Auskunft. Er widerstand dem Wunsch, aufzuspringen und sie zu stützen. »Aber was wollen wir denn machen? Sollen wir die Männer schon wieder durch die Gegend scheuchen? Zwei bis drei Tage Auszeit nach einer solchen Strapaze sind doch angemessen.«

»Das mag sein. Aber wir müssen dennoch arbeiten. Zwei Dinge gibt es zu klären. Wir müssen einen neuen Korporal für den Infanteristenzug ernennen. Und ich habe mich mit Lement zusammengesetzt und seinen Bericht studiert. Soldat Teppel ist angesichts eines Angriffes in Ohnmacht gefallen. So etwas nennt man Feigheit vor dem Feind.«

»Er ist immerhin nicht desertiert.«

»Nein. Aber wahrscheinlich nur deshalb nicht, weil seine Beine nachgegeben haben. Wir können ihm das nicht durchgehen lassen. Das wäre alleine schon denjenigen gegenüber nicht gerecht, die alles gegeben haben.«

»Also, was schlägst du vor?«

»Drei Tage und Nächte Kerker bei Wasser und Brot.«

»Ich bin einverstanden.«

»Gut. Und der neue Korporal?«

»Ich weiß nicht. Jonis wäre eine gute Wahl. Emara wahrscheinlich auch. Aber ich finde, Kindem hat eine Auszeichnung verdient. Wenn er wirklich in der Armee bleiben kann.«

Gyffs beugte sich zu Fenna hinunter. »Ein einarmiger Korporal? Ist das dein Ernst?«

»Er hat gegen eine Panzerlöwin standgehalten. Das soll ihm erst mal jemand nachmachen.«

Gyffs lächelte. »Weißt du, wer noch vollkommen furchtlos war? Wen ich sogar zurückpfeifen musste, damit er nicht die Verfolgung aufnimmt?«

»Ich kann es mir denken.«

»Aber als Korporal …?«

»Nein. Das wäre zu gefährlich für seinen Zug.«

»Ja. Vielleicht hast du recht. Kindem. Weil er so ziemlich das Schlimmste schon hinter sich hat. Und sich davon nicht unterkriegen lässt.«

»Eben.«

»Soll ich Teppels Bestrafung alleine anordnen?«

»Nein. Ich habe jetzt lange genug herumgelegen. Ich komme mit.«

Der Soldat Breff Adirony Teppel trug seine formelle Rüge vor versammelter Mannschaft mit Fassung. Aber als Leutnant Gyffs ihn fragte, ob er noch etwas dazu zu bemerken habe, senkte er den Kopf und sagte: »Es tut mir leid, Leutnants. Ich weiß selbst nicht, was da mit mir los war. Aber ich glaube, dass mir das gegen Affenmenschen nicht passiert wäre. Es ist passiert … weil es so große, wilde Bestien waren. Das hat mir Angst gemacht!«

»Das nehmen wir zur Kenntnis«, nickte Gyffs streng. »Und wir gehen davon aus, dass du noch Gelegenheit bekommen wirst, diese Behauptung gegen Affenmenschen zu beweisen, Soldat Teppel.«

Teppel nickte und ging seine Strafe antreten. Sein alter Freund Ekhanner klopfte ihm aufmunternd auf die Schulter und wurde für diese kleine Missachtung der militärischen Haltung von seinen Leutnants nicht zurechtgewiesen.

Am 14. Blättermond kam die Priesterin Secesti erneut nach Carlyr, um das Totengebet zu sprechen. Korporal Garsid war so lange in der Kapelle aufbewahrt worden, in einfaches, helles Tuch gewickelt. Die Nächte waren kalt genug für einen Leichnam; sämtliche Soldaten von Garsids Kompanie hatten sich zur einen oder anderen Stunde eingefunden, um ein Gebet zu sprechen oder still ihres Kameraden zu gedenken.

Der Grablegungsritus der Priesterin Secesti, so eindrucksvoll er beim ersten Mal noch gewesen war, erwies sich nun als reine Routine. »*Im Glanze der Krone bist du zu den Schatten gefallen, aus den Reihen deiner Kameraden hat dich dein Geschick herausgebrochen, aus den Augen der Königin hat dich ein Sturmwind gerissen, das Alter und die Ruhe bleiben dir verwehrt. Garsid, der du ein Korporal gewesen bist der überdauernden Familie Carlyr – Senchak wird dich nicht vergessen, und wir werden dich ebenfalls nicht vergessen. Du bist gefallen als Korporal, deinem Zug vorausgehend, hast deinen letzten Atemzug getan als Korporal, bist dem Tod entgegenmarschiert als Korporal der Infanterie und wirst in Ewigkeit weitermarschieren in den Reihen der Helden, die vor dir gegangen sind und dir nachfolgen werden. Senchak empfängt deinen Geist, gürtet dich neu in Waffen aus silbernem Licht und erfrischendem Tau und führt dich jener Bestimmung zu, die zu erfassen allein den Göttern vorbehalten ist.«* Beinahe genau dieselben Worte hatte die Priesterin auch bei der Beerdigung der beiden Kavalleristen gesprochen.

Garsids Leichnam wurde auf dem Schattenfriedhof in die Erde gesenkt. Es gab dort nun dreiundzwanzig schmucklose Grabstellen, für etwa dreißig weitere war noch Platz.

Die Grünhörner waren unruhig. Besonders die Formulierung »*du bist gefallen als Korporal, deinem Zug vorausgehend*« stieß ihnen sauer auf. »Das klingt ja, als würden wir bald alle draufgehen«, murrte Sensa MerDilli, und niemand widersprach ihm. Auch dass die Priesterin nichts Persönliches über Garsid zu sagen hatte, enttäuschte. Aber die Soldaten der Dritten mussten sich eingestehen, dass auch niemand von ihnen mehr über Garsid wusste, als dass er aus Galliko stammte und einer von ihnen gewesen war. Selbst seine beiden Zimmergenossen aus Raum I, Nelat und Behnk, hatten keinerlei Kenntnisse von Angehörigen, Vorleben, Besitztümern, Interessen.

Leutnant Fenna beschloss, sich bei Oberst Jenko in dessen Büro erkundigen zu gehen. »Besitzt die Armee eigentlich Unterlagen über die Angehörigen ihrer Soldaten?«

»Ihr fragt wegen Korporal Garsid, nehme ich an? Nun. Das ist ganz unterschiedlich. Ich habe hier zum Beispiel eine Leutnant Gyffs, über die weiß ich eine ganze Menge. Vater, Mutter, sechs Geschwister, eine Heimatadresse und eine Stationierungsadresse auf der Akademie Uderun. Und dann habe ich hier einen Leutnant Fenna. Nichts. Keine Eltern, keine Frau, keine Kinder. Wie vom Himmel gefallen, der Mann.«

Fenna lächelte. »Zu meinen Eltern habe ich keinerlei Kontakt mehr. Sie waren … dagegen, dass ich zum Militär gehe.«

»Aber wie kann man denn *da*gegen sein?«

»Mein Vater ist kein besonders gesetzestreuer Mensch. Mehr will ich darüber nicht sagen müssen. Es geht mir tatsächlich um Garsid.«

»Tja, und Garsid ist wirklich einer der wenigen, über den ich gar keine Unterlagen habe.«

»Dann kann man das nicht ändern. Er hat einmal von seiner Frau gesprochen, aber keiner von uns kennt ihren Namen. Ich habe noch eine Frage, bezüglich Soldat Kindem.«

»Ja?«

»Können wir einen einarmigen Mann zum Korporal ernennen?«

Oberst Jenko dachte einen halben Sandstrich lang mit geschürzten Lippen nach. Dann antwortete er: »Spricht eigentlich nichts dagegen. Zumal es sein Schildarm ist, nicht wahr?«

»Ja.«

»Er kann also noch kämpfen, und er kann weiterhin marschieren. Der Verlust eines Beines wäre für einen Infanteristen eher das Ende, ha! Ich überlasse das also Euch. Wenn er ein tüchtiger Mann ist, wenn er den Korporal Garsid ersetzen kann …«

»Er verfügt nicht über Garsids Erfahrung mit Affenmenschen. Aber er hat sich im Kampf gegen eine Panzerlöwin bewährt. Wer weiß, welchen Schaden sie noch hätte anrichten können, wenn er sich ihr nicht in den Weg gestellt hätte.«

Indem er dies dem Oberst so referierte, verfestigte sich Fennas Entschluss, Kindem zu befördern. Auch Gyffs hatte nichts mehr dagegen.

Am 15. Blättermond, als die Festung ein nur spärlich mit Laubgirlanden geschmücktes und von der scheppernden Blasmusik der Zweiten Kompanie untermaltes Bachmufest feierte, wurde dem bettlägerigen Armamputierten die Entscheidung verkündet. »Ich bin sprachlos«, gestand er seinen vor dem Bett stehenden Leutnants. »Und ich glaube, dass ›Scheusal‹ Kertz es ebenso verdient hätte.«

»Wir haben Kertz' Tapferkeit zur Kenntnis genommen. Aber wir halten dich für den geeigneteren Korporal.«

»Ich verspreche Euch, dass ich Euch nicht enttäuschen werde, Leutnants. Ich werde mit meinem einen Arm härter üben als vorher mit zweien. Ich werde ein ganz neuer Ellister Gilker Kindem sein, stärker und umsichtiger denn je!«

Fenna und Gyffs wechselten einen raschen Blick. Kindems Diensteifer war schon beinahe zu viel des Guten. Aber vielleicht ging ja alles mit rechten Dingen zu. Vielleicht hatte er im Kampf einfach nur Blut geleckt und das Gefühl, noch eine Rechnung mit dem Feindesland offen zu haben.

Der Schreiber Lement notierte die neue Struktur der Dritten Kompanie des Zweiten Bataillons und übergab sie an die Festungsleitung.

DRITTE KOMPANIE, ZWEITES BATAILLON
FESTUNG CARLYR

Leutnants:	Fenna, Eremith
	Gyffs, Loa
Erster Zug (Infanterie):	Korporal Kindem, Ellister Gilker
	Behnk, Alman
	Emara, Mails

Jonis, Jovid

Kertz, »Scheusal« Jeo

MerDilli, Sensa

Teppel, Breff Adirony

Zweiter Zug (Fernwaffen): Korporal Deleven, Nilocas

Ekhanner, Ildeon

Nelat, Tadao

Stodaert, Bujo

von den Holtzenauen, Fergran

Den Abend des Bachmufestes verbrachten die Leutnants Fenna, Gyffs, Hobock und Sells in der Offiziersmesse, alle vier angetrunken und in melancholischer Stimmung.

»Die Festung wird immer leerer«, nörgelte Hobock. »Gollberg ist fast immer weg. Und bei euch hat jetzt das Sterben angefangen.«

»Das Sterben ist nicht ansteckend«, lallte Fenna. »Es ist auch kein Gas, das sich überallhin ausbreitet. Es war ein Unglücksfall, der sich nicht mehr … der sich nicht mehr wiederholen wird!«

»Oha!«, merkte Leutnant Sells auf. »Wärst du bereit, das mit einer Wette zu besiegeln?«

»Dass keiner mehr draufgehen wird unter meinem Kommando? Das wette ich jederzeit! Und weißt du auch, warum? Weil es sich Scheiße anfühlt, wenn einer abkratzt. Ich will das nicht mehr. Ich habe das jetzt einmal mitgemacht und beschließe für mich: Nimmermehr!«

»Nimmermehr. Ich halte einen ganzen Mondessold dagegen.«

»Wogegen?«

»Dass ihr keinen Mann mehr verliert. Und ich will sogar gnädig sein: Ich sage nicht, für immer, ich sage nur: bis Ende des Jahres.«

»Das sind noch viereinhalb Monde, Eremith«, warnte Gyffs, die zum ersten Mal in ihrem Leben mitgesoffen hatte und sich jetzt schon elend fühlte und verkatert und schuldig und unzulänglich als Offizierin. »Das würde ich nicht wetten. Wir wissen ja nicht, was für Aufträge noch kommen.«

»Na und?«, schrie Fenna. »Denkst du, ich habe Angst wegen dem bisschen Geld? Das bedeutet mir gar nichts! Aber dass meine Leute nicht mehr sterben, das bedeutet mir was. Also schlag ein, Teny Sells, du altes Festungsmäuslein. Euch werd ich's zeigen!«

Sells und Fenna waren kurz davor, die Wette mit Handschlag zu besiegeln, doch Hobock ging dazwischen. »Lass gut sein, Teny. Diese Wette ist nicht gerecht.«

»Warum ist die nicht gerecht?«

»Weil, wenn wieder jemand stirbt, verliert Eremith doppelt. Einen Mann und seinen Sold. Das ist nicht gerecht.«

»Na, na schön, dann wetten wir eben andersrum!«, ließ Teny Sells nicht locker. »Wenn keiner mehr stirbt, krieg ich seinen Sold, und wenn einer draufgeht, kriegt er meinen.«

»Lass einfach gut sein, Teny. Einfach gut.«

Die vier schwiegen eine Weile und tranken gegen das Betrunkensein an.

»So langsam verstehe ich«, sagte schließlich Fenna übertrieben artikuliert. »Ich verstehe, was die *Leistung* war.«

»Die Leistung? Die Leistung von wem?«

»Von Hauptmann Gayo. Serian Gayo. Beim großen Feldzug. Bisher habe ich immer gedacht: Ist doch keine Leistung. Zu fliehen. Abzuhauen. Während andere da oben vielleicht noch aushalten. Aber jetzt verstehe ich das. Selbst auf dem Rückweg kratzt man noch ab. Dass er das überhaupt geschafft hat, dass er an all den Löwen vorbeigekommen ist, an den Drachen und den Dingern, den …«

»Echsengeiern und Haihunden«, half Gyffs ihm aus.

»Genau. Dem ganzen Gekläffe und Gefletsche. Dass man da überhaupt rauskommt und findet die richtige Richtung und verliert nicht jeden Tag hunderttausend Mann. Ich hab das nicht hingekriegt.«

»Du hast hunderttausend Mann verloren?«, fragte Sells schwankend.

»Ich hab … hunderttausend Mann verloren. Hundert… tausend Korporale.« Fenna salutierte und stach sich dabei beinahe ein Auge aus.

Hobock lachte, dann wurde er schlagartig wieder ernst und traurig.

Das Bachmufest forderte etliche Opfer. Dabei war das Fest gar kein loderndes Rauschen mit einem zentralen Feierplatz auf dem Haupthof. Es ähnelte eher einem Schwelbrand, der sich zusehends vereinzelte, weil niemand sich dazu berufen sah, ihm Einhalt zu gebieten. Die Festung Carlyr hatte innerhalb des letzten Mondes drei Mann verloren und ein vierter Soldat einen Arm. Es herrschte das Gefühl, dieses Unglück mit Hilfe von Alkohol hinfortspülen zu müssen, nicht aus Spaß, sondern geradezu aus Pflichtbewusstsein.

Je länger der 15. Blättermond sich in die Nacht hineinzog, desto mehr Soldaten kotzten und pissten irgendwohin oder wurden von Vorgesetzten oder Wachhabenden in hilflosem

Zustand aufgefunden. Von der Zweiten Kompanie erwischte es vier Soldaten, von der Dritten Kertz, Emara, MerDilli, den frisch aus dem Lazarett entlassenen Jonis und von den Holtzenauen. Von den Holtzenauen hatte sogar dermaßen viel über den Durst getrunken, dass Ilintu ihn zur Beobachtung im Lazarett behielt. Das Prekäre an der Situation war, dass die meisten Vorgesetzten ebenfalls besoffen waren. Sämtliche Leutnants schnarchten übel riechend in der Offiziersmesse, Hauptmann Gollberg war mit seiner Kompanie noch nicht zurück. Also oblag es Oberst Jenko höchstpersönlich – unterstützt lediglich von einem ebenfalls nüchtern gebliebenen Korporal der Zweiten Kompanie und von dem nur leicht schwankenden Korporal Deleven von der Dritten – diesen »peinlichen, unmännlichen Schweinestall«, wie Oberst Jenko sich ausdrückte, so gut es ging, auszumisten. Die Volltrunkenen wurden entweder zu Ilintu oder ins Waschhaus zur Rosskur verfrachtet. Einer aus der Zweiten, der Oberst Jenko einen »sauertöpfischen Fettsack« genannt hatte, landete sogar in einer Zelle.

»Unsere Leutnants sind eine Schande. Allesamt!«, schimpfte Oberst Jenko, als er Bedienstete zum Aufwischen von Kotzpfützen durcheinandertrieb.

»Ich möchte mir die Freiheit herausnehmen zu widersprechen«, entgegnete Deleven mit schwerer Zunge. »Im Sinne der Götter, im Sinne Bachmus, ist es gut, das Fest ausreichend zu begehen. Das wird der Festung Glück bringen.«

»Glück, Korporal?« Oberst Jenko lachte, ohne dass sein Gesicht auch nur die geringste Spur von Heiterkeit zeigte. »Glaubt Ihr etwa, eine Festung zu leiten, hat auch nur das Geringste mit Glück zu tun? Ich kann mich nicht auf *Glück* oder *Unglück* herausreden, wenn die Königin mich zur Rede stellt. Meine Aufgabe ist es, in dieser Festung das Funktionieren zu garantieren. Und eine solche Sauerei wie dieses

Fest wird es hier nicht noch einmal geben, das kann ich Euch versprechen!«

Deleven schwieg, auch weil er sauer aufstoßen musste.

Der Oberst redete sich jedoch von ganz alleine in Rage. »Wisst Ihr, Korporal Deleven, was Glück ist? Glück ist, dass Hauptmann Gollberg nicht in diesem Augenblick zurückkehrt und verfolgt wird und wir die Zinnen bemannen müssen mit Soldaten, die so sternhagelvoll sind, dass sie von ganz alleine in den Hof stürzen. Das ist pures, reines Glück! Aber selbst wenn wir jetzt angegriffen würden, müssten wir funktionieren können. Und wenn fünf Sechstel aller Leute ausfallen, wird eben das verbliebene Sechstel die ganze Wucht abfangen müssen. Das seid Ihr und ich und die Handvoll anderer Pflichtgetreuer, die uns noch zur Seite stehen.«

»Ilintu.«

»Zum Beispiel. Ilintu. Und die Schreiber. Ha! Und Sowis, mein gramgebeugter Adjutant. Das wird ein Gefecht, Korporal, das wird ein Gefecht!«

Der folgende Tag war einer des allgemeinen Ausnüchterns. Niemand bellte laute Kommandos. Alles schien zu schlurfen und der Sonne auszuweichen.

Die Dritte Kompanie begnügte sich mit zwei kurzen Laufübungen und anschließend einem gründlichen Säubern und Ausbessern ihrer Uniformen und Ausrüstung. Soldat Teppel kam nach Absitzen seiner dreitägigen Haftstrafe aus dem Kerker frei und gliederte sich wieder in den Infanteristenzug ein. Korporal Kindem machte an diesem Tag erste Schritte aus seinem Lazarettbett, aber Ilintu befand ihn immer noch für zu schwach, um bereits entlassen zu werden. Der Infanteristenzug wurde deshalb weiterhin von den beiden Leutnants geleitet.

Leutnant Fenna stieg an diesem Tag zweimal auf den

Nordturm, um ins Land jenseits der Felsenwüste Ausschau zu halten. Hauptmann Gollbergs Kavallerie war nun schon seit dem 13. dort draußen, seit drei Tagen also. Länger als jemals zuvor, mit ihrer Streckenplanung auf den von der Dritten vergrabenen Proviant vertrauend. Aber dies war das feindliche Land. Garsid war dort umgekommen. Und die zweiundzwanzig anderen, die nun im immerwährenden Schatten ruhten, wahrscheinlich ebenfalls.

Auch am 17. Blättermond stieg Fenna zweimal auf den Turm.

Am 18. sogar viermal. Oberst Jenko war nun ebenfalls dort oben anzutreffen, sein breites Gesicht von Sorgenfalten gezeichnet.

Dennoch waren beide nicht auf dem Posten, als Gollbergs Erste Kompanie in der frühesten Morgendämmerung des 19. tatsächlich zurückkehrte.

Und den Überlebenden mit in die Festung brachte.

2

Das Gerücht verbreitete sich rasend schnell. Ein Überlebender! Gollberg hatte tatsächlich mitten im Land des Todes einen lebendigen Menschen gefunden, so wie er es immer angekündigt hatte!

Sogar die Küchenjungen liefen auf den dämmernden Hof. Die Erste Kompanie war ein schweißdurchtränkter, staubiger Haufen, Reitern wie Pferden hingen die Zungen aus dem Hals. Und mitten in diesem Durcheinander aus Hufen und Steigbügeln, aufgescharrtem Dreck und krustigen Uniformen saß auf einem Pferd der Fremdkörper. Langhaarig, vollbärtig, schmutzig und schweigsam.

Wenn man den Überlebenden nur flüchtig betrachtete, konnte man sich des Eindrucks nicht erwehren, dieser Mann sei von den Affenmenschen auf das Furchtbarste gefoltert worden. Erst bei näherem Hinsehen offenbarte sich, dass es nicht Narben oder Brandspuren waren, die das Gesicht und die Arme des Mannes bedeckten, sondern Tätowierungen. Winzige Bilder und Zeichen einer verschnörkelten Schrift, die mit Sicherheit keinem der etablierten Götter geweiht war.

Die Küchenjungen fragten sich: War dieser Mann ein

Soldat? Gehörte er zu den vielen unbekannten Uniformierten, die vor einem Jahr hier durchgezogen waren auf der Suche nach einer schwer zu beschreibenden neuen Art von Sieg? Oder war er einer der Magier? Er sah eher nach einem Magier aus.

Einer der Küchenjungen behauptete sogar, bei dem Mann handele es sich um einen Affenmenschen. »Die langen Haare, der lange Bart. Wenn er jetzt noch auf allen vieren geht, wer will ihn da von einem Affen unterscheiden können?«

Hauptmann Gollberg schirmte den Neuankömmling so gut es ging von den Schaulustigen ab. Auch Angehörige der Dritten Kompanie mischten sich nun, noch schlaftrunken und ungekämmt, unter die Menge. Die Leutnants Gyffs und Fenna spähten nebeneinander aus ihrem Quartiersfenster und verfolgten, wie der Überlebende zuallererst ins Lazarett geleitet wurde.

Unterdessen wurde die Menge der Schaulustigen zerstreut. Die Leutnants Hobock und Sells übernahmen es, dafür zu sorgen, dass die gewohnten Abläufe der Festung Carlyr wiederhergestellt wurden. Die beiden hatten Oberst Jenko gegenüber ohnehin noch einiges wiedergutzumachen.

Der Überlebende blieb lange bei Ilintu. Darüber hinaus schien Gollberg diesmal keine Verluste oder Verwundete erlitten zu haben. Fenna und Gyffs kleideten sich an und gingen hinaus auf den Hof. Es war ohnehin bald Zeit für den Morgenappell.

Hauptmann Gollberg sah sie kommen und salutierte lässig. Fenna und Gyffs salutierten zackig zurück.

»Gute Arbeit, Leutnants«, sagte Gollberg mit sandknirschenden Zähnen. »Der Proviant war dort, wo er sein sollte. Wir konnten zwei Tagesritte weit tiefer ins Feindesland eindringen als zuvor.«

»Und Ihr habt jemanden gefunden?«

»Seine Spuren haben wir schon öfters gesehen, ihn selbst jedoch nie. Er sagt, sein Name sei Onjalban. Ich werde mich mit den Schreibern zusammensetzen, um seinen Namen in den Listen der Feldzugsteilnehmer zu finden. Und wisst Ihr was, Leutnants? Sobald ich mit dem Oberst über diese Sache beratschlagt habe, werde ich Euch beide hinzukommen lassen, um Euch eigenhändig zu informieren.«

»Das ist sehr großzügig, Hauptmann«, sagte Gyffs mit leuchtenden Augen. Auch Fenna war, genau wie Gyffs, stolz darauf, zum Gelingen einer bedeutsamen Mission beigetragen zu haben. Ein Überlebender, der sich beinahe ein Jahr lang im Feindesland hatte behaupten können, bedeutete mehr Informationen über die Affenmenschen und ihr geheimnisvolles Reich als jemals zuvor!

Nach dem Lazarett wurde Onjalban in die *F & L* verbracht. Die Angehörigen der Ersten Kompanie verteilten sich im Waschhaus, in den Ställen und Mannschaftsquartieren. Aus ihnen konnte kein Neugieriger etwas herausbekommen. Der Hauptmann hatte Stillschweigen angeordnet.

Die Dritte Kompanie fuhr unterdessen mit ihren Übungseinheiten fort. Marschieren unter schwerem Gepäck, Kampfübungen ohne Waffen und mit kleinen, handlichen Messern, Seilspringen für die Beinarbeit.

Am Abend war es dann so weit. Fenna und Gyffs wurden von Sowis in das Büro des Obersts bestellt. Die Sonne war schon längst hinter der westlichen Klippe versunken, das Büro jedoch von mehreren Kerzenständern warm erhellt.

Onjalban war nicht anwesend, dafür Oberst Jenko, Hauptmann Gollberg und Lement, die sich in bequemen Sesseln im Dreieck gegenübersaßen. Gollberg hatte sich im Laufe des Tages waschen, rasieren und frisch frisieren können, aber er sah aus, als hätte er schon seit mindestens zwei

Tagen kein Auge mehr zugemacht. Er erinnerte Fenna ein wenig an die Menschen, die das Chlayster Giftgas eingeatmet hatten, auch wenn er nicht hustete.

»Wir unterhalten uns schon eine ganze Weile, aber vielleicht könnt Ihr uns in einigen speziellen Punkten weiterhelfen«, lud der Oberst die beiden Leutnants ein, sich Stühle heranzuziehen und sich ins Dreieck einzugliedern.

Nachdem das Scharren und Quietschen der Möbelstücke verstummt war, begann Hauptmann Gollberg: »Onjalban ist, den Umständen geschuldet, sehr erschöpft. Wir haben ihn erneut Ilintus Obhut anvertraut; ich glaube, das Hauptproblem ist eine Austrockung des Körpers aufgrund stetigen Wassermangels. Wir wollten ihn deshalb nicht strapazieren, indem er seinen Bericht mehrmals wiederholen muss. Dennoch hat er mir schon in den Tagen unseres gemeinsamen Rückrittes und heute im Lazarett ein paar haarsträubende Dinge erzählt, die ich jetzt an Euch weitergeben möchte.«

Unbehaglich rutschte Fenna auf dem Stuhl hin und her. Irgendetwas stimmte hier nicht. Seit wann machten ein Oberst und ein Hauptmann sich die Mühe, jede Kompanie einzeln ins Bild zu setzen? Wäre es nicht einfacher und logischer gewesen, auch Hobock & Sells und eventuell sämtliche Korporale der Kompanien Zwei und Drei zu einer Instruktion zusammenzurufen?

»Zuerst einmal: Ja, Onjalban ist als Feldzugsteilnehmer in den Listen verzeichnet«, fuhr der Hauptmann fort. »Und nicht nur das: Der Euch ja wohlbekannte Schreiber Lement, der sich damals besonders für die Magier des Feldzuges interessierte, erkennt Onjalban sogar wieder. Ist ja auch nicht so leicht zu verwechseln, der Mann.«

Lement nickte lächelnd und folgte der Aufforderung, sein Wissen beizusteuern: »Onjalban, mit der Betonung auf der ersten Silbe, stammt aus der Küstenstadt Wandry, wo er eine Frau hat und ein kleines Kind. Er ist ein sogenannter Wärmemagier, also jemand, der durch Handauflegen einen Gegenstand mit Hitze anreichern kann, was natürlich besonders im Winter eine unschätzbar praktische Gabe ist. Seine Tätowierungen hat er, wie er selbst sagt, in den nebeligen und regnerischen Hängen des Nekerugebirges erhalten, auf einer Wanderung in seiner Jugend, als die Magie ihn traf, die Stimmen und die Schrift.«

Jetzt übernahm wieder Hauptmann Gollberg: »Was er diesbezüglich zu erzählen hat, ist sehr verworren, aber ich denke, es ist auch vernachlässigbar. Uns interessiert ja weniger Onjalbans Jugendzeit, sondern die Dringlichkeit des Hier und Jetzt.«

Hauptmann Gollberg versank in angespannter Nachdenklichkeit, also fuhr nun Oberst Jenko fort. »Onjalban schildert den Feldzug in Übereinstimmung mit den Berichten der Überlebenden, die uns im Regenmond … nun ja … *beehrten*, als großes Chaos. Angriffe aus dem Hinterhalt, nächtliche Meuchelmorde, Kampf gegen das Land, den Winter, die Atemluft, als hätte alles Schicksal sich verschworen, blablabla. Dann kam es zum Vorfall am *Skorpionshügel*. Der befehlshabende General wollte einen Vernichtungsschlag gegen eine größere Ansiedlung der Affenmenschen führen. Man hatte Magier dabei. Ihr kennt die Geschichte. Anstatt einen anständigen militärischen Angriff durchzuführen, versuchte man es mit Zauberei. Das Ganze ging natürlich nach hinten los, wie allzu oft in der Geschichte unseres Kontinents. Die Männer starben.«

»Verbrannt von einem gleißenden Licht, das außerhalb jeglicher Kontrolle war«, ergänzte Lement.

Der Oberst rümpfte die Nase. »Ha! Wie man's nehmen will. Aber nun weicht Onjalbans Erzählung von der bislang bekannten offiziellen Version ab. An einen Hauptmann Gayo, der die Überlebenden zusammenrief und Richtung

Süden in Sicherheit brachte, kann er sich nicht erinnern. Onjalban erzählt von Stille. Und Hitze.«

»Er sagt, er sei inmitten einer brennenden Ebene wieder zu sich gekommen«, vollendete erneut Lement. »Das Land war sämtlicher Farben beraubt. Es erinnerte ihn an die Brücke der brennenden Blumen aus den Legenden längst vergessener Magier. Aber es war keine Brücke. Eher ein Totenreich. Und in diesem Totenreich taumelten Soldaten herum. Onjalban konnte drei Dutzend um sich versammeln. Sie waren alle blind, geblendet vom magischen Feuerlicht. Nur Onjalban konnte noch sehen, vielleicht, weil seine Wärmemagie ihn vor dem weißen Feuer in Schutz genommen hatte.«

Fenna wünschte sich, diese Geschichte direkt aus Onjalbans Mund hören zu können, statt zusammengebastelt von Jenko, Lement und Gollberg. Es hätte der Eindringlichkeit eines Einzelnen, eines echten Zeugen bedurft, um solche phantastischen Bilder mit Leben zu erfüllen. Aber Onjalban war zu erschöpft.

»Vielleicht auch nicht«, stellte nun wieder Hauptmann Gollberg Lements Zusammenfassung infrage. »Vielleicht war er ebenfalls blind, weil er keine Farben mehr sehen konnte. Vielleicht nahm er die Überlebenden anders wahr. Mit seinem magischen Sinn für Wärme vielleicht. Jedenfalls konnte er die ziellos Herumwankenden um sich scharen und sie an einen sicheren Ort führen. An eine Rückkehr nach Hause war wohl nicht zu denken. Jeder einzelne Schritt glühte unter den Füßen. Er führte sie, wie er sagt, eine Meile oder zwei weiter nach Norden, wo es kühler wurde und dunkler.«

»Jetzt kommt ein Teil seines Berichts, den wir alle drei nicht richtig verstanden haben«, ergänzte Lement. »Er sagte, er sei dort oben drei Wesen von großer Schönheit begegnet: einem Mann, einer Frau und einem Knaben, alle drei mit silberfarbenen Augen. Der Mann hieß – Augenblick!« Der Schreiber blätterte in Notizen, die auf seinem Schoß lagen. »Der Mann nannte sich Baleam, die Frau Ebah und der Knabe Tarsuac. Es sei auch noch ein weiterer Mann dort oben gewesen, ein Mensch, in Abgrenzung zu den drei Silberäugigen, die wohl keine Menschen, aber auch keine Affenmenschen waren, und auch der Mensch, der vierte Fremde, sei kein gewöhnlicher Sterblicher gewesen, sondern er brannte in den Feuern der Ebene. Ich kann mir das nur so zusammenreimen, dass diese vier Wesen irgendwie für das Ausbrechen des gleißenden Lichtes verantwortlich zu machen waren. Magier aufseiten der Affenmenschen sozusagen.«

»Magie aufseiten der Affenmenschen«, hauchte Gyffs andächtig.

»Ja. Wenig erbaulich, nicht wahr?« Oberst Jenko lachte freudlos auf und schüttelte sich dabei wie ein bebender Berg. »Jedenfalls – durch diesen Visionenquatsch blickt keiner durch. Auch Onjalban selbst nicht. Wichtig sind nur die Fakten: Da oben gibt es noch drei Dutzend Überlebende, die allesamt ihr Augenlicht verloren haben, offensichtlich für immer, denn das Unglück mit dem Licht ist ja nun schon gut acht Monde her. Diese Überlebenden halten sich an einem Ort auf, der wohl einstmals eine Behausung der Affenmenschen war, jedoch seit dem Feldzug verlassen ist. Sie haben dort Wasser und Schlangen als Nahrung, aber sie sind dennoch schwach, hungern und brauchen Hilfe. Onjalban ist der Einzige von ihnen, der sehen kann und sich deshalb im Gelände frei bewegt.«

»Ich verstehe nicht, weshalb er sich nicht früher der Kompanie Hauptmann Gollbergs zu erkennen gegeben hat«, wunderte sich Fenna. »Wenn Ihr schon mehrmals seine Spuren gefunden habt, müsst Ihr doch bereits innerhalb seines Reviers gewesen sein.«

»Er sagt, er habe Streifzüge unternommen, um zu jagen, und uns niemals gesehen. Das ist glaubhaft. Die Spuren, die wir fanden, waren niemals tagfrisch, sondern stets schon etwas älter.«

»Aber warum hat er nie den Versuch unternommen, nach Süden oder nach Westen zu gehen und Hilfe zu holen? Acht Monde lang nicht? Der Fußmarsch kann doch höchstens eine bis zwei Wochen dauern?«

»Er sagt, die anderen Überlebenden seien auf seine Hilfe angewiesen. Blinde können keine Schlangen fangen. Wenn er sie verlassen hätte, wären sie verhungert.«

»Also blieb er bei ihnen. Und wie verlief Eure Begegnung mit ihm? Hat er Euch die anderen Überlebenden gezeigt?«

»Leutnant Fenna, vielleicht ist es einfacher, wenn Ihr uns weiterhin der Reihe nach erzählen lasst, so wie das allgemein bei einer militärischen Inkenntnissetzung üblich ist«, sagte Hauptmann Gollberg mit einem kaum wahrnehmbaren Lächeln.

»Verzeihung, Herr Hauptmann. Ich wollte nicht …«

»Schon gut. Ich verstehe Euer Interesse und weiß es zu schätzen. Der Reihe nach.« Gollberg atmete tief durch, als müsste er nun etwas vor sein geistiges Auge rufen, das ihn verwundet hatte. »Als wir ihn sahen, oben als Umriss auf einem Hügelkamm, befanden wir uns schon am äußeren Rand unseres Aktionsradius. Und er floh vor uns. Später erzählte er mir, er hätte Affenmenschen gesehen, die auf Pferden ritten, oder besser: auf Einhörnern. Auf Kriegseinhörnern. Er hielt uns zuerst für Affenmenschen. Er flüchtete, doch ein Zug meiner Kompanie konnte ihn aufgreifen. Dabei wurde Onjalban jedoch bedauerlicherweise in Mitleidenschaft gezogen. Den ersten Tag unseres Rückrittes über war er nicht ansprechbar. Erst als wir nur noch einen Tagesritt von der Festung Carlyr entfernt waren, erfuhr ich von ihm, dass wir dicht davor gewesen waren, sechsunddreißig weitere Überlebende zu bergen. Ich habe mir natürlich große Vorwürfe gemacht. Ich wollte umkehren. Aber meine Soldaten und Pferde waren erschöpft, am Ende. Es wäre nicht zu machen gewesen. Und dann kam noch hinzu: Wie sollten wir die Überlebenden transportieren? Hinten aufsitzen lassen auf ohnehin schon müden Pferden? Sechsunddreißig Mann? Auf nur dreißig Pferden? Nein. Ich entschied, dass wir zur Festung zurückkehren, um uns hier zu verstärken.«

Fenna begriff jetzt endlich. Da war dieser Offizier, der sich seit über einem halben Jahr bei seinem Vorgesetzten den Ruf eines Besessenen einhandelte, weil er felsenfest davon überzeugt war, dass es im Feindesland noch überlebende Menschen gab – und dann war er kurz davor, alle seine Theorien im Triumphzug zu beweisen, und scheiterte an der Kleinigkeit, dass sein lange ersehnter Hauptzeuge zu lange schwieg. Aber Gollberg war nicht gescheitert. Er hatte Onjalban gefunden. Und seinen Theorien dadurch ein Gesicht und einen Namen verliehen.

»Affenmenschen auf Einhörnern?«, fragte Gyffs staunend. »Nie hätte ich für möglich gehalten, dass sie … reiten können.«

»Wir auch nicht«, gab Oberst Jenko zu. »Es gibt keinen einzigen Bericht eines Feldzugsrückkehrers, der dergleichen enthält. Andererseits hat ja auch keiner der Feldzugsteilnehmer beinahe ein ganzes Jahr im Feindesland verbracht. Onjalbans Wissen kann für uns alle unschätzbar sein.«

»Folgendes wollen wir nun tun.« Hauptmann Gollberg räusperte sich. »Wir haben den heutigen Tag genutzt, um aus den umliegenden Dörfern ein Dutzend frischer Pferde und zwei Planwagen zu requirieren. Wir bilden zwei Trupps. Einen schnellen auf Pferden, der, von Onjalban durchs Gelände geführt, den Aufenthaltsort der Überlebenden ausfindig macht und sichert. Onjalban sprach davon, dass sich ab und zu Affenmenschen dort herumtreiben, aber nie viele, nie mehr als zehn oder zwanzig auf einmal. Es kann also durchaus sein, dass der Ort freigekämpft werden muss. Den Spuren dieses ersten, schnellen Kampftrupps folgt ein zweiter, dessen Geschwindigkeit den Planwagen angepasst ist, auf denen die Überlebenden zur Festung transportiert werden sollen. Wir nehmen diesmal festungseigenes Material und Proviant. Die Raubiels werden also nicht wieder dabei sein. Zusammen mit den beiden heute angeforderten kommen wir so auf vier Wagen, was reichen muss, um sechsunddreißig Überlebende und den zweiten Trupp zu transportieren. Leutnants, wir möchten, dass die Dritte Kompanie diesen zweiten Trupp stellt. Die Mission ist beinahe dieselbe wie die, die Ihr erst vor wenigen Tagen erfolgreich zu Ende gebracht habt. Eure Kompanie verfügt deshalb über die entsprechende Erfahrung, weshalb sie uns geeigneter erscheint als Hobock & Sells. Traut Ihr Euren Männern zu, so schnell schon wieder ins Feindesland zurückzukehren?«

»Auf jeden Fall«, antwortete Fenna bestimmt. »Korporal Kindem würde ich noch nicht mitnehmen, wegen seiner zu frischen Amputation, aber das ist kein Problem, den Infanteriezug können Leutnant Gyffs und ich leiten. Davon abgesehen sind alle Männer einsatzbereit.«

»Leutnant Gyffs? Ihr seht nicht ganz so begeistert aus wie Leutnant Fenna?«

»Ich … nun ja, ich …«

»Sprecht Eure Meinung frei aus«, sagte Oberst Jenko väterlich. »Deshalb haben wir Euch beide ja hierher gebeten.«

Leutnant Gyffs blinzelte in eine der Kerzen, die ihr ungewöhnlich grell erschien. »Ich … denke auch, dass die Dritte Kompanie schon wieder einsatzbereit ist. Zumal es uns wahrscheinlich diesmal von Anfang an gestattet wird, auf den Wagen mitzufahren.«

»Auf jeden Fall«, nickte Hauptmann Gollberg. »Dies ist keine Übungsmission mehr. Dies ist ein Ernstfall. Da geht es nicht darum, die Soldaten zu erproben, sondern sie so gesund und leistungsfähig wie möglich zu halten.«

»Gut, das habe ich auch so verstanden, Herr Hauptmann. Was ich aber nicht ganz verstehe, ist: Woher wissen wir, dass Onjalbans Aussagen überhaupt richtig sind? Er spricht von Affenmenschen auf Einhörnern, von schönen Wesen mit silbernen Augen, von brennenden Männern und Blinden, die sich von Schlangen ernähren. Woher wissen wir, dass er nicht ganz einfach nur den Verstand verloren hat, seit ... das Ganze passiert ist?«

»Wir wissen es nicht«, sagte auch Hauptmann Gollberg. »Und wir nehmen dennoch mehr als die Hälfte der militärischen Besatzung der Festung Carlyr und setzen sie einer nicht zu unterschätzenden Gefahr aus. Das ist der Grund, weshalb wir hier sind, Leutnant Gyffs. Solange auch nur die geringste Chance gegeben ist, dass sich im Feindesland noch Menschen aufhalten, die gerne zurückmöchten in den Schoß der Krone und des Kontinents, ist es unsere von den Göttern gesegnete Pflicht, alles in unserer Macht Stehende zu unternehmen, um diese armen Teufel heimzuholen. Oder was würdet Ihr erwarten, wenn Ihr in Erfüllung Eurer Pflicht dort oben in Gefangenschaft geraten wärt? Würdet Ihr erwarten, dass wir Euch vergessen?«

»D-diese Frage kann ich nicht so einfach beantworten, Herr Hauptmann«, sagte Gyffs eingeschüchtert.

»Die Frage war vielleicht missverständlich gestellt. Ich wollte nicht Eure Opferbereitschaft bestätigt bekommen, Leutnant Gyffs, sondern lediglich von Euch wissen, ob Ihr nicht auch der Meinung seid, dass die Armee einen Zusammenhalt besitzt, der Opferbereitschaft nicht nur ein-, sondern auch ausschließt?«

Leutnant Gyffs blinzelte verwirrt. Die Frage entschlüpfte

ihrem Verständnis wie ein glitschiger Aal. »Ich … denke, dass … Opferbereitschaft zu den grundlegenden Tugenden eines jeden Soldaten gehört, Hauptmann«, antwortete sie ausweichend.

Gollberg lächelte traurig und nickte dann. »Also seid Ihr mit Leutnant Fenna einer Meinung, dass die Dritte Kompanie dieser Aufgabe gewachsen ist?«

»Selbstverständlich, Hauptmann Gollberg.«

»Dann ist alles geklärt. Beginn der *Mission Augenlicht* ist morgen früh bei Einsetzen der Dämmerung. Eure Kompanie mit den vier Wagen bricht in der Dämmerung auf, und zwar in der Euch wohlbekannten Richtung der zwei Säulen. Meiner Kompanie und den Pferden gönne ich noch einen weiteren halben Tag Ruhe, was sich hinterher als entscheidender Vorteil herausstellen könnte. Wir sind ohnehin schneller als Ihr und werden Euch dann am Abend des ersten Tages einholen und passieren und jene Spur hinterlassen, der Ihr von dort an bis zum Zielpunkt zu folgen habt. Wenn die Lage am Zielpunkt als beruhigt bezeichnet werden kann, werden wir Euch mit den Überlebenden ein Stück weit entgegenkommen, weil wir jagen können und Proviant bereitstellen. Das geht aber natürlich nur, wenn die Blinden überhaupt noch in der Lage sind zu gehen oder unsere Pferde noch ausgeruht genug, den einen oder anderen mitzutragen. Falls wir Euch nicht entgegenkommen, müsst Ihr eben bis zum Zielpunkt fahren. Wir werden darauf achten, dass wir die Spur durch Gelände legen, das für Planwagen passierbar ist. Voraussichtlicher Zeitumfang der *Mission Augenlicht*: sechs Tage hin, sechs Tage zurück. Die Leitung der Mission übernehme selbstverständlich ich selbst, wobei Ihr beide Eure Kompanie in Eigenverantwortung und im Sinne der Mission koordiniert. Gibt es noch Fragen?«

»Nein, Herr Hauptmann«, sagte Fenna eifrig.

»Nein, Herr Hauptmann«, sagte Gyffs nachdenklicher.

»Dann setzt Eure Männer jetzt in Kenntnis.«

Fenna und Gyffs erhoben sich, salutierten und verließen den Raum.

»*Mission Augenlicht*«, murmelte Gyffs unten auf dem Hof. »Wer denkt sich so was bloß aus?«

»Hauptmann Gollberg natürlich. Das Ganze ist sein Ding. Er öffnet allen Blinden des Kontinents die Augen.«

»Und du bist ganz begeistert, ja?«

»Ich finde, es ist das Beste, was uns passieren konnte. Wenn wir nicht so schnell wie möglich wieder dort rausgehen und uns dem Land stellen, wird der Schock über das, was mit Garsid geschehen ist, immer größer werden. So groß, dass er eines Tages wie ein Berg zwischen uns und dem Land steht. Wir müssen in den Nahkampf gehen, Loa. Nur so kommen wir darüber hinweg.«

Gyffs schwieg. Zwei Sandstriche später fragte sie, scheinbar völlig aus dem Zusammenhang gerissen: *»Ein Zusammenhalt, der Opferbereitschaft nicht nur ein-, sondern auch ausschließt?* Was zum Geisterfürsten hat er denn damit nur gemeint?«

Fenna lächelte. »Ich kann es schwer in Worte fassen, aber ich glaube, ich habe verstanden, was er sagen wollte. Opferbereitschaft wird vorausgesetzt, sollte aber nicht vonnöten sein. Schwer zu erklären. Wenn alle gleichzeitig ein Opfer bringen, muss keiner mehr eins bringen, das zu schwer für ihn ist.«

»Verstehe«, schwindelte Gyffs, um der Diskussion ein Ende zu machen.

Sie beraumten eine außerordentliche Versammlung der Dritten Kompanie in der Mannschaftsmesse an. Einige der Männer hatten schon geschlafen, aber keiner war betrunken, denn immerhin war morgen ein ganz normaler Tag mit ganz normalem Frühappell und Übungen geplant gewesen.

Die beiden Leutnants informierten ihre elf anwesenden Soldaten – Korporal Kindem war immer noch im Lazarett und sollte auch dort bleiben – über die morgen in der Dämmerung beginnende Mission.

Die Reaktion der Männer war eindeutig: Sie alle bekamen es mit der Angst zu tun. Fenna sah nackte Angst, beunruhigte Angst, verdrängte Angst, Angst, die uneingestanden blieb, Angst vermischt mit der Wut der Empörung, Vorstufen der Todesangst, Angst, dass dies kein Albtraum und kein Scherz, sondern die Wirklichkeit war. Sogar Korporal Deleven bekam schmale Lippen. Von den Holtzenauen, Behnk und Ekhanner wurden fahl und beinahe durchscheinend: Man konnte das Blut in ihnen flüchten sehen. Einzig »Scheusal« Kertz grinste vor sich hin. Fenna fragte sich, ob dieser Mann einfach nur keine Furcht kannte oder vielmehr nicht ganz richtig im Kopf war. Aber er durfte nicht zu lange über diese Ausnahme nachdenken. Er musste den anderen in die Gesichter sehen.

Und er sah: *Wir sollen schon WIEDER dort hinaus? Dorthin, wo wir Garsid verloren haben und Kindems Arm? Das ist doch erst wenige Tage her! Warum jetzt? Warum wir? Warum wir schon WIEDER?*

Und dann: *Wir sollen NOCH WEITER hinein in diese Hölle? Sechs Tage diesmal statt drei? Doppelt so tief? Doppelt so schrecklich? Doppelt so viele Ungeheuer, die uns fressen und zerfetzen und mit Stumpf und Stiel ausrotten wollen?*

Und als Chor: *Warum wir? Warum wir schon WIEDER? Warum wir schon WIEDER DOPPELT SO WEIT HINEINGESCHLEUDERT IN DAS GRAUEN?*

»Dem einen oder anderen von euch mag es so vorkommen«, versuchte Fenna die allgemeine Furcht und auch seine eigenen Gedanken in Bahnen zu lenken, »dass dieser

Auftrag genauso beschaffen ist wie unser letzter und uns somit als Kompanie wenig Wissen, Nutzen und Dazulernen einbringen wird. Aber das ist nicht richtig. Die Grundelemente mögen zwar ähnlich sein – erneut geht es um Planwagen voller Proviant, und erneut geht es in dieselbe Richtung nach Norden –, aber die *Mission Augenlicht* unterscheidet sich in mehreren wichtigen Punkten grundlegend von unserer Mission mit Vater und Tochter Raubiel. Erstens: Wir werden diesmal keiner Karte folgen, sondern einer Spur. Zweitens: Wir werden diesmal nicht marschieren, sondern von Anfang an auf den Wagen mitfahren. Drittens: Wir sind diesmal nicht allein, sondern ein zweiter, doppelt so großer Trupp wird vor uns sein und sich am Zielpunkt der Mission mit uns vereinigen. Auf diesen Trupp und seine Aktionen werden wir uns die ganze Zeit beziehen müssen. Viertens: Wir werden in für uns unbekanntes Terrain vorstoßen. Fünftens: Wir werden nicht nur in Terrain vorstoßen, das *uns* unbekannt ist, sondern Hauptmann Gollbergs Kompanie wird unter Onjalbans Anweisungen ebenfalls in ein Gelände vorrücken, das ihr vollkommen unbekannt ist. Wir werden also echte Pionierarbeit leisten, abseits selbst der Pfade des Feldzugs. Sechstens: Wir werden eine verlassene Behausung der Affenmenschen sehen. Siebtens: Auf dem Rückweg werden wir nicht zwei Zivilisten zu beschützen haben, sondern mehr als dreißig verschollene Soldaten; Männer und Frauen, wie wir es sind, die so viel gesehen haben, dass ihre Augen überfordert waren und den Dienst quittieren mussten. Achtens: Wir arbeiten erstmals unter dem direkten Kommando Hauptmann Gollbergs, sind also der Zweiten Kompanie vorgezogen worden, um diese Mission zu vervollständigen. Das ist eine Ehre, Männer. Neuntens: Wir werden länger als eine ganze Woche, mindestens zwölf Tage, im Feindesland verbringen. Auch darin werden wir höchstens von den Teilnehmern des Feldzugs übertroffen, auch das ist eine besondere Ehre. Und zehntens: Wir bekommen Gelegenheit, der Ödnis hinter der Felsenwüste heimzuzahlen, was sie uns gekostet hat. Diesmal werden *wir* ihr etwas entreißen: nämlich die Körper und Seelen der Überlebenden, die sie bereits sicher in ihren Fängen wähnte.«

Gyffs schaute Fenna kurz an, wie um sicherzustellen, ob er wirklich glaubte, was er da redete, aber er erwiderte ihren Blick nicht, sah nur seine Männer.

Warum WIR?

Und so langsam setzte sich in diesen Gesichtern die Antwort durch.

Weil wir SOLDATEN sind. Weil wir uns FREIWILLIG gemeldet haben, um Soldaten sein zu dürfen.

Dies war der Effekt der drei Monde, dieses Vierteljahres voller Drill und Übungen, voller Verbesserungen und Korrekturen. Dies war das Resultat von Gewaltmärschen, Zimmerbelegung, Manöver, Feindeslandeinsatz und gemeinsamen Nachtwachen: Die Angst mischte sich mit Pflichtbewusstsein zu einem eigentümlichen Gemenge aus Stolz und Einbindung.

Die Männer waren bereit, Opfer zu bringen.

3

In jener Nacht lag Loa Gyffs noch lange wach. Und auch Fenna wälzte sich deutlich hörbar hinter den Wolldecken, die den Raum teilten, hin und her.

»Eremith?«

»Hmmm?«

»Mir leuchtet noch so Einiges an der Mission nicht ein.«

»Hmmm.«

Gyffs stützte sich auf ihre Ellenbogen hoch. »Wie kann Onjalban Gollbergs Kompanie führen? Woher kennt er den direkten Weg zwischen der Festung und dem Versteck der Überlebenden?«

»Hmmm. Er kennt den direkten Weg nicht. Aber er kennt die Gegend, wo das Versteck liegt. Also reiten sie erst mal bis dorthin, wo sie ihn gefunden haben. Und von dort aus kann er sich wahrscheinlich an Anhaltspunkten orientieren. So etwas wie die zwei Säulen.«

»Aber was ist, wenn das alles eine riesige, gewaltige Falle ist?«

»Eine Falle? Warum sollte ein Mensch Menschen in eine Falle locken?«

»Weil er ein *Magier* ist? Wer weiß, wie es im Kopf eines Magiers aussieht, der eine schreckliche Katastrophe überlebt hat! Weißt du, worüber ich nachgedacht habe? Dieses helle Licht, das den Feldzug vernichtet war, war doch nicht einfach nur ein Licht. Das war doch auch heiß. Das hat Menschen schmelzen lassen. Wie eine weiß glühende Feuersbrunst.«

»Ja und?«

»Onjalban ist ein Wärmemagier!«

»Ja, und? Denkst du, *er* hat den Feldzug vernichtet? Warum sollte er denn so etwas tun?«

»Das weiß ich auch nicht, Eremith. Aber wäre es denn nicht denkbar?«

»Im Zusammenhang mit Magie ist alles denkbar. Das ist ja gerade das Problem.«

Schweigen kehrte ein. Sandstriche der Stille.

Dann war es Fenna, der als Erster wieder sprach. »Weißt du, was an deiner Theorie nicht stimmig ist? Wenn Onjalban wirklich so mächtig wäre, dass er den ganzen Feldzug vernichten konnte – warum muss er dann so umständlich ein paar Leutchen in eine Falle locken? Warum hat er Gollbergs Kompanie, als sie ihn fand, nicht einfach mit einem Fingerschnippen in Flammen aufgehen lassen? Oder jetzt die Festung? Mit einem gleißenden Licht wie am *Skorpionshügel* – und niemand von uns wacht jemals mehr auf.«

»Ja. Vielleicht kann er das nicht alleine. Vielleicht braucht er die Hilfe dieser drei silberäugigen Wesen und des brennenden Mannes.«

»Selbst dann. Was gewinnen sie? Sie hätten Gollbergs Kompanie überwältigen können. Jetzt bekommen sie noch zwölf Männlein, ein Weiblein, vier Kutscher, sechzehn Pferde und vier Planwagen zusätzlich. Ist das die ganze Umständlichkeit wert?«

»Sie kennen jetzt den direkten Weg zur Festung.«

»Ach, als ob die Festung schwer zu finden wäre! Es gibt ja gar keinen anderen Weg nach Süden durch das Gebirge als mitten durch Carlyr hindurch!«

»Aber was ist, wenn er hier etwas *tut*? Gerade jetzt. Im Lazarett. Wenn er einen Bannzauber hinterlegt. Oder eine Art Fluch, der die Festung von innen zerstören wird.«

»Loa, kannst du mir einen Gefallen tun?«

»Ja?«

»Schlaf endlich und hör auf, wahnsinnig zu sein!«

»Ich bin nicht wahnsinnig!«

»Nein, aber – wenn du solche Angst vor Magiern hast …« Fenna verstummte. Er hatte eigentlich sagen wollen, dass sich zu Beginn des Feldzuges fünfzig Magier in der Festung Carlyr aufgehalten hatten und dass damals auch kein Schaden entstanden war. Aber die Theorie von Leutnant Sells war ihm gerade wieder eingefallen: der Feldzug gegen die Affenmenschen als geplantes Magiersterben. War es da nicht durchaus vorstellbar, dass ein überlebender Magier Rache an der Königin und ihrer Armee nehmen wollte? Jetzt stemmte auch er sich auf die Ellenbogen hoch. »Vielleicht hast du ja nicht ganz unrecht. Wir sollten argwöhnisch sein. Argwohn kann nicht schaden. Aber wir sind Soldaten. Wir tun, was man uns befiehlt. Und da muss ich ganz ehrlich sagen: Bevor man uns in die Felsenwüste schickt, um irgendeinen Quatsch zu machen, finde ich eine Mission wie diese, bei der wir vielleicht sechsunddreißig Menschen das Leben retten können, ziemlich großartig. Durchführen müssen wir ohnehin alles, was man uns befiehlt. Also, warum freuen wir uns nicht darüber, dass es eine wirklich spektakuläre, wichtige Mission ist, über die man auf dem ganzen Kontinent reden wird, anstatt uns über die Unwägbarkeiten die Köpfe zu zerbrechen?«

Gyffs ließ sich aufs Bett zurückfallen. »Stimmt schon.

Wir müssen eben die Augen offen halten. Mehr können wir nicht tun.«

»Ja, aber nicht jetzt. Jetzt schließen wir unsere Augen und ruhen uns noch einmal aus.«

Selbstverständlich beklagte sich der frischgebackene Korporal Ellister Gilker Kindem am Morgen darüber, an dieser Mission nicht teilnehmen zu dürfen. »Wenn wir sowieso die ganze Zeit nur auf einem Wagen fahren, ist es doch gar nicht so anstrengend! Ob ich hier herumliege oder auf einer Wagenfläche – ist das nicht vollkommen egal?«

»Korporal«, sagte Fenna geduldig, »es geht darum, dass Ihr, wenn Ihr an einer Mission teilnehmt, voll einsatzfähig sein müsst. Das heißt: nachts Wache halten, kämpfen, wenn es zum Kampf kommt, marschieren und rennen, wenn marschiert und gerannt werden muss. Das ist Euch augenblicklich noch nicht gegeben. In etwa zwölf Tagen werden wir wieder hier sein. Ich erwarte also, dass Ihr im Nebelmond in der Lage seid, Euren Korporalsposten anzutreten.«

»Jawohl, Leutnant!«

Fenna wechselte einen langen Blick mit Ilintu.

»Was kannst du mir über Onjalban sagen?«, fragte er sie. »Was für einen Eindruck machte er auf dich?« Der Wärmemagier hatte das Lazarett bereits verlassen und suchte sich in Begleitung Hauptmann Gollbergs gerade ein Pferd aus. Der Haupthof der Festung dröhnte von den vier Kutschen, die angespannt wurden. Dabei war die Erste Kompanie noch gar nicht auf den Beinen, lediglich Hauptmann Gollberg überwachte den Aufbruch der Dritten.

»Nicht viel«, antwortete die Heilerin. »Er spricht wenig, ist sehr in sich gekehrt.«

»Feindselig?«

»Nein. Eher schwach, ausgelaugt. Trockenheit und Unterkühlung.«

»Hast du etwas von seiner Magie gespürt? War sein Körper ungewöhnlich … warm, oder wurde ein Gegenstand heiß, den er berührte?«

Ilintu sah Fenna forschend in die Augen. »Nichts dergleichen.«

»Und hast du ihn schon letztes Jahr untersucht, als der Feldzug aufbrach?«

»Ich habe damals nur wenige Männer in meinem Lazarett gehabt. Die meisten kamen im Vollbesitz ihrer Kräfte aus irgendwelchen Garnisonen und brauchten keine Untersuchung. Onjalban war nicht bei mir, ich könnte mich sicherlich noch an ihn erinnern. Warum fragst du so viel? Traust du ihm etwa nicht?«

»Ich glaube, Gyffs traut ihm nicht. Und ich hätte gern gewusst, ob Onjalban sich seit dem letzten Jahr verändert hat.«

»*Gyffs* hat auch noch eine Frage«, ertönte die Stimme von Leutnant Gyffs vom Eingang her. Ilintu ging ihr entgegen, denn offensichtlich wollte Leutnant Gyffs mit ihren staubigen Schuhen nicht durch das Lazarett latschen, wie Fenna das immer tat. »Die offizielle Version lautet, dass Onjalban vor den Männern des Hauptmanns Reißaus nahm und von ihnen überwältigt wurde. Zeigt sein Körper irgendwelche Spuren eines Kampfes?«

»Sein Körper zeigte viele Spuren von Kämpfen. Kratzer und Blutergüsse, unter der ganzen Tätowierschrift stellenweise kaum auszumachen. Ja, einiges davon sah noch frisch aus.«

»Gab es eine Kopfwunde, die ihn mehrere Stunden lang bewusstlos hätte machen können?«

»Am Kopf habe ich nichts feststellen können, nein.«

»Danke. Eremith, ich will euer sicherlich sehr anregendes Gespräch nicht unterbinden, aber wir müssen Kutscher aus unserer Kompanie auswählen.«

»Warum das denn? Ich dachte, wir bekommen vier Kutscher mit!«

»Dachte ich auch erst, aber es sollen wohl keine Zivilisten in Gefahr gebracht werden. Die *Mission Augenlicht* wird als ausgesprochen gefährlich eingestuft. Unsere Männer bibbern schon wie Gelee. Sie sind nicht alle so bereit wie Korporal Kindem.«

Fenna drückte sich an Ilintu vorbei. Für einen Moment überlegte er, ob er ihr einen Abschiedskuss auf die Wange drücken sollte, einfach so, vor Gyffs und Kindem und den beiden Erschöpftesten aus Gollbergs Kompanie, die ebenfalls zur Beobachtung im Lazarett verblieben waren – aber schon im nächsten Augenblick kam ihm dieser Affekt albern vor. Was würde Ilintu davon halten? Womöglich würde sie ihm eine schallende Ohrfeige verabreichen, und das durchaus zu Recht.

Draußen klapperten Hufe und Räder. Stallknechte schirrten an, Lagerbedienstete beluden, gedämpfte Anweisungen rufend, die Wagen mit Proviantmitteln. Fenna sah Gollberg und Onjalban in einem Stall und ging auf sie zu, doch Gollberg kam ihm allein entgegen. Fenna hatte den Eindruck, der Hauptmann würde den Magier vor ihm abschirmen.

»Hauptmann, mir ist die Verproviantierung noch nicht so ganz klar«, wandte sich Fenna salutierend an seinen Vorgesetzten. »Wir führen genug in unseren Wagen mit – aber wovon ernährt sich die Erste Kompanie?«

»Das Proviantlager, das Ihr im Feindesland angelegt habt, war großzügig für zwei Missionen berechnet. Dies ist die zweite.«

»Verstehe. Ausgezeichnete Planung, Hauptmann.«

»Sollten wir auf dem Rückweg übrigens Proviant entbehren können – zum Beispiel, falls wir doch weniger Überlebende vorfinden als angestrebt –, werden wir das

Versteck wieder bestücken. So schlagen wir mehrere Fliegen mit einer Klappe und halten das entferntere Hinterland weiterhin offen für unsere Erkundungsvorstöße.«

»Sehr wohl, Hauptmann!«

»Findet Ihr vier geeignete Kutscher in Eurer Kompanie?«

»Leutnant Gyffs ist bereits zugange. Das dürfte kein Problem werden.«

Tatsächlich war das Aussuchen nicht weiter schwierig: Korporal Deleven, Stodaert, Jonis und von den Holtzenauen waren abgesehen von Leutnant Gyffs selbst die besten Reiter der Dritten Kompanie. Jonis sollte aufgrund seiner bei der letzten Mission erlittenen Verletzungen eher noch ein wenig geschont werden, also erklärte Gyffs sich bereit, den vordersten der vier Wagen eigenhändig zu lenken.

Schwieriger war das Einteilen der Männer pro Wagen, weil damit gleichzeitig auch sinnvolle Wachgruppen gebildet werden sollten.

Gyffs entschied sich für »Scheusal« Kertz und Mails Emara als Besatzung ihres Wagens. Emara hatte gute Augen und konnte nach vorne als Späher wertvolle Dienste leisten, während Kertz mit seiner draufgängerischen Furchtlosigkeit unter der direkten Kontrolle eines Leutnants am sichersten aufgehoben war.

Den zweiten Wagen steuerte Korporal Deleven, und er bekam Breff Teppel und Ildeon Ekhanner zur Begleitung. Da die Infanteristen aufgrund von Korporal Kindems Fehlen bei dieser Mission auf einen Korporal verzichten mussten, ordneten die beiden Leutnants das vermutlich schwächste Glied der Kompaniekette – Teppel – dem sicheren Fernwaffenkorporal Deleven zu.

Wagen drei wurde gelenkt von Fergran von den Holtzenauen und zusätzlich bemannt mit MerDilli, Jonis und Behnk. Dies war sozusagen ein Infanteriewagen, kutschiert von einem Fernwaffenmann. Außerdem waren MerDilli, Jonis und von den Holtzenauen bereits während der ersten Mission in einer – und zwar Leutnant Fennas – Wachgruppe eingeteilt gewesen und deshalb bestens aufeinander eingespielt.

Den letzten Wagen sollte Bujo Stodaert steuern, begleitet von Leutnant Fenna und Tadao Nelat. Dadurch gab es an der Spitze und am Ende jeweils einen Leutnant, was einerseits die Kompanie wie mit zwei Buchstützen zusammenhalten sollte, andererseits aber auch Leutnant Gyffs bei Situationen, die schnelle Entscheidungen erforderten, die alleinige Befehlsgewalt übertrug. Fenna war der Meinung, dass Gyffs sich diesen Status während des Panzerlöwenvorfalls verdient hatte, ganz im Gegensatz zu ihm selbst.

Die beiden Züge – Infanterie und Fernwaffen – waren diesmal durchmischt, was militärisch gesehen eigentlich keinen Sinn ergab, was aber verhindern sollte, dass sich eine Trennung der beiden Züge wie beim Angriff der Panzerlöwinnen wiederholte. Außerdem stand der Infanteriezug ohne Korporal da, was eine Durchmischung nachgerade erforderlich machte.

Hauptmann Gollberg betrachtete die diesbezüglichen Entscheidungen und Begründungen der beiden Leutnants durchaus mit Wohlwollen. Auch die Soldaten der Dritten Kompanie rissen sich unter den prüfenden Augen ihres Bataillonshauptmannes sichtlich zusammen und fielen ihren Leutnants durch beinahe schon übertriebene Zackigkeit und den einen oder anderen »Huah!«-Ruf auf.

»Also, Leutnants«, rief Gollberg dann die Offiziere seiner Dritten Kompanie zu sich. »Der Plan ist klar? Wir überholen Euch, bevor Ihr die zwei Säulen passiert habt. Sollten wir uns noch einen weiteren Tag verzögern, brecht Ihr die Mission nicht ab, sondern fahrt auf dem Euch bekannten Weg am Fluss weiter hügellandwärts. Erst wenn Ihr am gesamten zweiten Tag bis zur Abenddämmerung immer noch nichts von uns sehen konntet, habt Ihr die Erlaubnis, zur Festung zurückzukehren.«

»Jawohl, Herr Hauptmann!«, bestätigten Fenna und Gyffs im Gleichklang.

»Aber das wird nicht nötig sein. Wir werden in einigen Stunden ebenfalls aufbrechen. Und dann, meine lieben Leutnants, *holen wir mit vereinten Kräften unsere tapferen Jungs und Mädchen aus der Hölle!*«

»Jawohl, Herr Hauptmann!« Fenna blinzelte über Gollberg hinweg zu Onjalban hinüber, der wieder ins Lazarett zurückzugehen schien. Zu gerne hätte Fenna ein paar Worte mit diesem geheimnisvollen Mann gewechselt, allein der Zeitplan ließ das nicht zu. Er ärgerte sich jetzt darüber, dass er sich nicht während der Nachtruhe ins Lazarett geschlichen hatte, um den Wärmemagier auszufragen. Fenna war sich noch nicht einmal sicher, wie Onjalban überhaupt aussah. Die langen Haare, der Vollbart und die Tätowierungen schienen alles zu verhüllen.

Die Leutnants und der Hauptmann salutierten sich zu. Dann stiegen Fenna und Gyffs auf ihre jeweiligen Wagen; Gyffs nahm auf dem vordersten Kutschbock Platz. Stodaert und von den Holtzenauen hatten sich ausgiebiger als sie und Deleven mit den Pferden vertraut gemacht, mit ihnen gesprochen und sie beruhigend gestreichelt. Aber es würde auch so gehen. Auf der Akademie hatte Loa Gyffs bereits als Kadett einen Kurs im Lenken von Fahrzeugen belegt.

Sie gab das Kommando. Das Tor nach Norden öffnete sich zum zweiten Mal innerhalb dieses Mondes für die ausrückende Dritte. Diesmal jedoch musste niemand marschieren, das war wirklich weitaus angenehmer.

Die Torposten salutierten. Die Wachhabende auf dem Nordturm desgleichen.

Die vier Wagen rumpelten durch das Tor. Leutnant

Fenna schaute nach hinten zur *F & L* hinauf, aber Oberst Jenko schlief wohl noch. So sehr vertraute er seinen inzwischen allesamt feindeslanderfahrenen Soldaten.

Das Tor schloss sich hinter dem vierteiligen Treck.

Die Felsenwüste der Affenmenschen hatte sie wieder.

An diesem ersten Tag fuhren sie einem von allen gefürchteten Punkt entgegen: dem Schauplatz des Panzerlöwenangriffs, dem Todesort des Korporals Garsid.

Garsid schwebte wie ein Gespenst über dem Treck. Dieses Gespenst wurde von allen Gemütern erzeugt, bildete sich auf etlichen Gesichtern ab, drehte sich mit in den Speichen der Wagen, glitzerte im Sonnenlicht, schwankte im Heben und Senken der Pferdeköpfe.

Der Kahlrasierte aus Galliko, der mehr Affenmenschenerfahrung hatte als jeder andere von ihnen, die Leutnants eingeschlossen. Aber auch Garsid hatte als Soldat Carlyrs keinen einzigen Affenmenschen zu Gesicht bekommen. Vielleicht gab es sie gar nicht mehr. Vielleicht waren sie ausgestorben oder von Panzerlöwen gefressen worden.

Die Männer dösten wenig, schauten lieber nach vorne und hinten aus den Planwagen heraus, um nahende Feinde so früh wie möglich erblicken zu können. Die Wüste jedoch wirkte wie leer gefegt. Keine Echsengeier, die irgendwo kreisten. Keine Warane oder anderen Reptilien, die über den Boden züngelten. Nach wie vor keine Insekten, nirgends. Der Himmel war silberfarben und ruhig, Bewölkung und

Firmament waren ineinandergerührt zu einer Art Mörtel. Der Weg war so eben und breit, dass die Wagen von Gyffs und Deleven nebeneinander fahren konnten. Von den Holtzenauen lenkte seinen hinter den von Leutnant Gyffs und Stodaert seinen hinter den von Korporal Deleven, sodass die Dritte Kompanie eine kompakte Kolonne bildete.

Dann, noch vor der Mittagsstunde, erreichten sie den ehemaligen Kampfplatz. Alle waren überrascht, dass sie schon so früh dort anlangten. Sie konnten sich noch zu gut daran erinnern, wie sie – das Ganze war ja erst neun Tage her! – sechs Stunden bis zur Abenddämmerung und dann noch einmal beinahe genau so lange als taumeliger Fackelzug durch die tiefe Nacht marschiert waren, um von hier aus zur Festung zu gelangen. Jetzt, mit den Wagen, schien das gar nicht weit weg gewesen zu sein.

Der Schauplatz war unverkennbar. Die Panzerlöwin lag immer noch hier, ein Skelett ummantelt mit Hornplatten. Sie hatte ihre Lage verändert wie in einem unruhigen Schlaf – größere Raubtiere hatten an ihr gezerrt und ihre Gliedmaßen in Unordnung gebracht, aber sie sah noch immer riesig und Ehrfurcht gebietend aus. Kein Fetzen Fleisch war ihr geblieben, keine Mumifizierung. Das Skelett war sauber abgenagt und glänzte reinlich unter dem silbrigen Himmel.

Um sie herum war die Erde aufgewühlt. Und da, dieser dunklere Fleck dort, mochte Garsids Blut sein oder dort drüben jener das von Ellister Gilker Kindem.

Die Männer und Loa Gyffs schauten nicht allzu lange hin, als würden sie hier eine Totenruhe stören oder eine Erinnerung, die in der Lage war, sie alle zu lähmen und niederzuwerfen. Alman Behnk rieb sich unbewusst den Arm. Eremith Fenna strich sich über den Schädel. Und alle fragten sich: Wenn es hier keine Insekten gab – wer nagte dann die Knochen so sauber?

Wind kam auf und wirbelte Staub über die Ebene.

Die zwei Säulen voraus begannen sich in den Hüften zu wiegen wie Tänzerinnen.

Der geballte Vierertreck ratterte weiter voran, durch Kies, Erde, trockenen Lehm und leichtes Geröll. Der Wind ließ die Planen Wellen schlagen und gegen die Wagenkästen klatschen. Mehrere der Männer grübelten darüber nach, weshalb die Armee weithin sichtbares Weiß für ihre Wagenplanen verwendete, anstatt auf die Idee zu kommen, die Wagen in Gelb- und Brauntönen zu tarnen.

Das weithin sichtbare Weiß bildete im Wind Figuren und Gesichter aus. Die sechzehn Pferde und vier Kutscher wurden mit schneidendem Sand beworfen. Leutnant Gyffs hielt kurz an, um sich in eine Decke zu hüllen, und fuhr dann mit hochgezogenen Schultern weiter. Sie erkundigte sich bei »Scheusal« Kertz, wie viel Schutz seine Augengläser bei einem Sandsturm boten, doch der erklärte ihr, dass alles – ob Regen, Staub oder Dreck – immer auch hinter die Gläser und in die Augen gelangte. »Und manchmal verfangen sich sogar Viecher dahinter und finden nicht mehr raus, das ist dann wirklich fies.«

Der Himmel verfinsterte sich über dem stürmischen Sand.

Der Treck folgte weiter den tanzenden Säulen.

Am Nachmittag rief Tadao Nelat eine von hinten kommende Bewegung aus. Er wollte schon einen Pfeil einlegen, aber Leutnant Fenna hielt ihn zurück. »Das ist Gollberg«, raunte Fenna heiser.

Zwei Sandstriche lang konnte sich dessen niemand sicher sein, zu unförmig und wütend war die Staubwolke, die sich dort hinter ihnen näherte, aber dann kristallisierten sich tatsächlich Reiter heraus. Der auf seinem Ross winzig wirkende Gollberg. Onjalban neben ihm. Die Korporale. Gerris Resea mitten im geordneten Pulk.

Der Hauptmann grüßte schon von Weitem. Leutnant Fenna grüßte zurück. Dann passierte die erste Kompanie die hinteren Wagen und schloss nach vorne zu Leutnant Gyffs auf.

»Alles ruhig so weit?«, fragte Gollberg.

»Der Wind gebärdet sich heute ein bisschen bockig, Hauptmann«, erwiderte Gyffs. »Wir hatten Euch so früh noch gar nicht erwartet.«

»Ach, wer kann denn schon lange die Füße stillhalten, wenn eine solche Mission ansteht! Der Wind ist normal für den Blättermond, im Nebelmond kann es sogar noch stürmischer werden. Also gut, Dritte Kompanie! Von jetzt an folgt Ihr nicht mehr irgendwelchen Geländepunkten, sondern einzig und allein unserer Spur. Wir werden darauf achten, für Wagen passierbare Wege zu finden.«

»Sehr wohl, Herr Hauptmann. Braucht Ihr jetzt schon Wasser zur Auffrischung? Wir haben genug dabei.«

Gollberg schüttelte nur den Kopf und grinste. Onjalban neben ihm saß sehr seltsam im Sattel, wie jemand, der eingeschlafen war.

Die Erste Kompanie gab ihren Pferden die Fersen und sprengte an der Wagenkolonne vorbei. Leutnant Gyffs vermeinte kurz Reseas spöttischen Blick auf sich zu spüren.

»Angeber«, sagte sie leise.

»Bitte, Leutnant?«, erkundigte sich Mails Emara hinter ihr.

»Nichts, Emara. Nichts.«

Langsamer, als sie sich genähert hatte, wie ein Trugbild, eine sich in sich zusammenziehende Sanderscheinung, verschwand die Erste Kompanie nach vorne, nach Norden, am Horizont.

Ansonsten bewegte sich an diesem ersten Tag um die Wagenkolonne herum kein einziges lebendiges Wesen.

Die Spur der ersten Kompanie hielt bis zur Abenddämmerung genau auf die beiden Felssäulen zu. Gyffs wollte das Risiko, die Spur aus den Augen zu verlieren, nicht eingehen, und ließ halten, eine Wagenburg bilden und Essenfassen. Soldat Behnk kümmerte sich darum, die mitgeführten Proviantpakete schmackhaft anzurichten, aber es wurde auch auf dieser Mission kein Lagerfeuer entzündet, und die Männer murrten und knurrten in Kälte, Dunkelheit und Unbehagen.

Korporal Deleven gesellte sich zu den beiden Leutnants. »Was passiert eigentlich, wenn der Wind die Spur der Ersten verwischt?«

»Ich denke«, antwortete Fenna, »dass Hauptmann Gollberg die Gegend gut genug kennt, um ein solches Problem vorhersehen zu können. Er wird dann den Weg, den wir einschlagen sollen, anderweitig markieren.«

»Mit Manöverflaggen vielleicht«, sagte der Korporal lächelnd und trollte sich wieder zu seinen Männern.

»Ach ja«, seufzte Gyffs, »das Manöver. Man ist fast versucht zu sagen: Das waren noch friedliche Zeiten.«

Fenna tippte sie an die Schulter und bedeutete ihr so, ihm zu folgen. Er selbst stellte sich mitten im Lager auf. »Männer, ich habe heute Morgen keine Rede gehalten, weil ich euch gestern Abend in der Mannschaftsmesse schon ein Ohr abgekaut habe. Aber mir geht etwas durch den Kopf, und ich will das mit euch teilen. Ich weiß, dass ihr euch hier draußen unwohl fühlt. Es ist kalt, es ist windig, es ist finster, es ist feindselig, und wenn wir nicht aufeinander achtgeben, wird das Land uns etwas antun wollen. Aber spürt ihr auch, dass etwas ganz Entscheidendes anders ist als bei unserer ersten Mission? Spürt ihr es nicht auch? Diesmal sind wir nicht alleine hier draußen! Wir sind nicht diejenigen, die den nördlichsten Vorposten des Königreiches verkörpern. Diese schwierige Aufgabe nimmt uns Hauptmann

Gollberg mit seiner Ersten Kompanie ab. Wir sind zwischen ihm und dem sicheren Carlyr und in beider Schatten erstaunlich sicher und in Deckung. Dies ist nicht die vorderste Front. Wir sind nur die Nachhut, und alles Gebiet, durch das wir fahren, ist von Gollberg unmittelbar vorher gesäubert worden.«

Gyffs hörte einige Männer ein »Das ist wahr« murmeln. Zögerliche Zustimmung wurde hörbar und brach sich in den Herzen der Männer Bahn. Obwohl kein Feuer entzündet werden durfte, schien die Nacht um eine Nuance heller zu werden.

»Gut gemacht«, sagte Gyffs später zu Fenna.

»Manchmal bin auch ich noch zu etwas nütze«, brummte dieser.

Die Nacht blieb ohne Zwischenfälle.

Ebenso der folgende Tag.

Die Spur der Ersten Kompanie hielt geradlinig auf die zwei Säulen zu, bog dann aber weiter nach Westen ab als der Weg zum giftigen Fluss, den die Dritte Kompanie bei ihrer ersten Mission genommen hatte. Jetzt betraten sie also Neuland. Aber da sie nicht marschieren mussten, sondern Räder unter sich hatten, kam ihnen das Unbekannte verhältnismäßig angenehm vor. Auch, weil Gollberg den Weg vor ihnen zu ebnen schien.

In der Abenddämmerung wurde das Land ringsum langsam welliger und hügeliger, und Fledermäuse tauchten auf. Ganze Schwärme von ihnen, die sich ballten und zusammenzogen und in abstrakten Mustern über den bedeckten Himmel tobten.

»Wenn es hier keine Insekten gibt – was jagen diese Fledermäuse dann eigentlich?«, fragte Soldat Teppel, und niemand wusste darauf eine zufriedenstellende Antwort.

Als die Männer die Wagenburg aufstellten und sich um

die Pferde kümmerten, trat Leutnant Gyffs zu Leutnant Fenna und führte ihn ein Stück abseits. »Irgendetwas stimmt hier nicht, Eremith.«

»Wieso? Bislang läuft doch alles glatt.«

»Hat Gollberg denn nicht gesagt, er braucht keinen Proviant von uns, weil er sich noch von dem Lager bedienen will, das wir am 8. angelegt haben? Wir haben jetzt aber einen ganz anderen Weg eingeschlagen! Wir kommen an diesem Lager überhaupt nicht mehr vorbei!«

»Hm. Vielleicht hat Onjalban sich erinnert, wo es stattdessen Wasser und Nahrung geben könnte.«

»Und Gollberg vertraut diesem Mann, der möglicherweise überhaupt nicht mehr richtig zurechnungsfähig ist? Das ergibt doch keinen Sinn, Eremith. Das ist doch keine akzeptable Strategie! Selbst wenn Onjalban nichts Böses im Schilde führt und sich einfach nur irrt, wird die gesamte Erste Kompanie da draußen ohne Wasser und Proviant verrecken!«

»Na, nun mach mal halblang, Loa. So schnell verreckt man nicht. Wir sind doch dicht hinter ihnen. Selbst am Scheitelpunkt der Reise sind wir höchstens zwei Tage entfernt. Sie brauchen nur ihren eigenen Spuren zu folgen, um uns und den Proviant der Wagen zu finden.«

»Das stimmt. Aber wenn wir überfallen und aufgerieben werden, ist die Erste von ihrer Versorgung abgeschnitten.«

»Das mag sein. Aber was willst du mir damit sagen? Dass wir uns dagegen zur Wehr setzen müssen, überfallen und aufgerieben zu werden? Das dürfte ja wohl jedem von uns ohnehin klar sein, auch schon in eigenem Interesse. Nein, nichts hat sich geändert. Gollberg hat uns eingeschärft, seiner Spur zu folgen, weil er ahnte, dass er bald vom uns bekannten Weg abweichen wird. Er folgt Onjalbans Anweisungen, wir folgen ihm. So einfach und überschaubar ist das alles.«

Gyffs war nicht beruhigt, aber sie spürte, wie der Disput zwischen den beiden Offizieren wieder Unruhe in die Mannschaft brachte. Deshalb ließ sie es fürs Erste damit bewenden.

Während der ersten Nachtwache – Korporal Deleven, Teppel und Ekhanner – schwirrte die Luft über der Wagenburg von Tausenden und Abertausenden von Fledermäusen. Die Pferde waren unruhig, und ab und zu ließen sich Fledermäuse auf die Tiere fallen, um ihnen Schnitte zuzufügen und Blut aus ihnen zu lecken. Aber das blieb überschaubar, es waren höchstens ein Dutzend kleine Attacken, und die drei Wachhabenden hatten die Situation einigermaßen unter Kontrolle.

In der zweiten Wachschicht jedoch entschied von den Holtzenauen, der als Kutscher seine Mitwächter MerDilli, Jonis und Behnk koordinierte, die Leutnants zu wecken. Gyffs kam schnell zu sich; Fenna dagegen, der sich zum ersten Mal seit längerer Zeit im Traum wieder in den trostlosen Giftgassen Chlaysts herumgetrieben hatte, war nur schwer wach zu bekommen.

»Was ist denn los?«, fragten die beiden Leutnants.

»Die Fledermäuse haben sich verzogen«, gab von den Holtzenauen Auskunft. Sein Gesicht sah in der Dunkelheit fahl und unförmig aus. »Aber die Pferde sind vollkommen außer sich. Ab und zu raschelt es draußen im Gelände, aber im Dunkeln ist einfach nichts zu erkennen, Leutnants. Ich habe das Gefühl, wir sind umzingelt, aber ich weiß nicht, wovon!«

»Eher etwas Kleineres als Affenmenschen«, ergänzte Jovid Jonis. »Aber was ist, wenn es *viele* kleine Wesen sind? *Haihunde* oder so was?«

»Verdammt!«, entfuhr es Fenna. Er drehte sich um sich selbst und versuchte, in der Nacht etwas anderes zu sehen oder zu hören als seinen eigenen Pulsschlag. Mit einem Bein hing er immer noch in Chlayst fest.

»Es geht nicht anders: Wir müssen Fackeln entzünden«, sagte Gyffs. »Wir können nicht riskieren, blind in die Zange genommen zu werden, von wem oder was auch immer.«

»Fackeln machen uns allerdings zu einem attraktiveren Ziel für Drachen, Affenmenschen und wer weiß was noch«, gab Fenna zu bedenken.

»Weiß ich. Aber wenn sich irgendetwas anschleicht und über die Pferde herfällt, haben wir alle ganz schlechte Karten.«

Fenna stimmte zu. Die vier Wachhabenden und die beiden Leutnants entzündeten Fackeln, die ihre Träger jäh blendeten. Dennoch war im aufscheinenden Licht rund um das Lager tatsächlich Bewegung zu sehen.

»Sind das nur Schatten, die sich bewegen?«, fragte Behnk atemlos.

»Nein, das ist irgendein Viehzeug«, widersprach von den Holtzenauen, der seine Fackel fauchend herumschwenkte. »Ratten oder kleine Echsen.«

»Vielleicht sind es Fledermäuse, die aus dem Schwarm gefallen sind«, mutmaßte Fenna. »Ich gehe mir das mal ansehen.« Er meldete sich auch deshalb freiwillig, weil jeder Schritt ihn aus Chlayst hinaustrug.

»Sei vorsichtig!«, mahnte Gyffs hinter ihm. Ihre Fackel ließ sie selbst heller erscheinen als alles Gelände ringsum. Es stimmte, dass eine solche Beleuchtung exzellente Ziele schuf.

Fenna bewegte sich vorwärts und nahm seinen eigenen flackernden Lichtradius mit sich. Die Nacht war nicht windstill, die Fackelflamme verlängerte sich unentwegt in eine Richtung. Fenna folgte dieser Richtung, ohne darüber nachzudenken, bis ihm auffiel, dass er sich verhielt, als sei er in Chlayst. Den Wind im Rücken zu haben ist eine gute

Vorgehensweise in einer von Giftgas verseuchten Stadt, aber angesichts von Tieren der Felsenwüste war es eher fahrlässig, seinen eigenen Geruch vor sich herzutragen. Sofort änderte er die Richtung, was nicht nur bei Gyffs ein Stirnrunzeln hervorrief.

Zuerst sah er nichts. Durch den stetigen Wind, der wie Zugluft wehte, warf die Fackel ein verhältnismäßig ruhiges Licht ohne tanzende Schatten.

Dennoch hatte Fenna den Eindruck, dass einige Geröllsteine sich bewegten. Er blieb stehen. Die Steine ebenfalls. Es mochte eine Täuschung gewesen sein, hervorgerufen durch die eigene Bewegung und die funzeligen Randbereiche des Lichtscheins.

Fenna beruhigte sich mit dem Gedanken, dass Haihunde lauter waren als das, was hier raschelte und die Pferde scheuen ließ.

Schließlich hatte er sich mit seiner Fackel mehr als dreißig Schritt vom Lager und der Wagenburg entfernt. Er stand nun alleine leuchtend im Dunkel. Ein nächtlich jagender Drache konnte ihn nun auflesen, bequem, mit sanftem Flügelrauschen.

Fenna schauderte. Was für ein Land! König Rinwe hatte recht daran getan, die Felsenwüste niemals erobern zu wollen.

Dann sah er es. Steine, groß wie Fäuste, bewegten sich seitlich auf knöchernen Beinen. Es waren Tiere, die genau wie die Felsen aussahen. Krebse oder Krabben, die kein Wasser zum Leben brauchten. Fenna zählte mehrere Dutzend von ihnen. Langsam, jeden Geröllstein, den er passierte, nun mit Argwohn betrachtend, kehrte der Leutnant zu seiner Kompanie zurück.

»Das ist – für mich jedenfalls – etwas Neues«, berichtete er. »Da draußen rotten sich Felsenkrabben verschiedenster Größe zusammen, die massivsten scheinen tellergroß zu sein. Die Frage ist nun: Sind das Fleischfresser, oder weshalb sind die Pferde so ängstlich?«

Eine rasche Umfrage ergab, dass keiner der Männer mit diesen Tieren vertraut war. Garsid und sein Wissen wurden erneut schmerzlich vermisst. Und auch der Schreiber Lement oder die Raubiels.

»Die Frage ist: Sind wir schon umzingelt, oder rücken die Viecher nur aus einer Richtung vor?«, formulierte Leutnant Gyffs. »Das sollten wir herausfinden.«

»Und dann?«

»Verlegen wir das Lager irgendwohin, wo es nicht so … wimmelt.«

Fenna war einverstanden. Die Leutnants und Korporal Deleven erkundeten den Umkreis des Lagers. Die Krabben waren schon fast überall, aber in nördlicher Richtung schien es noch einen Durchschlupf zu geben.

Hastig wurden die Pferde angeschirrt. Das war gar nicht einfach, denn die Tiere waren so nervös, dass sie sogar auf die Hinterbeine stiegen. Die vier »Kutscher« taten ihr Bestes, um die Wagen anschließend nach Norden aus dem Krabbengebiet zu führen. Die Soldaten eskortierten sie mit blakenden Fackeln in den Händen und müdigkeitsbleichen Gesichtern.

»Wir müssen vorsichtig sein«, raunte Fenna Gyffs zu. »Was ist, wenn die Krabben uns absichtlich in eine bestimmte Richtung drängen, um uns … ihrem Muttertier oder so was in der Art in die Scheren zu führen?«

»Ihr Götter, Eremith! Wie schlau können Krabben schon sein? Mach uns nicht alle verrückt mit deinen Ideen!«

»Ich weiß auch nicht. Aber es gibt keine Erfahrungswerte. Weiß denn überhaupt jemand mit Sicherheit, was es hier gibt und was nicht? Wir müssen mit *allem* rechnen, mit allem.«

»Also wird man langsam wahnsinnig.«

»Wahrscheinlich.«

Beide dachten an Onjalban, der beinahe ein Jahr in diesem Land überlebt hatte. Das musste ihn eigentlich den Verstand gekostet haben. Andererseits war er ja vorher schon magisch beschriftet gewesen.

Nach einer halben Stunde des Tastens und Stolperns durch schuttartiges Geröll ließ Leutnant Gyffs halten. »Das muss jetzt reichen. Sonst finden wir morgen Gollbergs Spur nicht mehr wieder. Die zweite Wachschicht erkläre ich hiermit für beendet. Es übernehmen Leutnant Fenna, Stodaert und Nelat. Haltet die Augen offen – ihr wisst nun, worauf es zu achten gilt.«

»Die Pferde werden wieder unsere Augen, Ohren und Nasen sein«, sagte Fenna. Tatsächlich waren die Tiere jetzt ruhiger als noch inmitten der Felskrabben.

Fenna wachte mit Stodaert und Nelat.

Nach einer halben Stunde etwa deutete Nelat nach Norden und wisperte: »Leutnant, könnt Ihr das auch sehen?«

Fenna, der immer noch ein gigantisches Muttertier der Felskrabben befürchtete, strengte seine Augen an. Aber es war kein Schatten unter Schatten, auf den Nelat ihn hatte aufmerksam machen wollen, sondern es waren Lichter. Etliche kleine Lichter in ziemlicher Entfernung.

»Fackeln«, stellte Fenna fest. »Das muss Gollbergs Kompanie sein.«

Er versuchte, die Lichter zu deuten. Bewegten sie sich hektisch, wie in einem nächtlichen Gefecht? Nein. Ihre Muster waren denen der Dritten Kompanie vor etwa einer Stunde ähnlich: Die meisten Lichter bewegten sich kaum, und einige umkreisten die Peripherie. »Sie haben dasselbe Problem wie wir«, sagte der Leutnant lächelnd. »Sie werden von Steinkrebsen belästigt. Wahrscheinlich rücken auch sie bald in einer gemeinsamen Richtung ab.«

Doch das geschah nicht.

Stattdessen bewegten sich nach einigen Sandstrichen auch die innen verharrenden Lichter und verteilten sich außen.

»Was machen sie?«, fragte Nelat. »Halten sie jetzt alle Wache?«

»Ich kann es nicht erkennen.« Die beiden beobachteten weiter, während Bujo Stodaert kerzengrade die anderen Himmelsrichtungen im Auge behielt.

Nach einer Weile konnten Fenna und Nelat kleine Bewegungsmuster bei den Lichtern ausmachen. Sie schienen in komplizierten Mustern eine Art höfischen Tanz aufzuführen.

»Ich glaube, sie bekämpfen die Krabben«, sagte Fenna schließlich. »Es sieht so aus. Sie gehen von Tier zu Tier und erschlagen es.«

»Schrecklich«, entfuhr es Nelat. »Es steht doch noch nicht einmal fest, dass die Krabben überhaupt gefährlich sind.«

Fennas Gedanken rasten. Er dachte nach über die Unterschiede zwischen Gollbergs Erster und seiner und Gyffs' Dritter. Gyffs und er waren sich schnell einig gewesen, dass ein geordneter Rückzug aus dem Krabbengebiet das Beste wäre. Gollberg dagegen ließ Säbel zücken und auf das Getier eindreschen. War Gollberg der bessere Offizier angesichts der Gefahren der Felsenwüste? Ein Handelnder eher als ein Ausweichender, Zögernder? Sollte die Dritte Kompanie sich an ihrem unmittelbaren Vorgesetzten ein Beispiel nehmen? Aber was wäre dadurch gewonnen? Mindestens einer der Männer wäre im Dunkeln ausgerutscht und von den Krabben angefallen worden. Mindestens zwei hätten sich ihre Säbel an echten Steinen zerbrochen oder zumindest beschädigt. Mindestens drei hätten sich an ihren Fackeln die Finger versengt. Alle hätten über die Unerbittlichkeit dieses Landes gejammert. Niemand hätte irgendeinen Vorteil davongetragen.

Nein, es war besser so. Auf alles gefasst sein. Auf alles achten. Nichts und niemandem vertrauen. Die Leutnants ständig in Sorge, vielleicht schon zu sehr, stellvertretend für alle. Aber vermeidbare Verluste wurden umgangen. Ein einziger Augenblick der Unachtsamkeit genügte schon, und ein kampferprobter Korporal namens Garsid war auf ewig verloren.

Fenna spürte dennoch die Verpflichtung, seinen Hauptmann vor der Kritik eines einfachen Soldaten in Schutz zu nehmen. »Gollberg kennt sich hier besser aus als wir«, sagte er. »Wahrscheinlich ist es sinnvoll, solche Krabbennester auszuheben. Aber im Gegensatz zu uns hat er Erfahrung darin, wie man das am besten anstellt.«

Sie schauten noch weiter den Lichtern zu. Es war gleichzeitig beruhigend und beunruhigend, diese Fackeln beim Tanzen zu beobachten. Beruhigend daran war, mit eigenen Augen sehen zu können, dass man nicht alleine war in dieser Gegend. Beunruhigend jedoch war, dass die Verbündeten dennoch dermaßen weit voneinander entfernt waren, dass bei einem Notfall keine der beiden Kompanien der anderen rechtzeitig würde beistehen können.

Und dann gab es noch einen weiteren erschreckenden Moment nach etlichen Sandstrichen des Beobachtens: Für einen kurzen, unwirklich scheinenden Augenblick waren die fernen Fackeln nicht mehr zu sehen. Sie verloschen von links nach rechts, um kurz darauf von links nach rechts wieder anzugehen.

»Was war das denn?«, hauchte Tadao Nelat mit vibrierender Stimme.

»Keine Ahnung«, sagte sein Leutnant. Etwas Massiges musste sich von links nach rechts durch ihrer beider Blickfeld geschoben haben. Es konnte ein weit entfernter Drache gewesen sein, ein nicht ganz so weit entfernter Affenmensch auf einem Einhorn, ein riesiges Felskrebs-Muttertier oder auch nur eine wenige Hundert Schritt entfernte Eule auf nächtlichem Jagdflug. Alles Gefährliche und Unerhebliche war im Feindesland denkbar, und solange es sich nicht noch einmal zeigte, weigerte sich Leutnant Fenna einfach, in irgendwelche Vorsichtsmaßnahmen auszubrechen. Die Männer brauchten ihren Schlaf, der nun ohnehin durch die nächtliche Lagerverlegung gestört worden war.

Der Schatten zeigte sich kein zweites Mal. Nach einer weiteren halben Stunde verloschen die fernen Fackeln von Gollbergs Lager und ließen die Nacht zurückschwappen in ihr Bett unter den tiefen Wolken.

Fenna übergab die Wache an Gyffs, Kertz und Emara und schlief, unruhig wie selten, von Umzingelungen träumend und von Yinn Hanitz, der dringlich und eiternd auf ihn einredete, aber kein einziges Wort war zu verstehen.

Am dritten Tag gab es diesmal immerhin kein Gasfeld zu durchqueren.

Die Spur der Ersten Kompanie wiederzufinden war gar nicht so einfach, aber unter Zuhilfenahme der Richtung, in der Fenna und Nelat in der Nacht die Fackeln gesehen hatten, gelang es schließlich Korporal Deleven, die Fährte der Vorhut auf dem felsigen Geläuf auszumachen.

Die Dritte Kompanie folgte in der unermüdlichen Ganggeschwindigkeit der Zugtiere und legte beinahe überhaupt keine Pausen ein. Die Reihenfolge der Wagen hatte sich etabliert: vorne links Leutnant Gyffs, leicht nach hinten versetzt rechts daneben Korporal Deleven, links hinter Gyffs der Wagen, den von den Holtzenauen lenkte, und wiederum rechts dahinter Stodaert, Fenna und Nelat. Leutnant Fenna gewöhnte sich daran, falschherum zu fahren und nach hinten Ausschau zu halten. Am ersten Tag hatte ihm das noch widerstrebt, denn es bedeutete, blindes Vertrauen zu Leutnant Gyffs und den anderen zu haben. Aber es ereignete sich nichts Bedeutsames, was das blinde Vertrauen einfacher machte.

Die Landschaft zog vorüber wie erkaltete Schlacke. Windböen wehten knisternden Sand gegen die Planen, aber nirgendwo Vögel oder auch nur Fliegen. Die Dritte Kompanie fuhr durch bizarr geschichtetes Ödland, eine kleine helle Raute in einer Welt aus Grau und Braun.

Gollbergs breite Spur blieb über weite Strecken unsichtbar. Entweder war der Boden zu fest, oder der Wind hatte bereits frischen Sand über die Spur gestreut. Aber Leutnant Gyffs vertraute darauf, dass der Hauptmann eine Richtungsänderung deutlich gekennzeichnet hätte. Also fuhr sie einfach geradeaus und folgte den Einschnitten im Gelände, die für Wagen passierbar waren. Tatsächlich fanden sie die Spur der Kavallerie so etwa alle halbe Stunde wieder, und das genügte, um wenigstens einigermaßen beruhigt zu sein.

Am späten Nachmittag schließlich trafen sie auf eine soldatische Kennzeichnung: ein paar aufgeschichtete Steine linkerhand, markiert mit einem Ausriss aus dem Taschentuch eines Offiziers. Gyffs ließ anhalten und die Gegend absuchen. Korporal Deleven fand die Fährte wieder, die an dieser Stelle beinahe im rechten Winkel nach links abbog. Voraus war nichts Ungewöhnliches zu erkennen.

»Gollberg kennt dieses Land besser als wir«, sagte der weibliche Leutnant zu ihren Männern. »Entweder voraus ist eine Gefahrenstelle, oder ein Drache oder so was ist dort niedergegangen. Wir können ihm vertrauen, dass sein Weg der richtige ist.«

Die Spur führte nur eine Meile nach links, bog dann wieder nach rechts ab, dann noch mal nach rechts und schließlich nach links auf die ursprüngliche Richtung. Die Erste

Kompanie hatte etwas umritten, etwas, was für die Dritte nicht zu erkennen war. Die Männer diskutierten über Drachen, Affenmenschenlager und Haihundrudel. Niemand erwähnte das Wort »Panzerlöwen«.

In der Abenddämmerung flammte der Himmel ungewöhnlich feuerrot auf. Fenna vermeinte den Brand, der auch in der Festung manchmal die Luftwege reizte, deutlicher riechen zu können. Er fühlte sich verwirrt und kränklich, hatte stechende Kopfschmerzen und dann wieder eine verstopfte Nase. Einige der Männer sahen ebenfalls mitgenommen aus. Vielleicht gab es Gasfelder in diesem Land, die schwerer zu sehen und riechen waren als das, was sie bei der Raubiel-Mission zu durchqueren hatten.

Von den Holtzenauen, MerDilli, Jonis und Behnk hatten die erste Wache, alle anderen legten sich hin. Es war empfindlich kalt geworden. Die Männer sehnten sich nach einem prasselnden Lagerfeuer, aber selbst dann, wenn die Leutnants eins gestattet hätten, wäre nirgendwo Brennholz zu finden gewesen.

Fenna wurde geweckt, als die erste Wachschicht beendet war. Er hatte nicht das Gefühl, ein Auge zugetan zu haben. Mit dem morgigen Tag würden sie ihren bisherigen Rekord, was das Vordringen ins Feindesland anging, überschreiten. Ab morgen waren es mehr als drei Tage hin und zurück. Fenna spürte, wie allein schon diese Vorstellung seine Knochen frösteln ließ.

Die Wache blieb ereignislos, aber Fenna verlor sich schier in seltsamen Überlegungen. Er dachte nach über die Stimme Onjalbans. Wie sie wohl klingen mochte. Er hatte sie nie gehört. Hatte Onjalban sich Gollbergs Soldaten überhaupt durch Worte mitgeteilt oder vielmehr durch die Beschriftung seines Leibes?

Die Wachschicht war vorüber, Leutnant Gyffs übernahm. Auch sie sah in dieser Nacht spitzgesichtiger und kleiner aus als jemals zuvor. Die beiden Leutnants vermieden jeglichen Augenkontakt.

Bibbernd lag Fenna in seiner Decke und lauschte dem Knistern des Sandwindes und den Magengeräuschen der Pferde. Zum ersten Mal gelang es ihm nicht mehr, sich an die Straßen von Chlayst zu erinnern. Ihm war, als wäre alles von erstarrter Schlacke und wirbelnden Sandwolken vereinnahmt worden.

Die Nacht zog sich hin, als hätte die Sonne ihre Pflicht vergessen.

Dann endlich graute trübe der vierte Tag.

Nach einem kargen, kalten Frühstück setzte sich die Kolonne abermals in Bewegung.

Und schon am frühen Morgen zeigte der Himmel diesmal Anzeichen von Leben. Es waren Echsengeier in verschiedenen Größen – der Gewaltigste von ihnen erinnerte mit seinen weit gebreiteten Lederschwingen bereits an einen Drachen. Sie strebten aus unterschiedlichen Himmelsrichtungen dem Norden entgegen und führten auch noch kleinere Vögel mit sich, die ein schwarzes Gefieder hatten und wie Raben aussahen, nur mit längeren, im Flug angewinkelten Storchenbeinen.

Jovid Jonis machte eifrig Skizzen und notierte auch viel mit kratzender Feder. Er versuchte, was das Dokumentieren der Landschaft anbelangte, die Aufgaben eines Kartenmachers mit denen eines Schreibers wie Lement in Einklang zu bringen.

»Gefällt mir gar nicht«, sagte der vor ihm auf dem Kutschbock sitzende Fergran von den Holtzenauen.

»Was denn?«

»Diese Vögel. Die fliegen alle dorthin, wo wir auch hinfahren. Wo Gollberg ist. Und was wollen die Viecher da, wenn nicht Beute machen?«

Von den Holtzenauens Wagen war der einzige ohne

einen Vorgesetzten an Bord, deshalb konnte niemand dieses Gespräch unterbinden.

»Sind das denn ... Aasfresser?«, fragte Alman Behnk bang.

»Na klar«, knurrte Sensa MerDilli. »*Echsengeier*. Wonach hört sich das denn an? Wenn wir jetzt im Süden wären, in den trockenen Sonnenfeldern oder zwischen Targuzwall und Silberner Krone, und wir würden Schwärme von Geiern auf einen ganz bestimmten Kurs zusteuern sehen, dann wüssten wir, was es dort zu erwarten gibt.«

»Geier bilden keine Schwärme«, widersprach Jovid Jonis. »Höchstens dort, wo das Aas liegt.«

»Na und?«, schnauzte MerDilli. »Das sind eben *Echsengeier*, die sind anders.«

MerDilli war es auch, der beim mittäglichen Essenfassen laut sagte: »Es ist eine verdammte Schinderei, bei dieser Kälte nichts Warmes essen und trinken zu können.«

»Leutnant Gyffs und ich essen und trinken ebenfalls nichts Warmes, Soldat MerDilli«, entgegnete Leutnant Fenna drohend.

MerDilli knickte sofort ein. »Ich meine ja nicht, dass Ihr uns schindet, Leutnant. Es sind ... die Umstände. Dieses Land.«

»Dieses Land, ja.« Fenna blickte sich um. »Und wir alle konnten wählen. Wir konnten zu Hause bleiben bei Muttern am warmen Kamin – oder wir konnten Soldaten werden in der Festung Carlyr. Und wir alle haben dieselbe Entscheidung getroffen. Und Hauptmann Gollberg und Oberst Jenko ebenfalls.«

Die Männer schlürften ihr Quellwasser, kauten ihre Brot- und Keksrationen, ihre Hartwurst und ihren Schnittkäse. Der Himmel war wieder leblos. Nur die Wolken führten darin ihr strudelndes Ballett auf.

Im Laufe dieses vierten Tages passierten sie vier weitere Wegmarkierungen der Ersten Kompanie, allesamt aus aufgeschichteten Steinen plus Stofffetzen bestehend und allesamt dazu angefertigt, auf leichte Richtungsänderungen hinzuweisen auf einem Boden, der zu steinig war für Spuren. Was sie allerdings weder an diesem noch dem vorherigen Tag gefunden hatten, waren Anzeichen für Gollbergs vermeintlichen nächtlichen Kampfschauplatz gegen die Steinkrebse. Es war schwer abzuschätzen, ob Gollbergs Trupp einen oder bereits zwei Tage Vorsprung hatte, aber irgendwelche Überbleibsel eines unruhigen Lagers hätten bei strikter Verfolgung der Spur doch zu sehen sein müssen.

Fenna war nur zu bereit, an Sinnestäuschungen zu glauben.

Dazu kam, dass Tadao Nelat auf einmal vermeinte, einen Affenmenschen gesehen zu haben, und damit die ganze Kolonne in Aufregung versetzte.

»Wie sah er denn aus?«, wollte Leutnant Fenna wissen.

»Groß. Grau. Mit beinahe glatter Haut.«

»So wie diese Felsen da?«

»Ja. Ziemlich genau so.«

»Aber er hat sich bewegt?«

»Ja. Glaube ich zumindest. Ich meine, *wir* haben uns bewegt … der Wagen hat geruckelt …«

Vegetation tauchte auf, die erste seit zwei Tagen. Es handelte sich um eigenartig verkrüppelte, laublose Bäume, die ihre Zweige anklagend dem Himmel entgegenreckten. Man mochte sie für verwunschene, verwachsene Menschen halten. Doch auch sie bewegten sich nicht. Nicht einmal ihre Zweige zitterten im Wind.

Am späten Nachmittag war es Korporal Deleven, der Leutnant Gyffs meldete, etwas gesehen zu haben. »Ein Flackern, Leutnant. Eine Art Licht, wie Wetterleuchten. Dasselbe habe ich auf der Raubiel-Mission auch schon einmal wahrgenommen, in der Nacht am frisch angelegten Proviantlager.«

»Wo denn, Korporal? Ich kann nichts entdecken.«

»Weit voraus, dort drüben. Zweimal hat es geflackert.«

»Aber es ist doch noch hell.«

»Ich habe es dennoch gesehen. Ich irre mich bestimmt nicht.«

Die meisten, auch Fenna, starrten jetzt nach vorne. Nichts flackerte, und man diskutierte angeregt darüber, wie gut ein Wetterleuchten am helllichten Tag überhaupt zu erkennen war. Das war dann auch das Ergebnis des angestrengten Ausschauhaltens: dass Deleven sich wohl nicht geirrt hatte, aber es nichts weiter gewesen war als ein fernes Unwetter.

Bis zur Dämmerung fragten sich nun alle, wie das wohl sein musste, in diesem Land von einem blitzetobenden Unwetter heimgesucht zu werden. Ängste schossen ins Kraut. Unabhängig voneinander dachten die beiden Leutnants darüber nach, ob es nicht besser für die Moral der Truppe wäre, wenn die Männer mit Marschieren beschäftigt waren, anstatt den ganzen Tag herumzusitzen und Zeit und Luft für Spukgeschichten zu haben.

Beim Aufschlagen des Nachtlagers wurde die allgemeine Unruhe diesmal von Mails Emara angefacht. »Wisst ihr, Jungs, warum wir diesmal nichts zu sehen und zu hören kriegen? Keine Haihunde, keine Drachen, keine Kleinechsen, nichts? Weil sich etwas zusammenbraut! Etwas Großes!«

»Es gibt eine ganz einfache Erklärung dafür, warum wir diesmal nichts zu sehen bekommen«, setzte Leutnant Gyffs den Männern geduldig auseinander. »Hauptmann Gollberg ist hier durchgeritten. Und dieser Trupp ist nicht nur größer als unserer – doppelt so groß, was die Mannstärke angeht –, sondern reitet auch schneller, wirbelt mehr Staub auf, macht mehr Geräusch, ist also einfach weitaus interessanter als wir. Gollberg zieht alles neugierige und gierige Leben hier an – und was er nicht anzieht, verscheucht er nachhaltig. Deshalb bleiben wir in seinem Kielwasser und Windschatten unbehelligt, und das ist doch ausgesprochen in Ordnung so.«

Die Grünhörner schnatterten noch ein wenig, wurden insgesamt aber merklich ruhiger.

»Du bist eben die Mutter der Kompanie«, sagte Fenna anschließend scherzend am Rande des Lagers zu Gyffs und fing sich dafür einen Hieb gegen die Schulter ein.

»Diese Fehlmeldungen müssen aufhören, Eremith«, sagte Gyffs ernst. »Wenn jetzt jeder bei jedem zuckenden Schatten einen Affenmenschen ausruft oder einen nahenden Wirbelsturm, haben wir es hier bald mit nackter Panik zu tun.«

»Wir können den Männern nicht den Mund verbieten, Loa. Eine dieser Fehlmeldungen könnte vielleicht *keine* Fehlmeldung sein.«

»Ja, das weiß ich auch. Aber wir müssen den Deckel draufhalten, damit sich die Männer nicht gegenseitig mit ihrer Schwarzseherei anstecken.«

»Auf dieses Land passt kein Deckel. Ihr Götter, es kann einfach *alles* passieren! Niemand hat jemals erforscht, was für Lebewesen oder sonstige Gefahren es hier gibt.«

»Hast du Angst?«

»Natürlich habe ich Angst. Du etwa nicht?«

Loa Gyffs blieb ihm die Antwort schuldig. Stattdessen musterte sie Fenna aus der Dunkelheit heraus, als versuche sie zu ermessen, ob im Ernstfall überhaupt noch Verlass auf ihn war.

Auch er stellte sich diese Frage, später, während seiner Wachschicht und in der langen Schlafpause danach.

In der Luft lag ein seltsames Geräusch, das wie ein fernes Singen klang, aber wahrscheinlich nur vom Wind herrührte, der durch irgendwelche Gesteinsformationen pfiff.

Ansonsten war die Nacht bar jeglicher Bewegung.

Der fünfte Tag brachte eine Verfärbung des Landes hin zum Gelblichen. Der Boden wurde sandiger, die Spuren der Vorausreitenden wieder deutlicher. Gleichzeitig jedoch sah diese Fährte anders aus als an den ersten Tagen. So, als hätte Hauptmann Gollberg das Reiten in militärischer Formation aufgegeben und seine Kompanie sich in eine wild dahinsprengende Horde verwandelt.

Fenna ließ bereits am späten Morgen halten und den Korporal Deleven die Spur genau untersuchen.

»Was ist denn los?«, erkundigte sich Leutnant Gyffs.

»Ich will sicherstellen, dass wir hier nicht der Fährte irgendwelcher ... auf Einhörnern reitenden Affenmenschen auf den Leim gehen.«

Deleven berichtete, was er herausfinden konnte. »Die Anzahl der Reiter entspricht in etwa der der Ersten Kompanie. Vielleicht sind es zwei oder drei weniger. Und es sind beschlagene Pferde. Armeehufe, würde ich sagen. Es sind unsere Jungs.«

»Warum finden wir eigentlich nie Überreste eines Lagers?«, hakte Leutnant Fenna nach. »Die müssen doch auch Nachtruhen einhalten und Essen fassen, genau wie wir.«

»Aber sie machen ebenfalls kein Feuer, also kann man keine Feuerstellen finden. Und was Nahrungsabfälle oder andere Verrichtungen angeht, sind sie offensichtlich sehr erfahren darin, sich im Feindesland zu bewegen, und hinterlassen keine Spuren.«

»Aber das ergibt keinen Sinn! Sie hinterlassen doch eine gewaltige Spur! Wir folgen ihr seit Tagen! Jeder kann ihr folgen!«

Deleven wusste auf Fennas Bemerkungen nichts zu antworten. Stattdessen fragte Leutnant Gyffs nach: »Du sagst, es könnten zwei bis drei Reiter weniger sein. Aber wir haben nirgends Gräber oder tote Pferde gefunden.«

»Vielleicht haben sie die auch verborgen. Aber ich weiß es nicht, Leutnants. Leutnant Fenna hat recht, dass sie sich angesichts ihrer überaus deutlichen Hufspuren eigentlich die ganze Mühe sparen könnten.«

»Vielleicht ist es die Macht der Gewohnheit«, versuchte Gyffs eine Erklärung. »Vielleicht will der Hauptmann einen Drill aufrechterhalten, der seinen Leuten einfach geläufig ist. Dass sie eine Fährte durchs Land ziehen, ist ja normalerweise kein Bestandteil ihrer Erkundungsmissionen. Das machen sie nur unseretwegen.«

»Und das bringt sie in Gefahr«, brummte Fenna. »Mehr noch als uns, die wir nur eine bereits existierende Spur auffrischen.« *Was machen wir, wenn wir sie nicht mehr finden?*, hallte es ihm durch den Kopf. *Was machen wir, wenn sie sich mitsamt ihres Wärmemagiers einfach Stück für Stück in Luft auflösen, bis nichts mehr von ihnen aufzuspüren ist?* Aber solange es diese Huffährte gab, gab es auch die Kavallerie der Festung Carlyr noch.

Die Wagen rollten weiter, im tiefer werdenden Sand noch langsamer als ohnehin schon. Am Himmel zogen sich die Wolken zu vereinzelten Ballungen zusammen, und dazwischen begann Blau zu leuchten und sich auszubreiten.

Ein blendendes Blau, dessen Sonne nirgendwo sichtbar war, sich vielleicht aufgelöst hatte, um das gesamte Firmament mit ihrer Essenz zum Gleißen zu bringen.

Die vier Kutscher hielten ihre Gesichter unter den Helmen gesenkt. Die Mitfahrer verbargen sich in den Schatten der Planen. Es wurde nicht wärmer, eher kälter. Aber die Helligkeit übertraf die der vorangegangenen Tage bei Weitem.

Es war in der Stunde vor der größten Mittagshelligkeit, als Leutnant Gyffs, Mails Emara und Korporal Deleven beinahe gleichzeitig voraus einen einzelnen Reiter erblickten. Die Luft flimmerte nicht, weil der Boden die Kühle nahender Nachtfroste ausatmete. Aber der Reiter bewegte sich in seinem eigenen Staub und war deshalb nur unvollständig auszumachen.

»Einer von uns?«, fragte Deleven.

Leutnant Gyffs kniff die Augen zusammen und hielt schließlich den Wagen an. Der Reiter oder die Reiterin mochte auf einem Pferd, einem Einhorn oder sogar auf einem von diesen Höckertieren, die in der Gegend von Diamandan geritten wurden, sitzen. Es war noch nicht zu erkennen. Ein einzelner Reiter war jedoch auf jeden Fall alarmierend. Eine Botschaft von Hauptmann Gollberg? Ein Unterhändler der Affenmenschen?

Die gesamte Wagenkolonne hielt an. Fenna kletterte hinten von Stodaerts Wagen, um nach vorne und hinten freie Sicht zu haben. Tadao Nelat, Sensa MerDilli und Alman Behnk gesellten sich ihm zu, ohne einen entsprechenden Befehl erhalten zu haben.

Alles wartete.

Die unsichtbare, wohl hinter Wolken feststeckende Sonne erhöhte ihre Strahlkraft noch weiter.

Der Reiter ritt auf einem Pferd, dessen Gangart müde wirkte. Der Reiter trug eine Uniform der Königin. Der Reiter war ein Mann. Der Reiter war Gerris Resea.

Resea grüßte schon von Weitem militärisch. Die Leutnants Gyffs und Fenna erwiderten den Gruß. Der Soldat Behnk unwillkürlich ebenfalls.

Resea kam näher. Er sah seltsam aus, trug keinen Helm mehr. Seine Haare waren an einer Schläfe blutverklebt. Sein linker Arm stand in ungesundem Winkel ab und zitterte die ganze Zeit.

Seine Stimme klang dünn und schnarrend, wie durch ein Blatt Papier hindurchgeblasen. »Soldat Resea, Erste Kompanie, Zweites Bataillon Festung Carlyr, macht Meldung. Die ... Erste Kompanie ist ... aufgerieben. Wir sind in einen Hinterhalt geraten. Hauptmann Gollberg hat sich verschanzt mit sechs oder ... sieben weiteren Kavalleristen. Ich habe Befehl erhalten, Meldung zu machen. Meldung zu machen. Mein Pferd ... war als einziges noch imstande, den Rückweg anzutreten. Die anderen Pferde sind tot. Hauptmann Gollberg wird die Wagen brauchen, um von dort aus zurückzukehren ... oder weiterzukommen. Ohne Wagen und Pferde kommt er weder vor noch zurück. Er lässt Befehl ergehen an die Dritte Kompanie unter den Leutnants Fenna und Gyffs, unverzüglich aufzurücken. Ich habe ... Befehl, weiterzureiten zur Festung, um den Oberst in Kenntnis zu setzen. Die dort noch stationierte Zweite Kompanie könnte niemals rechtzeitig hier sein, aber die Festung muss verstärkt werden. Der Feind ...« Resea stockte, und für einen Augenblick sah es sogar aus, als würde er aus dem Sattel kippen, doch er fing sich mit einer schlenkernden Bewegung ab. »Der Feind ... verwendet Magie.«

»Was genau ist passiert, Soldat Resea?«, fragte Leutnant Gyffs. Fenna bewunderte sie in diesem Moment für ihre Gefasstheit.

»Ich ... kann es nicht sagen, Leutnant Gyffs. Der Wärmemagier Onjalban – er hob die Hand und senkte sie. Die

Pferde … platzten unter ihren Reitern auf wie … Mehlsäcke voller Eingeweide. Dann wuchsen die Affenmenschen aus den Felsen. Bei den Göttern, ich habe die Affenmenschen gesehen!«

»Was genau ist passiert, Soldat Resea?«, wiederholte Gyffs schneidend.

Gerris Resea starrte sie an mit einer Mischung aus Abscheu und Entsetzen. »Sie haben uns umgebracht. Das ist passiert.«

»Wie viele Affenmenschen?«, fragte nun Fenna.

Resea wandte sich ihm zu. »Viele. Hundert oder zweihundert. Gollberg hält stand, er hält stand.«

»Soldat Resea«, sagte Fenna eindringlich, »du bist nicht mehr in der Lage, einen tagelangen Ritt zur Festung durchzuhalten. Du kommst auf einen unserer Wagen, wir schicken einen unserer Männer als Boten zur Festung.«

Gerris Resea riss mit der gesunden Hand sein Pferd am Zügel rückwärts. »Nein, das kommt … gar nicht infrage! Ich habe Befehl, Befehl vom Hauptmann! Ihr seid doch nur Leutnants! Ich werde nicht hierbleiben und abkratzen. *Ihr* werdet hierbleiben und abkratzen! Ihr werdet vorrücken und krepieren wie alle anderen auch!«

Er und sein Pferd verdrehten ihre Augen gleichzeitig ins Weiße. Dann galoppierten sie los, dicht an den Wagen vorüber, Behnk und Fenna beinahe über den Haufen reitend. Fenna wollte dem Davonstiebenden noch etwas hinterherrufen, doch er brachte nur ein tonloses »Alleine findest du doch niemals den Weg zurück« heraus.

Niemand bewegte sich. Die Staubwolke, in der Gerris Resea Richtung Süden raste, wurde kleiner und kleiner.

Leutnant Gyffs räusperte sich. »Ihr habt es gehört, Männer. Alles wieder auf die Wagen. Wir werden jetzt ein bisschen mehr Tempo machen. Vielleicht gelingt es uns, zum verschanzten Hauptmann durchzubrechen.«

Fenna blickte immer noch der Resea-Wolke hinterher. Er hatte dabei das Gefühl, dass es sein gesamtes bisheriges Leben war, das sich da entfernte und auflöste. Der wackere Soldat. Der wackere Soldat, der halb irre vor Angst in irgendeine Richtung raste, nur weg vom Feind und sich selbst.

Fenna bekam plötzlich eine Ahnung davon, weshalb er eigentlich hier war. Was seine Aufgabe war, nördlich von Carlyr, viel zu weit weg von Chlayst.

»Auf keinen Fall, Loa«, sagte er mit langsam an Festigkeit gewinnender Stimme. »Auf gar keinen Fall werden wir das tun.«

Die Stille zwischen diesem Satz und Gyffs' Entgegnung mutete wie ein Knistern an.

»Du hast es doch gehört! Wir haben einen militärischen Befehl erhalten!«

»Überbracht … von einem einzelnen Soldaten, der uns noch nie ausstehen konnte. Woher willst du denn wissen, dass Gollberg tatsächlich einen dermaßen unsinnigen Befehl gegeben hat? Wir dreizehn Gestalten gegen einhundert bis zweihundert Affenmenschen? Wenn schon Gollbergs dreißig Elitekrieger nicht den Hauch einer Chance hatten?« Fenna hatte das Gefühl, eine Hürde genommen zu haben. Das Sprechen fiel ihm zusehends leichter. Sein Kopf klärte sich.

»Ja, glaubst du denn, dass Resea uns anlügt, um uns in den Tod zu reißen?« Leutnant Gyffs stand auf ihrem Kutschbock wie auf einer Tempelkanzel und predigte Fennas Gewissen. »Da bringst du aber ein paar Dinge durcheinander, mein lieber Leutnant Fenna! Ja, Resea fand uns nie besonders großartig, aber einen Grund, uns alle umzubringen, hat er doch wohl noch lange nicht! Bis zum Manöver hat er sich ordentlich für unsere Kompanie eingesetzt. Er ist ein schwieriger Mensch, aber als Soldat zuverlässig. Also ist Gollberg noch am Leben und schätzt die Lage so ein, dass wir ihm helfen können. Also vertraue ich auf Gollbergs Erfahrung.«

»Und wie lange ist das her, dass Gollberg mit seinen sechs oder sieben Mann gegen einhundert oder zweihundert Affenmenschen noch am Leben war? Wie lange war Resea zu uns unterwegs, Loa? Was bedeutet der Befehl eines Hauptmanns, der *längst tot ist*?«

Keiner der Soldaten wagte mehr zu atmen. Leutnant Gyffs stand auf ihrem Kutschbock, Fenna unter und hinter ihr neben seinem Wagen auf dem Sandboden. Beide Offiziere sprachen verhältnismäßig ruhig und beherrscht miteinander, aber die meisten der Männer hatten den Eindruck, dass gebrüllt wurde.

»Ein Befehl ist ein Befehl, da gibt es keine Klauseln. Denkst du denn, dass alle Befehle ihre Gültigkeit verlieren, wenn ein Offizier den Heldentod stirbt? Was für ein Chaos wäre das! Resea kann nicht länger als ein paar Stunden unterwegs gewesen sein, das Blut an seiner Kopfwunde war doch noch nicht einmal vollständig getrocknet! Jeder Sandstrich, den wir hier unnötig herumstehen und diskutieren, gefährdet allerdings tatsächlich das Leben von Hauptmann Gollberg und seinen Soldaten, da gebe ich dir recht!«

»Sie verwenden *Magie*, Loa! Es ist … vollkommen überflüssig, da ebenfalls einfach so reinzureiten! Wir werden überhaupt nichts ausrichten können! Wir sind wie … dreizehn Tropfen Wasser, die in einen Brand geschüttet werden!«

»Aber das ist unser Beruf, Eremith! Das ist unsere Pflicht! Dreizehn Tropfen Wasser, eingesetzt an der richtigen Stelle zur richtigen Zeit, können einen Brand eindämmen und dann löschen!«

»Ach, das ist doch Unsinn. Das ist akademisches Gewäsch. Das hat man dir jahrelang eingetrichtert, damit du stolz darauf sein konntest, ein Wassertropfen zu sein. Ich werde das nicht zulassen. Ich werde unsere Männer nicht einfach so opfern.« Fenna spürte, wie sich sein Herzschlag wieder beschleunigte. *Vierzehn Jahre. Vierzehn Jahre treuer Dienst an der Küste. Seite an Seite mit den anderen gegen den unsichtbaren Feind, der von innen tötete wie Onjalbans Magie, die die Eingeweide von Pferden zum Kochen und zum Platzen brachte. Vierzehn Jahre. Und nun stellte er alles infrage.*

»Wir haben gar keine andere Wahl, als dem Befehl Folge zu leisten«, sagte Gyffs mit nun ruhiger werdender Stimme. Ihre inneren Dynamiken schienen stets gegenläufig zu sein. »Resea reitet nach Carlyr und überbringt Gollbergs Befehle. Wenn wir dann zurückkommen und sagen, wir sind einfach umgekehrt und haben Gollberg im Stich gelassen, kommen wir alle vor das Kriegsgericht und werden hingerichtet wegen Feigheit vor dem Feind.«

»Also sterben wir so oder so? Ist es das, was du damit sagen willst?«

»Nein. Wenn wir vorrücken, sterben wir nicht unbedingt. Wir haben dann immerhin eine Chance, kämpfend zu überleben. Wir sind doch Soldaten, verdammt noch mal, wir sind im Kämpfen ausgebildet, wir sind nicht … die Raubiels und ihre Sippschaft. Und wenn Gollberg tot ist, laden wir eben seine Leiche auf. Und dann geht es zurück, mit von mir aus Tausenden von Affenmenschen im Rücken, aber wir werden schneller sein als sie mit unseren Pferden und unseren Wagen, und wir werden unseren Auftrag erfüllt haben, soweit es in unserer Macht stand, und dieser Stolz wird uns Flügel verleihen.«

Fenna blickte kopfschüttelnd zu Boden. »Flügel, Loa, haben in diesem Land leider nur die anderen. Ich wünschte, du hättest … Chlayst erlebt. Es gibt Dinge, die kann man einfach nicht bezwingen. Da bietet auch eine Uniform keinerlei Schutz mehr und keinen Halt. Magie ist so etwas. Die

Pferde platzen auf. Die Hand, die sich hebt, muss herunterkommen. Yinn Hanitz hat versucht, uns alle zu warnen mit seinem Gebrabbel. Keine Ahnung, wo er das alles herhatte, aber ich wünschte mir jetzt, ich hätte damals mehr achtgegeben auf das, was er sagte. Das ist der Endpunkt, Loa. Der Umkehrpunkt. Die Erste Kompanie gibt es nicht mehr. Das gesamte Erste Bataillon gibt es auch nicht mehr, schon seit Längerem. Und das Neueste ist jetzt, dass es uns, die Dritte Kompanie, ebenfalls nicht mehr gibt. Nun geht es nur noch darum, Alman und Mails und Jovid und Sensa und Jeo und Nilocas und Ildeon und Breff und Fergran und Bujo und Tadao das Leben zu retten.«

Auch Loa Gyffs schüttelte nun den Kopf, langsam, beinahe mild gestimmt. »Eremith, du verstehst das einfach nicht. Du hast in vielem recht. Ja, du hast recht, es gibt keine Logik mehr. Ja, du hast recht, es gibt da draußen, direkt vor uns, eine ungeheure Übermacht, die mit dem Verstand nicht mehr zu erfassen ist. Ja, du hast recht, wir sind hier falsch. Aber es ist unsere Aufgabe, hier zu sein. Weil wir uns alle freiwillig gemeldet haben. Weil wir diese Uniformen nicht einfach nur spazieren tragen, sondern sie uns auch durch entsprechenden Einsatzwillen verdienen mussten. Weil wir, und das wisst ihr alle, Männer, Soldaten sind.«

»Weil wir *Idioten* sind«, sagte Fenna leise.

»Hm?«

»Nichts. Ich verweigere diesen Befehl. Ich verweigere ihn einfach.«

»Dann bringst du mich in eine schwierige Situation.«

»Ich weiß.«

»Wir alle haben einen Treueeid geleistet. Du auch.«

»Ich weiß.« *... den Befehlen meiner Vorgesetzten stets und in jedem Falle Folge zu leisten ... Ich gelobe, solange ich diese Uniform trage, den Feinden des Kontinents entgegenzustehen bis zu meinem letzten Atemzuge ... Ich gelobe, der Festung*

Carlyr Treue zu wahren … unterstelle ich das Schicksal meines Leibes wie meiner Seele dem Gut und Erbe der Krone, der Einigkeit und des Kontinents … Die Kinder brannten jetzt vor Fennas innerem Auge dermaßen hell, dass der gesamte Himmelskreis zu glühen schien. »Ich habe sogar mehrere Eide geleistet. Erst in Chlayst, dann in Carlyr.«

»Und was willst du, dass ich jetzt tue, Eremith? Dass ich dich wegen Meuterei und Befehlsverweigerung festsetzen lasse und du gefesselt auf einem der Wagen mit uns zu den Affenmenschen fährst, ohne die Möglichkeit zu haben, dich gegen Übergriffe wehren zu können?«

Fenna seufzte aus tiefstem Herzen. »Gib mir die Männer mit, damit ich sie zurückbringen kann. Sie werden nicht verurteilt werden. Wenn ich ihnen den Rückzug befehle, ich als Leutnant und Vorgesetzter, unterstehen sie meiner Order und tragen keine Schuld. Du kannst meinetwegen weiterfahren mit einem der Wagen und versuchen, Gollberg da rauszuhauen.«

»Ich alleine.«

»Du alleine, du und dreizehn Mann, du und dreißig Mann, du und das gesamte tote Erste Bataillon. Es würde keinen Unterschied machen.«

Loa Gyffs dachte nach. Ihre Wangen bewegten sich dabei wie kauend. »Das führt alles zu nichts. Ich mache dir einen Gegenvorschlag, Eremith.«

»Ja?«

»Ich nehme nur diejenigen der Männer mit, die sich freiwillig melden.«

»Gut. Das ist gerecht. Die anderen bringe ich nach Carlyr zurück. Ich denke, dass dort gute Männer benötigt werden, denn der Feind scheint offensichtlich über Fähigkeiten zu verfügen, die niemand ihm zugetraut hätte.«

Leutnant Gyffs nickte. Sie räusperte sich. »Also, Männer? Ihr habt es gehört. Die Dritte Kompanie wird sich jetzt spalten. Die beiden Kommandooffiziere gehen aufgrund ihrer unterschiedlichen Dienstauffassungen von nun an getrennte Wege. So etwas kommt vor. Das ist das Wagnis, das man eingeht, wenn man eine militärische Einheit mit einer Doppelspitze versieht. Wer von euch will mit hängendem Kopf den Rückzug antreten und Hauptmann Gollberg, seine Soldaten und die Überlebenden, falls es jemals welche gegeben hat, umzingelt von Feinden sich selbst überlassen? Wer also will die Augen verschließen vor der Wahrheit dieses Landes und jeglicher Konfrontation mit dem grausamen Feind aus dem Wege gehen? Und wer will stattdessen mit mir kommen, unseren Auftrag erfüllen, die *Mission Augenlicht* zu einem Ende führen, auf das man stolz zurückschauen kann, und sich unter den Blicken von Hauptmann Gollberg und Oberst Jenko und später jedes Generals und unserer Königin höchstselbst Ruhm und Ehre verdienen und Unsterblichkeit?«

Die Männer, die nicht bereits ausgestiegen waren, schauten aus den Wagen wie seltsame Früchte, die auf staubigen Planen wuchsen. Zuerst meldeten sich nur »Scheusal« Jeo Kertz und Sensa MerDilli. Dann aber, zu Fennas Überraschung, auch Jovid Jonis und Korporal Deleven. Und nachdem Deleven sich gemeldet hatte, hoben auch Bujo Stodaert und Fergran von den Holtzenauen die Hände.

»Von den Holtzenauen?«, fragte Fenna ungläubig.

Der junge Adelige lächelte entschuldigend. »Die Männer, die jetzt weitermachen, werden meine bescheidenen Kenntnisse dringender nötig haben als die, die umkehren. Tut mir leid, Leutnant Fenna.«

Fenna fand nun nur noch Alman Behnk, Mails Emara, Ildeon Ekhanner, Breff Adirony Teppel und Tadao Nelat auf seiner Seite. Aber das waren immerhin fünf. Fünf Kinder, die nicht zu brennen brauchten.

Dann wechselte der alte Teppel doch noch auf die Seite

der Freiwilligen über. Sein langjähriger Freund Ildeon Ekjanner schien das nicht verstehen zu können. Die beiden diskutierten kurz und heftig, Ekhanner rief die Namen der Götter an, doch Teppel ließ sich nicht mehr umstimmen. »Meine Söhne haben auch nicht gekniffen. Und eigentlich«, sagte er zum Abschluss, »wenn ich ehrlich bin, ist so ein Himmelfahrtskommando vielleicht genau das Richtige für mich.« Ildeon Ekhanner fielen keine Entgegnungen mehr ein.

Vier, zählte Fenna. Vier Kinder, die nicht zu brennen brauchten. Dafür lohnte es sich doch, den eigenen Kopf in die unerbittliche Hanfschlinge des Kriegsgerichts zu stecken. Auch für einen einzelnen Soldaten hätte sich dies bereits gelohnt. Fenna würde sich dieser Verantwortung nicht entziehen. Er stand zu seiner Entscheidung, dass Gollbergs Befehl entweder fehlerhaft übermittelt oder komplett irrsinnig war. Und dennoch war etwas Gravierendes falsch gelaufen. Sieben Kinder hatten freiwillig den Scheiterhaufen gewählt. Wie hatte das passieren können?

Fenna ging zu Jovid Jonis hin. »Was wird aus deinem Mädchen, Jovid? Wie war noch einmal ihr Name?«

»Mara Wesener, Leutnant. Ich werde nicht fallen. Wir werden den Hauptmann da raushauen und Euch vielleicht noch vor der Festung wieder einholen.«

»Und wenn ich dich darum bitten würde, mir deine Aufzeichnungen mitzugeben, würdest du sagen, das sei unnötig, weil du sie ja selbst nach Carlyr bringen kannst?«

»Nein, meine Aufzeichnungen und Skizzen könnt Ihr natürlich gerne haben. Bei Euch sind sie sicherlich in guten Händen.« Jonis reichte dem abtrünnigen Leutnant einen Stapel Papiere voller flüchtiger, aber bereits auf den ersten Blick gekonnt wirkender Kohlestiftzeichnungen. Fennas Kehle war mit einem Mal zu eng, um ein Bedanken zu gestatten. Er ging zu Deleven.

»Korporal. Ihr überrascht mich.«

»Ich habe es Euch doch erläutert, Leutnant. Ich habe mich nun einmal entschieden, ein königlicher Soldat zu sein. Das kann man nicht einfach anzünden und auslöschen, wie es einem gefällt. Aber ich beneide Euch nicht. Ihr müsst die Entscheidung für andere mittreffen. Ich lasse in diesem Fall einfach jeden aus meinem Zug selbst entscheiden.«

»Ja. Und das ist, wie ich schon sagte, gerecht so.«

Fenna stand nun direkt unterhalb von Leutnant Gyffs Kutschbockkanzel. »Loa«, sagte er nur. »Ich habe das Gefühl, dass ich einen Fehler mache. Dass ich an deiner Stelle gehen und dich nach Carlyr schicken sollte. Du bist doch noch so viel jünger als ich.«

»Dann komm doch einfach mit, Eremith! Komm mit, lass die Dritte Kompanie beisammen, und wir vergessen das Ganze einfach. Eine Diskussion zwischen Offizieren, nichts von Bedeutung. Lement ist nicht hier und hat nichts mitgeschrieben.«

»Du hast mich wieder nicht verstanden. Ich will dich nach Carlyr schicken mit den anderen, die überleben dürfen. Du gibst einen viel passenderen Hauptmann Gayo ab als ich.«

»Weißt du, was der General Urcharin Zoydenak einmal über eine solche Situation geschrieben hat?«

»Nein.«

»Er schrieb: *Es gibt keine Feigheit vor dem Feind. Im Angesicht des Feindes sind jegliche Gesetze außer Kraft gesetzt. Feigheit gibt es nur im Davor und Danach, niemals jedoch im Währenddessen.*«

»Wie starb dieser tolle Mann?«

»Alt und hochbetagt im Bett.«

»Schlau von ihm. Aber wie viele Männer hat er in den Tod geschickt? Ich bin einfach niemand, der danach noch ruhig schlafen könnte.«

»Ich auch nicht, Eremith. Deshalb schicke ich ja niemanden, sondern gehe selbst mit.«

»Ja. Also, wie machen wir es? Ich denke, ein Wagen wird uns genügen. Wir nehmen Stodaerts Wagen, Stodaert kann bei Deleven mit aufsteigen, der fährt ja sonst ganz alleine.«

»Ihr habt niemanden, der ein Kutscher ist.«

»Wir werden das schon hinbekommen. Wir sind zu fünft, können uns abwechseln, uns gegenseitig überwachen und voneinander lernen.«

»Es ist auch wirklich nicht weiter schwierig. Das sind gute Tiere.«

Beide vermieden es, sich in die Augen zu sehen. Dies war ein ganz eigentümlicher Moment zwischen ihnen. Wie hatte es nur so weit kommen können? Die Dritte Kompanie war in zwei unregelmäßig gezackte Stücke auseinandergebrochen, obwohl die beiden Leutnants sich doch stets so viel Mühe gegeben hatten, nie vor versammelter Mannschaft zu streiten. Fenna hatte wieder das Gefühl, dass sie beide Elternteile darstellten.

Durch Gyffs ging ein Ruck. »Komm mit«, sagte sie. »Ich will noch ein paar Worte mit dir unter vier Augen wechseln.«

Sie führte Fenna am Arm abseits der haltenden Wagen. Die Pferde wirkten ruhig, es drohte also keine unmittelbare Gefahr. Fenna machte ein einigermaßen dummes Gesicht, als Gyffs ihn so wegführte.

Als sie beide außer Hörweite der anderen waren, straffte sie sich und sagte: »Ich weiß, wie du denkst und fühlst, Eremith. Ich weiß, dass du dir Vorwürfe machen wirst. Jetzt im Augenblick hast du vielleicht noch das Gefühl, einen Teilsieg errungen zu haben, aber schon in wenigen Stunden wirst du dir denken: *Warum habe ich nicht ausdauernder gekämpft? Warum habe ich ihr nicht zur Not eins über den Schädel gegeben, um sie von diesem Irrsinn abzuhalten?* Deshalb möchte ich, dass du eines weißt: Wir trennen uns nicht im Streit. Im Gegenteil. Ich bin dir ausgesprochen dankbar dafür, dass du die schwierige Aufgabe übernommen hast, einigen unserer Männer das Leben zu retten.«

»Was? Aber willst du damit sagen, dass …«

»Dass ich auch nicht glaube, dass wir Erfolg haben werden. Natürlich nicht. Aber ich bin nach wie vor der Meinung, dass wir als Soldaten nicht das Recht haben, freie Entscheidungen zu fällen. Wir sind in unsere Pflicht eingebunden. Und wenn man fahnenflüchtig werden muss, um Leben zu retten, muss ich leider zugeben, dass ich dazu nicht den Mut habe. Ich stamme aus einer Militärfamilie. Mein Großvater und mein Vater waren bei der Armee, und die Enttäuschung meines Vaters darüber, eine Tochter zu haben, milderte sich erst, als Frauen der Weg in die Akademien erleichtert wurde. Ich kann diese Familientradition nicht dadurch sabotieren, dass ich vorm Feind in die Knie gehe. Ich kann die *Mission Augenlicht* nur bis zum bitteren Ende in die Tat umsetzen. Also danke ich dir und scheide nicht im Groll.«

»Aber, Loa! Loa, Loa, Loa! Das ändert doch alles! Begreifst du denn nicht? Bis eben dachte ich noch …, dass du tatsächlich an einen Sieg oder eine Rettung oder was auch immer glaubst. So wie auch Gollberg es tun würde oder Oberst Jenko. Ich dachte, es hat gar keinen Sinn, lange mit dir zu räsonieren, denn die militärische Etikette ist ohnehin auf deiner Seite. Aber wenn wir wirklich einer Meinung sind, dass dieser Befehl ein Irrwitz ist, dann … sollten wir uns nicht trennen. Ich werde mit dir kommen.«

»Wie bitte? Aber das widerspricht doch jetzt wieder allem, wofür ich dir gerade gedankt habe!«

»Nein, nein. Wir werden Behnk, Emara, Ekhanner und Nelat tatsächlich zur Festung zurückschicken, unter irgendeinem Befehl. Was weiß ich: Sie sollen Resea eskortieren oder, falls Resea unterwegs von Haihunden angefallen wird, sicherstellen, dass die Festung Nachricht von den Vorgängen erhält. Wir schicken die vier nach Hause, das hat unser Disput gebracht. Aber ich werde mit euch kommen. Wir tüfteln an einer Methode, wie wir alle lebend hier herausbekommen.«

»Glaubst du an Wunder?«

»Nicht an Wunder. Aber an unsere Jungs. Und vielleicht an ein kleines Quäntchen Glück. Es kann ja nicht überall nur Chlayst sein.«

So leiteten sie es in die Wege.

Behnk, Emara, Ekhanner und Nelat bekamen den Wagen zugeteilt, der bislang von Stodaert gelenkt worden war. Um unter den vieren so etwas wie eine Befehlshierarchie zu etablieren, wurde Tadao Nelat von Leutnant Gyffs zum Interimskorporal ernannt.

»Ich erwarte, dass ihr euch durch nichts aufhalten lasst«, schärfte ihnen Leutnant Fenna zum Abschied ein. »Vermeidet Kämpfe und gefährliche Wesen. Haltet nachts unbedingt Wachen, tagsüber auf dem Wagen könnt ihr jederzeit Schlaf nachholen. Folgt unserer eigenen Spur, sie ist noch frischer als die Gollbergs. Sollte Reseas Hufspur unterwegs von der Räderspur abweichen, gebe ich euch freie Hand, ob ihr ihr ein paar Meilen folgen wollt, um zu sehen, ob Resea irgendwann das Bewusstsein verloren hat oder eingeschlafen ist und dann dort irgendwo herumliegt. Sammelt ihn ein, wenn es euch möglich ist. Aber lasst euch nicht auf stundenlange Umwege ein, euer Proviant ist knapp bemessen. Wenn ihr Resea nicht finden könnt, kehrt wieder auf die Räderspur zurück. Wenn die Räderspur auf Felsen nicht mehr zu sehen ist oder vom Wind verwischt wurde, orientiert euch am Gelände. Es ist dasselbe wie auf dem Hinweg. Nach einigen Tagen kommt das Felsenwüstengebirge in Sicht und die zwei Säulen, und dann ist alles einfach.« Die Worte sprudelten aus Fenna nur so hervor. Die vier Angesprochenen nickten müde und machten dabei die Gesichter von Kindern, die von ihren Eltern nachts alleingelassen werden. Fenna drückte Tadao Nelat noch Jonis' gesammelte Skizzen in die Hand und bat ihn, sie Oberst Jenko zu übergeben.

Auch Gyffs hatte das Bedürfnis, noch ein paar Worte an die Männer zu richten. »Ich weiß, dass ihr alle verunsichert seid wegen des Disputs, den wir beiden Leutnants hatten. Aber es war alles klar, und es ist auch weiterhin alles klar. Die zur Festung Zurückfahrenden haben die wichtige Aufgabe, den Oberst über alles Geschehen in Kenntnis zu setzen und unterwegs den Soldaten Resea, der ohne nennenswerten Proviant unterwegs ist und deshalb wohl gehörige Schwierigkeiten bekommen wird, zu unterstützen. Die weiter nach Norden Fahrenden werden – angeführt von ihren beiden Leutnants – im Rahmen des Machbaren ihr Bestes geben, um Hauptmann Gollberg zu befreien. Leutnant Fennas Worte vorhin waren etwas unbedacht gewählt: Die Dritte Kompanie existiert, auch wenn sie sich aufteilt. Aufteilung ist nichts Neues, ihr seid ja auch in zwei Züge unterteilt. Nun gibt es also eine missionsbedingte Aufteilung. Keine große Sache also. In diesem Sinne wünsche ich uns allen ein gutes Gelingen im Namen der Königin.«

Stodaert ließ sich sogar zu einem »Huah!« hinreißen, von den Holtzenauen nickte immerhin, Deleven lächelte. Dann ruckelte der von Interimskorporal Tadao Nelat gesteuerte Heimkehrerwagen Richtung Süden davon.

Die anderen verteilten sich neu auf die verbliebenen drei Gespanne.

Fenna stieg zu Gyffs in den ersten Wagen, um mit ihr Pläne schmieden zu können. Außer ihnen beiden fuhr nur noch »Scheusal« Kertz mit.

Stodaert stieg bei Deleven und Teppel zu.

Von den Holtzenauen bildete mit MerDilli und Jonis im dritten Wagen die Nachhut.

Reseas frischer Fährte nach Norden folgend, fuhr die nur noch aus zwei Leutnants, einem Korporal und sechs Soldaten bestehende Dritte Kompanie einem unbekannten Schlachtfeld entgegen.

Fenna entwickelte unentwegt Pläne. Es war, als wäre seine Befehlsverweigerung ein Damm gewesen, der nun, durch die Überwindung jener Irritation, geborsten war. Sein Gehirn raste wie das eines Besessenen.

»Wir sollten eine Art Fluchtwagen konstruieren«, überlegte er laut. »Mit dem wir auch auf Einhörnern reitenden Affenmenschen gut entkommen können. Ist es möglich, die Deichsel eines der Wagen so zu verlängern, dass wir acht Pferde vorspannen können anstatt vier?«

Diese Möglichkeit wurde zwischen den Wagen ausgiebig diskutiert und schließlich verworfen. Selbst wenn man eine Deichsel verdoppelte, war es immer noch fraglich, ob die Pferde dermaßen angeschirrt werden konnten, dass sie sich zu acht nicht gegenseitig behinderten. Auch war davon auszugehen, dass diese Pferde es einfach nicht gewohnt waren, in einer langen Reihe hintereinandergespannt zu sein. Da keiner in der Kompanie ein echter Pferdekenner oder erfahrener Kutschenlenker war, erschien das Risiko zu groß. Statt eines besonders schnellen Wagens hatte man so einiger Wahrscheinlichkeit einen besonders langsamen.

»Dann machen wir es anders«, erwog Fenna als Nächstes. »Wir leeren einen der Wagen komplett. Dadurch sind dessen Pferde ausgeruhter. Im Notfall können wir alle auf diesen Wagen steigen, um möglichst schnell Abstand zwischen uns und etwaige Verfolger zu bringen.« Diesen Vorschlag fand Leutnant Gyffs gut. Es brachte ohnehin nichts, so wenige Männer auf drei Wagen aufzuteilen. Also blieb von den Holtzenauen auf seinem Wagen als Kutscher alleine, während MerDilli zu den Leutnants stieg und Jonis in den Wagen von Korporal Deleven. Auch die Proviantkisten und Wasserfässer aus von den Holtzenauens Gespann wurden in die anderen beiden umgeräumt. Das ging alles sehr zügig vonstatten.

Kurze Zeit später wurde auf Fennas Intervention hin noch einmal nachgebessert: Stodaert stieg ebenfalls zu den Leutnants in den ersten Wagen, weil so alle drei Gespanne nun über je einen Fernwaffenmann verfügten, der entsprechend nach vorne freies Schussfeld hatte.

Wiederum kurz darauf hatte Fenna eine weitere Idee: Gyffs sollte das Kutschieren des ersten Wagens Stodaert überlassen und stattdessen Wagen zwei übernehmen, sodass sich Deleven als Korporal freier bewegen konnte. Außerdem wären dann beide Leutnants wieder besser verteilt, was im Falle eines Angriffs auf den ersten Wagen von Vorteil wäre. Aber Fenna traute sich schon gar nicht mehr, dies vorzubringen, weil Gyffs ihn schon genervt ansah, wenn er nur den Mund aufmachte. Es musste auch so gehen. Es gab keine ideale Verteilung von neun Mann auf drei Wagen, die allen Eventualitäten Rechnung trug.

Sie bewegten sich durch zähes Gelb. Die quälende Helligkeit des Himmels wurde langsam schwächer. Der Nachmittag verging. Mehrere Stunden waren sie nun schon seit der Begegnung mit Gerris Resea unterwegs, ohne irgendein Anzeichen einer nahen Schlacht entdecken zu können.

Keine kreisenden Echsengeier oder andersgeartete Flugwesen. Keine fernen, gebrochenen Echos von Waffenklirren. Nichts. Das Land lag tot und dumpf. Niemand konnte sich mehr vorstellen, dass Hauptmann Gollberg und seine Reiter überhaupt noch am Leben waren.

Fenna betrachtete seine eigenen Kinder, sah in ihre angespannten Greisengesichter und dachte über jeden Einzelnen nach.

Die Untergebenen.

Die Schutzbefohlenen.

Soldaten.

Auf diesem Wagen: drei von jenen vieren, die sich seit dem ersten Tag ihrer Ausbildung kaum verändert hatten. »Scheusal« Kertz, weil er keine andere Wahl hatte, als zu bleiben, wer er war. Stodaert, weil er zu sehr auf seinem eigenen Rückgrat fußte, um aus seiner Haut zu können. MerDilli, der körperlich zu stabil und geistig zu träge war, um sich allzu weit zu bewegen.

Der Vierte, der sich nicht verändert hatte, steuerte den zweiten Wagen: Deleven. Er hatte einfach schon zu viel erlebt, um noch beeindruckbar zu sein. Sein Blutzoll war ungleich höher als der wahrscheinlich jedes anderen Soldaten der Festung Carlyr. Fenna fragte sich, wie wohl Delevens Albträume aussahen und mit wie vielen Stimmen sie schrien.

Dann waren da diejenigen, die kaum noch wiederzuerkennen waren, und zu denen zählte der Leutnant auch jene vier, die jetzt bereits Richtung Festung unterwegs waren: Behnk, der mit jedem Tag weiter dahinschwand, bis eines Tages vielleicht nichts mehr von ihm bleiben würde als sein großer Glückslöffel. Ekhanner, der in seiner Verwirrt- und Überfordertheit nicht mehr Zuflucht suchte in Rängen, Festungsummauerungen und festgefügten Tagesabläufen, sondern in den Göttern selbst. Nelat, der immer noch wie ein Mädchen aussah, aber nun wie ein ältliches, das niemand mehr zur Trauung führen würde. Emara, der keine roten Bäckchen mehr hatte wie zu Beginn, sondern der mit seinem lustigen Trachtenaufzug auch sein Lachen für immer abgelegt zu haben schien. Diese vier immerhin hatten eine echte Chance, unbeschadet aus dem Desaster namens *Augenlicht* hervorzutreten.

Dann gab es noch die, die jetzt dabei waren. Jonis, ein Kind immer noch, aber eines, das zu wissen schien, dass es unheilbar erkrankt war, und das mit großherziger Tapferkeit versuchte, einem den Abschied nicht allzu schwer zu machen. Und Teppel, der mit jedem Tag ein Jahr alterte, der jedem Abend lebendigen Leibes entgegenstarb, weil ihn nichts mehr hielt. Fenna fragte sich, warum Teppel nie über seine Frau gesprochen hatte, die Mutter seiner Söhne, die nun schon dreifach verlassen worden war. Fenna fragte sich auch, warum es einen Begriff gab für Kinder ohne Eltern, aber keinen für Eltern, die ihre Kinder verloren hatten. Vielleicht, weil dies im großen Plan der Götter eigentlich gar nicht vorgesehen war?

Und dann gab es noch Fergran von den Holtzenauen. Den Einzigen von allen, der sich wahrhaftig verbessert hatte. Der sich über seine Möglichkeiten und Fähigkeiten klar geworden war und sich nun in der Lage sah, Verantwortung zu übernehmen und hilfreich einzugreifen. Er schmerzte Fenna am meisten. Dass er sich freiwillig gemeldet hatte. Wo er doch in der Festung und außerhalb, in der Welt, in der es ein Chlayst gab, so vieles hätte ausrichten können. Was war denn die *Mission Augenlicht* angesichts einer Stadt wie Chlayst? Nur eine Eitelkeit. Der Größenwahn eines einzelnen Hauptmanns, der vom Feindesland in einer ihm angemessenen Härte bestraft wurde.

So rollten sie dahin durch das klebrige Gelb, folgten der Spur eines einzelnen Flüchtlings und dem Phantom einer Kompanie.

Und dann endete es.

Im Sand voraus bildeten sich Konturen.

Ohne Bewegung. Die Konturen wuchsen, weil die Kolonne der drei Wagen sich bewegte.

Zuerst sah es aus, als wäre dort vorne ein gigantischer schwarzer Drache gelandet. Die Männer hielten den Atem an.

Dann spaltete der Drache sich auf.

Es war eine Gesteinsformation, schwarz und unwirklich inmitten des gleichmachenden Gelbs. Die Sonne neigte sich bereits kurzatmig dem Abend zu. Die Steine warfen also Schatten, die ihre Höhe noch übertrafen.

Einer der Steine war keiner. Es war Onjalban, der beschriftete Mann. Er saß auf einem Tier, wie es selbst in der *Bebilderthen Encyclica unserer Thierwelt* nirgends verzeichnet war. Ein Einhorn womöglich. Aber genauso gut konnte es eine schlanke Kreuzung aus einem Panzerlöwen und einem Pferd sein. Das Tier besaß ein langes zotteliges Wüstenfell und panzerartige Verhärtungen an Flanken, Schläfen und Stirn.

Onjalban hob wie grüßend eine Hand.

Die Hand, die sich erhebt, muss herunterkommen.

Die Hand senkte sich wieder. Es war tatsächlich nur ein Gruß.

Die Wagen ruckelten näher. Sand knarzte in den Radnaben.

Vier der schwarzen Felsen trugen weiße Flecken. Diese weißen Flecken waren Menschen. Die Dritte Kompanie erkannte Hauptmann Gollberg und drei der Frauen aus seiner Einheit. Alle vier waren nackt und mit den Köpfen nach unten an den Felsen befestigt – aus dieser Entfernung war noch nicht zu erkennen, wie. Fesseln oder Schnürungen waren jedenfalls keine zu sehen. Die vier lebten noch, denn ihre geschundenen Leiber und ihre geröteten Köpfe zuckten und wanden sich.

Gyffs ließ anhalten. Sie konnte und wollte nicht mehr weiter. Kein einziger militärischer Befehl, der einer solchen Situation angemessen war, fiel ihr ein. Die Männer zogen ihre Waffen, die drei Schützen legten ihre Bögen an, niemand verließ seinen Platz. Die Wagen standen dicht an dicht wie furchtsame Rinder. Die Pferde nickten nervös mit den Köpfen und zerrten leise an ihren Geschirren.

Niemand tat etwas, obwohl jedem die Hände zitterten.

Fenna und Gyffs wechselten einen kurzen Blick. Sie nickte. Er stieg ab und ging zu Fuß näher an die Felsen heran.

Er war der Befehlsverweigerer. Er war derjenige, der etwas gutzumachen hatte.

Wind kam auf und ließ Onjalbans lange Haare und seinen verwilderten Vollbart wehen. Zwischen den Haaren sah das Gesicht des Magiers ausgesprochen heiter aus. Fenna betrachtete Onjalbans Hände. Es stimmte, was Yinn Hanitz im Fieberwahn vorausgesehen hatte: *Die Hand ist ohne Schrift.* Vielleicht die einzigen Körperteile Onjalbans, die keine verschnörkelten Buchstaben und Zeichnungen aufwiesen, waren seine Hände.

Fennas Schritte knirschten wie durch Schnee. *Was ist das nur für ein merkwürdiger Sand? Oder ist es gar kein Sand, sondern eher eine Art … Knochenmehl?*

Er hatte eine Ahnung, wie die Gefangenen an den Felsen befestigt worden sein könnten, noch bevor er es mit seinen eigenen Augen bestätigt fand. Haken. Schwarze Haken aus Stein, gewachsenen Dornen gleich. Die Haken waren Bestandteile der Felsen, Requisiten einer womöglich uralten Opferstätte. Und es war kein einziger Tropfen Blut zu sehen.

»Vielleicht ein Wort zur Erläuterung vorneweg, Soldaten«, sagte der Magier. Zum ersten Mal hörten sie seine Stimme. Sie klang erstaunlich weich. »Ich bin kein Verräter. Im Gegenteil. Ich bin von der Königin und ihren Schergen gegen meinen Willen gezwungen worden, an einem absurden Feldzug teilzunehmen. Niemals war ich Soldat oder habe mich als einer gefühlt. Ich hatte in Wandry eine Frau und ein kleines Kind und wollte nichts anderes, als mein Leben in Ruhe mit meiner Familie in meiner Heimat zu verbringen. Aber meine Fähigkeiten wurden als kriegswichtig eingestuft. Irgendjemand in der Hauptstadt hat beschlossen, dass ich hergenommen und geopfert werden muss. Dabei hatte ich nie ein einziges kritisches Wort gegen die Königskrone geäußert. Ich fand mich wieder in einem Treck der Verdammten. Durch Eis und Irrwege kämpften wir uns voran und verloren an Substanz. Viele starben bereits unterwegs, andere wurden krank oder wahnsinnig. Ich kam durch, denn meine Magie hielt mich warm. Meine Magie war mein schützender Schild.«

Fenna war jetzt nur noch zehn Schritt von den Felsen entfernt. Er konnte den Schweiß des Wüsteneinhorns riechen. Hauptmann Gollberg regte sich. Seine Augenlider waren zugeschwollen, und eine vertrocknete kleine Zunge bewegte sich wie ein Insekt zwischen spröden Lippen.

Onjalban fuhr fort zu reden. »Dann stießen wir auf eine Ansiedlung der Affenmenschen. Das war noch ein paar Tagesreisen nördlich von hier. Die Menschen nennen diesen Ort *Skorpionshügel*, weil Kundschafter in früheren Zeiten darüber berichtet haben, dass es dort von Skorpionen wimmelt. Die Affenmenschen nannten diesen Ort *Golkhor*. Er existiert nun nicht mehr. Die magische Armee der Königin wollte ihn vernichten, aber durch diese ruchlose Tat wurde das Tor zur Quelle des Feuers weit, weit aufgestoßen, viel zu weit. Weiß glühende Qual versehrte uns alle mit sengendem Hauch. Ich überlebte natürlich. Wärme ist mein Element. Doch ich begriff nicht. Was war geschehen? Und warum? Zürnten die Götter unserer Verblendung? Dann wurde ich gefunden, und die Augen wurden mir aufgetan.« Onjalban schwieg. Es sah aus, als wäre er im Sattel eingeschlafen, aber vielleicht lauschte er auch nur einer besonders inbrünstigen Erinnerung hinterher.

»Wer hat Euch gefunden?«, fragte Fenna. Er hielt es für klug, in einer solchen Situation nicht auf eine ehrbezeugende Anrede zu verzichten.

»*Sie* haben mich gefunden«, antwortete der Magier und lächelte unter seinem Vollbart. »Die lebendigen Gottheiten. Die drei schönen Kinder des Himmels. Und der vierte. Der mächtigste Magier des Kontinents. Sie öffneten mir die Augen. Erklärten mir, wo die wahrhaftigen Feinde des Landes sitzen: in Aldava, unserer Hauptstadt, auf dem Thron. Dort werden Kriege erfunden, um das Land zu ermorden. Zuerst ging es gegen die Affenmenschen, doch leiden mussten vor allem die Magier. Bald wird es gegen die Riesen gehen, dann gegen die Untergrund- und die Schmetterlingsmenschen. Am Ende wird Krieg geführt werden gegen jedes einzelne Tier. Bis der Mensch nur noch sich selbst genügt, nur noch sich selber liebt und sich nur noch von seinesgleichen ernährt. Soldat, du bist Offizier, ist das nicht richtig?«

»Ich bin Leutnant«, bestätigte Fenna.

»Gut. Ich will, dass du meine Nachricht der Festung bringst:

Wenn vom Gebirg im Nordosten
die zweibeinig Schatten sich krallen,
wird wehren nicht Rüstung noch Posten:
Carlyr und Galliko fallen.

Dies ist alles, was ich für euch tun kann. Ich gebe euch damit Gelegenheit, Carlyr und Galliko zu evakuieren, um das Ausmaß des Schadens für die Zivilbevölkerung möglichst gering zu halten. Noch bevor dieses Jahr verstrichen ist, werden wir diese beiden Befestigungen in unseren Händen halten und darüber hinaus noch ein drittes Ziel im Herzen des Landes, das euch jetzt aber nicht zu interessieren braucht. Wir nehmen uns nur, was unser angestammtes Recht ist. Wir erklären der Krone unseren Ungehorsam. Der Kontinent gehört nicht den Menschen. Das war nur ein Missverständnis der Zeiten, geboren aus Schwäche und Zaghaftigkeit. Magie wird herrschen und Wesen von großer Schönheit.«

»Und Ihr seid in diesem ganzen Wahnwitz so etwas wie ein Heerführer?«

»Eigentlich bin ich nur ein Übersetzer«, antwortete der Magier. »Aber ich habe neue Fähigkeiten gewonnen. Ich habe nicht nur die Wahrheit über unser Land, sondern auch über mich selbst erfahren. Und ich werde diese Fähigkeiten gegen Galliko einsetzen. Ja.«

»Ihr könnt … Pferde zum Platzen bringen«, sagte Fenna geringschätzig.

»O nein! Ich habe die Tiere lediglich freigesetzt. Die Reiter haben sie zum Zerreißen gebracht, indem sie herrisch an den Zügeln zerrten.«

»Gibt es noch andere Überlebende als diese vier?«

»Keine mehr.«

»Und gab es jemals welche, die den großen Feldzug überlebten? Die Blinden in der Höhle?«

»Dafür entschuldige ich mich. Um die Festung Carlyr ihrer Reiterei zu berauben, musste ich mir diese kleine Unsachlichkeit ausdenken. Ich will keine lange Schlacht mit einer schmutzigen Belagerung. Eine Übernahme der leer stehenden Gebäude genügt mir vollkommen.«

Hauptmann Gollbergs Mund bewegte sich. Sein Kopf sah aus, als würde er vor lauter Blutzufuhr bald bersten. Er blubberte etwas hervor. Fenna konnte es kaum verstehen. Erst im Nachhinein gelang es ihm, die gutturalen Laute zu etwas Sinnvollem zusammenzufügen. »Bei den Göttern, Leutnant Fenna«, hatte Gollberg geröchelt, »*bringt das Dreckschwein endlich um!*«

Das war wieder ein Befehl. Eine direkte, im Klang vielleicht undeutliche, im Wortlaut jedoch unmissverständliche Anweisung eines Vorgesetzten. Dieser Vorgesetzte war nackt und kopfunter auf einen Felsen gespießt wie ein Insekt und offensichtlich nicht mehr Herr seiner Sinne. Er brabbelte mehr, als dass er sprach.

Fenna spürte, wie die Wüste rings um ihn zurückwich. Die Felsen mit den Gemarteten, die Wagen mit den Soldaten – alles entfernte sich, ließ in der ganzen weiten Welt nur noch ihn selbst und den Magier Onjalban. Dessen Hautbeschriftung sich zu verändern schien, während er sprach. Dessen Körper womöglich abbildete, was sein Mund sagte.

Fenna bewegte sich auf den Reiter und das zottelige Einhorn zu. Langsam, um das Tier nicht scheu zu machen, den Kopf leicht gesenkt. Das Tier war zweifelsohne schön zu nennen; seine Augen waren sanft und dunkelblau, von langen Wimpern beschattet. Sein längliches Gesicht war eine Mischung aus Rassepferd, Antilope und Raubkatze.

»Ihr sagt«, begann er beim Gehen, »dass ich Eure Nachricht überbringen soll. Nur ich allein? Ohne meine Männer?«

Onjalbans Bart verzog sich wieder, weil sein Mund lächelte. »Da meine Taktik darin bestand, möglichst viele Soldaten aus der Festung herauszulocken, wäre es doch wohl ziemlich widersinnig, wenn ich einen nicht unerheblichen Teil von ihnen einfach so wieder zurückkehren ließe, oder nicht?«

»Was habt Ihr mit ihnen vor?«

»Ich werde ihnen anbieten, meine Geiseln zu sein. Dies beinhaltet die Gastfreundschaft meiner Freunde, die durchaus den Tonfall, der in einer Soldatengarnison herrscht, an Freundlichkeit und Wärme übertreffen könnte. Aber selbstverständlich werden deine Männer sich weigern, es wird so etwas wie ein Gefecht geben, und am Ende hängen die Robustesten von ihnen an diesen Felsen und füttern die Wüste mit ihren Schreien.«

»Oder wir nehmen *Euch* gefangen, wie es unsere Pflicht ist, befreien unsere Kameraden und stellen Euch in der Festung Carlyr vor das Militärgericht, das Ihr verdient.«

»Aber ich bin niemals ein Militär gewesen. Ich bin nur ein Zwangsrekrutierter, der sich sämtlichen Eiden verweigerte und dennoch mitgeschleift wurde, weil es dem General im Winter so furchtbar kalt war. Nun bist du nahe genug gekommen, Leutnant. Einen Schritt weiter, und ich muss mir einen anderen als Überbringer meiner Botschaft aussuchen. Und es ist mir wirklich egal, wen.«

Fenna blieb stehen. Nur noch zwei Schritte trennten ihn von dem Reiter. Der Eigengeruch des Tieres war erstaunlich stark. Salzig, vergoren, ein wenig wie Senf.

Fenna sprang, um den Reiter vom Tier zu reißen. Der Sand klebte an seinen Schuhen, machte ihn schwer und langsam. Das Tier wich zurück, berührte Fenna dabei beinahe sanft mit dem gesenkten Stirnhorn. Fenna erwartete einen magischen Schock, spürte jedoch nur kühle, trockene Glätte.

Gleichzeitig befahl Loa Gyffs: »Schießt!«

Stodaert und von den Holtzenauen ließen die Sehnen los. Ihre Pfeile schwirrten auf Onjalban zu. Mit einer Gebärde, die aus dem Zurückreiten heraus ruckartig wirkte, wischte er sie aus der Luft.

Deleven jedoch hatte gewartet und schoss erst jetzt.

Sein Pfeil traf Onjalban links oben in die Brust, oberhalb des Herzens, unterhalb des Schlüsselbeins.

Onjalban stöhnte. Kippte im Sattel. Fenna war heran, das Reittier wendete nicht schnell genug. Fenna bekam den Magier zu greifen und riss ihn aus den fellverkleideten Steigbügeln. Es war wichtig, ihn schnell aus dem Geschehen zu eliminieren. Damit er die Pferde nicht *freisetzen* konnte. Damit er die *Soldaten* nicht *freisetzen* konnte.

Ein Geräusch ertönte, ein Pfeifen oder Sirren. Hinter den Felsen stürzten Affenmenschen hervor. Zehn, sechzehn, zweiundzwanzig. Vierzig.

Fennas Gesicht verzerrte sich zu etwas, das einem Grinsen ähnlich sah. Das immerhin, mit den verborgenen Kräften hinter den Felsen, war militärisch nachvollziehbar. Magie war unmöglich zu entschlüsseln. Aber Krieger, die aus einem Versteck hervordrangen – das war Grundausbildung. Leider waren es mehr, als zwischen den paar Felsen versteckt gewesen sein konnten. Fenna begriff, dass sich an den Hinterseiten der Felsen Öffnungen befinden mussten, die in die Tiefe führten, in einen Bau, ein unterirdisches Dorf, vielleicht sogar in eine Art Höhlenstadt.

Die vierzig Krieger waren beeindruckend, das musste Fenna sich eingestehen. Sie waren groß, beinahe so groß wie Ellister Gilker Kindem, der jetzt nicht hier war, um dies alles mit anzusehen. Dichtes schwarzes, silbrig schimmerndes Fell bedeckte ihre muskulösen Arme und Beine. Sie trugen Brustrüstungen aus lose übereinanderliegenden Panzerlöwenhornplatten, gezackte Helme wie von Perlmutt und wadenlange Röcke, die aus fransigen Tüchern gebunden waren. Ketten aus Talern und Kupferstücken klirrten an Handgelenken, Hälsen, Fußknöcheln und Ohrmuscheln. Die Gesichter waren unter den scharfkantigen Helmen nicht zu sehen. Die Arme der Angreifer reichten bis zum Boden, und zum schnelleren Vorankommen liefen sie nicht nur auf ihren Fußsohlen, sondern auch auf ihren Handrücken. Die Geräusche, die sie dabei machten, waren ein heiseres, hustendes Bellen.

»Nachladen und erneut schießen!«, rief Gyffs unbeeindruckt. »Auf Onjalban schießen!«

»Das sind Frauen!«, sagte Jovid Jonis in ehrfurchtsvollem Tonfall.

»Das sind *zu viele*!«, konterte von den Holtzenauen.

»Rückzug!«, brüllte Leutnant Fenna aus Leibeskräften. »Rückzug zur Festung! Ihr müsst Bericht erstatten!« Er stürzte mit Onjalban in den aufstiebenden Sand, riss sich hoch, zückte seinen Säbel und hieb den ersten Affenmenschen nieder. Fünf weitere kamen genau auf ihn zu. Die anderen schwärmten zu den Wagen hin aus.

Die Pferde scheuten. Der unbeladene Wagen, den Fergran von den Holtzenauen steuerte, machte sich selbstständig. Von den Holtzenauen strauchelte nach hinten ins Wageninnere, als sein Gespann zur Seite drängte und durchging.

Leutnant Gyffs hing das Wort »Angriff!« zwischen den Lippen fest. Sie waren, ohne Leutnant Fenna, nur zu acht. Die Angreifer waren fünfmal so viele, körperlich überlegen, den sandigen Untergrund gewohnt, wild, zu allem entschlossen, womöglich unempfindlich gegenüber Schmerzen. Onjalban war vielleicht als Magier ausgeschaltet, aber Fenna konnte ihn nicht als Geisel nehmen. Fenna wurde gerade überrannt.

Eremith.

Er hatte »Rückzug!« gerufen. War es da nicht sinnlos, einen gegenteiligen Befehl zu geben? Würde dies die Kompanie nicht wieder in zwei ungleiche Teile reißen?

»Rückzug!«, schrie nun also auch Leutnant Gyffs. »Rückzug!«

»Aber der Leutnant …«, widersprach Korporal Deleven.

»Der Leutnant hat einen Befehl gegeben! Wir müssen Bericht erstatten! Carlyr und Galliko stehen auf dem Spiel!« Zu viele Worte. Die vordersten Affenmenschen hatten die Wagen schon beinahe erreicht. Gyffs begann, den ihren zu wenden. Alles geschah viel zu langsam, denn die Affenmenschen wurden durch den Sand nicht gebremst.

Fennas Säbel schürfte Blut. Zwei der Angreifer waren nun genau vor ihm, ihre Arme so lang, dass er an ihre Körper nie herankommen würde. Weiter links warf einer etwas: eine Art Keule, die sich im Flug wohlausbalanciert um sich selbst drehte. Fenna hörte Onjalbans Stimme, flach und heiser von unten: »Es ist sinnlos, Leutnant. Ich kann noch hundert mehr rufen. Oder zweihundert.«

Fenna wandte sich von den Gepanzerten ab, obwohl das bedeutete, dass er die Schläge nicht abwehren konnte. Er musste Onjalban töten. Er war Offizier, es war seine militärische Pflicht. Solange der Magier aufseiten des Feindes stand, würde dieser immer einen Vorteil haben, in allen Gefechten, die da noch folgen mochten. Er musste ihn töten. Fenna hob die Hand mit dem Säbel. Doch die Hand, die sich erhob, kam nicht herunter. Fenna konnte sich nicht mehr bewegen. Onjalban hielt ihn fest, mit einer fließenden Bewegung seiner unbeschrifteten Finger.

Teppel wurde von der geworfenen Keule mitten im Gesicht getroffen. Blut sprühte über Deleven und Jonis. Fluchend versuchte der Korporal, die aufsteigenden Pferde niederzuhalten und in eine sinnvolle Richtung zu zwingen. »Das schaffen wir nie und nimmer«, knirschte er zwischen den Zähnen hervor, während Teppel nach hinten in den Wagen stürzte wie ein Baum, in dem eine Axt steckte.

Von den Holtzenauens leerer Wagen war der einzige, der schon in Fluchtrichtung gewendet war. Die Pferde sorgten von ganz alleine dafür, während von den Holtzenauen sich mühsam auf den Kutschbock zurückkämpfte.

Gyffs' Wagen wurde von drei Affenmenschen angesprungen. Einer durchriss rechterhand die Plane und klammerte sich mit Oberkörper und Ellenbogen fest. Mit verzerrtem Gesicht stemmte Sensa MerDilli sich diesem Oberkörper entgegen und drängte den zappelnden Affenmenschen zurück, bis dieser mit seinen Beinen unter das rollende Rad geriet. Kreischend wurde der sich festklammernde Oberkörper vom Rand der Ladefläche hinabgerissen. Die beiden anderen kamen von hinten. MerDilli machte sich lang und stach einem von ihnen vor die Brust, während Stodaert haarscharf an ihm vorbeischoss und den zweiten am Helm erwischte. Beide Angreifer ließen sich jedoch nicht so einfach aufhalten und enterten vom Heck her den Wagen.

Loa Gyffs peitschte zum ersten Mal in ihrem Leben Pferde. Sie waren immer noch viel zu langsam, selbst zu Fuß waren die Angreifer schneller als sie. Aus den Augenwinkeln sah sie, wie Leutnant Fenna von drei Affenmenschen gleichzeitig zu Boden gerissen wurde. Der Sand waberte an dieser Stelle hoch wie Rauch. Onjalban schien immer noch zu leben, er tat irgendetwas mit seiner Hand.

Fenna spürte die Hiebe in seinem Rücken und wie der Sand näherkam und sich um ihn schloss. Jetzt konnte er ganz deutlich die Haare der brennenden Kinder riechen. Dieses Detail war ihm lange entfallen gewesen.

»Ich lege mich zu euch«, dachte er. »Dann leidet ihr wenigstens nicht allein.«

Korporal Deleven bekam den Wagen nicht gewendet. Die Pferde sprangen in leidenschaftlicher Panik gegeneinander, anstatt in eine einträchtliche Richtung zu ziehen. »Runter!«, befahl Deleven Jovid Jonis. »Wir müssen den Wagen wechseln. Zu Gyffs!«

»Aber … Breff! Was machen wir mit Breff?«

»Der ist tot, Junge. Die Keule steckt *in* seinem Gesicht.« Deleven konnte nicht mehr abwarten. Er schoss einem der

Affenmenschen in den Bauch, sprang vom Kutschbock und verfeuerte seine sämtlichen Pfeile auf alles, was sich bewegte und nicht nach Pferd, Wagen oder Uniform aussah. Mehr als zehn Affenmenschen stürzten in den unterschiedlichsten Haltungen aus vollem Lauf zu Boden, aber da waren immer noch zwanzig oder dreißig oder vierzig weitere, die vorher noch nicht da gewesen waren, die immer näher kamen. Der Bogen war leer. Den nächsten Gegner griff Deleven mit dem Säbel an. Der Kampf bestand nur aus sechs heftigen Bewegungen, aber Deleven war vollkommen außer Atem, als der Affenmensch endlich zu Boden sank. Jonis folgte ihm so zögerlich, dass er über sechzig Schritt entfernt war, als er endlich vom Wagen sprang. Zwei Affenmenschen hielten auf den Jungen zu. Deleven beeilte sich, Jonis durch den zähen Sand zu Hilfe zu eilen, und er bemerkte erst jetzt, dass er Teppels Blut im Auge hatte.

Stodaert schrie auf, als der Affenmensch ihn mit einer Klinge berührte, die ausgefranst war wie ein behauener Feuerstein. MerDilli rang mit dem zweiten Enterer. Aber jetzt war »Scheusal« Kertz an der Reihe. Er sprang waagerecht gegen MerDilli und seinen Gegner, sodass beide beinahe aus dem Wagen geschleudert wurden – nur dass Kertz MerDilli im letzten Augenblick noch festhielt. MerDilli übergab sich beinahe, so sehr rüttelte ihn dies alles durch. Der Sand rollte unter ihm, die Wolken wogten oben. Kertz hievte ihn hinein und kümmerte sich dann nicht weiter um ihn. Stodaert war in Bedrängnis, und Kertz hackte auf Stodaerts Gegner ein, bis dieser nicht einmal mehr zucken konnte und die gesamte Wagenplane als zerschnittene rote Fetzen flatterte. Das Gesicht des Affenmenschen war immer noch von seinem maskenartigen Helm verdeckt, aber niemand wagte es, den zerstückelten Leichnam zu berühren. In Gyffs' Rücken kehrte andächtige Ruhe ein. Sie konnte sich umblicken.

Jonis stand alleine gegen zwei. Deleven war zu weit weg, sein Wagen kenterte gerade. Wo war Teppel? Von Fenna war nichts mehr zu sehen – dunkle, haarige Leiber begruben den Leutnant im empfänglich weichen Sandgemenge. Hauptmann Gollberg rüttelte verzweifelt und augenrollend an seinen eigenen Händen. Sein Mund war ein klaffendes Loch. Hatten ihm diese Ungeheuer etwa die Zähne herausgebrochen?

Zwanzig oder dreißig der Affenmenschen nahmen die Verfolgung auf. Sie rannten einfach den beiden Wagen hinterher. Von den Holtzenauen war in guter Fahrt und wurde immer schneller, aber Gyffs hatte drei Mann an Bord, unverhältnismäßig viel Proviant und zusätzlich noch den Leichnam eines Affenmenschen. Die Verfolger würden sie einholen. Und was war mit Deleven und Jonis? Sie konnten die beiden doch nicht … und Fenna?

»Ihr Götter!«, ächzte Leutnant Gyffs. Ihr fiel nichts anderes mehr ein.

Jovid Jonis tat etwas, was ein Soldat niemals tun sollte: Er hob abwehrend beide Hände, als wollte er sagen: »Nicht so schnell, wartet doch, können wir nicht über alles reden?« Die beiden Affenmenschen hatten Keulen mit Köpfen, die nicht fest waren, sondern um eine Achse rotierten. Damit droschen sie Jonis' Schädel zu Brei wie eine Wassermelone. Deleven kam viel zu spät. Einen der beiden Mörder konnte er noch umbringen. Der andere jedoch parierte jeden Hieb, sprang dabei im Zickzack um Deleven herum und verwickelte ihn in absurde Aktionen. Affen konnten schneller und geschickter sein als Menschen. Deleven kam auch nicht mehr an Jonis' Halskette mit dem Bildnis der Nara Wesener heran. Es ging nicht mehr, nichts. Er war zu alt geworden, um noch Atem zu finden. Deleven sank auf die Knie und hieß die klingelnd rotierende Keule des überlegenen Affen willkommen, die sein Denken ersetzte.

Hauptmann Gollberg stieß einen lang anhaltenden, schrillen Schrei aus, als er seine Verstärkung davonfahren sah, verfolgt von siegreichen Feinden. Er schrie, bis sein Mund voll Blut war, das ihm schwer und schwärzlich in Nasenlöcher und Augen lief.

Leutnant Gyffs hörte diesen Schrei und hielt ihn für das Heulen eines Wüstenuntiers.

Die Verfolger kamen näher.

Stodaert schoss und schoss, bis auch er keine Pfeile mehr hatte, aber es gelang ihm lediglich, zwei der elf Verfolger aufzuhalten.

»Scheusal« Kertz wollte vom Wagen springen und die »Viecher alle zur Strecke bringen«, doch Leutnant Gyffs verbot ihm diesen Freitod.

MerDilli sagte, dass sie im Kampf eine Chance hätten, zu viert gegen neun, das wäre doch schaffbar, nach all den Tricks, die die Leutnants ihnen beigebracht hätten.

Gyffs lächelte verzweifelt. So, wie es aussah, würde von den Holtzenauen als Einziger von ihnen allen mit dem Leben davonkommen.

Doch genau von diesem kam schließlich die vorläufige Rettung. Der junge Adelige hatte sein Gespann nun wieder vollends unter Kontrolle, und er bremste es ab, bis es zu Gyffs' zurückfiel. Die Besatzung von Gyffs' Wagen konnte somit in rasender Fahrt auf von den Holtzenauens Fahrzeug umsteigen, das bedeutend leichter war, und dessen Pferde auch ausgeruhter waren. MerDilli schaffte das Überklettern als Erster, dann Stodaert wackelig, einmal mit dem Bein beinahe zwischen zwei rasende Räser geratend, doch mit MerDillis Hilfe hinübergerissen, dann Kertz mit einem blinden Sprung, die Augen hinter den Gläsern fest zugekniffen. Zuletzt ließ Gyffs ihren Kutschbock im Stich. Der Abstand zwischen den beiden Wagen vergrößerte sich bereits, sie schaffte das Überwechseln nur, weil MerDilli sich ihr entgegenstreckte und sie seine Hand erhaschen konnte. Die unermüdlich scheinenden Affenmenschen waren nun schon bis auf Armeslänge heran. Von den Holtzenauen feuerte seine Pferde mit Schreien und Zügelklatschen an, und jetzt fielen die Verfolger endlich zurück, machten sich auch eher über den leeren Wagen, seinen reichlichen Proviant und die vier vor Angst wiehernden Pferde her.

Gyffs fiel im Inneren des letzten ihnen gebliebenen Fahrzeugs in sich zusammen, als bestünde sie aus zitternd schmelzendem Wachs. Sie hatte nicht gekämpft. Sie war ausschließlich geflüchtet. Sämtliche Gliedmaßen schüttelten sich nun vor unterdrückter Anspannung.

Es war Fennas Idee gewesen, einen Wagen zur schnelleren Flucht leer zu lassen. Diese Idee rettete ihnen nun, so schien es zumindest, das Leben.

Aber der Angriff war noch nicht vorüber.

Sie gewannen zwar an Abstand, und Kertz kroch nach hinten durch, um die verschiedenen Schauplätze kleiner werden zu sehen: den geplünderten Wagen mit der rot zerschlissenen Plane, das grausige Feld aus Toten und Verwundeten rings um Korporal Deleven, die Opfersteine mit den immer noch lebenden Opfern daran, den ganzen sommerlich flirrenden Herbstspuk. Von Fenna und Onjalban war nichts mehr zu sehen, dort wimmelten Affenmenschen herum, die in ihrer Masse wirkten wie langgliederige Insekten.

Doch dann löste sich etwas aus dieser Masse. Es waren Reiter. Zuerst konnte Kertz nicht genau erkennen, wie viele es waren, doch dann, als sie näher kamen, zählte er drei. Affenmenschen auf Einhörnern. Er stöhnte auf, er konnte gar nichts dagegen machen.

»Leutnant, sie schicken Reiter hinter uns her«, meldete er mit belegter Stimme. »Ich glaube, es sind drei.«

Stodaert wurde noch bleicher als ohnehin schon. »Drei«,

sagte er. »Es waren auch drei, die in unseren Wagen eindrangen. Und drei Panzerlöwen. Es sind immer wieder drei.«

Ist das möglich?, dachte Gyffs. Dass die Affenmenschen ein Spiel mit ihnen spielten? Dass sie Zeugen gewesen waren des Panzerlöwinnenangriffs und nun immer wieder diesen Vorfall inszenierten, der Korporal Garsid das Leben gekostet hatte? War so etwas Aberwitziges denkbar? Und vor allem: Hatten die Affenmenschen tatsächlich am Panzerlöwenkampfplatz, weniger als einen Tagesritt von der Festung Carlyr entfernt, bereits Späher positioniert, die die Hilflosigkeit der königlichen Soldaten im Feindesland bezeugen und weiterleiten konnten?

»Ich habe keine Pfeile mehr«, sagte Stodaert.

»Aber ich«, meldete sich Fergran von den Holtzenauen vom Kutschbock her. »Ich habe erst einen einzigen verschossen.«

Gyffs musste sich zusammenreißen. Ihre Männer redeten, schauten, lenkten, machten sich Gedanken. Diese immerhin waren noch am Leben. Nur Fenna und Deleven und Jonis und Teppel waren tot. Und Gollberg und die gesamte Erste. Gyffs durfte sich nicht der Schwäche überlassen. Sie waren jetzt so wenige, es kam auf jeden Einzelnen an.

»Ich übernehme die Pferde«, sagte sie. »Von den Holtzenauen, du wirst hinten gebraucht. Du und Stodaert, ihr seid jetzt unser ganzer Fernwaffenzug. Teile deine Pfeile zwischen euch auf, und dann schießt diese verdammten Hunde oder Hündinnen von ihren Gäulen oder was immer das ist, was sie da reiten.« Sie wollte fluchen, um ihrem Zorn Nachdruck zu verleihen, aber ihr fiel kein einziger Fluch mehr ein, den sie auf der Akademie in Uderun gehört hatte.

Es wurde eng in dem Wagen, als sie sich nach vorne

drängelte, um den Kutschbock zu übernehmen, während von den Holtzenauen nach hinten kam, um neben Stodaert die Rückendeckung zu leisten.

Stodaert zitterte, als von den Holtzenauen ihm zehn Pfeile abgab. »Drei. Hat dieser … Beschriftete nicht auch etwas von dreien erzählt? Wie hat er sie genannt? *Die drei schönen Kinder des Himmels*? Sind die das? Heißt das, dass wir jetzt sterben müssen?«

»Hör auf zu quatschen wie Yinn Hanitz im Fieberwahn, Soldat Stodaert!«, herrschte Gyffs nach hinten. Ausgerechnet Stodaert, der Pflichtbewusste, musste jetzt überschnappen. »Das sind nur drei Affenmenschen auf Reittieren. Korporal Deleven hat ein gutes Dutzend von denen umgelegt. Ihr habt vorhin einen erschlagen. Also holt sie von ihren hohen Rössern!«

Für einen Augenblick schienen Stodaert und von den Holtzenauen im Pfeilauflegen und Zielen Sicherheit zu gewinnen. Aber je näher die drei Verfolger kamen – und sie kamen näher, ihre Einhörner überboten die Geschwindigkeit des von vier Pferden gezogenen Planwagens –, desto deutlicher wurde, dass dies tatsächlich nicht dieselben Gegner waren wie vorhin. Sie sahen anders aus. Von ihren knochenfarbenen Helmmasken wallte langes weißes Haar. Sie hatten Umhänge an, die im Reitwind wehten und klimperten, denn sie waren aus Rinwetalern geschmiedet. Die Umhänge funkelten wellenförmig in der Sonne und blendeten die Augen der beiden Bogenschützen.

Der Wagen wackelte und ruckelte. Die aufgelegten Pfeilspitzen schwankten vor den Augen der Schützen wie Schilf im Wind.

Die drei Reiter beugten sich in den Sätteln vor, hinter die Hälse ihrer Tiere. Die Tiere wiederum reckten die Hälse nach vorne. Ihr Hochgeschwindigkeitslauf sah ausgesprochen kraftvoll aus.

Von den Holtzenauen schoss als Erster. Daneben. Stodaert traute sich noch nicht.

Von den Holtzenauen schoss erneut und verfehlte erneut. Er fluchte leise und legte den nächsten Pfeil auf. Er hatte nun noch sieben.

Der dritte Schuss. Daneben.

Der vierte. Daneben.

»Vom Wagen aus geht das nicht«, haderte er. »Wir müssen anhalten. Absteigen. Ich weiß auch nicht.«

Stodaert schoss jetzt zum ersten Mal. Sein Pfeil schien einen der drei Verfolger beinahe zu berühren, aber eben nur beinahe.

»Es sind nur drei«, sagte MerDilli nun. »Wir sind fünf. Die können wir schaffen, oder? ›Scheusal‹, was sagst du? Die schaffen wir, oder?«

»Scheusal« Jeo Kertz nickte grimmig.

»Nein«, untersagte Leutnant Gyffs. »Wir wissen nicht, ob sie Magie beherrschen.« *Wir wissen einfach nichts über sie.*

Aber von den Holtzenauen hatte recht: Wenn die Verfolger ohnehin schneller waren als der Wagen, konnte sie genauso gut anhalten. Dann würde wenigstens das Ruckeln aufhören, und die Schützen konnten ihre Pflicht tun.

Die Pferde waren verängstigt und überstrapaziert und bedurften dringend der Schonung. Loa Gyffs riss an den Zügeln und machte ein möglichst beruhigendes »Brrrrrr!«. Die Pferde wurden langsamer, als hätten sie schon darauf gewartet, endlich zur Ruhe kommen zu dürfen.

Im Nu waren die drei Verfolger heran, an dem Planwagen vorüber und wendeten nun vor Gyffs in ihren eigenen Staubwolken ihre fremdartigen Tiere. Gyffs fühlte sich allein gegen drei. Sie sahen größer aus als die, die vorhin zu Fuß angegriffen hatten. Im Inneren des Wagens war schon Bewegung. Von den Holtzenauen kämpfte sich wieder nach vorne durch. MerDilli und Kertz schienen nur aus sperrigen Gliedmaßen zu bestehen und machten ihrer Nutzlosigkeit durch unleidliches Knurren Luft.

Die drei Affenmenschen ritten auf Gyffs und den Wagen zu, langsamer jetzt. Noch stand der Wagen nicht ganz, die Pferde waren immer noch am Austraben.

»Bewegt Euch nicht, Leutnant«, sagte von den Holtzenauen, die militärische Etikette völlig außer Acht lassend. Gyffs spürte, wie er sie an der Schulter berührte und sah eine Pfeilspitze neben ihrer Schläfe. Der Soldat von den Holtzenauen benutzte seine Vorgesetzte als Stütze.

Dann schoss er. Dieser Pfeil traf. Einer der Affenmenschen ächzte und bäumte sich im Sattel auf. Er war nicht tot, aber sein Reittier verhielt. Die anderen beiden waren heran. Gyffs fiel auf, dass sie überhaupt keine Waffen in Händen hielten. Stattdessen waren ihre Hände rot und feucht, als wären sie in frisches Blut getaucht. *Das Blut von Gollberg? Von Deleven? Von Eremith?*

Die Reiter wurden immer schneller, machten Anstalten, links und rechts an dem Wagen vorbeizupreschen. Von den Holtzenauen legte einen neuen Pfeil auf. »Sie tauchen gleich hinten auf, dann hast du sie im Schussfeld«, sagte er, an Stodaert gerichtet, doch der antwortete nicht. Von den Holtzenauen schoss noch einmal, doch dieser Pfeil ging ins Nichts, die Reiter waren bereits vorüber.

Gyffs hörte ein eigenartiges Geräusch. Die Wagenplane wurde von außen berührt. Gyffs vermeinte, gegen das Sonnenlicht rötliche Spuren auf dem Stoff zu sehen. Sie folgte mit den Augen den Spuren zum Heck des Wagens. MerDilli machte, dass er vom Rand weg- und in die Mitte kam.

Die beiden Reiter tauchten hinten in der Blicköffnung wieder auf wie ein gerahmtes, bewegliches Bild und wendeten abermals.

»Mit Stodaert stimmt etwas nicht«, sagte »Scheusal« Kertz kleinlaut. »Ich glaube, sie haben Stodaert erwischt.«

»Verfluchter Mist!«, knirschte von den Holtzenauen. Ein weiteres Mal drängelte er sich an MerDilli und Kertz vorbei, um die Position zu wechseln und nach hinten zu gelangen.

Bujo Stodaert war an der Ladeklappe in sich zusammengesunken. Von den Holtzenauen ließ seinen Bogen los und untersuchte ihn kurz. »O nein!«, entfuhr es ihm. »Das waren nicht die Reiter. Das muss schon vorhin passiert sein, im Nahkampf. Er hat die ganze Zeit über Blut verloren, und ich habe es nicht bemerkt.«

»Stimmt«, bestätigte MerDilli. »Einer der Affen hat ihn geschlagen. Es gab einen Kampf, als wir noch im anderen Wagen waren.«

»Warum hast du denn nichts gesagt, Junge?«, tadelte von den Holtzenauen den bewusstlosen Stodaert, während er versuchte, die Blutung durch so etwas wie einen Druckverband zumindest abzuschwächen. »Warum musst du denn immer so ein verflucht tadelloser Soldat sein? Kannst du nicht mal Meldung machen, wenn du am Verrecken bist?«

In Gyffs' Kopf drehte sich alles. Von hinten näherten sich die beiden Reiter wieder. Das gerahmte, bewegliche Bild ging zum neuerlichen Angriff über. Und ausgerechnet jetzt musste Fergran von den Holtzenauen, ihr letzter verbliebener Fernwaffenmann, seinen Bogen weglegen und Wunden versorgen. Die beiden Angreifer trugen noch immer keine Waffen. Gyffs fragte sich, was das alles nur bedeuten mochte. Was schwerer wog für einen jungen Mann wie von den Holtzenauen: das Erschießen von Gegnern oder das Retten von Kameraden. Sie konnte einen Befehl geben. Es war ihre Pflicht, einen Befehl zu geben. Aber sie wusste nicht, welchen.

Und dann wurde sie plötzlich vom Kutschbock gerissen. Für einen Augenblick begriff sie überhaupt nicht, was los war. Etwas Hartes, Klimperndes, Vielgliederiges prallte gegen sie und zerrte sie mit sich. Dann roch sie den Affenmenschen über ihr. Sie hatte den Verwundeten völlig vergessen. Während alle – auch sie selbst – nach hinten zu den Reitern und zu Stodaert schauten, hatte er sich lautlos auf seinem Tier dem Kutschbock genähert und Gyffs angesprungen.

Sie schrie. Keine Worte oder Befehle. Es war einfach nur ein Schrei. Sie spürte, wie sie den Kutschbock unter Füßen und Gesäß verlor und fiel.

Kertz bellte: »Leutnant!«

MerDilli brüllte: »Fergran! Achtung!«

Von den Holtzenauen duckte sich. Doch die beiden anstürmenden Reiter schlugen gar nicht nach ihm. Sie ritten abermals an der Sichtöffnung, am ganzen Wagen vorbei und berührten links und rechts die Plane.

Gyffs prallte auf den schwammigen Boden, der Affenmensch war an ihr dran und wütete in der Enge. Seine Hände waren behaart und langfingerig. Sein Gesicht war nicht zu erkennen, die Knochenmaske ließ ihn wie einen Dämon aus einem Senchaktempel aussehen, wie ein Wesen, das die Götter bekämpft und niedergerungen hatten, um den Kontinent der Menschen zu formen. Loa Gyffs wehrte sich mit aller Kraft, aber der Knochendämon fasste nach ihrer Brust und quetschte sie. Dann ließ er sie los.

Von oben herab stürzte »Scheusal« Jeo Kertz. Mit einem schrillen Schrei warf sich der Soldat auf den Gegner, um seinem Leutnant beizustehen. Der Affenmensch traf ihn mit einem krachenden Rückhandschlag. Kertz prallte stöhnend in den Staub und rührte sich nicht mehr.

Gyffs hieb mit beiden Fäusten nach dem Gegner. Auch sie wehrte er ab. Sie nahm seine beiden Gefährten wahr, die Reiter, wie sie seitlich an sie herantänzelten. Die Einhörner sahen aus, als würden sie grinsen. *Ihr Götter!*, durchfuhr es sie, und alle Gräuelgeschichten, die sie jemals über Frauen im Krieg gehört hatte, rührten sich in ihr. Beinahe musste sie sich übergeben.

Von oben fiel jetzt MerDilli. Ihre Männer tropften alle wie Regen von dem Wagen. Anstatt eine sinnvoll koordinierte militärische Aktion durchzuführen, verloren sie alle die Beherrschung und scheiterten vereinzelt. Aber wer hätte sie denn auch koordinieren sollen? Waren sie denn nicht heute mehr oder weniger aller ihrer Vorgesetzten verlustig gegangen?

Auch MerDilli wurde von dem Affenmann einfach beiseitegewischt. MerDilli, der Stärkste der gesamten Kompanie. Der Affenmann schien über unglaubliche Kräfte zu verfügen, obwohl von den Holtzenauens Pfeil in ihm steckte. Sie spürte den muskulösen Unterleib, der auf dem ihren saß.

Nun packte er wieder ihre hilflosen Hände und kam mit seiner Maske ganz nahe an sie heran. Sie spürte jetzt auch den Pfeil, der in ihm steckte. Mit dem gefiederten Schaft streifte sie ihr Feind einmal. Als würde er dadurch Schmerzen auf sie ableiten, zuckte sie unter diesem hölzernen Streicheln zusammen. Sein Atem quoll heiß unter den Knochenplatten hervor und roch nach Nelkenöl.

Dann hörte sie seine Stimme. Er raunte ihr etwas ins Ohr. Es klang, als würde ein Wolfshund sprechen.

»Ssage Oberweib von Mensch, wirr werrdan ein Golkhor machan aus ihr Haus!«

Gyffs begriff überhaupt nichts mehr. Die Affenmenschen konnten sprechen, noch dazu in ihrer Sprache? Aber was war ein *Golkhor?* Hatte Onjalban dieses Wort nicht vorhin gebraucht? Der Name jener Affenmenschenbehausung, die auf dem Feldzug der Königin vernichtet worden war?

Der Affenmensch ließ sie nun los und stieg von ihr herunter. Sie hatte ganz vergessen, sich zu wehren. Einer seiner Mitreiter hielt ihm die Zügel seines Tieres hin, und er schwang sich münzenklirrend in den Sattel. Seine Hosen, sein Wams, seine Haut – alles schien aus knittrig gegerbtem Leder zu bestehen. Sie wünschte sich, sein Gesicht sehen zu können. Es war reine Neugier. Und gleichzeitig fragte sie sich, welche Bedeutung schon ein Gesicht hatte. Im Krieg oder anderswo.

Die drei Affenmenschen ritten an. Sie wollten tatsächlich fort, zurück zu ihresgleichen. Ohne die besiegten Menschen zu töten, die alle weich auf der Erde lagen wie etwas sinnlos Verschüttetes.

Dann folgten ein sirrendes Geräusch und ein dumpfer Einschlag. Oben im Wagendeck erschien Fergran von den Holtzenauen. Sein Gesicht glänzte vor Anspannung. Er hatte geschossen. In dem Affenmann, der Gyffs etwas ins Ohr geraunt hatte, steckte nun ein zweiter Pfeil.

»Nein!«, sagte Gyffs matt. Sie hob die Hand. »Nicht … schießen!« Doch es war bereits zu spät. Ein Pfeil war schneller als ein Wort.

Der Affenmann ruckte im Sattel. Seine Beine zuckten. Sein Einhorn stieg halbhoch auf die Hinterhand. Seine beiden Gefährten schienen etwas in ihrer eigenen Sprache zu rufen. Von den Holtzenauen war im Begriff, bereits einen weiteren Pfeil aufzulegen, doch Leutnant Gyffs hob abermals die Hand. Sie stemmte sich nun hoch, ihre Wirbelsäule fühlte sich wie geschmolzen an. »Aufhören, von den Holtzenauen, aufhören!«, sagte sie, ihre Befehlsstimme wiederfindend. »Unsere Männer leben alle noch. Die haben uns nichts getan. Die *wollten* uns gar nichts tun. Sie sind nicht mal bewaffnet.«

Der Soldat, der bei den Schmetterlingsmenschen des Larnwaldes medizinische Kenntnisse erlangt hatte, blickte irritiert zwischen den Feinden und seiner Vorgesetzten hin und her. Sensa MerDilli und Jeo Kertz bewegten sich fahrig, sie waren benommen, beinahe um ihr Bewusstsein gebracht, aber immer noch lebendig. »Unsere Männer leben alle noch?«, fragte von den Holtzenauen heftig atmend. »Und was ist mit der gesamten Ersten Kompanie? Was ist mit Leutnant Fenna? Mit Korporal Deleven?« Er legte den nächsten Pfeil auf und spannte die Sehne. Dabei zitterte alles, die gesamte Wagenfläche schien zu erschauern.

Der Affenmensch hielt sich immer noch im Sattel. Ein dumpfes Grollen drang aus seiner Kehle. Einer seiner Gefährten stützte ihn. War das etwa Blut, das als dünner Faden unter der Maske des zweifach Angeschossenen hervorlief? Aus seinem Mund? Aus seinen Augen?

Leutnant Gyffs kam nun endlich auf die Beine. »Wenn du schießt, Soldat, ist das eine direkte Befehlszuwiderhandlung.«

»Aber was soll denn das?«, fragte von den Holtzenauen verzweifelt. »Sind wir nicht deshalb hier? Um zu töten? Um getötet zu werden?«

»Heute nicht mehr«, ächzte Gyffs. »Heute ist genug gestorben.« Sie fühlte sich nicht ganz so großherzig, wie diese Worte klangen. Sie wusste einfach, dass die noch unverwundeten beiden Affenmenschen sie alle umbringen konnten, wenn sie jetzt wütend wurden. Ob bewaffnet oder nicht. Stodaert, MerDilli und Kertz waren hilflos. Ihre körperliche und geistige Erschöpfung war so groß, dass es Gyffs vorkam, als seien sie alle einfach umgefallen, vollkommen ohne feindliche Einwirkung. Von den Holtzenauen und sie selbst standen alleine gegen zwei Gegner, die selbst von Langbogenpfeilen nicht so schnell aufgehalten werden konnten.

Alles hing nun in der Schwebe. Gyffs ahnte, dass sie sterben würden, dass alles, was hier an diesem Ort von der Dritten Kompanie des Zweiten Bataillons der Festung Carlyr noch übrig war, zugrunde gehen würde, falls der angeschossene Affenmensch sich nicht mehr im Sattel halten konnte. In der Überwindung seines Sterbens lag ihr Überleben.

Und er hielt sich. Er gab ein Geräusch von sich, das wie ein Lachen klang, aber wie ein schluchzendes. Dann verfielen die drei Einhornreiter endlich in einen langsamen Trab und ließen den besiegten Armeewagen vereinsamt hinter sich zurück.

Von den Holtzenauen hatte immer noch den Pfeil aufgelegt, die Sehne gespannt. Er wirkte, als würde er in Tränen ausbrechen, wenn er sich gestattete, die Anspannung zu lösen. Also kletterte Gyffs zu ihm hoch und nahm ihm erst den Pfeil, dann den ganzen Bogen aus den verkrampften Fingern. Langsam und behutsam, als würde sie eine tiefe Wunde versorgen.

Während von den Holtzenauen sich um Kertz, MerDilli und Stoadert kümmerte, umrundete Leutnant Gyffs zu Fuß den Wagen und betrachtete die Plane.

Sie war nicht zerschlissen, sondern bemalt worden. Mit roten Händen. Affenmenschenhänden. Im Vorüberreiten hatten die Gegner mehrmals den Wagen signiert.

Warum? Was für ein Brauch steckte dahinter? War es eine Form von Magie, ein Bannzauber? Oder eine Markierung, für andere Affenmenschen, die sich zwischen hier und Carlyr aufhalten mochten: *Diesen Wagen bitte passieren lassen, denn er trägt unsere Botschaften in die Welt der Menschen!*

Sie wusste es nicht. Alles Raten führte nur immer wieder in die Irre. Sie alle wussten so gut wie nichts über dieses hinter der Felsenwüste verborgene Volk. Und Onjalban, der auch für sie ein Übersetzer hätte sein können, hatte sich entschieden, die Menschen zu bekämpfen.

Kertz und MerDilli fehlte nichts Ernstliches, sie waren einfach nur hart geschlagen und dadurch betäubt worden. Um Stodaert dagegen stand es schlecht. Von den Holtzenauen tat, was in seiner Macht lag, aber das war, wie er selbst zugab, nicht viel.

Sie befanden sich sechs Tage von der Festung Carlyr entfernt und hatten nicht einen einzigen Tropfen Wasser und nicht einen einzigen Krümel Proviant an Bord.

7

Ihnen blieb nur eine Chance, wenn sie nicht unterwegs verschmachten wollten: Sie mussten Nelats vorzeitig nach Hause zurückgeschickten Wagen einholen. Dieser war knapp, aber ausreichend mit Proviant bestückt worden. Was für vier Personen reichte, konnte bei harter Rationierung auch für neun genügen. Außerdem hatten sie dann zwei Wagen, also acht Pferde, was ihnen weitere Kombinationsmöglichkeiten einräumte, auch, um die Kräfte der bis dahin überbeanspruchten Tiere wiederherzustellen.

Falls Nelat jedoch ebenfalls überfallen worden war oder von der Spur abgewichen, um vielleicht Resea zu folgen, und diese Spur nicht mehr zu finden war, gab es noch eine andere winzige Chance: Im Vorratslager, das sie selbst auf ihrer ersten Feindeslandmission angelegt hatten, musste sich noch Proviant befinden, drei Tage vor Carlyr. Allerdings kamen sie jetzt aus einer ganz anderen Richtung. Das Lager zu finden war eine beinahe unlösbare Aufgabe.

Nein. Eigentlich blieb ihnen nur Nelat.

Ihrer eigenen Spur nach Süden zurück zu folgen, war kein Problem. Die Spur war frisch, von drei Wagen und zwölf Pferden gezeichnet. Darunter war sogar noch Reseas einzelne Fluchtfährte zu sehen und wiederum darunter die schon beinahe verschwundene von Gollbergs Erster Kompanie auf ihrem Hinweg ohne Rückkehr. Es war windstiller geworden, sodass kein Sand mehr die Spuren verwischte.

Verfolger tauchten nicht mehr auf. Leutnant Gyffs befürchtete immer noch, dass weitere Affenmenschen auf zotteligen Einhörnern hinter ihnen herjagen konnten, aber nichts dergleichen war zu sehen. Zumindest noch nicht. Sie konnte immer noch die Hand des Feindes auf ihrer Brust brennen spüren.

Unter den schweren Ausläufern des Sonnenuntergangs fanden sie die Stelle wieder, an der ihnen Resea begegnet war. Von hier aus führte die Spur von Nelats Wagen zurück nach Süden. Gyffs vermisste Deleven, der ein viel besserer Spurenleser war als sie oder ihre Verbliebenen. Aber Deleven war tot. Fenna war tot. Jonis. Teppel. Gollberg. Alle.

Die Männer hatten Angst vor einer Nachtruhe. Nachtruhe bedeutete, dass mögliche Verfolger wieder näher herankommen konnten, dass Nelat sich vielleicht weiter entfernte, dass Ungeheuer auftauchten, die im Dunkeln nicht auszumachen waren. Aber die Pferde brauchten eine Rast, anders war es nicht durchführbar.

Von den Holtzenauen zeigte Leutnant Gyffs die Wunde Stodaerts: ein hässlich aufklaffender Bauchschnitt mit weißlich blutleeren, wie tot aussehenden Fleischrändern. Seit Stunden schon kam der Soldat immer wieder für kurze Zeit zu sich, presste sich selbst den Bauch und versuchte vor seinen Kameraden tapfer und dienstfähig zu wirken, aber seine bleichen Lippen und sein Schläfenschweiß verrieten, dass es nicht gut um ihn stand.

Gyffs dankte den Göttern dafür, dass Fergran von den Holtzenauen bei ihnen war. Der junge Adelige versorgte die Wunde so gut wie möglich. Er schimpfte auch nicht mehr mit Stodaert, dass dieser seinen Zustand so lange verborgen gehalten hatte.

Gyffs befahl ihren Männern zu schlafen und hielt selbst Wache. Ohnehin hätte sie kein Auge zutun können. Mehr denn jemals zuvor in ihrem Leben spürte sie, dass die Götter existierten, und sei es nur, um über die Menschen lachen zu können.

Die Nacht war voller Bewegungen, aber es mochten auch nur Tränen sein, die ihr Augenlicht verschwimmen ließen. Gyffs blinzelte das alles einfach weg. Nichts machte ein Geräusch. Die Pferde waren ruhig, also näherte sich kein Feind.

Noch vor der Dämmerung weckte Gyffs die anderen. Die Pferde wurden wieder angeschirrt, und es ging weiter. Allen begannen die Mägen zu knurren, aber noch schlimmer war der nagende, in den Nieren schmerzende Durst.

Sie folgten weiter dem Fährtengemisch. Der Leutnant schlief, von den Holtzenauen und MerDilli wechselten sich mit dem Lenken ab; bei Kertz wurden die Pferde zu unruhig.

Gegen Mittag brach eine Wagenfährte aus dem Hauptstrang aus. Nelat. Es war nicht genau zu erkennen, aber hoffentlich fuhr er nur Resea hinterher.

Da sie nicht wissen konnten, ob – und wenn ja, an welcher Stelle – Nelat wieder auf die Hauptfährte zurückgekehrt war, beschloss die von MerDilli behutsam geweckte Leutnant Gyffs, Nelats Wagenspur zu folgen. Wenn sie den Wagen nicht fanden, war es ohnehin egal, ob sie bis dahin in die Irre fuhren oder nicht.

Sie fuhren der einsamen Fährte nach. Ab und zu waren links und rechts Hufspuren zu sehen. Ein einzelner Reiter. Resea.

Nach nur einer Stunde kam der Wagen von Nelat ihnen entgegen. Gyffs, die neben MerDilli auf dem Kutschbock gesessen und Ausschau gehalten hatte, machte unwillkürlich einen Freudensprung. Tadao Nelat hatte alles richtig gemacht: Er war dem taumelnden Resea gefolgt, so weit es vertretbar war, und hatte sich dann sicherheitshalber in seiner eigenen Wagenspur wieder auf den Rückweg begeben.

Als Gyffs die vier anderen Überlebenden der Dritten Kompanie – Nelat, Alman Behnk, Gildeon Ekhanner und Mails Emara – unverletzt und verhältnismäßig guter Dinge vor sich sah, schossen ihr schon wieder die Tränen aus den Augen, und ihre Beine versagten ganz kurz den Dienst. Sie schob dies auf die Anstrengung, den ganzen Tag auf dem Kutschbock zu sitzen. Von den Holtzenauen musste sie stützen und auf der Wagenfläche absetzen. Abermals versagte sie als Kommandooffizier, aber im warmen Innenlicht der von außen mit Blut markierten Wagenplane war ihr das nun vollkommen gleichgültig. Unter Freunden, unter Kameraden gab es kein Versäumnis mehr, das auch nur halbwegs dem Scheitern im Angesicht des Feindes gleichkam.

Von den Holtzenauen und MerDilli hatten den bestürzten vier Soldaten zu erläutern, was sich in der Wüste an den schwarzen Felsen ereignet hatte. Es war eine merkwürdige Geschichte, wenn man sie sich so gerafft anhörte. Von aufgespießten Menschen war da die Rede, von Affen mit Helmen und Schmuck und Rüstungen und Wurfkeulen. Von Fenna. Von Deleven, dem besten Kämpfer, den MerDilli jemals gesehen hatte. Von einem menschlichen Magier, der die Seiten gewechselt hatte. Und von drei Einhornreitern, die den Wagen immer wieder umrundet und mit Menschenblut beschmiert hatten.

Behnk begann ebenfalls zu weinen, nachdem von den Holtzenauen und MerDilli endeten. Nelat tätschelte ihm aufmunternd die Schultern. Der mädchenhafte Neunzehnjährige schien mit seiner Aufgabe als Interimskorporal gewachsen zu sein. Er erstattete seinerseits Bericht, dass es ihnen gelungen war, den verwundeten Gerris Resea zu bergen. »Wir hatten den Eindruck, dass sein Pferd immer mehr in Schlangenlinien ging. Womöglich hatte er es die ganze Nacht hindurch angetrieben, ohne ihm eine Rast zu gönnen – wir wissen ja, wie er ist. Als seine Spur dann von der eigentlichen Wegfährte abwich, beschlossen wir, ihm zwei bis drei Stunden zu folgen. So fanden wir ihn, neben seinem zusammengebrochenen Pferd liegend. Er schläft auf dem Wagen, aber ich glaube, besonders gut geht es ihm nicht.«

Von den Holtzenauen sah sich nun auch den einzigen Überlebenden der Ersten Kompanie genauer an. Er konstatierte eine schwere Kopfwunde, womöglich einen Schädelbruch. »Wahrscheinlich eine von diesen Wurfkeulen.«

»Scheusal« Kertz und MerDilli bedienten sich unterdessen am Wasser aus Nelats Wagen, aber dann war Leutnant Gyffs wieder zur Stelle und rationierte die Vorräte. »Wir haben noch fünf Tage vor uns, wenn nichts Unvorhergesehenes passiert. Sechs bis sieben Tage, falls wir unterwegs in weitere Kämpfe verwickelt werden oder man uns zu Umwegen zwingt. Aber ich bin ...« Sie stockte. Für beinahe einen halben Sandstrich konnte sie nicht weitersprechen. Dann fiel ihr ein, was sie hatte sagen wollen. »Aber ich bin zuversichtlich, Männer. Wir sind acht Unverwundete. Es wird uns gelingen, auf die beiden Verletzten aufzupassen und gemeinsam zur Festung zurückzukehren. Die ... Dritte Kompanie hat schwere Verluste hinnehmen müssen. Aber ihr weitaus größter Teil ist immer noch intakt.« Jonis. Teppel. Deleven. Fenna. Garsid. Tot. Kindem. Einarmig. Stodaert. Schwer verwundet. Wieder zerbröselten ihr die Worte. »Je schneller wir sind, desto besser, weil wir dann unsere Spur beibehalten können. Aber irgendwann wird, auch wenn die Spur verweht oder verwischt sein sollte, das Felsenwüstengebirge sichtbar sein und uns nach Süden hin die Richtung weisen. Also auf, Männer! Wir verteilen den Proviant auf beide Gespanne, laden Resea zu uns, zu Stodaert, und fahren mit beiden Wagen weiter.«

An den folgenden zwei Tagen lebten sie in beständiger Furcht, die stellenweise kaum noch zu erkennende Spur zu verlieren.

Echsengeier tauchten auf, bevölkerten den Himmel, schienen die winzige Zweierkarawane zu beäugen, kamen näher und näher und entfernten sich dann wieder. Vielleicht konnten sie die Blutmarkierungen lesen. Wenn Affenmenschen sprechen konnten, war alles vorstellbar.

Fünfmal glaubte einer der Soldaten einen Affenmenschen zu sehen – meistens waren es jene vier, die noch nie einen zu Gesicht bekommen hatten und deshalb den größten Spielraum beim Zuordnen von Umrissen besaßen.

Einmal sahen sie ein Einhorn, aber es war kein schlankes, pferdeähnliches, sondern ein wuchtiger Dickhäuter mit graubrauner Lederhaut.

Einmal sahen sie einen Drachen fliegen, aber er war weit entfernt und glitt nach Westen. Sie atmeten alle auf, denn von den Holtzenauen schätzte seine Flügelspannweite auf zehn Schritt.

In einer der Nächte glaubte Gyffs einmal Schreie zu hören. Sehr ferne, dünne Schreie. Waren es ihre eigenen unbestatteten Toten, die nicht einmal ein Senchak-Ritual erhalten würden? War es die Stimme von Eremith Fenna, die ihr hinterherrief, dass er hatte umkehren wollen, bevor alles zu spät war?

»Das ist nur der Wind«, sagte Mails Emara, den sie neben sich zur Wache eingeteilt hatte. Kurz beruhigte sie das. Dann fragte Emara: »Das ist nur der Wind, oder, Leutnant?«

Am vierten Tag ihrer Flucht wurde es nebelig. Hatte der Nebelmond bereits begonnen? Leutnant Gyffs hatte ein wenig die Kontrolle über die Abfolge der Tage verloren, aber Alman Behnk war sich ziemlich sicher, dass dieser Tag erst der 27. Blättermond sein konnte.

Die Vorräte gingen beständig zur Neige.

Sie gingen zur Neige und dann immer noch weiter zur Neige.

Die Landschaft wechselte kontinuierlich die Farben.

Sie war blau in den Nächten und gelb an den Tagen und rot in den Dämmerungen. Sie ruckelte vorbei, als würde sie von blinden Pferden gezogen.

Am Horizont zeichnete sich das Felsenwüstengebirge ab. Ein weltumspannender Drache, dessen Rückgrat sich erhob.

Resea brabbelte im Fieber von berstenden Pferden und dem Geruch von Kamille.

Stodaert lächelte und nickte tapfer, aber er konnte nichts mehr essen oder trinken. Von den Holtzenauen tat, was er konnte. Auf ihre Proviantsituation wirkte sich das positiv aus, dass der Soldat Stodaert im Sterben lag.

Leutnant Gyffs grübelte viel, besonders während der Nachtwachen.

Sie dachte darüber nach, weshalb sie so viele Jahre ihres jungen Lebens darauf verwendet hatte, das Kämpfen zu erlernen, wenn sie dann im Ernstfall gar nicht zum Kämpfen kam. Sie war immer wieder nur überrumpelt worden, hatte keinen einzigen Schuss abgegeben, keinen einzigen Streich geführt, sich mehr unnütz als nützlich gemacht. Ihre Männer waren bei dem Versuch, sie zu verteidigen, gedemütigt worden.

Sie dachte darüber nach, warum keiner ihrer vielen Ausbilder sich jemals die Zeit genommen hatte, sie beiseite zu nehmen und ihr in ruhigem Tonfall zu erklären, dass Heldentum eine Unmöglichkeit war.

Schließlich kam verschattet und kühl die Festung Carlyr in Sicht.

Die Männer in Leutnant Gyffs' Rücken jubelten und wollten sich über die Reste von Wasser und Proviant hermachen, doch Gyffs hielt sie noch zurück. Sie wollte sehen, ob die Türme der Festung bemannt waren. Onjalbans Drohung, dass Carlyr und Galliko fallen würden, hallte ihr beständig in den Ohren, an jedem Tag, in jeder Nacht, zu jeder Stunde.

Die Türme waren bemannt. In der Festung war alles ruhig, ging alles seinen geordneten militärischen Gang.

Stodaert würde ins Lazarett verbracht werden, die vielen Toten von den Soldlisten gestrichen. Die Zimmerzuteilungen verändert. Die gesamte Erste Kompanie existierte nicht mehr. Ein immer gleichbleibender Kapellenritus würde in Abwesenheit sämtlicher Leichname abgehalten. Der Oberst würde den Verlust seines Vorzeigeoffiziers Gollberg beklagen, vielleicht auch den von Eremith Fenna. Die Warnung des Magiers würde wahrscheinlich in den Wind geschlagen werden, schließlich war er ein Überläufer, ein Verräter. Niemand räumte eine königliche Festung, noch bevor diese überhaupt angegriffen worden war. Die Festung Carlyr: Bemannt nun nur noch von anderthalb Kompanien, von Hobock und Sells und einem erschöpften weiblichen Leutnant namens Loa Gyffs. Und dem Gesinde und den ständig rotierenden Wachtposten.

Dann würde ein neuer Befehl ins Land ergehen. Leutnant Hobock würde wieder hinausreiten, um neue Freiwillige zu rekrutieren.

Junge Männer, und diesmal vielleicht auch Frauen, würden sich im Hof drängeln und raufen und gegen Mauern rennen.

Die leer getöteten Ränge würden aufgefüllt werden.

Und dann wieder.

Und noch einmal.

Kinder zu Soldaten. Zu Verteidigern des Heimatlandes.

Und noch einmal.

Und wieder.

Bis irgendwann das ganze grüne Land südlich des Felsenwüstengebirges genauso lebensleer und trostlos sein würde wie die nackte, aber ehrliche Wüste der Affenmenschen.

Glossar

Zeitrechnung

Man schreibt das Jahr 682 n. K. (= nach der Königskrone, also dem Jahr, in dem König Rinwe die Provinzen und Herzogtümer des Kontinents unter einer Krone einte und eine neue Zeitrechnung einführte, die die bisherigen »provinziellen« Kalender ablöste).

Die jetzige Königin Thada wurde im Jahre 678 inthronisiert, ist also erst seit vier Jahren an der Macht.

Götter

Der Pantheon des Kontinents ist unterteilt in die vier Oberen Götter und die sechs Unteren Götter, welche den Oberen Göttern als Unterstützung entweder einzeln oder paarweise zugeordnet sind.

Die vier Oberen Götter repräsentieren die vier Elemente:

- Afr = Feuer, aber auch: Männlichkeit, Schmiedekunst, Leidenschaft, Kraft
- Tinsalt = Luft, aber auch: Wind, Sturm, Ideen, Geister, Vögel
- Delphior = Wasser, also Flüsse, Seen, Meer und Regen, aber auch: Weiblichkeit, Fische, Wandelbarkeit, Seefahrt

– Kjeer = Erde, aber auch: Ackerbau, Pflanzen, Landtiere, Familie, Heilkunde

Afr zugeordnet sind zwei Untergötter: Lun = Sommer, Senchak = Krieg; Tinsalt zugeordnet ist ein Untergott: Arisp = Frühling, Kinder; Delphior zugeordnet ist ein Untergott: Hendelor = Winter, Eis, Schnee; Kjeer zugeordnet sind zwei Untergötter: Bachmu = Herbst und Gold, Helele = Silber und das Alter.

Seit alters her gibt es einen Streit unter Priestern, Gelehrten und auch Gläubigen, ob diejenigen Oberen Götter, die zwei Hilfsgötter haben, mächtiger sind als die mit nur einem Hilfsgott oder weniger mächtig, da sie schließlich zwei Helfer benötigen statt nur einen.

Jedenfalls ist das Pantheon asymmetrisch, was für Bewegung sorgt und Energie.

Kalender

Das Jahr der Zeitrechnung n. K. ist in zwölf Monde und vier Jahreszeiten unterteilt. Jede Jahreszeit ist einer (unteren) Gottheit zugeordnet, sodass sich folgendes Schema ergibt:

1. Taumond	
2. Regenmond	Gottheit: Arisp
3. Blütenmond	
4. Wiesenmond	
5. Sonnenmond	Gottheit: Lun
6. Feuermond	
7. Rauchmond	
8. Blättermond	Gottheit: Bachmu
9. Nebelmond	

10. Frostmond
11. Schneemond Gottheit: Hendelor
12. Eismond

Um den Kalender auf unseren umzurechnen, nimmt man einfach den Taumond als März, den Regenmond als April und so weiter bis hin zum Eismond Februar. Auf dem Kontinent beginnt jedes Jahr mit dem Frühlingsanfang und endet mit dem Ende des Winters, womit ein kompletter Lebenszyklus symbolisiert wird.

Jeder der zwölf Monate hat dreißig Tage. Zusätzlich gibt es einmal im Jahr eine fünf- oder viertägige Zeit, die *Sternentage* genannt und mit Fasten und Feiern verbracht wird. Die *Sternentage* wandern von Jahr zu Jahr nach hinten, d. h., wenn sie im letzten Jahr noch zwischen Wiesenmond und Sonnenmond lagen, so werden sie dieses Jahr zwischen Sonnenmond und Feuermond liegen und nächstes Jahr zwischen Feuermond und Rauchmond.

Da jeder Monat genau dreißig Tage hat, dauert eine Woche zehn Tage, was den Monat somit in drei Drittel unterteilt. Man spricht dann z. B. im Schneemond auch von *Anfangsschnee*, *Mittelschnee* und *Endschnee*.

So etwas wie ein gesetzlich festgelegtes Wochenende gibt es nicht. Man kann davon ausgehen, dass jedes Geschäft an sieben Tagen der zehntägigen Woche geöffnet hat und dass sich z. B. zwei Bäcker, die in derselben Gegend wohnen, aufeinander einspielen, sodass Bäcker B an den Tagen geöffnet haben wird, an denen Bäcker A Ruhetag hat. Der Vorteil dieses sehr freien und individuellen Systems liegt darin, dass man an jedem Tag einkaufen kann.

Die einzigen gesetzlich – oder besser: religiös – wirklich festgelegten Feiertage im Jahr sind die vier Göttertage jeweils in der Mitte ihrer Jahreszeiten: das *Arispfest* am 15. Regenmond, das *Lunfest* am 15. Sonnenmond, das *Bachmufest* am 15. Blättermond und das *Hendelorfest* am 15. Schneemond.

Darüber hinaus gibt es noch regional begrenzte Feiertage. So wird in Aldava der Geburtstag des derzeitigen Throninhabers gefeiert (momentan: 24. Feuermond), in den Sonnenfeldern der *Tag der Befreiung* (2. Nebelmond), in der Festungsstadt Galliko der *Tag der blutenden Stufen* (29. Eismond) und in der Provinz Hessely der Jahresanfang (1. Taumond).

Zeitmessung

Ein Tag hat vierundzwanzig Stunden, gemessen nach Sonnenuhren oder – in größeren Städten – auch nach kunstvollen Sand- oder Wasseruhren.

Der Begriff »Minute« ist unbekannt, man spricht von den Sandstrichen einer haushaltsüblichen Sanduhr. Fünf Sandstriche (ungefähr fünf Minuten) werden als *Zwölftelstunde* bezeichnet. Zehn Sandstriche sind eine *Sechstelstunde.* Fünfzehn Sandstriche eine *Viertelstunde.* Zwanzig Sandstriche eine *Drittelstunde.* Dreißig Sandstriche eine *halbe Stunde.* Fünfundvierzig Sandstriche eine *Dreiviertelstunde.* Für Sekunden gibt es keine Messung. Für sehr kurze Zeiteinheiten sagt man Moment, Augenblick oder Sandstrichbruchteil.

Andere Maßeinheiten

Statt »ein Meter« sagt man ein *Schritt*; tausend Schritt sind eine Meile.

Kleinere Maßeinheiten als ein Schritt sind: ein *Fuß* (etwa 30 Zentimeter, also etwa ein Drittelschritt), eine *Handbreit* (etwa zehn Zentimeter), ein *Fingerbreit* (entspricht zwei Zentimetern) und ein *Haarbreit* (Millimeterbereich).

Flüssigkeiten werden wie bei uns in Litern gemessen. Die Bezeichnung »Kilogramm« dagegen ist unbekannt, stattdessen sagt man *Festliter*. 70 Festliter sind ein *Mannsliter*, zehn Mannsliter (also etwa 700 Kilogramm) ergeben einen *Ochsliter*.

Die Meere

Der Kontinent ist die einzige bekannte Landmasse im endlosen Ozean der Götter. Entsprechend den vier Himmelsrichtungen tragen die den Kontinent umgebenden Meere Namen, die den vier Elementen zugeordnet sind:

- im Westen, wo die Sonne untergeht und das Wasser feurig leuchten lässt, die *Glutsee*, in der die Piraten aus Skerb und Wandry einen seit etwa fünfzehn Jahren immer heftiger werdenden Krieg gegeneinander führen
- im Norden die von Eisschollen überwucherte *Eissee*
- im Osten die schwer befahrbare *Sturmsee*
- im Süden die *Sandsee* mit ihrem klaren blaugrünen Wasser und den herrlichen Stränden.

Währung

Das gebräuchliche Zahlmittel auf dem Kontinent ist der *Taler*, eine versilberte Münze mit dem aufgeprägten Profil von König Rinwe. Wertvoller als der Taler ist der *Goldtaler*, der zehn Talern entspricht. Als Unterwährung benutzt man *Kupferstücke*, deren Wert ein Zehntel eines Talers ist.

Post

Zu den größten Errungenschaften von König Rinwes Regierungszeit gehört die Einführung eines Postsystems, das Kontakte innerhalb des gesamten Kontinents ermöglicht.

Vorher konnte man höchstens private Boten anheuern oder Brieftauben züchten, seit König Rinwe gibt es jedoch in jeder nennenswerten Ortschaft eine königliche Postreiterstelle, in der regelmäßig Post aus allen Richtungen eintrifft und von der aus man Post in jede Richtung verschicken kann. Die Postreiter sind deutlich schneller als ein herkömmlicher Reisender und bewältigen 70 bis 100 Kilometer pro Tag. Oft wird nicht so dringliche Post auch Kutschen mitgegeben, die zwischen Städten verkehren.

Der Nachteil des Systems besteht in seiner Kostenintensität, weshalb sich nur betuchtere Bürger den königlichen Postreiterdienst regelmäßig leisten können.

Magier besitzen noch andere, zeitverlustfreie Möglichkeiten der Kommunikation, behalten diese aber in der Regel für sich.

Namenregister

Baleam – ein Wesen von großer Schönheit
Behnk, Alman – das dicke Grünhorn aus Hessely

Deleven, Nilocas – Grünhorn aus Bangannisan in den Klippenwäldern

Ebah – ein Wesen von großer Schönheit
Ekhanner, Ildeon – sommersprossiges Grünhorn aus Paischen bei Uderun
Emara, Mails – heimatverbundenes Grünhorn aus der Gegend von Hessely

Falanko, Malk – legendärer Bandenführer, der vor zwanzig Jahren in den Kjeerklippen »herrschte«
Fenna, Eremith – ein erfahrener Leutnant der Stadtgarde von Chlayst
Feudenstich, Alx – greiser General, der im Auftrag der Königin Garnisonen und Festungen inspiziert

Garsid – glatzköpfiges Grünhorn aus Galliko
Gayo, Serian – jener Hauptmann, der die Überlebenden des

Affenmenschenfeldzuges aus dem Gebiet hinter der Felsenwüste zurückführte

Gollberg, Sigden – Hauptmann des Zweiten Bataillons Festung Carlyr und gleichzeitig Kommandant der kavalleristischen Ersten Kompanie

Gyffs, Loa – frischgebackener weiblicher Leutnant der Uderuner Militärakademie

Hanitz, Yinn – narbiges Grünhorn aus Kimk

Hobock, Marig – Leutnant der Zweiten Kompanie, Zweites Bataillon Festung Carlyr

Ilintu – Heilerin und Leiterin des Lazaretts der Festung Carlyr

Jenko, Ibras – Oberst und Kommandant der Festung Carlyr

Jonis, Jovid – das jüngste Grünhorn, aus der Gegend um Hessely

Kertz, »Scheusal« Jeo – hässliches Grünhorn aus Kimk

Kindem, Ellister Gilker – hochgewachsenes Grünhorn aus den Klippenwäldern

Klaak, Rius – General der nördlichen Bereiche Kjeerklippen, Klippenwälder Felsenwüste und Hessely

Klejahn, Jianna – Schneidermeisterin der Festung Carlyr

Lement – ein Schreiber in den Diensten der Festung Carlyr

Lessett, Janther Gringarioth – Wanderprediger des *Einen Gottes*

MerDilli, Sensa – kraftstrotzendes Grünhorn aus Diamandan

Nelat, Tadao – mädchenhaftes Grünhorn aus Ferbst

Onjalban – ein Überlebender des großen Feldzugs gegen die Affenmenschen

Plankett, Bertus – freundliches Grünhorn aus dem Dorf Jeckist in der Provinz Hessely

Raubiel, Emjen – ein Händler, der mit der Festung Carlyr kooperiert
Raubiel, Onida – Emjen Raubiels Tochter
Resea, Gerris – Grünhorn aus Ferbst
Rinwe – der legendäre König, der den in Herzogtümer und Grafschaften zerfallenen Kontinent vor 682 Jahren einte

Scapedo, Jamu – Affenmenschen hassendes Grünhorn aus Galliko
Secesti – eine Priesterin des Kriegsgottes Senchak
Sells, Teny – Leutnant der Zweiten Kompanie, Zweites Bataillon Festung Carlyr
Sowis – ältliche Ordonnanz von Oberst Jenko

Stodaert, Bujo – streberhaftes Grünhorn aus Hessely

Tarsuac – ein Wesen von großer Schönheit
Teppel, Breff Adirony – schon älteres Grünhorn aus Paischen bei Uderun

Veels, Lüdrich – beim Affenmenschenfeldzug gefallener Hauptmann des Ersten Bataillons der Festung Carlyr
von den Holtzenauen, Fergran – medizinisch versiertes Grünhorn aus Schlehen

Wesener, Nara – die dritte Tochter des Galanteriehändlers

Zoydenak, Urcharin – legendärer General aus den Piratenkriegen vor 400 Jahren

Danksagung

Ohne die beiden Leutnants Jörg-Uwe Zuchold und Matthias Hagen wäre dieses Buch nicht denkbar gewesen. Vor ihnen stehe ich stramm und salutiere.

Michael Scholz muss ich Satisfaktion gewähren, weil ich seine Figur aus der Festung herausgekürzt habe: Diese Figur ist schon längst ein Bestandteil des Zyklus »Im Zeichen des Mammuts«, auch wenn dies bislang noch niemandem aufgefallen zu sein scheint …

Carsten Belz lenkte den Planwagen der Händler. Auch ihm einen Orden für Tapferkeit vor dem Feind.

Ich möchte aber auch meinem langjährigen Vorgesetzten, dem Oberst Carsten Polzin, danken, der mit seiner Begeisterung für meine Manöverideen so manches möglich macht, was sonst wohl nur Theorie am Grünen Tisch bleiben müsste.

Dank auch dem gesamten Regiment der Festung Piper.

Und meinem persönlichen Schreiber Hannes, der mir meine Ansprachen in Reinform bringt.

Dank selbstverständlich auch an den ewigen Verweigerer Jakob Michael Reinhold Lenz für das klassische *Die Solda-*

ten und die darin zu findende Tochter des Galanteriehändlers.

Schließlich und endlich jedoch marschiert auch diese Kompanie wieder im Zeichen der einzig wahren Potentatin: Melanie.

SEI UNSER
HELD!
PIPER FANTASY
Gleich mitmachen und die magische
Welt der Piper Fantasy erleben! Neugierig?
Dann auf zu www.piper-fantasy.de!
Piper-Fantasy.de
PIPER

PIPER

Wolfgang Hohlbein

Die Kriegerin der Himmelsscheibe

mit Dieter Winkler. Roman. 512 Seiten. Gebunden

Die Heilerin Arri nennt einen wertvollen Schatz ihr Eigen – die Himmelsscheibe, ein kunstvoll gefertigtes Instrument ungeklärter Herkunft, mit dessen Hilfe alle astronomischen Gegebenheiten vorhersehbar sind. Doch die Kräfte der Himmelsscheibe rufen Neider und Machtgierige auf den Plan, und das kostbare Kunstwerk wird gestohlen. Dabei ist Arri die Einzige, die das bronzezeitliche Land gegen den Einfluss dunkler Mächte und eine drohende Naturkatastrophe schützen könnte, aber dazu muss sie die Himmelsscheibe wiederbekommen. Und ein skrupelloser Hohepriester setzt alles daran, dies zu verhindern … Jetzt endlich die Fortsetzung – die letzte Schlacht um die Himmelsscheibe.

01/1926/01/R

PIPER

Cayla Kluver
Alera

Geliebter Feind. Aus dem Amerikanischen von Henriette Zeltner. 560 Seiten. Gebunden

Alera ist nicht nur die Thronfolgerin des Königreichs – sie hat auch ihren eigenen Kopf, und ihre Vorstellungen von Freiheit und Gerechtigkeit finden am traditionellen Hof nicht immer Anklang. Das Land blickt dunklen Zeiten entgegen. Die lange währende Feindschaft mit dem Nachbarreich droht in einen Krieg zu münden. Und als eines Tages der junge Narian aus dem Feindesland an Aleras Hof auftaucht, ändert sich alles: Ist Narian ein Spion, ein Attentäter oder gar ein Freund? Alera erfährt mehr über das Volk, das sie für ihren erbitterten Gegner hielt. Sie erkennt, dass sie sich unsterblich in Narian verliebt hat – und dass ihre Liebe nicht nur ihr Leben, sondern das Schicksal des ganzen Königreichs aufs Spiel setzt.

»Alera geht ihren eigenen Weg – und jeder Leser wird ihrem Charme sofort erliegen.«
Booklist

01/1913/01/R